SERUM

Henri Lœvenbruck
& Fabrice Mazza

SERUM

SAISON 1
ÉPISODES 1 à 6

ÉDITIONS FRANCE LOISIRS

Édition du Club France Loisirs,
avec l'autorisation des Éditions J'ai Lu

Éditions France Loisirs,
123, boulevard de Grenelle, Paris.
www.franceloisirs.com

© Éditions J'ai lu, 2012
ISBN : 978-2-298-07609-7

Chers amis lecteurs,

Nous vous souhaitons un
bon voyage avec le
mystérieux docteur DRAKEN !

L'aventure commence ici...
Prenez garde à
        l'accoutumance !!

Avant-propos

Cher lecteur, *Sérum* n'est pas un roman comme les autres.

Avant tout, il s'agit d'un roman-série : l'histoire que nous allons vous raconter est divisée en plusieurs saisons de six épisodes chacune. Attention à l'accoutumance !

Ensuite, *Sérum* vous propose – vous n'y êtes pas obligé – d'approfondir l'expérience de lecture en l'agrémentant de musiques, de vidéos, de documents externes qui vous seront offerts au fur et à mesure de l'histoire.

Comme vous allez le voir, des « flashcodes » sont intégrés au récit pour la lecture des musiques que nous avons composées spécialement pour vous.

Vous avez deux choix :

1 – Si vous disposez d'un téléphone portable, de type smartphone, connecté au Web, il vous suffit de télécharger une application permettant la lecture des flashcodes. Une fois cette application lancée sur votre téléphone, vous n'aurez plus qu'à passer la caméra devant ces codes carrés, et le morceau de musique se lancera automatiquement.

2 – Si vous ne disposez pas de smartphone, il vous suffit de vous rendre sur la rubrique « Bande

Originale » du site www.serum-online.com. Vous y trouverez tous les morceaux en téléchargement gratuit ! Vous pouvez en disposer comme bon vous semble et les écouter au moment approprié (le titre du morceau adéquat étant écrit en petit sous chaque flashcode).

Évidemment, ces flashcodes ne sont qu'un bonus à la lecture, vous n'êtes pas obligé de les utiliser pour profiter du livre ! *Sérum* **est avant tout un roman...**

Nous espérons en tout cas que vous aurez la même émotion à lire ces épisodes que nous avons eue à les écrire...

Bonne aventure !

Henri Lœvenbruck & Fabrice Mazza

Ouverture

Vous avez bien fait de venir me voir.
Maintenant, détendez-vous.
Détendez-vous et laissez votre conscience s'ouvrir.
Laissez-la vous guider.
Le sérum qui va vous être injecté facilite l'induction hypnotique. Il n'altère en rien votre personnalité ni votre volonté, mais il vous débarrasse de ce qui vous éloigne de votre conscience.
Votre conscience voit plus de choses, entend plus de choses, connaît plus de choses que vous ne pouvez l'imaginer.
Ici, maintenant, votre conscience est reine.
Il y a, quelque part dans un coin de votre tête, un petit train. Un petit train qui peut vous emmener en voyage.
« La Nature est un temple où de vivants piliers laissent parfois sortir de confuses paroles ; l'homme y passe à travers des forêts de symboles qui l'observent avec des regards familiers. Comme de longs échos qui de loin se confondent, dans une ténébreuse et profonde unité, vaste comme la nuit et comme la clarté, les parfums, les couleurs et les sons se répondent. »
Oubliez le monde autour de vous. Ses bruits. Ses nuisances. N'écoutez que l'écho de votre âme.

11

Le plus important, c'est vous.
N'ayez crainte. Je suis là, à vos côtés.
Il ne peut rien vous arriver...

SERUM

Épisode 1

1

C'est une petite chambre d'hôtel, modeste, vétuste, chichement meublée. Un lit simple, au sommier de métal rouillé, une table de nuit, un placard aux portes ajourées et une commode. Sur cette commode, un téléviseur démodé et un vieux magnétoscope SONY. Des appareils d'un autre temps. Des reliques.

Pour toute décoration, la chambre compte un vase empli de fleurs en plastique et, sur le mur principal, au papier peint jauni, une photo en noir et blanc dans un cadre de liège – un cliché de Manhattan dans les années 1970. On y voit encore les deux tours du World Trade Center tout juste achevé.

La pièce est plongée dans la pénombre : les rideaux sont tirés. Le lit est fait. Il n'y a aucune valise à l'intérieur, aucun vêtement dans la commode ou la penderie. Rien ne semble indiquer qu'elle est occupée.

Et pourtant, elle l'est.

Un homme est à genoux, à terre, devant la commode. Il tremble. Ses gestes sont mal assurés.

Ses mains sont maculées de sang.

De sang frais.

2

Il était 21 h 16 quand la femme sauta à l'intérieur du bus sur St. Johns Place, juste avant que les portes ne se referment. Ses yeux avaient la lueur de la terreur pure, cette immobilité froide et intense. Elle semblait aspirée par une autre réalité, invisible et dangereuse.

Les cheveux couverts de flocons de neige, elle se faufila nerveusement vers l'avant, bousculant les autres passagers, et tous la dévisagèrent – excepté le chauffeur, peut-être, qui devait avoir l'habitude. Une excitée de plus sur la ligne B45, qui reliait Crown Heights au centre-ville de Brooklyn. Entre les étudiants éméchés qui sortaient des bars, les touristes arrogants qui se prenaient pour les rois du monde et les nouveaux bourgeois fêtards qui déboulaient des *brownstones*[1] pour assaillir les boîtes de nuit des

---

1. Maisons alignées et identiques, construites en grès rouge, typiques de certains quartiers de Brooklyn.

quartiers nord, tous les soirs, c'était un vrai défilé, même en plein hiver.

Mais cette femme, elle, n'était pas là pour profiter des soirées chaudes de Brooklyn. Elle était là pour survivre.

C'était une femme qui avait dépassé la trentaine, grande, athlétique, les cheveux blonds coupés court et coiffés en bataille. Elle avait les traits durs, cette raideur dans le visage qui trahit une angoisse profonde et ancienne, un passif douloureux ; et pourtant, elle était belle. Belle et élégante, dans son tourment.

La main serrée autour de la barre de maintien, à s'en faire blanchir les articulations, elle jetait des coups d'œil de part et d'autre du bus, fouillant frénétiquement le trafic du regard par-delà le voile vacillant de la neige. Elle était restée ainsi pendant tout le trajet jusqu'à Washington Avenue lorsqu'elle commença à montrer de véritables gestes de panique.

— Vous voulez descendre ici, madame ?

Le soir, les chauffeurs de bus avaient l'autorisation de déposer les passagers entre deux arrêts. Celui-là était sans doute pressé de se débarrasser de cette folle furieuse.

La femme se hissa sur la pointe des pieds et inspecta les environs. Il y avait encore beaucoup d'embouteillages. Autour d'eux, des centaines de phares et de lampadaires s'alignaient dans l'obscurité du soir.

— S'il vous plaît.

Le bus s'approcha du trottoir, s'immobilisa dans le vacarme strident de ses freins au pied d'un immeuble gris, et la femme se jeta au-dehors.

Elle leva la tête et observa l'escalier métallique qui zébrait la façade du bâtiment. Monter là-haut ?

Et après ? C'était le meilleur moyen de se retrouver coincée. Elle renonça, descendit la rue vers l'immense carrefour et traversa Eastern Parkway en courant. À mi-chemin, elle manqua de se faire renverser par un break noir qui laissa une longue traînée de gomme sur l'asphalte. Mais elle ne s'arrêta pas pour autant – c'était comme si ce danger-là ne faisait pas le poids – et, au milieu des klaxons, elle se précipita tout droit vers l'imposante bâtisse du Brooklyn Museum.

En bas des larges marches qui menaient au perron, les jets d'eau avaient gelé et faisaient comme un collier d'argent au monument néoclassique.

Ce vendredi-là, le musée était ouvert jusqu'à 22 heures, et plusieurs groupes de visiteurs se dirigeaient encore vers l'entrée, sous la façade colossale et ses six colonnes corinthiennes. La femme, le front trempé, continua sa course effrénée vers la porte principale en contrebas, sous le regard agacé des gens qu'elle bousculait sans vergogne. Régulièrement, elle se retournait pour jeter des coups d'œil pleins de panique.

Elle pénétra enfin dans le musée.

3

Du bout du doigt, l'homme allume le téléviseur.

La lumière bleutée du tube colore d'un seul coup les quatre murs de la petite chambre d'hôtel. Elle s'emplit d'ombres et prend une teinte irréelle. Celle d'un vieux téléfilm, abîmé par le temps.

L'homme, toujours à genoux, ouvre la commode. Il y plonge sa main ensanglantée et en tire un sac de sport. À l'intérieur, il prend une cassette vidéo. Une VHS.

Fébrile, il la glisse dans le lecteur. Le tiroir automatique s'enfonce dans un bruit de craquement.

Il appuie sur PLAY.

L'écran change aussitôt d'aspect.

La bande saute, projetant des éclairs blancs alentour. Enfin, une image apparaît.

4

Aussitôt entrée dans le musée, la femme s'efforça de reprendre une allure normale et se composa une figure apaisée, comme pour se faire oublier. Lentement, essuyant la sueur à son front d'un revers de manche, elle contourna le grand bureau d'accueil et partit à l'autre bout du lobby. Les voix des nombreux visiteurs résonnaient sous l'imposante verrière du pavillon, dont la modernité se mariait élégamment à l'architecture Beaux-Arts de l'ensemble. Il y avait là, se confondant aux visiteurs, une magnifique collection de bronzes d'Auguste Rodin, certaines sculptures dépassant les deux mètres de haut : corps patinés aux muscles saillants, aux gestes si justes, si pleins d'humanité et de déséquilibre. La femme, après plusieurs déambulations, partit s'isoler derrière l'une des œuvres du sculpteur français : posé sur un sobre piédestal blanc, un buste de Victor Hugo, tête baissée, le visage figé par la mélancolie et qui, dans un élan, semblait vouloir s'échapper de la masse brute.

Elle resta là un long moment, comme protégée par la bienveillance de l'auteur des *Misérables*. Les gens déambulaient autour d'elle, flegmatiques, totalement indifférents à sa terreur. Et puis soudain, son regard se fixa vers l'entrée.

D'un coup, la femme s'agenouilla et se plaqua derrière le piédestal. Son corps tout entier se raidit, comme si elle eût voulu, elle aussi, devenir de bronze. Lentement, elle leva la tête vers l'immense toit de verre, strié de longs câbles métalliques et, les yeux écarquillés, elle se mit à chuchoter d'inaudibles paroles. À travers la verrière, elle sembla adresser au ciel nocturne de Brooklyn une ultime prière, une dernière confession. La mâchoire immobile, raide, ses lèvres tendues bougeaient imperceptiblement, mais il y avait dans son regard l'éclat même de l'urgence.

Puis elle cessa son étrange chuchotement et se pencha pour regarder par-delà le piédestal. Elle vit alors cette foule en mouvement, ces jambes qui se croisaient dans un ballet confus, ici quelqu'un qui s'arrêtait, là un groupe qui se dispersait… Mais elle savait.

Elle savait qu'ils étaient là.

Quelque part au milieu des badauds.

Lentement, elle se redressa et aperçut le petit fil électrique blanc qui courait le long du buste en bronze. Elle hésita, jeta un nouveau regard vers le toit de verre au-dessus d'elle puis tira brusquement sur le câble. Aussitôt une alarme assourdissante s'éleva dans la vaste salle, aiguë, terrifiante. Les gens s'immobilisèrent.

L'instant d'après, un coup de feu éclata.

L'impact dans le piédestal projeta des petits bouts de plâtre alentour, à quelques centimètres à peine de la femme, qui se mit derechef à l'abri. Puis une deuxième déflagration, suivie par les hurlements des visiteurs.

Et alors, la panique gagna le musée.

Tout le monde se mit à courir, qui vers la sortie, qui à l'abri d'une statue ou du comptoir d'accueil... Les gens criaient, se jetaient à plat ventre. La femme, courbée en deux, se rua vers une porte à l'arrière du lobby, qui donnait sur le parking. Un troisième tir la manqua de peu. La balle fit voler la porte de verre en éclats.

Elle se jeta dehors, le visage fouetté par le vent glacial de l'hiver. Sans se retourner, elle courut entre les voitures, aussi vite que ses jambes pouvaient la porter. En quelques secondes, elle fut hors de l'enceinte du musée et de retour sur Washington Avenue.

Derrière elle, la sirène d'alarme du Brooklyn Museum retentissait toujours dans le cœur de la nuit.

The line

21

5

— Putain d'imprimante !

Le détective Lola Gallagher poussa un soupir exaspéré. 22 heures. Cela faisait déjà plus d'une heure et demie qu'elle aurait dû quitter le commissariat du 88ᵉ district et, avec les embouteillages d'un vendredi soir, elle avait peu de chances d'arriver chez elle à l'heure promise à la baby-sitter. Une fois de plus.

Le regard de Lola resta accroché à la petite horloge de son ordinateur. La date était affichée juste au-dessus : vendredi 13 janvier. La journée était fidèle à sa superstitieuse réputation.

Le dossier qu'elle venait de boucler devait partir le soir même chez le procureur, avec sa signature et celle du capitaine Powell. *Foutue paperasserie.* À l'heure de l'Internet tout-puissant, ce genre de cérémonie désuète avait quelque chose de parfaitement ridicule. Contrairement à ce que pouvaient laisser croire certaines séries télévisées à succès, le NYPD n'était pas tout à fait entré dans le XXIᵉ siècle. Pour une fois qu'elle avait clôturé un dossier en un temps record, c'était comme si les dieux de l'informatique se liguaient contre elle.

Elle composa le numéro de poste de son collègue Phillip Detroit.

— Qu'est-ce que tu veux, ma belle ?

— Ça t'embêterait de venir me donner un coup de main ?

— Devant tout le monde ? répliqua l'homme d'une voix ironique. Petite coquine !

— Euh… C'est pour mon ordinateur.

— J'arrive.

Bon sang ! Une affaire résolue en moins d'une semaine ! Un adolescent retrouvé le lundi, à neuf heures trente du matin, deux balles de 9 mm dans la poitrine, devant un hangar du chantier naval. Treize ans à peine. Suspects identifiés le mardi, arrêtés le mercredi, et des aveux en bonne et due forme le vendredi matin, à l'aube, après une bonne nuit d'intimidation dans la salle d'interrogatoire numéro deux. Sans une égratignure. Une banale histoire de coke. Les gosses étaient de plus en plus jeunes, et la C était maintenant aussi accessible que l'avait été l'herbe dans les années 1990. Avec l'embourgeoisement de Brooklyn, il était devenu plus facile de trouver de la cocaïne de bonne qualité que des fruits de saison.

— Qu'est-ce qui se passe, Gallagher ?

Phillip Detroit était un détective spécialisé dans la criminologie informatique – sur le papier, c'était un poste plutôt gratifiant, mais étant donné les prouesses dont la plupart des flics du NYPD étaient capables devant un ordinateur, il affirmait passer plus de temps à faire de la maintenance que de l'analyse… Et Detroit n'était pas un type commode. Beau gosse, charismatique, il avait des airs de cow-boy et un regard brillant de renard malicieux.

— C'est encore mon imprimante ! Tu vois, là, je clique sur « imprimer », et ça marche pas. Y a rien

23

qui sort. Ça fait quinze fois que je clique. Et voilà, il se passe rien du tout.

— Si ça ne marche pas, pourquoi tu cliques quinze fois ? Elle est branchée, ton imprimante ?

— Ben, oui !

— Il y a du papier dedans ?

— Tu me prends pour une débile ?

— Non. Mais tu as fait l'École de police, c'est souvent un net handicap, répliqua Detroit en se penchant sur l'ordinateur de sa collègue.

Le détective Gallagher soupira et fit lentement rouler son fauteuil sur le côté. Elle secoua la tête d'un air amusé en voyant le regard de son collègue glisser vers son décolleté.

— Concentre-toi plutôt sur l'imprimante, murmurat-elle tout en prenant son téléphone portable dans sa poche pour voir si la baby-sitter n'avait pas essayé de la joindre.

Pas de message, pas d'appel en absence. La jeune étudiante était un modèle de patience et Lola, elle, ne se qualifiait plus vraiment pour le concours de la meilleure maman de l'État de New York. Elle reposa le vieux Nokia sur son bureau en désordre. Entre l'ordinateur, le téléphone démesuré, les dossiers en cours et ses affaires personnelles – une photo de son fils prise lors de leurs vacances en Floride deux ans plus tôt (vacances qu'elle avait naïvement promis de renouveler), un iPod bourré de standards du rock et de ballades irlandaises, deux ou trois canettes vides de Red Bull sans sucre et un brumisateur périmé –, il n'y avait plus un seul centimètre carré de disponible sur sa surface de travail. Au fond, son bureau ressemblait un peu à sa vie. Un gigantesque foutoir, beaucoup de choses inutiles, et pas mal de choses à jeter.

Après plusieurs opérations infructueuses, Detroit fit une grimace désolée.

— Rien à faire. Ton imprimante est aussi morte qu'un dimanche après-midi dans le Delaware.

— Merveilleux !

— Je peux t'en commander une nouvelle...

— Ouais. Avec un peu de chance je l'aurai avant de partir à la retraite.

— En attendant, tu n'as qu'à utiliser l'imprimante réseau, expliqua Detroit en lui montrant la manœuvre. Ton papier va sortir là-bas, juste devant le bureau du capitaine.

Il se redressa avec une sorte de satisfaction dans le regard. Avec n'importe quel autre collègue, Detroit n'aurait certainement pas fait preuve d'autant de zèle et de diligence. Phillip était d'ordinaire un type sec, individualiste et facilement désagréable. Mais avec Lola, c'était différent.

— Merci, Phillip.

Il lui adressa un sourire où se lisait un peu plus qu'une simple sympathie confraternelle. Il y avait quelque chose entre ces deux-là, quelque chose que peu de personnes auraient pu comprendre. Pas de l'amour, mais juste une complicité tacite. Et un peu de sexe en supplément.

Lola était une jolie femme, une très jolie femme de quarante-deux ans, dont le sang irlandais ne se devinait pas seulement à la playlist de son iPod, sa longue chevelure rousse et ses yeux d'un vert émeraude, mais aussi à son caractère. Elle était chaleureuse, mais dure, indépendante. Après une séparation pénible deux ans plus tôt, et avec un fils de onze ans à assumer toute seule, son métier lui laissait peu de temps pour une véritable histoire d'amour. Mais assez, occasionnellement, pour un *fuck friend*[1].

— Tu as besoin d'autre chose ?

— Oui. De vacances.

— Toi et moi, Miami Beach, quand tu veux.

— Bien sûr. Allez, merci, hein...

Gallagher se leva, traversa la pièce et partit chercher les feuilles imprimées. Elle jeta un coup d'œil dessus, apposa sa signature et se rendit dans le bureau du capitaine Powell, où elle entra sans frapper. Elle avait vu, entre les persiennes, qu'il n'était ni au téléphone ni en réunion et, à cette heure-là, les convenances pouvaient bien aller se faire foutre.

— J'ai des papiers à vous faire signer, capitaine.

Le quinquagénaire aux tempes grisonnantes releva la tête vers sa subordonnée.

— Vous tombez bien, Gallagher.

— Ah ? Je ne sais pas pourquoi, je sens que je vais regretter d'être venue vous voir.

Depuis six ans qu'elle avait été mutée au 88ᵉ district, Lola avait appris à apprécier ce vieux bulldog afro-américain qui aboyait bien plus souvent qu'il ne mordait vraiment. Son seul véritable défaut, au fond, était d'être divorcé et sans enfant, et de n'avoir donc qu'une compassion très limitée pour les problématiques de la monoparentalité.

— Il vient d'y avoir des coups de feu sur Washington Avenue. Le 77ᵉ est débordé. Ils nous refilent le bébé.

---

1. Un ami avec qui l'on couche.

— Tant mieux pour l'équipe du soir, capitaine. Ça va les occuper. Vous me signez mes papiers ?

— Taylor est chez le procureur, Brown est sur l'affaire du violeur du centre commercial et Dumont est en vacances. Avec sa maîtresse. Je ne sais plus où.

— À Montauk.

— À Montauk. Bref, vous êtes le seul détective d'investigation qu'il me reste, Gallagher.

— Il est plus de vingt-deux heures !

Le capitaine fit un geste désolé.

La rousse ferma les yeux et laissa ses épaules s'affaisser. Elle sentait que la soirée allait être longue.

Bullets flying

6

Ils étaient toujours sur ses traces. Elle avait remonté toute l'avenue jusqu'à Clinton Hill, se faufilant entre voitures et passants, renversant poubelles et panneaux publicitaires, et ces enfoirés étaient toujours sur ses traces !

Sa gorge lui brûlait, ses jambes, ses pieds, son corps tout entier lui faisait mal, et elle avait l'impression d'avoir dépensé toute son énergie. Pourtant, elle ne pouvait pas abandonner. Pas maintenant. Pas après tout ce qu'elle avait fait pour en arriver là.

Des sirènes de police résonnaient dans tout le quartier. Elle aurait voulu s'arrêter au milieu de la chaussée et les attendre, leur faire signe. Mais c'était beaucoup trop dangereux. Les flics arrivaient toujours après la bataille.

Elle tourna brusquement à gauche dans Lafayette Avenue. Trois rues plus loin, elle contourna l'imposant temple maçonnique de Brooklyn et s'engouffra à droite dans Clermont. Puis encore à gauche. Avec l'obscurité, à force de bifurquer, elle avait peut-être une chance de les semer.

Bien sûr...

Au-delà du carrefour, elle aperçut le parc de Fort Greene qui s'étendait à perte de vue. Là-bas, il y avait bien moins de lumière que dans les rues. C'était peut-être sa dernière chance : se tapir dans l'ombre et attendre que la police nettoie le secteur.

Elle rassembla le peu de forces qui lui restaient, traversa le grand boulevard et se jeta dans l'allée centrale. Ici, la neige tenait bon et, à la lumière de la lune, elle avait l'impression de gravir une immense colline bleutée. Après plusieurs foulées, elle s'écarta du chemin, longea l'aire de jeux et courut au milieu des arbres vers le sommet de la colline. Ses pieds glissaient sur le parterre de neige et de boue. Le terrain montait de plus en plus et, bientôt, à bout de souffle, elle fut obligée de s'arrêter.

Pliée en deux, elle posa les mains sur ses genoux dans un geste d'épuisement désespéré. Des petits nuages de fumée blanche sortaient de sa bouche à chaque souffle. Soudain, elle entendit les bruits de pas derrière elle. Elle se redressa, jeta un coup d'œil vers le bas de la colline, juste à temps pour voir qu'on allait lui tirer dessus – une main tendue, un éclat de métal sous la lumière d'un réverbère.

Elle reprit sa course au moment même où le coup de feu retentit. Quand elle arriva tout en haut du parc, derrière l'immense colonne du Monument aux martyrs des bateaux-prisons, des larmes coulaient dans ses yeux. Des larmes d'abattement et de regrets. Car, à cet instant, elle fut certaine que c'était fini.

Elle avait fait une erreur en venant ici, dans ce parc. Et cette fois, ils ne la laisseraient pas repartir vivante. De toute façon, elle n'en avait plus la force.

Avec une accablante résignation, elle se retourna et plaqua son dos contre le socle en granit du monument. Tout en bas du parc, les gyrophares rouge et blanc des voitures de police éclairaient les vieux immeubles par intermittence. Mais c'était trop tard.

Elle n'eut sans doute pas le temps d'entendre ce dernier coup de feu. La balle l'atteignit en pleine tête.

7

Le détective Gallagher attrapa le gyrophare dans la boîte à gants de la Chevrolet Impala banalisée et le colla sur le toit tout en s'engouffrant dans Dekalb

Avenue, pied au plancher malgré la chaussée glissante. Elle s'apprêtait à tourner à gauche quand un échange sur la radio l'en dissuada.

« *Alpha 201 à com ?*

— *À vous 201.*

— *Nous avons un 10-34[1] sur le parc de Fort Greene, sortons du véhicule et demandons du renfort.*

— *10-4, Alpha 201. Alpha 203 déjà en route, on vous envoie d'autres unités et les secours.* »

Lola continua donc tout droit vers le parc, évitant les voitures et les camions stationnés en double file sur l'avenue, puis elle aperçut la Ford de ses collègues, garée sur le trottoir. Elle plaça sa Chevrolet juste à côté et s'en extirpa en enfilant son épaisse parka noire. Tout en courant vers le parc, elle sortit le Glock 19 de son holster et attrapa la radio à sa ceinture.

— Alpha 203 à com ?

— À vous 203.

— J'entre dans le parc, terminé.

— 10-4, Alpha 203. Alpha 201 vient de trouver un civil à terre, près du monument. Le tireur est sûrement encore sur place, faites attention, terminé.

Alors qu'elle avançait prudemment, l'arme en main, vers le sommet de la colline, Gallagher entendit une troisième voiture de police arriver, ainsi qu'une ambulance. Le quartier allait bientôt être quadrillé, mais il était sûrement trop tard. Avec le bruit des sirènes, le ou les tireurs avaient probablement déjà filé. Comme souvent.

En bas de l'immense colonne, au milieu du ballet gracieux des flocons, elle discerna un collègue en

---

1. Code de police pour signaler une agression en cours.

uniforme. À ses pieds, un corps étendu dans la neige. Une femme blonde. Il y avait une énorme tache de sang sur la base du monument.

The line

— Qu'est-ce que vous avez vu ? demanda-t-elle en arrivant sur place.

— On est arrivés trop tard… Elle a pris une balle en pleine tête.

— Où est Velazquez ?

— Il… Il est parti chercher le tireur.

— Tout seul ?

— Oui.

Lola secoua la tête.

— Je m'occupe d'elle. Allez rejoindre cet imbécile de Velazquez. Et faites attention à vous.

— Oui, détective.

Gallagher rangea son arme et s'agenouilla près de la femme. Une balle dans le côté gauche du front. Un joli trou bien rond, du sang et des bouts de peau déchirée.

Par acquit de conscience, elle attrapa son poignet.

— Merde !

Le pouls battait encore.

Lola reprit la radio à sa ceinture.

— Alpha 203 à com ?

— À vous 203.

— Elle est toujours en vie. Dites aux secours de faire vite et envoyez-nous le CSU[1].

Elle sortit son téléphone portable et fit quelques rapides photos. Ce n'était pas des plus réglementaires, mais souvent bien pratique. Gallagher faisait toujours passer l'efficacité avant le règlement. Elle faisait confiance à son intuition, même quand celle-ci la poussait à faire des choses qui sortaient un peu du cadre légal. Ça lui valait parfois quelques ennuis, mais plus souvent de belles réussites. Les autres détectives l'appelaient *Madame 90 %*, parce que, selon la légende, neuf fois sur dix, son intuition était la bonne.

Elle fouilla dans le manteau de la victime. Rien. Pas de portefeuille, pas de papiers. Dans la poche de son jean, toutefois, elle trouva un bip de parking. Rien d'autre.

Le détective glissa le bip dans un petit sac en plastique. Puis quelque chose attira son attention : les mains de la femme. Elles étaient couvertes de petites taches de peinture multicolores. Elle en fit une nouvelle photo.

Quelques minutes plus tard, le parc grouillait d'uniformes et Lola regarda les ambulanciers emmener la blonde vers le Brooklyn Hospital, à deux pas de là, dans un concert de sirènes. Au même instant, l'agent Velazquez revint sur les lieux, essoufflé.

— Vous n'avez vu personne ? demanda Lola sèchement.

— Personne, répondit le jeune flic d'un air désolé.

— Et votre partenaire ? Vous l'avez croisé ?

---

1. *Crime Scene Unit* : unité médico-légale du NYPD qui assiste notamment les détectives des différents districts dans l'analyse d'une scène de crime et le relevé d'indices.

— Non.

— C'est malin, je l'ai envoyé vous chercher ! Bon, allez à l'hôpital. Je vais avoir besoin des empreintes de la victime quand les médecins vous laisseront la voir, elle n'a pas de papiers sur elle.

— OK, détective.

— Et ensuite, il faudra qu'on parle, Velazquez.

L'agent hocha la tête et s'éloigna sans demander son reste, devinant sans doute déjà qu'il allait prendre un savon.

Gallagher retourna vers la Chevrolet. Le trottoir s'était noirci de journalistes et de curieux. Elle poussa un soupir, se glissa derrière le volant, regarda sa montre et composa le numéro de la baby-sitter tout en se mettant en route vers le 88e district.

— Melany ? Je suis désolée… Je suis encore au boulot.

— Oh, ne vous inquiétez pas, madame Gallagher ! Adam est couché. J'ai amené mon ordinateur portable, je suis en train de réviser mes cours dans votre salon, tout va bien. Prenez votre temps !

— Je ne sais pas ce que je ferais sans vous. J'en ai encore pour une petite heure, et je rentre. Promis, je suis là avant minuit. Ça vous va ?

— Pas de problème. À tout à l'heure !

Lola raccrocha. La baby-sitter était compréhensive. Mais Adam, elle s'en doutait, devait sûrement lui en vouloir. À onze ans, il ne voyait plus son père – depuis maintenant deux ans – et sa mère rentrait un soir sur deux après qu'il était couché. Un jour ou l'autre, elle allait finir par payer tout ça. Mais elle n'avait pas vraiment le choix.

Sans quitter la route des yeux, Lola attrapa sur le

siège passager le petit sac en plastique transparent et le secoua dans son champ de vision.

Un bip de parking.

Un bip de parking et de la peinture sur les mains.

C'était maigre comme indices.

Taking toll

8

Le SUV noir aux vitres teintées descendit lentement la rampe de parking et alla se garer tout au fond du dernier étage dans l'écho assourdissant de son moteur diesel. À cette heure, plus aucun autre véhicule n'était stationné si profond sous terre.

L'homme, le crâne couvert d'un chapeau de feutre sombre, sortit de la haute voiture et, sans prendre la peine de refermer la portière, fit quelques pas vers l'un des larges piliers de béton qui quadrillaient l'espace. Là, un autre homme, presque entièrement dissimulé dans l'ombre, attendait, une cigarette au coin de la bouche.

— On a un souci, dit l'homme au chapeau en s'arrêtant à quelques mètres de son interlocuteur, comme pour respecter une distance de sécurité.

L'autre ne répondit pas et se contenta de tirer une bouffée de sa cigarette.

— Nous n'avons pas pu la récupérer, continua-t-il. Elle a pris une balle dans la tête, mais impossible d'avoir confirmation de son décès.

— C'est très ennuyeux.

— La police est arrivée trop vite. Nous avons seulement pu voir une ambulance partir pour le Brooklyn Hospital. Toutefois, avec une balle dans la tête, peu de chances qu'elle soit en vie.

— Peu de chances, c'est toujours trop de chances.

Un silence. Une volute de fumée.

— Renseignez-vous. Si elle est encore en vie, éliminez-la.

— Comme ça ? C'est risqué.

— C'est moins risqué que de la laisser en vie.

The line

9

Assise derrière son bureau, le détective Lola Gallagher se connecta sur la base de données du NYPD et lança le logiciel de reconnaissance faciale pour tenter d'identifier la victime qu'elle avait prise en photo avec son téléphone. Après quelques minutes de recherche, elle ne trouva rien de probant : taux de correspondance trop faibles. Il allait falloir attendre ses empreintes.

Les yeux rivés sur l'écran, Lola se frotta le menton d'un air dépité. Il était un peu tôt pour espérer trouver quelque chose ; peut-être était-il temps de rentrer chez elle. Le rapport des analystes du *RTCC*[1] serait sûrement sur son bureau rapidement, en espérant qu'ils trouveraient des renseignements à partir des caméras de surveillance du quartier ou des images satellites. Quelques années plus tôt, la chose aurait pris des semaines, voire n'aurait pas été possible du tout. À présent, avec ce nouveau département – qui avait coûté la bagatelle de onze millions de dollars –, on avait de bonnes chances d'obtenir des résultats en quelques jours. Mais on ne gagnait pas à tous les coups. Parfois, il fallait revenir aux bonnes vieilles méthodes.

Lola ouvrit le sac en plastique sur son bureau et en sortit le bip de parking. Elle l'inspecta de près, puis nota sur un carnet la marque et le numéro de série de l'appareil. Six chiffres, trois lettres. Avant de l'envoyer au service d'assistance technique, elle pouvait essayer d'en tirer quelque chose par elle-même. *Les bonnes vieilles méthodes.*

— Vous êtes déjà rentrée ? demanda le capitaine Powell en débarquant dans l'*open space*.

— Oui. Velazquez est allé à l'hôpital prendre les empreintes de la femme. Je rentre chez moi. Les heures

---

1. *Real Time Crime Center*, service d'information centralisé de la police de New York, regroupant de vastes bases de données criminelles et publiques ainsi qu'un service d'imagerie satellite.

sup', ici, ça rapporte pas assez pour payer celles de la baby-sitter.

— Quelques minutes avant la fusillade de Washington Avenue, il y en a eu une autre à l'intérieur du Brooklyn Museum.

— Vous pensez que ça a un rapport ?

— C'est à vous de me le dire, Gallagher. Mais ça serait gros, comme coïncidence…

Le détective ferma les yeux et laissa sa tête retomber en arrière, d'un air désespéré. Puis, avec une grimace :

— OK… Je vais voir.

Elle réfléchit un instant, puis elle se leva, traversa les allées de bureaux et entra dans la petite pièce obscure où Phillip Detroit avait la chance, lui, de travailler seul, entouré de ses ordinateurs.

— Toujours là ?

— Je sais que le concept peut paraître étrange, mais j'aime mon boulot, Gallagher. Surtout le soir. C'est le seul moment de la journée où les collègues ne me demandent pas de venir réparer leur ordinateur.

— Je te dérange alors ?

— Tu es l'exception qui confirme la règle. Te voir est toujours un plaisir.

— Tu peux vérifier un truc pour moi ?

Le spécialiste fit semblant d'hésiter.

— Dis toujours.

— Il y a eu une fusillade tout à l'heure au Brooklyn Museum. Tu peux récupérer les vidéos de surveillance ?

— Ça doit pouvoir se faire.

De fait, après avoir longuement parlementé au téléphone, Detroit récupéra un accès distant au système de sécurité du musée. Selon son interlocuteur, la fusillade avait eu lieu vers 21 h 40 dans le lobby, il pouvait donc sélectionner la bonne tranche horaire et commencer par les caméras de surveillance situées dans cette zone.

Quelques instants plus tard, trois fenêtres vidéo s'ouvrirent sur l'un des écrans.

Lola s'assit à côté de son collègue et regarda défiler les images. La première caméra était braquée sur l'entrée du musée, la seconde sur le comptoir d'accueil et la troisième filmait tout le lobby en plan large. Des images, mais pas de son. On y voyait la foule des visiteurs qui entraient et sortaient, circulaient entre les statues de Rodin exposées dans le hall, discutaient avec les employés du musée…

Soudain, Lola leva la main et pointa du doigt la troisième fenêtre.

— Là ! Il s'est passé quelque chose ! Reviens un peu en arrière et fais un zoom sur la partie droite de l'image.

Detroit s'exécuta et, en effet, ils virent – cachée par intermittence par les nombreux visiteurs qui passaient dans le champ de la caméra – une femme tapie derrière le large socle d'une sculpture en bronze. Soudain, un petit nuage de poussière blanche se formait à côté d'elle, au niveau du piédestal. Un impact de balle.

— Stop ! Zoom sur la femme !

Detroit cala l'image quelques secondes avant l'impact de balle et agrandit le cliché.

— Je suis pas sûre… Ça lui ressemble, mais je suis pas sûre. Remonte la vidéo de la caméra de l'entrée, quelques instants avant que la femme apparaisse sur ce plan-là.

Son collègue obtempéra et retrouva l'image où l'on

voyait ladite femme pénétrer dans le musée. Sous cet angle, on pouvait mieux distinguer ses traits.

Un sourire se dessina sur le visage de Lola. La femme semblait avoir une trentaine d'années, elle était grande, mince, avec de courts cheveux blonds.

— C'est bien elle !

— Elle est jolie.

— C'est la femme qui s'est fait tirer dessus dans le parc de Fort Greene.

— Si c'est pas malheureux ! Tirer une balle dans une si jolie tête !

— Ça veut dire que la fusillade a commencé ici, dans le musée, et qu'elle s'est terminée dans le parc, dit Lola comme si elle réfléchissait à voix haute. Mais qu'est-ce qu'elle foutait planquée derrière cette statue ? Reviens sur le plan large, remonte un peu en arrière, et reste cadré sur elle.

Phillip acquiesça et effectua l'opération. Il remonta jusqu'au moment où la femme entrait dans le champ de la troisième caméra.

À cause de l'agrandissement, l'image n'était pas très nette, mais suffisamment pour voir l'expression d'angoisse sur le visage de la blonde.

— Elle a l'air terrifié, commenta Detroit. On dirait une proie dans une partie de chasse.

— Charmante analogie.

Se faufilant entre les visiteurs, on voyait la femme avancer rapidement vers le buste de Rodin, puis se cacher derrière le piédestal.

— À quoi joue-t-elle ? murmura Phillip alors que, sur la vidéo, on voyait la femme lever les yeux vers le plafond.

Puis, quelques secondes plus tard, elle se retournait

et semblait toucher quelque chose sur le socle de la statue. L'instant d'après, on voyait clairement l'impact de balle qui la manquait de peu. La panique gagnait alors tout le hall du musée, puis la femme partait en courant et disparaissait du champ de la caméra.

— Reviens en arrière ! C'est quoi le truc qu'elle touche sur la statue ?

Detroit revint à l'endroit indiqué et agrandit encore l'image.

— On dirait qu'elle tire sur un fil au pied du buste...

— Un fil électrique. C'est l'alarme, murmura Lola. Elle a volontairement déclenché l'alarme. Note le *time-code*, on verra si cela correspond bien au moment où l'alarme a été déclenchée dans le musée, mais je suis sûre que c'est ça.

Detroit nota l'heure exacte sur un Post-it.

« 09 : 40 : 32 pm »

— Maintenant, reviens encore en arrière, quand elle regarde vers le plafond... Il y a un truc bizarre.

L'image revint sur le visage de la femme au moment où, les yeux grands ouverts, elle regardait fixement en l'air.

— Là ! s'exclama Lola. Qu'est-ce qu'elle fout ?

— Elle regarde quelque chose en l'air.

— Non ! Ses lèvres ! Regarde : ses lèvres bougent ! Elle est en train de parler à quelqu'un.

10

Tony Velazquez était un tout jeune agent de police, et le 88ᵉ district était sa première affectation. À vingt-deux ans à peine, encore plein d'illusions, bourré d'ambition, ce jeune New-Yorkais d'origine mexicaine était désormais la plus jeune recrue du commissariat. Joli garçon, mince, de taille moyenne, les cheveux bruns coupés à la militaire, le regard pétillant, il avait presque l'air d'un adolescent.

Cela faisait maintenant près d'une heure qu'il attendait dans le couloir du Brooklyn Hospital quand le médecin sortit enfin de la salle d'opération, le front trempé de sueur.

Le temps lui avait paru long, mais Velazquez n'avait montré aucun signe d'impatience : après une seule semaine passée au 88ᵉ district, c'était sa première « grosse affaire ». Une tentative de meurtre. La montée d'adrénaline que lui avaient procurée ces quelques minutes à chercher un fantôme dans l'obscurité du parc de Fort Greene était exactement ce qui l'avait motivé à entrer à l'Académie de police. Le *rush*. La tension. L'impression de vivre dangereusement, tout en restant du bon côté de la loi. Comme la première prise d'une drogue puissante.

— Elle est toujours dans le coma, annonça le médecin tout en continuant de se frotter les mains avec un gel désinfectant, mais elle est dans un état stable. On a réussi à extraire la balle.

— Vous pensez qu'elle va sortir du coma rapidement ?

— Aucune idée.

— Et il y aura des séquelles ? demanda Velazquez, bien que cette question ne fît, au fond, pas vraiment partie de ses prérogatives.

— Très probablement. Je vous laisse entrer, faites ce que vous avez à faire, mais ne traînez pas. Nous devons la transférer dans une salle de soins intensifs avec monitorage.

— OK. Merci, docteur.

Velazquez, pour se donner un peu de contenance sans doute, donna une petite tape déplacée sur l'épaule du médecin, ajusta le col de son uniforme et entra dans le bloc opératoire.

Une infirmière s'affairait encore auprès de la patiente, finissant de lui bander le haut du crâne.

— Madame.

Celle-ci répondit seulement d'un geste de la tête.

Velazquez prit un scalpel et un tube dans son sac et s'approcha de la victime dans le coma. Elle avait l'air de dormir, paisible. Le sang avait été nettoyé de son visage et, sans le bandage qu'on était en train de lui mettre, on aurait peiné à croire que cette femme venait de prendre une balle en pleine tête.

L'agent prit sa main, gratta un peu de peinture déposée sur l'épiderme et fit glisser quelques particules dans le tube hermétique numéroté. Ensuite, il sortit un encreur et une étiquette de son kit de prise d'empreintes digitales.

Il attrapa délicatement l'index de la femme sous le regard de l'infirmière, l'appuya sur l'encreur, puis appliqua le bout du doigt sur la petite étiquette blanche.

Velazquez fronça les sourcils.

Rien. Juste une trace d'encre qui bavait. Le résultat ressemblait à tout sauf à une empreinte digitale.

Le policier se racla la gorge en sentant le rouge monter à ses joues. Il avait fait plusieurs prises d'empreintes à l'Académie de police, cela n'avait jamais posé de problème. Il sortit une seconde étiquette et essaya une nouvelle fois.

Toujours rien. Pas de « dermatoglyphe ».

La femme semblait n'avoir aucune empreinte sur l'index.

11

— Mais elle regarde en l'air ; à qui veux-tu qu'elle parle ? À un ange ?

— J'en sais rien ! rétorqua Lola. Mais elle parle. Il n'y a pas d'autre angle de vue ? Une caméra qui aurait pu filmer son interlocuteur ?

— Non.

La rousse grimaça.

— Attends, dit-elle en se levant et en allant se placer face à l'écran. Zoome encore un peu sur son visage !

Detroit poussa un soupir et s'exécuta. Il relança la vidéo.

— Merde ! Mais c'est à nous ! s'exclama le détective Gallagher. C'est à nous qu'elle parle ! Regarde ! Elle a les yeux rivés sur la caméra de surveillance !

En effet, à mieux y regarder, la femme, les yeux emplis de panique, semblait s'adresser directement à l'objectif.

— Exact. Elle a dû vouloir alerter le service de sécurité en parlant directement à une caméra, suggéra Detroit. Et voyant que ça ne marchait pas, elle a déclenché l'alarme.

— Ou alors… Elle savait que cette bande serait visionnée par la suite si elle déclenchait l'alarme, et elle voulait nous dire quelque chose. Nous laisser un message.

— Un message ?

— Le nom du type qui la poursuivait, par exemple. Il faudrait qu'on réussisse à lire sur ses lèvres. Tu crois qu'il serait possible de comprendre ce qu'elle dit ?

— Impossible ne fait pas partie de mon vocabulaire, Gallagher.

Detroit fit passer plusieurs fois l'extrait où l'on voyait la blonde parler à la caméra. Il y avait quelque chose de terrible dans le regard de cette femme dont les lèvres bougeaient à peine, comme si elle chuchotait. Comme si elle récitait une prière. Une supplique. Parce qu'elle avait peur qu'on l'entende, ou qu'elle se savait condamnée.

— Bon, ça va pas être commode, admit Phillip d'un air agacé. Il y a des gens qui n'arrêtent pas de passer dans le champ, et l'image est tellement zoomée que ce n'est pas très clair.

— Il faut absolument qu'on sache ce qu'elle a

dit ! Ça a forcément un rapport avec ce qui lui est arrivé !

— On n'a qu'à lui demander, plaisanta Detroit.

— Elle est dans le coma, petit malin !

— Je peux envoyer la vidéo à l'unité d'assistance technique : ils ont des logiciels pour améliorer la qualité de l'image et il y a des spécialistes en lecture labiale, là-bas.

— OK. Fais ça. On verra si on peut en déduire quelque chose.

— T'en penses quoi, toi ? demanda Detroit, soit parce qu'il savait que les instincts de Lola s'avéraient souvent des plus justes, soit parce qu'il avait simplement envie de lui faire plaisir…

— Cette femme était poursuivie. Dans la panique, elle a essayé de transmettre un message à une caméra de surveillance, elle s'est fait tirer dessus, elle s'est enfuie dans les rues de Brooklyn, mais elle s'est fait rattraper dans le parc de Fort Greene. Bam. Une balle dans la tête. Ça tient la route.

— C'est l'hypothèse la plus simple, acquiesça Detroit.

— Je me contente de faire confiance à mon instinct. Et mon instinct me dit que ça a dû se passer comme ça.

— L'instinct, ça n'existe pas, Lola. L'instinct, c'est de la logique qui s'ignore.

— T'es excitant quand tu fais des belles phrases.

12

— Vous avez un problème ? demanda l'infirmière, non sans une certaine ironie.

— Je... Je vais essayer avec un autre doigt, répondit Velazquez en s'efforçant de garder un air sûr de lui.

Il encra le majeur de la patiente mais, là encore, le phénomène se répéta : les arcs, les boucles, les spires qui auraient dû apparaître sur l'étiquette n'y étaient pas.

La femme dans le coma n'avait tout simplement pas d'empreintes digitales.

— Capécitabine, murmura l'infirmière.

— Pardon ?

— Capécitabine. C'est un médicament anticancéreux. Quand on en prend pendant longtemps, il a tendance à effacer les empreintes digitales. Elle a peut-être un cancer. Ou alors, elle se les est effacées elle-même.

Le jeune agent souleva la main de la femme et étudia méticuleusement le bout de ses doigts. Ils étaient entièrement lisses, comme s'ils avaient été polis.

— Mince alors !

Il fit le tour du lit pour inspecter sa main gauche. Mais là aussi, les empreintes étaient effacées. En revanche, sur l'annulaire, Velazquez vit que la femme portait une alliance. Aussitôt, il enleva la bague et l'inspecta à la lumière du plafonnier.

Sur la face intérieure de l'anneau, deux noms étaient gravés : « Mike & Emily ».

— Emily, murmura-t-il en souriant. Enchanté.

Il prit son téléphone dans sa poche et appela le détective Gallagher.

13

— Vous êtes sûr ? OK, merci, Velazquez. Vous passerez quand même me voir demain, il faut toujours qu'on discute, tous les deux.

Lola referma le clapet de son cellulaire avec le bout du menton et le jeta sur le siège passager. Elle grimaça. Identifier une femme dans le coma qui n'avait pas de papiers et pas d'empreintes digitales, ça n'allait pas être commode.

Pour l'instant, ils n'avaient pas grand-chose. Un bip de parking, des traces de peinture et peut-être un prénom : Emily.

Emily, répéta Lola pour elle-même. Le nom ne lui allait pas trop mal.

Qu'est-ce que tu as essayé de nous dire sur cette foutue vidéo, Emily ?

Le détective gara la Chevrolet sur Malcolm X Boulevard, juste devant le petit immeuble de trois étages marron où elle louait un appartement depuis 2006, quand elle avait obtenu une mutation à New York et un poste de détective de deuxième grade. Une belle promotion, mais – compte tenu de l'absence quasi totale de revenus de son sculpteur de mari – pas assez pour se payer autre chose que ce deux-pièces modeste, qu'elle n'avait toujours pas redécoré et qui baignait donc encore dans son jus des années 1970. Lambris aux murs, vieille moquette épaisse mouchetée de brûlures de cigarettes, climatiseur en panne accroché à la fenêtre du salon, plomberie et électricité aux normes antédiluviennes... un vrai petit paradis, dans lequel elle vivait à présent seule avec son fils Adam. Ici et là traînaient encore d'anciennes sculptures réalisées par Anthony qu'elle n'avait jamais pris la peine d'enlever, et qui donnaient une étrange couleur d'atelier d'artiste au petit appartement.

— Bonsoir, Melany.

— Bonsoir, Lola.

La baby-sitter, debout devant l'un des murs du salon, se retourna, presque surprise, pour l'accueillir.

— Je... Je lisais ce poème sur votre mur. *Le Rire de nos enfants*. C'est très beau.

— Oui...

— C'est vous qui l'avez écrit ?

Lola eut un moment d'hésitation ; elle semblait troublée par la question.

— Non. Non, c'est de Brendan Doherty.

— Je ne connais pas.

— Il n'est pas célèbre. Pas ici. C'est un poète irlandais que j'ai connu dans le temps... Tout s'est bien passé ?

— Oui, oui. Comme toujours. Adam est adorable.

— Tant mieux ! se réjouit Lola en lui tendant les billets qu'elle avait pris soin de compter en montant les marches.

— Lundi à la même heure ? demanda Melany en enfilant son manteau.

— Lundi à la même heure. Je vous appelle un taxi ? Il neige…

— Non, non, mon petit copain m'attend en bas.

— Oh ! Je suis désolée de rentrer si tard…

— Il n'y a aucun souci, madame Gallagher. Ah ! J'oubliais ! Adam a laissé une enveloppe pour vous. Je l'ai posée sur le téléviseur.

— Ah ? Merci, Melany.

La baby-sitter lui serra poliment la main – elles n'avaient pas encore franchi le pas de la bise amicale, et ne le franchiraient sans doute jamais, compte tenu du caractère de Lola – puis elle sortit rapidement de l'appartement.

Gallagher jeta son manteau sur le lit – par la force des choses, le salon lui servait aussi de chambre – et inséra un CD dans la chaîne hi-fi.

Close your eyes

Elle resta un instant à écouter les notes apaisantes de cette ballade jazzy qui se mariait si bien à la nuit, comme un rituel qu'elle retrouvait presque tous les soirs pour oublier la folie de ses journées de flic.

Elle se dirigea vers la pièce voisine.

Sans faire de bruit, elle ouvrit la porte et se glissa dans la chambre de son fils. Adam avait l'air de dormir profondément, mais peut-être faisait-il semblant. Une façon de lui reprocher de rentrer si tard… Ça n'aurait pas été la première fois.

Elle s'assit au bord du lit, ramena la couette bariolée aux couleurs de Spiderman sur le petit corps de son enfant et l'embrassa tendrement sur le front. D'elle, il avait hérité sa chevelure rousse. Mais son caractère, il le tenait de son père. Taciturne, silencieux, renfermé.

— Je suis désolée. Dors bien, mon petit ange.

Elle se leva, sortit de la chambre et retourna dans le salon. Elle sourit. Adam parlait peu. Il se confiait rarement et il n'était pas du genre à exprimer ses sentiments, à manifester son affection, mais il avait toujours de gentilles attentions. Discrètes. Des petits gestes qui les unissaient tous les deux, qui renforçaient leurs liens. Au fond, il était peut-être même plus doué qu'elle à ce jeu-là.

Lentement, elle décacheta l'enveloppe.

Quand elle découvrit ce qui se cachait à l'intérieur, son visage se rembrunit.

Elle avala sa salive, puis, d'un air anxieux, elle sortit la petite clef de l'enveloppe. Une clef qu'elle avait reconnue tout de suite. Deux ans plus tôt, elle l'avait confiée à Adam, en lui promettant qu'elle ne s'en servirait plus jamais.

Taking toll

14

L'homme au chapeau de feutre entra dans la pièce obscure, les deux mains enfoncées dans les poches de son long manteau noir.

C'était une petite salle rectangulaire, sans la moindre fenêtre, froide, envahie par le bourdonnement sourd d'une forte climatisation. Le long des murs s'alignaient de hauts racks métalliques emplis de serveurs informatiques dont les diodes vertes et bleues illuminaient l'espace en clignotant. Des câbles débordaient de partout, reliant les machines entre elles dans un ordonnancement qui n'avait de chaotique que son apparence. Ici, rien n'était laissé au hasard.

Au centre de la pièce, un large poste de travail accueillait plusieurs ordinateurs imposants. Devant l'un d'eux, un homme d'une trentaine d'années, avec des petites lunettes argentées sur le nez, semblait absorbé par son travail, tapotant nerveusement sur un clavier.

— C'est bon ? Vous êtes entré ? demanda l'homme au chapeau en venant se placer derrière lui.

L'informaticien ne répondit pas tout de suite. Il continua de s'affairer sur sa machine, remontant régulièrement ses lunettes du bout de l'index dans un tic nerveux, puis il pivota sur son siège et se fendit d'un sourire satisfait.

— C'est bon. On est dedans.

— À quoi avez-vous accès ?

— À tout, répliqua fièrement l'informaticien. Camé-ras de surveillance, registre des entrées et sorties, suivi des dossiers médicaux en direct, comptabilité... Merde, j'ai tout ! Je dois même pouvoir vous dire la couleur des petites culottes que portent les infirmières !

Pour appuyer son propos, il tapota de nouveau sur son clavier et six fenêtres vidéo s'ouvrirent sur son écran. On pouvait y voir, par alternance, les images d'une trentaine de caméras de surveillance.

— Trouvez-moi dans quelle chambre elle a été transférée.

L'informaticien sourit.

— Un jeu d'enfant. Elle est... chambre 403.

— Il y a une caméra ?

— Pas dans la chambre, non. Mais il y en a une dans le couloir qui permet de surveiller l'entrée.

— Faites voir.

L'homme aux lunettes s'exécuta. L'image apparut en plein écran. On y voyait un policier en uniforme posté devant la chambre 403 du Brooklyn Hospital.

— Parfait. Mettez-moi de côté les images de toutes les personnes que vous verrez entrer et sortir de cette chambre. Toutes. Et si la femme sort, vous m'appelez.

— C'est noté.

You've been bad

15

Deux ans plus tôt...

C'est un soir d'été, un de ces soirs où New York vacille dans les vapeurs caniculaires, quand les masses d'air tropical remontent soudain du Grand Sud.

Adam est réveillé, au milieu de la nuit, par une douleur lancinante qui lui parcourt les jambes. C'est une douleur qu'il connaît bien. Sa mère lui a déjà expliqué : il a neuf ans, il grandit, et c'est ça qui lui fait mal. Grandir. Ça fait toujours un peu mal de grandir.

Lui, il appelle ça « avoir des araignées dans les jambes », mais sa mère lui a dit que ça s'appelle des « crampes infantiles ».

Il a beau savoir que ça s'appelle des crampes infantiles, il a mal. Très mal. Et il n'arrive pas à se rendormir. Il y a la chaleur et le bruit de la rue, les voitures qui, malgré l'heure, continuent de passer en trombe. La lumière des phares qui filtre à travers les volets et dessine chaque fois des formes inquiétantes sur le plafond de la chambre. Et il y a la douleur, de plus en plus vive. Et puis il y a son père qui est parti. Depuis un mois. Adam ne sait pas pourquoi il est parti. Ni où. Et il ne sait pas s'il va revenir. Il n'ose plus demander à sa mère, car il voit bien que ça lui fait de la peine. Il paraît que les pères font ça, parfois. Ils disparaissent. Comme les chats.

Cela fait un long moment qu'Adam souffre en silence dans son lit quand il décide enfin de se lever pour aller chercher sa mère. La dernière fois, elle lui a donné un comprimé contre la douleur et lui a mis de la pommade sur les jambes. Il a fini par s'endormir.

Les bras tendus dans le noir, il se dirige vers la porte de sa petite chambre. Ses pieds se cognent contre les jouets qui traînent par terre. Une armée de Pokémons encerclant la voiture rouge de Flash McQueen. Adam grimace, puis il se faufile dans le couloir. Sans oser allumer la lumière, il longe la bibliothèque en faisant attention à ne faire tomber aucun des livres qui dépassent des étagères. Il n'aime pas marcher dans le noir. La nuit, l'appartement n'est plus le même. C'est comme s'il marchait en territoire inconnu, en terre ennemie.

Arrivé dans le salon, où la lune fait entrer un peu de lumière, il se met au pied du lit de ses parents – qui est juste devenu celui de maman, maintenant. Il hésite un peu. Il a peur de se faire gronder. Lola a besoin de sommeil. Elle travaille beaucoup. Et puis finalement, il l'appelle, parce qu'il a trop mal et qu'il a un peu peur.

— Maman !

Aucune réponse. Alors il recommence, plus fort :

— Maman ! J'ai les araignées dans les jambes !

Mais la forme sur le lit ne bouge pas. Pas du tout.

Les battements du petit cœur d'Adam s'accélèrent. Il s'approche pour essayer de réveiller sa mère en la secouant, mais alors il comprend : elle n'est pas sur le lit. La forme qu'il a vue, c'est simplement celle de la couette, ramassée sur elle-même.

Tout le corps d'Adam se raidit. Si sa mère n'est pas dans son lit, alors où est-elle ? Elle ne peut pas être partie et l'avoir laissé seul. Elle ne fait jamais ça. Jamais.

Sa gorge se noue.

Depuis deux ans maintenant, il a peur qu'un jour cela arrive : que sa mère disparaisse elle aussi, comme papa, et qu'il se retrouve seul. Tout seul dans l'appartement.

— Maman ?

Adam se tourne vers le salon. Le canapé est vide. La télé est éteinte. Il n'y a pas un seul bruit dans tout l'appartement. La porte des toilettes est ouverte, et il n'y a personne dedans.

— Maman !

Ce n'est plus un appel, à présent, c'est une supplique. Le petit garçon est envahi par la peur. Il y a quelque chose qui cloche. La panique est si oppressante qu'il a l'impression que sa tête va exploser. Ses oreilles commencent à bourdonner et, malgré la chaleur écrasante de l'été, il a froid. Il tremble. Ça ressemble à un cauchemar, mais il sait que ce n'en est pas un. Il sait faire la différence, maintenant. Ce n'est pas un cauchemar. Sa mère a vraiment disparu.

Alors, le petit garçon n'y tient plus : il éclate en sanglots. Il se met à crier de plus en plus fort. Les images défilent dans sa tête. Il se voit abandonné dans cet appartement. Il se voit seul, toute sa vie, livré à lui-même. Il imagine ne plus jamais la revoir, comme il a déjà imaginé ne plus jamais revoir son père.

Sans vraiment réfléchir, il court vers la porte de l'appartement, l'ouvre et se met à crier sur le palier.

— Maman ! Maman !

Sa voix aiguë résonne entre les murs de ciment.

Adam ne sait plus quoi faire. Coincé sur le seuil,

tétanisé par la peur, il se demande s'il doit partir chercher sa mère dans la rue. Il n'a pas le droit de sortir, mais il ne peut pas rester ici tout seul.

Soudain, une porte s'ouvre de l'autre côté du couloir. C'est Mme Frankel, qui vient à sa rencontre, emmitouflée dans sa robe de chambre.

— Adam ! Adam ! Qu'est-ce qui se passe, mon petit ? dit-elle en le prenant dans ses bras.

Le petit garçon est secoué de spasmes, il pleure trop pour répondre.

— Allons, allons, mon petit, calme-toi. Où est ta maman ? insiste la voisine d'un ton rassurant.

— Elle... Elle a disparu, finit-il par bredouiller.

Alors Mme Frankel lui donne la main et le ramène à l'intérieur de l'appartement.

— Elle ne doit pas être loin, ta maman, elle a dû s'absenter un instant, elle va revenir. Tiens, je suis sûre qu'elle est en bas, au Key Food...

Bientôt, M. Frankel arrive à son tour.

— Qu'est-ce qui se passe ? demande-t-il d'une voix beaucoup moins douce que celle de sa femme.

— C'est rien, c'est rien, c'est Mme Gallagher qui s'est absentée, alors Adam a eu un peu peur, mais ça va aller, hein... Je lui ai dit que sa maman doit être au supermarché.

— Au supermarché ? Il est deux heures du matin, grogne M. Frankel, et au même moment deux autres voisins, tirés de leur sommeil par tout ce raffut, apparaissent sur le palier.

Les sanglots d'Adam commencent à se calmer. L'angoisse cède peu à peu la place à la honte. Il a réveillé tout l'étage. Que va dire sa mère si elle arrive maintenant ? Va-t-elle se mettre en colère ?

Mme Frankel essaie de rassurer tout le monde. Elle explique ce qu'il se passe, elle dit qu'il n'y a rien de grave, mais Adam se demande si elle ne ment pas, si elle ne dit pas ces paroles uniquement pour qu'il ne s'inquiète pas. Après tout, comment peut-elle savoir où est sa mère ? Les adultes font tout le temps cela. Quand il se passe quelque chose de grave, ils mentent. Quand ils disent que tout va bien se passer, c'est souvent qu'ils sont inquiets eux aussi.

Et puis, soudain, la voisine se tait.

Debout dans l'entrée, M. Frankel s'est immobilisé. Son regard s'est arrêté en direction de la cuisine et son visage a blanchi.

— Oh, mon Dieu...

Il porte les deux mains à sa bouche dans un geste d'effroi.

Le silence qui s'ensuit est le plus terrifiant de tous. Tout le monde se presse derrière M. Frankel. Personne ne pense à empêcher Adam de regarder. Le voisin appuie sur l'interrupteur et le plafonnier projette alors sa lumière blafarde sur l'épouvantable spectacle qu'offre la petite cuisine.

Lola est allongée par terre, immobile, dans une position étrange.

Adam pousse un cri.

— MAMAN !

Du sang coule sur le front de sa mère.

M. Frankel se précipite aux côtés de la détective. Il lui relève la tête. Et alors Lola se met à bouger. Péniblement. Elle ouvre les yeux, elle dit quelque chose, mais Adam ne comprend pas ce qu'elle dit. Et ce n'est pas uniquement parce qu'il pleure et qu'il panique ; non, s'il ne comprend pas ce qu'elle dit, c'est parce que sa mère parle bizarrement. Elle dit des phrases sans queue ni tête. Elle grimace.

— Tout va bien, madame Gallagher ?

La rousse, les yeux embués, lève le visage vers son fils et on dirait qu'elle ne le reconnaît pas.

Le petit garçon recule.

Il regarde cette femme. Cette femme qui tremble, cette femme dont le visage trop blanc est maculé de sang. Sa mère. Sa mère débraillée, au visage défait, et qui tient une bouteille de whisky serrée dans sa main droite.

Et alors il comprend. Il comprend quelque chose qu'on ne devrait pas avoir à comprendre quand on n'a que neuf ans. Il lit la honte dans le regard de sa mère, la gêne et le reproche dans celui des voisins, et il comprend.

Maman boit. Maman boit de l'alcool parce qu'elle est malheureuse. Et si elle est malheureuse, c'est sûrement un peu de sa faute.

Close your eyes

16

D'un air songeur, Lola fit longuement tourner la clef métallique entre ses doigts. Elle n'était pas sûre de comprendre le geste de son fils. Ou plutôt, elle avait peur de le deviner. Du haut de ses onze ans, Adam était bien plus mature qu'elle n'aurait voulu l'admettre.

Finalement, elle se leva du canapé et se dirigea, la mine grave, vers le caisson posé à droite de la télé. Un petit caisson de bois sombre, décoré de fines marqueteries. Le seul meuble qu'elle avait pu ramener le jour où elle avait dû vider la maison de ses parents en Irlande.

Elle hésita un instant puis, la main tremblante, inséra la clef dans la serrure dorée. Du bout des doigts, elle ouvrit la petite porte.

À l'intérieur, les bouteilles d'alcool apparurent dans la lumière du salon : cognac, brandy, gin, rhum, vodka et, bien sûr, whisky irlandais. Un vieux single malt de la distillerie Bushmills. Son péché mignon. La drogue à laquelle elle avait promis à son fils – et à ses voisins – de ne plus jamais toucher, deux ans plus tôt, quand elle avait échappé de peu à l'intervention des services sociaux. Pour lui prouver sa bonne foi – ou pour s'empêcher de craquer, peut-être –, elle lui avait même donné la clef du meuble maudit.

Alors pourquoi diable la lui avait-il rendue ce soir, comme ça, dans une enveloppe ?

Soudain, Lola fronça les sourcils.

Au milieu des bouteilles, elle venait d'apercevoir une autre enveloppe, décachetée, et qui n'avait rien à faire là. En voyant le libellé en haut de celle-ci, elle comprit aussitôt : c'était une lettre du docteur Williams.

Les battements de son cœur s'accélérèrent.

D'un geste fébrile, Lola attrapa l'enveloppe... et la bouteille de single malt. Elle retourna vers le canapé, se laissa tomber sur les coussins puis, après s'être servi un verre de whisky, elle déplia le courrier sur la table basse.

Adam l'avait lu avant elle. Bien sûr. Il l'avait lu avant elle et, en lui donnant la clef, il lui avait adressé un message. Un genre de : « Maman, ce soir, tu as le droit de prendre un verre. »

Lola, la gorge nouée, lut la lettre que lui avait adressée le médecin.

La dernière ligne ne laissait aucun doute.

Elle avala son verre d'une traite alors que la conclusion du docteur résonnait encore dans sa tête : « L'examen histologique de la biopsie révèle la présence d'une lésion cancéreuse. »

The world

17

Les premières images de la vieille VHS vacillent avant de se stabiliser. Quelques interruptions dans le son brouillent le début de la vidéo.

Le grain est épais, la couleur bave.

Le visage d'une femme emplit tout l'écran. Le plan est si serré qu'on ne voit que ses yeux – qui sont mi-clos – son nez et sa bouche. Difficile de reconnaître qui que ce soit. Mais lui sait de qui il s'agit. Il sait très bien.

D'une voix apaisée, elle parle. Elle raconte une histoire. Cela ressemble à un rêve.

« Au milieu des flots, je vois un homme, un homme seul qui se tient debout. Il porte une couronne et des habits de roi. Il est blessé à la jambe, il semble souffrir, ne plus pouvoir avancer. La main tendue vers l'arbre, il tente désespérément d'attraper une pomme. Mais dès que ses doigts approchent du fruit, il est frappé par la foudre.

« Je lève les yeux et je comprends alors que ce n'est pas vraiment la foudre. C'est un oiseau, haut dans le ciel, avec un long cou, un bec d'aigle et de grandes ailes rouges déployées : il crache des éclairs de feu sur le pauvre roi immobilisé dans la rivière.

« Soudain, l'oiseau aux ailes rouges plonge vers

moi, il me frôle et il va se poser de l'autre côté de la rivière, sur les épaules d'un grand épouvantail.

« L'épouvantail se tourne lentement vers moi. Je frémis : il n'a pas de visage.

« Le train s'approche encore de la rivière, et je vois à présent que l'eau est rouge. Rouge sang. Je crois d'abord que c'est la blessure à la jambe du roi qui teinte les flots, mais non. Non, ce n'est pas ça. Le sang coule plus haut. Je suis du regard cette traînée écarlate dans l'eau, et je vois, au loin, un rhinocéros, étendu sur la berge. Il meurt lentement. Il a les entrailles ouvertes, et son sang s'écoule dans le fleuve.

« Cette vision me fait peur... »

The line

18

Le lendemain, Lola arriva au 88ᵉ district un peu plus tard qu'à l'accoutumée.

Après avoir déposé Adam à son club d'échecs – où il passait tous ses samedis matin –, elle était restée un long moment derrière le volant de sa voiture, les yeux dans le vague, immobile, comme si tout le poids de ce qu'elle avait appris la veille lui était de nouveau retombé sur les épaules.

Ce matin, Adam n'avait rien dit. Il n'avait pas parlé de la lettre. Pas un mot. Lola s'en voulait encore d'être rentrée si tard la veille, d'avoir laissé son fils découvrir tout seul ce courrier. Elle aurait voulu être là. Depuis le départ de son père, le petit garçon avait bien trop de responsabilités à affronter. Il était de plus en plus souvent confronté à des histoires d'adultes auxquelles un enfant de onze ans n'aurait pas dû être confronté. Alors ce matin, elle aurait voulu lui parler. Le rassurer. Mais elle n'en avait pas trouvé la force.

Dans la voiture, l'expression *lésion cancéreuse* avait tourné et tourné dans son esprit jusqu'à se vider de sa substance, jusqu'à ce qu'elle ne sache plus si c'était les mots eux-mêmes ou leur réalité qui lui faisaient le plus peur. Il lui avait fallu un long moment pour se rasséréner avant de se mettre en route vers le commissariat, où elle avait bien l'intention de ne rien laisser paraître.

— Bonjour, Gallagher. Nos bons amis de l'assistance technique t'ont envoyé la retranscription de la vidéo, l'accueillit Phillip Detroit en lui tendant une feuille imprimée.

Lola fit une moue agacée en s'installant derrière son bureau.

— Ils me l'ont envoyée ? À moi ?

— Oui.

— Et tu l'as lue ?

— Oui.

— Je n'aime pas qu'on lise mon courrier, Detroit.

— Tu plaisantes ?

— Je n'aime pas qu'on lise mon courrier, répéta Lola.

Detroit fronça les sourcils.

— Tout va bien, Gallagher ?

— Oui, ça va !

— Tu n'as pas l'air dans ton assiette.

— Je te dis que ça va.

Le spécialiste secoua la tête d'un air amusé et croisa les bras pendant que sa collègue lisait la retranscription.

— Il n'y a presque rien ! soupira-t-elle.

En effet, le texte ne faisait que quelques lignes et était plein de trous.

— Forcément : il y a des gens qui n'arrêtent pas de passer dans le champ de la caméra, rappela Detroit. On voit mal les lèvres de ta jolie blonde.

— Emily. Elle s'appelle Emily.

— Si tu veux. Du coup, toutes les phrases d'*Emily* sont coupées. Ils vont essayer de faire mieux, mais, pour l'instant, c'est tout ce qu'ils ont réussi à voir sur la vidéo.

Lola relut la retranscription à haute voix.

— *(...) me tuer, je dois (...) prévenir les (...) une machination (...) l'enlèvement (...) Citigroup Center (...) faire quelque chose, vous devez faire quelque chose !*

Elle posa la feuille sur son bureau et se laissa retomber sur sa chaise d'un air absorbé.

— Qu'est-ce que je vais bien pouvoir tirer de ce charabia ? murmura-t-elle. Je ne sais pas si ça nous mènera quelque part. Elle se savait menacée de mort et elle voulait informer quelqu'un d'urgence – les autorités sans doute – au sujet d'une « machination » ? D'un « enlèvement » ? Le sien ? Quelque chose en rapport avec le Citigroup Center. Il faut que je regarde ce qu'il y a dans cet immeuble.

— Il n'y a pas forcément de liens directs entre tous ces éléments…

— Je sais, Detroit. Mais on peut quand même essayer d'en déduire quelque chose.

— Il ne faut pas confondre déduction logique et conjecture hâtive…

— On n'a pas le choix. Il va bien falloir qu'on remplisse les trous nous-mêmes.

— Ou bien vous pouvez lui demander directement, intervint l'agent Velazquez en entrant soudain dans l'*open space*.

Lola eut un geste d'incompréhension. Le jeune policier lui retourna un grand sourire satisfait :

— Notre fameuse Emily vient de sortir de son coma.

Flying lead

19

C'était une petite pièce sans fenêtres, aux murs blancs, et qui, si elle avait été plus grande, aurait pu passer, avec tous ses appareils médicaux, pour un authentique bloc opératoire d'hôpital.

Mais il n'en était rien.

Au centre de la pièce, un homme à demi nu était allongé sur un lit métallique, les yeux écarquillés, le front trempé de sueur. En d'autres circonstances, l'opération se serait passée sous anesthésie générale, mais il n'y avait pas ici l'encadrement nécessaire : on ne lui avait endormi que le bas du corps, et il allait devoir assister aux moindres détails de l'intervention.

De chaque côté du lit, deux hommes en blouse blanche s'affairaient déjà, un masque chirurgical collé sur le nez. Et à l'entrée de la pièce, adossé à la porte, l'homme au chapeau de feutre observait la scène de loin, les bras croisés.

Le scalpel s'enfonça lentement dans la chair, incisant l'intérieur de la cuisse sur une douzaine de centimètres et provoquant immédiatement une hémorragie abondante. La jambe du patient avait été soigneusement calée par un appui distal placé sous son pied. L'aide en blouse blanche épongea le saignement afin que le chirurgien, après avoir agrandi l'ouverture dans la peau à l'aide de deux écarteurs métalliques, puisse pratiquer l'incision de l'aponévrose. Le bistouri s'enfonça péniblement dans l'épaisse membrane blanchâtre avec un bruit de succion humide, et le chirurgien fit glisser deux longues rugines jusqu'à la face postérieure du fémur, pour bien le mettre en évidence.

Le patient, de plus en plus livide, observait le charcutage sanglant de sa propre jambe sans mot dire. L'ouverture béante, tirée par les écarteurs, laissait voir l'intérieur gluant de la chair, le tissu rougeâtre et fibreux des muscles. On aurait dit l'un de ces morceaux de viande que l'on voit pendre à l'arrière des camions de boucherie…

Le chirurgien s'empara d'un bistouri électrique et traça deux repères de coupe dans l'os, puis il y plaça deux broches verticales parallèles.

— Vous êtes prêt ?

Le patient avala sa salive puis acquiesça, sans conviction.

L'aide tendit la scie oscillante au chirurgien, qui amena la petite lame circulaire contre le fémur et commença à scier. Le bruit électrique de la lame qui s'enfonçait lentement dans l'os s'avéra plus pénible encore que ne l'avait été la vision du sang et de la chair incisée.

L'homme, bien qu'il ne ressentît rien, ne put retenir un cri où se mêlaient l'angoisse et le dégoût. Et quand il crut que c'était enfin terminé, le chirurgien entama une seconde coupe, un centimètre plus haut.

Une sonnerie de téléphone portable retentit au moment où l'aide préparait une pince afin d'extraire le bout d'os qui avait été sectionné.

L'homme au chapeau sortit son cellulaire de sa poche.

— Vous êtes sûr ? dit-il. Bien. Merci. Continuez de surveiller.

Il raccrocha et s'approcha du patient.

— Je vais devoir vous laisser, cher ami.

— La vue du sang vous dérange ? plaisanta le patient qui était à présent aussi blanc que l'avaient été ses draps avant l'opération.

— Vous savez bien que non. Mais votre femme s'est réveillée, malheureusement. Je vais devoir aller l'éliminer.

— Ah. Je comprends…

— Bon courage pour l'autre jambe.

— Merci, monsieur. Vous aussi.

The line

20

— Vous n'auriez pas dû partir sans votre partenaire hier, dans le parc.

— Je voulais trouver le tireur avant qu'il ne s'échappe, se justifia Velazquez.

— Et ça n'a servi à rien. Dans ce genre de situation, vous ne devez jamais vous séparer de votre partenaire. Vous le savez très bien.

— On ne pouvait pas laisser la victime toute seule, détective !

— Non, en effet, répliqua Lola Gallagher en poussant la porte vitrée du Brooklyn Hospital. Vous deviez rester auprès d'elle tous les deux en attendant les renforts.

Velazquez fit une moue sceptique.

— Vous n'auriez pas fait comme moi, vous, peut-être ?

Lola épousseta la neige sur son manteau noir et se

frotta les mains pour les réchauffer. L'hiver était si rude cette année qu'on voyait même des blocs de glace flotter sur le fleuve Hudson.

Elle regarda son tout jeune collègue. Elle reconnut dans les yeux de celui-ci une fougue qu'elle avait vue sur le visage de bien d'autres jeunes flics, et elle n'était pas certaine de trouver cela rassurant. Mais Velazquez avait du charme, une sorte de charisme naturel, et Lola n'arrivait pas à savoir s'il en était conscient, s'il était capable de s'en servir. Son visage était si lisse qu'on avait l'impression qu'il ne se rasait pas encore ! Gallagher se surprit à penser qu'elle aurait voulu l'attraper par la peau des joues et le pincer comme on fait à un enfant pour le sermonner gentiment.

— Je ne vous parle pas de ce que moi j'aurais fait, Tony, je vous parle de ce que *vous* auriez dû faire. Ça fait à peine une semaine que vous êtes là, et vous jouez déjà au petit malin. Refaites ça encore une fois et je demande au capitaine de vous coller un blâme. Si votre partenaire s'était fait attaquer, vous ne vous le seriez jamais pardonné. Vous n'êtes pas entré dans la police pour vous prendre une balle dès la première semaine, d'accord ?

Le jeune agent hocha la tête sans ajouter un seul mot.

Contournant le comptoir d'accueil de l'hôpital, ils se dirigèrent tout droit vers l'ascenseur qui menait au quatrième étage.

— Les analyses de la peinture, ça a donné quelque chose ?

— Eh bien, euh… C'est de la peinture à l'huile, répondit Velazquez.

— C'est tout ?

— Eh bien, oui… Emily est peut-être une artiste, risqua le jeune flic.

Devant la chambre 403, ils rencontrèrent l'un des médecins qui s'étaient occupés d'Emily.

— Elle est réveillée depuis combien de temps ? demanda Lola en montrant son badge, sans autre forme d'introduction.

— Un peu plus d'une heure.

— On peut la voir ?

— C'est vraiment nécessaire ?

— Oui.

— Je dois vous prévenir : la balle l'a atteinte au lobe temporal antérieur, elle souffre d'une amnésie rétrograde isolée.

— C'est-à-dire ?

— Elle ne se souvient de rien, ni de son nom, ni de son passé, et évidemment pas de ce qui s'est passé hier. Alors allez-y doucement. Elle est complètement déboussolée, vous imaginez bien.

— D'accord.

— Je vous accompagne.

Lola poussa un soupir et acquiesça.

Amnésique ! De mieux en mieux !

Ils pénétrèrent tous les trois dans la petite chambre.

La femme blonde, le buste relevé, avait les yeux dans le vague. Elle ne tourna même pas la tête pour voir qui entrait. Immobile, la tête bandée, son corps flottant dans une blouse blanche, elle ressemblait à ces patients vidés de substance que l'on voit parfois dans les institutions psychiatriques et qui passent leurs journées le nez collé à une vitre.

— Bonjour, Emily, glissa doucement Lola en s'approchant du lit. Je suis la détective Gallagher, et voici l'agent Velazquez.

La femme pencha la tête pour les regarder enfin, mais ne répondit pas.

— Comment vous sentez-vous ?

Toujours aucune réponse. Les yeux de la femme se fixèrent de nouveau droit devant elle. Lola regarda dans la même direction : elle semblait aspirée par le poste de télévision, calé sur CNN. La laisser regarder les informations dans l'état où elle se trouvait n'était pas forcément une idée lumineuse.

Lola fit le tour du lit et vint se placer précisément entre la blonde et le téléviseur. Elle finit par réussir à accrocher son regard.

— Nous sommes là pour comprendre ce qui vous est arrivé, Emily. Pour retrouver les gens qui vous ont fait ça. Est-ce que vous vous souvenez de quelque chose ?

Les lèvres pincées, elle se contenta de secouer la tête, mais on ne pouvait dire s'il s'agissait vraiment d'une réponse ou simplement d'un geste machinal.

— Le musée, hier... Vous vous souvenez d'être allée au musée ?

— Non. Non, je ne me souviens de rien, murmura enfin la femme.

Elle avait la voix grave, triste et douce à la fois.

— Vous aimez la peinture, Emily ?

Pas de réponse.

— Et votre mari, Mike ? Vous vous souvenez de votre mari ?

— Non.

Les yeux de la femme s'embuèrent de larmes.

— J'ai peur, ajouta-t-elle tout bas.

— De quoi avez-vous peur, Emily ? Cela a un rapport avec le Citigroup Center ?

Le médecin, en retrait, émit un soupir désapprobateur. Sans doute estimait-il qu'il était trop tôt pour mener un véritable interrogatoire.

La jeune femme resta silencieuse un long moment, et bien que son visage fût entièrement statique, on y lisait une terreur profonde.

— Pourquoi… Pourquoi je suis ici ?

— On vous a tiré dessus, hier, dans le parc de Fort Greene.

— Le parc de *Fort Greene* ? répéta-t-elle comme si le nom lui était étranger.

— Oui. À Brooklyn. Nous sommes à Brooklyn, Emily. Vous habitez Brooklyn ?

— Je… Je ne sais pas, répondit la femme, et alors elle éclata véritablement en sanglots.

— Il faut que vous la laissiez se reposer, intervint le médecin en s'approchant de la patiente pour rabaisser le haut de son lit.

— Bien sûr, répondit Lola, bien sûr. Mais je veux juste vérifier quelque chose d'abord. Je peux regarder vos mains, Emily ?

Comme elle ne répondait pas, Gallagher lui prit délicatement la main gauche, puis elle inspecta le bout de ses doigts. Ils étaient parfaitement lisses. Pas d'empreintes, comme l'avait dit Velazquez. Lola inspecta l'autre main de la patiente, puis elle remonta vers le haut du lit.

Le médecin s'écarta pour la laisser passer et, perplexe, la regarda baisser le drap qui couvrait sa patiente et soulever le haut de sa blouse pour regarder ses épaules et le haut de sa poitrine.

— Qu'est-ce que vous faites ? s'indigna le docteur.

Gallagher, le visage fermé, ne répondit rien, puis elle adressa un regard à Velazquez, qui était près de la porte.

— Bon, dit-elle finalement. Nous reviendrons plus tard, Emily. Le médecin a raison, il faut que vous vous reposiez.

La femme ne réagit pas. Les joues couvertes de larmes, le regard dans le vague, elle faisait peine à voir. Du haut de ses trente ans, elle avait l'air d'une jeune adolescente perdue.

Lola rejoignit Velazquez et ils sortirent de la chambre d'hôpital.

— Eh bien ! Elle est sacrément secouée ! chuchota le jeune policier alors qu'ils avançaient dans le couloir.

— On le serait à moins.

Gallagher fronça les sourcils.

— Où est l'agent qui est censé rester devant la chambre d'Emily ? demanda-t-elle.

Velazquez haussa les épaules.

— Il est peut-être aux toilettes…

— Il n'a pas le droit de quitter cette putain de chambre un seul instant ! Qu'est-ce qu'on vous apprend, à l'Académie, nom d'un chien ?

Lola accéléra le pas.

— Je peux savoir pourquoi vous avez regardé sous la blouse d'Emily ? demanda le jeune agent en essayant de la suivre, d'un air presque amusé.

— Vous m'avez bien dit que vous aviez trouvé l'alliance à sa main gauche ?

— Oui. C'était bien vu, hein ?

— Je ne sais pas. Elle a des marques de bronzage au niveau du cou et des bretelles de soutien-gorge.

— Et alors ? Ça vous étonne qu'on soit bronzé au mois de janvier, c'est ça ?

— Non. Mais vous auriez dû remarquer qu'en revanche elle n'a pas de marque de bronzage sur l'annulaire, là où vous avez trouvé son alliance.

Velazquez écarquilla les yeux et regarda la détective d'un air perplexe.

— Euh... Et alors ? répéta-t-il.

— Et alors c'est bizarre. C'est le genre de choses qu'un détective doit remarquer.

— La plupart des femmes enlèvent leurs bijoux quand elles bronzent, non ?

— Rarement leur alliance.

— Peut-être qu'elle l'enlevait, elle, et puis voilà...

— Peut-être, répliqua Lola doucement. Peut-être.

En sortant de l'ascenseur, ils virent leur collègue devant le comptoir d'accueil, en pleine conversation avec un agent de sécurité de l'hôpital. Lola se précipita vers lui d'un air agacé.

— Qu'est-ce que vous faites ici ? Pourquoi vous n'êtes pas devant la chambre 403 ?

— Il y a eu une intrusion dans le système informatique de l'hôpital, détective.

— Une intrusion ?

— Quelqu'un a piraté notre serveur, expliqua l'agent de sécurité. Et pour ce que nous en savons, ils sont peut-être encore à l'intérieur... J'ai pensé qu'il fallait vous prévenir.

— Ça doit vous arriver souvent, non ?

— Pas vraiment. En tout cas, jamais avec autant d'acharnement. Ils ont fait sauter toutes les protections. C'est pas des rigolos.

Lola échangea un regard avec Velazquez.

— J'aime pas ça, dit-elle. On remonte.

Elle se mit en route vers l'ascenseur, suivie de près par ses deux collègues. Arrivés au quatrième étage sans avoir échangé un mot, ils marchèrent tous trois d'un pas vif vers la chambre 403. En chemin, Lola enregistra les visages de tous les gens qu'ils croisaient, infirmiers, patients, visiteurs... Aucun ne lui parut suspect.

Velazquez fut le premier devant la chambre et ouvrit rapidement la porte. En voyant l'expression sur son visage, Lola comprit aussitôt qu'il s'était passé quelque chose.

— Elle n'est plus là !

Bullets flying

— Vérifiez la salle de bains ! ordonna Gallagher en plongeant la main sous son manteau pour en sortir son Glock 19.

— Personne, confirma Velazquez.

— Eh, merde ! Vous n'auriez pas dû bouger d'ici ! dit-elle en se retournant vers le second agent. Appelez la sécurité !

Penaud, l'homme s'exécuta.

Lola revint sur ses pas et héla deux infirmiers.

— La femme blonde qui était dans la chambre 403 ? Quelqu'un l'a vue sortir ?

— Eh bien... oui. Elle vient de descendre par les

escaliers, répondit l'un d'eux d'un air désolé. On ne savait pas si...

— Elle était toute seule ?

— Oui.

— Velazquez ! Vous prenez l'ascenseur, on se rejoint en bas ! cria-t-elle en se dirigeant vers les escaliers.

— Et moi ? demanda le second agent de police.

— Vous, vous restez ici ! Vous avez fait assez de conneries comme ça !

Le canon de son arme pointé vers le sol, Lola poussa la porte des escaliers. Soudain, elle hésita. Monter ou descendre ? Et si Emily était partie dans les étages ? Trop tard : elle avait dit à Velazquez de la rejoindre en bas. Elle commença à descendre les marches.

Cette histoire prenait vraiment une sale tournure. Trop de mauvaises surprises. D'abord, cette femme agressée en plein Brooklyn, sans identité, sans empreintes... puis sans mémoire. Et maintenant voilà qu'elle disparaissait au beau milieu de l'hôpital ! Lola serra les dents. Tous ses instincts de flic étaient en alerte. Il y avait quelque chose qui ne tournait pas rond.

Descendant de plus en plus vite, son arme fermement tenue entre les mains, elle appela Emily, en vain. Ses pas résonnaient entre les hauts murs de béton. Quand elle fut en bas, elle entra précipitamment dans le hall et vit aussitôt Velazquez, devant les portes vitrées, qui, l'ayant aperçue, lui faisait déjà des signes.

— Elle est dehors ! cria-t-il.

Le Glock toujours en main, Lola se mit à courir au milieu des patients et du personnel médical.

— Vous l'avez laissée sortir ? lança-t-elle, furieuse, en passant devant l'agent de sécurité.

L'homme se contenta d'écarter les bras d'un air

embarrassé. Il allait falloir dire deux mots au directeur de l'hôpital au sujet du « professionnalisme » de ses employés. Mais pour l'instant, il y avait plus urgent.

Le détective Gallagher se précipita dehors et rejoignit son collègue sur le perron.

— Qu'est-ce qu'elle fout ? lâcha Velazquez d'un air perplexe en désignant Emily.

La femme amnésique était debout sur le trottoir, hors de l'enceinte de l'hôpital, vêtue de sa seule blouse blanche alors que le ciel gris de l'hiver crachait des nuées de flocons de neige. Elle semblait complètement déboussolée.

— Emily ! cria Lola en rangeant son arme dans son holster.

Elle avança vers elle puis ralentit le pas pour ne pas effrayer la pauvre femme.

— Emily... Vous ne pouvez pas rester là, dit-elle d'une voix qui se voulait apaisante.

La jeune femme se retourna lentement vers elle et lui adressa un regard empli de terreur. Le visage trempé par la neige, elle tremblait.

— J'ai peur, murmura-t-elle.

— Je comprends, Emily. Je comprends. C'est normal. Mais tout va bien se passer. Vous devez retourner à l'intérieur !

Soudain, alors que Lola venait tout juste de poser une main sur l'épaule d'Emily, une déflagration éclata au beau milieu de la rue. Un grand bruit qui se réverbéra plusieurs fois entre les façades des immeubles.

Le détective Gallagher comprit aussitôt qu'on leur tirait dessus et se jeta sur Emily pour la plaquer violemment au sol. Un impact de balle venait de marquer le bâtiment dans leur dos.

Sans attendre, Lola prit la femme par la taille et l'aida à se relever pour aller se mettre à l'abri derrière une voiture.

— Velazquez ! Couvrez-nous !

Le jeune agent, d'abord désemparé, finit par dégainer son arme et la pointa en direction du trottoir opposé. Mais impossible de tirer : il ne parvenait pas à localiser l'endroit d'où le coup était parti.

— Je vois personne ! cria-t-il d'une voix mêlée de colère et de panique.

Lola jeta un coup d'œil par-dessus le capot de la voiture. Aussitôt, un second coup de feu éclata.

— Planquez-vous, Tony !

Elle se rappela la phrase qu'elle lui avait dite un peu plus tôt : *vous n'êtes pas entré dans la police pour vous prendre une balle dès la première semaine...* Elle espérait ne pas lui avoir porté malheur.

— Venez, dit-elle à Emily. Il faut qu'on s'en aille d'ici !

De toutes parts, les passants s'enfuyaient en hurlant. En plein Brooklyn, les gens n'avaient plus l'habitude...

— Suivez-moi !

Les deux femmes se mirent à ramper derrière la rangée de voitures. Les mains dans la neige, Emily grelottait, mais on n'aurait pas pu dire si c'était de peur ou de froid.

Nouveau coup de feu. Un pare-brise éclata en mille morceaux juste au-dessus d'elles.

Plus loin, Velazquez, qui s'était mis à l'abri derrière un distributeur de journaux, attrapa la radio à sa ceinture.

— Alpha 207 à com ! cria-t-il dans l'émetteur.

— À vous 207.

— On nous tire dessus devant le Brooklyn Hospital ! Envoyez des renforts ! Je répète : envoyez des renforts ! Terminé.

— 10-4, Alpha 207. Les renforts sont en route. Terminé.

Lola fit une halte, jeta un coup d'œil de l'autre côté de la rue et fit signe à son collègue.

— En face ! Au rez-de-chaussée, la fenêtre aux persiennes en bois !

Tony acquiesça. Il prit son inspiration, puis se releva et fit feu en direction de la fenêtre, de façon soutenue. Tir de suppression, pour neutraliser le feu ennemi. Le gamin avait bien retenu les leçons de l'Académie.

— On y va ! cria Lola en attrapant Emily par la main.

Elle la guida en courant vers la Chevrolet Impala banalisée, garée un peu plus loin sur le trottoir, puis elle ouvrit la portière arrière.

— Montez ! Couchez-vous sur le plancher !

Emily, qui n'avait pas dit un seul mot depuis le début de l'attaque, se précipita à l'intérieur alors qu'une nouvelle déflagration venait d'éclater. Une balle s'enfonça dans la portière opposée, à quelques centimètres de la tête de la jeune femme tétanisée. Le tireur ne répondait même pas aux attaques de Velazquez : tout ce qu'il voulait, c'était elles. Ou plutôt, tout ce qu'il voulait, c'était Emily.

Gallagher, le cœur battant, ouvrit la portière avant et se glissa à toute vitesse derrière le volant. Elle inséra la clef dans le Neiman tout en jetant des coups d'œil dans le rétroviseur central. Impossible de voir l'ennemi.

— Restez couchée, Emily !

Devant l'hôpital, Velazquez – qui avait probablement dû recharger son arme – fit feu de nouveau. Lola en profita pour démarrer en trombe. Les pneus de l'Impala glissèrent sur le sol couvert de neige, puis la berline s'engagea sur Dekalb Avenue en dérapant. Elle fonça tout droit vers l'est.

Au loin, les sirènes de plusieurs voitures de police approchaient… La cavalerie n'allait pas tarder à arriver.

The line

21

Quand il vit la deuxième voiture de police le doubler toutes sirènes hurlantes, l'homme au chapeau comprit qu'il arrivait trop tard. Il s'en était douté en voyant le SMS du responsable de la surveillance et de la sécurité informatique qui avait vu la femme sortir de la chambre 403 deux minutes plus tôt.

Il se gara sur le côté de l'avenue et composa un numéro sur son téléphone portable.

— Qu'est-ce qui se passe ? demanda-t-il d'une voix sèche.

— Elle est sortie de l'hôpital.

— Toute seule ?

— Oui. Toute seule. En pyjama…

— Vous l'avez éliminée ?

— On a essayé… Mais elle s'est enfuie en voiture avec une autre femme. Une flic, je crois.

— Vous plaisantez ?

— Malheureusement, non.

L'homme prit une profonde inspiration.

— Bon. Videz les lieux tout de suite par la sortie arrière. La police arrive de partout.

— On va essayer…

— Pas de traces.

L'homme au chapeau referma nerveusement le clapet de son cellulaire. Il regarda passer une autre voiture du NYPD à travers la vitre de sa portière, puis il démarra, fit demi-tour au beau milieu de l'avenue et repartit en sens inverse sur les chapeaux de roue.

Cette femme commençait à devenir un sérieux problème.

22

— Vous l'avez installée où ? demanda le capitaine Powell en cherchant partout du regard.

— Dans la salle d'interrogatoire numéro un. Deux collègues s'occupent d'elle. Elle est complètement traumatisée.

— J'imagine ! Comment une chose pareille a-t-elle pu arriver ? Merde ! En pleine journée !

Lola se garda d'incriminer le collègue qui avait eu la mauvaise idée d'interrompre sa surveillance de la chambre d'hôpital.

— Quelqu'un veut absolument la peau de cette femme.

Puis elle demanda :

— On a attrapé le tireur ?

— Non. Il n'y avait plus personne à l'intérieur du bâtiment quand on est entré.

— Des indices ?

— Pas vraiment. Les types étaient postés en face, c'est à croire qu'ils attendaient qu'elle sorte pour lui tirer dessus. Ou alors ils ont eu l'info. C'est une boutique à louer, complètement vide. Ils sont entrés par effraction. *A priori* ils n'ont pas laissé d'empreintes ni quoi que ce soit, mais j'attends le rapport détaillé du CSU.

— L'agent de sécurité de l'hôpital nous a informés qu'il y avait eu une intrusion dans leur système informatique. Je ne sais pas ce qu'on lui veut, à cette pauvre femme, mais ces types ne plaisantent pas.

Lola regarda sa montre. Elle allait encore être en retard pour passer prendre Adam à son club d'échecs.

— Et Velazquez ? demanda-t-elle.

— Il va bien. Un peu sous le choc. C'est la première fois qu'il se fait tirer dessus. La question, c'est qu'est-ce que je vais bien pouvoir faire de cette femme, maintenant ? soupira Powell en se tournant vers la salle d'interrogatoire, de l'autre côté de l'*open space*.

— Certainement pas la renvoyer à l'hôpital ! répliqua Gallagher.

— Je ne vais quand même pas la laisser passer la nuit au commissariat…

— Vous n'avez qu'à la ramener chez vous, capitaine. Elle est plutôt jolie. Et puis une femme amnésique… pour vous, c'est parfait.

— Très drôle. Je vais appeler le procureur et voir si on peut obtenir un programme du WITSEC[1].

— Bon courage… Moi, désolée, mais je dois filer. Mon fils m'attend.

— J'ai l'impression que vous passez votre temps à aller chercher votre fils, Gallagher. Il est temps que vous vous trouviez un nouveau petit ami.

— Parce que vous croyez vraiment qu'un homme m'aiderait à m'occuper de mon fils ?

Avant de quitter le commissariat du 88e district, Lola passa par la salle d'interrogatoire. Deux de ses collègues étaient assis à côté d'Emily. Ils lui avaient apporté des vêtements et elle buvait maintenant un café, emmitouflée dans un gros manteau, l'air hagard.

— Emily, ça va ?

La femme hocha la tête sans conviction.

— Ici, vous êtes en sécurité. Il ne peut plus rien vous arriver. Mes collègues vont s'occuper de vous.

— Et vous ?

— Moi… Je vais devoir partir.

La femme releva la tête et lui adressa un regard implorant.

— Vous… Vous ne pouvez pas rester encore un peu ?

— Non, je suis désolée. Je dois aller chercher mon fils, Emily.

---

1. *Witness Security Program* : programme fédéral de protection des témoins.

— Qu'est-ce qui va m'arriver maintenant ?

Lola s'assit en face d'elle et posa sur son bras une main qui se voulait rassurante.

— Ne vous inquiétez pas, le capitaine se charge de ça. Il essaie de vous trouver une place dans un programme de protection de témoins. Vous serez chouchoutée. Vous allez pouvoir bénéficier de soutien matériel et psychologique. Vous allez être logée, nourrie, blanchie, dorlotée ! La belle vie, quoi ! Pour tout dire, je crois même que je vous envie !

Quelque chose qui ressemblait vaguement à un début de sourire se dessina sur le visage d'Emily. C'était une première. Lola sourit en retour.

— Vous ne m'avez pas dit votre prénom, détective.

— Lola.

— Merci, Lola. Je vais vous revoir ?

La pauvre femme avait l'air encore plus perdu que dans l'hôpital. On aurait dit un enfant égaré.

— Je vous promets, Emily. Je reviens vous voir dès que je peux. Et je trouverai les types qui vous ont fait ça.

Gallagher se leva, la gorge nouée, fit un signe amical à Emily, adressa à ses collègues un regard qui semblait vouloir dire « occupez-vous bien d'elle », puis elle sortit de la salle d'interrogatoire.

Taking toll

84

23

L'homme au chapeau entra dans le Centre par la cour arrière, comme ils avaient pris l'habitude de le faire afin de se soustraire au regard des habitants du quartier. Depuis une petite guérite derrière la double porte, un agent de sécurité lui adressa un signe de tête respectueux.

Un grand camion noir – sans la moindre inscription sur la carrosserie – était garé le long de l'immense bâtiment en briques rouges, et des hommes y chargeaient des meubles, des cartons, des lourdes caisses en métal, visiblement dans l'urgence. Il régnait ici une atmosphère tendue : personne ne parlait, tous avaient un air grave.

L'homme au chapeau contourna le camion et entra dans le Centre, qui s'avérait être un ancien supermarché des années 1960. Ici et là, il restait encore quelques panneaux publicitaires démodés et une partie de l'enseigne subsistait sur la façade extérieure. Il y avait quelque chose d'apocalyptique dans le dépouillement de ces lieux qui, un jour, avaient dû fourmiller de clients pressés et d'objets bigarrés, être noyés de bruit et de lumière.

Le bâtiment était déjà presque vide, et quand il ne resterait plus rien, les hommes de main le laveraient du sol au plafond, avec des produits industriels et un traitement chimique spécifique. Il ne fallait laisser aucune trace.

L'homme s'arrêta devant la pièce principale, un immense hall avec six mètres de hauteur de plafond et un sol en béton brut. Les vieux murs étaient zébrés de gaines électriques, de tuyaux et de conduits anciens. L'un d'eux était couvert de fresques diverses, représentant des personnages, des décors, des natures mortes... Des rangées de néons suspendus quadrillaient l'espace dans une lumière blafarde.

Un homme chauve, d'une trentaine d'années, apparut à son tour dans le hall.

— On a bientôt fini, annonça-t-il, les mains enfoncées dans les poches de son pantalon.

— Bientôt, ce n'est pas assez tôt, répliqua sèchement l'homme au chapeau.

— Est-ce que vous voulez qu'on embarque aussi les meubles qui étaient déjà là avant ?

— Oui.

— Euh... Les linéaires aussi ?

— Oui.

— Tout doit partir ?

L'homme au chapeau acquiesça, avec une sorte de sourire sur le visage.

— Oui. Tout doit partir.

Et alors, le plus naturellement du monde, il sortit un revolver de la poche intérieure de son manteau et colla le canon sur le front du chauve.

— Mais toi, tu restes.

L'homme écarquilla les yeux, perplexe.

— Qu'est-ce...

Il n'eut pas le temps de terminer sa phrase. Le coup de feu résonna, assourdissant, entre les hauts murs du

Centre, et il fut projeté en arrière dans une gerbe de sang et de cervelle éclatée.

L'homme au chapeau rangea lentement son arme. Il avait à peine sourcillé.

Aussitôt, deux des « déménageurs » entrèrent dans la pièce. Le coup de feu ne semblait pas les avoir affolés.

— Qu'est-ce qu'on fait de lui ? demanda l'un d'eux en regardant le cadavre ensanglanté sur le sol.

— Pièce du fond.

Les deux hommes hochèrent la tête, puis ils ramassèrent le corps inerte et le traînèrent de l'autre côté de la longue salle. Ils ouvrirent une porte qui donnait sur une petite pièce à l'odeur nauséabonde. Là, un spectacle incongru : derrière une barrière de bois, quatre énormes cochons pataugeaient en grognant dans un amas de paille et de boue.

Les deux colosses soulevèrent le cadavre et le firent passer par-dessus la barrière. Les porcs, affamés, se jetèrent dessus et commencèrent leur besogne dans un bruit de mastication effroyable.

Dans quelques heures, il ne resterait plus rien. Plus rien du tout.

Sweet child

24

Le dimanche, c'était leur journée. Rien qu'à eux. Et, ce jour-là au moins, Lola tenait toujours sa promesse : quoi qu'il arrive, elle restait avec son fils. Pas d'exception.

Comme souvent, ils avaient marché jusqu'au parc de Lincoln Terrace. Ça faisait une longue balade, surtout en hiver, mais Adam avait toujours aimé marcher, et la neige qui recouvrait le parc était encore assez épaisse pour fabriquer un igloo – le garçon avait passé l'âge du bonhomme de neige, il était en mesure de se lancer dans des constructions un peu plus compliquées…

— Il faut que tu fasses l'entrée du côté opposé au vent, expliqua Lola tandis qu'elle lissait la surface de l'igloo avec ses gros gants imperméables. Comme ça, il fera moins froid à l'intérieur. Sinon, ça n'a pas grand intérêt.

— Je sais, maman.

Le garçon s'exécuta méticuleusement et, bientôt, ils purent entrer tous les deux dans leur petite maison de neige. Lola disposa une couverture par terre et ils s'assirent face à face en souriant, plutôt fiers de leur prouesse architecturale.

— Il est trop génial, maman ! On dirait un vrai !

— Mais *c'est* un vrai ! Tu veux ton goûter, Adam ?

— Oui, s'il te plaît.

Lola fouilla dans son sac et lui tendit un pain fourré au chocolat et une briquette de jus de fruit.

— Bon, si on était des vrais Inuits, on mangerait de la baleine… Mais faudra te contenter de ça aujourd'hui. On est bien, là, hein ?

Le garçon hocha la tête. Puis, sans regarder sa mère, d'un air faussement distrait, il lui demanda :

— Tu as trouvé la lettre, l'autre soir ?

La mâchoire de Lola se serra. Encore une fois, son fils se montrait presque le plus mature des deux : la veille, elle avait soigneusement évité le sujet. À présent, il devenait difficile d'esquiver.

— Oui.

— Ce n'était pas de bonnes nouvelles, hein ?

— Non, Adam. C'était… de mauvaises nouvelles.

— Alors tu vas faire quoi ?

Décidément, Adam n'y allait pas par quatre chemins. Il n'était pas rare que ce soit sous la pression de son fils que Lola prenne des décisions que, sans lui, elle n'aurait sans doute jamais eu le courage de prendre.

— Eh bien… Demain, je vais aller voir le docteur Williams, et il va tout m'expliquer.

— C'est grave, le cancer.

Ce n'était pas une question.

— Oui, Adam, c'est grave. Mais on arrive de mieux en mieux à le soigner, tu sais ?

— Pas toujours, répondit le jeune garçon en haussant les épaules.

Lola poussa un soupir. Adam avait horreur qu'on l'épargne, qu'on lui parle comme à un petit enfant. Depuis toujours, il avait manifesté le désir qu'on s'adresse à lui comme à un adulte. C'était à la fois admirable et terrifiant.

— Ça te fait peur, maman ?

— Oui. Un peu, admit-elle.

— Tu vas recommencer à boire ?

La mère, désemparée, attrapa la main de son fils.

— Non. Je t'ai promis, tu te souviens ?

— Oui. Mais un petit verre de temps en temps, ce n'est pas grave.

— Quand... Quand on a eu un problème d'addiction, c'est un peu dangereux.

— Moi, je trouve ça bizarre que tu aies envie de boire, parce que je sais que c'est pour ça que papa est parti.

— Pardon ?

— Papa est parti parce que tu l'empêchais de boire. Et quand il est parti, c'est toi qui t'es mise à boire. C'est bizarre, non ?

Lola ne put masquer une légère irritation.

— Les choses sont un peu plus compliquées que ça, Adam. Ton père n'est pas parti parce que je l'empêchais de boire !

— Pourquoi alors ?

— Eh bien... Disons que ton père est parti parce que... Ton père est parti parce que c'est un enfoiré de première, ça te va comme réponse ?

Adam sourit. Il savait que sa mère plaisantait à moitié.

— Il me manque, quand même.

— Je sais.

— J'aurais bien aimé qu'il soit là pour voir mon igloo.

— Adam !

— Quand est-ce que je vais le revoir ?

— Je ne sais pas.

— Tu crois qu'il ne veut plus me voir ?

— Je ne sais pas, répéta Lola. Si. Sûrement.

Elle détourna les yeux. Elle n'aimait pas mentir à son fils. Mais elle n'était pas sûre d'avoir le choix. Il n'aurait pas été en mesure de comprendre la vérité.

Soudain, la sonnerie de son téléphone portable vint interrompre leur conversation et, au fond, Lola dut reconnaître qu'elle n'en était pas mécontente.

— Gallagher ?

— Oui.

— C'est le capitaine Powell.

— On est dimanche, capitaine…

— Je sais. Faut pas emmerder les Irlandais le dimanche. Mais je voulais quand même vous prévenir que votre petite protégée est en sécurité.

— Emily ?

— Oui. Le Département de Justice lui a accordé une place dans le programme WITSEC. En attendant qu'on tire tout ça au clair, elle va avoir droit à un logement, un nouveau nom, des indemnités journalières…

— C'est une excellente nouvelle. Où ça ?

— Je ne sais pas. Pour l'instant, elle est dans un appartement à Brooklyn, elle a droit à un suivi médical et à une protection policière. Elle est logée, nourrie, blanchie, et jamais seule… Ensuite, ils risquent de la déplacer dans un autre État.

— Parfait ! J'irai la voir demain.

— J'espère que vous êtes consciente que ça signifie que le FBI risque très probablement de venir mettre son nez dans votre enquête ?

— Quel bonheur ! soupira-t-elle.

— Bon dimanche, Lola !

91

25

Le lendemain, le détective Gallagher passa la matinée à suivre les rares pistes qu'offrait l'enquête sur la mystérieuse Emily et, malheureusement, elle alla de déception en déception.

D'abord, elle n'avait trouvé dans le fichier des personnes disparues aucune femme qui puisse correspondre à celle-là. Les différentes Emily listées dans les bases de données croisées des différents États avaient soit moins de dix-huit ans, soit plus de soixante.

Ensuite, la piste du bip retrouvé dans la poche de la victime n'avait rien donné non plus : le constructeur n'était pas en mesure de lui dire par qui – et donc encore moins *à qui* – cette télécommande avait été vendue, et il était rigoureusement impossible de trouver la moindre information à partir du numéro de série. Pour ce qu'elle en savait, ce bip pouvait très bien ouvrir une porte à l'autre bout du monde !

Les analyses de l'hôpital, enfin, ne révélaient dans l'organisme de la victime aucune trace de capécitabine, ce médicament anticancéreux qui était connu pour effacer les empreintes digitales. En lisant la phrase « La patiente, d'après les premières analyses, ne présente aucun symptôme de pathologie cancéreuse », Lola n'avait pu s'empêcher de frissonner et de repenser au courrier du docteur Williams. Désagréable coïncidence. Une fois qu'on était touché de près par la maladie, on finissait par la voir partout où on regardait…

Autour d'elle, le bâtiment du 88e district – un étonnant immeuble néoclassique rouge surmonté d'une tour qui lui donnait des airs de château fort – était en ébullition : les deux gangs rivaux des Bloods et des Crips s'étaient affrontés la veille au nord-est de Brooklyn. Bilan : deux morts. Un gosse de dix-sept ans et un autre de vingt-deux. Le chef de la police du NYPD avait tapé du poing sur la table : si le taux des vols avait nettement augmenté depuis l'embourgeoisement de Brooklyn, celui des crimes violents était en baisse, et il était hors de question qu'une nouvelle guerre des gangs vienne plomber les statistiques. Tout le monde s'était donc penché sur le sujet, tout le monde sauf Lola qui, la tête entre les mains, essayait de se concentrer sur son enquête malgré le vacarme.

Après avoir relu une nouvelle fois les différents rapports concernant la fusillade au musée, celle dans le parc de Fort Greene et celle devant l'hôpital, elle décida d'appeler le service des relations presse de Boston Properties, la société qui, depuis 2001, gérait l'immeuble du Citigroup Center, mentionné par Emily dans son message vidéo.

Le téléphone calé entre l'épaule et la joue, Lola entoura sur une carte de Manhattan l'endroit où était situé le célèbre gratte-ciel blanc et bleu.

— J'ai besoin d'informations sur le Citigroup Center, expliqua-t-elle à son interlocuteur, un homme d'une trentaine d'années à en juger par sa voix et sa façon de parler.

— Quel genre d'informations, détective ? Vous... Vous enquêtez sur notre immeuble ? Il faudrait peut-être que je voie avec ma direction...

— Non, non... Ne vous inquiétez pas, votre immeuble n'est pas mis en cause dans une enquête. À vrai dire, je ne suis pas sûre de savoir ce que je cherche exactement. Vous pourriez juste me faire un topo général ?

L'homme sembla hésiter un instant, puis il se lança, avec un ton très professionnel. On aurait dit qu'il récitait sa leçon. C'était sans doute le cas.

— Notre immeuble date de 1977, il compte 59 étages et 120 000 mètres carrés de bureaux, c'est l'un des plus hauts buildings de New York avec 279 mètres de hauteur. De nombreux travaux ont été réalisés au cours des dernières années pour renforcer sa sécurité, et nous avons reçu de nombreux prix...

— Tous les bureaux sont occupés par Citigroup ? le coupa Gallagher.

— Oh, non ! Contrairement à ce que croient les gens, les quartiers généraux de Citigroup ne sont pas dans cette tour. Ils n'occupent plus que trois étages, ici, et d'ailleurs, officiellement, la tour ne s'appelle plus Citigroup Center mais tout simplement 601 Lexington Avenue. Il y a de très nombreuses sociétés qui louent nos bureaux, ici...

— Vous pourriez m'en envoyer une liste précise ?

— Bien sûr.

— Et il me faudrait les coordonnées du responsable de la sécurité.

— Entendu.

Lola lui donna son adresse e-mail et raccrocha.

Elle n'était pas certaine que cette piste-là serait beaucoup plus fructueuse que les autres. Tout ce qu'elle savait, c'était qu'Emily avait mentionné le nom du Citigroup Center dans son message, et qu'elle avait l'air de parler de quelque chose de grave. Quelque chose qui la terrifiait.

Mais de quoi donc avait-elle si peur ? Était-ce cette même chose qui lui avait fait perdre son sang-froid au Brooklyn Hospital, et qui l'avait poussée à sortir soudainement, sur un coup de tête ? Que s'était-il passé pour qu'elle craque ainsi dans sa chambre d'hôpital, alors qu'elle était censée être amnésique et, donc, n'avoir aucun souvenir de ce qui pouvait lui faire peur ? Lola essaya de se souvenir des événements.

Elle rejoua, en pensée, toute la scène de l'hôpital. Les gens qu'ils avaient croisés. La chambre. L'attitude d'Emily.

Alors, une idée lui vint. Une idée un peu saugrenue. Un détail. Mais après tout, pour l'instant, elle n'avait pas grand-chose d'autre. Elle décida, comme toujours, de faire confiance à son instinct.

Drawn

26

— Alors, voilà, forcément, j'ai encore fait le même cauchemar vendredi soir.

Arthur Draken, enfoncé dans son large fauteuil Napoléon III, un carnet en moleskine sur les genoux, jeta un coup d'œil à la pendule en bronze posée sur le buffet à côté de lui et songea que, quand Mme Schwartz était dans son cabinet, les minutes ne passaient jamais assez vite.

— Le même cauchemar ? Et duquel s'agit-il donc ? demanda-t-il tout en dessinant sur son carnet un homme en train de se pendre et qui pleurait toutes les larmes de son corps.

— Eh bien, *mon* cauchemar, enfin, docteur ! *Le* cauchemar !

— Ah... Celui de la pièce vide ?

— Eh bien, oui ! Je vous ai raconté d'autres cauchemars, peut-être ?

Une bonne centaine, oui...

— Vous le faites exclusivement le vendredi soir ?

— Arrêtez de vous moquer de moi, docteur ! Vous l'avez noté, ce cauchemar, oui ou non ?

Draken se frotta le nez d'un air las. *S'il fallait que je note toutes les niaiseries que tu racontes ici, mes carnets ne tiendraient pas à la New York Public Library.* Heureusement, Mme Schwartz était allongée sur le divan, de l'autre côté du cabinet, et ne pouvait pas voir l'expression sur son visage. Avec le temps, la réputation qu'il s'était faite et le tarif qu'il se permettait de demander, le psychiatre avait maintenant le luxe de pouvoir trier ses patients sur le volet. Mais Mme Schwartz... Eh bien, Mme Schwartz, il était obligé de la garder, parce que c'était la veuve de M. chwartz, le meilleur ami de son père, et que cela faisait huit ans qu'il avait accepté de la prendre en analyse, et qu'il était trop tard pour se débarrasser d'elle.

— Oui. Bien sûr... Je l'ai noté, je l'ai noté. Et donc, vous l'avez refait ? Exactement le même rêve ?

— Oui : je suis chez moi, je me lève de mon lit, je descends les escaliers – il y a des escaliers chez moi – et là, je tombe sur une pièce que je ne connais pas. Une pièce chez moi, dont j'ignorais l'existence. Et cette pièce est entièrement vide. Rien, pas un meuble, pas un bibelot.

— C'est angoissant, pour vous, une pièce vide ?

— Évidemment ! C'est angoissant pour tout le monde, une pièce vide, non ?

— Pas forcément. Il y a des gens qui aiment bien se trouver dans un environnement dépouillé. Cela peut s'avérer très reposant.

Là, moi, par exemple, tout de suite, je crois que je préférerais être dans une pièce vide.

Arthur Draken essaya de se focaliser sur la session. Il savait bien que la neutralité du praticien était capitale pour mener une bonne analyse et que la lassitude qui s'était depuis longtemps installée avec cette patiente-là était contre-productive. Et déplacée. Mais c'était plus fort que lui. Cette riche veuve acariâtre qui se permettait de venir dans son cabinet avec son horrible

97

yorkshire lui sortait par les yeux. En huit ans, ils n'avaient pas fait le moindre progrès, ils n'en feraient probablement jamais, et les névroses de Mme Schwartz ne lui inspiraient pas la moindre pitié. Plutôt du mépris. Mais un psychiatre n'avait pas le droit de juger les névroses de ses patients, bien sûr...

— Allez dire ça à un prisonnier ! Non, docteur, c'est terrible, une pièce vide. Je veux dire : si elle est vide, cette pièce, chez moi, c'est qu'il manque quelque chose à l'intérieur, non ?

— Quelque chose ou quelqu'un ?

— Eh bien voilà, vous avez compris ! C'est la question que je vous pose !

— Depuis le temps que l'on se voit, madame Schwartz, vous savez bien que c'est à vous-même et non à moi que vous devez poser la question. Alors dites-moi, pensez-vous qu'il manque *quelqu'un* dans votre vie ?

— Il faut croire, non ?

— On pourrait affirmer que c'est une interprétation un peu simpliste de votre rêve, Martha. Le sens des rêves est rarement aussi simple, l'interprétation la plus évidente n'est pas toujours la meilleure. Mais admettons, puisque c'est l'interprétation que *vous* en faites, elle mérite d'être fouillée : avez-vous le sentiment qu'il manque quelqu'un dans votre vie ?

— Vous voulez dire : en dehors de mon défunt mari ? *Heureux homme.*

Draken resta silencieux. Ce n'était toujours pas à lui de répondre à cette question.

— Certes, Robert me manque, même après huit ans. Ah, mon pauvre mari ! Mais depuis le temps, je ne crois pas que cela puisse me faire faire des cauchemars. Je me suis faite à son absence...

— Vous pensez que vous auriez aimé lui trouver un remplaçant, après sa mort ?

— Vous plaisantez, j'espère ?

— Après le décès de votre mari, vous n'avez jamais désiré un autre homme ?

— J'ai soixante et onze ans, docteur Draken !

— Vous en aviez soixante-trois quand il est mort... Et, de toute façon, une femme n'a-t-elle plus le droit d'éprouver du désir à soixante et onze ans ?

— Vous parlez de désir... charnel ?

Oui, bien sûr, je parie que la nuit tu rêves de te taper un gang de laveurs de carreaux, petite cochonne !

— Pas forcément... Mais peut-être du désir de partager sa vie avec un homme ?

— Je suis très bien toute seule.

Tu m'étonnes !

The line

27

— Tu crois que tu peux me récupérer un enregistrement de ce qui passait sur CNN samedi entre midi et une heure ?

Lola avait seulement passé la tête dans l'ouverture de la porte.

— Tu as raté ton émission préférée ? demanda le spécialiste d'un air moqueur.

— Je ne suis pas d'humeur à plaisanter, Detroit.

— Oui, je vois ça…

— C'est juste une intuition que je voudrais vérifier.

— Ah ! On ne plaisante pas avec les intuitions du détective Gallagher.

Lola soupira.

— Quand je suis allée voir Emily à l'hôpital, elle semblait comme aspirée par la télévision, qui était calée sur CNN. Quelques minutes après que Velazquez et moi sommes sortis de sa chambre, elle a soudain pété les plombs et s'est enfuie de l'hôpital. Je me demande si ce n'est pas quelque chose qui est passé à la télévision qui aurait pu déclencher sa crise de panique…

— À sa place, j'aurais fait la même chose. Moi aussi, les programmes de CNN me donnent envie de courir tout nu dans la rue.

Lola s'efforça de garder son calme.

— Bon… Tu peux me récupérer cet enregistrement, oui ou non ?

— C'est demandé tellement gentiment ! Tu veux que je te récupère ça tout de suite ? Rentre, bon sang !

— Non, non… Je dois m'absenter une bonne heure. Tu me le donneras à mon retour.

— Tu vas où ?

— Ça ne te regarde pas, Detroit.

— Oh, oh ! Un homme ?

Elle hésita.

— En quelque sorte, oui.

— Tu dis ça pour m'exciter.

28

— En fait, je me dis que j'aurais peut-être aimé avoir une sœur jumelle.

Que Dieu nous préserve !

— Pourquoi jumelle ? Pourquoi pas une sœur tout court ?

— Je pense qu'on partage plus avec une sœur jumelle.

— Il y a des jumeaux qui ne peuvent pas se supporter, vous savez.

— Vous dites ça parce que vous trouvez que je suis insupportable, docteur ?

Oui.

— Vous avez le sentiment de l'être ?

— Qu'est-ce que vous êtes énervant quand vous répondez à mes questions par d'autres questions ! J'ai l'impression que vous me parlez comme à un enfant !

— Pourquoi ? Vous trouvez qu'on parle mal aux enfants ? Vous n'aimiez pas la façon dont vos parents vous parlaient ?

— Mes parents m'ont très bien élevée.

Vous trouvez ? Vraiment ?

— Mais vous auriez aimé qu'ils vous donnent une sœur... Vous vous sentiez seule à la maison ?

La vieille femme hésita.

— Oui.

— Pourquoi ?

— Comment ça, pourquoi ? Ça ne s'explique pas ! Je me sentais seule, c'est tout ! Pour jouer, pour discuter, pour raconter mes secrets... À l'époque, les enfants n'avaient pas tous ces moyens de distraction qu'ils ont aujourd'hui, vous savez !

Ah bon ? Oh, la Seconde Guerre mondiale, c'était quand même superfun, non ?

— Vous êtes arrivée en avance, aujourd'hui.

Il y eut un moment de silence, puis Mme Schwartz se redressa sur le divan et se tourna vers Draken, comme si elle avait mis un certain temps à s'assurer qu'elle avait bien compris ce qu'il venait de dire.

— Pourquoi me dites-vous ça ? Quel est le rapport avec ce que nous étions en train de dire ?

— Peut-être aucun, mais les rares fois où vous arrivez dans mon cabinet en avance, c'est que vous n'avez rien à me dire.

— Pardon ? C'est complètement paradoxal !

— Pas du tout. Parfois, plus on a de choses à dire à son psy, plus on rechigne à y aller. C'est ce qu'on appelle des *résistances*.

— Et donc vous sous-entendez que je n'ai rien à vous dire aujourd'hui ? Que mon histoire de cauchemar n'a aucun intérêt ? Je vous ennuie, peut-être ?

— Vous me l'avez déjà racontée cent fois et j'ai le sentiment que vous me la racontez encore parce que vous ne savez plus quoi me dire. Je ne suis pas sûr que vous ayez encore besoin de moi, Martha…

— Je vous paye pour que vous m'écoutiez, je vous raconte ce que je veux ! s'offusqua la veuve.

— Vraiment ? Je croyais que vous me payiez pour soigner vos souffrances.

La veuve resta bouche bée.

Draken essaya de se reprendre. Au fond, elle n'avait pas tort : huit ans d'analyse, à raison d'une cinquantaine de consultations par an, à trois cents dollars la séance, Mme Schwartz lui avait tout de même laissé près de cent vingt mille dollars pour l'écouter. Au minimum, il pouvait faire semblant de s'intéresser…

— Vous pensez que si vous aviez eu une sœur jumelle, elle vous aurait mieux écoutée que moi ?

— En tout cas, elle ne m'aurait pas demandé d'argent pour le faire !

— Tiens. C'est amusant…

— Quoi donc ?

Draken hésita. Il n'aimait pas rentrer dans son jeu, car ça donnait sans doute à Mme Schwartz le sentiment qu'elle avait de bonnes raisons d'être ici. Mais, après tout, c'était son métier, il était bien obligé de lui donner quelques clefs.

— Vous êtes familière avec la notion de *transfert*, en psychanalyse ?

— Je crois. Vous pensez que je fais un transfert ? Sur qui ?

— Vous reprochez à votre mère de ne pas vous avoir donné de sœur, une sœur qui aurait su vous écouter, mais c'est à moi que vous reprochez de ne pas savoir vous écouter et, en plus, de le faire en vous demandant de l'argent.

— Et alors ?

— Ce n'est pas à moi que vous en voulez, Martha.

— Je suppose que vous allez dire que j'en veux à ma mère ?

— Visiblement, il manquait quelqu'un chez vous pour vous écouter. Et pour ce qui est de l'argent que vous me reprochez de vous demander... Votre mari a dépensé beaucoup d'argent pour votre mère, sur la fin de sa vie, n'est-ce pas ?

— C'est ridicule ! Je n'en veux pas à ma mère de nous avoir coûté si cher !

— Ce n'est pas parce que c'est ridicule que c'est faux... Et votre emploi de l'expression « si cher » est intéressant.

— Vous êtes insupportable, aujourd'hui, Arthur.

Et encore, je me retiens, ma vieille !

— Je crois qu'en fait, j'aurais simplement aimé avoir une fille, reprit Mme Schwartz comme si elle était pressée d'éviter le sujet de sa mère.

— Et vous pensez que c'est le sens de votre rêve ?

— Pas vous ?

— Cela pourrait l'être s'il s'agissait d'une chambre d'enfant... On pourrait aussi y voir un désir de remplir une vie intérieure qui vous semblerait trop vide, un besoin de réalisation personnelle. Ou bien peut-être avez-vous le sentiment de vous être encombrée de trop de choses et éprouvez-vous à présent le besoin de faire le vide dans votre vie.

— Le vide dans ma vie ? Je ne vois pas...

Oh, si seulement tu avais envie de te débarrasser de moi...

— Ou bien peut-être avez-vous besoin de changement, tout simplement ?

— De changement ? À soixante et onze ans ?

— Peut-être rêvez-vous de déménagement ?

Un petit déménagement très loin d'ici, par exemple, ça ne te dirait pas ?

— Déménager ? À mon âge ? Vous n'êtes pas sérieux !

— Vous n'arrêtez pas de mentionner le fait que vous avez un certain âge… et que c'est cet âge qui vous empêche de faire des choses nouvelles. Pourtant, vous êtes en parfaite santé, Martha.

Malheureusement.

— Je n'ai pas envie de changer mon rythme de vie, docteur. Non, je pense que vous vous trompez. Je penche davantage pour cette histoire de fille que je n'ai jamais eue.

Alors je ne vois qu'une seule solution : fais un gosse et fous-moi la paix.

Close your eyes

29

Lola arriva avec quelques minutes de retard dans le cabinet du docteur Williams. L'homme – avec qui elle était devenue amie depuis plus de quinze ans – la fit entrer aussitôt sans lui faire le moindre reproche. Officiellement, il ne travaillait pas aujourd'hui, pour célébrer le Martin Luther King Day ; il n'y avait donc personne dans la salle d'attente. Plus tard, comme beaucoup de citoyens de New York le faisaient à cette occasion, il irait donner un coup de main dans une association caritative...

— Comment te sens-tu, Lola ?

Le détective Gallagher haussa les épaules.

— Ça peut aller. Je voulais te remercier de m'avoir envoyé les résultats chez moi. Tu n'étais pas obligé.

— Ce n'est pas dans mes habitudes, en effet. Je n'aime pas trop faire ça. Mais je commence à te connaître. Si je ne l'avais pas fait, tu me l'aurais reproché.

— Oui. Manque de chance, c'est Adam qui a ouvert l'enveloppe...

— Non ! Il ouvre ton courrier ?

— Il a vu l'en-tête. Il se doutait de ce que c'était...

— Merde ! Je suis désolé.

— Ce n'est pas grave. Tu n'y es pour rien. C'est de ma faute, je suis rentrée beaucoup trop tard ce soir-là. De toute façon, j'aurais bien fini par lui en parler.

— Comment réagit-il ?

— Comme moi, je suppose. Il est un peu abattu. Et il a peur. Mais il essaie de ne pas me le montrer. Finalement, il réagit de façon bien plus mature que moi, comme toujours.

— Je suis désolé, répéta le docteur Williams.

— Il n'y a aucun problème, Mark. Tu as fait ce qu'il fallait.

Lola marqua une pause. Elle n'en revenait pas

elle-même d'avoir réussi à ne pas fondre en larmes dans le cabinet du médecin. Puis, quand le silence commença à devenir gênant, elle lança :

— Alors maintenant, on fait quoi ?

— Eh bien… On n'a pas tant de choix que ça, Lola. On va faire tout ce qu'on peut. Mais je ne vais pas te mentir : le cancer des poumons est l'un des plus meurtriers qui soient, et les analyses que j'ai reçues montrent que la maladie est à un stade très avancé. Bien plus que je ne le craignais.

La rousse ferma les yeux.

— La chimio peut aider à diminuer l'intensité des symptômes, continua-t-il, et la chirurgie peut même faire totalement disparaître la tumeur, quand elle est découverte à un stade très limité. Malheureusement, nous ne sommes pas dans cette configuration…

— Alors, combien de temps ?

— Lola ! J'ai horreur de me prononcer sur ce genre de pronostic. Donner une date au patient lui enlève l'espoir, et l'espoir a parfois des vertus curatives.

— C'est bon, Mark… Combien de temps ? insista-t-elle.

Le médecin fit une mimique embarrassée. Il savait qu'il ne pouvait pas lui mentir. Pas à elle.

— Si le traitement marche, un an ou deux. S'il marche très bien, nous avons même dix pour cent de chances de rémission. Mais s'il ne marche pas…

Le médecin s'interrompit.

— S'il ne marche pas ?

— Trois, quatre mois. Peut-être moins.

The line

30

Une demi-heure plus tard, Lola arriva dans l'appartement où Emily avait été placée. Essayant de ne plus penser à ce que le docteur Williams lui avait dit, elle montra sa carte aux deux agents fédéraux qui surveillaient la porte et entra.

C'était un joli deux-pièces meublé dans le quartier commerçant de Livingston Street, à l'ouest de Brooklyn, dont la décoration avait été refaite récemment, et qui était adapté pour recevoir des personnes bénéficiant d'un programme du WITSEC : porte blindée, fenêtres teintées, connexion Internet et ligne téléphonique sécurisées…

Emily était assise à la table du salon et écoutait attentivement les explications d'un troisième agent, lequel salua Lola d'un signe de tête.

— Voici donc votre nouvelle carte d'identité. Vous vous appelez désormais Emily Scott.

— Emily *Scott* ?

— Oui, on assigne toujours une nouvelle identité

aux gens qui bénéficient d'un programme de protection de témoin. Dans votre cas, de toute façon, on n'avait pas le choix : vous n'en aviez aucune ! Nous avons toutefois décidé de garder votre prénom... Pour que vous ne soyez pas trop perdue.

— Pas trop *perdue* ? Mon prénom ne signifie rien pour moi, murmura-t-elle.

L'agent jeta un coup d'œil embarrassé à Gallagher, comme pour y trouver un peu de soutien. Comme beaucoup de gens, la confrontation avec une personne amnésique semblait le mettre mal à l'aise.

— Pour l'instant, le médecin a demandé que vous restiez une semaine dans l'appartement, et il viendra vous voir une fois par jour. Vous allez aussi bénéficier d'un soutien psychologique, deux fois par jour, pendant au moins un mois. Ensuite, nous pourrons songer à vous trouver du travail, mais il n'est pas dit que vous restiez à New York. C'est même assez peu probable. Le programme vous donne droit à des indemnités journalières, et le loyer est pris en charge, ainsi que vos repas. Deux agents resteront en permanence devant votre appartement et, jusqu'à avis contraire du procureur, vous ne devez jamais sortir d'ici sans être accompagnée de l'un d'eux, c'est bien compris ?

Emily, qui avait toujours son bandage sur le haut du crâne, hocha la tête. Elle semblait à la fois rassurée par les nombreux soins dont elle allait bénéficier et accablée par ce flot d'informations nouvelles.

— Quand vous aurez l'autorisation de sortir, nous vous recommandons de porter un chapeau et des lunettes de soleil. Au pire, on vous prendra pour une célébrité avec son garde du corps... Enfin, voici un téléphone portable. Vous ne devez *jamais* en utiliser un autre. Tous les numéros d'urgence sont enregistrés dedans, y compris une ligne directe avec notre bureau new-yorkais, si vous avez le moindre problème, la moindre question. Nous sommes joignables vingt-quatre heures sur vingt-quatre.

— D'accord...

— Vous avez des questions ?

Emily en avait certainement trop pour savoir par laquelle commencer. Elle fit non de la tête.

— Bon, alors je vous laisse avec le détective.

L'agent fédéral, qui semblait heureux de pouvoir sortir, serra la main d'Emily, salua poliment Lola et disparut rapidement de l'appartement.

— Merci d'être venue, détective, dit-elle en se levant.

— Je vous l'avais promis. C'est mignon, chez vous !

Emily esquissa un sourire.

— Je... Je suppose qu'il faut que je vous offre un verre. L'agent m'a dit qu'il y avait des boissons dans le réfrigérateur.

Lola n'avait pas vraiment soif, mais elle ne voulait pas entraver le processus d'appropriation auquel Emily semblait vouloir se livrer. Avoir un semblant de « chez-soi » était certainement un bon moyen pour cette pauvre femme de retrouver quelque repère.

— Jus d'orange ?

— Parfait !

Elles s'installèrent toutes deux sur le canapé du salon. Lola – peut-être à cause de ce qu'elle était en train de vivre dans sa vie privée – ne pouvait s'empêcher d'éprouver une certaine compassion pour cette femme. Quand bien même s'attacher aux personnes mêlées à une enquête en cours était toujours une très mauvaise idée, elle avait envie d'aider Emily. De l'aider comme on aide une amie. Gallagher se fit d'ailleurs la remarque que l'amnésie de cette femme n'était peut-être pas étrangère à cela : il y avait quelque chose de rassurant à fréquenter une personne qui, nécessairement, ne pouvait avoir d'*a priori* sur quiconque...

— Vous allez être bien, ici. Beaucoup mieux qu'à l'hôpital.

— J'ai peur de me sentir très seule.

— Ce serait bien pire à l'hôpital. Ici, vous savez qu'il y a deux agents en permanence devant votre porte et, finalement, vous allez avoir beaucoup de visites.

— Un médecin, un psy et... des flics. Sans vouloir vous offenser.

Lola sourit.

— On finira bien par retrouver votre famille, Emily. Vos amis...

— J'espère. Enfin, je crois...

— En attendant, je vous promets de venir vous voir aussi souvent que je le pourrai.

— Merci.

— Et pas uniquement pour vous poser des questions de flic, juré !

La blonde haussa les épaules.

— Vous savez, si ça peut nous aider à retrouver mon passé, ça ne me dérange pas.

Lola but une gorgée de jus d'orange.

— Vous êtes sûre ?

— Certaine. Au fond, je suis comme vous : j'aimerais bien savoir ce qui m'est arrivé !

— OK. On peut essayer quelques pistes, alors. Par exemple : quand on vous a retrouvée dans le parc, vous aviez de la peinture sur les mains. De la peinture à l'huile, de plusieurs couleurs… On peut déjà en déduire que vous aimez la peinture, non ?

— Peut-être. Je ne sais pas.

— Vous devriez demander aux agents de vous apporter de la peinture et des toiles. Peut-être que ça pourrait aider si vous vous mettez à peindre !

— Je n'ai pas l'impression de savoir peindre, détective.

— Lola. Appelez-moi Lola. Il faudra essayer quand même. La peinture, ça doit être comme le vélo, ça ne s'oublie pas.

— J'essaierai.

— Vous aviez aussi un bip sur vous. Un genre de télécommande qui permet d'ouvrir les portes de parking. Ça ne vous dit rien ?

— Non.

— Vous pensez savoir conduire ?

— Je n'en ai aucune idée. Je ne me vois pas derrière un volant.

— Ça finira sûrement par vous revenir. Si le médecin le permet, on essaiera ça aussi, d'accord ?

La blonde acquiesça. Malgré son désarroi, elle semblait vouloir bien faire.

— Lola, vous voulez bien me dire ce qu'il s'est exactement passé, au musée ?

— Bien sûr.

Lola lui raconta tout ce qu'elle savait. L'entrée d'Emily au Brooklyn Museum, son regard paniqué, comme si elle se savait poursuivie, le message qu'elle avait adressé à une caméra de surveillance, etc. Elle donna autant de détails que possible, se remémorant les vidéos qu'elle avait longuement visionnées avec Detroit.

— Tout ça ne me dit rien du tout, conclut Emily accablée. C'est horrible, Lola, il ne me reste rien ! Rien du tout. Je ne sais même pas si je vivais à New York !

— Vous avez l'impression de connaître la ville ?

— Pas vraiment… À part les évidences. La statue de la Liberté, le pont de Brooklyn, Central Park… Je… Mon Dieu, c'est horrible !

— Je comprends.

— Et si je ne retrouve jamais la mémoire ? Qu'est-ce que je vais faire de ma vie ?

— On finira bien par trouver des gens qui vous connaissent. Ils vous aideront à vous reconstruire.

— J'aimerais tant pouvoir retrouver la mémoire, Lola. Je me sens tellement perdue !

Lola s'approcha d'elle et passa une main sur son épaule. Elles restèrent un instant ainsi, sans rien dire, dans un geste à la fois amical et embarrassé, puis soudain Gallagher, comme si elle se parlait à elle-même, murmura :

— Il y a peut-être un moyen…

Drawn

31

Lentement, la voix de Mme Schwartz devint de plus en plus confuse, jusqu'à ne plus être qu'un amphigouri lointain, vide de sens, mais pas dénué d'une certaine musicalité. Draken se surprit à faire ce qu'il ne faisait d'ordinaire jamais – et pour cause – pendant une session : il se mit à penser à tout autre chose, bercé par la mélopée distante de sa vieille patiente.

Son regard se perdit dans la décoration de son cabinet. De son père, il avait hérité un goût certain pour les beaux meubles et, avec le temps (et l'argent), il avait su créer ici une atmosphère qui était à la fois favorable à la confession, pour ses patients, et à l'écoute, pour lui-même. L'intégralité du mobilier présent – qu'il avait fait venir de France essentiellement – était de style Napoléon III ; bureau en acajou, dont le haut des pieds courbes était orné de bronzes dorés, buffet à double porte sur lequel reposaient sa magnifique horloge et ses bougeoirs en bronze, ainsi que des petits coffrets en marqueterie, élégante vitrine décorée de plaquages dans laquelle était exposée son incroyable collection de casse-têtes chinois. Le divan lui-même était assorti à l'ensemble, avec ses fines incrustations de nacre. Les murs étaient couverts de bois sombre sculpté, ce qui plongeait la pièce dans une pénombre chaleureuse et confortable, et la suspension au plafond diffusait une agréable lumière dorée.

De l'autre côté de la pièce, derrière deux fauteuils évasés, ses yeux s'arrêtèrent sur une porte dont le blindage moderne jurait avec les boiseries alentour. Au-dessus de cette porte était fixée une plaque en laiton. Et sur cette plaque, une phrase en allemand avait été gravée en belles lettres liées : « *Werde, der du bist.* » *Deviens qui tu es.* Une phrase de Friedrich Nietzsche.

En regardant la porte, Draken ne put retenir un pincement de lèvres. Depuis combien de temps ne l'avait-il pas ouverte. Un an ? Un an et demi ? Non. Il connaissait précisément la date. C'était le 14 juin 2010. Cela faisait donc vingt mois, très exactement.

Soudain, le vibreur de son téléphone portable le sortit de sa torpeur. La voix de Mme Schwartz lui revint aussitôt en pleine figure. Elle était toujours coincée sur le même sujet : la fille qu'elle n'avait jamais eue.

Draken glissa discrètement la main dans sa poche. Aucun de ses patients n'avait le numéro de son portable. À vrai dire, très peu de personnes l'avaient. Son père, ses amis proches, un ou deux confrères. C'était donc forcément important.

Sans faire de bruit, il sortit son cellulaire et fronça les sourcils en lisant le texto qu'il avait reçu.

— Il est quarante-huit, madame Schwartz, nous avons dépassé l'horaire.

— Mais ! Je n'ai pas fini de…

— Nous continuerons la semaine prochaine, Martha. Vous connaissez le règlement.

— Le règlement ! Ce que vous pouvez être grossier !

— De toute façon, je crois qu'il est grand temps

de sortir votre adorable petit chien. Nous ne voudrions pas qu'il fasse pipi dans ma salle d'attente, comme la dernière fois, n'est-ce pas madame Schwartz ?

— Ça va, ça va ! répliqua la veuve en se levant péniblement du divan.

Elle lui tendit un chèque avec un air hautain, puis elle sortit du cabinet sans ajouter un mot. Avec un peu de chance, un jour ou l'autre, elle finirait par se vexer et ne plus revenir.

Une fois la porte fermée, Arthur Draken lut le texto de nouveau.

« Besoin de toi en urgence. Ça va te plaire, doc. »

Il esquissa un sourire. C'était du pur Lola Gallagher.

Between good and bad

32

Pour Phillip Detroit, l'inconvénient d'être le seul détective spécialisé en criminologie informatique du commissariat était de devoir régulièrement assurer l'assistance informatique pour tous ses crétins de collègues. L'avantage, en revanche, était d'avoir un accès total au serveur et, notamment, aux boîtes mails desdits collègues. Visiblement, le devoir de discrétion en la matière ne semblait pas être un concept avec lequel il était familier. Toutefois, personne ne s'était jamais plaint, sans doute parce que personne n'avait envie de se mettre à dos le seul type capable de réparer un disque dur dans tout le 88e district.

Néanmoins, quand il vit arriver dans la boîte de Lola un courrier du service d'assistance technique intitulé « fin de la retranscription vidéo », il hésita un instant.

Lola avait particulièrement insisté sur le fait qu'elle n'aimait pas qu'on ouvre son courrier, et il n'avait pas envie de la contrarier. Oui, mais la curiosité était aussi chez lui un terrible défaut. Et il n'y avait rien qui agaçait autant Phillip Detroit qu'une énigme non résolue. Pour lui, tout – même les plus grands mystères de l'univers – devait se résoudre un jour ou l'autre. Et ne pas savoir ce que la fameuse Emily avait dit à cette caméra de surveillance dans le Brooklyn Museum était parfaitement insupportable. Or, la réponse était peut-être à l'intérieur de cet e-mail.

Le doigt en suspension au-dessus du clavier, il en était encore à hésiter sur ce qu'il devait faire quand ses yeux passèrent, quelques lignes plus bas, sur un autre courrier plus ancien. Son attention avait été attirée par le nom de l'expéditeur : le *Anna M. Kross Center*. L'un des établissements pénitentiaires de Rikers Island.

Il fronça les sourcils. Le message, qui datait de quelques mois, et qui avait dû arriver un jour où Detroit n'était pas là, était personnellement adressé à Lola Gallagher. Pas au détective Gallagher. Non. À Mme Lola Gallagher.

Un courrier personnel issu d'une prison.

Cette fois, le spécialiste n'hésita pas longtemps.

Il ouvrit l'e-mail et le lut d'une traite.

33

Quand Arthur Draken se présenta à la porte de l'appartement de Livingston Avenue, les agents fédéraux demandèrent au détective Gallagher de venir sur le palier.

En voyant son ami attendre, les bras croisés et le regard désabusé, derrière les deux *feds*, Lola ne put retenir un sourire.

C'était comme si Draken embellissait avec l'âge. Il était de ces hommes à qui sourit la cinquantaine. Les cheveux et la barbe poivre et sel, une épaisse coiffure en bataille qui lui descendait presque jusqu'aux épaules, il avait des yeux bleus perçants, un regard dur, des sourcils fournis et d'élégantes pattes d'oie au bord des paupières. Son visage buriné et son imposante carrure lui donnaient des airs d'aventurier ou de vieux marin qui détonnaient quand on découvrait qu'il était en réalité psychiatre et qu'il passait le plus clair de son temps assis sur un fauteuil dans un cabinet luxueux de l'ouest de Brooklyn. On l'aurait plus facilement imaginé aux commandes d'un vieux biplan de l'Aéropostale, en train de survoler les plaines d'Afrique dans un vieux film de John Ford, plutôt qu'assis derrière son bureau Napoléon III à écouter les névroses d'une vieille veuve new-yorkaise… Il avait l'allure et la posture d'un homme sûr de lui – peut-être un peu trop –, roublard et cynique, et à sa manière de regarder les deux agents, on pouvait deviner qu'il n'était pas un grand amoureux de l'ordre et de l'autorité.

— C'est bien la personne que vous attendiez, détective ? demanda l'un des hommes tout en regardant méticuleusement la carte d'identité de Draken, comme s'il pouvait s'agir d'une fausse.

— Oui. C'est bien lui, dit-elle en passant une main dans le dos de Draken pour l'emmener un peu plus loin sur le palier.

— Ils sont charmants, tes copains.

— C'est pas mes *copains*, c'est des *feds*.

— Je me suis toujours demandé s'ils avaient tous le même tailleur. Le type qui fournit les fédéraux en costumes doit se faire une de ces fortunes !

— On n'est pas là pour rigoler, Arthur.

— Souviens-toi : *la vie est un cabaret*, Lola.

— Arrête. J'ai prévenu le procureur, il est OK pour que tu fasses une séance d'évaluation, bien qu'un autre psy ait déjà été engagé pour assurer le soutien psychologique de cette femme…

— Alors pourquoi me demander à moi aussi ?

— Faut croire qu'on t'aime bien, au commissariat.

— Ton capitaine me doit déjà pas mal de fric…

— Ça t'arrive de parler d'autre chose que d'argent ? Draken fit une mimique désabusée.

— Je ne relèverai pas l'antisémitisme à peine

masqué de ta remarque... Mais qu'est-ce que tu veux que je fasse, en une seule séance ?

— Une évaluation. Je veux que tu voies s'il te semble possible que cette femme retrouve la mémoire en suivant une analyse.

— Je suis psychiatre, Lola, pas magicien. Si, comme tu me l'as dit, elle souffre d'une amnésie rétrograde isolée après s'être pris une balle dans le lobe temporal antérieur, la mémoire ne va pas lui revenir du jour au lendemain. Ça va prendre du temps. Et même si son amnésie n'était *que* psychologique, il faudrait d'abord comprendre pourquoi elle a choisi l'oubli, et ensuite l'aider à y renoncer. Bref, je ne risque pas de pouvoir vous donner de bonnes nouvelles sur le court terme.

— J'aimerais quand même que tu la voies.

Draken la dévisagea d'un air suspicieux.

— Dis donc, tu sais que tu n'es pas censée t'attacher aux gens sur lesquels tu enquêtes, Lola ?

La détective haussa les épaules en souriant.

— Elle est complètement paumée. Elle me fait de la peine, c'est tout.

— C'est pour ça qu'elle va avoir droit à un soutien psychologique, Lola.

— Je ne place pas une très grande confiance dans les psys que le Département de Justice envoie, en général.

Draken se gratta la barbe et regarda longuement son amie.

— Elle est mignonne au moins ?

— Dis donc, tu sais que tu n'es pas censé vouloir sauter *toutes* les patientes avec lesquelles tu travailles ?

— C'est excitant, une amnésique.

— Arthur, ne sois pas con !

— OK, OK ! J'y vais ! Mais t'as intérêt à dire à

Powell que le 88ᵉ district est en retard sur ses paiements, et que c'est la dernière fois que je bosse pour vous si vous ne réglez pas la facture.

— Promis.

— Et c'est pour toi, que je fais ça. Pas pour ce vieux grincheux de Powell.

— Merci, Arthur.

— À charge de revanche…

Lola conduisit le psychiatre à l'intérieur de l'appartement. En entrant, il vit la femme se lever. Elle semblait intimidée et terriblement angoissée, mais elle avait fait l'effort de se lever et de lui tendre la main, ce qu'il estima être un signe assez positif.

— Bonjour, dit-elle.

Bien qu'elle portât encore les stigmates de son traumatisme et qu'un bandage entourât toujours une partie de son crâne, Draken, incorrigible, ne put s'empêcher de la trouver jolie. Ses cheveux blonds coupés court lui donnaient un air dynamique qui contrastait avec l'accablement dont, à l'évidence, elle était encore victime. Elle était grande, athlétique, et elle avait un visage aux traits durs qui ne le laissait pas indifférent. Intense. Elle avait l'air intense.

— Bonjour, répondit-il en lui tendant la main à son tour.

— Voici le docteur Draken, Emily. Comme je vous l'ai dit, c'est l'un des meilleurs psychiatres de New York, si ce n'est le meilleur, et c'est aussi un très bon ami.

— L'une de ces deux affirmations est fort subjective, glissa Draken d'un air innocent.

— Il a aussi un humour un peu particulier… Mais vous êtes entre de bonnes mains, Emily.

La femme hocha la tête. Elle semblait vouloir faire plaisir à Lola.

— Vous voulez vous asseoir ? proposa-t-elle en tendant la main vers le salon.

— Ce serait mieux, oui.

Draken et Lola s'installèrent sur le canapé et Emily prit place sur le fauteuil qui lui faisait face.

— Bien. Avant tout, je veux préciser que je ne suis pas le psychiatre qui va se charger de votre suivi au cours des prochains jours.

— Je sais.

— Cette consultation, heureusement pour vous, est prise en charge par le commissariat de madame. Je suis là pour essayer de vous conseiller, vous et Lola, en quelque sorte. Faire une évaluation. Mais il ne faut pas que vous preniez cela comme un test, comme un examen. Pas de bonne ou de mauvaise note, hein ? Juste un bilan, si vous voulez.

— Je comprends.

— Je vais vous poser des questions, beaucoup de questions. L'idée, c'est que vous répondiez le plus vite possible. La première réponse qui vous vient à l'esprit. Si vous en avez assez, ou si vous commencez à vous sentir mal, n'hésitez pas à me le dire. Je ne suis pas là pour vous importuner.

— Entendu.

— Bien, dit Draken en adressant aux deux femmes un regard bienveillant. Commençons. Alors, voici ma première question : est-ce que vous avez quelque chose à m'offrir à boire ?

Emily écarquilla les yeux.

— Je... Ça fait partie de votre test ?

— Non, ça fait partie des bonnes manières.

La blonde resta bouche bée.

— Arthur ! soupira Lola d'un air gêné. Bon, qu'est-ce que tu veux ? Je m'en charge.

Elle commença à se lever mais le psychiatre la retint par le bras, puis il se tourna à nouveau vers Emily.

— Qu'est-ce qu'il y a à boire, ici ?

— Eh bien… Il y a du jus d'orange et du soda au Frigidaire. J'en ai offert tout à l'heure à votre amie…

— Pas d'alcool ?

— Non. Je ne crois pas. En fait, je ne suis pas sûre.

— Vous voulez bien vérifier ?

Emily fronça les sourcils.

— S'il vous plaît, insista Draken.

La blonde se leva et le psychiatre l'observa alors qu'elle se dirigeait vers la cuisine. *Belles fesses*, songea-t-il. Il y eut quelques bruits de portes de placard, puis Emily revint vers le salon et se dirigea tout droit vers le buffet. Draken adressa un clin d'œil discret à Lola, mais celle-ci n'était pas sûre de comprendre et lui retourna une mimique consternée.

— Il y a une bouteille de whisky et une bouteille de gin, ici.

— Dans le buffet ?

— Eh bien, oui ! répondit Emily, perplexe.

— Ça vous semble logique ?

Elle secoua la tête, de plus en plus désemparée.

— Euh… Oui.

— Parfait.

— Alors, vous voulez quoi ?

— Un jus d'orange.

Lola ne put s'empêcher de pouffer.

— Je suis désolée, Emily. Mon ami est un peu lourd, quand il s'y met.

Draken ne releva pas et la blonde partit lui servir un verre de jus d'orange sans rien dire.

— Merci. Vous pouvez vous rasseoir maintenant, dit-il quand elle lui tendit la boisson.

Emily obtempéra, non sans manifester un début d'agacement.

— Alors, est-ce que vous vous souvenez de votre vrai prénom ? Celui que vos parents vous ont donné ?

— Non, mais je porte une alliance sur laquelle deux prénoms sont écrits, Emily et Mike, alors nous en avons déduit que je m'appelais Emily.

— Ce prénom vous semble-t-il étranger ?

— Un peu. Je ne sais pas.

— Ça vous dérange qu'on vous appelle Emily ?

— Pas plus que ça. Je commence à m'y faire.

— Et Mike ? Vous pensez que vous auriez pu vous marier avec un type qui s'appelle Mike ?

— Aucune idée.

— Est-ce que vous vous souvenez de votre nom de famille ?

— Non.

— Le nom de votre mère ?

— Non plus.

— Votre date de naissance ?

— Je ne sais pas.

La blonde jouait le jeu : elle répondait du tac au tac.

— À votre avis, quel âge avez-vous ?

— Je… Je ne sais pas. Une petite trentaine…

Draken hocha lentement la tête.

— Cela me semble réaliste. Sur cette question, bien des femmes simulent une amnésie plus profonde que la vôtre. Par exemple, Lola essaie encore de me faire croire qu'elle est plus jeune que moi.

— Je *suis* plus jeune que toi ! intervint la détective en levant les yeux au plafond. J'ai presque dix ans de moins !

— Pas crédible. Vous savez où vous avez vécu, Emily ?

— Non.

— Pensez-vous que c'est aux États-Unis ?

— Je suppose… Oui.

— Qu'est-ce qui vous permet de dire ça ?

— Je ne sais pas. L'accent… Une impression.

— Vous vous sentez chez vous ici ?

— Pas vraiment.

Draken plongea une main dans sa poche, en sortit un paquet de cigarettes et le tendit vers la blonde.

— Vous fumez ?

— Je ne crois pas.

— Ça vous dérange, si j'allume une cigarette ?

— Non.

— Et à moi tu ne me demandes pas ? fit remarquer Lola.

— Non.

— Si ça se trouve, je fumais comme un pompier, reprit Emily, et l'amnésie m'a guérie. C'est une méthode comme une autre.

Le psychiatre acquiesça. La femme commençait à se détendre et elle avait le sens de l'humour. Avec ce qu'il lui faisait subir, c'était encourageant : elle était combative.

34

Lire un mail dans la boîte de réception d'une collè-gue était une chose – déjà nettement au-delà des limites de l'acceptable, même si l'on couchait occasionnelle-ment avec elle. Fouiller son bureau en était une autre, sinon plus inacceptable encore, au moins plus risquée.

Gallagher étant partie voir sa petite protégée, cela laissait à Detroit assez de temps pour faire ce qu'il avait à faire. La seule difficulté était de ne pas se faire remarquer par les autres policiers qui circulaient dans tout l'*open space*.

Ainsi, il avait prétexté l'installation d'une impri-mante provisoire sur le bureau de Lola ; une vieille imprimante qu'il avait retrouvée en haut d'un placard au deuxième étage du commissariat. Elle n'était pas de toute première fraîcheur, elle était d'une lenteur déses-pérante, mais au moins elle fonctionnait et, surtout, elle allait permettre au spécialiste de jeter un coup d'œil dans les tiroirs de Gallagher.

Ce qu'il avait vu dans l'e-mail personnel de sa

collègue avait piqué sa curiosité au vif, provoqué, même, une sorte d'incrédulité, et Phillip était bien décidé à en apprendre davantage.

Après avoir débranché l'imprimante cassée et installé la remplaçante, Detroit s'était assis derrière le bureau et avait procédé – en prenant tout son temps – aux petits réglages nécessaires sur l'ordinateur de Lola. Ce faisant, en essayant de garder un air désinvolte, il avait discrètement ouvert un à un les tiroirs du caisson sous le bureau. Chaque fois qu'un collègue passait devant lui, il faisait mine de chercher quelque chose en râlant et en se plaignant du désordre de Gallagher. Personne ne fit vraiment attention à lui : on avait l'habitude de voir cet ours grogner quand il s'occupait des systèmes informatiques de tout le monde.

Dans les trois premiers tiroirs, il ne trouva rien de très intéressant : des stylos, des crayons, des trombones, du rouleau adhésif, des babioles en tout genre, des imprimés du commissariat, des dossiers sur les enquêtes en cours... Rien de ce qu'il cherchait. Rien de personnel. Quant au quatrième tiroir, il était fermé à clef ce qui, évidemment, éveilla sa suspicion.

C'était une simple petite serrure de bureau, du genre que l'on peut crocheter aisément avec un trombone, pour peu qu'on ait l'habitude. Quand on passait le plus clair de son temps dans un commissariat bourré de placards et de caissons dont les collègues perdaient régulièrement les clefs, on devenait rapidement le prince des cambrioleurs.

Tout en continuant de jouer le rôle du responsable informatique agacé, Detroit prit deux trombones et en plia les extrémités afin de fabriquer un crochet et une petite clef de frappe. Conservant son naturel – ou du moins cette attitude étrange qui, chez lui, pouvait être considérée comme naturelle –, il fit glisser les deux trombones dans la serrure, força avec la clef de frappe puis racla la partie supérieure du trou avec le crochet.

Il dut s'y prendre à plusieurs reprises avant que la serrure ne cède enfin.

— Qu'est-ce que tu fais ? demanda soudain une voix dans son dos.

Detroit, s'efforçant de masquer sa surprise, se mit simplement à grogner sans se retourner vers Velazquez, de peur que celui-ci ne voie son embarras.

— J'aimerais juste savoir où la terrible madame Gallagher a rangé son CD d'installation, dit-il en faisant semblant de chercher celui-ci.

Le jeune agent derrière lui pouffa.

— Ah ! Je compatis ! dit-il. Tu as deux mille CD dans ton bureau dont tu ne sais jamais quoi faire, et tu ne trouves jamais celui que tu cherches le moment venu.

— Ça n'arriverait pas si les gens rangeaient correctement leurs affaires ! répliqua Detroit, certain que sa colère feinte masquerait parfaitement sa culpabilité.

— Bon courage…

Le spécialiste attendit que son collègue se soit éloigné pour ouvrir enfin le tiroir du bas. À l'intérieur, il y avait tout un tas de papiers et d'enveloppes. Beaucoup trop de choses pour qu'il prenne le risque de les inspecter ici.

Detroit inspira profondément. Il hésitait. Jusqu'où était-il prêt à aller pour découvrir le secret de Gallagher ? Pas le temps de tergiverser. D'un coup, il attrapa une chemise cartonnée et y glissa tout le contenu du dernier tiroir, puis il partit vers son bureau avec l'imprimante cassée sous un bras et la chemise sous l'autre.

128

35

— Est-ce que vous savez dans quelle ville nous sommes en ce moment ?

— À New York.

— Où, à New York ?

— À Brooklyn. Dans Livingston Street.

— À quel étage ?

— Au troisième.

— Quand êtes-vous arrivée ici ?

— Hier.

— Comment ?

— Dans une voiture de police.

— Et quel jour sommes-nous ?

— Euh… Lundi. C'est cela ?

— Oui. Quel mois ?

— Janvier.

— De quelle année ?

— 2012.

— Vous vous en souveniez en vous réveillant, ou vous l'avez appris depuis ?

— Je… Je ne suis pas sûre. Je pense que je le savais, mais je l'ai peut-être vu à la télévision ou dans un journal.

— Et avant d'arriver ici, vous étiez où ?

— Au commissariat. Et samedi, à l'hôpital.

— Où vous êtes-vous réveillée ?

— À l'hôpital.

— Lequel ?

— Le Brooklyn Hospital. Et avant que vous ne me posiez la question, j'étais dans la chambre 403.

— Parfait. Quel est le premier événement dont vous vous souvenez après votre réveil ?

Le sourire s'effaça du visage de la blonde. Elle avala sa salive avant de répondre.

— J'ai pleuré.

— OK. Mais le premier événement extérieur ?

Elle réfléchit un instant.

— Une infirmière est venue me donner de l'eau.

— Comment s'appelait-elle ?

— Je ne sais pas. Mais elle était brune. Et petite. Et elle sentait mauvais.

— Souvent, les infirmières. C'est comme les flics. Quelle est la première question que je vous ai posée tout à l'heure ?

— Vous m'avez demandé si je me souvenais de mon prénom.

— Non, je vous ai demandé si vous pouviez me servir à boire.

Emily secoua la tête et retrouva son sourire.

— Savez-vous ce qui vous est arrivé pour que vous vous retrouviez à l'hôpital ?

— On m'a dit que je m'étais fait tirer dessus dans le parc de Fort Greene, mais je n'en ai aucun souvenir.

— Vous connaissez ce parc ?

— Non. Et je ne connais pas non plus le Brooklyn Museum, où on m'a dit qu'avait commencé la fusillade.

— Vous vous souvenez de la première fois que vous avez fait l'amour ?

Emily hésita entre le rire et la stupéfaction.

— Euh… Non.

— Dommage. La dernière fois non plus ?

— Non !

Lola, de son côté, envoyait régulièrement des regards réprobateurs au psychiatre. Mais au fond d'elle, elle imaginait que tout cela faisait partie du test. Ou pas. Draken ne pouvait pas s'empêcher de jouer avec les gens, quelles que soient les circonstances. C'était à la fois son pire défaut et sa plus amusante qualité.

— Maintenant, je vais vous poser des questions en vous proposant plusieurs choix de réponses. Vous devez me dire celle qui vous semble la meilleure. Si vous ne savez pas, choisissez tout de même une réponse. À l'instinct. Ou même au hasard, s'il le faut.

— D'accord.

— Le président des États-Unis est-il Barack Obama, George Clooney, Bill Clinton ou Mitt Romney ?

— Je… Je sais que George Clooney est acteur ! répliqua Emily, presque vexée.

— Et alors ? Reagan aussi, et Bush est un comique, répondit Draken. Répondez à la question.

— Je… C'est Barack Obama.

— Vous êtes née en 1976, 1977 ou 1978 ?

Emily sembla ne pas pouvoir répondre.

— Vite ! Répondez !

— 1977.

— Le 11 septembre 2001, que s'est-il passé à New

131

York ? Un ouragan, un attentat, le meurtre d'un président ou la plus grande coupure d'électricité de l'histoire ?

— L'attentat du World Trade Center.

— Vous vous en souvenez ?

— Je sais que ça a eu lieu.

— Vous vous souvenez des images ?

La femme parut troublée.

— Vaguement.

— Est-ce que vous vous souvenez où vous étiez quand il a eu lieu ?

Elle fit lentement non de la tête, comme si elle en avait honte.

— En quelle année le mur de Berlin est-il tombé ? En 1979, 1984, 1989 ou 1992 ?

— En 89. J'ai l'impression de jouer au Trivial Pursuit.

— Vous y avez déjà joué ?

— Il faut croire...

— Mais vous n'êtes pas capable de vous remémorer une partie particulière ?

— Non.

— Comment je m'appelle ?

— Arthur Draken.

— Et comment vous me trouvez ?

— Pardon ?

Lola, enfoncée dans le canapé, se prit la tête dans les mains d'un air désespéré.

— Je vous fais quelle impression ?

— Vous m'avez l'air extrêmement sûr de vous, intelligent, drôle, arrogant et... un peu vieux.

— Merci. Et vous-même ? Comment pensez-vous qu'on vous perçoit ?

— Paumée.

— C'est tout ?

— Oui.

— Depuis que vous vous êtes réveillée, avez-vous éprouvé du désir sexuel pour un homme ou une femme ?

Emily soupira.

— Non !

— Vous vous êtes masturbée ?

Cette fois, la blonde s'énerva franchement.

— C'est bien nécessaire ?

— De se masturber ? Non, mais c'est un bon moyen de se détendre…

— Non ! De me poser cette question !

— Ah ! Eh bien, oui, ça me permet de voir que vous réagissez à peu près normalement. Vous semblez avoir une notion à peu près standard des codes sociaux…

— Je vois…

— Bien. Je crois qu'on a fait le tour, dit Draken d'un air satisfait.

— Déjà ? lança Emily, sidérée.

— Oui.

— Bon. Et alors ? Maintenant ?

— Vous prendrez deux aspirines, un anti-inflammatoire et tout devrait rentrer dans l'ordre, plaisanta-t-il.

Emily se tourna vers le détective Gallagher.

— Il est toujours comme ça ?

— Parfois il est pire, dit-elle en faisant un geste désolé. Je crois que je vais le raccompagner. Vous m'attendez deux minutes ?

— Ce que Lola essaie de vous dire, intervint Draken, c'est qu'elle veut sortir sur le palier avec moi pour me demander discrètement ce que je pense de vous et quelles sont mes conclusions. Mais je suis sûr que vous aimeriez entendre ce que j'ai à dire, Emily, n'est-ce pas ?

Lola fit une moue vexée et la blonde haussa les épaules.

— Ce que je pense de votre cas vous concerne bien plus que cela concerne Lola, et je pense donc qu'il serait mieux de le dire devant vous. Cela vous fait peur ?

— Un peu.

— Vous préférez que j'aille dire du mal de vous tout bas sur le palier ?

— Non.

— Bon. Tant mieux. Alors voilà ce que je peux vous dire, à toutes les deux. Vous souffrez effectivement de ce qu'on appelle une amnésie rétrograde isolée, Emily. Et sévère, qui plus est. Ce type d'amnésie est, de fait, souvent occasionné par un traumatisme au lobe temporal antérieur. Une balle dans la tête, ça laisse des séquelles. Visiblement, vu la violence du choc et la vitesse à laquelle vous êtes sortie de l'hôpital, vous êtes tout de même une miraculée, vous pouvez au moins vous réjouir de cela.

— Oui.

— La plupart du temps, les amnésies rétrogrades isolées ne portent que sur les dernières heures, les derniers jours, les derniers mois ou, plus rarement, les dernières années précédant le traumatisme. Mais en général, les souvenirs les plus anciens subsistent. Il est extrêmement rare que l'amnésie recouvre, comme chez vous, l'intégralité du passé. Ce qui est très intéressant, dans votre cas, c'est que vous semblez avoir oublié votre passé personnel, jusqu'à votre identité, mais pas votre passé extrapersonnel. Et là, ça m'interpelle. Ce type d'amnésie peut résulter de la commotion, mais pour qu'elle soit aussi grave, qu'elle porte sur des souvenirs aussi anciens mais exclusivement personnels, il est fort probable qu'elle soit aussi partiellement psychologique.

— C'est-à-dire ?

— Qu'elle résulte peut-être également du très grand stress que vous avez dû subir pendant et avant l'accident.

— En gros, c'est dans ma tête ?

— En partie. Il y a bien un traumatisme réel, physique, mais aussi peut-être une part émotionnelle. Vous savez qu'une amnésie globale, de l'ordre de quelques heures seulement, peut être provoquée par un simple choc thermique, un exercice physique violent ou un rapport sexuel ? Bref, le médecin ou le psy que vous allez voir vont sans doute vous prescrire des anxiolytiques. Vous allez voir, au début, c'est très rigolo.

— Et comment se fait-il que j'aie perdu la mémoire de ce qui s'est passé avant, mais que je n'aie pas de problème de mémoire pour tout ce qui s'est passé après ?

— C'est le principe de l'amnésie rétrograde, Emily. Vous voulez vraiment que je vous explique ?

— Eh bien… oui.

— Le lobe temporal antérieur joue un rôle important dans le stockage des souvenirs anciens, mais pas dans l'acquisition d'informations nouvelles. Votre capacité à apprendre de nouvelles choses n'est pas endommagée. C'est déjà un bon point. Toutefois, le fait que votre amnésie ne porte que sur les événements épisodiques de votre vie personnelle pourrait aussi indiquer que le lobe temporal antérieur n'est pas le seul à avoir été atteint. On vous a fait des IRM à l'hôpital ?

— Oui.

— J'aimerais les voir. Je suppose que l'autre psy voudra les voir aussi. S'il ne vous les demande pas, c'est qu'il est mauvais. Votre mémoire sémantique est intacte en ce qui concerne les connaissances générales acquises avant votre accident.

— C'est-à-dire ?

— Vous n'avez pas oublié comment vous servir des accessoires de la vie quotidienne, ni les connaissances relatives à votre environnement. Vous vous souvenez des événements du 11 Septembre, par exemple, mais pas de votre interaction avec eux. Je dois admettre que c'est... assez exceptionnel. Je ne dis pas que c'est unique, il y a plusieurs cas répertoriés, mais c'est extrêmement rare, et donc extrêmement intéressant.

— Ça me fait une belle jambe !

— Vous n'aimez pas qu'on vous dise que vous êtes exceptionnelle ?

— J'aimerais surtout retrouver la mémoire.

— Vous finirez par la retrouver. Mais il va falloir être patiente.

— Et vous allez m'aider ?

Draken prit une profonde inspiration, et son regard fit des allers et retours entre Emily et Lola.

— Je ne peux rien faire de plus que le psychiatre qui va venir vous voir ici deux fois par jour... D'ici un an, si vous ne vous en sortez toujours pas, vous pourrez venir me voir dans mon cabinet. Mais cette fois, ce sera payant, et je vous préviens, je prends trois cents dollars par consultation.

— Trois cents dollars ! s'exclama Emily, perplexe. Vous ne faites pas un prix pour les amnésiques ?

— Non. Au contraire. J'augmente le tarif à chaque séance, ils n'y voient que du feu.

The line

36

Au cas où un collègue serait soudainement entré dans son bureau, Detroit avait pris la peine de glisser les documents de Gallagher dans un numéro de la revue *GQ* qu'il faisait mine de feuilleter.

Éprouvant des sentiments contradictoires de culpabilité et d'excitation, il avait le cœur qui battait à tout rompre. Un à un, il inspecta les nombreux papiers qu'il avait pris dans le tiroir de Lola, mais aucun ne concernait ce qu'il cherchait : il y avait beaucoup de choses personnelles, des factures, des cartes postales, des dessins de son fils, des lettres, des notes, mais rien sur l'établissement pénitentiaire de Rikers Island.

Il parcourut l'ensemble une seconde fois pour s'assurer qu'il n'avait rien manqué, puis il fut certain qu'il ne trouverait rien ici.

Alors qu'il était sur le point de tout ramener, un courrier attira son attention. Rien à voir avec la prison du Anna M. Kross Center : c'était une lettre envoyée par un médecin, un certain docteur Mark Williams. Et ce qui avait mordu l'insatiable curiosité de Detroit était la mention manuscrite qui recouvrait l'enveloppe : « Personnel ».

Vérifiant que personne ne s'apprêtait à entrer dans son bureau, il sortit la lettre et commença sa lecture.

37

Draken et Gallagher avaient été invités à quitter l'appartement d'Emily à l'arrivée du médecin – et il avait semblé, pour l'un comme pour l'autre, que c'était presque à contrecœur. Lola avait toutefois réitéré sa promesse : elle reviendrait la voir dès que possible.

— Elle est touchante, hein ? demanda la détective alors qu'elle était en train de conduire dans le trafic pour ramener son ami jusqu'à son cabinet.

— Les amnésiques le sont toujours. C'est une pathologie très infantilisante.

— Je ne te parle pas des amnésiques en général. Je te parle de cette femme en particulier ! Elle est touchante.

Draken fronça les sourcils.

— Ça va, toi, en ce moment ? demanda-t-il d'un air soupçonneux.

— Pourquoi tu me demandes ça ?

— Je ne sais pas. Transfert affectif sur une amnésique…

— Arrête tes conneries.

— Et tu as mauvaise mine.

— Je te dis que tout va bien.

— Et moi, je te dis que je n'en crois pas un mot.

— Je trouve cette femme touchante, c'est tout.

— Si tu le dis… En tout cas, son amnésie est fascinante, je te l'accorde. Cette dissociation que sa mémoire a opérée entre souvenirs personnels et souvenirs extrapersonnels… Je n'ai jamais vu ça que dans les livres. Ce qui est étonnant, comme je le disais tout à l'heure, c'est que j'ai l'impression que deux types d'amnésie se mélangent chez elle. Une amnésie liée au traumatisme sur son lobe temporal, et une amnésie liée à un choc psychologique. Mais d'ordinaire, ce type d'amnésie ne concerne que les événements liés au choc. Les circonstances de l'accident, par exemple. C'est une sorte de mécanisme de défense : pour ne pas avoir à affronter ces événements traumatisants, le cerveau les occulte. Or, là, l'amnésie porte sur sa vie entière ! Pas uniquement sur ce qu'il s'est passé pendant et juste avant la fusillade…

— Peut-être que c'est sa vie entière qui l'a traumatisée…

— Peut-être.

— Ce doit être terrible, de ne plus avoir le moindre souvenir personnel.

— Oui. Une amnésie aussi lourde entraîne nécessairement une dépression nerveuse. Elle va en baver. Et quand il va falloir qu'elle se re-sociabilise, ça va être coton aussi. Et si un jour on retrouve son identité, avant qu'elle-même n'ait retrouvé la mémoire, devoir affronter une famille et des amis qu'on ne reconnaît pas... ce n'est pas simple.

— Et on ne peut rien faire pour l'aider ?

Draken se tourna vers son amie et la dévisagea longuement alors qu'elle avait les yeux rivés sur la route. Au bout d'un moment, Lola lui jeta un coup d'œil.

— Quoi ?

Le psychiatre fit une moue hésitante.

— Quoi ? insista la rousse.

— Lola... Il y a bien quelque chose qu'on pourrait essayer.

— Quoi ?

Il pencha la tête.

— Tu sais très bien.

— Oh ! Non. C'est hors de question ! lança-t-elle, catégorique. Hors de question !

38

Quand, une demi-heure plus tard, la détective Gallagher revint au 88e district, elle trouva sur son bureau un DVD-Rom sur lequel était écrit : « CNN – 14 janvier 2012 ». Elle reconnut l'écriture de Detroit.

Elle sourit et glissa la galette dans son ordinateur.

D'après ses calculs, la crise de panique d'Emily à l'hôpital avait eu lieu entre 12 h 20 et 12 h 30. Elle visionna donc ce qui était passé sur CNN pendant cette tranche horaire précise.

Cinq sujets étaient abordés par la journaliste pendant ces dix minutes : un attentat dans un bus au Pakistan qui avait fait douze morts, des prisonniers en grève de la faim dans un établissement carcéral de Virginie, un scandale concernant la fuite de 115 000 documents administratifs classés confidentiels par une organisation d'activistes sur Internet, le lancement d'une nouvelle puce d'Intel pour les téléphones portables et, enfin, en sujet principal, un reportage sur les élections pré-sidentielle et législatives en cours dans la République populaire de Chine.

Lola, sceptique, nota les cinq sujets sur son carnet. Lequel de ces reportages – si c'était bien le cas – pou-vait avoir déclenché une crise de panique chez Emily ? Difficile à dire. Il lui manquait trop d'informations sur la vie de l'amnésique pour deviner si l'une de ces nouvelles avait pu avoir un impact sur elle. C'était terriblement frustrant.

— Je vois que tu as trouvé mon DVD…

Lola se retourna et adressa un sourire à Detroit.

— Oui, merci.

— Et tu as aussi reçu la fin de la retranscription de la vidéo du musée…

— Ah bon ? Tu ne l'as pas ouverte, j'espère ?

— Non.

— C'est bien ! Tu fais des progrès, Phillip !

Le spécialiste ne réagit pas. Les mains dans les poches, il resta à quelques pas du bureau de sa collè-gue, comme s'il attendait quelque chose.

Gallagher ouvrit l'e-mail du service d'assistance technique et imprima le fichier attaché, qu'elle dut aller chercher de l'autre côté de l'*open space*, devant le bureau du capitaine…

Quand elle revint à son poste, Detroit était toujours là, dans la même position, et il avait le même air bizarre.

— Laisse-moi deviner : tu veux voir la retranscription, c'est ça ?

Il haussa les épaules.

— Une énigme irrésolue, c'est un peu comme quand tes parents t'empêchent de voir la fin du film. J'ai horreur de ne pas voir la fin du film.

Lola posa le papier sur la table et lut à haute voix. Le service d'assistance était parvenu à remplir quelques trous, à déchiffrer de nouveaux passages, mais il restait encore de nombreux vides.

— *(…) réussi à m'enfuir, mais ils sont sur mes traces, et ils… ils essaient de me tuer ! Je dois tout raconter avant que (…) vous devez prévenir les (…) c'est une machination (…) ils préparent l'enlèvement de cet homme, et (…) dans l'immeuble du Citigroup Center (…) oh, mon Dieu, vous devez faire quelque chose, vous devez faire quelque chose !*

Lola et Detroit échangèrent un regard.

— C'est déjà mieux ! affirma le spécialiste. On sait maintenant qu'elle s'est enfuie de quelque part, qu'elle se savait donc bien poursuivie, et qu'elle savait aussi que les gens qui la suivaient voulaient la tuer.

— Et qu'elle parlait bien de l'enlèvement d'un homme, en préparation. Et que tout ça avait un rapport avec l'immeuble du Citigroup Center. Peut-être disait-elle que l'enlèvement y aurait lieu…

— Ou qu'il y serait préparé, proposa Detroit.

— C'est dommage qu'elle ne nous donne pas la date de l'enlèvement, ni le nom de la victime potentielle…

— Et encore moins celui des gens qui la poursuivent !

— Oui. Ça laisse encore pas mal d'inconnues.

Gallagher jeta un coup d'œil au courrier de ses collègues.

— D'après les gars du service d'assistance, c'est le mieux qu'ils puissent faire. Le reste des images est obstrué par le passage des visiteurs du musée. On n'aura rien d'autre.

— Ça fait quand même quelques pistes. Tu devrais aller raconter ça au capitaine, Lola. Il est sur les nerfs, il a besoin de bonnes nouvelles.

La rousse hésita, puis elle prit la transcription et se mit en route vers le bureau de Powell.

— Encore merci pour le DVD, Phillip, lança-t-elle en se retournant.

— De rien… À charge de revanche.

Le spécialiste resta encore un instant devant le bureau de Lola, puis il repartit vers le sien. Pendant tout le temps de la conversation, il n'avait pas sorti les mains de ses poches ni quitté son air pantois. Rien qui, pour Gallagher, ne sortait de l'ordinaire…

À l'autre bout de la pièce, le bureau du capitaine était fermé et les persiennes baissées. Impossible de voir à l'intérieur. Lola frappa à la porte.

— ENTREEEZ ! hurla Powell.

Visiblement, il n'était pas dans son meilleur jour.

— Vous tombez bien, Gallagher, justement, je voulais vous voir.

— Vous dites ça à chaque fois que j'entre dans votre bureau, capitaine.

— Vous en êtes où, sur l'amnésique ?

— Ça avance. Je venais justement vous dire que j'avais un peu plus de détails sur le message qu'elle avait adressé à la caméra de surveillance, dans le Brooklyn Museum.

Elle lui résuma les faits.

— Très bien. Et le bip de parking ?

— Ça n'a rien donné…

— La peinture sur ses doigts ?

— On ne peut pas en tirer grand-chose.

— Ses empreintes effacées ?

— On sait simplement que ce n'est pas dû à un traitement médical. Peut-être qu'elle les a effacées elle-même.

— Et votre ami Draken, il a dit quoi ?

— Eh bien… Il a dit que son amnésie était probablement le résultat combiné du choc physique et psychologique, et que ça risquait d'être très long…

— C'est tout ? conclut Powell d'un air mauvais.

— Comment ça, *c'est tout* ?

— En gros, vous n'avez pas de piste ?

— Ben, à part cette histoire d'enlèvement et l'immeuble du Citigroup Center… C'est une femme amnésique, sans empreinte, et sans identité ! Vous reconnaîtrez que ça me laisse quand même assez peu de pistes !

— Gallagher, je ne vais pas y aller par quatre chemins : je viens de me faire méchamment taper sur les doigts par l'Officier Commandant de Brooklyn Nord, qui lui-même s'est fait méchamment taper sur les doigts par le chef de la police.

— Le jour du Martin Luther King Day ? Ce n'est pas très élégant de leur part. Vous êtes déjà bien gentil de travailler…

— Je suis sérieux, Gallagher. Nos chiffres ne sont pas bons depuis Noël, et, avec cette histoire de nouvelle guerre des gangs, ils sont tous à cran, parce que les statistiques vont exploser en ce début d'année, et que le maire va leur tomber sur le coin de la figure. Vous connaissez la musique, Gallagher ?

— Je connais la musique, capitaine.

— Regardez le tableau des enquêtes. Il y en a quinze dans la colonne de gauche, « enquêtes en cours », six dans la colonne du milieu, « affaires classées », et trois dans la colonne de droite « enquêtes résolues ». Vous croyez que c'est un bon taux de réussite, ça ?

Lola commença à s'irriter.

— Je rêve ou vous m'avez confondue avec un jeune bleu ? C'est quoi ce sermon ? Je passe tous les jours devant ce tableau, capitaine, et vous savez très bien que je donne tout ce que j'ai pour allonger la colonne de droite. Vous n'êtes pas en train de me faire des reproches, tout de même ?

Powell poussa un soupir. En effet, il savait pertinemment que Gallagher avait l'un des meilleurs taux de réussite du commissariat. Mais il subissait la pression de sa hiérarchie et il était bien obligé de la répercuter sur ses subalternes. Même les meilleurs. C'était ainsi que ça fonctionnait, depuis la nuit des temps.

— Non. Ce que j'essaie de vous dire, Gallagher, c'est qu'avec cette histoire de programme du WITSEC, qui coûte une fortune, le FBI ne va pas tarder à venir nous piquer cette enquête. Et vous savez ce qui se passe, quand le FBI nous pique une enquête ? Elle ne passe pas dans la colonne de droite...

— Et donc ?

— Et donc il faut que vous avanciez beaucoup plus vite dans cette putain d'enquête, Gallagher ! Beaucoup plus vite ! Il faut que vous la boucliez avant que le FBI ne vienne foutre son nez dedans.

— À ce stade, je ne vois pas ce que je peux faire de plus…

— Mauvaise réponse ! On peut *toujours* faire plus !

Lola hocha la tête, mima ironiquement le salut militaire et sortit du bureau du capitaine sans ajouter un mot de plus. En d'autres circonstances, elle aurait continué de se défendre, mais elle avait mieux à faire, et elle commençait à connaître Powell. Ça ne servait à rien de discuter. Il jouait son rôle de chef, pour le principe.

Une fois revenue à son bureau, elle ouvrit son carnet de notes et feuilleta lentement les pages. Powell avait raison au moins sur un point : elle n'avait pas grand-chose. Aucune piste intéressante et, surtout, aucune promesse de pouvoir trouver quelque chose rapidement. Le plus frustrant était de se dire que la plupart des réponses aux questions qu'elle se posait étaient cachées dans la mémoire défaillante d'Emily. Là. À portée de main. Si proche, et pourtant inaccessible.

Un petit bip dans le haut-parleur de son ordinateur la sortit de ses pensées : un message venait d'arriver dans sa boîte de réception. Il avait été expédié par l'employé de Boston Properties.

Sans conviction, Lola ouvrit le fichier joint à l'e-mail. Il s'agissait de la plaquette de présentation de l'immeuble du 601 Lexington Avenue, ex-Citigroup Center, ainsi que – comme elle l'avait demandé – de la liste des sociétés louant des bureaux dans la tour. Gallagher suivit méticuleusement le texte du bout du doigt. Il y avait Citigroup, évidemment, mais aussi des sociétés de gestion comme Apax Partners, de nombreux cabinets d'avocats comme Fish & Richardson ou Kirkland & Ellis… En tout et pour tout, pas loin d'une centaine de sociétés différentes. La liste précisait en sus le nom des boutiques, des cafés et des restaurants qui se partageaient l'atrium, ainsi qu'une salle de fitness et une librairie *Barnes and Noble.*

Lola secoua la tête. Que pouvait-elle faire de tout ça ? À quoi cela l'avançait-il ? Au fond, ce mail ne fit qu'accroître son désarroi. Les rares informations qu'elle avait réussi à obtenir jusqu'à aujourd'hui ne servaient absolument à rien, tant qu'Emily ne pouvait expliquer ce qu'elle avait voulu dire dans son message vidéo.

Gallagher serra la mâchoire, attrapa son téléphone portable et le regarda longuement, le soupesant comme si elle essayait d'en estimer le poids. Elle resta ainsi encore près d'une minute, hésitante, indécise, et puis, finalement, elle se résolut, à contrecœur, à composer le numéro d'Arthur Draken.

Le psychiatre était sur boîte vocale. Elle lui laissa un message : « C'est Lola. T'as gagné. Je suis d'accord. J'amène Emily chez toi demain. Mais j'espère… J'espère que je ne suis pas en train de faire la plus grande connerie de ma carrière… », puis elle raccrocha en secouant la tête. Elle n'aimait pas ça. Elle n'aimait vraiment pas ça.

Wait

39

Le lendemain matin, la ville était ensevelie sous un grand drap de coton blanc. Il avait neigé toute la nuit.

Lola, la gorge nouée, regarda Adam, par la fenêtre de sa voiture, entrer dans l'école. Elle n'aimait pas le voir marcher ainsi tout seul, tête baissée, ses pouces calés sous les lanières de son cartable, alors que la plupart de ses camarades arrivaient à plusieurs et semblaient s'amuser, chahuter ensemble, se jetant des boules de neige en hurlant de rire. Adam avait toujours été un solitaire. Jamais il n'avait demandé à inviter d'ami à la maison, et jamais il n'avait été invité à l'anniversaire d'un camarade de classe. Il n'avait pas de « meilleur ami », et quand Lola lui demandait pourquoi il ne parlait jamais de ses « copains », il répondait que les gens de son âge ne l'intéressaient pas. À vrai dire, les deux seules personnes qu'Adam semblait considérer comme des amis étaient des hommes, beaucoup plus âgés que lui : Arthur Draken, et Chris, son oncle, le frère de Lola. Il n'y avait pas besoin d'avoir fait des études de psychologie pour deviner qu'il cherchait désespérément une figure paternelle...

Plus que jamais, Lola éprouva le sentiment de ne pas pouvoir combler ce vide dans la vie de son petit bonhomme. Dans ces moments-là, elle avait presque envie de tout envoyer promener, de sortir de sa voiture, courir le rattraper, lui faire quitter l'école et l'emmener au bout du monde. Être tout à lui. Pour compenser. Le courrier du docteur Williams, enfin, n'arrangeait rien : jamais elle n'avait eu autant conscience de la fragilité de la vie. Et à présent, elle ne voulait plus remettre quoi que ce soit au lendemain. Surtout pas l'amour qu'elle entendait témoigner à son fils.

Lola remonta la vitre de la voiture et regarda le téléphone portable posé sur le tableau de bord. Elle inspira profondément. Chris. Le moment était venu de l'appeler. Cela faisait maintenant quatre jours qu'elle avait reçu le courrier du docteur Williams, il était grand temps de parler à son frère.

La mine grave, elle chercha son numéro dans son répertoire et lança l'appel.

— Hey ! Frangine ! T'as vu l'heure ?

— Bonjour, Chris.

— Eh bien ! C'est quoi cette voix ? Quelqu'un est mort ?

Lola ferma les yeux.

— Tu as pris ton petit déjeuner ? demanda-t-elle en essayant de ne rien laisser paraître dans sa voix.

— À cette heure ? T'es folle ?

— On le prend ensemble ?

— Mais qu'est-ce qui t'arrive ?

— Il faut que je te parle de quelque chose.

— Ouh là ! C'est grave ?

Lola ne parvint pas à répondre.

— Bon… D'accord… Tu me laisses une demi-heure pour me préparer.

— Tu viens à Brooklyn ?

— Même pas en rêve ! Je ne sors jamais de

149

Manhattan, tu sais bien. Je t'attends dans une demi-heure au *Cookshop*, sur la Dixième Avenue.

— Une demi-heure ? Avec ce trafic ?

— T'es flic, oui ou merde ? Pour une fois que tu as une bonne raison d'utiliser ton gyrophare, t'as pas intérêt à me faire attendre, je suis déjà bien gentil de me lever.

Il raccrocha sans dire un mot de plus et, quarante minutes plus tard, Lola était assise en face de son frère, derrière la grande baie vitrée de ce restaurant réputé pour ses excellents petits déjeuners, en plein cœur de Chelsea, le quartier gay de Manhattan.

— Les patrons sont des amis à toi ?

Chris fit un sourire narquois. Du haut de ses quarante-quatre ans, c'était encore un beau garçon. Pas un *Chelsea boy* – comme on appelait les gays du quartier qui passaient le plus clair de leur temps dans les salles de sport, les défilés de mode et les boutiques de prêt-à-porter – mais avec un look toujours impeccable malgré tout, un regard vert dévastateur et un sourire désarmant. Dépassant les un mètre quatre-vingts, il portait très bien son embonpoint et il avait en toutes circonstances – toutes – une classe indéniable. Il était drôle, érudit, grinçant à souhait, et bien des femmes s'étaient effondrées en apprenant qu'il préférait les hommes. Graphiste dans une agence de publicité, il donnait l'impression de ne jamais travailler et de passer son temps à faire la fête.

— Je te vois venir. Oui, ce sont des amis à moi, et non, ils ne sont pas pédés. C'est un couple hétéro, figure-toi, et ils sont adorables. Marc et Vicky. C'est Marc qui est en cuisine, et sa carte est magnifique. Tu prends des pancakes ? Ils font les meilleurs pancakes au babeurre de l'île, avec des fraises macérées, c'est à se damner !

— Non, non… Je vais juste prendre un café.

— Tu n'as pas faim ?

— Non.

— Houlà ! C'est vraiment que c'est très très grave, alors ! Laisse-moi deviner. Tu t'es tapé ton patron ? Oui, c'est ça ! Tu t'es tapé cet immonde bulldog de cent dix ans et maintenant tu ne sais pas comment te débarrasser de lui !

— Ne fais pas le con, Chris. Il faut que je t'annonce un truc…

Elle baissa les yeux. Elle ne savait pas comment commencer.

— Bon, vas-y, Lola, crache le morceau ! Tu ne m'as pas fait lever à l'aube pour faire ta chochotte !

— J'ai… J'ai reçu un courrier du docteur Williams.

— Ah.

Le visage de Chris changea du tout au tout.

— Mauvaises nouvelles ?

— Oui.

Il rapprocha sa chaise de la table et prit les mains de sa sœur entre les siennes.

— Je t'écoute.

Lola soupira. Elle leva ses yeux brillants vers son frère.

— Tu as un cancer du poumon, Chris. À un stade avancé.

Le quadragénaire resta immobile quelques secondes, comme s'il fallait du temps à son cerveau pour traiter l'information, puis tout son corps sembla s'affaisser.

— Merde.

— Je… Je suis désolée… J'ai dit au docteur

151

Williams que je préférais que ce soit moi qui te l'annonce…

— Merde, répéta-t-il.

— Je suis tellement désolée…

— Putain ! Ça fait quinze ans que je baise dans toutes les boîtes gays de Manhattan, et, au lieu de me choper le SIDA comme tout le monde, il faut que je me chope un putain de cancer !

Lola essuya une larme qui venait de couler sur sa joue. Elle s'en voulait de pleurer devant son frère, alors qu'elle devait le soutenir, se montrer forte…

— Eh ! Lola ! Ça va aller ! dit-il, comme si ce n'était pas si grave que ça.

Au même moment, une serveuse arriva à leur table.

— Qu'est-ce que je vous sers ? demanda-t-elle, tout sourire.

Chris se frotta le front d'un air embarrassé.

— Tu veux toujours pas de pancakes ? dit-il en s'efforçant de sourire.

Lola répondit avec une sorte de sourire à son tour, mais c'était le plus triste des sourires.

— Si. Je veux le plus gros de tous les putains de pancakes ! demanda-t-elle en essayant de masquer ses larmes à la serveuse. Et un café. Et beaucoup de sucre.

— Pareil !

La jeune femme s'éloigna un peu étonnée et Chris se pencha par-dessus la table pour prendre sa sœur dans ses bras. Ils restèrent ainsi enlacés un long moment, et la gorge de Lola était si nouée qu'elle lui faisait mal.

— Il faut qu'on fasse vite, Chris. Le docteur Williams veut que tu ailles le voir tout de suite. Aujourd'hui. Je t'emmène, s'il le faut.

— Calme-toi, Lola, on n'est plus à un jour près !

— Si ! Tu y vas aujourd'hui et puis c'est tout ! Et je vais demander à Draken de t'obtenir un rendez-vous avec le meilleur cancérologue de New York.

— De Manhattan. Je ne sors pas de Manhattan, corrigea-t-il sur le ton de la plaisanterie.

— Fais pas chier, Chris.

— OK ! OK ! J'irai voir Williams cet après-midi, et je t'appelle en sortant, et je ferai tout ce que tu me diras de faire.

— Promis ?

— Juré craché.

— Et je ne veux plus jamais te voir fumer une cigarette ou tout autre connerie que je te vois régulièrement inhaler.

— Lola ! Tu ne vas pas en rajouter, quand même ! Tu crois pas que j'en ai pris assez dans la gueule comme ça ?

— Ah non, hein ! Ne me fais pas le coup de « j'ai un cancer, il faut tout me pardonner » ! Je te préviens ! Je marcherai pas dans ce truc-là. Tu vas te battre, tu vas te battre comme un chien, et on va se débarrasser de cette merde !

— On va se débarrasser de cette merde, acquiesça Chris en embrassant la main de sa sœur.

Mais ni l'un ni l'autre n'y croyait vraiment.

The line

153

40

Phillip Detroit avait passé la matinée à travailler sur le rapport d'analyse du RTCC concernant le trajet d'Emily Scott le soir de la fusillade, afin de pouvoir en tirer la substantifique moelle pour la livrer à Lola sur un plateau d'argent. Comme si cela pouvait compenser les deux indiscrétions dont il s'était rendu coupable, il voulait aider sa collègue. Encore plus que d'habitude.

Mais quand il eut terminé, il ne put s'empêcher de repenser à ce qu'il avait découvert la veille : l'e-mail de la prison de Rikers Island et le courrier du médecin. Ces deux choses – très différentes – concernaient la vie privée de Lola et la rendaient bien plus mystérieuse à ses yeux qu'elle ne l'était déjà auparavant. Lola lui cachait des choses !

Il ne savait que faire de ces deux informations et, surtout, il n'avait pas encore résolu l'énigme posée par le courrier du docteur Williams. Car si c'était bien le nom de Lola qui figurait sur l'enveloppe, les analyses médicales, terribles, concernaient un autre patient. Un certain Chris Coleman. Et Detroit n'arrivait pas à comprendre qui pouvait être ce fameux Coleman.

Pour que Lola ait reçu chez elle ses résultats d'analyse, c'était forcément quelqu'un de proche. De très proche. Or, de toute évidence, il ne s'agissait pas de l'ex-mari de Lola, qui s'appelait Anthony Fischer.

Non. Ce qui intriguait Detroit, c'était qu'un jour, comme une confidence sur l'oreiller, Lola avait mentionné avoir un frère… qui s'appelait Chris. Mais puisque Gallagher était le nom de jeune fille de sa collègue, pourquoi diable son frère – s'il s'agissait bien de lui – ne s'appelait-il pas Chris Gallagher ?

En faisant des recherches au nom de Chris Coleman sur la base de données du NYPD, il n'avait rien trouvé d'autre que ses date et lieu de naissance : le 2 juillet 1968 à New York. Et, selon la fiche, il n'avait ni frère ni sœur.

Pourtant, sur la photo, l'homme, roux lui aussi, partageait avec Lola un étrange air de famille. Mais s'il était né à New York, alors que Lola était née en Irlande, peut-être s'agissait-il d'un demi-frère. Peut-être…

41

Cela faisait une bonne demi-heure que Draken était assis dans la lumière tamisée de son bureau, immobile, le regard dans le vide, quand il se décida enfin à décrocher son téléphone. Les doigts tremblants, il enfonça les touches une à une. Il n'avait pas composé ce numéro depuis des lustres, mais il n'avait pas besoin de vérifier dans son répertoire. Il le connaissait par cœur.

Son interlocuteur décrocha à la quatrième sonnerie.

— Allô ?

Arthur ne répondit pas tout de suite. Le timbre de

la voix venait de le plonger brutalement deux ans en arrière. Il frissonna.

— Ben ?

— Oui.

— C'est Draken.

— Je sais. J'ai reconnu ta voix. On a un problème ?

— Non. Enfin, je crois pas.

— Alors qu'est-ce que tu veux ?

— Tu peux être chez moi dans une demi-heure ?

— Pourquoi ?

— On va devoir refaire ça.

Encore un moment de silence.

— Tu plaisantes ?

— Non.

— Tu es sûr que c'est une bonne idée ? demanda l'homme d'une voix troublée.

— Non. Mais on va le refaire quand même. C'est maintenant ou jamais.

Draken entendit le soupir dans le combiné.

— Je ne peux pas le faire tout seul, insista-t-il.

— C'est ta responsabilité, Arthur. Ta responsabilité.

— Oui. Alors ? Tu peux être là dans une demi-heure ? répéta le psychiatre.

Nouveau soupir.

— OK.

Ils raccrochèrent.

Le visage livide, Draken se redressa et tapota ner-veusement sur son bureau du bout des doigts. Puis il ouvrit le grand tiroir devant lui et attrapa une large clef métallique. Il la regarda au creux de sa paume, puis il se leva, traversa son bureau et s'arrêta devant la large porte blindée plongée dans l'ombre.

Soudain, un sourire se dessina sur son visage. À

156

haute voix, il récita la phrase de Nietzsche gravée sur la plaque en laiton : *« Werde, der du bist. »*

42

— Lola ! J'ai reçu le rapport des analystes du RTCC concernant ta petite protégée. Tu veux venir voir dans mon bureau ? Ça m'a l'air intéressant.

La détective Gallagher regarda sa montre. Il lui restait à peine un quart d'heure avant d'aller chercher Emily. Il avait fallu l'appui insistant de Powell pour convaincre le procureur de laisser sortir la femme amnésique, malgré les réserves du médecin. Lola avait prétexté vouloir l'emmener marcher dans le parc de Fort Greene pour « voir si des souvenirs ne lui reviendraient pas ». Fortement désireux de voir cette enquête menée à son terme avant qu'elle leur soit volée par le FBI, le capitaine avait appuyé la demande de Lola. Le procureur avait fini par accepter. Lola n'allait pas avoir beaucoup de temps pour faire ce qu'elle avait à faire. Hors de question d'arriver en retard.

Mais d'un autre côté, ce que Detroit avait à lui montrer serait peut-être une véritable avancée dans son enquête. Avec un peu de chance, en combinant les images des caméras de surveillance de la ville et celles des satellites, le RTCC serait parvenu à retracer le parcours d'Emily avant qu'elle n'entre dans le musée. Et avec encore plus de chance, on pourrait identifier les gens qui l'avaient poursuivie.

— J'arrive ! lança-t-elle en rassemblant ses affaires.

Elle traversa l'*open space* et entra dans le bureau de son collègue.

— J'ai à peine dix minutes, annonça-t-elle en prenant directement place à côté de lui.

— On a déjà fait pas mal de choses, toi et moi, en dix minutes…

— Je suis pas sûre que tu devrais t'en vanter. Allez, vas-y, balance !

— Voilà, dit-il en lui montrant le document sur son écran. Les types du RTCC ont compilé toutes les images qu'ils ont pu trouver et ont retracé quasiment tout le trajet qu'a fait Emily avant, pendant et après la fusillade du musée.

— Parfait !

— Il y a douze entrées, et, pour chacune de ces entrées, tu as une photo satellite ou une vidéosurveillance qui correspond.

Lola s'approcha de l'écran et lut lentement le rapport du RTCC.

— *20 h 59 : le sujet est vu pour la première fois à l'angle de Buffalo Avenue et St. Johns Place, elle marche sur St Johns Place en direction de l'ouest.*

— *21 h 04 : le sujet est vu exactement au même endroit, mais marche dans la direction opposée, en direction de l'est.*

— *21 h 16 : le sujet est vu entrant dans un bus de la ligne 45 à la station « St. Johns Place – Rochester Avenue ».*

— *21 h 34 : le sujet est vu sortant du bus 45 au*

croisement entre Sterling Place et Washington Avenue, mais pas à une station.

— 21 h 38 : le sujet est vu entrant dans le Brooklyn Museum.

— 21 h 40 : le sujet déclenche l'alarme du musée. Début de la fusillade, elle s'enfuit par la porte qui donne sur le parking du musée.

— 21 h 42-21 h 54 : le sujet est vu à plusieurs endroits sur Washington Avenue, courant vers le nord, jusqu'à Clinton Hill.

— 21 h 54 : le sujet est vu dans Lafayette Avenue.

— 21 h 56 : le sujet est vu dans Clermont Avenue.

— 22 h 00 : le sujet entre dans le parc de Fort Greene.

— 22 h 08 : le sujet est touché par balle au pied du monument aux martyrs des bateaux-prisons.

— 22 h 11 : arrivée de la police dans le parc.

— 22 h 31 : le sujet est admis au Brooklyn Hospital.

Lola se frotta le menton d'un air satisfait.

— Il va falloir éplucher toutes ces vidéos ! dit-elle.

— Il y en a pour des heures, Gallagher.

— C'est une mine d'or. Il y a sûrement quelque part une image des gens qui la poursuivaient.

Detroit hocha la tête.

— Il y a une chose qui m'interpelle, au début. On la voit au même endroit deux fois de suite, à St. Johns Place, à cinq minutes d'intervalle, puis elle revient une troisième fois et entre dans le bus un peu plus loin.

— Elle a dû revenir sur ses pas, proposa Lola. On regardera tout ça de plus près plus tard. Il faut vraiment que j'y aille, Detroit. Mais merci. C'est la première fois que j'ai l'impression d'avancer dans cette enquête ! Je suis sûre que ça va nous donner quelque chose.

— Comme quoi, ça a du bon, la surveillance vidéo, hein ?

Detroit faisait référence à l'une des nombreuses conversations qu'ils avaient régulièrement et qui, en raison de leurs divergences politiques, donnaient lieu à de belles et flamboyantes prises de bec. Si Lola était entrée dans la police, c'était un peu par défaut, par nécessité, et elle gardait de son enfance et de son adolescence en Irlande un esprit rebelle, libertaire, qui jurait parfois avec sa profession. Concilier son quotidien de détective avec sa philosophie de la vie relevait souvent du numéro d'équilibriste.

— Ne me lance pas, Phillip, ne me lance pas…

Ricochet

43

Draken enfonça la clef dans la serrure, tourna d'un coup sec, puis il poussa lentement la lourde porte blindée. La lumière orangée de sa vieille suspension Napoléon III se glissa à l'intérieur de la petite pièce à mesure que reculait le battant, donnant soudain vie à une armée d'ombres longitudinales.

C'était une salle parfaitement carrée, plus petite que le cabinet, et qui ne possédait aucune fenêtre. À l'intérieur, l'intégralité des meubles avaient été recouverts de grands draps blancs, qui attendaient là depuis près de deux ans, comme autant de fantômes dociles.

Draken, machinalement, tendit le bras sur sa gauche et appuya sur un interrupteur. Avec une série de claquements sourds, deux néons s'allumèrent péniblement de chaque côté du plafond, projetant des flashs de lumière blafarde sur cette mystérieuse caverne des temps modernes.

Le psychiatre fit quelques pas à l'intérieur. Il avait la démarche solennelle et le visage ténébreux, caressant ici et là la poussière du bout des doigts, posant sur les quatre coins de la pièce un regard insistant, celui d'un homme qui retrouve un lieu de son passé, avec des sentiments mêlés de tristesse et de joie. De mélancolie.

D'un geste cérémonieux, il enleva un premier drap, découvrant alors un vieux fauteuil médical en acier sur les accoudoirs duquel étaient fixées des lanières de cuir qui devaient servir à maintenir les bras du patient. La chose, immanquablement, évoquait une horrible chaise électrique. Juste à côté, il mit au jour un chariot de monitoring dont les câbles emmêlés pendaient vers le sol. Avec son pouce, il dégagea la poussière sur le petit écran bleuté de l'électrocardiographe, puis il appuya sur un bouton de la face arrière. L'appareil s'alluma aussitôt. Il en fit autant avec l'oxymètre et le tensiomètre qui s'illuminèrent à leur tour dans un concert de petits bips aigus.

En face du fauteuil, enfin, il enleva le drap qui

couvrait une vieille caméra VHS, montée sur un tré-pied, et dont l'objectif était dirigé tout droit vers le fauteuil.

Draken appuya sur le bouton d'éjection. Il sourit en voyant qu'il y avait encore une cassette à l'intérieur.

Un à un, c'était comme s'il ressuscitait tous ces objets qu'il n'avait pas vus depuis vingt mois. Au fond de lui, il devait bien admettre que cela lui procurait une forme d'excitation. Et il n'était pas certain que cela soit tout à fait approprié.

44

— C'est ici, dit Lola en montrant la petite mai-son de briques rouges, dont la façade était zébrée par l'ombre des ormes qui longeaient les *brownstones* de Hicks Street.

— Eh bien ! siffla Emily. Je vois où passent les trois cents dollars qu'il prend par consultation !

Gallagher hocha la tête en souriant. Décidément, Emily ne cessait de l'étonner ! Cette femme était sortie de l'hôpital depuis quatre jours seulement, elle avait encore son bandage sur le crâne – encore qu'on ne pouvait le voir sous le chapeau que les agents du FBI lui avaient demandé de porter – et pourtant elle était là, au beau milieu de la rue, prête à affronter ce qu'on s'apprêtait à lui faire subir, et elle semblait forte, sûre d'elle. Bien plus qu'on n'aurait pu s'y attendre.

— Vous êtes bien sûre de vouloir y aller ? Il est encore temps de faire marche arrière. Je ne veux pas vous forcer.

— Vous allez finir par me faire peur, Lola. Mais je suis prête à tout pour retrouver la mémoire. Alors oui, je suis sûre.

— Pas un mot au procureur ou aux agents fédéraux, hein ? C'est « off ». Officiellement, on est juste censées se balader dans le parc.

— J'ai bien compris.

Lola lui adressa un signe de tête encourageant.

— Parfait. Alors on y va.

Elles montèrent les petites marches qui menaient à la porte d'entrée. Il y avait deux boutons sur l'interphone, l'un pour l'appartement de Draken, l'autre pour son cabinet. Lola appuya sur le second.

La réponse tarda à venir, puis un grésillement électrique annonça enfin l'ouverture de la porte.

Les deux femmes montèrent ensemble jusqu'au deuxième étage, puis Lola frappa à la porte du cabinet. Nouvelle attente. Draken savait ménager son suspense.

— Bonjour, mesdames.

— Bonjour, répondirent-elles de concert.

Lola s'apprêta à entrer la première.

— Hop, hop, hop ! intervint le psychiatre en la retenant par l'épaule. Il n'y a qu'Emily qui entre.

— Tu plaisantes ?

— Pas du tout. Ce sont les règles, Lola, le patient entre ici tout seul.

— Arthur !

— C'est ça ou rien.

Gallagher interrogea Emily du regard.

— C'est bon, Lola, ça va aller.

— Sûre ?

Elle hocha la tête.

Lola soupira, puis elle attrapa Draken par le bras à son tour et se pencha vers lui pour lui parler tout bas. Elle avait un regard intense, presque menaçant.

— Je te préviens, Arthur, s'il se passe quoi que ce soit...

— Ne t'inquiète pas, Lola...

— Ne me dis pas de ne pas m'inquiéter, répliqua nerveusement la détective. J'ai toutes les raisons de...

Elle ne termina pas sa phrase, prenant soudain conscience que ce qu'elle était en train de faire ne risquait pas de rassurer Emily.

— Bon. Je... J'attends en bas, alors.

— Très bien, dit Draken.

Il prit Emily par la main, poussa Lola dehors et referma la porte.

— Je suis content que vous soyez venue. Je pense que vous avez pris une bonne décision. On a peut-être une chance d'arriver à quelque chose, Emily. Venez.

Intimidée, la blonde s'avança lentement dans la pénombre à travers le luxueux cabinet du psychiatre. Au mur, elle regarda brièvement les divers diplômes universitaires, décorations et titres honorifiques – plutôt rassurants sur les compétences et la réputation de Draken –, les peintures modernes, dont une lithographie originale de M.C. Escher avec l'une de ses fameuses perspectives improbables et, dans la vitrine, elle remarqua l'impressionnante collection de casse-têtes de bois et d'acier.

Soudain, alors qu'elle continuait d'avancer au milieu de tous ces meubles anciens, Emily eut un geste de surprise. Portant la main à la bouche, elle s'arrêta et se retint de pousser un petit cri.

De l'autre côté du cabinet, devant une lourde porte blindée, un second homme se tenait debout.

Lola n'avait pas parlé de la présence d'une tierce personne, et Emily éprouva un sentiment de malaise, l'impression d'être prise au piège, d'autant que l'individu, immobile, avait quelque chose d'étrange.

Grand, avec de longs et épais cheveux bruns qui lui tombaient jusqu'aux épaules, très maigre, il avait l'air d'une sorte de Raspoutine ou de gourou hindou. De quarante-cinq à cinquante ans, un long nez aquilin, les joues creuses, de gros cernes sous les yeux, il faisait un peu peur. À en juger par l'étrangeté de son regard, il était manifestement atteint de cécité. La tête légèrement inclinée vers le haut, il n'avait pas bougé depuis qu'elle était entrée dans la pièce et il semblait tendre l'oreille, avec cette posture hésitante qu'ont souvent les non-voyants.

— Emily, je vous présente Ben Mitchell, mon assistant.

— Votre assistant ?

— Oui. Il m'aide... pour ce type de consultation.

La blonde hocha la tête sans conviction. Elle commençait à se demander si elle avait bien fait de venir ici...

45

L'homme appuie sur le bouton EJECT. La vieille VHS sort bruyamment du magnétoscope. Il regarde sa montre. Le sang a séché sur sa main, il est devenu plus foncé, presque brun. Le temps presse. Mais il a besoin de savoir. Il jette la première VHS dans le sac de sport et en sort une autre, qu'il insère aussitôt dans le lecteur.

La vidéo commence. Même plan serré, même visage, autre discours. L'homme grogne. Ce n'est pas ce qu'il cherche. Il appuie nerveusement sur le bouton du magnétoscope et sort rapidement la cassette. Il en essaie une troisième, une quatrième. Il jure. Chaque seconde qui passe le met dans une situation de plus en plus critique. Les flics vont finir par arriver. Les flics, ou bien pire que ça.

Bow your head

46

Draken attacha un à un les poignets d'Emily sur les accoudoirs du fauteuil médical. Les deux fois, la blonde tressaillit en sentant le cuir se serrer fermement contre sa peau. On pouvait deviner dans son regard le combat qu'elle se livrait à elle-même pour ne pas craquer, ne pas abandonner. Dans le silence pesant de cette petite pièce sans fenêtre, on n'entendait que sa respiration irrégulière, aussi forte que devait l'être son appréhension.

Debout derrière le fauteuil, Ben Mitchell ne bougeait toujours pas. Muet, inexpressif, on aurait dit un bourreau qui se tenait prêt derrière la chaise d'un condamné.

Draken s'assura que les bras de la blonde étaient bien attachés, puis il s'avança vers le chariot de monitorage et installa un à un les appareils de mesure sur le corps d'Emily. Il commença par les douze dérivations de l'électrocardiographe, sur ses bras, ses jambes et son torse, et la blonde sursauta quand les mains de Draken se glissèrent sous sa chemise ouverte pour fixer les électrodes sous sa poitrine. Ensuite, il fixa la capsule au bout de son index gauche et le tensiomètre sur son bras droit.

— Elle est prête, dit-il à l'intention de Ben Mitchell.

L'homme hocha lentement la tête, puis se tourna vers une petite table à côté de lui. À tâtons, il trouva la mallette métallique qui était posée dessus. Du bout des doigts, il fit rouler les molettes du code de sécurité qui bloquait la serrure. Le couvercle se souleva doucement. À l'intérieur, des gants en caoutchouc, des seringues et dix flacons emplis d'un liquide verdâtre.

Malgré sa cécité, l'homme opérait avec des gestes précis. Il enfila les gants, prit une seringue, enleva le capuchon qui en protégeait l'aiguille, puis l'enfonça dans l'un des flacons qu'il tenait à l'envers. Le liquide verdâtre passa d'un récipient à l'autre. L'homme tapota deux fois la seringue du bout de l'index pour faire remonter les bulles d'air, puis en chassa quelques gouttes d'une légère pression du doigt.

— Vous êtes prête, Emily ?

Elle se contenta de hocher légèrement la tête, incapable de parler, sans doute.

Draken se retourna vers la caméra VHS et appuya sur le bouton d'enregistrement.

— Alors on y va. Baissez la tête.

Ben Mitchell approcha lentement la longue aiguille de la nuque d'Emily. Il y eut un instant de silence, comme si le temps s'était suspendu, puis la pointe métallique s'enfonça d'un coup dans la surface de l'épiderme...

47

Assise sur les marches du perron, le dos collé à la porte pour la laisser entrouverte, les doigts emmêlés dans un geste d'anxiété, Lola retournait sans cesse les questions dans sa tête. Elle se demandait tout simplement si elle ne venait pas de faire la plus grosse erreur de sa vie. Si elle n'avait pas laissé le sermon de Powell lui monter à la tête et la pousser à prendre une mauvaise décision. S'il arrivait quelque chose à Emily, non seulement elle allait avoir de sérieux problèmes avec le procureur mais, surtout, elle en aurait avec sa conscience.

Et puis, elle finit par se rassurer. S'en vouloir, même : comment pouvait-elle douter de Draken, qu'elle considérait comme son plus proche ami ? Il était un excellent psychiatre et un homme de raison. Emily ne risquait rien.

Au même moment, Lola entendit un hurlement strident. Un hurlement terrible. La voix d'Emily.

Le cri lui fit comme un coup de poignard dans le ventre. Le cœur battant, elle monta les marches quatre à quatre, priant pour que le pire ne soit pas arrivé.

48

L'homme pousse un soupir.

Il en est sûr maintenant : la cassette qu'il cherche n'est pas là.

Il se lève, ramasse le sac de sport rempli de VHS, le ferme, le glisse sur son épaule, traverse la petite chambre d'hôtel obscure et entre dans la salle de bains.

Il appuie sur l'interrupteur. La lumière blafarde qui inonde soudain la petite pièce l'éblouit. Il cligne des paupières. Ses yeux s'habituent lentement.

Alors Draken se regarde dans le miroir. Il regarde ce visage fatigué. Ces cernes. Cette mine défaite. Il constate qu'il n'a pas seulement du sang sur les mains. Il en a aussi sur la figure, sur ses vêtements. Beaucoup de sang.

Le psychiatre soutient longuement son propre regard dans la glace, comme s'il accusait un étranger. Comment a-t-il pu en arriver là ? Lui, un praticien à la réputation irréprochable ?

Tout ce sang sur ses joues.

Comment a-t-il pu en arriver là ?

D'un geste nerveux, Draken ouvre le robinet et jette de l'eau sur son visage, sur son front. Alors que les traces de sang disparaissent lentement dans le ruissellement de l'eau, un frisson parcourt son échine.

Il sait à présent qu'il est salement dans le pétrin. Que, cette fois, il ne s'en sortira sans doute pas.

Au loin, les sirènes des voitures de police résonnent dans les rues de Brooklyn.

SERUM

Épisode 2

Whispering wind

1

La jeune femme, angoissée, attendait sur un tabouret de cette petite pièce obscure qui la mettait toujours si mal à l'aise. Par-delà la longue vitre opaque qui occupait l'un des quatre murs, il lui semblait entendre une conversation étouffée. Une conversation secrète, mais dont elle savait être le sujet.

Cela faisait des mois, maintenant, depuis qu'elle était entrée au Centre, qu'elle s'efforçait d'être une « bonne élève », d'exécuter avec soin tout ce qu'on attendait d'elle. Mais, en cet instant, elle avait l'impression d'être revenue sur les bancs de la faculté, d'y attendre fébrilement les résultats d'un examen de fin d'année. Sauf que, cette fois-ci, les enjeux étaient beaucoup plus importants.

Ici, on n'avait pas le droit à l'erreur.

L'attente durait depuis d'interminables minutes quand, soudain, la porte s'ouvrit, laissant entrer dans la pièce une vive lumière. Celui que tout le monde ici appelait simplement « le docteur » apparut sur le seuil, un dossier sous le bras et un stylo dans la poche extérieure de sa blouse blanche.

Lentement, il vint s'asseoir près de la jeune femme et, à sa mine grave, celle-ci comprit aussitôt que les nouvelles n'étaient pas bonnes.

— Bon, je ne vais pas y aller par quatre chemins, dit-il d'une voix paternaliste. Vos résultats sont... décevants. Vous n'avez pas réussi à passer le dernier test. Vous en êtes consciente, n'est-ce pas ?

Elle se contenta de hocher la tête, avachie sur son tabouret.

— Les expériences comportementalistes n'ont pas suffi. Vous avez encore des résistances. Cela ne nous laisse pas beaucoup de choix. Soit vous abandonnez – ce que je vous déconseille vivement –, soit nous essayons une autre méthode.

— Je comprends.

— En réalité, il ne nous reste plus qu'une seule solution, un dernier recours : la stimulation corticale.

La jeune femme peina à masquer son inquiétude.

— De quoi s'agit-il ?

— C'est une petite opération. Nous allons vous placer une électrode, en forme de plaque, à la surface du cortex, qui sera reliée à un stimulateur.

— À la surface du cortex ? Vous voulez dire, dans mon cerveau ?

— Sur votre cerveau, plutôt. Mais rassurez-vous, c'est une opération sans danger. Délicate, certes, mais sans danger. Elle est pratiquée dans le monde entier à des fins médicales.

La jeune femme ne parut pas rassurée pour autant.

— Vous... Vous allez m'ouvrir le crâne ?

— Oui.

Livide, elle resta silencieuse un instant, comme s'il lui fallait du temps pour accepter l'information.

— Cela se fait sous anesthésie générale ? demanda-t-elle finalement d'une voix timide.

— Non. Tout au long de l'opération, nous devons pouvoir communiquer avec vous, afin de tester vos réactions neurologiques.

Le visage de la jeune femme sembla blanchir davantage.

— Allons ! Ne vous inquiétez pas. Vous êtes entre de bonnes mains. C'est votre dernière chance.

Elle acquiesça, presque malgré elle.

— Et vous voulez faire ça dans combien de temps ?

— Eh bien… Aujourd'hui même.

The line

2

Phillip Detroit, installé au milieu des ordinateurs dans son petit bureau obscur, au deuxième étage du commissariat du 88e district, était encore en train de visionner les vidéos du soir où Emily Scott avait reçu une balle dans la tête quand son téléphone se mit à sonner.

Numéro masqué. Il n'aimait pas les numéros

masqués. En général, c'était soit un emmerdeur de l'administration, soit une ancienne petite amie dont il avait esquivé les dix derniers appels.

— Détective Detroit ?

— Lui-même.

— Ici l'agent Turner, du FBI. Je travaille pour le programme WITSEC. C'est moi qui suis en charge de la surveillance d'Emily Scott.

— Et ?

— Je… Je vous appelle au sujet du détective Gallagher. Elle m'a dit qu'en cas de souci il fallait que je vous appelle, vous.

— Qu'est-ce qui se passe ?

— Votre collègue a emmené Emily Scott dans le parc de Fort Greene…

— Je suis au courant. Elle avait l'autorisation du procureur.

— Bien sûr, sinon je ne les aurais pas laissées partir. Le problème, c'est qu'elles sont parties depuis une heure et demie.

— Ah…

— Et mon collègue est allé les chercher dans le parc. Elles n'y sont pas.

— C'est ennuyeux.

— Très. Vous avez sans doute un moyen de joindre le détective Gallagher, ou bien peut-être avez-vous une idée de l'endroit où elle se trouve ?

Detroit resta silencieux.

— Je vous appelle en premier, avant de prévenir le procureur, pour éviter des problèmes à votre collègue…

Bien sûr ! Tu veux surtout te couvrir parce que tu viens de te rendre compte que, malgré l'autorisation

176

du procureur, tu n'aurais jamais dû les laisser partir toutes seules.

— Je vais voir ce que je peux faire, lâcha finalement le spécialiste. Je vous rappelle au plus vite.

Detroit raccrocha et composa aussitôt le numéro de portable de Gallagher. Évidemment, elle était sur répondeur. Il eut un mauvais pressentiment. Non pas que disparaître dans la nature fût une chose étonnante pour Lola – elle avait l'habitude de jouer les électrons libres –, mais le cas d'Emily Scott était particulièrement sensible. Un témoin sous protection n'est pas censé manquer à l'appel… Il grimaça, se leva et partit tout droit vers le bureau du capitaine Powell.

L'homme, à qui son embonpoint et ses tempes grisonnantes donnaient un air de vieux sénateur noir, était, comme toujours ou presque, assis dans son fauteuil derrière des piles de dossiers. Il leva vers Detroit un regard peu amène.

— Qu'est-ce que vous voulez ?

— On a un problème, chef.

Jusque dans sa voix, grave et détachée, le détective avait des airs de cow-boy. Du genre à faire de la publicité pour une marque de cigarette.

— Quoi encore ?

— C'est Gallagher. Elle a disparu. Avec Emily Scott.

— Et merde !

Wonder

177

3

Malgré sa cécité, Ben Mitchell opérait avec des gestes précis. La mécanique de l'habitude.

Il enfila les gants, prit une seringue dans la mallette, enleva le capuchon qui en protégeait l'aiguille, puis l'enfonça dans un flacon qu'il tenait à l'envers. Le liquide verdâtre passa d'un récipient à l'autre. L'homme tapota deux fois la seringue du bout de l'index et en chassa quelques gouttes d'une légère pression du doigt.

Draken, de l'autre côté de cet étrange cabinet, se tenait debout près de la vieille caméra VHS.

— Vous êtes prête, Emily ?

Les bras attachés par les lanières de cuir, elle se contenta de hocher légèrement la tête, incapable de parler. Elle était bien plus impressionnée par toute cette mise en scène qu'elle n'aurait voulu l'admettre.

Alors le psychiatre se retourna vers le caméscope et appuya sur le bouton d'enregistrement.

— On y va.

Il prit place sur un siège en face de sa patiente, posa un carnet en moleskine sur ses genoux et, sur sa droite, retourna un petit sablier de bois. Il avait sept minutes. Sept minutes d'hypnose profonde.

Debout derrière le fauteuil, Ben Mitchell approcha lentement la longue aiguille de la nuque d'Emily. Il y eut un instant de silence, comme si le temps s'était

178

suspendu, puis la pointe métallique s'enfonça d'un coup dans la surface de l'épiderme...

Aussitôt, tout le corps de la jeune femme se tendit, puis ses yeux s'ouvrirent en grand, si grand qu'ils semblaient sur le point de sortir de leur orbite. Les pupilles se dilatèrent.

— Détendez-vous, Emily. Détendez-vous et laissez votre conscience s'ouvrir et vous guider. Le sérum que nous venons de vous injecter facilite l'induction hypnotique. Il ne change rien à qui vous êtes, il n'altère en rien votre personnalité, ni votre volonté, mais il vous débarrasse de ce qui vous éloigne de votre conscience. Votre conscience voit plus de choses, entend plus de choses, connaît plus de choses que vous ne pouvez l'imaginer. Ainsi nous allons lui donner la parole pendant sept minutes exactement. *Comme de longs échos qui de loin se confondent, dans une ténébreuse et profonde unité, vaste comme la nuit et comme la clarté, les parfums, les couleurs et les sons se répondent.* Il y a, quelque part dans un coin de votre tête, un petit train. Un petit train qui peut vous emmener en voyage dans vos souvenirs. Emmenez-moi avec vous dans ce petit train, Emily...

The line

179

4

Assise sur les marches du perron de la maison de Draken, le dos collé à la porte pour la laisser entrouverte, les doigts croisés dans un geste d'anxiété, Lola retournait sans cesse les questions dans sa tête.

Plus les secondes passaient, plus elle était convaincue que laisser Emily entre les mains du psychiatre avait été une mauvaise idée. Une idée dangereuse. Son regard faisait des allers et retours entre ses doigts et le haut de la maison de briques rouges.

Et puis tout à coup, n'y tenant plus, elle se leva et se glissa dans l'entrebâillement de la porte.

Je suis folle. Il faut que je l'empêche de faire ça.

Alors qu'elle avait posé le pied sur la première marche des escaliers qui menaient au cabinet, soudain, elle entendit un hurlement strident. Un hurlement terrible. La voix d'Emily.

Le cri lui fit comme un coup de poignard dans le ventre. Le cœur battant, elle monta les marches quatre à quatre, priant pour que le pire ne soit pas arrivé.

Devant la porte du cabinet, elle frappa de son poing fermé.

— Draken !

Aucune réponse. Elle frappa de nouveau, plus fort cette fois.

— Draken ! Ouvre !

Devant le silence que lui retournait le cabinet, son angoisse se mua en certitude : il s'était passé quelque chose de grave. De plus en plus furieuse, elle continua de cogner à la porte jusqu'à ce qu'enfin des pas résonnent de l'autre côté.

— Arthur ! Ouvre-moi, bon sang !

Il y eut un cliquetis métallique au niveau de la serrure, puis le battant s'ouvrit lentement. Le visage de Draken, grave, fermé, apparut dans l'entrebâillement.

— Qu'est-ce qui s'est passé ?

Lola poussa rageusement la porte pour l'ouvrir plus grand.

— Tout va bien, calme-toi.

Le détective Gallagher, les poings serrés et le regard furieux, entra de force dans le cabinet. Elle contourna son ami, le bousculant un peu, et scruta frénétiquement la pièce.

— Elle est où ?

— Calme-toi, Lola…

— Elle est où, bordel ?

Le psychiatre sortit une Marlboro de la poche de sa chemise et l'alluma d'un air détaché. Il tendit la main vers l'autre côté du cabinet, désignant cette porte blindée que Lola avait déjà remarquée mais qu'elle n'avait jamais franchie.

— Elle est là-dedans, dit-il en tirant sur sa cigarette.

Sans attendre, Gallagher traversa le cabinet en quelques enjambées et ouvrit la porte blindée. L'estomac noué, elle s'attendait au pire. Le spectacle que lui offrit la pièce fit quelque peu redescendre sa tension : Emily, debout devant un fauteuil médical, était en train d'enfiler son pull. Elle avait les yeux rouges, comme si elle avait pleuré, mais elle ne semblait pas blessée.

Derrière elle, toutefois, se tenait un homme. Un homme aveugle, immobile, que le détective n'avait jamais vu auparavant. Maigre, le visage creusé, il avait de longs et épais cheveux bruns qui lui donnaient un air de marginal.

— Ça va, Emily ? demanda Lola en s'approchant de la jeune femme.

— Ça peut aller...

— C'est qui, lui ? demanda Gallagher en interrogeant Draken du regard.

— C'est un ami. Ben est professeur à l'université de Columbia. Il s'intéresse à l'hypnose. Il est venu assister à la séance...

— Bonjour, détective, glissa l'homme avec une espèce de sourire gêné.

— Bonjour.

Puis, se tournant vers le psychiatre :

— Ça ne devait pas se passer comme ça, Arthur ! Je n'aime pas ça ! Je n'aurais pas dû te faire confiance...

— Tout s'est bien passé, Lola, je t'assure. Nous avons même fait une première avancée. N'est-ce pas, Emily ?

La blonde hocha vaguement la tête.

— Je vous ai entendue crier depuis la rue, Emily, qu'est-ce qui s'est passé ?

Draken s'approcha de Gallagher et l'attrapa fermement par l'épaule, montrant des premiers signes d'agacement.

— Tu commences à m'emmerder, dit-il d'une voix à la fois basse et ferme. Je te dis que tout s'est bien passé. Il est tout à fait normal qu'un patient pousse un cri pendant une séance d'hypnose, surtout quand il s'agit de quelqu'un qui est en train de retrouver des bribes de souvenirs, après un traumatisme pareil. Je ne te dis pas comment faire ton boulot, moi, alors sois gentille, ne me dis pas comment je dois faire le mien.

Visiblement, ce petit discours, malgré sa véhémence, ne suffit pas à apaiser la détective.

— Je n'aurais jamais dû te faire confiance.

Puis elle se tourna vers Emily et la prit par le bras.

— Venez, il faut qu'on retourne à votre appartement, maintenant. Les gens du WITSEC vont s'inquiéter.

Elle l'emmena vers la porte puis, sans même saluer les deux hommes, elles sortirent toutes deux du cabinet. Emily, en état de choc, se laissa faire sans mot dire, aussi impassible que si elle était encore sous hypnose.

Une fois dans la voiture, Lola lui adressa un regard embarrassé.

— Je suis désolée. Je crois que c'était une mauvaise idée, Emily.

— Non, non, ça va, je vous assure.

— Sûre ?

— Oui.

— Dites-moi seulement une chose...

— Quoi ?

Lola poussa un soupir.

— Est-ce que... Est-ce que Draken a utilisé un produit sur vous ? Une sorte de sérum ?

Emily, les yeux dans le vague, hésita un instant.

— Non, dit-elle finalement.

— Vous êtes sûre ? Il ne vous a pas fait de piqûre ?

— Non.

Avec de longues années de pratique, Lola avait l'habitude de reconnaître un mensonge. Elle comprit aussitôt qu'elle ne lui disait pas la vérité.

Flying lead

5

Ils avaient installé un petit bloc opératoire dans une pièce reculée du Centre. Pas de fenêtres, un système de purification de l'air, une étanchéité optimisée, et un nettoyage scrupuleux de tout l'appareillage médical. Autour de la table d'opération, un respirateur d'anesthésie, une batterie de bistouris électriques, pinces, ciseaux disposés sur des chariots et, au plafond, un éclairage scialytique qui émettait une lumière sans ombre.

La jeune femme, allongée sur le billard, avait la tête entièrement immobilisée par le cadre de stéréotaxie, vissé sur le crâne en quatre points. Cet ustensile au design barbare allait permettre le guidage robotisé de l'intervention.

Les bras de la patiente étaient attachés par des fixe-poignets. Brassard, électrodes, tous les appareils de monitoring étaient en place pour surveiller son état.

Dans un véritable bloc, un dispositif plus complexe aurait permis d'empêcher la moindre vibration, précaution essentielle pour toute opération de neurochirurgie minutieuse. Mais ici, il fallait faire avec les moyens du bord. De même, en milieu hospitalier, il y aurait sans doute eu plus de monde autour de la table. Un ou deux neurochirurgiens, un anesthésiste, un neurologue et plusieurs infirmières. Aujourd'hui, ils n'étaient que deux : le docteur et son assistante.

Les yeux écarquillés, la jeune femme transpirait malgré la température fraîche qui régnait dans la pièce. Des gouttes de sueur coulaient lentement sur ses tempes alors qu'au-dessus d'elle, elle pouvait voir nettement l'imagerie 3D de son cerveau, affichée sur deux écrans différents.

— On va pouvoir commencer.

À l'aide d'une tondeuse, le docteur rasa les cheveux au-dessus de la région où il allait devoir faire une « fenêtre » dans le crâne afin d'implanter la plaque d'électrode à la surface du cortex. Une fois la zone dégagée, il la désinfecta et apposa un champ stérile tout autour, puis il procéda à l'anesthésie locale à l'aide d'une petite injection.

Au moment de la piqûre, la jeune femme ferma les yeux.

— Ne vous inquiétez pas : à partir de maintenant, vous ne sentirez plus rien. Vous allez entendre le bruit et ressentir quelques vibrations, c'est tout. Mais ce n'est pas douloureux, je vous promets.

L'assistante tendit au docteur la scie oscillante, qu'il approcha lentement du crâne de la patiente, puis, avec des gestes sûrs, il commença à sectionner l'os pour découper le volet nécessaire.

Le bruit suraigu de la lame qui s'enfonçait dans la calotte crânienne résonna au milieu des murs de carrelage froid.

6

— Et vous pensez qu'en divorçant vous retrouverez cette liberté qui aujourd'hui vous manque tant ?

Le vieux psychiatre, assis sur un canapé de cuir usé, avait posé la question d'un air neutre et détaché, comme s'il avait voulu s'assurer que son interlocuteur ne la prendrait pas comme une raillerie, une provocation.

Le trentenaire en face de lui, assis sur une vulgaire chaise en bois qui rappelait le mobilier d'une école primaire, grimaça avant de répondre, le regard baissé.

— Je ne sais pas. Je ne sais pas si cela sera mieux. Je sais seulement que je ne suis pas bien aujourd'hui.

— Vous dites que ce qui vous manque, c'est la liberté que vous aviez quand vous étiez adolescent. Ce qui vous pèse, ce sont toutes ces responsabilités que vous ont apportées votre vie d'adulte, votre travail, votre mariage et vos enfants…

— Oui.

— Mais vous pensez qu'en divorçant vous allez

redevenir un adolescent ? Que toutes ces responsabilités vont soudain disparaître ?

— Non, bien sûr... Mais je me dis que je pourrai gérer mon temps de façon plus indépendante. Je n'aime pas avoir de comptes à rendre.

— Mais si vous divorcez, Jack, ce sera seulement de votre femme, pas de votre vie. Vous aurez toujours la responsabilité de vos enfants, du moins en partie, et puis celle de votre métier... Vous aurez toujours des comptes à rendre, et même à votre ex-épouse. En réalité, l'emploi du temps d'un adulte divorcé est souvent plus compliqué que celui d'un adulte marié, vous savez ?

— Vous essayez de me dissuader de divorcer ? C'est bizarre de la part d'un psychiatre ! Je croyais qu'un psy ne donnait pas de conseils directs...

Le vieil homme sourit. Du haut de ses quatre-vingts ans, il devait avoir suivi plusieurs centaines de patients comme celui-là. Des hommes qui ne venaient pas voir un psy pour qu'il les aide à prendre une décision, mais pour se donner bonne conscience, se dire qu'ils avaient tout essayé avant de franchir le pas.

— Non. J'essaie de vous faire verbaliser les vraies raisons de ce désir de divorce, Jack, parce que je ne crois pas, moi, que ce soit simplement un désir de liberté. Si c'est le cas, j'ai bien peur que vous ne soyez déçu : vous ne serez pas plus « libre » en divorçant. Pas au sens où vous l'entendez, en tout cas.

— Vous pensez que je vous mens sur les raisons de ce divorce, alors ?

— Je pense que vous n'assumez pas encore les vraies raisons qui vous poussent à divorcer.

L'homme écarquilla les yeux, perplexe.

— Est-ce que vous aimez toujours votre femme ? reprit l'analyste.

— Je ne sais pas. Je ne suis pas sûr de savoir ce que ça veut dire, aimer quelqu'un…

— Est-ce que d'autres femmes vous attirent ?

Le trentenaire haussa les épaules. De la main droite, il attrapa la manche de la blouse blanche qui était posée sur la table basse devant lui et commença à jouer avec le tissu du bout des doigts.

— Oui. Ça arrive, bien sûr. Mais ce n'est pas une raison suffisante pour divorcer. Il y a plein d'hommes qui trompent leurs femmes sans les quitter.

— Et si vous divorciez, vous pensez que vous resteriez célibataire, ou bien que vous trouveriez une autre femme pour partager votre vie ?

— Ah non ! Célibataire ! Puisque je vous dis que je veux retrouver ma liberté ! Ce n'est pas pour me mettre avec une autre femme !

Au même moment, une porte s'ouvrit derrière le vieux psychiatre et un homme en blouse blanche entra dans la pièce en poussant une chaise roulante devant lui.

— Désolé de vous interrompre, docteur Draken, mais il y a votre fils qui est arrivé dans la résidence et qui voudrait vous voir. Il vous attend dans la salle des visites. Il va falloir mettre un terme à votre séance…

Aussitôt, le trentenaire se leva, enfila la blouse blanche posée sur la table et aida le psychiatre à se hisser vers la chaise roulante. Le vieil homme, deux ans plus tôt, avait perdu l'usage de ses jambes après une attaque cérébrale.

— Ah ! Vous devez être content, monsieur Draken !

dit le jeune homme d'une voix soudain beaucoup moins grave. C'est votre fils qui vient vous voir !

Le psychiatre, quand il fut installé dans sa chaise, adressa un regard offusqué à l'infirmier.

— Dites donc, Jack, ne me parlez pas comme à un vieux sénile ! Je suis un handicapé moteur, pas un crétin !

L'employé de la maison de retraite sourit tout en poussant devant lui l'homme qui, tous les mardis, le prenait en consultation bien qu'il ne fût plus officiellement psychiatre depuis au moins dix ans. Le directeur de l'institution avait accepté que le Dr Draken pratique encore son métier de la sorte, à titre exceptionnel… C'était un bon moyen pour lui de rester actif, de se sentir utile. Et, de fait, il apportait beaucoup aux infirmiers qui désiraient le voir.

— Il n'y a pas besoin d'être sénile pour apprécier que votre fils vienne vous voir dans votre maison de retraite, monsieur Draken ! Vous n'aimez pas votre fils ?

— Jack, vous êtes un imbécile. C'est votre femme qui devrait demander le divorce.

Le trentenaire éclata de rire alors qu'ils arrivaient dans la salle des visites, où les familles pouvaient venir passer un peu de temps avec les résidents.

Arthur Draken était là, un sac en bandoulière sur les épaules, les mains enfoncées dans les poches de son long manteau de laine sur lequel fondaient quelques flocons de neige.

— Bonjour, papa.

Le vieil homme répondit d'un vague hochement de tête.

— Qu'est-ce que tu veux ? demanda-t-il. Je n'aime

pas quand tu viens ici sans prévenir. Jack et moi étions en pleine séance.

L'infirmier derrière lui fit un geste désolé.

— Bon, je vous laisse en famille, hein ? murmura-t-il avant de s'éclipser discrètement.

— J'ai besoin que tu me donnes ton avis sur quelque chose, papa.

— Arrête de m'appeler « papa ». Tu n'as plus dix ans.

— J'ai besoin que tu me donnes ton avis sur quelque chose, *Ian*.

— Quoi ? Une femme ? Tu t'es enfin trouvé une femme ?

— Non…

— Un problème avec un patient ?

— En quelque sorte.

— Évidemment ! J'aurais dû me douter que tu avais encore besoin de moi. Je t'ai toujours dit que tu n'avais pas l'étoffe d'un bon psy, Arthur. Qu'est-ce que tu as dans ce sac ?

— Justement, c'est ce que je veux te montrer. On peut aller dans ta chambre ?

— C'est vraiment nécessaire ?

— Oui.

Le vieil homme hésita un instant, pensif.

— Bon, d'accord, mais à une seule condition.

— Quoi ?

— Je veux une barre chocolatée.

— Pardon ?

— Va me chercher une barre chocolatée dans le distributeur.

Draken se demanda si son père était sérieux puis, voyant que le vieil homme soutenait son regard sans sourciller, il se résigna et partit, l'air consterné, de l'autre côté de la salle des visites. Quand il revint avec la friandise, son père n'avait pas bougé, il avait sur le visage un petit air moqueur et attendait sagement, les bras croisés sur sa chaise roulante.

— Voilà. On peut aller dans ta chambre, maintenant ?

— Non.

— Quoi encore ?

— Je n'aime pas celles-là.

— Tu te moques de moi, papa ?

— Arrête de m'appeler papa. J'en veux une avec des morceaux de noisettes dedans.

Draken lâcha un soupir agacé.

— Qu'est-ce que tu me fais, là ? Tu essaies juste de m'emmerder parce que je suis venu te demander un service, c'est ça ? Pour me faire payer ?

— Toi, tu veux me montrer quelque chose dans ma chambre, moi, je veux une barre chocolatée avec des morceaux de noisettes dedans.

Draken secoua la tête et, las, fit de nouveau un aller-retour jusqu'au distributeur.

— C'est bon, là ? demanda-t-il en agitant la confiserie devant le nez de son père.

Le vieil homme fit un sourire exagéré.

— Parfait. On peut y aller.

Arthur passa derrière la chaise roulante et poussa le vieux psychiatre vers les ascenseurs.

— Je vois que tu es toujours d'aussi bonne composition…

— Je suis veuf, handicapé, entouré de vieillards séniles qui pissent et chient dans leur pyjama, et mon fils n'est pas encore capable de se passer de moi pour

191

exercer son métier. Explique-moi pourquoi je devrais être de bonne composition ?

— Parce que tu emmerdes tout le monde autour de toi et que tu as toujours adoré ça. Ici, en plus, tu peux le faire impunément.

Les portes de l'ascenseur s'ouvrirent devant eux.

— Je m'ennuie, Arthur, dit finalement le vieil homme en se penchant pour appuyer sur le bouton qui menait à son étage.

— C'est pour ça que tu me fais faire des allers et retours pour une barre chocolatée ? Ça trompe ton ennui de me voir faire le petit chien pour toi ?

— Un peu. Mais je m'ennuie quand même. Tout m'ennuie, ici.

— Alors tu devrais être content que je vienne te parler de mon boulot ! Ça te fait une vraie distraction.

— Ton boulot aussi m'ennuie. Je l'ai fait toute ma vie.

— Pas ça. Pas ce que j'ai à te montrer.

Ils sortirent de la cabine, suivirent le long couloir blanc dans lequel ils croisèrent d'autres résidents – dont la plupart, en effet, semblaient complètement séniles –, puis ils entrèrent dans la chambre que Ian Draken partageait avec M. Solberg, un ancien chauffeur de bus que la maladie d'Alzheimer avait rendu aphasique et incapable de se gérer seul.

— On… On ne va pas le déranger ? demanda Arthur en regardant le vieillard étendu sur son lit.

— Non. Il n'entend plus rien, il ne voit plus rien… Il n'est plus tout à fait ici.

Ian roula jusqu'à la table de nuit de son voisin et y déposa la barre chocolatée avec un air satisfait.

— Il adore les barres chocolatées.

— Tu sais que tu as largement les moyens de te payer une chambre pour toi tout seul, papa ? Et même si ce n'était pas le cas, je pourrais la payer pour toi…

— Je n'ai pas envie. Je l'aime bien, M. Solberg.

— Ah ça, c'est sûr qu'il ne doit pas beaucoup te contrarier…

— Il me dit encore beaucoup de choses avec ses yeux, rétorqua Ian à voix basse, comme pour lui-même.

Arthur s'approcha du poste de télévision perché sur un support mural, ouvrit son sac en bandoulière et en extirpa la vieille caméra VHS avec laquelle il avait filmé Emily Scott. Il la brancha au téléviseur et appuya sur PLAY.

— Allez, regarde ça, papa. Je veux avoir ton avis.

The world

7

Le visage d'Emily emplit tout le cadre. Elle a les yeux grands ouverts, mais on voit bien dans son regard qu'elle n'est pas tout à fait là. Elle est à l'intérieur d'elle-même. Elle est à l'écoute de son subconscient.

Ses pupilles ont des petits mouvements incontrôlés. Ses lèvres tremblent.

Soudain, la voix de Draken vient rompre le silence.

— Dites-moi ce que vous voyez, Emily. Dites-moi où vous emmène le petit train.

La patiente bouge légèrement la tête. Elle semble hésiter. Et puis, enfin, ses yeux se ferment et, d'une voix douce et monotone, elle se met à parler.

— Je suis assise dans un petit wagonnet. On dirait... on dirait un vieux train fantôme, comme dans les fêtes foraines, qui grince, qui tangue, qui avance par à-coups.

— C'est parfait, Emily. Et qu'est-ce que vous voyez devant vous ?

— Je vois un vieux temple, avec des grandes colonnes.

— Vous avez envie d'entrer à l'intérieur ?

— Je n'ai pas le choix. Le train fonce vers les portes. Elles s'ouvrent sous le choc.

— C'est très bien. Et qu'est-ce que vous voyez derrière ces portes, Emily ?

— C'est... C'est une immense plaine verte, traversée par une large rivière qui serpente à perte de vue. De l'autre côté de la rivière, il y a une haute tour noire, en forme de clepsydre, perchée sur des pitons rocheux. La tour est entourée par un escalier de pierre qui grimpe en colimaçon vers son sommet. Au loin, j'entends une musique.

— Quelle musique ?

— C'est une musique douce, comme une comptine. Il y a la voix d'une femme qui chantonne la mélodie. Je crois qu'elle est dans la tour.

— Vous avez envie d'aller vers cette tour ?

— *Je ne sais pas. De toute façon, je n'ai pas le choix. Le train me mène lentement vers le fleuve. Sur la rive, il y a un magnifique pommier aux fruits si rouges qu'on dirait qu'ils ont été peints. Et là ! Au milieu des flots, je vois un homme ! Un homme seul qui se tient debout dans la rivière.*

— *Comment est-il, cet homme ?*

— *C'est... Oui, c'est cela, c'est un roi. Il porte une couronne et de beaux habits. Et il ne bouge pas. Il est coincé au milieu de la rivière.*

— *Pourquoi ?*

— *Je... Je crois qu'il est blessé. Il est blessé à la jambe, il souffre. Il tend la main vers l'arbre, il essaie d'attraper une pomme. Mon Dieu !*

— *Qu'y a-t-il ?*

— *Il a été frappé par la foudre ! Dès que ses doigts approchent du fruit, il est frappé par la foudre ! Non. Non, ce n'est pas la foudre...*

— *Qu'est-ce que c'est ?*

— *C'est un oiseau, haut dans le ciel, avec un long cou, un bec d'aigle et de grandes ailes rouges déployées : il crache des éclairs de feu sur le pauvre roi chaque fois que celui-ci essaie d'attraper le fruit. C'est horrible ! Et maintenant l'oiseau plonge vers moi, il me frôle, et il passe de l'autre côté de la rivière. Il s'est posé là-bas, sur les épaules de... d'une espèce de grand épouvantail.*

— *Un épouvantail ?*

— *Oui. Un épouvantail, comme dans le* Magicien d'Oz, *qui se tourne lentement vers moi. Il n'a pas de visage. Il me fait peur.*

— *Vous ne craignez rien, Emily, vous êtes dans le petit train.*

— *Mais le train s'approche encore de la rivière. Et maintenant, je vois que l'eau de la rivière est rouge. Rouge sang.*

— *C'est le sang du roi ?*

— *Non. Non, ce n'est pas ça. Le sang vient de plus haut. Il coule dans la rivière. Il vient de là-bas.*

À cet instant, Emily ouvre les yeux de nouveau. Elle semble regarder à travers l'objectif de la caméra.

— *Je vois un... un rhinocéros, étendu sur la berge. Il meurt lentement. Il a les entrailles ouvertes et son sang se vide dans le fleuve. Je n'aime pas cela. Je ne veux pas le voir saigner.*

Elle referme les yeux. Son visage s'apaise.

— *Que voyez-vous, maintenant ?*

— *Il y a un cygne qui nage dans l'eau. Il remonte péniblement le courant de la rivière et il se dirige vers moi. Non. Pas vers moi, vers le pommier. Il y a une femme qui est cachée. Elle était derrière le tronc de l'arbre, je crois. Je ne l'ai pas vue tout à l'heure. Elle sort de l'ombre. Elle est magnifique. Elle porte une couronne elle aussi, et une longue robe bleue. Ce doit être la reine. Elle marche vers le cygne, et ses pieds restent à la surface de l'eau. Elle semble flotter, elle est légère, gracieuse. D'une main, elle attrape une pomme au bout d'une branche, puis elle jette un regard noir au roi, qui n'a toujours pas bougé. On dirait qu'elle lui en veut. Elle tend le fruit au cygne. L'animal s'approche doucement, il saisit la pomme dans son bec et puis il s'éloigne.*

— *Il mange la pomme ?*

— *Non. Il la garde précieusement dans son bec et se laisse dériver au milieu du fleuve.*

Soudain, Emily pousse un cri aigu, strident. Un cri

196

de panique. La voix de Draken intervient, douce, rassurante, paternelle.

— Que se passe-t-il, Emily ?

— Des flèches ! Il y a des flèches qui sifflent dans le ciel ! Elles s'abattent autour de la reine !

— D'où viennent-elles, ces flèches ?

— De la tour noire, de l'autre côté de la rivière ! Ce sont... ce sont des femmes qui tirent depuis le grand escalier en colimaçon. Elles arment leurs arcs et recommencent, encore et encore. Au sommet de la tour, il y a une vieille femme. C'est elle qui chantonne la petite comptine.

— Écoutez la comptine, Emily. Est-ce que la comptine vous rassure ?

— Non ! Non, les flèches continuent de pleuvoir ! J'ai peur pour la reine ! Elle court vers le roi, maintenant. Elle va le sauver. Elle l'attrape par la main et le tire vers la rive. Vers moi. Ils s'éloignent ensemble pour se mettre hors de portée des flèches. Et les flèches continuent...

— Ne craignez rien, Emily. Les flèches ne peuvent pas vous toucher, vous êtes en sécurité, dans le petit train. Rien ne peut vous toucher.

— La reine me regarde. Elle me regarde avec ses yeux si doux. Elle me sourit, mais c'est un sourire triste. Elle prend la couronne sur sa tête et me la tend.

— Vous avez envie de la prendre ?

— Je ne sais pas. J'ai peur. Oui, je veux la prendre.

— Alors prenez la couronne, Emily.

— Elle est brûlante ! Je me brûle les doigts !

— Alors lâchez-la !

— Je ne peux pas. Je dois la garder. La reine me l'a donnée. Et elle s'en va maintenant. Avec le roi.

Ils m'ont tourné le dos et ils s'éloignent. Il faut qu'ils aillent plus vite ! Les femmes descendent de la tour, elles vont les rattraper !

— *Comment sont-elles, ces femmes ?*

— *Elles ont... Elles ont toutes mon visage. Le même visage que moi. Elles poursuivent la reine et le roi en continuant de leur tirer dessus. Je m'écarte pour les laisser passer, mais... Là ! Derrière elles, au loin, il y a un cavalier qui arrive avec une grande cape noire !*

— *C'est l'épouvantail ?*

— *Non. Je ne sais pas. Peut-être. Il porte une sorte de masque vénitien, un masque blanc, qui sourit. Il arrive parmi les femmes, et alors elles se mettent toutes à rire, à rire comme son masque. On dirait qu'elles se forcent à rire. Mon Dieu ! Chaque fois qu'il passe près de l'une d'elles, il la drape d'un pan de sa cape et elle disparaît. Les femmes disparaissent les unes après les autres, comme englouties par la cape de l'homme masqué, et petit à petit il s'approche de la reine et du roi en fuite. Il va les faire disparaître eux aussi ! Il va faire disparaître le roi et la reine ! Je dois les sauver !*

De nouveau, Emily ouvre grands ses yeux. Elle transpire. La peur se lit sur son visage.

— *Où sont-ils maintenant ?*

— *Ils ont traversé la rivière. Ils vont vers la tour. Ce n'est pas vraiment une tour, d'ailleurs, c'est comme un immense sablier. Mais au lieu de grains de sable qui s'écoulent à l'intérieur, ce sont des êtres humains. Des hommes aux corps ligotés dans des camisoles de force. Les uns après les autres, ils tombent au cœur de l'immense tour, ils s'entassent en bas du sablier. Il faut que le roi et la reine se dépêchent ! Ils se précipitent vers l'escalier en colimaçon et montent au sommet de la tour. Mais le cavalier est juste derrière eux, tout proche, prêt à les faire disparaître sous sa cape, et il ne reste plus que trois hommes qui vont s'écouler dans le sablier ! Je ne peux pas le laisser faire ! Je dois l'en empêcher !*

— *Pourquoi ?*

— *Je ne veux pas qu'ils disparaissent ! Et il ne reste plus qu'un homme dans le grand sablier. Ils sont tout en haut de la tour et il va les rattraper. Je dois y aller. Je dois arrêter ça ! Je descends du train ! Oh ! Mon Dieu ! L'homme masqué m'a vue. Il me regarde !*

La jeune femme, les mains attachées sur le fauteuil médical, s'agite de plus en plus. Elle semble sur le point de faire une attaque.

— *N'ayez pas peur, Emily. Ici, vous ne craignez rien. Il ne peut rien vous faire.*

— *Le cavalier tend les mains vers la rivière ! L'eau ensanglantée se dresse devant moi, comme un grand rideau rouge qui m'empêche de passer ! Je ne vois plus le roi et la reine, je ne vois plus la tour ! J'entends seulement le rire de l'homme masqué par-delà le grand rideau de sang. Il se moque de moi. J'ai peur. Je tombe à genoux. Je ne veux pas regarder. Je baisse les yeux.*

— *Vous pouvez regarder, Emily. Il ne peut rien vous arriver.*

— *J'ai peur.*

— *Non. N'ayez pas peur. Regardez, Emily. Levez la tête et regardez.*

— *Au-dessus de moi, il y a un œil gigantesque qui emplit tout le ciel. Il me regarde. Il regarde le monde entier. Je voudrais le supplier de les sauver, de sauver la reine et le roi, mais il ne m'entend pas.*

Il ne me comprend pas. Lentement, ses paupières se ferment, et alors tout devient noir. Tout disparaît. Tout a disparu.

Elle pousse un hurlement strident.

— C'est une flèche. J'ai reçu une flèche dans la nuque !

Soudain, les pupilles d'Emily s'agrandissent. L'expression sur son visage change.

Sept minutes ont passé. Dans son cou, une nouvelle piqûre l'a sortie de son état d'hypnose.

Elle est là, de nouveau. Et elle a tout oublié.

The line

8

— Qu'est-ce que vous avez foutu, nom de Dieu ?

— Eh bien, comme prévu, capitaine : j'ai emmené Emily Scott faire un tour.

— Ne vous moquez pas de moi, Gallagher ! Vous êtes parties près de deux heures, et vous n'étiez pas dans le parc de Fort Greene !

Lola poussa un soupir. Elle n'aimait pas mentir à Powell, même par omission.

— Où est-ce que vous l'avez emmenée, précisément ? insista son supérieur.

— Chez le Dr Draken.

— Pardon ?

— Je l'ai emmenée faire une séance d'hypnose chez Draken.

— Vous n'êtes pas sérieuse ?

Lola haussa les épaules.

— Vous m'avez demandé d'obtenir des résultats rapidement, j'ai fait ce que j'avais à faire. Draken est l'un des meilleurs psychiatres pratiquant la thérapie par l'hypnose de tout New York, si ce n'est *le* meilleur.

— Oui, c'est vrai, mais c'est aussi un type qui n'en fait qu'à sa tête, comme vous ! Ça ne m'étonne pas que vous vous entendiez si bien ! Vous n'aviez pas le droit d'emmener Emily Scott chez lui sans l'autorisation du procureur !

— C'est pour ça que je ne vous ai rien dit, glissa Lola dans un sourire embarrassé.

— Vous trouvez ça drôle ? Je viens de me faire insulter par l'agent Turner pendant une demi-heure non-stop au téléphone, et maintenant je vais devoir trouver une explication pour le procureur…

— Bon courage.

— Bon courage ? C'est vous qui allez avoir des ennuis, ma petite Gallagher, s'il est de mauvais poil !

— Je suis sûre que vous allez me couvrir, capitaine. J'ai seulement fait ça parce que vous m'avez demandé d'avancer plus vite sur cette affaire avant que le FBI ne nous la pique. Aux grands maux les grands remèdes.

Le quinquagénaire prit ses tempes grisonnantes dans ses mains d'un air désespéré.

201

— Dites-moi, Gallagher, je vous en supplie, dites-moi au moins que ça a servi à quelque chose ?

Lola fit une moue indécise.

— Eh bien… Pour tout vous dire… Je ne sais pas. Je n'ai pas vraiment eu le temps de demander à Draken. Mais il avait l'air de dire qu'il y avait… du positif.

— Du positif ? Alors appelez-le et demandez-lui ! Moi, je ne veux plus l'avoir au téléphone, ce type me sort par les yeux !

— Il nous a pourtant souvent donné de sacrés coups de main.

— Ça ne change rien. Il m'énerve. Appelez-le, et si vraiment il a obtenu des résultats, je verrai ce que je peux faire. Mais dans les règles, Gallagher, dans le respect des règles. S'il faut qu'Emily le revoie, nous le ferons dans le cadre de la loi, c'est bien compris ?

Lola hocha la tête mais, au fond, elle n'était pas tout à fait sûre d'avoir envie de continuer l'expérience. Powell avait raison sur un point : Draken n'en faisait qu'à sa tête, il était incontrôlable, et ils prendraient un véritable risque en le laissant continuer ses séances… À vrai dire, bien qu'elle ne pût l'avouer au capitaine, elle regrettait déjà d'avoir mis le doigt dans cet engrenage.

9

— Alors ? demanda Draken en débranchant le caméscope de la télévision. Tu en penses quoi ?

Le vieil homme, assis sur sa chaise roulante, écarta les mains d'un air perplexe.

— J'en pense que tu fais un exercice illégal de la médecine. Ton sérum n'a pas reçu la validation de l'AMA[1], et pour cause.

— Ce n'est pas ce que je te demande...

— Et moi c'est ce que j'ai à te répondre. C'est dangereux, ce que tu fais, Arthur.

— Arrête... Je fais ça avec la surveillance d'un neurophysiologiste, je ne prends aucun risque. Et là, c'est un cas exceptionnel. C'est pas une patiente ordinaire. L'hypnose traditionnelle ne suffirait pas. Allez, dis-moi : tu en penses quoi ?

— Je ne comprends pas ce que tu attends de moi. Tu essaies de m'impressionner avec ton invention ? Tu as besoin de reconnaissance paternelle ? Comme quand tu as sorti ton bouquin ?

— Tu ne l'as même pas lu...

— *La Pensée magique dans la psychanalyse* ! Tu ne crois quand même pas que je vais lire un livre avec un titre pareil ! se moqua le patriarche.

Draken poussa un soupir. Son père n'avait jamais su communiquer avec lui autrement que par l'humiliation. Sans doute une façon pour lui de motiver son fils, de le pousser à donner toujours le meilleur de lui-même, l'obliger à ne jamais se satisfaire de l'à-peu-près... Mais à présent, les années avaient passé, et il aurait aimé pouvoir parler plus sereinement avec ce vieil ours mal léché qu'il admirait tant.

— Je veux juste que tu me donnes ton avis sur cette vidéo. Cette femme...

---

1. *American Medical Association.*

— ... est amnésique, le coupa le vieil homme.

Draken fronça les sourcils.

— Comment tu le sais ? Je ne t'ai rien dit.

— C'est évident. Elle voyage dans ses souvenirs comme en territoire étranger. Et c'est toi qui la pousses à faire ce voyage. J'en déduis que tu veux qu'elle retrouve la mémoire.

— Et alors que penses-tu de son voyage, justement ?

Ian secoua la tête.

— Tu n'es pas capable d'y réfléchir tout seul ?

— J'ai envie d'avoir ton avis. Tu as... plus d'expérience que moi.

— Je me demande pourquoi tu as mis cette phrase de Nietzsche dans ton cabinet : *Werde, der du bist*[1]. Tu aurais mieux fait de mettre du Horace. *Sapere aude*[2].

— Papa...

Le vieil homme gratta lentement la barbe naissante sur ses joues.

— À ton avis, de quoi parle-t-elle, ta patiente ?

— De ses souvenirs. Ou du moins des images qu'il en reste dans son subconscient. Elle utilise des images très proches de celles qu'on fabrique dans nos rêves. Ce sont des allégories de son passé...

— Pas uniquement.

— Comment ça ?

— Elle ne parle pas que de son passé, Arthur. Elle parle aussi de l'avenir.

— Comment peux-tu en être sûr ?

---

1. « Deviens qui tu es. »

2. « Ose savoir ! » (souvent traduit par « Aie le courage de te servir de ton propre entendement »).

Ian leva les yeux au plafond comme si la chose était évidente.

— Pourquoi filmes-tu les séances, Arthur ?

— Eh bien... Pour les analyser plus tard. Avec le sérum, les informations sont très condensées. La séance ne peut pas durer plus de sept minutes, mais il se passe beaucoup de choses en sept minutes... Je prends des notes, bien sûr, enfin... je fais des croquis. Mais je n'ai pas le temps de tout noter.

— D'accord, mais si tu les filmes, c'est bien que tu ne te contentes pas du son, Arthur...

— J'aime bien garder une trace des réactions physiques du patient. Le mouvement de ses pupilles, les grimaces, les gestes brusques, les expressions...

— Eh bien, visiblement, tu ne sais pas les interpréter correctement.

Le vieil homme, comme pour expliquer ce qu'il voulait dire, se tourna vers M. Solberg.

— Les yeux, Arthur, il faut que tu apprennes à regarder les yeux des gens.

— Pourquoi tu dis ça ?

— Tu ne veux quand même pas que je te mâche le travail ? Cela se voit dans ses yeux : ta patiente mélange le passé et l'avenir. Ses souvenirs, et ses craintes. Elle a peur d'une chose qui n'est pas encore arrivée. Quelque chose de grave, qui ne s'est pas encore produit.

— Tu n'es quand même pas en train de me dire qu'elle lit l'avenir ?

— Et pourquoi pas ? Les météorologues font ça tous les matins à la télévision.

— Ian ! Sois sérieux...

— Je te dis qu'elle parle de quelque chose qui n'est pas encore arrivé et qui lui fait peur.

— Le cavalier qui va faire disparaître le roi et la reine ?

Le vieil homme hocha la tête.

— Entre autres.

— Qu'est-ce que ça veut dire ?

— Tu n'es pas venu me voir pour que je décode l'intégralité de la vision de ta patiente à ta place, j'espère ?

— Non.

— De toute façon, il va te falloir faire d'autres séances. Creuser tout ça. Lui demander de se concentrer sur telle ou telle image. Tu es trop pressé, Arthur. Comme toujours. Tu ne vas pas tout comprendre en une seule séance.

— Je sais.

— Alors qu'attends-tu de moi ?

— Je veux que tu me dises si je dois continuer. Si tu crois qu'elle a des chances de retrouver la mémoire par ce biais-là.

— Tu en doutes ?

— Disons que… Tu l'as dit toi-même : c'est une technique risquée.

Le vieil homme fit un large sourire.

— Ah ! C'est une technique risquée ! Et mon petit Arthur n'aime pas prendre des risques ! Mon petit Arthur préfère rester derrière son bureau et écrire des livres sur la pensée magique !

— Si tu étais à ma place, tu continuerais ?

— Si j'étais à ta place, je ferais un autre métier.

— Tu as peur que je devienne meilleur que toi, papa ?

Le vieil homme éclata de rire, et son rire se

transforma en toux grasse. Son voisin de chambrée se retourna sur son lit, mais il n'ouvrit même pas les yeux.

— Je n'ai jamais eu besoin d'utiliser un sérum, moi…

— Alors tu ne veux pas m'aider ?

Ian Draken posa les mains sur les roues de sa chaise et s'avança vers son fils. Il le dévisagea un long moment, comme s'il le jaugeait, avant de dire, d'une voix qui signifiait clairement que la conversation s'arrêterait là :

— Tu la pousses trop, Arthur. Tu ne lui laisses pas le temps de fouiller les images qu'elle reçoit. Tu veux aller trop vite. Ton sérum en est la preuve : tu veux aller trop vite, et tu es même prêt à utiliser une méthode illégale et dangereuse pour gagner du temps. Tu voudrais qu'elle retrouve la mémoire, alors que cette femme essaie de te parler de quelque chose qui lui fait peur dans l'avenir, pas dans le passé. Réécoute bien ce qu'elle dit. Elle a utilisé deux fois l'expression « je n'ai pas le choix ». Elle sait qu'un événement inéluctable est sur le point de se produire, qu'elle en sera le témoin impuissant, et c'est cela qui la ronge. Si tu veux qu'elle ouvre les yeux sur son passé, aide-la d'abord à se rassurer sur son avenir, Arthur. Si tu y parviens, par la même occasion, cela me rassurera, moi, sur le tien.

Wait

10

Par miracle, Lola trouva une place en plein cœur de Chelsea et y gara la Chevrolet.

— Et toi ? Ta journée s'est bien passée, maman ?

Elle hésita.

— Plus ou moins… Je suis sur une affaire un peu compliquée en ce moment.

— Quoi ?

— J'essaie d'aider une femme amnésique à retrouver ses souvenirs.

— Pourquoi ?

— Parce que des gens ont voulu l'assassiner, et j'aimerais comprendre pourquoi. Allez, descends, Adam ! Ton oncle nous attend.

Le garçon obéit et rejoignit sa mère sur le trottoir. Main dans la main, ils traversèrent la rue dans l'obscurité de cette soirée d'hiver et s'approchèrent du petit immeuble bourgeois où habitait le frère de Lola.

— Tu sonnes à l'interphone ?

Le garçon s'exécuta. Il appuya sur un bouton qui portait le nom de « Coleman ». Quelques secondes plus tard, un grésillement électrique annonça l'ouverture de la porte de l'immeuble. Ils se dirigèrent vers l'ascenseur. Lola s'efforçait de masquer son appréhension. C'était la première fois que son fils allait voir Chris depuis l'annonce officielle de son cancer. Elle espérait que ni l'un ni l'autre n'allait craquer. Que les choses seraient comme avant… Mais à l'évidence, les choses ne seraient plus jamais comme avant.

— Maman ?

— Quoi ?

— Pourquoi oncle Chris il s'appelle Coleman ? Pourquoi il s'appelle pas Gallagher, comme toi ? Si c'est ton frère, il devrait s'appeler comme toi, non ?

Le visage de Lola se rembrunit. Elle avait fini par oublier qu'un jour, nécessairement, son fils poserait cette question. Adam avait onze ans, maintenant, il commençait à se poser des questions d'adulte. Une à une, ces choses que l'on n'avait pas besoin d'expliquer à un enfant s'effaçaient devant sa sagacité.

— Eh bien… Ce n'est pas à moi de te le dire, Adam. Il faudra que tu demandes à Chris, s'il veut bien te raconter.

— Pourquoi ?

— Parce que c'est son choix… C'est lui qui a décidé de changer de nom, pour des raisons… qui le regardent. Tu n'auras qu'à lui demander.

— Non, dis-moi, toi ! Je ne vais pas oser lui demander !

— Je lui ai promis de ne jamais parler de ça, Adam. Et tu sais que je tiens toujours mes promesses.

— Mais c'est vraiment ton frère ?

Lola sourit.

— Oui ! Évidemment !

— Alors pourquoi il s'appelle Coleman ?

— Tu n'auras qu'à lui demander, répéta sa mère en souriant.

Le petit garçon soupira, déçu, et ils arrivèrent sur le palier où habitait Chris.

Le grand et large graphiste apparut derrière la porte, ses yeux verts brillant d'émotion, et Adam lui sauta aussitôt chaleureusement dans les bras.

— Houlà ! Doucement, jeune homme ! dit Chris en le serrant contre lui. Mon Dieu, tu commences à peser ton poids, hein !

Il le reposa sur le palier et embrassa sa sœur. Lola fit attention à ne pas trop appuyer cette accolade, ne pas donner à son frère l'impression qu'elle était triste pour lui, qu'elle avait pitié... Elle voulait l'embrasser comme elle l'avait toujours embrassé, lui parler comme elle lui avait toujours parlé.

— Ça sent bon ! dit-elle en découvrant le délicieux fumet de viande rôtie qui se dégageait de la cuisine.

C'était un bel et grand appartement moderne, haut de plafond et décoré avec goût. Il n'appartenait pas à Chris, mais à l'un de ses anciens et riches amants qui, parti en Italie, lui avait proposé de le « garder » pendant son absence... absence qui durait maintenant depuis deux ans au moins. Ici, rien n'était laissé au hasard : tout le mobilier de design contemporain était assorti, les couleurs des tableaux répondaient aux tons de l'appartement, aux dominantes orangées, blanches et bleues. Chaque bibelot s'intégrait parfaitement au décor, et même les beaux livres, posés ici et là avec une fausse négligence, se mariaient joliment à l'ensemble.

Comme chaque fois qu'il les recevait, Chris avait dressé une belle table dans le grand salon et préparé, sans doute, un excellent dîner.

— Heureusement que je t'avais demandé de ne pas faire de manières ! se moqua Lola en regardant les bougies éparpillées dans la pièce.

— Je ne vois pas pourquoi je changerais mes habitudes !

Lola et son fils s'installèrent sur le grand canapé et Chris leur fit face dans un large fauteuil de cuir blanc.

— Alors, Adam ? Tout se passe bien à l'école ?

— Ça va...

— Laisse-moi deviner : tu as toujours d'aussi bonnes notes et tu n'as toujours pas d'amoureuse ?

Le petit garçon haussa les épaules. Il regardait son oncle avec une sorte d'insistance gênée, et Lola n'arrivait pas à savoir si c'était à cause du cancer ou de cette histoire de noms différents. Une chose était certaine, son frère devait le remarquer et cela la mettait mal à l'aise.

Chris attrapa un paquet posé sur la table basse et le tendit à son neveu.

— Tiens, c'est pour toi.

— Un cadeau ? Mais ce n'est pas mon anniversaire !

— Et alors ? Ouvre !

Adam adressa un regard à sa mère, comme s'il avait besoin de son consentement, puis il s'empressa de déballer le paquet. Quand il découvrit la petite console de jeu Nintendo DS à l'intérieur, ses yeux s'arrondirent comme deux immenses calots. Cela faisait plusieurs Noëls de suite qu'il en avait réclamé une à sa mère, laquelle avait toujours refusé, pas uniquement pour des questions d'argent, mais aussi parce qu'elle avait une fort mauvaise image de ces petits boîtiers diaboliques. Le garçon resta un moment bouche bée, puis se leva et sauta au cou de son oncle pour l'embrasser.

— Chris ! Tu es fou ! Ce n'était pas nécessaire, intervint Lola.

— C'est le propre des cadeaux, non ?

Elle ne répondit pas. Elle n'aimait pas ce qui se cachait derrière cet élan de générosité. Il y avait, à l'évidence, quelque chose de fataliste dans le geste de Chris.

— Tu travailles sur quoi, en ce moment ? demanda-t-elle plutôt, alors qu'Adam, enfoncé dans le canapé, commençait déjà à jouer avec sa console l'air fasciné.

— Comme d'habitude. Des maquettes pour des magazines, des affiches, des flyers... Rien de neuf. Et toi ?

— Tu es allé voir le docteur Williams ?

Elle regretta aussitôt sa question. Elle s'était juré de ne pas parler de ça, mais à présent qu'elle avait son frère en face, c'était plus fort qu'elle. Elle n'arrivait pas à faire semblant.

Le graphiste soupira.

— Non, pas encore.

— Qu'est-ce que tu attends ?

— Je vais y aller ! On n'est pas à deux jours près...

— Eh bien... Si, en fait.

Chris fit un geste las de la main, puis il vint s'installer près de son neveu pour le regarder jouer avec sa console.

Pendant tout le reste de la soirée, il ne fut plus question de médecin, de cancer, de thérapie... et pourtant, Lola ne sut penser à rien d'autre. Son frère ne pouvait lui mentir : derrière ses plaisanteries, ses rires, ses cadeaux, sa légèreté, il était terrifié. Bien plus terrifié, même, qu'elle ne l'avait imaginé.

11

Au petit matin, la jeune femme sortit lentement de la brume cotonneuse de son anesthésie.

En temps normal, les neurochirurgiens préconisaient d'attendre au minimum trois jours après l'implantation de la plaque d'électrode à la surface du cortex pour passer à l'étape suivante : la pose du stimulateur et de la batterie en sous-cutané.

Ils avaient attendu à peine vingt-quatre heures.

L'opération était courte, mais extrêmement doulou- reuse, et se pratiquait donc cette fois sous anesthésie générale : on incisait une petite poche au niveau de la région sous-claviculaire pour y installer le stimulateur, lequel était relié à la plaque d'électrode par une ral- longe qui passait sous la peau, derrière l'oreille.

— Comment vous sentez-vous ?

La jeune femme, emmitouflée dans une couverture chauffante, peina à répondre.

— Engourdie…

— C'est normal. Pas de nausée ?

Elle se contenta de bouger lentement la tête, d'un air indécis.

— Vous savez où vous êtes ?

— Au Centre.

— Et pourquoi vous a-t-on endormie ?

— Pour... Pour m'implanter le stimulateur.

— Parfait. Restez tranquillement allongée. Je reviens vous voir dans une petite heure.

De fait, le docteur revint une heure plus tard dans cette salle de réveil de fortune. Quand il rouvrit la porte, la jeune femme, toujours étendue sur son lit, était en sanglots.

— Je... Je ne sais pas ce qui m'arrive, murmura-t-elle d'un air gêné.

— C'est une réaction courante, après une anesthésie générale. Pas d'inquiétude. Il y a des gens qui ont des signes bien plus étranges que cela en se réveillant, je vous assure. Bien, maintenant, vous allez essayer de vous lever.

Le docteur fit quelques pas en arrière, comme s'il voulait l'observer attentivement avec une vue d'ensemble.

La jeune femme tourna la tête, le regarda, inquiète, puis, comme il continuait de la fixer sans mot dire, elle commença à se redresser. Elle tremblait légèrement, ses gestes étaient lents, mal assurés, mais elle finit par se retrouver en position assise, au bord du lit.

— Allez-y.

Elle posa un pied à terre, puis l'autre et, au prix d'un effort qui sembla surhumain, elle se mit enfin debout.

Un sourire se dessina sur le visage du docteur.

— J'ai l'impression que cela a marché, dit-il.

— Comment ça ?

Au lieu de lui répondre, le docteur enfonça la main dans la poche de sa blouse blanche et en sortit une petite boîte de médicaments.

— Tenez, attrapez ça !

Il lança doucement la boîte en direction de la jeune femme, comme on envoie un morceau de sucre à un chien, mais celle-ci resta immobile, paralysée, et la boîte vint cogner contre son buste avant de tomber sur le sol. La patiente ouvrit la bouche d'un air perplexe.

Le sourire s'agrandit sur les lèvres du docteur.

— Parfait.

The line

12

— Adam, tu laisses la Nintendo dans la voiture, je te la rendrai ce soir après tes devoirs. Allez, dépêche-toi, les portes de l'école vont fermer !

Le petit garçon passa le buste par-dessus le fauteuil passager pour embrasser sa mère, puis ouvrit sa portière.

— Oh ! Maman ! Regarde ! s'exclama-t-il d'un air réjoui. Il y a Arthur devant l'école !

Lola fronça les sourcils et regarda par la vitre. En effet, Draken était là, emmitouflé dans son long manteau noir, qui attendait sur le trottoir.

Elle poussa un soupir, mit ses feux de détresse et sortit de la voiture. À quelques pas de là, Adam était déjà dans les bras de Draken.

— Ça va, bonhomme ?

— Oui ! Mon oncle Chris m'a offert une DS !

— Eh bien ! Il est gentil ton oncle ! Tu as de la chance.

— Qu'est-ce que tu fais là ? intervint Lola d'un air mécontent.

— Il faut que je te parle. Et vu que tu ne réponds pas quand je t'appelle, je me suis dit que le mieux était de venir te voir ici.

Elle fit signe à son fils de se dépêcher.

— File, Adam ! Tu vas encore être en retard !

Le garçon envoya un baiser de la main à sa mère, salua Draken et partit en courant vers l'école en prenant garde à ne pas glisser sur le trottoir couvert de neige.

— Je n'aime pas qu'on me force la main, Arthur. Si je ne t'ai pas répondu, c'est que j'avais une bonne raison.

— Tu as des soucis ?

Elle répondit par une autre question :

— Qu'est-ce que tu as de si urgent à me dire ?

Draken la regarda d'un air inquiet, comme s'il craignait sa réaction.

— Il faut que tu me laisses faire d'autres séances avec Emily Scott.

Gallagher parut étonnée. Le psychiatre ne montrait jamais, d'ordinaire, de grand enthousiasme à travailler pour la police ; il ne le faisait que par amitié pour Lola.

216

— Pourquoi ?

— Parce que j'ai trouvé des choses intéressantes en regardant la vidéo de la séance, et que nous devons aller plus loin.

— Tu as utilisé ton sérum ?

Draken hésita. Mentir n'était pas la bonne option à moyen terme. Et, de toute façon, il le savait depuis longtemps : on ne pouvait pas mentir à Lola Gallagher.

— Oui.

Lola laissa sa tête retomber en arrière d'un air catastrophé.

— J'en étais sûre ! T'es vraiment un grand malade ! Je t'ai demandé de ne prendre aucun risque, et toi tu utilises un produit illégal ! Comment tu peux faire ça, avec ce qui s'est passé ?

— Je n'ai pris aucun risque, la coupa Draken. Ben Mitchell, mon ami neurophysiologiste, était avec moi, tu te souviens ? Et je ne lui ai injecté qu'une faible dose. C'est sans danger.

— C'est pas pour autant que c'était légal !

— Chacun ses petits arrangements avec la légalité, Lola. Toi tu n'avais pas l'autorisation de l'emmener chez moi…

— Et je n'aurais pas dû le faire ! La discussion est close.

Elle fit volte-face et marcha vers sa voiture.

— Lola ! Il faut que tu me laisses faire de nouvelles séances !

— Non.

— Sous hypnose, Emily a parlé d'un événement… Un événement grave qui ne s'est pas encore produit, et qui lui fait peur.

Lola s'arrêta et dévisagea son ami.

217

— Je croyais que tu fouillais ses souvenirs ?

— Oui… Mais visiblement, dans son subconscient, elle est préoccupée par cet événement qui ne s'est pas encore produit.

— Quel événement ?

— Je ne sais pas. Peut-être la disparition de deux personnes. Un rapt, un enlèvement, ou, pire, un meurtre…

La détective resta bouche bée. Elle n'avait pas dit un mot de son enquête à Draken et, *a priori*, il ne pouvait pas être au courant de l'histoire d'enlèvement dont avait parlé Emily Scott sur les vidéos de surveillance du musée, avant qu'elle devienne amnésique. Cela ne pouvait pas être une coïncidence. Le psychiatre avait-il vraiment trouvé quelque chose ?

Elle poussa un soupir.

— Pour l'instant, je n'ai pas le droit de te l'amener, Arthur. Si on m'en donne l'autorisation, j'y réfléchirai.

— Il faut que tu insistes auprès de Powell !

Lola dévisagea son ami.

— Pourquoi ça te tient tant à cœur ? T'es tombé amoureux d'elle, ou quoi ?

Draken écarta les mains d'un air amusé.

— C'est un cas intéressant, c'est tout.

A new day

218

13

John Singer, à trente-cinq ans, était l'un des hommes les plus recherchés des États-Unis, sans que personne connaisse encore son nom. Peu de gens avaient vu son visage rondouillard, ses courts cheveux blonds coiffés en brosse et son regard dur et intelligent. Fondateurs secrets d'*Exodus2016*, sa femme et lui vivaient dans l'ombre depuis près d'une dizaine d'années, changeaient régulièrement d'adresse, s'enregistraient dans des hôtels sous des noms d'emprunt et payaient tout en liquide. Cette cavale des temps modernes les avait rendus teigneux et inséparables. Elle leur avait aussi probablement sauvé la vie plus d'une fois.

— Nous ferons donc bien la conférence de presse le 24 janvier dans un salon du Citigroup Center, annonça-t-il tout en prenant place devant la webcam installée au sous-sol de leur local du Meatpacking District[1].

L'adresse, bien sûr, n'était pas officielle. Une société de confection de vêtements au rez-de-chaussée leur servait de couverture. Ici, seuls John et sa femme avaient le droit d'entrer. Les membres du Bureau ne se croisaient presque jamais. Ils communiquaient

---

1. Ancien quartier des abattoirs de New York, situé à Manhattan, entre Chelsea et Greenwich Village, devenu très branché depuis une vingtaine d'années.

exclusivement par e-mail, ou, plus rarement, par visio-conférence, comme c'était le cas aujourd'hui.

En quelques années, Exodus2016 s'était imposé comme le plus puissant collectif de « lanceurs d'alertes » de la planète. Avec plus de moyens, une organisation plus complexe et une politique plus agressive, il avait même supplanté le sulfureux WikiLeaks à l'échelle internationale. Souvent à la frontière de l'illégalité, leur site diffusait au plus grand nombre des documents confidentiels, sensibles ou censurés, sous couvert de liberté d'expression, quand ces cyberjournalistes d'investigation estimaient que les documents en question mettaient au jour une menace pour l'homme, pour la société ou pour l'environnement. À grands coups de scandales, Exodus2016 était devenu la bête noire des gouvernements, des services de renseignement ainsi que des multinationales, mais bénéficiait d'un large soutien de la communauté des internautes et de certains médias. Régulièrement, leurs dossiers brûlants étaient relayés par de grands journaux réputés sérieux, comme le *New York Times* aux USA ou *The Guardian*, *Le Monde* ou *Die Welt* en Europe, et ils touchaient alors un public bien plus vaste, qui débordait largement de la seule sphère Internet. À leur actif, on comptait la dénonciation de nombreux cas de corruption gouvernementale en Afrique, de paradis fiscaux, de dysfonctionnements bancaires en Suisse, de manipulation d'information sur des questions environnementales par plusieurs pays occidentaux, de dérives sectaires commises par l'Église de scientologie, de bavures américaines lors des guerres en Afghanistan et en Irak, etc. En somme, ils étaient devenus le petit grain de sable dans le grand mécanisme de la mauvaise foi organisée du monde moderne.

Considéré tantôt comme un dangereux pirate, tantôt comme un militant anticapitaliste, ou encore comme un grand défenseur de la liberté, John Singer revendiquait, lui, l'héritage de Daniel Ellsberg[1] et de tous les anonymes qui, un jour, avaient permis au public de découvrir des scandales comme celui du Watergate, de l'Irangate ou celui du camp de Guantánamo.

— Je persiste à dire que ce n'est pas idéal du point de vue de la sécurité, intervint l'un des membres du Bureau sur le petit écran.

— Personne ne nous attend là-bas, répliqua Cathy Singer, installée à côté de son mari. Et l'adresse exacte ne sera révélée aux journalistes que quelques minutes avant la conférence.

— Désolé, mais je ne comprends toujours pas pourquoi vous voulez faire une conférence en chair et en os. On a toujours fonctionné avec des communiqués et des vidéos sur le Web, c'est notre marque de fabrique.

— Ce sera notre entrée dans le monde réel. Il est grand temps que nous nous incarnions. Les journalistes ne nous prendront pas totalement au sérieux tant qu'ils ne pourront pas mettre un visage sur notre groupe.

— On les emmerde, les journalistes !

— Non, Steve. C'est les gouvernements et les corporations, qu'on emmerde. Pas les journalistes. On a besoin d'eux.

— C'est plutôt eux qui ont besoin de nous...

---

1. Analyste américain qui avait confié au *New York Times* en 1971 sept mille pages de documents top secret concernant la guerre du Viêt-nam, connus sous le nom de *Pentagon Papers*.

Steve H. était le seul des interlocuteurs de la visio-conférence à prendre la parole. C'était un membre important du groupe, un homme brillant, mais c'était aussi le plus fondamentaliste, et donc le plus difficile à convaincre.

— Si nous n'agrandissons pas rapidement notre audience, expliqua Singer, dans un an ou deux, nous serons morts et enterrés. Tu n'es pas sans savoir que le gouvernement a demandé aux sociétés financières de nous boycotter. Visa, Mastercard, Western Union... Ils sont tous en train de nous faire une chasse aux sorcières, et, sans système de paiement, il devient de plus en plus difficile de recevoir des dons... Or, nous ne sommes financés que par les dons. À moins que tu n'aies envie qu'on se mette à faire de la publicité sur notre site ou qu'on ne soit financés par le gouvernement ?

— Non ! Bien sûr ! Mais je ne vois pas en quoi cette conférence pourra changer les choses.

John Singer poussa un long soupir. S'il était reconnu comme le leader du groupe, il n'en restait pas moins que sa voix ne comptait pas plus que celle de n'importe quel autre membre du Bureau. C'était leur philosophie depuis le départ. Un esprit d'équité, de partage, sur le modèle de ce qu'ils faisaient en ligne. Liberté d'expression pour tous, et transparence de chacun. Parfois, cette belle philosophie avait des inconvénients.

— Cela va nous permettre d'humaniser notre discours, Steve, et de toucher un public beaucoup plus large. Cathy et moi allons parler directement aux gens, leur montrer comment les gouvernements et les multinationales essaient de nous faire taire, de nous étouffer, et qu'à travers nous ce sont les populations qu'ils essaient de faire taire.

— Peut-être, mais je trouve ça dangereux de vous exposer comme ça tous les deux au public. Jusqu'à présent, nous étions des fantômes. Ça fait peur, les fantômes. Après cette conférence, il va y avoir votre tête dans tous les journaux, à la télé, sur le Web...

— Oui, les fantômes, ça fait peur. Mais justement, nous ne voulons plus faire peur, nous voulons être pris au sérieux. Nous voulons que les gens ne nous prennent plus pour des petits adolescents boutonneux, des petits hackers désorganisés planqués derrière leurs machines. Il faut que le public voie que nous sommes sérieux, que nous sommes tangibles et donc fiables, professionnels.

— J'espère que vous ne faites pas ça pour la notoriété !

— Tu nous connais mieux que ça, Steve.

— Vous n'avez pas peur que les internautes ne prennent ça pour un sursaut d'orgueil ?

— Si nous nous expliquons clairement, ils comprendront vite que ce n'est pas le cas. Je ne vois pas pourquoi tu remets la chose en question aujourd'hui. Cette décision a déjà été soumise au vote du Bureau.

— Je ne sais pas. Je le sens mal. C'est une occasion en or pour nos ennemis.

John Singer regarda les trois autres visages qui apparaissaient dans des fenêtres de son écran.

— L'organisation de cette conférence de presse nous a demandé beaucoup de travail. Et ce travail portera ses fruits. La chose a déjà été entendue. Quelqu'un veut revenir sur les résultats du vote ?

Personne ne broncha, pas même Steve H.

— Bien. Alors il en sera ainsi. La conférence de presse aura bien lieu le 24 janvier dans un salon du

Citigroup Center, et ce sera pour nous un grand virage dans notre histoire.

— Espérons que ce virage ne nous soit pas fatal, ajouta son interlocuteur à voix basse.

— Espérons, acquiesça Singer. Car c'est peut-être notre seule chance de survie.

Between good and bad

14

À la troisième tentative, la serrure céda enfin.

Le détective Phillip Detroit rangea la *bump key* de crochetage et le petit marteau dans la poche intérieure de son manteau, puis pénétra rapidement dans l'appartement de Chris Coleman.

Le mystérieux Chris Coleman, mentionné dans le courrier du médecin adressé à Lola. Il avait tout pour être son frère, sinon un nom de famille différent. Et Detroit, qui avait horreur des énigmes irrésolues, avait bien l'intention de démêler celle-là. Depuis qu'ils étaient devenus des amants occasionnels, Phillip et Lola partageaient beaucoup de choses. Merde, ils partageaient même leur salive ! Un jour, elle avait mentionné l'existence d'un frère qui s'appelait Chris, et puis elle n'en avait plus jamais reparlé. Il y avait quelque chose de louche, là-dessous. Trop louche pour ne pas fouiller.

La curiosité est un vilain défaut, Phillip...

Le spécialiste haussa les épaules et referma délicatement la porte derrière lui de ses mains gantées.

Ouais. Je sais. Je suis un sale type.

C'était un appartement moderne, spacieux et luxueux. Mobilier design, bibelots, tableaux, beaux livres... Nulle part, dans les revues posées ici et là, dans les posters, les peintures, on ne pouvait échapper aux références à la culture gay new-yorkaise.

Detroit s'aventura vers le milieu du salon. Sur un petit cadre photo en aluminium, il trouva la confirmation de l'évidence : Chris Coleman, ce grand gaillard rouquin d'une quarantaine d'années, posait entre Lola Gallagher et son fils Adam. Leur ressemblance physique sautait aux yeux.

Il n'y avait que deux explications possibles : soit l'un des deux utilisait un nom d'emprunt, soit ils étaient demi-frère et sœur.

Le détective se dirigea alors vers le grand bureau qui trônait de l'autre côté de la pièce. Dessus, un ordinateur Apple à écran large, une table graphique, des croquis, des feutres, des papiers...

Il sortit une clef USB de sa poche et la glissa dans un port du Mac. Puis, afin de contourner la protection du mot de passe administrateur, il redémarra l'ordinateur en mode « utilisateur unique ». Après deux ou trois manipulations, il eut tout le loisir d'installer sur le disque dur l'un des différents logiciels espions qu'il avait amenés.

Comme une lettre à la poste.

Il sourit, éteignit le Mac et récupéra sa clef. De retour au commissariat, il aurait tout le loisir de fouiller à distance le contenu de la bête.

Ensuite, il ouvrit un à un les tiroirs du bureau, parcourut rapidement factures, courriers… Tous étaient adressés à Chris Coleman. Il aurait aimé tomber sur un passeport, une pièce d'identité, mais il ne fallait pas rêver. Quand il eut fini de fouiller le bureau, n'ayant rien trouvé d'intéressant, il continua sa prospection dans le reste de l'appartement.

Dans une bibliothèque, au milieu des livres et des CD, il trouva plusieurs albums photos. Là aussi, les clichés avec Lola et Adam étaient nombreux. Mais aucun ne remontait à plus d'une dizaine d'années.

En essayant de ne rien déranger, de ne laisser aucune trace, il continua sa fouille méthodique de l'appartement.

C'est dans le placard de la chambre qu'il trouva enfin quelque chose de suspect. Quelque chose de très suspect…

The line

15

— Vous croyez que le futur propriétaire de cet appartement voudra le garder comme statue, détective ? demanda l'agent de police en inspectant le cadavre debout devant lui d'un air amusé.

Lola, qui n'était pas vraiment d'humeur à rire, se contenta de hausser les sourcils en regardant Velazquez.

— Je reste ici pour attendre l'équipe du CSU[1]. Vous, allez recueillir les témoignages.

Robert Di Nacera était un agent immobilier de vingt-huit ans. Il avait été retrouvé moins d'une heure plus tôt au quinzième étage de cet immeuble en construction, au nord de Brooklyn. Le meurtrier l'avait ligoté à un pilier, à quelques centimètres du vide, puis l'avait forcé à avaler des litres et des litres de béton jusqu'à ce qu'il s'étouffe, avant de l'en couvrir de la tête au pied, si bien que le pauvre homme ressemblait maintenant à une statue moderne. Par endroits, la peau apparaissait encore sous la couche grise solidifiée, et on devinait l'expression de douleur sur son visage.

En dix jours, c'était le quatrième agent immobilier que l'on avait retrouvé à New York dans cet état. C'était rapide, pour un meurtrier en série. Et le mobile

---

1. *Crime Scene Unit.*

était clair : ce détraqué en voulait aux agents immobiliers. Avec le prix du mètre carré pratiqué dans la ville, cela faisait seulement huit millions de suspects potentiels.

Lola continua d'inspecter les lieux. Pas de trace de lutte… Mais, à vrai dire, il n'y avait rien ici, à part une grande dalle de béton et des piliers. Difficile de distinguer quoi que ce soit dans la poussière au sol, trempée par la neige fondue et fouettée par le vent. La façade n'était pas encore construite. On était presque dehors. À en juger par la dureté du ciment sur le corps de la victime, le meurtre remontait à plusieurs heures, mais il faudrait attendre l'avis d'un expert pour avoir un résultat précis. Le séchage dépendait de nombreux éléments. Type de béton, quantité d'eau, température extérieure, épaisseur de la couche, etc.

Les trois autres agents immobiliers avaient également été retrouvés dans des immeubles en construction. Hypothèse la plus simple : les victimes venaient de leur plein gré, sans doute pour faire visiter les lieux à un client potentiel, avant même que la construction soit achevée, pour lui proposer d'acheter « sur plan ». Si c'était bien le cas, on finirait par trouver un client commun dans les agendas de ces quatre malheureux…

Lola fut interrompue dans ses pensées par le bruit du monte-charge. Elle pencha la tête et vit arriver trois experts du CSU qu'elle reconnut d'emblée.

— Bonjour, détective, dit le plus gradé en la saluant.

— Bonjour, Murdoch.

— La Méduse a encore frappé ?

Les médias s'étaient empressés de baptiser ainsi ce tueur qui transformait ses victimes en statues.

— Il faut croire.

— On va pouvoir vous confirmer ça assez vite. Ce type n'est pas très doué : il laisse des empreintes partout.

— Pour l'instant, ça ne nous a pas aidés à le retrouver.

Les experts déballèrent leur matériel et commencèrent leurs relevés.

— Je file, annonça Gallagher en prenant la direction du monte-charge.

En bas, elle aperçut Velazquez qui interrogeait un groupe d'ouvriers. Il n'avait pas l'air d'y mettre beaucoup d'entrain. Lola sourit. Le jeune flic n'était pas un exemple de patience. Trop pressé. Il allait falloir qu'elle garde un œil sur lui, qu'elle l'empêche de se brûler les ailes. Elle avait l'habitude de s'occuper des jeunes recrues.

Elle salua son collègue de loin et entra dans sa voiture alors que son téléphone se mettait à sonner.

— Détective Gallagher ?

— Oui.

— C'est le docteur Grant à l'appareil. Je suis la personne en charge du suivi médical d'Emily Scott dans le cadre du programme WITSEC.

— Je vous écoute.

— Je voulais d'abord vous dire que j'ai obtenu les résultats des premières analyses que nous avons effectuées sur la patiente, concernant une éventuelle adermatoglyphie.

— Une quoi ?

— Une adermatoglyphie. C'est une maladie génétique extrêmement rare, qui entraîne une absence totale d'empreintes digitales. Mais le gène concerné est intact chez elle, donc ce n'est pas le cas. Ses dermatoglyphes ont été volontairement effacés.

— OK... Merci pour le partage d'infos, docteur...

— Pas de souci. Je voulais aussi vous informer que l'état de santé de la patiente est plutôt rassurant, si ce n'est miraculeux. En revanche, il va sans dire qu'elle présente une fragilité psychologique certaine.

— Rien de très étonnant à cela...

— Non. Mais je pense, en accord avec le procureur, qu'il faudrait permettre à Emily de commencer à renouer des liens sociaux, si l'on veut qu'elle puisse se réinsérer un jour. Du fait de son amnésie, et de notre incapacité à connaître son identité, elle n'a personne dans sa vie. Pas de famille, pas d'amis, rien. Cela ne va pas favoriser sa guérison.

— Je m'en doute, mais pourquoi vous me dites ça à moi ?

— Elle semble vous apprécier, et si vous vouliez bien continuer à lui rendre visite régulièrement, puisque vous y êtes autorisée, ce serait fort généreux de votre part.

— Évidemment.

— Vous pourriez même, de temps en temps, venir accompagnée, pour qu'elle rencontre du monde.

Lola réfléchit un instant.

— D'accord. Je vais voir ce que je peux faire. Peut-être pourrais-je commencer par passer la voir avec mon fils ?

— Un enfant ? Excellente idée !

— Je vais y réfléchir.

230

16

C'était une vieille boîte en bois brut, cachée sous une pile d'autres boîtes, en carton celles-là. Elle était bien trop lourde pour ne renfermer qu'une paire de chaussures. Detroit souleva le couvercle et écarquilla les yeux en découvrant son insolite contenu.

Un revolver Smith & Wesson Model 27, accompagné de quelques cartouches en vrac. À en juger par son état, le six-coups avait beaucoup servi et avait plus d'une vingtaine d'années. Le métal était piqué par endroits. *A priori*, il n'y avait rien de bien étonnant à trouver une arme chez un citoyen américain… Sauf que, en y regardant de plus près, on voyait que le numéro de série avait été limé sur le côté gauche du canon.

Pas très légal, ça, monsieur Coleman.

À côté de l'arme, une feuille de papier jauni. Detroit la déplia et lut le poème que l'on y avait écrit à la main. *Le Rire de nos enfants.*

Mais le troisième et dernier objet était sans doute

le plus intrigant. Un petit flacon de verre cylindrique, fermé par un bouchon vissé, qui contenait une poudre noirâtre. Detroit le souleva pour le regarder à la lumière et le secoua légèrement.

Soudain, le policier sursauta.

Un bruit métallique venait de résonner dans l'entrée. Un bruit de serrure. La porte de l'appartement s'ouvrit, puis se referma.

Detroit analysa rapidement la situation et laissa agir son instinct. Il glissa le flacon dans sa poche, referma la boîte, la remit à sa place dans le placard et, en essayant de ne pas faire de bruit, se dirigea vers la fenêtre de la chambre. Il se dressa sur la pointe des pieds et inspecta la façade. Rien. Pas de points d'accroche. Impossible de sortir par là.

Merde !

Des bruits de pas résonnèrent dans le salon. Le son d'un trousseau de clefs qu'on lâche sur une table en verre.

Detroit fit volte-face et vint se placer devant l'entrée de la chambre. Devant lui, la salle de bains. Il inspira profondément, puis traversa le couloir pour passer d'une pièce à l'autre comme une flèche. Il referma prudemment la porte derrière lui et inspecta les lieux. Pas de trappe providentielle dans le plafond. Les carreaux de la fenêtre étaient en verre opaque. Impossible de voir ce qu'il y avait dehors.

Le plancher du couloir se mit à craquer. Coleman approchait. S'il allait dans la chambre, il y avait encore une chance de sortir d'ici incognito. Mais s'il entrait dans la salle de bains…

Detroit ouvrit la fenêtre. Le bois gonflé rendit l'opération délicate, et il fit bien plus de bruit qu'il ne l'aurait voulu. Alors que le vent glacé de l'hiver s'engouffrait dans la petite pièce, il resta immobile un instant, pour s'assurer que sa maladresse n'avait pas attiré l'attention du propriétaire. Les bruits de pas continuèrent d'approcher, sans changement de rythme.

Il passa la tête dehors et poussa un soupir de soulagement. Ou, tout du moins, de léger soulagement... Sur la gauche, un escalier de secours métallique zébrait la façade de l'immeuble, sans doute au niveau de la cage d'ascenseur. Il estima la distance à plus d'un mètre à peine. C'était jouable. Jouable, mais dangereux.

De l'autre côté de la porte, Detroit entendit Coleman entrer dans sa chambre. Si proche.

Sans plus attendre, il se hissa sur le rebord de la fenêtre en essayant de ne pas penser au vide. Quatre étages plus bas, des voitures filaient sur le béton.

Il secoua la tête, comme s'il n'arrivait pas à croire à ce qu'il était sur le point de faire, et se jeta dans le vide, les mains tendues vers l'avant. Ses poings se refermèrent d'un coup sur la rambarde gelée et ses jambes cognèrent bruyamment contre la structure métallique. Il serra les dents pour retenir un cri de douleur.

Suspendu au-dessus du vide, il songea à cet instant précis à quel point la situation était ridicule. Il venait de risquer sa vie simplement pour découvrir un secret dans la vie de Lola... C'était complètement stupide !

Il se hissa pour basculer du bon côté de la rambarde.

Stupide, peut-être, mais n'empêche que ce type a un Smith & Wesson de contrebande dans son placard...

Arrivé dans la rue, il fila vers sa voiture en serrant le flacon au fond de sa poche. Ce que cachait ce petit cylindre de verre méritait peut-être qu'il se soit pris pour un acrobate urbain...

17

Quand le docteur découvrit le spectacle qu'offrait la petite chambre, il eut un sursaut d'effroi et laissa tomber, perplexe, le fameux dossier qu'il avait en permanence sous son bras.

Au pied du lit, étendue dans une flaque de sang épais, sa patiente gisait, la gorge tranchée. À côté d'elle, un scalpel trempait dans la mare écarlate.

— Oh, mon Dieu !

Il se précipita auprès de la jeune femme et il ne lui fallut qu'un instant pour constater l'évidence. Elle était morte. Depuis un certain temps, sans doute : le corps était déjà froid. Mais ce qu'il vit en faisant légèrement pivoter la tête du bout des doigts l'horrifia bien davantage.

La jeune femme, avec le scalpel sans doute, avait fait sauter le volet fraîchement cimenté sur son crâne et s'était arraché la plaque électrode. Une bouillie d'os et de méninge entourait l'ouverture, et la substance du cortex cérébral luisait à l'intérieur, comme une gelée grisâtre.

Visiblement – par quelque vain miracle – elle n'était pas morte en accomplissant ce geste insensé, et s'était achevée d'un coup de lame au travers de la gorge.

Le docteur fit glisser son regard vers la main gauche de la jeune femme. Les doigts de son poing fermé étaient entièrement couverts de sang, il n'y avait pas un seul petit bout de peau qui ne fût coloré de vermillon. Il s'approcha et força la main rigide à s'ouvrir. Dans la paume, il trouva ce qu'il cherchait : la minuscule plaque électrode, nappée du liquide poisseux.

Quand des bruits de pas approchèrent dans le couloir, les battements de son cœur s'affolèrent. Une ombre se dessina sur le sol blanc. Le docteur releva la tête.

L'homme au chapeau de feutre se tenait debout dans l'encadrement de la porte.

— Que s'est-il passé ? dit-il de sa voix grave et monocorde.

Le docteur se releva. Son pantalon blanc, à la hauteur des genoux, était maculé de sang.

— Elle s'est suicidée.

— Vous êtes sûr ?

— Je ne suis pas flic, mais oui, j'en suis quasiment sûr. Tout semble l'indiquer, malheureusement. Elle a arraché son implant, et elle s'est tranché la gorge.

L'homme avança dans la pièce pour venir voir le spectacle de plus près.

— Ce n'était pas prévu.

— Je... Je suis désolé. Je crois que nous sommes allés trop vite, monsieur. Je n'ai pas eu le temps de faire tous les tests neurologiques. L'opération a peut-être entraîné un dérèglement de la dopamine et de la sérotonine. Ce qui peut entraîner un état dépressif...

Je… Je ne sais pas, il faudrait que je fasse des analyses…

Il parlait précipitamment, comme terrifié par le regard de l'homme au chapeau.

— J'ai bien peur qu'il ne soit trop tard, mon ami. Elle est morte. Cela ne servirait plus à grand-chose.

— Je suis désolé, répéta le médecin.

Mais l'autre ne répondit pas. Il tourna les talons et quitta la pièce d'un pas calme, sans ajouter un seul mot.

Close your eyes

18

— Bonsoir, Emily.

— Bonsoir, répondit la jeune femme en regardant d'un air étonné le petit garçon qui tenait la main de Lola.

De l'autre côté du couloir, les deux agents fédéraux fumaient une cigarette à la fenêtre. Pas très légal, mais ils n'avaient pas le droit de quitter l'appartement des yeux. L'un d'eux, Turner, lançait des regards noirs en direction de Gallagher entre chaque bouffée. Il gardait sans doute un mauvais souvenir de la prétendue « promenade dans le parc » d'Emily et Lola.

— Je vous présente mon fils, Adam.

— Bonsoir, madame.

— Bonsoir, jeune homme.

— J'ai pris du chinois à emporter, annonça le détective Gallagher en montrant un sac en papier marron dans sa main. Vous aimez le chinois ?

— Je ne sais pas, répondit-elle en écartant les bras d'un air amusé. Entrez !

Lola et son fils s'installèrent dans le salon. La télévision était allumée, en sourdine, et rien n'avait changé dans l'appartement. Il ressemblait toujours à ces chambres d'appartement-hôtel un peu froides, pratiques, fonctionnelles, sans âme. Gallagher regretta de ne pas avoir pensé à amener des fleurs ou quelque chose...

— Alors, ça se passe bien à l'école, Adam ?

— Oui.

Emily sourit.

— C'est un peu idiot comme question, pardonne-moi. Tu as des frères et sœurs ?

— Non. Et vous ?

— Eh bien... À vrai dire... Je ne sais pas.

— Maman m'a dit que vous êtes amnésique.

— Oui.

— C'est... C'est bizarre, dit Adam en rougissant, prenant conscience que la remarque pouvait sembler déplacée.

La jeune femme sourit de nouveau, ce qui permit à Lola de penser que l'idée de venir avec son fils n'était sans doute pas si mauvaise que ça.

— Oui. C'est très bizarre, concéda Emily.

— J'ai du mal à imaginer. Vous ne vous souvenez de rien du tout ?

— Rien.

— Mais alors comment ça se fait que vous savez parler ?

Emily songea que, de la part d'un garçon de onze ans, la question ne manquait pas de pertinence.

— Eh bien... Les médecins m'ont expliqué pourquoi, mais c'est un peu compliqué. Il paraît que c'est normal. Mais il y a au moins un avantage : je n'ai pas de mauvais souvenirs !

— Ah oui. Ça doit être bien, ça !

— Et puis... Je peux faire des blagues.

— Quel genre ?

— Tu as vu les deux agents fédéraux sur le palier ? Je sais très bien comment ils s'appellent, maintenant. Mais chaque fois que je les vois, je fais semblant de ne pas m'en souvenir, et je leur donne un nom différent. Ils n'osent pas me contredire, ils font semblant... C'est très drôle.

Adam sourit à son tour.

— Et vous avez vu mon copain Arthur ?

— Arthur ? Le Dr Draken ? Oui, je l'ai vu.

— Je suis sûr qu'il peut vous aider, lui. Il est très très fort.

— Il a l'air.

— Maman ne lui fait pas confiance, mais...

— Adam ! le coupa Lola.

— Ben, c'est vrai ! se défendit le petit garçon. Tu lui fais pas confiance : tu veux pas qu'il continue à soigner Emily.

— C'est un peu plus compliqué que ça. Bon... Et si on mangeait ?

— Avec plaisir ! répondit Emily en se levant pour

238

aller chercher des assiettes et des couverts dans sa petite cuisine.

Ainsi, ils dînèrent tous les trois dans une ambiance détendue, Adam faisant une fois de plus la démonstration de son aisance à passer du temps avec des adultes. Sa présence apporta manifestement un peu de fraîcheur et de joie dans la journée d'Emily.

Quand, vers 22 heures, elle les reconduisit à la porte, la jeune femme, après une courte hésitation, lança d'un air gêné :

— Lola... Si un soir vous avez un souci pour faire garder Adam... je veux dire... si la baby-sitter n'est pas là, il peut venir ici. Je serais ravie de passer du temps avec lui. J'ai... J'ai du temps à revendre. J'aimerais bien pouvoir me rendre utile.

Adam, qui semblait enchanté par la perspective, leva les yeux vers sa mère.

— C'est très gentil, Emily. C'est une bonne idée. Il faut d'abord que j'en parle au procureur. Nous verrons...

Taking toll

239

19

Le jour ne s'était pas encore levé. Le gros SUV noir filait sur la chaussée glissante du Highway 202 qui serpentait entre la forêt rocailleuse et le lac. Ses phares dessinaient dans la nuit deux halos blancs, comme des comètes traversant les nuées. La brume qui flottait au-dessus de la route et les flocons qui tombaient sur le sol et les arbres donnaient à l'endroit des faux airs de Canada.

Depuis un quart d'heure au moins, il n'avait croisé aucune voiture, aucun camion. Aucune âme qui vive. L'endroit était idéal. Désert.

De l'autre côté du petit bras de terre qui traversait le lac, là où s'arrêtait le grillage qui longeait la route depuis des kilomètres, l'homme au chapeau de feutre décéléra lentement puis amena le 4 × 4 sur le bord de la route, dans une petite aire de repos cachée par les arbres.

Il éteignit le moteur, les phares, et attendit un instant.

Puis il enfila ses gants de cuir et sortit de la voiture.

Ses pieds s'enfonçaient dans la neige. Dans quelques heures, les traces seraient recouvertes de gros flocons. Dans quelques jours, elles auraient totalement disparu.

Il passa derrière le SUV et ouvrit le hayon.

Relevant le col de son long manteau, il regarda le

cadavre de la femme étendu dans le coffre, ligoté dans une épaisse couverture.

Sa mort était regrettable. Très regrettable. Beaucoup d'argent perdu. Mais cela faisait partie des risques et, de toute façon, elle n'avait pas réussi l'expérience.

Il aurait pu laisser à quelqu'un d'autre le soin de se débarrasser du corps. Mais il y avait eu trop d'erreurs ces derniers jours. Trop d'à-peu-près. Il était temps qu'il reprenne les choses en main.

Des petits nuages de fumée sortaient de sa bouche à chaque expiration. Il fit quelques gestes des bras pour se réchauffer, puis attrapa le cadavre dans le coffre et le hissa sur ses épaules. La femme, avec son corps d'athlète, n'était pas bien lourde. Il pouvait la maintenir d'une main contre son cou. De l'autre, il prit la petite pelle militaire pliable.

Il s'enfonça dans les bois au milieu des flocons.

Quand il estima être assez loin de la route – assez loin de tout –, il lâcha le corps par terre et commença à creuser.

L'exercice le réchauffa rapidement et, malgré le froid de l'hiver, il se mit même à transpirer. Mais il n'en aurait pas pour longtemps. Inutile de creuser trop profond. Ici, au milieu de nulle part, peu de chance qu'un marcheur la découvre.

Quand le trou fut juste assez grand pour recevoir un corps, il fit glisser le cadavre de la femme à l'intérieur.

Debout au-dessus d'elle, il hésita un instant, puis il enleva l'une des ficelles pour dégager son visage de la couverture.

Moins de douze heures après la mort, la rigidité cadavérique était à son intensité maximale et tout le corps avait pris une couleur violacée, plus marquée au niveau du cou, dont l'ouverture béante était devenue noire.

L'homme se pencha légèrement, prit la pelle à l'envers, la dressa au-dessus du visage et, soudain, frappa un grand coup avec le manche. Puis un second. Puis un troisième. De plus en plus fort, avec une rage silencieuse, mécanique.

À chaque fois qu'il frappait, on entendait le bruit des os qui se brisaient, et la face de la femme s'enfonçait de plus en plus. Quand il eut terminé, elle n'avait plus un aspect humain. Ce n'était plus qu'une bouillie de chair, de cervelle et de cartilage.

Quand il estima que cela suffisait, l'homme au chapeau reprit la pelle par le manche et commença à recouvrir le corps de terre.

The piper

20

À 8 h 59 du matin, ce jeudi-là, la queue était si longue devant le *Nintendo World* de New York que la 48e Rue, qui longeait la Rockefeller Plaza, était noire de monde. Certains – les premiers dans la file d'attente – étaient là depuis la veille et rangeaient les sacs de couchage et autres couvertures de survie dans lesquels ils avaient passé la nuit, malgré un thermomètre qui était descendu jusqu'à – 13 °C.

Dans une minute à peine, les portes allaient s'ouvrir, et les plus téméraires pourraient se procurer en avant-première le nouvel épisode des aventures de Mario, décliné sur toutes les consoles Nintendo. Une exclusivité mondiale, couverte par des chaînes de télé de toute la planète. Le service de sécurité s'attendait au pire.

Les grandes baies vitrées de la boutique de deux étages étincelaient sous les couleurs bigarrées des néons et des enseignes lumineuses de la marque. Plus les secondes passaient, plus la clameur grandissait dans la foule au-dehors. On se pressait, on se bousculait, on criait de plus en plus fort. Le long des trottoirs, les journalistes commentaient la scène devant leurs camionnettes surmontées d'antennes paraboliques.

Et puis soudain, les portes s'ouvrirent.

En quelques secondes à peine, la boutique fut envahie par les fans hystériques du petit plombier à la casquette rouge. La célèbre musique électronique du jeu d'arcade, diffusée dans tous les haut-parleurs de l'établissement, peinait à couvrir les hurlements de joie et d'impatience.

Derrière le grand comptoir où s'alignaient les vendeurs débordés, la mascotte était là, développant ses deux mètres de haut dans son élégante salopette bleue, et envoyait des baisers et des saluts chaleureux aux clients, de ses immenses gants blancs capitonnés. De temps en temps, ce Mario grandeur nature faisait mine de tirer sur les grosses moustaches noires qui se dressaient sous son nez à la phénoménale rondeur.

Un par un, les aficionados surexcités – et pas forcément les plus jeunes – venaient se faire prendre en photo dans ses bras, pour repartir aussi émus que s'ils avaient rencontré le dalaï-lama en personne.

Dans cette cohue carnavalesque, Tony Velazquez, accompagné par deux autres agents du 88ᵉ district, éprouva bien des difficultés à trouver le responsable du *Nintendo World*. L'homme se tenait en retrait, un talkie-walkie dans les mains, le regard visiblement inquiet.

— C'est vous le responsable ici ?

— J'en ai bien peur.

— Nous cherchons William Strongoni, expliqua le policier en montrant son badge du NYPD.

— Qu'est-ce qu'il se passe ?

— Nous avons besoin de lui parler.

— Ça ne va pas être commode.

— Pourquoi ?

— Il est là, répondit l'homme en tendant le doigt vers la mascotte.

L'instant d'après, l'employé qui se cachait à l'intérieur du costume de Mario – et qui avait dû surprendre la scène – repoussa la jeune fille qui était en train de poser près de lui et sauta de l'autre côté de la barrière de protection, sous le regard médusé des *gamers*.

La scène qui s'ensuivit dépassa quelque peu l'entendement : Mario, la casquette rouge bien calée sur sa grosse tête, se fraya violemment un chemin entre ses fans, les bousculant avec une violence indigne de sa réputation de plombier héroïque. Ici et là, il donnait à l'aveugle de grands coups sur les gens qui lui barraient la route, armé de l'énorme clef à pipe en plastique qui complétait son costume. La panique gagna

244

rapidement cette foule déjà électrisée par l'attente et le surpeuplement.

Velazquez et ses deux collègues se lancèrent à la poursuite du moustachu, se débattant au milieu d'une mer démontée de groupies en furie. Pressés, écrasés, les gens hurlaient et commençaient même à se battre.

Quand Mario arriva sur le trottoir, il avait les bretelles de sa salopette qui lui tombaient sur la bedaine, et il lui manquait un gant. Dans une course grotesque et désespérée, il traversa le boulevard en direction de la Cinquième Avenue. Mais Velazquez, l'arme au poing, le rattrapa sans peine quelques mètres avant le carrefour et se jeta sur lui de tout son poids. La mascotte s'écroula sur la chaussée maculée de boue neigeuse.

— Bouge pas, connard ! s'exclama le flic en collant le canon de son Glock 17 sous le nez démesuré de Mario.

L'homme à terre écarta les bras en signe de soumission.

— T'as bouffé trop de champignons, mon pote.

The line

21

Assis dans la salle d'interrogatoire, William Strongoni avait enlevé son énorme masque de Mario, mais il avait conservé le reste de son burlesque costume. Avachi, le corps flottant dans sa large salopette bleue rembourrée, il était en train de s'entretenir avec son avocat pendant que, dans la pièce d'à côté, Velazquez racontait à Lola et au capitaine Powell les circonstances surréalistes de l'arrestation.

— L'affaire ne devrait pas être longue à boucler. C'est bien lui, la Méduse. On a ses empreintes sur les cadavres des quatre agents immobiliers statufiés, et son emploi du temps concorde.

— Je connais bien cet enfoiré de Labrie, lâcha Lola en regardant l'avocat qui parlait tout bas à son client, de l'autre côté de la vitre. Il est très fort. Ce type aurait fait passer Adolf Hitler pour un bienfaiteur de l'humanité. Je me demande d'ailleurs comment Strongoni peut se payer un avocat de cette trempe.

— Il faut croire que Super Mario a le bras long, répliqua Velazquez.

— M'étonnerait que ce soit lui qui paie. Nintendo n'a sûrement pas envie d'un scandale, confirma Powell. Soyez prudents. Ils se jetteront sur le moindre vice de forme.

Quelques minutes plus tard, l'avocat sortit de la salle

d'interrogatoire avec un air serein. Lola vint aussitôt à sa rencontre.

— On peut reprendre l'interrogatoire ?

— Bien sûr, mais, en accord avec le procureur, j'ai fait une demande d'évaluation du MSO[1].

La détective soupira d'un air agacé.

— Jouez pas au con, Labrie ! Ce type est en parfaite possession de ses moyens ! Il a froidement tué quatre agents immobiliers, de façon préméditée.

— J'ai bien peur que ce ne soit pas à vous d'en juger, Gallagher. Nous verrons bien ce qu'en dit le psychiatre.

Lola fronça les sourcils.

— Quel psychiatre ?

— Eh bien... Le Dr Draken. Il paraît que c'est une pointure en psychiatrie médico-légale. Et il me semble que vous avez l'habitude de travailler avec lui, non ?

Le détective ne se donna pas la peine de répondre à cette question toute rhétorique. Draken avait beau être son meilleur ami, quelque chose lui disait que ce n'était pas une bonne nouvelle.

Soudain, l'expression changea sur son visage, et un sourire narquois se dessina au bord de ses lèvres.

— Je ne voudrais pas vous décevoir, Labrie, mais je pense que vous allez devoir en trouver un autre. Car, en effet, je connais très bien Draken, et je sais une chose à son sujet : Arthur Draken ne travaille jamais, je dis bien *jamais*, le jeudi matin.

Labrie répondit à son tour par un sourire.

— Je sais. Il vient de me confirmer par texto qu'il

---

1. *Mental State at the Time of the Offence* : état psychiatrique de l'accusé au moment du crime.

arriverait à midi. Ça ne vous dérange pas d'attendre, n'est-ce pas ? Je me boirais bien un petit café, moi…

Lola repartit vers son bureau, incapable de masquer son énervement. Maître Labrie était fidèle à sa réputation. Un parfait emmerdeur.

À 12 h 08 précisément, Arthur Draken entrait dans les locaux du 88ᵉ district. Le capitaine, en présence de l'avocat, lui fit un compte rendu de la situation, lui exposa les faits, puis le conduisit vers la salle d'interrogatoire où Strongoni attendait toujours dans son costume de Mario.

Lola, qui avait attendu patiemment devant la porte pendant le briefing du psychiatre, l'attrapa par l'épaule avant qu'il entre à l'intérieur.

— Sois pas con, Arthur, lui glissa-t-elle à l'oreille. Viens pas foutre la merde dans mon enquête. Ce type est un meurtrier, point final.

Draken, pour toute forme de réponse, lui adressa un sourire amusé, puis il s'enferma avec Strongoni.

L'évaluation, qui consistait en trois entretiens successifs (le premier concernant les antécédents du suspect, le second, son état au moment du ou des crimes, et le troisième, son état actuel), dura une bonne partie de l'après-midi. Assise à son bureau, Lola observait de loin le petit manège de Draken, qui sortait régulièrement de la salle d'interrogatoire pour aller – en bon fumeur compulsif – s'allumer une cigarette ou chercher un café, papoter avec les agents qu'il connaissait, de préférence les femmes…

Vers la fin de l'après-midi, le psychiatre se rendit directement dans le bureau du capitaine. Lola n'attendit pas qu'on l'y invite et les rejoignit aussitôt.

— Alors ?

Draken, d'un air faussement distrait, les mains au fond des poches, faisait mine d'admirer le bureau de Samuel Powell.

— C'est bien rangé, dites-moi ! J'ai rarement vu si peu de paperasse, ici. On voit que Noël est passé. Vous avez fait l'inventaire ?

— Arthur ! le pressa Lola.

— Quoi ?

Elle secoua la tête.

— Comment ça s'est passé ?

— Ah ! Ça ! Eh bien, vous aurez mon rapport en même temps que le procureur et l'avocat.

— Faites pas votre malin, Draken ! intervint Powell. Vous en avez pensé quoi ?

— J'en ai pensé que je suis bien gentil de venir encore bosser pour le NYPD avec toutes les factures en retard que vous me devez.

— Vous allez être payé, docteur. J'ai relancé le service comptable. Mais Strongoni ? insista le capitaine en essayant de garder son calme. Vous en avez pensé quoi ?

— Eh bien, comme je vous le disais : vous verrez tout ça dans mon rapport.

— Je te préviens, Arthur, si le type s'en sort avec un NGRI[1], je te tue.

— Et tu plaideras la folie à ton propre procès ? répliqua le psychiatre en souriant.

— Tu fais chier !

Draken écarta les mains d'un air innocent.

— Je fais juste consciencieusement mon boulot.

---

1. *Not guilty by reason of insanity* : non-lieu pour cause de trouble psychique.

Capitaine, détective, c'est toujours un plaisir de fréquenter votre établissement, dit-il finalement en mimant une révérence.

Lola le suivit à l'extérieur du bureau.

— J'étais sûre que t'allais nous faire chier, dit-elle en venant se mettre en travers de son chemin. C'est à cause d'Emily, c'est ça ?

— Tu dois me laisser continuer les séances avec elle.

— C'est hors de question !

— Alors, tant pis.

— Je n'aime pas du tout ce chantage, Arthur !

— Quel chantage ?

— Tu crois que je vais te laisser voir Emily juste pour que tu fasses un rapport sur Strongoni qui va dans notre sens ? Tu te trompes ! Je m'en fous de Super Mario !

— Oh ! Me soupçonnerais-tu de ne pas être impartial dans mes rapports psychiatriques ? Ce serait une grave faute déontologique !

— C'est pas ça qui t'arrête, apparemment !

Draken la dévisagea un instant, avant de conclure :

— Tu as mauvaise mine, Lola.

Dear lady

— Ça me fait plaisir que tu viennes ici, Adam !

Emily embrassa le jeune garçon que la baby-sitter venait de déposer chez elle, à la demande de Lola.

— Moi aussi.

— Viens, je t'ai préparé un chocolat chaud. Mon petit doigt m'a dit que tu aimais bien le chocolat chaud.

Adam acquiesça, et ils s'installèrent à la table de la salle à manger, sur laquelle était disposé un grand puzzle en cours de construction.

— C'est quoi ?

— C'est un tableau d'Édouard Manet, un peintre français. Ça s'appelle *Le Déjeuner sur l'herbe*.

— Ils font souvent des déjeuners tout nus, les Français ? demanda le garçon en souriant.

— Je ne sais pas. Tu as raison, c'est un peu bizarre. Tu aimes bien les puzzles ?

— Oui. Arthur en a plein, chez lui. Il adore ça, et puis les casse-tête.

— C'est justement lui qui m'a conseillé de faire des puzzles. Il paraît que c'est bon pour moi. Tu veux m'aider ?

Adam accepta avec plaisir et ils passèrent un long moment à placer les pièces ensemble sur le bucolique tableau de Manet. Le courant passait si bien entre eux qu'ils semblaient se connaître depuis longtemps. Très

vite, ils se mirent à rire et à plaisanter. Le jeune garçon, d'ordinaire si réservé, semblait particulièrement à
l'aise avec cette femme sans passé.

— Comment tu sais que c'est un peintre français,
si tu as perdu la mémoire ? glissa-t-il soudain d'un
air intrigué.

Emily sourit et lui désigna la boîte du puzzle.

— D'abord, c'est écrit au dos ! Et puis, tu sais, ce
genre de choses, je ne les ai pas oubliées. C'est seulement les souvenirs personnels...

— Ah ! C'est déjà mieux que rien !

— Je ne sais pas. En fait, je crois que je préférerais
le contraire. Je m'en fiche un peu de me souvenir du
nom des peintres et des présidents... J'aimerais mieux
me souvenir des choses qui me concernent, moi.

— Quoi, par exemple ?

Emily haussa les épaules.

— Je ne sais pas... Par exemple, si ça se trouve,
j'ai des enfants. J'ai peut-être un fils de ton âge, dit-
elle d'une voix qui masquait mal sa peine.

Un silence s'ensuivit, qui n'était pas vraiment de
gêne, mais plutôt de compassion. Adam trouva soudain
l'emplacement pour la pièce de puzzle qu'il tenait dans
les mains depuis un long moment.

— Moi, il y a des choses de mon passé que j'aimerais bien avoir oubliées.

Emily lui adressa un sourire triste.

— Vraiment ? Quoi ?

— Des histoires entre mon papa et ma maman. Toi,
tu te souviens pas de tes parents, alors ?

— Non. Mais tu vois, il y a une chose bizarre :
depuis que j'ai vu le docteur Draken, j'ai une sorte
de souvenir qui m'est revenu...

— Quoi ?

— Une comptine. Je ne peux pas en être sûre, mais je crois que c'est une comptine que me chantait ma maman quand j'étais petite.

— Tu veux bien me la chanter ?

— Oh ! Je ne chante pas très bien !

— C'est pas grave !

— D'accord…

Tout en continuant à disposer les pièces du puzzle, Emily se mit à chanter doucement quelques bribes de cette comptine. Par moments, quand les paroles lui échappaient, elle faisait un geste désolé et passait au couplet suivant. C'était une histoire très triste, avec une mélodie mélancolique, qui racontait l'histoire d'un père et de son jeune enfant, après la mort de son épouse…

— Eh bien ! C'est pas joyeux, comme chanson ! plaisanta Adam quand Emily eut terminé. Mais elle est très jolie.

Au même moment, on sonna à la porte de l'appartement. La jeune femme partit ouvrir. Elle ne put cacher sa surprise en voyant Draken apparaître dans l'encadrement de la porte.

— Arthur ! s'exclama Adam en se levant et en courant vers l'entrée pour embrasser le psychiatre avant même que celui-ci ait eu le temps de dire bonjour.

— Tiens, tu es là, toi ? Qu'est-ce que vous manigancez, tous les deux ?

— C'est Emily qui me garde, ce soir. On fait un puzzle !

Draken se tourna vers la jeune femme.

— Vous jouez la baby-sitter ? C'est un conseil du médecin ?

— À la base, c'est moi qui ai proposé à Lola de

garder Adam si elle avait besoin. Le médecin a dit que c'était une bonne idée.

— Les médecins sont des imbéciles.

— Ce n'est pas une bonne idée ?

— Si, mais les médecins sont quand même des imbéciles.

Emily secoua la tête. Après la séance d'hypnose sous sérum, elle avait presque oublié le caractère singulier du personnage.

— Vous voulez boire quelque chose ?

— Oh, non… Je ne faisais que passer. Je voulais juste prendre des nouvelles.

— Oh ! S'il te plaît ! intervint Adam en l'attrapant par le bras. Reste un peu !

Draken interrogea Emily du regard. Celle-ci haussa les épaules en souriant.

— Bon. D'accord. Mais dix minutes, pas plus.

La jeune femme referma la porte derrière le psychiatre.

— Je vous sers un jus d'orange, comme la dernière fois ?

— Vous plaisantez ? Vu l'heure, ce sera plutôt un verre de cette bouteille qui vous sert de whisky. Sans glace.

Emily disparut dans la cuisine pendant qu'Adam traînait son ami jusqu'à la table de la salle à manger.

— Regarde ! dit-il fièrement. C'est un tableau de Manet, un peintre français. On en est presque à la moitié.

Draken hocha la tête en prenant place.

— Ah… *Le Déjeuner sur l'herbe*. Intéressant.

— Pourquoi la dame déjeune dehors toute nue ? Ils font souvent ça, en France ?

— Pas que je sache... Elle vient de se baigner dans la rivière que tu vois en arrière-plan, là, dans laquelle se baigne encore une autre femme. Je pense que Manet a simplement voulu faire un peu de provocation. C'est un tableau qui date du XIXe siècle. Les gens étaient très puritains à l'époque. Remarque... ils le sont toujours aujourd'hui. En tout cas, son tableau a fait scandale.

— Il est plutôt joli.

— Je trouve aussi.

— Bon, tu m'aides ?

— Certainement pas. Je te laisse le faire avec Emily. C'est votre puzzle. Le meilleur moyen de vous aider, c'est de ne pas le faire.

La jeune femme réapparut dans la pièce et tendit au psychiatre son verre de single malt.

— Alors, comment vous sentez-vous, Emily ?

— Amnésique.

— Alors, comment vous sentez-vous, Emily ? répéta Draken exactement sur le même ton.

La jeune femme sourit en comprenant la plaisanterie.

Le médecin lui avait enlevé son bandage. Elle ne portait plus qu'un pansement sur le côté gauche du front. Elle avait repris des couleurs, perdu ses cernes, et son sourire adoucissait son visage anguleux.

— Pour l'instant, ça va, mais je sens que je vais rapidement en avoir assez de rester enfermée ici... Heureusement que des gens comme Adam et vous viennent me voir de temps en temps. Ce n'est pas que les deux agents fédéraux manquent de conversation, mais...

— Je pense que le procureur vous donnera bientôt l'autorisation de sortir toute seule. Vous vous rétablissez bien plus vite qu'on ne pouvait l'imaginer. Vous avez une mine superbe.

— N'exagérons rien.

— Et si Lola accepte que vous reveniez me voir, ça vous fera des sorties.

— Je ne suis pas sûre que ce soit elle qui refuse... Cela vient peut-être du procureur.

— Peut-être.

— Non ! intervint Adam, accoudé sur la table au-dessus du puzzle. C'est maman qui veut pas. Elle est méchante.

— Occupe-toi de ton puzzle au lieu de dire des bêtises, rétorqua Draken. Ta mère n'est pas méchante. Elle est opiniâtre, c'est différent.

— Ça veut dire quoi, opiniâtre ?

— Tu n'as qu'à chercher dans le dictionnaire.

Le jeune garçon se renfrogna.

Draken regarda longuement Emily, d'un air dubitatif.

— C'est vous qui avez choisi ce tableau de Manet ?

— Oui. Un peu au hasard. Pourquoi ?

— Intéressant...

Emily fronça les sourcils.

— Mais encore ?

Le psychiatre avala une gorgée de whisky.

— Oh, je ne sais pas... Cette femme entièrement nue, entièrement dépouillée... Pas d'habit, pas d'apparat, pas de bagage, en somme.

— Comme une amnésique, vous voulez dire ?

— C'est le seul personnage qui nous regarde directement. Le seul qui nous interroge. L'absence de travail sur la perspective, aussi, est intéressante. Ce qui est loin s'imbrique dans ce qui est près. Comme si le passé et le présent se mélangeaient. L'éclairage, enfin, m'interpelle. D'ordinaire, dans ce genre de peinture, le premier plan est le plus lumineux. Dans celui-ci, c'est l'inverse. Le premier plan est plus sombre. La lumière est au fond, sur ce qui est loin, derrière cette seconde femme qui sort de la rivière… Vous vous souvenez que, lors de notre séance, vous avez parlé d'une femme qui se tenait debout dans une rivière ?

— Oui, vaguement… Vous aimez jouer au critique d'art ?

— J'ai un faible pour la peinture. Et puis, décoder les images, c'est mon métier, Emily.

— Vous avez décodé ce que je vous ai dit sous hypnose ?

— J'ai commencé…

La sonnerie de la porte d'entrée vint interrompre leur conversation. Emily regarda sa montre.

— Ça doit être ta maman, Adam.

Draken mima une grimace d'enfant pris la main dans le sac, et la jeune femme partit ouvrir.

Le sourire que Lola affichait à l'ouverture de la porte ne fut que de courte durée. Dès qu'elle aperçut le psychiatre assis à la table, une ombre passa sur son visage.

— Qu'est-ce que tu fais là, Arthur ?

— Je suis venu prendre des nouvelles de ma patiente.

— Ce n'est pas *ta* patiente. Et tu n'es pas censé être en train de rédiger un rapport ?

— Si. D'ailleurs, je partais, justement…

Draken termina son verre de whisky d'une seule gorgée, embrassa Adam, salua les deux femmes et quitta l'appartement d'un pas théâtral.

Lola jeta un coup d'œil au puzzle sur la table, puis regarda à nouveau Emily.

— C'est vous qui lui avez dit de venir ?

— Non. Il est vraiment venu prendre des nouvelles. Cela vous dérange ?

Gallagher soupira.

— Non... Non, je suis désolée, je suis un peu tendue en ce moment, et Draken n'arrête pas de me contrarier.

— Lola... J'ai beau être amnésique, je suis quand même une grande fille, vous savez. Et je vous assure que votre ami m'a fait du bien. En une seule séance, il a déjà débloqué une ou deux choses dans ma tête. Pour tout vous dire, j'aimerais beaucoup en refaire d'autres.

— Oui, maman ! Tu dois laisser Arthur aider Emily !

La détective grimaça.

— C'est une véritable cabale, on dirait !

— Maman, c'est parce que tu es trop opiniâtre.

Change the road

23

Ben Mitchell caressa du bout des doigts les feuilles dentées de la fleur de datura. La surface accrocha son épiderme. Pas assez grasse. Il glissa plus bas vers la longue tige fourchue. Elle était lisse, mais il pouvait tout de même constater, au toucher, qu'elle manquait d'eau.

Quand il se promenait dans l'Institut de neurologie

de l'université de Columbia, le professeur n'avait pas besoin de sa canne. Il connaissait les lieux par cœur. À vrai dire, il avait même la cartographie complète des différents bâtiments de l'université gravée dans son esprit.

Atteint d'une rétinite pigmentaire, le chercheur en neurophysiologie n'avait perdu définitivement la vue qu'en 2005, à l'âge de quarante et un ans. Et même si, les dernières années, sa vision avait été déjà très endommagée, il avait passé toute sa vie d'adulte dans ces locaux de Washington Heights, au nord de Manhattan, tel un éternel étudiant, si bien qu'il pouvait en décrire avec précision le moindre recoin.

C'étaient les jardins qui avaient sa préférence. Depuis que l'université s'était inscrite dans un programme pour la conservation de l'environnement, un soin tout particulier était porté aux différents espaces verts du campus de science médicale. Une goutte d'eau dans l'océan, mais tout était histoire de symbole. Des serres avaient même été installées à quelques pas de la bibliothèque, dont pouvaient profiter les enseignants et étudiants de l'Institut. Et le petit carré dans lequel s'attardait maintenant Ben Mitchell lui était tout spécialement réservé. De nombreuses plaisanteries couraient au sujet de ce que pouvait y cultiver le professeur, dont la sympathie passée pour les thèses de Timothy Leary[1] n'était un mystère pour personne.

La plupart, toutefois, ignoraient que ces plaisanteries étaient bien en dessous de la réalité.

_____

1. Neuropsychologue américain qui milita, principalement dans les milieux universitaires, pour l'utilisation scientifique des psychédéliques, et notamment du LSD.

À tâtons, Mitchell chercha la petite molette qui régulait l'arrosage de ses plantes et la fit tourner de quelques millimètres vers la droite. Chaque jour, il venait méticuleusement veiller à leur soin.

Il sortit une paire de ciseaux de son vieux sac en cuir, coupa quelques fleurs sur la pousse la plus fournie et les glissa dans un petit sachet en plastique.

De tous les ingrédients qu'il devait utiliser, celui-ci était certainement le plus important. Sa concentration en scopolamine en faisait un agent psychotrope précieux, connu depuis la nuit des temps. Les hindous le considéraient même comme sacré, et la plupart des sculptures de Shiva le représentaient avec des fleurs de datura éparpillées dans sa chevelure. Mitchell conservait chez lui une petite statuette du dieu aux yeux mi-clos. Souvent, il la caressait comme pour ne jamais oublier sa silhouette.

Sacrée, la plante l'était pour lui aussi.

Car Draken avait à nouveau besoin de sérum.

De beaucoup de sérum.

The line

24

Lola arriva en nage dans le cabinet du Dr Mark Williams. Elle avait traversé la ville en un temps record. Quand elle vit la mine de son frère, son cœur se resserra. Chris était en train de se rhabiller. Il était plus blanc que la neige qui tombait encore sur New York.

— Qu'est-ce qui s'est passé ?

— Ton frère a eu un petit malaise, expliqua le médecin.

Elle s'approcha de Chris et lui caressa l'épaule d'un geste un peu gauche, comme si elle avait peur de l'infantiliser.

— Tu aurais dû venir voir Mark beaucoup plus tôt !

— C'est ce que je viens de lui dire, confirma le médecin. Mais ne t'en fais pas, Lola, ton frère ne sortira pas de ce cabinet tant que nous n'aurons pas pris rendez-vous avec le cancérologue. Il faut commencer la chimio rapidement.

— Génial ! ironisa Chris en finissant de boutonner sa chemise.

— Je comprends tes réticences. La chimio fait toujours un peu peur, à cause des effets secondaires. Mais on n'a pas d'autre option, Chris. Ton état s'aggrave de jour en jour. Tu craches du sang, tu fais des malaises…

— Me gaver de médocs pour repousser l'inéluctable... Je ne suis pas sûr d'avoir envie.

— Ne sois pas con ! intervint Lola. Le crâne chauve, tu vas faire un malheur dans Chelsea.

Le graphiste répondit d'un hochement de tête dubitatif, l'air de dire : « Désolé, petite sœur, mais j'ai un peu perdu le sens de l'humour. »

Elle s'approcha encore et le serra dans ses bras.

— Tu veux venir t'installer chez moi ?

— Dans ton deux-pièces minuscule ? Tu plaisantes, j'espère ? C'est hors de question. Je veux bien aller faire cette putain de chimio pour vous faire plaisir, mais je tiens à continuer à vivre normalement.

— Tu peux vivre *normalement* chez moi.

— Non.

Le Dr Williams secoua la tête d'un air amusé en les regardant tous les deux.

— Aussi têtus l'un que l'autre !

— On est irlandais...

25

Retenue par la visite chez le Dr Williams, Lola était arrivée avec une heure de retard pour déposer Emily chez Draken.

— J'ai bien cru que tu avais changé d'avis, lâcha le psychiatre en leur ouvrant la porte.

Le procureur avait donc finalement donné son accord pour de nouvelles séances d'hypnose.

Le rapport du psychiatre concernant Super Mario, *alias* La Méduse, avait laissé peu de place à un éventuel non-lieu pour cause de trouble psychique. Draken n'avait pas triché. Lola avait préféré ne pas voir dans la décision du procureur un lien de cause à effet... Mais Arthur avait, comme souvent, obtenu ce qu'il voulait.

— Je reviens la chercher dans une demi-heure. Vous n'avez pas une minute de plus.

Arthur se retint de lui répondre qu'il n'en avait besoin que de sept exactement. Lola était parfaitement consciente que son ami allait utiliser le sérum, mais elle préférait probablement ne pas être mise « officiellement » au courant. Si les choses tournaient mal, elle pourrait prétendre ne pas avoir été informée.

Le détective dévisagea longuement Draken, comme pour lui signifier qu'elle le tenait à l'œil, puis elle se tourna vers Ben Mitchell qui, comme à son habitude, se tenait silencieux dans un coin du cabinet. Décidément, ce professeur hirsute ne lui inspirait aucune confiance. Il lui donnait presque la chair de poule.

— Pas de conneries, hein ?

Elle adressa un dernier regard à Emily avant de sortir. À sa façon de claquer la porte derrière elle, on pouvait mesurer son mécontentement.

Draken s'approcha de la blonde.

— Comment vous sentez-vous ?

Emily haussa les épaules.

— Là, tout de suite, un peu angoissée. Mais dans l'ensemble, ça va mieux.

Debout devant l'entrée, se tenant le coude gauche de la main droite, hésitante, elle ressemblait à une jeune étudiante intimidée. Son regard glissait sur les nombreux objets qui décoraient les lieux, casse-tête et autres tableaux représentant des illusions d'optique.

— On y va ?

Elle hocha la tête et suivit les deux hommes de l'autre côté de la porte blindée, en passant sous la devise de Nietzsche.

Comme si c'était devenu une habitude, elle partit d'elle-même s'asseoir dans le fauteuil et enleva son pull afin qu'on puisse lui installer les différents appareils de monitoring. Draken l'observa avec satisfaction.

Un peu moins désorientée qu'elle ne l'avait été lors de la première séance, elle put, quant à elle, faire davantage attention aux attitudes des deux hommes. La précision de leurs gestes et l'ordre rigoureux dans lequel ils effectuaient chacune des manipulations donnaient l'impression d'un rituel. D'une mise en scène, presque. La valise qui contenait l'aiguille et les flacons de sérum, le sablier, le carnet de croquis, la caméra vidéo… Rien n'était laissé au hasard.

Quand le psychiatre prononça les premières paroles, Emily était presque déjà en état d'hypnose :

— Détendez-vous. Détendez-vous et laissez votre conscience s'ouvrir et vous guider. Le sérum que nous venons de vous injecter facilite l'induction hypnotique. Il ne change rien à qui vous êtes, il n'altère en rien votre personnalité, ni votre volonté, mais il vous débarrasse de ce qui vous éloigne de votre conscience…

26

— *Je suis de nouveau dans un train.*

— *Le petit train fantôme ?*

— *Non, un vrai train. Un vieux train à vapeur. Dehors, il fait nuit noire et il y a un orage dont les grondements se confondent avec le bruit des roues sur les rails. Il est tard. La plupart des voyageurs sont partis dormir dans le wagon-lit.*

— *Pas vous ?*

— *Non. Je suis restée sur la banquette. La tête collée à la vitre, je regarde l'orage dehors et la pluie qui tombe.*

— *Vous êtes seule ?*

— *Non. Pas tout à fait. Quelques rangs devant moi, il y a un homme.*

— *Comment est-il, cet homme ?*

— *Il a l'air triste, comme moi. Il a la tête baissée, rentrée dans les épaules. Il doit avoir trente ans à peine. Il tient un bébé dans ses bras. Le bébé pleure. Il pleure sans cesse, très fort.*

— *Que ressentez-vous ?*

— *J'ai pitié pour ce pauvre père, et ce pauvre bébé. Je voudrais les aider.*

— *Pourquoi ne le faites-vous pas ?*

— *Parce qu'il y a un autre homme qui entre dans le wagon et qui me fait peur. Il a un chapeau sur la tête. Il a l'air mauvais. Il regarde le père et lui demande de faire taire son bébé. Et puis un autre homme apparaît derrière lui, qui porte un chapeau lui aussi, et qui dit : « Faites taire cet enfant ! On a payé pour être tranquilles dans ce train ! Faites-le taire ! » Le père serre le bébé contre lui, le berce, pour essayer de le calmer, mais rien n'y fait. Un à un, tous les passagers viennent se plaindre du bruit. Alors je me lève, je vais voir ce pauvre homme et je lui demande où est la mère de l'enfant. Peut-être a-t-il faim ? Peut-être a-t-il besoin de téter ? L'homme lève les yeux vers moi. Il pleure. Il me regarde et il pleure.*

— *Pourquoi ?*

— *Il pleure parce que sa femme est morte. Elle vient de mourir, et son corps repose dans un cercueil, quelques wagons plus loin.*

Change the road

27

Quand Lola revint dans le cabinet de Draken, elle trouva Emily en pleurs sur le divan du psychiatre. La mine défaite, les cheveux ébouriffés, la jeune femme semblait bouleversée, terrifiée.

Arthur, assis près d'elle, lui tenait la main.

— Ça s'est mal passé ? demanda aussitôt le détective d'un air inquiet.

— Non, répliqua Ben Mitchell, de l'autre côté du cabinet. Au contraire. Sinon, elle ne serait pas aussi émue.

Le détective s'efforça de retrouver son calme.

— Venez, Emily, nous allons retourner dans votre appartement. Ça va vous faire du bien de prendre l'air.

— Je… Je n'ai pas envie de sortir tout de suite, répondit-elle entre deux sanglots.

Lola et Draken échangèrent un regard.

— Tu crois que tu peux me laisser un peu tout seul avec elle ? demanda le psychiatre.

La rousse fit une grimace.

— Je promets de la ramener dans son appartement dans une heure, insista-t-il. Je crois qu'Emily a besoin de parler un petit peu. On a bien avancé, mais on ne peut pas lui faire des séances d'hypnose et la lâcher comme ça dans la nature.

Lola tourna la tête vers la jeune femme dont les pleurs s'étaient calmés.

— Qu'est-ce que vous en dites, Emily ?

La blonde essuya ses larmes d'un revers de manche.

— Je crois qu'Arthur a raison. J'aimerais parler un peu avec lui.

— Vous êtes sûre ?

— Oui. J'en ai besoin.

— Très bien, céda la détective. Vous m'enverrez un message pour me confirmer que vous êtes bien rentrée chez vous.

Gallagher se leva et, s'adressant à Ben Mitchell :

— Je vous dépose quelque part ?

Le professeur fut étonné par la proposition, mais il accepta volontiers. Ils sortirent ensemble du cabinet.

Une fois en bas de l'immeuble, Lola aida le neurophysiologiste à entrer dans la Chevrolet, puis ils se mirent en route vers l'Institut de l'université de Columbia.

— C'est vous qui avez inventé le sérum, n'est-ce pas ?

— On ne peut rien vous cacher, détective.

Dehors, la neige tombait encore, drapant Brooklyn d'un épais manteau blanc. L'hiver semblait ne jamais vouloir finir.

— Comment avez-vous rencontré Arthur ?

— Il ne vous a jamais raconté ?

— Non. En ce qui concerne votre petite invention, il est toujours resté très… discret.

Cela sembla amuser le professeur.

— En mai 2010, quand j'ai fini de mettre au point le sérum, j'ai cherché le meilleur psychiatre spécialisé dans la thérapie par l'hypnose. Draken a tout de suite été intéressé par mes recherches.

— Qu'est-ce qui vous a amené à travailler sur l'hypnose ? C'est un peu étrange, pour un neurophysiologiste, non ?

— Pas du tout. L'hypnose est intimement liée à la neurophysiologie, au fonctionnement du système nerveux. L'altération de l'état de conscience et les moyens qui permettent d'y parvenir sont des sujets qui m'ont toujours intéressé. Toutes mes recherches vont dans ce sens.

Lola hocha la tête, comme si Mitchell avait pu la voir. Derrière ses titres de grand scientifique, le type collait bien à son image de gourou hippie.

— Et comment il marche, votre sérum ?

— Vous êtes sûre de vouloir que je vous explique ?

— Vous pensez que je ne suis pas capable de comprendre ? Aussi étonnant que ça puisse paraître pour un flic, j'ai une formation scientifique, monsieur Mitchell. Un homme comme vous devrait se méfier des idées reçues.

— Soit. C'est un produit, ou plutôt un ensemble de produits qui facilitent l'induction hypnotique. Ils inhibent l'activité du cortex cingulaire antérieur, une aire du cerveau très importante pour atteindre l'état hypnotique. Résultat, l'hypnose du patient est beaucoup plus profonde qu'avec les méthodes d'induction traditionnelles.

— En gros, vous jouez avec le cerveau des gens.

— Non. Nous aidons les gens à jouer avec leur cerveau, ce n'est pas tout à fait la même chose. Avec notre sérum, certes, la modification de l'état de conscience nécessaire est plus rapide, plus efficace, mais cela passe toujours par la seule volonté du patient d'entrer dans un état hypnotique.

— Si vous le dites…

— C'est surtout une technique qui va permettre d'aider beaucoup de gens, comme Emily. La fabrication d'images que recherche Draken dans ses séances n'est possible que dans un état hypnotique profond. On obtient alors des effets qui s'assimilent à l'hallucination et au somnambulisme, et qui permettent ce qu'on appelle l'hypermnésie.

— C'est-à-dire ?

— La capacité à retrouver des souvenirs précis, anciens, oubliés. En l'occurrence, c'est ce que vous cherchez, non ?

— Pas à n'importe quel prix. Votre sérum a montré, par le passé, qu'il pouvait être dangereux.

— Nous étions au tout début de nos recherches, détective. Nous en connaissons les dangers, maintenant. Nous savons quelle est la dose maximum que nous pouvons injecter au patient. Nous ne dépassons jamais sept minutes de séance.

— Sept minutes pour retrouver son passé. C'est court.

— En état d'hypnose, il peut se passer bien des choses, en sept minutes…

Dear lady

270

28

Draken avait passé près d'une heure à rassurer Emily sur les émotions vives et confuses que lui avait procurées la séance d'hypnose. Pour la première fois, il avait laissé de côté son habituel caractère provocateur et s'était montré authentiquement chaleureux.

Calmement, sans cesser de lui tenir la main, il l'avait aidée à sortir de la vision qui la hantait encore.

Ce bébé qu'elle avait décrit sous hypnose n'était pas forcément elle. Ce père veuf n'était pas forcément le sien.

Les épisodes de reviviscence n'étaient pas toujours à prendre au premier degré, avait expliqué le psychiatre. Comme les rêves, ils pouvaient donner lieu à une interprétation approfondie, complexe. Et cette interprétation, c'était son travail, à lui.

Il lui montra les différents dessins qu'il avait effectués pendant les séances. Il lui expliqua la manière dont il procédait pour les relier entre eux. Les modifier au fil des consultations. La richesse des visions d'Emily était plutôt une bonne nouvelle : elle prouvait que la jeune femme serait en mesure, progressivement, de reconnecter dans son inconscient toutes ces choses qui avaient été dissociées par son traumatisme.

Quand, en début de soirée, ils arrivèrent devant

l'appartement du WITSEC, Emily se sentait déjà beaucoup mieux. Elle avait retrouvé une forme de sérénité, et même un peu de légèreté.

— Vous montez boire un verre ?

Le psychiatre pencha la tête d'un air amusé.

— Visiblement, certains rituels sociaux sont encore bien ancrés dans vos souvenirs, Emily.

— Quels rituels ?

Draken se contenta de hausser un sourcil.

— Bon, vous voulez monter, oui ou non ? insista la jeune femme.

— Vous pensez qu'avoir des rapports sexuels avec votre psychiatre pourrait vous aider à retrouver la mémoire ?

Emily sourit à son tour. Elle commençait à bien connaître les provocations de Draken. À les apprécier, même. Elle ne se laissa pas intimider.

— Pourquoi ? Vous avez peur de coucher avec une amnésique ? rétorqua-t-elle sur le même ton.

Une demi-heure plus tard, il lui prouva que non.

Whispering wind

29

Quatre hommes et deux femmes se tenaient debout, alignés, au milieu d'une grande pièce située dans le sous-sol du Centre. Carrelée de blanc du sol au plafond, elle était entièrement vide, à l'exception d'une étroite table métallique qui leur faisait face et sur laquelle reposait un simple coffret en bois sombre.

Ils avaient à peu près le même âge, de trente à trente-cinq ans, la même corpulence, et ils ressemblaient à six candidats attendant fébrilement les résultats d'un examen. Depuis qu'ils étaient entrés dans cette salle froide et sans fenêtre, aucun n'avait prononcé la moindre parole. Ils se savaient écoutés. Une petite caméra de surveillance était perchée dans chacun des quatre coins du plafond et il y avait probablement des micros cachés dans les murs.

Alors ils étaient là, mal à leur aise, comme amorphes, fuyant le regard des autres dans ce silence de plus en plus gênant. De plus en plus angoissant.

Et puis, soudain, un ordre claqua, transmis par un petit haut-parleur près de la porte d'entrée. Les paroles résonnèrent entre les quatre murs blancs.

— Numéro 3 et Numéro 6, avancez-vous.

Il y eut un moment d'hésitation, puis deux des six candidats firent quelques pas en avant. Un homme et une femme. Le premier se racla la gorge, d'un air embarrassé. Il boitait. L'opération de ses jambes s'était bien passée, mais il lui faudrait quelques jours avant de marcher de nouveau normalement.

— Allez ouvrir la boîte et suivez les instructions.

Toujours sans avoir dit le moindre mot, ils obéirent et lurent côte à côte le petit papier qu'ils avaient trouvé à l'intérieur.

Quand leur lecture fut finie, ils se regardèrent. Une lueur de perplexité parcourut leurs deux visages. Une incertitude. Quelque chose comme de la peur. Et puis, dans un geste à peu près identique, ils plongèrent chacun une main dans la boîte et en sortirent deux pistolets automatiques.

Ils se retournèrent et tendirent le bras vers les quatre autres candidats.

Les coups de feu éclatèrent aussitôt. Assourdissants. Un éclair blanc accompagna chacune des détonations. Les quatre victimes s'écroulèrent tour à tour, avant même d'avoir pu réagir. Le mur et le sol derrière eux furent instantanément maculés de leur sang. De leur chair.

Un long silence suivit cet enfer de plomb.

Les deux derniers cœurs qui battaient dans la pièce pulsaient à tout rompre.

Puis la voix, monocorde, résonna de nouveau dans le petit haut-parleur.

— Numéro 3 et Numéro 6, vous venez de réussir la dernière épreuve du Bronstein Project. Félicitations. Mais pour vous, les choses ne font que commencer. Vous pouvez aller vous reposer, à présent. Vous recevrez bientôt de nouvelles instructions.

Quand l'homme et la femme quittèrent ce charnier,

tous deux avaient le teint blafard et le front couvert de sueur.

Rings of smoke

30

Ben Mitchell, entièrement nu, s'allongea lentement dans la large baignoire de son appartement, en plein cœur du campus médical de l'université.

Comme toujours, quand il était seul, la lumière était éteinte. Pour lui, ça ne faisait pas de différence.

La baignoire était vide. Pas d'eau à l'intérieur. Il aimait le contact froid de l'émail sur sa peau nue. Un simple petit oreiller glissé sous sa nuque rendait la position plus confortable.

La feuille de papier d'Arménie qu'il venait d'allumer sur le lavabo près de lui diffusait dans l'air un doux arôme de benjoin de Siam. Dans sa bouche, un joint. De l'herbe pure, pas de tabac. Les écouteurs de son iPod, bien calés dans ses oreilles, crachaient un vieux morceau de Led Zeppelin, le groupe qui avait accompagné ses folles années de fac.

Oh, I've been flying... mama, there ain't no denyin',
I've been flying, ain't no denyin', no denyin'[1].

Chaque samedi matin, c'était devenu un rituel. Un rituel qu'il avait commencé quelques mois après avoir perdu définitivement la vue.

Il s'allongeait dans son bain, recréait autour de lui un environnement qui aiguisait les trois sens qui lui restaient et s'injectait une dose de psychotropes de sa confection. Pas le sérum qu'il faisait pour Draken. Non. Quelque chose de plus costaud. Et alors les images venaient, et c'était comme s'il voyait à nouveau.

Avec les dents, il serra le garrot sur le haut de son bras. Il frôla le bout de la seringue pour trouver l'angle biseauté et le mettre vers le haut. Du bout des doigts, il chercha la veine. Avec le temps, il avait appris à la repérer rapidement. Lentement, il enfonça l'aiguille à travers l'épiderme, dans le sens de la circulation sanguine, puis il relâcha le garrot et injecta lentement le produit.

Si, avec les années, la sensation de bien-être était de plus en plus longue à venir, elle n'avait rien perdu en intensité. Le neurophysiologiste changeait régulièrement la formule de sa concoction pour s'en assurer. Ainsi, pas de mithridatisation.

Petit à petit, la sensation de chaleur et de lourdeur s'empara de lui, grimpant le long de son corps comme un massage divin, une caresse invisible.

Il commença à décoller.

Les traits de son visage se détendirent lentement.

---

1. « Oh, je me suis envolé… maman, on ne peut pas le nier.
Je me suis envolé, on ne peut pas le nier, pas le nier. »

Toutes les sensations désagréables qui hantaient son quotidien disparurent. La peur. La solitude. La douleur, cette vieille compagne. Les pulsions sexuelles, qu'il ne pouvait plus assouvir depuis longtemps. Tout s'éteignit.

Et alors les images arrivèrent, lumineuses, brûlantes même, accompagnées par les douces envolées que l'angélique Robert Plant semblait venir lui susurrer à l'oreille.

All I see turns to brown, as the sun burns the ground
And my eyes fill with sand, as I scan this wasted land
Trying to find, trying to find where I've been[1].

Les formes, les couleurs et les sons se mélangèrent en une fantaisie sublime et salvatrice, et ces yeux qui ne voyaient plus versèrent des larmes de mélancolie.

Il sombra dans un état de transe molle. Cotonneuse.

C'était comme si la baignoire, tel un berceau céleste, se soulevait dans les airs pour l'emmener dans un voyage psychédélique. Les territoires familiers de son cerveau vagabond.

Quand le bruit d'un craquement violent lui parvint de loin – du salon peut-être –, Ben Mitchell ne sut dire s'il faisait partie de son hallucination ou s'il était bien réel.

Une porte qu'on enfonce ? Son esprit ? Le tonnerre, peut-être.

Intrigué, il enleva l'un des deux écouteurs d'un geste mal assuré.

---

1. « Tout ce que je vois devient marron, tandis que le soleil brûle le sol
Et mes yeux s'emplissent de sable, comme je scrute cette terre désolée
Pour retrouver, pour retrouver où je suis allé. »

Un autre bruit sourd. Lointain.

Le professeur se leva péniblement au milieu de la baignoire. L'invisible tanguait autour de lui.

— Qui est là ? demanda-t-il en luttant contre la chape de plomb qui pesait sur ses épaules.

De la bave coulait au bord de ses lèvres.

Titubant, il gagna le couloir.

Oh, pilot of the storm who leaves no trace
Like thoughts inside a dream[1]...

Il arracha le deuxième écouteur.

Des mouvements dans le séjour. Comme si quelqu'un fouillait dans ses affaires. Mais était-ce seulement réel ?

— Qui est là ? répéta-t-il. Arthur ? C'est toi ?

Il progressa lentement dans le corridor, ralenti par un vent contraire imaginaire. Ses pieds lourds comme des enclumes.

Soudain, il distingua nettement des bruits de pas. Ils n'avaient pas l'odeur de la fantasmagorie. Ils puaient le réel. Et ils venaient vers lui.

Les battements de son cœur s'affolèrent. Était-ce la drogue ou la peur ? Les pas approchaient encore. Réguliers. Implacables.

Se défendre.

Il avait un avantage : sa cécité améliorait son ouïe, l'obscurité ne changeait rien pour lui et il connaissait les lieux comme sa poche. Trois pas pour la porte du débarras. Sa main trouva du premier coup la poignée.

---

1. « Oh, pilote de la tempête qui ne laisse aucune trace
Comme des pensées au cœur d'un rêve. »

Il se glissa à l'intérieur, effleura le placard sur sa gauche. Il se hissa sur la pointe des pieds. Sur la dernière étagère, il attrapa sa vieille batte de base-ball. Un trophée dédicacé par Reggie Jackson, frappeur de légende des Yankees. La forme de la signature était ancrée dans sa mémoire de non-voyant.

Tenant fermement son arme à deux mains devant lui, Ben Mitchell retourna dans le couloir.

Les bruits de pas avaient cessé. Il n'entendait maintenant que le bourdonnement du sang qui cognait dans ses tempes. Et pourtant, il était sûr de sentir une présence. Un fantôme. Tout proche.

En s'efforçant de rester silencieux, il entra dans le salon. Il n'y perçut aucun son. Aucun mouvement.

Alors il commença à douter de nouveau.

Son cerveau intoxiqué l'avait trompé.

Les poings serrés sur la batte de base-ball, il continua toutefois son exploration. Il fit le tour de la pièce et se dirigea vers l'entrée, évitant, par habitude, chacun des pièges de l'appartement.

Quand il fut devant la porte, il posa la main sur la surface du battant. Close. Il éprouva la poignée.

La serrure n'était pas fermée à clef. Un oubli ?

C'est à cet instant qu'il entendit un froissement de tissu. Puis une respiration dans son dos. De plus en plus proche.

Il n'eut pas le temps de se retourner. Un bras passa soudain autour de son cou, et on le plaqua violemment contre le mur.

Engourdi par la drogue, le neurophysiologiste ne parvint pas à se débattre.

— Qu'est-ce… Qu'est-ce que vous voulez ?

Les mots sortirent déformés de sa gorge serrée par cette poigne invisible.

— Nous sommes au courant, professeur. Au courant de tout. De ce que vous avez fait.

— Que voulez-vous ? bégaya-t-il.

À présent, il était proprement terrifié. Hallucination ou non, cela importait peu : il était terrifié. Un mauvais trip. Un putain de mauvais trip.

— Que voulez-vous ? répéta-t-il.

— Emily Scott, murmura son bourreau dont la bouche touchait presque son oreille. Elle doit disparaître. Vous devez la faire disparaître.

— Vous… Vous n'êtes pas sérieux !

— Nous sommes très sérieux, monsieur Mitchell. Vous devez la faire disparaître, sinon, on balance tout à la police. Et vous pouvez dire adieu à votre carrière. À votre liberté. Et à vos petites piqûres. Ça m'étonnerait qu'on vous file votre came dans une cellule de prison.

La main se serra encore plus fort sur sa gorge. Le sang luttait pour couler dans ses veines.

— Vous m'avez bien compris ? Elle doit disparaître. Au plus vite. Si vous n'êtes pas passé à l'acte d'ici quarante-huit heures, on balance tout aux flics. Tous vos petits secrets.

— Mais… Mais… Je ne peux pas faire ça !

— Il va bien falloir. C'est vous ou elle.

Un violent coup sur l'arrière du crâne le fit s'écrouler sur le sol. Il perdit immédiatement connaissance.

Black-out.

Quand il revint à lui, incapable de savoir après combien de temps, il resta un long moment assis par terre, dans une immense confusion. Il passa une main derrière sa tête. Il reconnut aussitôt la texture du sang mêlé dans ses cheveux.

Rassemblant toute l'énergie qu'il pouvait, il se leva et retourna, le corps tout tremblant, vers le salon. Les deux mains collées au mur, il peinait à ne pas s'écrouler de nouveau. L'impression de marcher dans un bateau secoué par la tempête.

Son premier instinct fut de composer le numéro de la police. Ses doigts se posèrent sur le téléphone.

Il se ravisa.

Les bras tendus devant lui, il fit le tour de la grande pièce, caressant chaque objet, chaque mur du bout des doigts. Cherchant un indice, une preuve tangible.

C'était une hallucination. Une mauvaise hallucination. Je suis tombé sur le crâne, je me suis blessé, voilà tout.

Mais quand il arriva devant son bureau, il ne lui fallut que quelques secondes pour découvrir que son ordinateur avait disparu.

Son ordinateur avec tous ses dossiers dedans.

Y compris celui de juin 2010.

The line

31

Quand il sortit de l'appartement d'Emily au petit matin, Draken fut cueilli par la question de l'agent fédéral, goguenard.

— Alors, on a passé une bonne nuit, docteur ?

— Excellente. J'espère avoir égayé la vôtre. Vous sentez la transpiration, mon garçon. Il faudrait songer à vous doucher de temps en temps.

Le psychiatre lui donna une petite tape pleine de condescendance sur l'épaule et sortit rapidement de l'immeuble.

Quand il arriva devant son appartement de Hicks Street, il fronça les sourcils en apercevant Ben Mitchell. Le professeur, appuyé sur sa canne blanche, attendait devant la porte. Agité, il semblait dans tous ses états.

— Qu'est-ce qu'il se passe ?

— Quelqu'un est venu m'agresser chez moi !

Draken prit le neurophysiologiste par le bras, le fit entrer dans l'appartement et l'installa sur le divan.

— Tu n'as rien ? Ils t'ont fait du mal ?

— Ça peut aller. Mais j'ai eu la peur de ma vie, Arthur !

Le psychiatre vit alors la blessure sur l'arrière du crâne de son ami.

— Attends, je vais te nettoyer ça.

Il apporta de quoi s'occuper de la plaie.

Pendant qu'il le soignait, Mitchell raconta la scène aussi précisément qu'il le pouvait. Sa cécité et l'état dans lequel il était au moment des faits ne facilitaient pas sa tâche. Il se garda bien de mentionner ce dernier détail.

— Tu as une idée de qui pourrait être ce type ? demanda-t-il d'une voix tremblante.

— Non. Sans doute celui qui a essayé de tuer Emily.

— Qu'est-ce que je peux faire, Arthur ? Tu dois me dire. Ça nous concerne tous les deux. Qu'est-ce que je peux faire ?

— Rien.

Le professeur se redressa, perplexe.

— Comment ça, rien ? On ne prévient pas les flics ?

— Tu plaisantes, j'espère ? Il y avait quoi dans ton ordinateur ?

— Tout.

Draken poussa un soupir.

— Alors non, on ne prévient pas les flics. Laisse-moi m'occuper de cette histoire, Ben. Et fais installer une porte blindée.

— C'est tout ? C'est tout ce que tu as à me dire ? s'emporta Mitchell. Un type rentre chez moi, m'agresse, me demande de faire disparaître Emily, menace de me dénoncer aux flics, et ça n'a pas l'air de te choquer plus que ça ?

Draken ne répondit pas.

— Arthur ? Tu es au courant de quelque chose ?

— Je te dis que je vais m'occuper de cette histoire. Laisse tomber.

Le neurophysiologiste resta bouche bée.

— Que je laisse tomber ?

— Oui. Le type t'a dit que tu avais quarante-huit heures ? Je vais essayer de trouver une solution d'ici là.

Mitchell secoua la tête d'un air écœuré. Il s'appuya sur sa canne et se releva d'un coup.

— Tu veux que je laisse tomber ? OK. Mais dans ce cas, je laisse *tout* tomber. Tout ! Ne compte pas sur moi pour venir aux prochaines séances d'Emily.

— Comme tu voudras.

32

— Eh bien ! C'est un véritable défilé, lança l'agent fédéral en voyant arriver la détective Gallagher dans le couloir.

— Que voulez-vous dire ?

L'homme fit un sourire narquois.

— Non, non, rien.

Elle fronça les sourcils. Ce type était de plus en plus détestable. Elle se contenta de frapper à la porte.

Emily tarda à venir lui ouvrir. Les cheveux en bataille, elle portait une robe de chambre et n'était pas encore maquillée. Elle sembla rougir en découvrant Lola sur le seuil.

— Désolée de venir vous embêter sans prévenir, mais il faut que vous veniez avec moi au commissariat, expliqua la détective. J'ai quelque chose à vous montrer.

— Oh ! D'accord... Bien sûr ! Entrez, je vais me préparer.

Gallagher s'installa dans le salon pendant que la blonde disparaissait dans la salle de bains.

Sur la table basse, un paquet de biscuits apéritifs entamé et deux verres : un verre à vin, et un autre où il restait quelques gouttes de whisky. Dans un cendrier, une dizaine de mégots écrasés. Des Marlboro.

L'enfoiré.

— Ça s'est bien passé, hier, avec Draken ? lança-t-elle en direction de la salle de bains.

— Oui, oui, très bien...

Une demi-heure plus tard, elles étaient dans une petite salle du 88e district, en compagnie du capitaine Powell et de Phillip Detroit. Sur un grand écran d'ordinateur, ce dernier montra à Emily, une par une, toutes les vidéos de surveillance enregistrées le jour de son agression. Celles du Brooklyn Museum et celles récupérées par les analystes du RTCC[1].

— Regardez bien tous les visages des gens que l'on voit sur ces vidéos et dites-nous si l'un d'eux vous évoque quelque chose.

La jeune femme resta muette pendant toute la projection.

Après la dernière séquence, elle se mordit les lèvres d'un air bouleversé. Ces images avaient surgi d'un passé qu'elle ne connaissait pas. C'était comme voir la vie d'une autre femme. Une femme dont elle ne savait rien. Une femme qui ne s'appelait pas Emily Scott.

— Il n'y a aucun visage qui vous rappelle quelque chose ?

---

1. *Real Time Crime Center.*

Elle secoua la tête.

Lola adressa un regard à Phillip Detroit. Le spécialiste tapota sur le clavier et deux photos apparurent côte à côte.

— Vous voyez cet homme avec un chapeau ? Il apparaît sur deux des vidéos, expliqua Gallagher. Celle où l'on vous voit monter précipitamment dans le bus, et celle dans le musée. Il ne vous dit rien, lui ?

La jeune femme haussa les épaules.

— On ne voit pas son visage.

— Non, en effet, malheureusement. Cela nous aurait facilité la tâche. Mais je me suis dit que son chapeau réveillerait peut-être vos souvenirs.

— J'aimerais tellement ! se lamenta Emily.

Elle tremblait. À cet instant, elle éprouvait une terrible sensation d'étouffement, et elle aurait aimé sortir de là. Prendre l'air. Par acquit de conscience, toutefois, et parce qu'elle enrageait de ne pouvoir aider les détectives, elle accepta de regarder toutes les vidéos une deuxième fois. En vain.

Les trois policiers autour d'elle ne purent masquer leur déception.

— Il faut absolument que le Dr Draken vous aide à retrouver la mémoire, lâcha finalement le capitaine.

Lola fronça les sourcils.

— Je ne suis pas sûre que ce soit une bonne idée de multiplier les séances. C'est éprouvant, pour Emily.

— Ça ne me dérange pas, intervint aussitôt l'intéressée.

— Vous seriez prête à en refaire une aujourd'hui même ? demanda Powell.

Dans ses yeux, on devinait qu'il avait honte lui-même de se montrer si insistant. Mais l'enquête piétinait.

— Bien sûr.

Lola secoua la tête. Le capitaine lui fit un geste sans équivoque.

— Appelez votre ami, Gallagher. Au moins, on n'est pas un jeudi matin : on est sûrs qu'il est là.

33

Quand l'homme vint s'asseoir derrière lui sur le banc de pierre, John Singer – le fondateur du site Exodus2016 – sut aussitôt qu'il s'agissait bien de son contact. La phrase rituelle le confirma.

— Si vous m'entendez parler dans le vent, comprenez bien que nous devons rester de parfaits étrangers…

Devant lui, petits et grands s'en donnaient à cœur joie sur le Wollman Rink, la grande piste de patin à glace de Central Park. Bonnets sur le crâne, écharpes au vent, ils ressemblaient à ces petites danseuses mécaniques que l'on voit tourner en rond dans les boîtes à musique.

Comme à l'accoutumée, Singer avait pour instruction de ne pas se retourner. Depuis un an que leurs échanges duraient, il n'avait jamais vu le visage de ce politicien de haut rang qui avait accepté – pour un motif qu'il n'avait jamais voulu révéler – de jouer pour lui le rôle de *gorge profonde*[1]. De tous les indices

---

1. Référence à l'informateur secret qui permit aux journalistes du *Washington Post* de découvrir le scandale du Watergate. Depuis, son

« institutionnels » avec lesquels il communiquait, celui qu'il surnommait *Iceman* était certainement le plus précieux. Le plus sûr, et le mieux documenté.

Sans quitter des yeux les patineurs qui évoluaient devant lui, John Singer lança la conversation.

— J'ai bien cru que je ne vous reverrais jamais.

— Pour être rigoureusement exact, vous ne m'avez jamais vu.

— Et à quoi dois-je le privilège de notre rencontre d'aujourd'hui ?

— Cette fois-ci, mon ami, vous risquez d'être déçu. Je n'ai pas de dossier croustillant à vous soumettre. Simplement une mise en garde.

— Décevant en effet. Je ne savais pas que vous étiez du genre à hurler avec les loups.

— Annulez votre conférence de presse, Singer.

Laconique, direct, catégorique. Cela ne lui ressemblait pas.

— Et pourquoi donc ?

— C'est une très mauvaise idée. Vous n'en êtes pas à votre première, certes, mais celle-ci les dépasse toutes.

Le fondateur d'Exodus2016 ne put s'empêcher de rire. Mais ce n'était pas un rire assuré.

— Dans mon répertoire, vous êtes enregistré dans la liste des informateurs, pas celle des conseillers.

— Il faut croire que j'ai fini par m'attacher à votre petite bande de vilains garnements… Je n'ai pas envie qu'il vous arrive des malheurs.

— Cette conférence de presse est le résultat d'une

---

identité a été révélée, il s'agissait de Mark Felt, ancien directeur associé du FBI.

décision collective, et elle a déjà été prise… Impossible de revenir en arrière.

— Si vous allez jusqu'au bout, j'ai bien peur que ce ne soit la dernière décision que vous puissiez prendre.

— Vous deviendriez presque menaçant…

Un bruit de papier dans son dos le laissa penser que son interlocuteur était en train d'ouvrir un bonbon ou un chewing-gum. Il faisait ça à chaque rencontre. Un toxicomane de la confiserie.

Après une pause, l'homme reprit :

— Vous savez ce que Henri Bergson disait de la vanité ?

Singer soupira. Il avait l'impression d'entendre à nouveau le sermon de Steve H., le membre du bureau d'Exodus2016 qui avait essayé de le dissuader. D'un air blasé, il se frotta les mains pour les réchauffer. Le vent glacial de l'hiver lui donnait des frissons.

— Je ne savais pas que vous étiez aussi professeur de philosophie… Mais je vous en prie, éclairez-moi de vos lumières.

— Bergson disait : « Au fond de la vanité, il y a de l'humilité ; une incertitude sur soi que les éloges guérissent. » Souffrez-vous d'un manque de confiance en votre projet, monsieur Singer ?

— Vous savez bien que non.

— Alors ne cédez pas à la vanité. Elle vous perdra. Annulez votre conférence de presse.

34

En entrant dans le cabinet de Draken, Lola n'avait pu s'empêcher de remarquer l'absence de Ben Mitchell. Bizarrement, elle ne sut s'en réjouir.

La gêne discrète d'Emily ne lui avait pas échappé non plus, preuve supplémentaire, s'il en fallait, qu'il s'était bien passé quelque chose entre elle et le psychiatre.

— Ton ami n'est pas là ? demanda-t-elle en s'efforçant de ne rien laisser paraître de son agacement.

— Non. Il n'a pas pu venir.

— Tu veux qu'on reporte ?

— Certainement pas. Le temps presse. Je me débrouille très bien sans lui.

Gallagher grimaça. Elle avait beau ne pas apprécier le neurophysiologiste, son absence l'inquiétait.

— Tu veux que je reste pour t'assister ? insista-t-elle.

Un sourire se dessina sur les lèvres du psychiatre.

— Non merci. Tu as peur de me laisser tout seul avec Emily ?

— Oui.

— Pour des raisons médicales, ou parce que tu as peur qu'on couche ensemble ? Si c'est le cas, je te rassure, c'est déjà fait.

Emily, qui n'avait encore rien dit depuis qu'elles

étaient entrées dans le cabinet, se prit la tête dans les mains, partagée entre la honte et l'amusement.

— J'avais cru comprendre, répliqua Lola d'un air sec. Très professionnel, tout ça.

— Bah... Il paraît que ton ami Phillip Detroit, le beau cow-boy du 88ᵉ district, se tape l'une de ses collègues, et ça n'a l'air de déranger ni l'un ni l'autre.

Lola dévisagea Draken longuement, puis elle finit par rendre les armes. Elle esquissa une forme de sourire à son tour.

— T'es vraiment le plus gros trou-du-cul que la terre ait porté.

— Je t'aime aussi très fort, Lola. Maintenant, laisse-nous. On a du travail.

— Je reviens dans une heure. Et cette fois-ci, c'est moi qui ramène Emily.

— D'accord, maman.

Le détective sortit du cabinet.

Aussitôt la porte fermée, Emily s'approcha de Draken et l'embrassa.

L'homme passa une main dans ses cheveux et recula la tête, plantant ses yeux dans son regard.

— On bosse ou on baise ?

— On bosse ! répliqua la jeune femme sans se départir de son sourire.

— Bon, d'accord... Mais après on baise ?

Emily le repoussa gentiment.

— Lola a raison : tu es le plus grand trou-du-cul que la terre ait porté.

— Attends que je te présente mon père.

Ils entrèrent dans le second cabinet.

Ce jour-là, le rituel qui ouvrait la séance d'hypnose prit un sens très différent. Chacun des gestes du psychiatre était empreint d'une sensualité nouvelle. Certains semblaient des caresses. Sa façon délicate – et ferme à la fois – de lier les bras d'Emily, de glisser les électrodes sous son chemisier, de dégager les cheveux sur sa nuque pour y enfoncer l'aiguille…

Mais quand il alluma la caméra et retourna le sablier, Draken redevint aussitôt le thérapeute qu'il était. Concentré, attentif, méticuleux.

— Détends-toi. Détends-toi et laisse ta conscience s'ouvrir. Laisse-la te guider…

The world

35

— *Je ne veux plus entrer dans le train. Je suis fatiguée d'avoir peur.*

— *Tu n'es pas obligée d'avoir peur, Emily. Nous pouvons t'enlever ta peur.*

— *Je ne veux plus avoir peur.*

— *Nous y travaillons. Je vais te faire la liste de tous les éléments dont tu m'as parlé dans le premier voyage que nous avons fait ensemble, et tu vas me dire lequel te fait le plus peur.*

Draken tourne une à une les pages de son carnet et parcourt les croquis qu'il a réalisés lors de la première séance.

— *Au début de notre voyage, tu m'as parlé d'un vieux temple antique. Est-ce le temple qui te fait peur ?*

— *Non.*

— *La rivière ? Cette rivière sur laquelle marche la reine ?*

— *Non. Je n'ai pas peur de la rivière.*

— *Ni du cygne qui nage dedans ?*

Tout en parlant, Draken garde un œil sur les valeurs des différents appareils de monitoring et il observe avec attention le mouvement des yeux d'Emily. La moindre réaction est une source d'information.

— *Ni du pommier qui pousse au bord de la rivière ?*

— *Non. Le pommier ne me fait pas peur.*

— *Le roi blessé ? La tour ?*

À cet instant, toutes les constantes s'affolent sur les petits écrans. Les yeux d'Emily s'ouvrent en grand, et les pupilles se dilatent.

— *C'est la tour qui te fait peur ?*

Elle ne répond pas. Mais tout son corps le fait à sa place.

— *Alors nous allons marcher vers elle, Emily. Nous allons marcher ensemble vers la tour, pour dompter cette peur. Tu veux bien ?*

— *Je n'aime pas ça.*

— *Mais tu me fais confiance, n'est-ce pas ?*

— *Oui.*

— *Alors avançons vers la tour. Je te promets que nous n'entrerons pas dedans. Je veux juste que tu me dises ce que tu vois.*

— *Je vois le roi et la reine qui s'enfuient, qui montent dans la tour. Ils vont aller jusqu'au sommet. Et les méchantes femmes, tout autour, leur tirent des flèches dessus.*

— *Tu m'as dit l'autre jour qu'elles riaient, ces femmes. Pourquoi rient-elles ? Elles se moquent de toi ?*

— *Non. Elles n'ont pas le choix. Elles sont obligées de rire. Tout le monde est obligé de rire, même la reine, même le roi. Même le soleil rit.*

— *Le soleil ? Tu ne m'as jamais parlé de soleil...*

— *Si. Il y a un grand soleil dans le ciel. Un soleil un peu grotesque, comme dessiné par un enfant, avec des grands rayons droits, comme des traits de crayon. Et il rit lui aussi.*

The line

36

En découvrant la femme qui venait de pénétrer dans son bureau, le capitaine Powell ne put retenir une grimace.

— Ne m'en veuillez pas, Mitzie, mais j'ai du mal à sourire quand je vous vois arriver.

Le lieutenant Mitzie Dupree comptait près de vingt ans de bons et loyaux services au sein de l'IAB[1]. La qualité de son travail se mesurait à l'aune de l'animosité que lui vouaient la plupart des policiers du NYPD. C'était une femme de fer, acharnée et tatillonne. Ne pas être appréciée de ses collègues était le cadet de ses soucis. À vrai dire, elle prenait même cela pour un compliment. Une bonne note sur son appréciation professionnelle : « Agace énormément ses collègues. »

— Ne vous en faites pas, Samuel. Ce n'est pas votre sourire qui m'intéresse, même si je suis sûre qu'il est charmant.

— Ce n'est pas de votre faute, mais vous me faites penser aux corbeaux noirs dans les légendes romaines. Chaque fois qu'on vous voit, on est sûr de s'attendre à une mauvaise nouvelle. Qu'est-ce qui vous amène cette fois ?

La quinquagénaire aux cheveux blonds tirés derrière la tête – et qui partageait au moins avec lui un embonpoint bien assumé – vint s'installer en face du capitaine.

— La détective Gallagher.

Powell se laissa retomber en arrière sur le dossier de son large fauteuil.

— Décidément, vous ne me laisserez jamais en paix avec cette pauvre Lola !

— Au contraire, capitaine, je veux vous éviter des ennuis. Je préfère prévenir que guérir.

— Gallagher est un excellent flic. C'est peut-être même le meilleur que vous pourrez trouver dans ces

---

1. *Internal Affairs Bureau* : équivalent américain de l'Inspection générale des services en France, la police des polices.

murs. C'est grâce à elle qu'on a arrêté La Méduse, je vous rappelle.

— Vous ne pouvez pas savoir le nombre de fois où des capitaines m'ont dit ça au sujet de ceux de leurs subordonnés sur lesquels j'enquêtais. J'ai fait mettre en prison plus d'un agent réputé irréprochable, vous savez. Gallagher a certainement des qualités, mais c'est un flic dangereux pour votre district. Elle va vous attirer des ennuis. Et je suis là pour vous éviter les ennuis.

— Je sais, lieutenant. Mais je vous assure que je la garde sous contrôle.

— J'ai reçu une alerte d'un agent fédéral concernant sa petite escapade de l'autre jour avec Emily Scott. Vous savez où elles étaient, n'est-ce pas ?

La petite seconde d'hésitation qui s'ensuivit était trop longue pour être honnête.

— Elles se sont promenées dans le parc, répondit Powell avec un sourire.

Le lieutenant Dupree sourit à son tour.

— Soit. Faisons comme si vous ne saviez pas. Alors je vous en informe officiellement : elles étaient chez le Dr Draken. Et elles y sont de nouveau en ce moment même.

— Cette fois, elles ont l'autorisation du procureur.

— Je trouve votre « cette fois » très amusant. L'autorisation du procureur est une chose, mais elle ne vous dédouane en rien de vos responsabilités. Draken est comme Gallagher : c'est un nid à problèmes. Ces deux-là ont une notion très particulière de la déontologie.

— C'est peut-être ce qui les rend si efficaces.

— Et c'est aussi ce qui vous causera de sérieux ennuis. Les liens que Gallagher a noués avec Emily

Scott ne sont pas professionnels. Elle prend ça trop à cœur, et elle a déjà dérapé plusieurs fois sur ce dossier. Vous devez lui retirer l'affaire.

Cette fois, le capitaine ne souriait plus du tout.

— Je ne peux pas lui faire ça, Mitzie !

— Oh, si ! Et vous allez le faire dès aujourd'hui, Samuel, parce qu'à partir de maintenant je vous ai informé, et je vous tiens donc comme directement responsable. De toute façon, les fédéraux vont très probablement reprendre le dossier. C'est une question d'heures.

Two meanings

37

Seul dans l'obscurité de son cabinet, Draken était en train de visionner la vidéo de la dernière séance d'Emily pour la troisième fois. Son carnet de croquis posé devant lui, il apportait ici et là quelques nouveaux détails aux dessins qu'il avait faits pour représenter les visions de la jeune femme.

« ... *elles sont obligées de rire. Tout le monde est obligé de rire, même la reine, même le roi. Même le soleil rit.*

— Le soleil ? Tu ne m'as jamais parlé de soleil...

— Si. Il y a un grand soleil dans le ciel. Un soleil un peu grotesque, comme dessiné par un enfant, avec des grands rayons droits, comme des traits de crayon. Et il rit lui aussi. Il y a du vent au pied de la tour. Beaucoup de vent qui se glisse entre les pics rocheux sur lesquels elle se dresse. Non. Ce ne sont pas des pics rocheux. C'est une main. Une grande main noire sortie de terre.

— C'est ça qui te fait peur, Emily ? Cette grande main noire qui porte la tour ?

— Non. J'ai peur pour la reine et le roi. Ils sont montés dans la tour pour se réfugier tout en haut. Mais ils ne sont pas en sécurité. Ils ne seront pas en sécurité. Les femmes qui se forcent à rire continuent de leur tirer dessus... »

Les coups secs frappés à la porte firent sursauter le psychiatre. Ils étaient si forts qu'il ne prit pas même le temps d'arrêter la vidéo et se précipita pour voir qui le dérangeait ainsi un samedi après-midi.

— Papa...

— Je t'ai déjà dit de ne pas m'appeler comme ça.

Ian Draken était essoufflé. Malgré la rampe que son fils avait fait installer dans l'escalier, monter jusqu'au premier étage du cabinet en chaise roulante était une véritable épreuve de force.

— Qu'est-ce que tu fais ici ? Ils t'ont laissé sortir tout seul de la maison de retraite ?

— Non. Il y a ce crétin de Jack qui m'attend en bas, dans son van. Sa femme l'a quitté avant qu'il n'ait eu le temps de le faire lui-même. Il est en miettes. J'ai abusé de son abattement pour le convaincre de me conduire jusqu'ici.

— C'est tout toi. Charmant, comme toujours. Et tu es venu pour quoi, exactement ?

— Je veux récupérer des photos de ta mère.

— Pardon ?

— Je n'ai pas une seule photo d'elle à la maison de retraite. Je veux des photos de ta mère.

Arthur écarquilla les yeux, incrédule.

— Depuis quand tu fais dans le nostalgique ? Tu n'en as jamais rien eu à foutre des photos de maman...

— Il faut croire qu'on peut encore changer à mon âge. Comme quoi, ne désespérons pas : tu deviendras peut-être un jour un bon psychiatre. Laisse-moi passer.

Ian Draken fit rouler sa chaise jusqu'au centre du cabinet, écrasant presque au passage les pieds de son fils.

Sur l'écran de la télévision, les images de la séance d'Emily continuaient de tourner. Le vieux psychiatre regarda la vidéo jusqu'à ce qu'elle s'éteigne, ayant atteint les sept minutes fatidiques.

— Je vois que tu continues à faire joujou avec ta patiente.

— Je ne fais pas joujou. J'essaie de l'aider.

— La pauvre ! Tu l'as sautée ?

Draken ne répondit pas.

— Bon, ils sont où, les albums photos ? demanda son père, amusé.

— Dans ma chambre. Je t'accompagne.

— Non, merci. Je préfère chercher tout seul.

Draken hésita. Deux solutions : soit le vieil homme préparait un coup fourré, soit il traversait un authentique épisode nostalgique.

Derrière sa façade de roc glacial, Arthur n'ignorait

pas que son père cachait une sensibilité profonde. Depuis la mort de sa femme en 1989, Ian était devenu un homme aigri, plus aigri qu'il ne l'était déjà auparavant, et c'était bien la preuve qu'Abbigail lui manquait. Sans doute s'était-il rendu compte que celle-ci comptait bien plus pour lui qu'il n'avait jamais voulu l'admettre, et il enrageait de constater que, sans elle, il peinait à s'en sortir. Mais il n'avait jamais voulu le dire. Certainement pas à son fils. Il avait toujours caché sa douleur. Vouloir trouver des photos de cette femme qui leur manquait à tous les deux était un aveu de faiblesse qui ne lui ressemblait pas.

C'était peut-être simplement une excuse pour venir voir son fils. Une envie encore plus inavouable pour Ian que celle de retrouver de vieux clichés.

Arthur laissa finalement son père partir seul vers la chambre. Il secoua la tête et se rassit à son bureau. Il rembobina la cassette de la séance d'Emily pour la visionner de nouveau.

La tête appuyée sur sa main gauche, il reprit patiemment le dessin de la grande tour que décrivait la jeune femme. Ces longs rochers noirs qui sortaient du sol et semblaient porter l'édifice, telle une main, donnaient au croquis un air fantastique. Draken songea que le résultat ressemblait à une peinture que l'artiste John Howe aurait pu faire pour représenter *La Tour sombre* de Stephen King.

« — *Et maintenant, c'est pire. Le cavalier avec la grande cape arrive.*

— *Il sourit, lui aussi, n'est-ce pas ?*

— *Je ne crois pas qu'il soit capable de sourire. C'est son masque qui sourit. Son masque vénitien*

300

blanc. Il monte vers le sommet de la tour. Il va les attraper ! Oh, j'ai si peur !

— *Regarde le soleil qui sourit, Emily. Cherche une image qui te rassure.*

— *Le soleil n'est plus là. C'est cet œil, maintenant, qui emplit tout le ciel. Un œil sur le monde. Il voit tout. Il me voit, moi, il voit le roi et la reine, et il voit le cavalier noir... »*

Arthur chercha dans son carnet le dessin du cavalier dont on ne voyait pas le visage. Lentement, il reprit les traits de son masque vénitien.

Quand, un peu plus tard, Ian Draken revint dans le cabinet, son fils avait eu le temps de regarder deux fois la vidéo.

— Tu as trouvé ce que tu cherchais, papa ?

— Oui, répondit le vieil homme.

— Tant mieux pour toi. Bon, tu ne veux pas m'aider, maintenant ? Je pense que tu avais raison l'autre jour…

— J'ai toujours raison.

Arthur secoua la tête.

— Quand elle a les yeux ouverts, continua-t-il, elle parle de l'avenir. Quand ils sont fermés, elle parle du passé. Et là, pendant cette séance, elle les a gardés ouverts du début à la fin.

— Alors elle ne parle que du futur. Wow ! Bravo, fiston, quelle avancée !

Le fils ne releva pas la moquerie.

— C'est la vision qui lui fait le plus peur. Cette tour noire. Il va se passer quelque chose dans cette tour noire. La reine et le roi y sont en danger. Il faut que je l'aide à ne plus avoir peur de cette vision, mais je ne sais pas par où commencer.

— Dis-moi, tu es payé pour faire ça ?
— Évidemment.
— Alors débrouille-toi.

The line

38

— Je suis désolé, Lola, mais les ordres sont formels. Je ne peux pas vous laisser continuer l'enquête sur Emily Scott. Vous passez sur autre chose. Il y a de quoi faire…

— Vous plaisantez, capitaine ? Je suis ce dossier depuis le début !

— Et vous n'avez rien trouvé de concret. Rien.

— C'est bien pour ça que je dois continuer ! Emily me fait confiance. Elle compte sur moi. Je sens que je suis sur le point de trouver quelque chose. Draken fait des progrès… Et puis il y a cet homme au chapeau qui apparaît sur les vidéos. C'est une piste.

— Non. Vous en avez fait une affaire personnelle et vous avez déjà franchi les limites plus d'une fois. Je vous connais, détective : vous allez faire des conneries, avec ce dossier.

— Je vous promets que...

— Gallagher ! C'est un putain d'ordre ! Vous vous souvenez encore de ce que c'est qu'un ordre ?

Les épaules de Lola s'affaissèrent. Elle savait bien qu'il était inutile de lutter.

— Je suis désolé, répéta son supérieur d'un air sincère.

Elle hocha la tête et sortit sans rien ajouter.

La mine grave, elle traversa tout l'*open space* et se dirigea tout droit vers le bureau de Phillip Detroit.

— Tu en fais une tête ! lança celui-ci en la voyant entrer dans la petite pièce sombre.

Lola se laissa tomber sur un fauteuil d'un air dépité.

— Powell me retire de l'enquête sur Emily Scott.

— Ah ! C'était donc ça...

— Quoi ?

— Cette charmante Mitzie Dupree lui a rendu une petite visite tout à l'heure. Je me suis dit que ça sentait le roussi.

— La salope ! Elle ne me lâchera jamais, celle-là !

Detroit la regarda longuement avant de lancer :

— Tu as des soucis, Gallagher ?

— De quoi tu parles ? Cette vieille chieuse me cherche des noises à cause de Draken, c'est tout.

— T'es sûre ? Tu me caches pas un truc ?

— C'est quoi cette question ? Je ne suis pas venue pour que tu me fasses la morale !

— T'es venue pour quoi ?

Lola leva les yeux au ciel.

— Tu sais très bien, Ducon. Quand je suis énervée, il n'y a qu'un seul remède.

— Je vois.

— Tu ne vas pas te plaindre, non plus ?

— *Courtoisie, professionnalisme, respect*[1]. Chez moi ou chez toi ?

— Chez toi. Dans une heure.

Two meanings

39

À force de regarder le dessin de cette tour qui faisait si peur à Emily, Draken se demanda s'il avait raison d'insister, de fouiller. Après tout, si cette tour effrayait la jeune femme, peut-être devrait-il simplement l'aider à l'oublier. Ou au moins à la contourner.

Mais c'eût été une forme de déni, même pour une amnésique, et le déni n'était jamais une solution très efficace à long terme. Et puis cela n'aiderait pas Lola. La détective avait besoin de réponses, d'éléments concrets. Mais quels éléments Draken pouvait-il lui donner à partir de ces seules vidéos ?

Il pouvait lui confirmer qu'un événement futur bien précis faisait peur à Emily : la disparition possible de deux personnes. Un couple, probablement : le roi et la

---

1. Devise de la police de New York.

reine. Et cette disparition avait un lien avec une tour. Ou quelque chose qui, dans l'esprit de la jeune femme, se traduisait par une tour. Une tour noire, dressée sur des rochers en forme de main.

La seule chose qui pourrait aider Lola concrètement serait de trouver ces trois informations : qui étaient le roi et la reine, que représentait la tour et, surtout, quand cet événement aurait-il lieu ?

Le roi, la reine, la tour. On pensait forcément aux échecs... Mais il fallait se méfier de ce genre d'évidences. L'esprit d'Emily avait peut-être choisi le thème des échecs pour représenter des choses qui, en réalité, n'avaient rien à voir avec le jeu.

Draken pesta. Il n'avançait pas. Et pourtant, il était certain qu'il y avait quelque chose dans cette vidéo.

Cette histoire de rire forcé... Elle avait beaucoup insisté dessus. Tous les personnages, au moment critique, s'obligeaient à sourire.

Le sourire pouvait être tantôt symbole d'espoir ou d'amitié, tantôt de moquerie. Il y avait autant de sourires tristes que de larmes de joie. Mais quand le sourire était forcé ? Ces gens étaient-ils des amis contraints ou des railleurs ? Le soleil, quant à lui, faisait penser à un *smiley*, ces petits visages stylisés, jaunes et souriants, et évoquait peut-être l'univers de l'informatique.

N'y tenant plus, il décrocha son téléphone et composa le numéro de la maison de retraite. Ian, à coup sûr, avait eu tout le loisir d'écouter de loin, pendant qu'il fouillait les albums photos, ce que disait Emily sur l'enregistrement. Et cette ordure avait un excellent esprit d'analyse.

— Allô ? Jack ? Vous pouvez me passer mon père ?

Son interlocuteur balbutia.

— Euh… Ça ne va pas être possible… Il… Il y a eu un drame…

La gorge de Draken se noua.

— Que s'est-il passé ?

— C'est M. Solberg. Le voisin de chambre de votre père. Il est mort.

Les poings du psychiatre se desserrèrent. Il avait craint pire. Pour son père, en tout cas.

Soudain, il eut un horrible doute.

Sans dire un mot de plus, il raccrocha et se précipita dans sa salle de bains. D'un geste brusque, il ouvrit l'armoire à pharmacie.

Dedans, il trouva la confirmation de son affreux pressentiment.

Une boîte de Tranxene neuve avait été ouverte. Cinq ampoules de 50 mg manquaient à l'intérieur.

The line

40

Detroit avait les yeux fixés sur les épaules nues de la rousse. Il n'était pas sûr que cela ait vraiment du sens, mais il avait toujours trouvé que Lola avait « de belles épaules ». Rondes, douces, presque frêles, on avait envie de les saisir. De les tenir. Mais Gallagher n'était pas une femme qu'on pouvait « tenir ».

Longtemps après le point d'orgue de leurs fougueux ébats, ils étaient encore enlacés, immobiles et transpirants, sur le matelas posé à même le sol. Lovée entre les bras musclés de ce cow-boy à la plastique impeccable, Lola avait presque l'air d'un petit être fragile.

D'habitude, elle évitait ce genre de démonstrations affectives. Pas de sentiment. Pas de tendresse. Juste du sexe. Mais, à l'évidence, l'Irlandaise n'était pas au meilleur de sa forme, ces jours-ci. Sans doute avait-elle besoin de quelque réconfort passager. Ici, elle était hors du monde.

— Je suis au courant pour ton frère.

Detroit n'avait pu s'empêcher de lâcher le morceau. Il s'en voulut aussitôt de ramener son amie à la réalité. Mais il avait choisi les mots avec attention. Il en disait assez, mais pas trop. Cela pouvait vouloir dire qu'il était au courant pour son cancer, mais aussi pour leurs identités différentes... ou pour ce revolver de contrebande et cette étrange capsule que Coleman conservait chez lui. En quelque sorte, il tâtait le terrain.

La réaction de Lola ne se fit pas attendre. Tout son corps se raidit. Elle repoussa Phillip, recula la tête et le regarda d'un air suspicieux.

— Au courant de quoi ?

— Tu sais très bien.

Gallagher roula sur le dos en poussant un soupir.

— Je n'ai pas envie d'en parler, Phillip.

— OK... Je peux faire quelque chose pour toi ?

— Oui. Tu peux arrêter de jouer les grands frères.

Contente-toi de me sauter quand je te le demande, et on restera bons amis.

Detroit pouffa.

— Merde, t'as un sérieux problème, Gallagher ! T'es pire que moi !

— C'est ça qui te plaît, non ?

— Ouais. Ça et tes épaules. Mais tu sais, ça fait du bien de se confier, parfois...

— Eh bien, si un jour j'éprouve le besoin de me confier, je te promets que je penserai à toi.

Il secoua la tête et l'attira de nouveau vers lui. Mais Lola résista. Elle se leva du lit, ramassa ses vêtements par terre et partit vers la salle de bains.

— Il faut que j'y aille, mon fils va m'attendre.

41

La tension se lisait dans le regard du personnel et des pensionnaires de la maison de retraite. Quiconque venait régulièrement ici pouvait sentir qu'il s'était passé quelque chose. Même si la mort faisait partie du quotidien des uns et des autres, la peine et la gêne restaient toujours palpables. M. Solberg était entré dans l'établissement de nombreuses années auparavant. Cet homme silencieux et souriant faisait presque partie des murs.

Draken aperçut Jack dans le hall et se précipita vers lui sans même passer par le comptoir d'accueil.

— Où est mon père ?

— Je viens de le ramener dans sa chambre. Mais les heures de visite sont terminées, monsieur Draken. Quelles que soient les circonstances...

— On les emmerde, les heures de visite.

Il ne laissa pas à son interlocuteur le temps de s'indigner et se dirigea tout droit vers les ascenseurs. Au troisième étage, il entra sans frapper dans la chambre 301.

Il trouva son père allongé dans son lit. Visiblement, le vieil homme était parfaitement serein. Il lisait un livre : *L'Homme qui prenait sa femme pour un chapeau*, d'Oliver Sacks.

Le lit à côté du sien était fait. Les affaires de M. Solberg avaient déjà été enlevées.

— Tiens, le fils prodigue ! Qu'est-ce que tu fais là ?

— Tu sais très bien ce que je fais là ! s'emporta Draken, à fleur de peau. T'es vraiment un grand malade !

— Juste un peu handicapé...

— Tu crois que, s'ils font une autopsie de ton voisin de chambrée, ils ne vont pas voir que ce pauvre homme a 200 mg de clorazépate dans le corps ?

— Je ne vois pas de quoi tu veux parler, répondit le vieil homme, qui avait conservé son livre dans ses mains comme s'il s'apprêtait à reprendre sa lecture d'un moment à l'autre.

— Te fous pas de ma gueule, papa ! Tu as pris quatre ampoules de Tranxene chez moi !

Ian se contenta de hausser les épaules.

— T'es vraiment un grand malade ! répéta Draken, mais sur un ton accablé cette fois, et il se laissa tomber sur une chaise.

— Allons, allons... C'est pour moi que tu t'inquiètes ? Il n'y aura pas d'autopsie. Il n'y a pas de famille pour en réclamer une. Et M. Solberg est mort de sa belle mort, après des années de souffrance causées par Alzheimer.

— Ce n'était pas à toi de décider si l'on devait mettre un terme ou non à ses souffrances !

Le visage de Ian s'assombrit. Son sourire avait disparu.

— Ce n'est pas moi qui l'ai décidé, Arthur. C'est lui qui me l'a demandé. J'aurais préféré garder M. Solberg comme voisin. Garde tes leçons de morale pour toi.

Un silence.

— Je l'aimais bien.

Draken ne se laissa pas attendrir.

— Tu t'es bien foutu de ma gueule ! Je me disais bien que cette histoire de photos ne tenait pas debout. Je suis sûr que tu n'as même pas pris une seule photo de maman chez moi ! Hein ?

Le vieux psychiatre ne répondit pas. Il se gratta le front d'un air presque gêné.

— J'en étais sûr ! T'es vraiment un connard.

— Tu préférerais avoir un père fétichiste des photos de son épouse morte depuis des années plutôt qu'un père éprouvant de la compassion pour son prochain ?

— Je préférerais ne pas avoir un père prétentieux, qui se croit supérieur à tout le monde et qui n'en fait qu'à sa tête sans se soucier des conséquences pour son entourage.

Ian posa le livre à côté de lui, ajusta l'oreiller dans son dos et se redressa dans son lit. Il regarda longuement son fils.

— Qu'est-ce que tu fais, fiston ? Tu essaies de me pisser dessus ? C'est une histoire de mâle dominant, c'est ça ? Tu veux devenir un homme ?

— Ta gueule.

— Ou bien tu es tout fier d'avoir réussi à résoudre un mystère en trouvant que quatre ampoules de Tranxene avaient disparu de ton armoire à pharmacie ? Tu fanfaronnes ? C'est une façon de te consoler, parce que tu sèches sur ta patiente amnésique, alors tu préfères noyer le poisson en te disant que tu as résolu le meurtre d'un vieillard dans une maison de retraite ?

— Va te faire foutre !

Arthur se releva de sa chaise, prêt à partir.

Ian sourit à l'insulte. Puis, en reprenant le livre à ses côtés, sur un ton calme et monocorde, il lança :

— Le 24 janvier.

Arthur, qui était déjà sur le pas de la porte, se retourna et fronça les sourcils.

— Quoi ? C'est l'enterrement de M. Solberg ?

Le vieil homme secoua la tête.

— Non, crétin. Le 24 janvier, c'est le Belly Laugh Day[1].

— Je ne comprends rien à ce que tu me racontes.

— C'est un jour où tout le monde est « obligé de rire », Arthur. Et le symbole de cette journée à la con, c'est un grand soleil qui sourit, avec sept rayons dessinés comme des traits de crayon.

Draken resta bouche bée.

— Cette chose qui fait si peur à ta petite protégée, ça va se passer le 24 janvier. Dans trois jours.

---

1. Fête du Rire. Ce jour-là, à une heure précise, les citoyens américains sont invités à rire en tendant les bras vers le ciel…

42

Lola venait de coucher Adam quand on sonna à la porte de son appartement. Pas une seconde de répit. Elle partit ouvrir en traînant des pieds.

Draken apparut sur le palier, une bouteille de single malt irlandais à la main.

— Il faut qu'on cause, dit-il en entrant à l'intérieur.

— C'est pour ça que tu as apporté du whisky ?

— La chose étant bannie chez toi, je suis venu armé.

— Détrompe-toi, Adam m'a rendu la clef du coffre à bouteilles.

— Et tu ne l'as pas encore vidé ?

Lola lâcha son premier sourire.

— Imbécile !

Ils entrèrent dans le salon.

— Il dort, ton fils ?

— Je viens de le mettre au lit.

— Je peux aller l'embrasser ?

— Si tu veux.

Quand Draken revint dans le séjour, quelques minutes plus tard, Lola avait posé deux verres sur la table basse et ouvert la bouteille de Bushmills. Elle servit son ami même avant qu'il ne se soit assis.

— Tiens, dit-elle, on n'a qu'à dire que c'est un calumet de la paix.

— Pourquoi, on est en guerre ?

— On peut dire que tu m'as pas mal cherchée, ces derniers jours, non ? Et puis, coucher avec Emily, c'était pas des plus intelligents. T'es obligé de sauter tout ce qui est jeune et joli ?

— Tu parles d'un calumet de la paix ! Et qui te dit qu'Emily et moi c'est juste une histoire de coucherie ? Mais c'est vrai qu'elle est jeune. Et jolie.

Lola fit une grimace dubitative. Draken éprouvait-il vraiment des sentiments pour l'amnésique ? De toute façon, elle n'était pas sûre de préférer l'une ou l'autre solution.

— Je suis justement venu te parler d'elle, reprit le psychiatre. Mais pas de ça…

— Tu as trouvé quelque chose ?

— Oui. Enfin, pour être honnête, c'est mon enfoiré de père qui a trouvé quelque chose.

Lola pouffa.

— Ce bon vieux Ian ! Il t'humiliera jusqu'au bout, hein ?

— La chose qui fait peur à Emily, ça va arriver le 24 janvier. Dans trois jours.

— Tu en es sûr ?

— Moi, non. Mais Emily l'est, si on en croit ses visions. Le jour du Belly Laugh Day.

— Et c'est quoi, à ton avis, cet événement qui lui fait peur ?

— Deux personnes, un couple *a priori*, qui vont être tuées, ou enlevées. Probablement dans une tour.

Draken remarqua aussitôt la lueur dans les yeux du détective.

— Quoi ? Tu es au courant de quelque chose ? demanda-t-il.

Lola resta silencieuse.

— Si tu veux qu'on avance, ma belle, il faut qu'on partage nos infos.

Elle hésita encore avant de répondre enfin.

— Je ne t'ai jamais donné les détails, mais sur une vidéo de surveillance du Brooklyn Museum, on voit Emily, quelques minutes avant qu'elle ne se fasse tirer dessus, qui parle d'un enlèvement et de la tour du Citigroup Center.

Draken ne put retenir un sourire de satisfaction.

— Parfait ! Ça colle. Tu as maintenant la date probable de cet enlèvement. Le 24 janvier.

Lola hocha la tête.

— C'est une excellente nouvelle. Ça va permettre de resserrer les recherches. Le problème, c'est que je ne vais pas pouvoir obtenir qu'on ferme toute la tour ce jour-là, simplement à cause des visions sous hypnose d'une femme amnésique… Personne ne va nous prendre au sérieux. Il nous manque encore des informations. Il faudrait savoir qui sont ces deux personnes. Tu n'as aucun élément à me donner à leur sujet ?

— Rien de précis. Emily les représente comme un roi et une reine. Idem pour la menace qui pèse sur eux. C'est encore un peu flou. Il semble que cela soit un homme, qu'elle appelle le « cavalier noir » et qui, dans sa première vision en effet, « enlevait » les gens sur son passage.

— Elle a décrit cet homme ?

— Non. Il n'a pas de visage. Il porte un masque.

Il n'a pas de visage. Lola ne put s'empêcher de penser à l'homme au chapeau qui apparaissait sur les vidéos de surveillance. On ne voyait jamais son visage.

— Il faudrait que nous fassions une nouvelle séance

pour que je lui demande de se focaliser sur eux, suggéra le psychiatre.

— Ça ne va pas être commode. L'IAB a demandé à Powell de me retirer de l'enquête, et ils ne veulent plus entendre parler de tes séances d'hypnose.

Draken haussa les épaules.

— Emily est majeure, non ? Si elle a envie de venir passer un peu de temps chez un type avec qui elle couche, c'est son droit...

Lola sourit.

— C'est son droit, confirma-t-elle.

Ils burent tous deux une gorgée de whisky.

Après un long silence, Draken, sans la regarder, posa une question à Lola d'un air faussement désinvolte.

— C'est grave, pour ton frère ?

Gallagher resta comme paralysée, son verre de Bushmills au bord des lèvres.

Après Detroit, c'était donc au tour du psychiatre de l'interroger sur ce sujet. Comment pouvaient-ils savoir ?

— Il est malade, n'est-ce pas ? insista le psychiatre.

Elle ne répondit toujours pas. Pas la force de nier.

— Un oncle qui offre une Nintendo DS à son neveu alors que ce n'est pas son anniversaire, c'est rarement bon signe. Soit il a quelque chose à se faire pardonner, soit il a peur de mourir. Ce qui revient au même. C'est quoi ? Le SIDA ?

— Cancer des poumons, lâcha-t-elle enfin.

Elle dut lutter pour retenir ses larmes.

— T'as envie d'en parler ?

— Pas tellement.

— Il est aussi têtu que toi, ton frère ?

— Pire.

— On n'est pas dans la merde…

Lola esquissa un début de sourire.

— T'as demandé à ton copain le Dr Williams de s'en occuper ? demanda Draken.

Elle hocha la tête.

— Alors on est encore plus dans la merde.

— Arrête ! Mark est un excellent médecin.

— C'est un nul. Il serait pas foutu de soigner un rhume.

— Ça se soigne pas les rhumes.

— Non. Mais la peine, ça se soigne.

43

Le lendemain, Emily était arrivée dans le cabinet de Draken avant midi. Elle avait accepté de faire une nouvelle séance en cachette. Pas un mot au procureur, pas un mot au capitaine Powell. Le psychiatre lui avait dit que le temps pressait, qu'ils devaient avancer. Elle n'avait rien demandé de plus.

The world

— J'aimerais que tu me parles du roi et de la reine, Emily. Tu peux me les décrire ?

— Je ne sais pas. Ils n'ont pas toujours le même visage.

Emily ferme les yeux.

— Quand ils sont dans la rivière, ils sont beaux. Ils ont des vêtements luxueux. Le roi est blessé, certes, mais il semble robuste. Il semble fier. Et quand la reine me tend sa couronne, elle est si élégante, si gracieuse, si douce !

— À quoi ressemble-t-elle ?

— À cet instant-là, elle me ressemble un peu. Oui... Ce pourrait être ma mère. Ou ma sœur. Jusqu'à ce qu'elle change.

— Quand changent-ils de visage, alors ?

La jeune femme ouvre de nouveau les paupières.

— Quand ils approchent de la tour.

— Tu peux me les décrire à cet instant-là ?

— Non, pas vraiment. Ils sont flous. Leur figure est brouillée. Elle n'arrête pas de changer de forme. Je n'arrive pas à les voir correctement. Et puis il y a tellement de vent, au pied de la tour. Leurs vêtements sont battus par les bourrasques. J'ai du mal à garder les yeux ouverts, tant il y a de vent. Mais l'œil, lui, les regarde.

— Le grand œil dans le ciel ?

— Oui. L'œil sur le monde. Il voit tout. Il les voit, lui. On dirait qu'il les protège...

317

44

Au matin du fameux 24 janvier, Draken, éreinté, n'était pas parvenu à trouver l'information que cherchait désespérément Lola : un indice concluant sur l'identité du roi et de la reine. Quelque chose qui aurait pu la guider vers les victimes potentielles.

Pendant deux jours, il avait annulé ses rendez-vous et s'était enfermé chez lui, tout entier à son analyse. Il avait regardé en boucle les quatre vidéos dont il disposait, il avait multiplié les dessins sur son carnet de croquis... C'était devenu un véritable bestiaire, à présent. Le cygne, le rhinocéros mort, l'oiseau aux ailes rouges qui lançait des éclairs... Une galerie de portraits et de paysages, un patchwork fantasmagorique. Le roi, la reine, l'épouvantail, le cavalier noir, les femmes qui tiraient des flèches, le pommier, la rivière, la tour... Et puis cet œil gigantesque qui emplissait le ciel. Mais tout cela n'était pas assez précis. Draken manquait de temps, il manquait de matière. Il y avait tant de symboles à déchiffrer !

Quatre misérables séances, c'était loin d'être assez pour trouver quelque chose de concret.

En réalité, ce qui l'inquiétait le plus, c'était Ben Mitchell. Le délai des quarante-huit heures était passé. Le neurophysiologiste avait laissé un message pour dire qu'il partait s'isoler dans l'Illinois et, depuis, il n'avait pas donné de nouvelles. Draken espérait qu'il n'allait pas craquer. Appeler la police lui-même. Et s'il ne le faisait pas, l'homme qui l'avait menacé passerait-il à l'acte ?

Qui était ce type et que voulait-il ? Était-ce le « cavalier noir » dont parlait Emily dans ses visions ? Pourquoi la voulait-il morte ? Pour la faire taire, sans doute. Il y avait de grandes chances que ce soit le même homme qui lui ait tiré dessus dans le parc de Fort Greene.

Mais Emily était toujours là. Elle était toujours en vie et, visiblement, elle était une menace pour lui. Draken avait espéré comprendre à temps en quoi consistait cette menace. Mais il était trop tard à présent.

Cet enfoiré risquait de tout balancer aux flics.

Et ça, Draken ne pouvait pas se le permettre.

En début de matinée, il se résolut à se mettre en route. Il n'avait pas le choix.

Il avait promis de se rendre au 88ᵉ district le plus tôt possible. Même si Lola avait été retirée de l'enquête, elle avait réussi à convaincre Powell d'écouter au moins ce que Draken avait à leur dire. À en croire les visions d'Emily, le drame allait se dérouler ce jour-là. Il leur restait à peine quelques heures, sans doute, pour essayer de trouver une piste.

Il fallait qu'il soit bon. Non seulement pour montrer à Powell et aux gens de l'IAB qu'ils avaient tort de ne pas leur faire confiance, à lui et Emily, mais aussi parce que deux vies en dépendaient probablement.

Et, surtout, c'était peut-être sa seule et unique chance d'empêcher l'agresseur de Mitchell de livrer à la police les dossiers compromettants qu'il avait fatalement trouvés dans l'ordinateur.

À 8 h 45, le psychiatre entrait dans le commissariat, son petit carnet noir à la main.

— Vous avez trouvé quelque chose ? demanda-t-il en saluant Lola, Powell et Phillip Detroit, tous les trois réunis dans le petit bureau de ce dernier.

— Rien du tout, répondit le capitaine. Il n'y a aucun événement prévu aujourd'hui dans la tour du Citigroup Center qui sorte de l'ordinaire. Les gérants ont tout de même accepté d'élever le niveau de sécurité et nous avons deux hommes là-bas depuis l'aube… Ils vérifient les identités des gens qui entrent et sortent. C'est tout ce qu'on peut faire. Et vous ?

Draken fit une grimace désolée.

— Malheureusement, je n'ai rien de très concret. Tout semble indiquer que l'enlèvement – s'il s'agit bien de cela – concerne un couple, et qu'il va bien avoir lieu dans la tour… Emily voit la chose comme un drame. Pour elle, il s'agit de quelque chose de très grave, plus grave sans doute qu'un simple enlèvement, si vous voulez mon avis. C'est une véritable tempête, qui touchera le destin de beaucoup de monde. C'est ainsi, en tout cas, que j'interprète les hommes qu'elle voit tomber les uns après les autres dans l'immense sablier que devient la tour à un moment de sa vision. Si vous voulez, je peux vous montrer les dessins que j'ai effectués. Ça vous fera peut-être penser à quelque chose. Vous avez sûrement des infos que je n'ai pas…

Le capitaine acquiesça et Draken leur tendit son carnet. Les trois policiers, penchés sur les croquis, tournèrent les pages une à une, sans rien dire. Soudain, Detroit fronça les sourcils.

— Vous permettez ?

Il prit le bloc et revint quelques pages en arrière.

— C'est quoi ce dessin ? demanda-t-il en se tournant vers Draken.

— C'est un œil qui emplit tout le ciel, dans les visions d'Emily. Une sorte d'observateur omniscient, qui voit tout ce qui se passe. À un moment, elle m'a même dit qu'il était sans doute le seul à connaître le vrai visage du roi et de la reine. Elle l'appelle « l'œil sur le monde ».

— L'œil sur le monde ? répéta le spécialiste. Merde ! Ça peut pas être une coïncidence !

— Quoi ?

Detroit, qui semblait complètement transporté, se rassit à son bureau et tapota sur le clavier de l'un de ses ordinateurs.

— Regardez.

Une page Internet s'ouvrit sur son écran.

C'était le site de Korben, un blogueur français avec lequel Detroit avait sympathisé quelques années plus tôt, spécialisé dans les informations sur l'univers de l'informatique et de la technologie, avec une forte connotation *underground*. Très souvent, le Français était en avance sur la plupart de ses concurrents américains. Ainsi, le blog de Korben faisait partie de la liste des six ou sept sites que Detroit consultait chaque matin dès qu'il arrivait au bureau. Et, ce jour-là, la page d'accueil du Français était en grande partie occupée par une news de taille : les fondateurs du site Exodus2016 allaient donner dans la journée une conférence de presse – attendue par les journalistes du monde entier – dont le lieu était encore tenu secret. En illustration de l'article, on pouvait voir le logo d'Exodus2016. Un œil dans lequel était incrusté un globe terrestre.

— Un œil sur le monde, murmura Detroit en posant le doigt sur l'écran. C'est le slogan d'Exodus2016. Et, comme par hasard, ils préparent aujourd'hui leur *coming out*. Dans un lieu… secret.

— Le Citigroup Center.

— Ne vous emballez pas, Gallagher ! intervint Powell. Ce n'est qu'une supposition faite à partir des délires d'une femme amnésique sous hypnose.

— Ce ne sont pas des délires, rétorqua Draken, presque choqué.

— C'est bien plus que ça, capitaine ! C'est une confirmation ! Ça recoupe une autre piste que j'avais laissée tomber depuis longtemps. Quand Emily a fait sa crise de nerfs à l'hôpital et qu'elle s'est enfuie de sa chambre, vous vous souvenez ?

Le capitaine hocha la tête, intéressé.

— À cet instant précis, elle regardait CNN. J'avais demandé à Detroit de me donner un enregistrement des infos qui étaient passées aux environs de cette heure-là. J'avais fait la liste des sujets traités. L'un d'eux concernait un scandale sur la fuite de 115 000 documents administratifs classés confidentiels, rendus publics par une organisation d'activistes sur Internet…

— Exodus2016 ?

— En personne. En voyant ces images à la télévision, elle a dû avoir une sorte de réminiscence qui l'a fait paniquer.

Powell acquiesça, mais il n'était pas encore tout à fait convaincu. Detroit, quant à lui, semblait aussi animé que sa collègue :

— C'est forcément eux ! insista-t-il. Draken, vous nous avez bien dit que les deux personnes qui allaient se faire enlever étaient un couple ?

— J'ai de bonnes raisons de le penser.

— Les fondateurs d'Exodus2016 sont mariés. John et Cathy Singer. Et ce sont eux qui vont faire la conférence.

Cette fois, le capitaine sembla prêt à passer à l'action.

— OK. Il faut les contacter au plus vite.

Detroit grimaça.

— Ça va pas être facile ! Ils ne sont pas du genre à avoir leur numéro de téléphone dans l'annuaire, si vous voyez ce que je veux dire.

— Démerdez-vous, Detroit. Il faut les contacter. Est-ce qu'on sait à quelle heure doit avoir lieu la conférence ?

— Non. Mais je vais essayer de demander à Korben. Il en sait peut-être plus qu'il ne le dit dans son article.

— OK. Detroit, vous vous démerdez pour contacter le couple Singer. Lola, je vous remets sur l'enquête. Provisoirement. Vous demandez à l'ESU[1] d'envoyer une équipe dans la tour du Citigroup Center et vous allez avec eux. Draken… Eh bien, Draken, vous pouvez rentrer chez vous. Merci infiniment pour votre aide.

Le psychiatre hocha la tête. Mais il avait un air soucieux. Il ne semblait pas partager l'enthousiasme de tout le monde.

— Juste un petit détail qui pourrait vous aider, glissa-t-il.

---

1. *Emergency Service Unit* : unité d'intervention du NYPD.

— Oui ?

— D'après les visions d'Emily, il y a de grandes chances que cela se passe au dernier étage de la tour.

A new day

45

John et Cathy Singer seraient les seuls représentants d'Exodus2016 présents dans la salle de conférence, au dernier étage de la tour du Citigroup Center. Les autres membres du bureau – qui devaient rester anonymes – regarderaient les images devant leur poste de télévision, comme une bonne partie de la planète.

Seuls deux gardes du corps étaient venus avec eux. Des anciens bérets verts, embauchés très exceptionnellement pour la circonstance. L'un resterait à l'entrée, l'autre en retrait, derrière John Singer, en surveillance.

C'était une pièce de taille moyenne, fonctionnelle, froide, équipée pour ce genre d'événements. Ils avaient utilisé le nom d'une société fantôme pour louer l'espace en toute discrétion. *A priori*, personne ne savait ce qui allait se passer ici.

Dans trente minutes exactement, le lieu de la

conférence serait révélé à quelques journalistes privilégiés. Une dizaine, pas plus. Singer leur avait déjà donné une indication géographique pour s'assurer qu'ils seraient là dans les temps. Mais ce qui comptait vraiment, c'était que les images, filmées par leurs propres caméras, soient retransmises en direct aux principales chaînes de télévision et aux plus gros sites d'information de la Toile.

9 h 07. Le couple avait encore un peu de temps pour les derniers préparatifs.

— Tu te sens bien ? demanda Cathy à son époux.

Il haussa les épaules.

— Comme toi, je suppose.

— C'est le grand jour.

Elle déposa un baiser sur sa bouche.

— Allez, dit-il. Je veux vérifier une dernière fois que tout le matériel de retransmission est opérationnel. Occupe-toi du pupitre. Il faut que tout le monde voie le logo d'Exodus2016.

Ils se mirent au travail.

Dans quelques minutes, leur vie allait basculer.

46

Phillip Detroit se connecta au canal IRC[1] sur lequel il espérait pouvoir retrouver son contact qui, fort

---

1. *Internet Relay Chat* : outil de communication instantané sur Internet.

heureusement, parlait anglais. En France, il était six heures de plus. *A priori*, Korben devait être en ligne. Le spécialiste en trouva rapidement la confirmation.

[09 : 09] <Korben> Tiens, voilà le NYPD !

[09 : 09] <D-troit> Salut.

[09 : 09] <Korben> WB[1], mon ami ! Ça faisait longtemps.

[09 : 09] <D-troit> Merci. Je vais droit au but : j'ai besoin d'une info urgente.

[09 : 09] <Korben> Hmmm... Ça dépend quoi.

[09 : 09] <D-troit> C'est une question de vie ou de mort. Je suis sérieux. C'est au sujet d'Exodus2016.

[09 : 10] <Korben> Tu as vu l'info sur mon site ?

[09 : 10] <D-troit> Oui.

[09 : 10] <Korben> Y en a un paquet qui doivent pisser dans leur froc, hein ? Tu peux être sûr qu'ils ont deux ou trois révélations croustillantes à balancer.

[09 : 10] <D-troit> Ce n'est pas la question. Est-ce que tu sais à quelle heure la conférence va avoir lieu ?

[09 : 10] <Korben> Pourquoi ?

[09 : 10] <D-troit> On pense que le couple Singer est en danger.

[09 : 10] <Korben> Sérieux ?

[09 : 10] <D-troit> Très.

[09 : 10] <Korben> Selon mes infos, dans un peu plus d'une demi-heure. À 9 h 45.

[09 : 10] <D-troit> Et tu sais où ?

[09 : 10] <Korben> LOL[2]. Non. Le lieu sera révélé

---

1. *Welcome back* : bienvenue de nouveau.
2. *Laugh out loud* : abréviation exprimant l'amusement.

à quelques journalistes triés sur le volet juste avant le début de la conférence.

[09 : 10] <D-troit> La tour du Citigroup Center, ça te dit quelque chose ?

[09 : 10] <Korben> No comment.

[09 : 10] <D-troit> Je vois. Tu as un moyen de les joindre ?

[09 : 10] <Korben> Non.

[09 : 11] <D-troit> C'est superimportant, Korben ! C'est VRAIMENT pour les protéger.

[09 : 11] <Korben> Si j'avais un moyen de les joindre, désolé, mais je ne te le donnerais pas. Et aujourd'hui, IMHO[1], ils ne sont pas joignables.

[09 : 11] <D-troit> OK. Merci. Je file. C'est du lourd.

[09 : 11] <Korben> OK. Bonne chance. J'espère que tu me raconteras. Ça serait bien, pour une fois, que ce soit toi qui me files des infos...

47

À 9 h 32 – soit moins de quinze minutes avant le début de la conférence –, Lola était au pied de l'immense gratte-ciel du Citigroup Center avec trois autres policiers du 88e district, dont le jeune Tony Velazquez, et une équipe de l'ESU. Une formation réduite. Le

---

1. *In my humble opinion :* à mon humble avis.

niveau d'urgence n'était pas assez élevé pour envoyer l'artillerie lourde.

Avant d'entrer dans la tour, Lola regarda les agents du groupe d'intervention. Avec leurs casques militaires, leurs vestes en Kevlar, leurs protections aux épaules, aux coudes et aux genoux, leurs fusils d'assaut, grenades à effet de choc, bombes lacrymogènes et autres pistolets automatiques à la taille, ils ressemblaient à des robots de combat parachutés du futur. Ou à des footballeurs américains qui auraient été croisés avec des GI's. Ces types lui filaient la chair de poule. Ils lui rappelaient de mauvais souvenirs.

— On y va gentiment, hein ? dit-elle en s'adressant au chef d'équipe. On ne sait pas sur quoi on va tomber. Probablement rien du tout. Il y a deux personnes là-haut sur lesquelles pèse une menace d'enlèvement. On les trouve et on les emmène dans un lieu sûr. Rien de plus.

L'homme sembla amusé par les inquiétudes de sa collègue.

— On ne bougera pas si vous ne nous en donnez pas l'ordre, détective.

— Parfait.

— Vous avez des photos des deux personnes en question ?

— Malheureusement, non. Ce sont des gens qui vivent… en toute discrétion. C'est un couple, John et Cathy Singer. Des Américains. Blancs. Ils ont un peu plus d'une trentaine d'années. C'est tout ce que je peux vous dire.

L'agent acquiesça. Ils se mirent en route.

À l'intérieur, ils retrouvèrent les deux autres policiers qui avaient été envoyés plus tôt dans la matinée par le capitaine Powell. Le plus âgé fit un bref rapport à Gallagher.

— Nous n'avons pas la moindre info qui pourrait corroborer cette histoire de conférence de presse, détective. Aucune salle n'a été louée à cet effet aujourd'hui. Rien nulle part au nom d'Exodus2016.

— Ils ont sans doute utilisé un autre nom. On va directement au dernier étage. Dites au responsable de la sécurité de commencer l'évacuation de l'immeuble. Mais pas d'alarme. On essaie de faire ça le plus discrètement possible.

— Évacuer discrètement un immeuble de cinquante-neuf étages ? Vous êtes sérieuse ?

— Faites au mieux.

— Et donnez ça au responsable de la sécurité, ajouta le chef de l'équipe d'intervention en lui tendant un talkie-walkie. Je veux rester en contact permanent avec lui.

L'officier de police acquiesça et partit d'un pas preste. Au même moment, le téléphone de Lola se mit à vibrer. Detroit lui annonça que la conférence était visiblement prévue à 9 h 45.

Elle regarda sa montre. 9 h 37. Il leur restait huit minutes.

— Bon, on y va ? demanda Velazquez, sur le qui-vive.

Lola l'attrapa par l'épaule. Le petit nouveau était plein d'énergie, plein de bonne volonté, et il n'y avait rien de plus dangereux qu'un petit nouveau plein de bonne volonté. Dans les films, c'était toujours les premiers à se prendre une balle. Dans la réalité aussi.

— Toi, le gamin, tu restes derrière. Tu n'es pas là

329

pour jouer au cow-boy, d'accord ? On a la cavalerie avec nous.

Elle fit signe à l'équipe de l'ESU qu'ils pouvaient se mettre en route.

Ils avaient eu peu de temps pour préparer l'opération. Mais c'était souvent comme ça. Ces types étaient entraînés pour travailler dans la précipitation. On leur avait tout de même fourni les plans détaillés de l'immeuble, les infos sur les locaux techniques, les courants de circulation, etc.

Ils passèrent par l'ascenseur de service, réservé au personnel de sécurité et d'entretien du gratte-ciel. Le commandant de l'ESU alluma son talkie et demanda au responsable de la sécurité d'en interdire strictement l'accès.

Dans les longues minutes qu'il fallut à la cabine pour monter cinquante-neuf étages, la tension ne cessa de grandir. Échanges de regards, gestes nerveux, vérification obsessionnelle de l'armement...

Quand les portes s'ouvrirent, l'escouade se mit en formation et ouvrit la voie. Ce fut comme un ballet. Des gestes mille fois répétés. Progression par binômes, avancée par étapes, canons des armes dirigés vers le sol, communication par signes...

Les *New York's finest*[1] au sommet de leur art.

---

1. *« La fine fleur de New York » :* expression qui désigne les policiers du NYPD.

48

De retour à son cabinet, Draken avait fait une chose qu'il faisait très rarement : il avait allumé son poste de télévision. Son téléphone portable serré dans la main gauche, une cigarette dans la droite, il regardait anxieusement CNN. Pour l'instant, rien.

Entre sa télé et son cellulaire, lequel de ces deux appareils diaboliques lui donnerait les premières informations ?

Et seraient-ce de bonnes nouvelles ?

Il avait du mal à y croire. C'était trop simple. Il ne pouvait pas s'empêcher de penser que quelque chose clochait.

Les yeux rivés à l'écran, il songea à Emily.

Ils ne lui avaient rien dit. La jeune femme, enfermée dans son appartement du WITSEC, ignorait probablement que Lola, à cet instant précis, était en train d'affronter la version incarnée de sa vision. Qu'elle était entrée dans la tour noire avec une cohorte de fantassins en armure.

Les enjeux étaient si grands que Draken, d'ordinaire si flegmatique, en éprouvait même une compression à la poitrine.

Si Lola trouvait quelque chose, cela mettrait-il fin aux menaces de l'homme qui était entré chez Mitchell ?

Cela leur donnerait-il des informations sur le passé d'Emily ?

Et si elle ne trouvait rien ?

Draken le savait : le neurophysiologiste et lui risquaient la prison. La prison ferme. Et une peine longue. Peut-être même pire que ça.

Il fut soudain sorti de ses pensées en voyant le logo d'un flash spécial s'afficher sur son poste de télévision.

49

L'étage était divisé en deux. Une large porte vitrée de chaque côté du palier donnait sur des enfilades de bureaux.

— On se sépare, ordonna le chef de brigade. Détective Gallagher, vous restez avec moi.

Lola acquiesça et fit signe à Velazquez de la suivre. Chaque équipe partit d'un côté.

Visiblement, l'étage était désert. Soit il n'y avait jamais personne dans ces bureaux, soit l'ordre d'évacuation avait été diablement efficace.

En retrait, elle observa le travail bien rodé de ses collègues de l'ESU. Une à une, ils forçaient les portes des différents bureaux. Chaque fois, le même rituel : un bélier pour ouvrir, deux hommes en couverture. Sécurisation du local, confirmation de l'état des lieux : « Rien à signaler. »

Plus ils avançaient, plus Lola sentait monter la

pression. John et Cathy Singer étaient-ils encore là ? Avaient-ils suivi l'ordre d'évacuation ? Ou bien avaient-ils déjà été enlevés ?

Chaque fois qu'ils ressortaient d'une pièce vide, son cœur se serrait un peu plus. Quand ils furent au bout du couloir, ils durent se rendre à l'évidence : il n'y avait personne de ce côté-là de l'étage. Un appel sur le talkie les informa qu'il en allait de même pour l'autre équipe.

— C'est quoi, ce bordel ? grogna Velazquez.

— Ils ont peut-être évacué, comme tout le monde.

— Ou bien ce n'est pas le bon étage.

— Ils sont forcément là ! Ce n'est pas possible !

Lola enragea. 9 h 46. Officiellement, la conférence avait commencé depuis une minute.

Elle prit son téléphone portable dans sa poche.

Two meanings

50

En bas de l'écran, une bande défilante annonçait en boucle l'objet du scoop que diffusait la chaîne : *« Live : conférence de presse de John Singer, fondateur du site Exodus2016. »*

Draken était captivé par le visage, plein cadre, de ce trentenaire rondouillard, les cheveux blonds coiffés en brosse, qui s'adressait à la caméra avec un air cérémonial.

« ... *beaucoup veulent nous faire passer pour de jeunes et dangereux hackers. Nous ne sommes pas cela. Nous sommes des journalistes professionnels. Des journalistes d'une ère nouvelle.*

Sur notre site, nous publions et commentons des documents originaux, pour la plupart confidentiels, qui nous ont été confiés par des gens qui, comme nous, comme vous, revendiquent le droit à la vérité, à la transparence, à la liberté d'expression.

De nombreux médias nous font confiance à travers le monde, le New York Times, The Guardian, El País, Der Spiegel, Le Monde, Die Welt, *l'*Aftenposten, *la* Neue Zürcher Zeitung, *mais aussi des chaînes de télé, comme celles qui diffusent ces images en direct à cet instant précis. Nous sommes soutenus par de nombreuses ONG, comme Amnesty International, le CPJ[1], Human Rights Watch, Reporters sans frontières, Freedom House, ainsi que par la fondation Wikimedia.*

Nous voulons dire aux gouvernants, aux multinationales, aux corporations que le monde a changé. Qu'ils ne peuvent plus nous mentir, nous cacher les vérités, car la vérité revient de droit aux peuples de notre planète.

Notre réseau s'étend à travers de nombreux pays. Nos sources savent que leur identité restera toujours protégée, et que nous ne censurons jamais les

---

1. *Committee to Protect Journalists.*

informations qui nous sont données, tant que nous pouvons les vérifier.

Chaque jour, nous subissons de nouvelles attaques, de nouvelles pressions de la part des gouvernements et des corporations, parce qu'ils ont peur que vous ayez accès aux informations que nous livrons sur notre site. Pourtant, le droit à l'information, à la presse libre s'inscrit dans la Déclaration universelle des droits de l'homme. Alors nous continuerons notre combat. Nous ne céderons pas aux pressions. Nous ne plierons pas sous les attaques. Et nous vous livrerons ces vérités qui leur font peur quel qu'en soit... »

Draken sursauta en entendant la sonnerie de son téléphone portable. Le numéro de Lola s'afficha sur l'écran.

— Ça a commencé ! dit-il avant même qu'elle n'ait eu le temps de parler. Je les vois, là, sur ma télé ! John et Cathy Singer ! Le roi et la reine !

— Je sais. Mais ils ne sont pas là. Ils ne sont pas dans la tour, Draken ! Emily s'est trompée. Il n'y a personne !

— Tu es sûre ? Comment est-ce possible ? Ils sont en direct à la télé ! Vous avez cherché partout ?

— Oui ! Je te dis qu'il n'y a personne ! Ils doivent être ailleurs.

— Vous avez bien un moyen de savoir d'où viennent les images, non, maintenant que ça a commencé ?

— Le temps qu'on les trouve, ce sera déjà fini.

Draken poussa un soupir.

Depuis qu'il avait quitté le 88ᵉ district, il avait eu une impression étrange. C'était comme s'il s'y était attendu. Comme s'il avait senti qu'il leur manquait quelque chose.

Pourtant, tout collait : la date, le couple, l'enlève-ment... Tout collait, oui, sauf le Citigroup Center. Et ce qui était étrange, c'était que cette information était la seule qui ne venait pas directement des visions d'Emily. Elle venait des vidéos du Brooklyn Museum.

Y avait-il dans les visions d'Emily un élément qui puisse confirmer que cette tour noire était bien le Citigroup Center ?

— Attends, ne quitte pas, dit-il en attrapant son carnet de croquis.

Les images de la conférence de presse continuaient de passer dans son poste.

— Fais vite !

Draken regarda les différents dessins qu'il avait faits de la tour en essayant de voir si quelque chose pouvait évoquer le Citigroup Center en particulier. Celui où elle ressemblait à une immense clepsydre. Celui où on la voyait se dresser sur des pitons rocheux. En forme de main. De main noire. Il regarda les éléments qu'il avait dessinés autour. Les femmes qui tiraient des flèches. Les hommes qui s'écoulaient dans la clepsydre. Le cavalier noir. Le roi et la reine. Et le vent. Ce vent qui soulevait leurs vêtements...

— Putain ! s'écria-t-il soudain dans le combiné.

— Quoi ?

— On est trop cons ! C'est pas possible ! Comment on a pu rater ça ?

— Quoi ? répéta Lola d'un air agacé.

— Emily ne s'est pas trompée ! C'est bien le Citigroup Center, Lola. Mais pas celui de New York.

— Pas celui de New York ?

Lola eut un moment de silence ahuri.

— Oh, putain ! Chicago ?

336

— Oui. Chicago. La *Windy City*[1]. La ville de la *Mano nera*[2]. Tout était là, dans les visions d'Emily. On était tellement sûrs qu'elle parlait de New York qu'on n'a même pas pensé à...

En voyant les images qui passaient à la télévision, il s'arrêta de parler, pétrifié.

Shadows

51

Tout commença par un grand flash blanc et une série de détonations violentes.

Une grenade DEF-TEC, étourdissante et aveuglante, venait d'être jetée dans la salle de conférence.

La plupart des journalistes présents s'effondrèrent au sol, assommés. Les autres s'accroupirent en se tenant les oreilles, une grimace d'épouvante déformant leur visage.

John Singer disparut derrière son pupitre.

Le premier garde du corps, à l'entrée, n'eut même

---

1. « La ville venteuse », surnom donné à Chicago.

2. « La Main noire », nom donné à l'organisation criminelle d'Al Capone.

pas le temps de comprendre ce qui arrivait. Une frappe avec le tranchant de la main, venue de nulle part, l'atteignit au sinus carotidien, sur la gauche du cou.

K-O immédiat.

Le second, quant à lui, eut le temps de reprendre ses esprits avant de voir entrer quatre silhouettes entièrement vêtues de noir et cagoulées. Il dégaina son pistolet automatique et fit feu aussitôt.

La panique gagna ceux des occupants de la pièce qui étaient encore debout. Il y eut une série de hurlements et tout le monde se mit à courir, cherchant vainement un abri.

L'attaque du garde du corps fut cueillie par des tirs de pistolets-mitrailleurs en retour. Les assaillants étaient équipés de Mini Uzi, culasse ouverte. Des balles perdues atteignirent un journaliste du *Chicago Tribune* en pleine tête. Tué sur le coup.

Devant cet enfer de plomb, le garde du corps effectua une roulade et alla se poster derrière le pupitre à son tour. Obligeant John Singer à se cacher derrière lui, il engagea à nouveau le combat, envoyant un feu nourri en direction des intrus. Mais de là où il était, impossible d'ajuster son tir.

Depuis le petit poste de régie, sur la gauche de la pièce, un cri s'éleva. C'était la voix de Cathy Singer. Un homme venait de la mettre à terre et lui avait déjà passé un épais sac noir sur le visage.

Après avoir utilisé sa quinzième balle, le garde du corps tira un coup à vide. Le bruit caractéristique du percuteur sans détonation lui tira un juron. Il plongea la main à sa ceinture pour prendre son deuxième et dernier chargeur.

Il n'eut même pas le temps de le glisser dans la crosse.

Deux des agresseurs venaient de leur tomber dessus.

Le premier lui brisa la nuque.

Le second immobilisa John Singer.

Les assaillants disparurent dans un écran de fumée, emportant avec eux le couple fondateur d'Exodus2016.

L'opération avait duré moins d'une minute.

52

Draken resta silencieux encore quelques secondes quand les images s'interrompirent sur son écran de télévision, laissant la place à un signal brouillé. Un ballet d'électrons.

— Tu... tu as vu ça ? bégaya-t-il finalement dans son téléphone.

La réponse de Lola tarda à venir.

— Oui.

Quelques secondes à peine avant le drame, Gallagher avait fait savoir à Powell que la conférence se tenait probablement dans le Citigroup Center de Chicago.

Le temps de prévenir le CPD[1], l'attaque avait déjà commencé. Quand ils arriveraient sur place, dans quelques minutes, il n'y aurait probablement plus personne.

---

1. *Chicago Police Department.*

— Putain de bon Dieu de merde ! lâcha Draken, toujours sous le choc des images qu'il venait de voir.

— On aurait pu empêcher ça.

— Putain de bon Dieu de merde, répéta le psychiatre.

Moment de silence.

La voix des nombreux autres policiers qui entouraient Lola résonna dans le combiné.

Sur CNN, le présentateur des infos était réapparu. Il semblait aussi anéanti qu'eux et cherchait péniblement ses mots.

— Comment c'est possible, Draken ? Comment Emily pouvait-elle savoir ? Comment elle pouvait savoir tout ça ?

Le psychiatre ne répondit pas. Il se posait exactement les mêmes questions.

— C'est qui, cette femme, bordel ?

Now you're gone

340

SERUM

Épisode 3

1

Quand Lola Gallagher entra dans le bureau du capitaine Powell, elle ne put masquer son étonnement en découvrant l'agent spécial du FBI, assis avec nonchalance sur l'accoudoir d'un fauteuil.

Non pas que la présence ici d'un agent fédéral fût une chose étonnante en soi, mais Sam Loomis ne ressemblait pas au *G-Man*[1] classique, frais émoulu de Washington. Les cheveux bouclés, mi-longs, une barbe de trois jours, il faisait davantage penser – avec sa veste en cuir usée et son vieux sweat délavé – à un motard des années hippies. Le genre de type que l'on s'attendait plutôt à croiser dans un bar obscur et insalubre que dans les couloirs immaculés du J. Edgar Hoover Building.

Certainement pas dans le goût de ses supérieurs, songea Lola. Mais si ce quarantenaire au regard brillant se permettait un tel manquement au code vestimentaire du Bureau, c'était sans doute que ses compétences faisaient passer la pilule. À l'évidence, ce n'était pas un agent ordinaire.

---

1. *Government man* : surnom donné aux agents du FBI.

— Vous connaissez le laïus, capitaine, continua l'homme après avoir adressé un bref regard à la nouvelle venue. Nous reprenons à notre compte l'enquête sur l'enlèvement de John et Cathy Singer.

Powell ne cacha pas sa déception.

— Après presque une semaine, j'avais fini par croire que vous nous laisseriez le bébé.

— La paperasserie, tout ça... Ça a pris un peu de temps. Je sais, c'est injuste, c'était votre enquête, vous aviez obtenu des résultats, mais c'est comme ça. Les kidnappings, c'est toujours pour nous autres. C'est pour le bien de la nation, comme ils disent. Vous voudrez bien demander à vos subordonnés de nous transmettre toutes les informations dans les plus brefs délais. Vous avez fait un travail remarquable, le gouvernement vous est infiniment reconnaissant, et blablabla.

— C'est vrai que nous avons fait un travail remarquable. À quelques minutes près, nous aurions pu empêcher ce drame, fanfaronna le capitaine.

Ce « nous » assez vague irrita Lola. Le seul qui aurait pu « empêcher ce drame », c'était Arthur Draken, psychiatre de son état.

Six jours avaient passé depuis l'enlèvement. Six jours pendant lesquels Draken n'avait quasiment plus donné de nouvelles. Officiellement, sa collaboration avec le 88e district concernant le dossier Emily Scott était terminée et on l'avait prié de retourner à son train-train quotidien : des consultations classiques de psychiatre hors de prix dans son luxueux cabinet de Brooklyn.

Mais, en réalité, Lola savait pertinemment qu'Arthur passait la plus grande partie de ses journées – et de ses nuits – avec ladite Emily. Ces deux-là s'étaient faits très discrets. Lola avait du mal à y croire, mais ils semblaient l'un et l'autre authentiquement amoureux.

Dans les premiers jours qui avaient suivi l'enlèvement, Emily avait tout de même dû répondre à de nombreux interrogatoires. Quelque part dans les méandres de son cerveau se cachaient des informations sur cette violente prise d'otages. Mais les enquêteurs avaient fini par se résigner : l'amnésique, par nature, ne pouvait rien leur apprendre. Et puisqu'on avait abandonné l'idée de passer par le Dr Draken pour fouiller dans ses souvenirs, on l'avait laissée dans son appartement du WITSEC[1] en attendant que le FBI prenne une décision.

Pendant ce temps-là, le rapt en direct du couple fondateur d'Exodus2016 avait fait la une des journaux et des télévisions. Les images – particulièrement impressionnantes – passaient encore en boucle sur la plupart des chaînes d'information. Les échanges de coups de feu qui avaient coûté la vie à deux hommes – un journaliste et un garde du corps – résonnaient encore sur les postes de télé du monde entier.

Et dans l'opinion publique, les polémiques enflaient de jour en jour : certains parlaient d'un acte terroriste, d'autres d'un simple crime crapuleux, mais beaucoup – internautes en tête de ligne – regardaient en direction du gouvernement. Incontestablement, la disparition de ces deux « enquiquineurs » devait en arranger plus d'un en haut lieu.

En attendant, personne n'avait encore revendiqué l'enlèvement et l'enquête piétinait. Une seule chose

---

1. Programme de protection des témoins (Voir : *Sérum, Épisodes 1 & 2*).

était sûre : ces types étaient des professionnels et ils avaient méticuleusement préparé leur attaque.

— Je regarderai tout ça de plus près quand j'aurai tous vos rapports, reprit Sam Loomis, mais j'aimerais tout de même que vous m'expliquiez brièvement comment vous avez su que les personnes dont parlait la femme amnésique étaient John et Cathy Singer...

Lola ne put rester silencieuse :

— C'est grâce au Dr Draken.

Powell fronça les sourcils.

— Pour être plus précis, c'est grâce au détective spécialiste Phillip Detroit, qui a décrypté ce qu'avait dit Emily Scott au cours d'une séance avec le psychiatre. Il a reconnu le logo d'Exodus2016 dans les visions de l'amnésique et fait le lien avec la conférence de presse qui devait avoir lieu le jour même.

C'était une sacrée façon de raccourcir les choses, pensa Lola. Mais, visiblement, Powell tenait à minimiser le rôle de Draken dans cette enquête. Sans doute pour garder ses distances avec le sulfureux psychiatre. L'IAB[1] avait formellement interdit de faire de nouveau appel à ses services. Elle décida de laisser filer. De toute façon, Arthur lui-même préférait probablement être tenu en dehors des projecteurs.

— Il est ici, votre fameux Detroit ?

— Oui.

— Je peux le voir ?

— Bien sûr. Le détective Gallagher va vous conduire jusqu'à son bureau.

L'agent du FBI acquiesça et suivit la rousse d'un

---

1. *Internal Affairs Bureau* : police des polices (Voir : *Sérum, Épisodes 1 & 2*).

air désinvolte. Il avait une façon particulièrement agaçante de mâcher son chewing-gum, avec force bruits.
Lola le détestait déjà. Depuis qu'elle était entrée dans
le bureau du capitaine, ce fameux Loomis ne lui avait
pas adressé un seul mot, comme s'il se moquait éperdument de sa présence. Il s'était contenté de lui sourire gentiment, comme on sourit à un enfant pour lui
signifier : « Tu es mignon, mais laisse les adultes
tranquilles… »

— Voilà, c'est ici, annonça Lola en s'apprêtant à
entrer dans le bureau de Phillip devant lui.

L'agent spécial la retint par l'épaule.

— Vous pouvez me laisser, maintenant. C'est
M. Detroit que je veux voir.

À ces mots, Gallagher se crispa.

L'échange de regards qui s'ensuivit souligna le décalage entre les deux personnages : celui de Lola était
furibond, celui de l'agent fédéral, détaché – amusé,
presque.

— Vous pouvez y aller, insista-t-il avec un air de
plus en plus condescendant.

Lola se retint de lui faire passer son poing à travers
la mâchoire et se résolut à partir vers son bureau sans
rien dire de plus.

Pauvre type !

Quand elle s'assit dans son fauteuil, ses yeux se
posèrent sur l'écran de l'ordinateur. Aussitôt, elle se
prit la tête dans les mains d'un air accablé et poussa
un juron : une alerte de son agenda s'était affichée,
depuis plusieurs minutes sans doute.

« 17 h 30 : dentiste – Adam. »

Elle avait complètement oublié le rendez-vous de
son fils. Il lui restait à peine dix minutes pour aller

le chercher et l'y emmener. Il ne manquait plus que ça pour achever une journée merveilleuse. Absolument merveilleuse.

2

Detroit, affalé dans son fauteuil avec le dernier numéro de *Wired*[1] posé sur les genoux, avisa l'agent fédéral d'un air suspicieux. Il y avait quelque chose qui ne cadrait pas avec ce type. Son look, sa façon de parler... Il semblait dans un perpétuel second degré, presque dans l'autodérision, et aurait très bien pu jouer le rôle d'un personnage aux côtés de Dennis Hopper et Peter Fonda dans *Easy Rider*. Tout sauf un agent du FBI, en somme.

— Je ne suis pas sûr de savoir ce que vous attendez de moi. Vous avez certainement des types plus calés sur le sujet au Bureau, non ?

— Bien sûr. La crème de la crème. Mais votre esprit d'analyse m'intéresse, répondit Loomis avec un beau sourire, et vous suivez l'affaire depuis le début. J'aimerais connaître le cheminement qui vous a permis de comprendre qu'il s'agissait bien de John et Cathy Singer.

— Rien de bien sorcier. Grâce au Dr Draken, nous savions qu'il s'agissait d'un couple, et que l'enlèvement

---

1. Mensuel branché sur la culture hi-tech, publié à San Francisco.

devait avoir lieu le 24 janvier. Dès que j'ai vu le dessin d'un grand œil au-dessus du monde sur le carnet du psychiatre, j'ai fait le rapprochement.

— Je peux m'asseoir ?

Detroit fronça les sourcils. Il n'y avait pas de chaise libre. L'agent sourit et s'assit directement sur le bureau de son hôte.

— Il est où, ce carnet ?

— Chez Draken. Vous n'avez qu'à lui demander.

— Le gouvernement a décidé de se passer de ses services. Qu'est-ce que vous savez d'Exodus2016 ?

Cette fois, le détective spécialiste se demanda vraiment si son interlocuteur ne se moquait pas de lui.

— Ce que je sais d'Exodus2016 ? La même chose que le citoyen moyen, et probablement moins que vous.

— Dites toujours.

— Eh bien… Comme tous les « lanceurs d'alertes » sur Internet, ils diffusent et commentent des documents confidentiels au nom de la liberté d'expression, sauf qu'ils ont l'air d'avoir accès à bien plus de matériel que leurs concurrents. Ils ont un réseau assez impressionnant, des contacts dans les principales institutions économiques et gouvernementales du monde entier. Les membres du Bureau restent discrets. On dit qu'ils se connaissent à peine entre eux et communiquent uniquement en ligne… Mais je ne vous apprends rien.

— Et vous en pensez quoi ?

Detroit haussa les épaules.

— Au risque de vous choquer, je les trouvais plutôt sérieux. La démarche était… intéressante.

— Vous parlez au passé ?

— Sans John Singer, il y a de grandes chances que le site finisse par péricliter, non ?

349

L'agent spécial se contenta de hocher la tête. Impossible de savoir s'il était du même avis.

— Comment avez-vous su à quelle heure la conférence aurait lieu ?

Detroit tiqua. Malgré ses questions en apparence innocentes, Loomis semblait en savoir bien plus qu'il ne voulait le montrer. Il cherchait quelque chose de précis.

— Un contact m'a refilé l'info.

— Quel contact ?

Nouveau froncement de sourcils.

— J'ai pour règle absolue de protéger mes sources.

— Vous êtes du genre à respecter des règles, vous ?

— Les miennes, oui.

L'agent fédéral sembla trouver la réponse amusante. En réalité, il connaissait probablement la vérité. Korben, le blogueur français qui avait renseigné Detroit, avait pignon sur rue, et les liens amicaux que le flic et le jeune Français entretenaient étaient connus au commissariat. Rien de bien mystérieux là-dedans. Mais alors, qu'est-ce que Loomis cherchait vraiment ?

Le détective, agacé, décida d'entrer dans le vif du sujet.

— Bon, on arrête les conneries : qu'est-ce que vous voulez savoir, au juste ? J'ai l'impression que vous me prenez pour un imbécile, avec vos questions...

— Bien au contraire. Je crois que vous êtes l'un des rares types intelligents dans ce commissariat.

— Sympa pour les autres...

— Votre collègue Gallagher n'est pas mal non plus, dans son genre, mais elle est incontrôlable.

— Parce que moi, vous pensez que je suis contrôlable ?

— Disons que vous êtes moins éparpillé.

Detroit commençait à comprendre.

— Vous recrutez, c'est ça ?

Loomis ouvrit un large sourire.

— En quelque sorte. Un détachement de quelques semaines dans notre bureau new-yorkais, ça vous tente ?

Detroit hésita quelques secondes.

— C'est bien payé ?

The world

3

Cassette n° 13 – Séance Emily du lundi 6 février 2012

L'aiguille s'enfonce lentement dans la nuque, traverse l'épiderme. Le liquide verdâtre s'agite dans la seringue puis, comme une vague puissante poussée vers la rive, il pénètre dans le corps de la jeune femme.

Ses yeux s'ouvrent à nouveau. Les traits du visage se tendent. Les pupilles se dilatent. Et c'est comme si elle passait dans un autre monde.

Son regard s'échappe.

Elle n'est plus là.

— Ferme les yeux, Emily. Détends-toi et laisse ta conscience s'ouvrir. Laisse-la nous guider. Ta conscience voit plus de choses, entend plus de choses, connaît plus de choses que tu ne peux l'imaginer. Tu te souviens de ce petit train, quelque part, dans un coin de ta tête ? Ce petit train va nous emmener en voyage. Tous les deux. « La nature est un temple où de vivants piliers laissent parfois sortir de confuses paroles ; l'homme y passe à travers des forêts de symboles qui l'observent avec des regards familiers. Comme de longs échos qui de loin se confondent, dans une ténébreuse et profonde unité, vaste comme la nuit et comme la clarté, les parfums, les couleurs et les sons se répondent. » Oublie le monde autour de toi. Ses bruits. Ses nuisances. N'écoute que l'écho de ton âme. Le plus important, c'est toi. C'est nous. N'aie crainte. Je suis là, à tes côtés. Il ne peut rien t'arriver...

Les yeux d'Emily se ferment lentement et son visage s'apaise.

— Aujourd'hui, Emily, je voudrais que tu nous emmènes voir l'homme qui est dans la rivière. Tu te souviens ?

Elle respire lentement. Elle reste immobile, comme si elle n'avait pas entendu la question, et enfin :

— Oui. Le roi. Le roi à la jambe blessée. Je le vois, maintenant. Il est là, debout au milieu des flots, avec son costume et sa couronne. Je vois qu'il souffre. Sa jambe le fait souffrir.

— Que fait-il dans la rivière ?

— Je ne sais pas. Je ne comprends pas. Il plonge les mains dans l'eau et, chaque fois qu'il les ressort, elles sont vides. Les gouttes glissent le long de ses doigts.

— *Tu éprouves de la pitié pour lui ?*

— *Non.*

— *Qu'éprouves-tu alors ?*

— *De la colère.*

— *Pourquoi ?*

— *Je ne sais pas.*

— *Est-ce que tu crois que le roi est Mike ? L'homme dont le nom est gravé sur ta bague ?*

— *Je ne sais pas.*

— *Quel est le premier mot qui te vient à l'esprit quand tu penses à lui ?*

Emily hésite.

— *Abandon.*

Draken dessine sur son carnet de notes.

— *La première fois que tu m'as parlé de lui, il essayait d'attraper un fruit...*

— *Oui. Une pomme. Une belle pomme rouge sur le pommier qui surplombe la rive. Je le vois qui essaie encore. Mais c'est pareil : chaque fois qu'il tente d'attraper la pomme, une bourrasque de vent pousse la branche, et il n'y parvient pas.*

— *Est-ce que tu peux me décrire le roi ?*

— *Non. Son visage est flou. Je n'arrive pas à bien le voir. Parfois, il est jeune, et à d'autres moments il me semble vieux, très vieux.*

Le psychiatre laisse passer un moment de silence.

— *Pourquoi la reine ne le rejoint-elle pas dans la rivière, Emily ?*

— *Je ne sais pas. Elle est obligée de rester sur la rive. Elle ne peut pas entrer dans l'eau.*

— *Alors il est seul ? Le roi est seul dans la rivière ? C'est pour ça que tu parles d'abandon ? Parce que le roi est abandonné dans la rivière ?*

— Non. Il n'est pas seul. Il y a le cygne, pas loin, et puis le rhinocéros, là-bas, plus haut. Mais le cygne ne veut pas s'approcher du roi.

— Et le rhinocéros ? Est-ce que le rhinocéros a peur du roi ? Tu m'as dit qu'il était blessé, lui aussi, que son sang se déversait dans la rivière...

— Pas encore. Il n'est pas encore blessé. Et il n'a pas peur du roi. Il lui fait confiance. Mais il ne devrait pas. Le roi vient le voir. Le roi remonte la rivière pour s'approcher du rhinocéros.

Emily ouvre les yeux de nouveau.

— Les deux se font face maintenant. On dirait qu'ils se défient. Qu'ils se jaugent. Oui, c'est ça. On dirait un matador devant un taureau.

— Alors c'est le roi qui a blessé le rhinocéros ?

— Non. Non, c'est le cavalier. Le cavalier avec sa cape, qui chevauche un zèbre. Le roi l'a appelé. Il lui a montré le rhinocéros. Ils se moquent de lui tous les deux. Ils l'ont piégé.

— Un zèbre ? Tu m'as déjà parlé de ce cavalier... mais tu ne m'avais pas dit qu'il était sur un zèbre.

— Si. On pourrait croire que c'est un cheval, parce qu'il est caché par la cape du cavalier. Mais c'est un zèbre. C'est bien un zèbre.

Elle se tait.

Draken ne dit rien. Il ne la relance pas.

Un long silence passe.

Soudain, les yeux d'Emily s'agitent.

— Le cavalier... Le cavalier tire une flèche sur le rhinocéros !

La jeune femme se tend. Les signaux s'affolent sur les appareils de monitorage.

— C'est le cavalier. C'est lui ! Il est là !

The line

4

Cela faisait une semaine que Detroit était parti travailler en intérim pour le FBI quand Lola reçut de lui un premier signe de vie. Enfin ! Elle sourit en voyant le nom de son collègue – et amant occasionnel – s'afficher sur l'intitulé du SMS.

Elle devait bien admettre que ce cow-boy de l'informatique lui manquait. Et pas seulement parce que – depuis que monsieur fricotait avec les fédéraux – il n'avait plus de temps pour ces petites escapades auxquelles ils s'adonnaient parfois tous les deux. Non. Il lui manquait aussi au commissariat. Son humour, sa repartie, son cynisme lui manquaient.

Entre Draken qui filait le parfait amour avec Emily et Detroit qui jouait aux agents secrets, la vie de Lola était en cruelle carence de présence masculine. Elle s'empressa de lire le texto.

« *Il y a un fichier dans mon ordinateur pour toi, princesse... A priori, vu son nom, tu peux pas le rater. Quoiqu'il aurait pu s'appeler autrement...* »

Lola traversa l'étage et partit s'installer au bureau de son collègue. Elle sourit en voyant la pile de magazines qui s'entassaient sur une hauteur telle que leur équilibre relevait du miracle. Elle alluma l'ordinateur et inspecta la liste des fichiers disposés à l'écran.

L'un d'eux s'appelait tout simplement « Gallagher ».

Elle secoua la tête d'un air amusé.

Oui, en effet, je ne risquais pas de le rater.

Mais quand elle cliqua dessus pour l'ouvrir, une fenêtre s'afficha l'invitant à taper un mot de passe. Elle fronça les sourcils. Detroit n'avait pas parlé de mot de passe ! Elle relut son message. Elle essaya tout de suite l'évidence et entra le mot « autrement » dans la fenêtre.

Ce n'était pas le bon mot de passe.

Elle poussa un soupir.

Detroit, j'ai autre chose à faire que de jouer à ce genre de jeu...

Elle essaya toute une foule de mots qui lui passaient par la tête. Son prénom, celui de Detroit, le nom du pub où ils avaient l'habitude de se retrouver, leurs dates de naissance respectives, mais rien n'y faisait. L'ordinateur lui renvoyait invariablement ce même bip d'erreur désagréable.

Tout sourire avait complètement disparu de son visage, à présent. Elle commençait plutôt à trouver ça agaçant. Elle relut une troisième fois le texte du SMS. La clef se trouvait très probablement dans la dernière phrase. *« Quoiqu'il aurait pu s'appeler autrement... »* Autrement que « Gallagher » ? Elle essaya les différents surnoms dont l'affublaient Detroit ou ses collègues : « princesse », « madame 90 % », « rouquine », etc. Mais aucun ne fonctionnait.

S'appeler autrement que Gallagher ? C'est mon nom de jeune fille, Gallagher ! Peut-être veut-il que je tape mon nom marital...

Elle essaya le nom « Fischer ». En vain.

Mais alors, elle eut une autre idée. Et cette idée ne lui plut pas du tout. Elle ne lui plaisait tellement pas qu'elle hésita même à l'essayer. Mais elle devait bien s'y résoudre.

Dans la fenêtre texte, elle écrivit le nom « Coleman ».

Une petite musique électronique désuète se déclencha et le fichier s'ouvrit aussitôt.

L'enfoiré ! pensa-t-elle. Detroit était donc au courant de l'identité utilisée par son frère, et il voulait le lui montrer. Une façon de lui faire un pied de nez, de lui signifier qu'il n'était pas dupe et qu'il en savait bien plus qu'elle ne pouvait l'imaginer. Un jour, il faudrait bien qu'elle découvre ce que Detroit savait précisément.

La mâchoire serrée, elle commença à lire le texte sous ses yeux.

« Bonjour Princesse,

Si tu lis ce message, c'est que tu es moins stupide que tu en as l'air et que tu as décodé mon SMS (il est rigolo mon mot de passe, non ?). Et que donc tu es dans mon bureau. Je te préviens que si tu touches à quoi que ce soit, je te fais sauter à distance.

Oui, ma webcam est branchée en permanence, et je suis probablement en train de te regarder en ce moment même. Et de te trouver terriblement sexy.

J'espère que je te manque. »

À cet instant précis, Lola songea qu'il lui manquait soudain beaucoup moins que dix minutes plus tôt.

« *Ici, chez les costards, on ne peut pas dire qu'on s'amuse follement. Je vais finir par péter les plombs. Ils m'ont parqué dans un bureau grand comme ta cuisine. Mais il faut reconnaître que ça fait du bien de ne pas devoir attendre deux mois pour recevoir une nouvelle cartouche d'encre, si tu vois ce que je veux dire.*

Comme je sais que tu t'ennuies, je t'envoie une photo. Pas de moi, t'emballe pas.

C'est l'un des types du commando qui a enlevé John et Cathy Singer. En remontant en arrière, on l'a pisté à partir de différentes caméras dans la ville et on a récupéré ce cliché où il a le visage à découvert. La photo a été prise seize minutes avant l'attaque. Pour l'instant, on n'arrive pas à l'identifier. Mais je me suis dit que ça pourrait valoir le coup que tu la montres à ta petite protégée... Comme ici les gens ne veulent plus entendre parler de Draken, je te refile le bébé.

À toi de voir.

Maintenant sors de mon bureau, tu n'as plus rien à y faire, petite garce.

Phil. »

À la fin de sa lecture, Lola avait retrouvé un semblant de sourire. Au fond, Detroit était fidèle à lui-même, aussi adorable qu'exaspérant, et c'était ainsi qu'elle l'appréciait.

Elle étudia la photo de plus près. L'image n'était pas très nette, mais l'homme était sans doute reconnaissable. Emily souffrait toujours de son amnésie, mais lui montrer ce cliché permettrait peut-être d'apprendre quelque chose. Il pourrait la faire réagir, comme l'avaient fait réagir les images d'Exodus2016 sur CNN lorsqu'elle s'était réveillée au Brooklyn Hospital.

Ça valait le coup d'essayer.

Lola décrocha le téléphone de Detroit et composa le numéro de l'appartement du WITSEC, où la jeune femme était encore logée. Comme chaque fois qu'elle était absente, ce fut l'un des deux agents fédéraux qui répondit à sa place, conformément au protocole.

— Emily n'est pas là ?

— Elle est chez le docteur Draken. Pour changer...

Évidemment, pensa Lola. Elle raccrocha et composa le numéro de portable du psychiatre.

Pas de réponse.

Elle essaya le numéro du cabinet. Personne non plus. Le répondeur se mit en route. Le détective se résolut à laisser un message.

« Arthur, c'est Lola. J'ai besoin de voir Emily. C'est urgent. Je sais qu'elle est chez toi. Je débarque dans vingt minutes. Rhabillez-vous. »

Two meanings

5

Assis dans le petit bureau qu'on lui avait prêté dans les locaux new-yorkais du FBI, c'était au moins la dixième fois que Phillip Detroit regardait la vidéo.

La séquence – postée anonymement sur YouTube une heure plus tôt – avait fait l'effet d'une bombe. Un nouveau rebondissement dans l'affaire Exodus2016. Elle était déjà diffusée par toutes les chaînes de télévision et relayée par des dizaines de milliers de sites Internet. On y voyait John Singer, amaigri, blafard, lire un texte sur une feuille de papier, probablement sous la menace de ses ravisseurs.

A priori, aucun élément visuel ne permettait d'obtenir la moindre information sur le lieu de sa détention, ni sur ses tortionnaires. Filmé en plan serré devant un vieux mur gris, il portait les mêmes vêtements qu'au jour de son enlèvement, un début de barbe et des cernes épais. L'éclairage de la pièce était faible et le grain de l'image de mauvaise qualité. Mais c'était bien lui, incontestablement.

Au début de la vidéo, on le voyait tenir dans une main le *New York Times* du jour, preuve irréfutable qu'il était au moins encore vivant le matin même.

Le texte, enfin, était court, lacunaire, mais lu lentement par l'homme visiblement épuisé. Rien sur l'identité des preneurs d'otages, aucune revendication politique ou autre. Une simple demande de rançon. Et cette demande était directement adressée aux associés du couple Singer : les membres d'Exodus2016 avaient quarante-huit heures pour réunir la somme de cinq millions de dollars et les remettre « de la manière qui [leur] avait été spécifiée ». Ce qui sous-entendait que ceux-ci avaient déjà reçu une demande privée, sans en informer les autorités.

Detroit ne pouvait s'empêcher de penser qu'il y avait quelque chose de bizarre dans cette vidéo, mais il n'arrivait pas encore à dire quoi. Au début, il avait songé à un trucage, une incrustation. Mais une analyse plus approfondie permettait rapidement d'écarter cette possibilité. C'était quelque chose de plus subtil.

Une image subliminale, peut-être ?

Peu probable. Mais pour en avoir le cœur net, il utilisa une application qui permettait de passer la séquence au ralenti.

Il ne trouva rien.

Et pourtant, il était certain qu'il y avait quelque chose.

Dans le son ? Rien ne semblait suspect, même s'il allait falloir le faire analyser pour tenter d'obtenir des informations sur les possibles lieux de l'enregistrement.

Dans les gestes de Singer, peut-être ? Sa position ? Son attitude corporelle ?

Detroit fronça les sourcils.

Peut-être. C'était quelque chose comme ça. Il était sur le point de relancer la vidéo une nouvelle fois quand l'agent spécial Loomis entra dans son bureau de fortune.

L'agent du FBI chaperonnait le flic avec un zèle qui finissait presque par devenir agaçant. Enfermé toute la journée entre ces quatre murs, Detroit n'avait pas d'autre interlocuteur que cet étrange gaillard aux cheveux bouclés, et on filtrait rigoureusement toutes les informations qu'il recevait. Une façon de lui rappeler qu'il ne faisait pas partie de la maison.

— Vous avez trouvé quelque chose, mon garçon ?

— Peut-être, répondit Detroit en essayant de garder son calme. Je ne peux pas m'empêcher de penser qu'il y a quelque chose de bizarre.

— La vidéo a été authentifiée par notre service technique. Pas de truquage. Et c'est bien Singer.

— Oui. Je sais. Ce n'est pas de ça que je veux parler.

— Je vous écoute.

— Bon, d'abord, d'un point de vue purement logique, il y a une chose qui me chiffonne.

— Voyez-vous cela !

— Cette vidéo laisse penser que c'était finalement un crime crapuleux, une simple demande d'argent. Et ça, désolé, mais ça me paraît très étrange.

— Pourquoi ?

— Parce que c'est John et Cathy Singer ! Ce ne sont pas de vieux industriels milliardaires, ou de jeunes héritiers pleins aux as. La valeur du couple Singer, elle est politique, pas financière. Du coup, j'ai du mal à croire que c'est juste une histoire d'argent. Pour tout vous dire, je suis presque déçu.

— Si les membres d'Exodus2016 arrivent à réunir cinq millions de dollars, c'est tout de même un joli coup...

— Ils les auraient obtenus plus vite en enlevant Paris Hilton, ce qui en outre est certainement moins compliqué. Il aurait suffi de la cueillir raide défoncée à la sortie d'une boîte de nuit.

— Encore faudrait-il que quelqu'un ait envie de payer pour faire libérer Paris Hilton, plaisanta l'agent. Mais concentrons-nous d'abord sur la vidéo, détective. Gardons ces considérations pour plus tard.

— Je marche sur vos plates-bandes ?

— Disons que vous sortez de votre domaine de compétence. Ce n'est pas pour ça que je vous ai fait venir ici. Alors ? Cette vidéo ?

— Vous êtes toujours aussi aimable ?

— On est au FBI ici, mon garçon. Pas à Disneyland.

— Appelez-moi encore une fois « mon garçon » et je vous fais une coloscopie avec votre badge fédéral.

Sam Loomis resta interloqué puis éclata de rire.

— J'aime votre style, Detroit. Beaucoup. Je vous verrais bien avec des santiags.

Le flic new-yorkais s'efforça de garder son calme.

— Allez, sérieusement, dites-moi ce que vous pensez de cette vidéo.

Detroit se résigna.

— Il y a peut-être quelque chose, mais je n'arrive pas à être sûr.

— Vous pouvez être un peu plus précis ?

— Justement, non.

— Alors soyez vague, mais dites-moi quelque chose !

D'un clic de souris, Detroit relança la vidéo.

— Regardez, dit-il en posant son index sur l'écran. Il y a quelque chose dans le visage de John Singer.

— Le caméraman qui se reflète dans sa pupille ? se moqua l'agent fédéral.

— Non !

— Il a l'air fatigué, c'est tout. Après douze jours de détention, rien de bien étonnant à cela.

— Non. C'est autre chose. Je suppose que vous avez plus d'infos sur lui que nous n'en avions au NYPD ?

Loomis se contenta de sourire.

— Est-ce que vous savez s'il a des tics nerveux ? continua Detroit.

Cette fois, Loomis parut intéressé.

— Aucune idée. Pourquoi ?

— Vous ne trouvez pas que le mouvement de ses paupières est un peu bizarre ?

The line

6

Ce jour-là, une grande manifestation avait été organisée par plusieurs associations locales pour sauver le
Brooklyn Heights Cinema, véritable institution menacée de destruction par les promoteurs. Pendant plus de
quarante ans, cette salle de cinéma indépendante – installée dans un vieux bâtiment du quartier historique de
Brooklyn, à quelques pas du cabinet de Draken – avait
survécu contre vents et marées et défendu une certaine
idée du cinéma indépendant et étranger. Plusieurs fes-
tivals, dont le Brooklyn International Film Festival, y
étaient encore organisés et c'était un point de rencontre
incontournable pour bien des cinéphiles new-yorkais.
   Le sort de ce bastion de résistance avait visiblement
ému les foules, si bien que la manifestation rencontrait
un succès inespéré : le quartier de Brooklyn Heights
était complètement bouché et fermé à la circulation.
Dans une bonne humeur retentissante, la procession
tournait en boucle entre Henry Street et Hicks Street,
menée par les organisateurs, des politiques et quelques

célébrités, cinéastes ou comédiens. La présence en tête de cortège de Woody Allen – figure symbolique de Brooklyn – n'était sans doute pas étrangère au succès de ce rassemblement.

Malgré son badge de police, Lola peina à traverser les différents barrages et dut se faufiler entre les manifestants pour atteindre enfin l'immeuble de Draken.

Tout en montant les marches vers le premier étage du petit immeuble rouge, elle regarda une nouvelle fois la photo que lui avait envoyée Detroit et qu'elle avait pris le soin d'imprimer. C'était peut-être, à ce jour, la seule piste du FBI concernant l'enlèvement du couple Singer. Un visage un peu flou.

Maigre, comme point de départ.

Les chances pour qu'Emily reconnaisse ce visage étaient ténues. Mais la jeune femme les avait surpris plus d'une fois. Qui savait ce qui pourrait soudain surgir du labyrinthe obscur de sa mémoire ?

Lola frappa à la porte. Pas de réponse. Le bruit de la manifestation au-dehors envahissait la cage d'escalier. Elle essaya de nouveau, en vain.

Son instinct de flic se mit aussitôt en alerte. Ce n'était pas normal. Certes, Draken et Emily avaient droit à leur liberté, leur intimité. Mais Lola avait laissé un message assez explicite sur le répondeur du cabinet au moins vingt minutes plus tôt. Au pire, le psychiatre aurait dû la rappeler pour lui demander de les laisser tranquilles. Officiellement, Emily n'avait pas encore le droit de se promener sans confier aux agents du WITSEC sa destination précise. Bref, elle était censée être ici.

Lola sortit son cellulaire et essaya de nouveau les deux numéros de Draken. Toujours aucune réponse.

Elle entendit toutefois sonner le téléphone fixe de l'autre côté de la porte, jusqu'à ce que le répondeur se déclenche de nouveau.

Le détective poussa un soupir.

Qu'est-ce que vous foutez, bon sang, les tourtereaux ?

Elle rappela l'agent en charge de la surveillance d'Emily.

— Vous me confirmez qu'elle est bien partie chez Draken ?

— Mon collègue l'a conduite en bas de chez lui il y a plus d'une heure. Il a mis plus de temps que d'habitude, à cause de la manifestation, mais je vous garantis qu'elle est bien là-bas. En tout cas, il l'a vue entrer dans le cabinet.

Lola raccrocha.

De son poing fermé, elle frappa trois coups puissants sur la porte. Mais elle savait déjà que c'était un geste inutile.

7

— Vous avez vu le battement de ses paupières ? Il ne semble pas naturel du tout. Il n'arrête pas de cligner des yeux.

— C'est une blague ?

— Non. Je suis très sérieux.

— Il est peut-être ému, tout simplement ?

— Peut-être...

— Quoi ? Vous pensez qu'il y a un message caché ? demanda l'agent spécial Loomis en s'asseyant finalement à côté du détective.

Detroit ne put s'empêcher de sourire en constatant que ce *G-Man* aux allures de rocker avait perdu son petit air moqueur. Le vent avait tourné.

Il relança la vidéo. À présent qu'il se concentrait sur les yeux de John Singer, la chose lui semblait évidente : il y avait bien quelque chose dans son battement de paupières.

— Vous avez peut-être raison, concéda Loomis. C'est bizarre.

— Il se pourrait bien que ce soit un genre de code…

— Rien qu'avec ses mouvements de paupières ?

— Pourquoi pas ?

— Eh bien, si c'est ça, il est fort, ce John Singer !

Detroit passa la vidéo au ralenti une nouvelle fois et nota sur une feuille le minutage précis de chaque battement de paupière, sous le regard perplexe de l'agent fédéral. Il essaya de déduire quelque chose de leur fréquence, de leur espacement, une sorte de suite logique, mais ne trouva rien de probant.

— Il faut que j'y regarde de plus près, dit-il en se tapotant le menton du bout de son stylo. Je suis presque sûr qu'il y a quelque chose.

Sam Loomis posa une main sur l'épaule du détective avec une forme de reconnaissance dont on ne pouvait deviner si elle était authentique ou simulée.

— Je savais bien que c'était une bonne idée de bosser avec vous.

Detroit repoussa la main de l'agent.

— J'attendrai de voir mon bonus pour vous retourner le compliment.

8

N'y tenant plus, Lola fit un pas en arrière et donna plusieurs coups de pied dans la porte de Draken. Voyant que cela ne marcherait pas, elle décida d'employer les grands moyens. Elle sortit son automatique de son holster. C'était peut-être un peu démesuré, mais ses tripes la trompaient rarement. Il se passait quelque chose. En outre, les bruits de la manifestation dehors couvriraient en partie le vacarme.

Visant la serrure, elle tira une fois, deux fois, vida presque son chargeur jusqu'à ce que le bois, décomposé, cède enfin. Un coup d'épaule acheva d'ouvrir la porte.

Lola pénétra aussitôt dans l'appartement. L'arme en joue, elle traversa l'entrée et marcha vers le premier cabinet, celui des consultations « traditionnelles ». Personne. Tout était en ordre. Les meubles Napoléon III du psychiatre, ses collections de casse-tête, son bureau, le divan de ses patients…

De l'autre côté de la pièce, la porte blindée du second

cabinet – celle au-dessus de laquelle était inscrit le *Werde, der du bist* de Nietzsche – était grande ouverte et la lumière allumée. Ce n'était pas dans les habitudes de Draken. Aucun doute : quelque chose clochait. Le poing de Lola se resserra sur la crosse de son arme.

— Arthur ? lança-t-elle tout en avançant lentement vers l'ouverture.

Aucune réponse. Quelques pas encore. À mesure qu'elle approchait de la mystérieuse pièce, elle éprouva une tension dans son corps tout entier qui lui donna l'impression de marcher contre un vent du diable.

Quand elle arriva dans l'encadrement de la porte blindée, le spectacle que lui offrit la petite pièce la saisit instantanément d'horreur.

Un tableau gothique, mais terriblement réel.

Au pied du fauteuil médical, Emily était étendue dans une mare de sang. Un coup violent lui avait été porté sur le front.

Elle gisait, immobile. La position de son corps, contre nature, laissait peu de doute sur son état.

Lola se précipita à ses côtés et lui prit le pouls.

Rien. Pas le moindre battement. Emily Scott était morte.

9

Phillip Detroit utilisa une connexion sécurisée sur son propre ordinateur portable pour lancer une conversation sur le canal IRC. Les ordinateurs du FBI étaient contrôlés de près par le service de la sécurité informatique, et il n'avait pas envie que ses « collègues » puissent tracer son interlocuteur.

[11 : 12] <D-troit> Je te dérange ? Il est quelle heure à Paris ?

[11 : 12] <Korben> Alors... Premièrement, je ne suis pas à Paris, mais en Auvergne. Contrairement à ce que vous semblez croire aux US, la France ne se résume pas à Paris, tu sais ? Et de toute façon, là, je ne suis pas chez moi...

[11 : 12] <D-troit> Tu es où, encore ?

[11 : 12] <Korben> De l'autre côté du globe. Au pays des kangourous. On a 15 heures de décalage, FYI[1].

[11 : 12] <D-troit> Désolé.

[11 : 12] <Korben> Avec la vidéo de John Singer qui circule partout, je m'attendais à avoir de tes nouvelles.

[11 : 12] <D-troit> Ravi de ne pas te décevoir.

[11 : 13] <Korben> Qu'est-ce que je peux faire pour toi ?

[11 : 13] <D-troit> Tu n'as pas remarqué un truc bizarre sur la vidéo ?

[11 : 13] <Korben> C'est-à-dire ?

[11 : 13] <D-troit> Les paupières de Singer... Je trouve qu'il a des mouvements de paupières bizarres.

[11 : 13] <Korben> LOL. Attends, je regarde.

Le détective en fit autant, même s'il connaissait à présent par cœur les images de l'otage.

[11 : 13] <Korben> Hmmm... Je vois ce que tu veux dire. Je n'avais pas remarqué.

---

1. *For Your Information* (Pour ton information).

[11 : 13] <D-troit> Tu crois que c'est un code ?

[11 : 13] <Korben> Why not ? Ça y ressemble.

[11 : 13] <D-troit> Ça te dit quelque chose ?

[11 : 13] <Korben> Ça devrait davantage te parler à toi qu'à moi. C'est toi le flic !

[11 : 13] <D-troit> En matière de cryptographie, les types dans ton genre ont toujours une longueur d'avance sur les flics...

[11 : 13] <Korben> Tu dis ça pour m'amadouer.

[11 : 13] <D-troit> Alors ça te dit quelque chose, oui ou non ?

[11 : 13] <Korben> Faudrait y regarder de plus près. Mais le codage par le mouvement des paupières, je crois me souvenir que c'est une technique utilisée par les Navy Seals[1], au cas où ils se feraient prendre en otage. Un moyen pratique et discret de faire passer des informations à l'insu de leurs ravisseurs. C'est tout à fait le genre de trucs que les responsables d'Exodus2016 pourraient avoir adopté. Un code entre eux. Ces types deviennent facilement paranoïaques quand il s'agit de communication. Mais tu crois quand même pas que je vais décoder ça à ta place ?

[11 : 14] <D-troit> Tu peux au moins me donner une piste ? Ça ressemble à du morse, mais je ne crois pas que ça en soit.

[11 : 14] <Korben> En effet. Le code Morse a été inventé par un Américain... Samuel Morse. Beaucoup trop simpliste, mon pauvre ami ! À ta place, je chercherais plutôt du côté d'une invention française. On est un peu plus fins par chez nous.

---

1. Forces spéciales de la marine de guerre des États-Unis.

[11 : 14] <D-troit> Tu veux pas m'épargner ton chauvinisme et aller droit au but ?

[11 : 14] <Korben> Je t'en ai assez dit comme ça, Sherlock ! À toi de jouer. Je suis un peu occupé ici... Je retourne à mes kangourous.

Le Français se déconnecta sans ajouter un mot. Detroit poussa un soupir. Il était certain que, de son côté, son interlocuteur allait en réalité se précipiter pour décrypter le message de John Singer avant lui. C'était vexant, mais de bonne guerre.

Après quelques recherches, le détective trouva toutefois la piste que lui avait suggérée Korben.

Émile Baudot. Ingénieur en télégraphie français, inventeur du code Baudot.

Il s'agissait donc d'un code binaire – ce qui était peu étonnant pour un technophile comme John Singer – à savoir que chaque caractère était codé par une combinaison de zéros et de uns, figurés ici par la vitesse de clignement des paupières.

Utiliser un tel codage demandait certainement un entraînement très compliqué, ardu, car il fallait maintenir un rythme régulier afin que la succession de signes soit identifiable par le spectateur. Et d'ailleurs, Detroit n'était pas certain de réussir à tirer quoi que ce soit de ce charabia oculaire... Mais il s'attela aussitôt à la tâche.

Face the truth

10

Le cerveau de Lola mit un certain temps à accepter la réalité de sa découverte.

Emily est morte.

La phrase résonnait en boucle dans sa tête, comme si une voix extérieure avait voulu l'y faire entrer de force. *Emily Scott est morte.*

Malgré son émotion, Gallagher retrouva rapidement ses réflexes policiers. C'était même une issue de secours, pour ne pas perdre pied : passer en mode flic.

Elle regarda sa montre. 11 h 45. À en juger par la température de son corps, Emily n'était pas morte depuis longtemps. Moins d'une heure.

Un rapide examen du cabinet secret de Draken lui permit de noter d'emblée plusieurs informations.

Des stigmates rouges sur les poignets d'Emily. Sans doute la marque des lanières qui la maintenaient lors des séances d'hypnose. L'une d'elles pendait le long du fauteuil métallique, à moitié arrachée.

Plusieurs coups sur son corps – dont le principal semblait avoir été porté à la tête – et ce qui ressemblait à des traces de griffures.

Ici, la caméra VHS, toujours fixée sur son pied, était tombée par terre. Quelques petits bouts de plastique brisés montraient le point d'impact.

Plus loin, la boîte en bois où Draken conservait son

sérum était renversée, elle aussi. Plusieurs fioles et une seringue s'étaient éparpillées au sol.

Partout, des traces de lutte.

Mais rien qui puisse indiquer où se trouvait Draken.

Prenant garde à ne toucher à rien, Lola se redressa et attrapa l'émetteur à sa ceinture. Parer au plus urgent. D'une voix glaciale elle annonça l'homicide au central et demanda qu'on envoie au plus vite des collègues et des secours. Puis, reprenant son arme, elle explora le reste de l'appartement. Elle n'avait rien remarqué dans le premier cabinet – en dehors de la diode rouge du répondeur qui clignotait, signalant sans doute le dernier message qu'elle avait laissé – et se dirigea prudemment vers la partie privée de l'habitation.

Rien dans la chambre non plus. Le lit était fait. Tout semblait en ordre. Elle se dirigea vers la salle de bains.

La gorge nouée, elle s'efforçait de garder son calme, même si elle redoutait de découvrir le cadavre de son ami étendu quelque part. Chaque nouveau pas alourdissait son appréhension. Mais elle ne trouva rien là non plus et se dirigea enfin vers la cuisine, dernière pièce de l'appartement.

À peine entrée, elle ressentit la température glaciale de la petite pièce et vit aussitôt que la fenêtre était grande ouverte. En plein mois de janvier, ce n'était certainement pas volontaire. Dehors, les bruits de la manifestation résonnaient entre les façades des immeubles.

Lola s'avança prudemment vers la fenêtre et jeta un coup d'œil vers la rue. La foule des manifestants continuait de parader en scandant ses slogans cinéphiles.

Elle fit deux pas en arrière et inspecta le sol, les murs, les meubles, à la recherche d'un indice.

Quelqu'un était entré ou sorti par cette fenêtre.

Quelqu'un qui était venu ici par effraction pour tuer Emily ? C'était l'explication la plus probable. Mais ce n'était pas la seule. Et aussi inconfortable que cela fût, Lola dut bien se résigner à envisager l'autre hypothèse : Draken s'était enfui.

Car une chose était sûre, à présent : le psychiatre n'était plus dans l'appartement.

Reality

11

Il fallut près d'une heure à Phillip Detroit pour décrypter le message que John Singer avait livré sur la vidéo de ses ravisseurs à l'aide du code Baudot.

Après plusieurs tentatives infructueuses[1], le détective avait fini par traduire ces étranges mouvements de paupières en une série de quatorze signes : des chiffres et des points. Il reconnut aussitôt la forme caractéristique d'une adresse DNS[2].

---

1. Pour découvrir le décryptage de Detroit et tenter de le résoudre à votre tour, rendez-vous sur www.serum-online.com, dans la bibliothèque de Brooklyn.

2. *Domain Name System*, système de noms de domaine.

John Singer avait donc indiqué en secret l'adresse d'un serveur Internet. À l'attention de qui ? De ses acolytes d'Exodus2016 ? Des services de renseignements ? Impossible de le savoir pour l'instant. Après tout, son message crypté était livré à la planète entière et Detroit savait pertinemment qu'il ne serait pas le seul à le décoder. L'information finirait par circuler, comme toujours sur la Toile. Peut-être même n'était-il pas le premier à découvrir la chose.

Excité, le détective s'empressa d'entrer l'adresse sur son explorateur Internet.

Une simple page blanche s'afficha sur l'écran.

Elle était entièrement vide, sans titre, sans texte, sans image, à l'exception d'un lien au milieu même de la page vers ce qui semblait être un fichier compressé.

Le fichier s'appelait DES-87.zip et on pouvait le récupérer d'un clic de souris.

Detroit lança le téléchargement.

12

Les collègues du 84e district mirent moins de dix minutes à arriver à l'appartement de Draken, l'arme au poing. Lola les rassura rapidement : ils pouvaient ranger l'artillerie, il n'y avait personne à l'intérieur.

Personne, à part le cadavre d'Emily Scott.

Après avoir expliqué à l'officier en charge comment elle avait découvert la scène, elle partit s'asseoir derrière le bureau de Draken d'un air abattu. Les yeux dans le vague, elle lutta pour ne pas se laisser submerger par l'émotion. Qui avait tué Emily ? Où était Draken ? Les deux questions assaillaient impitoyablement son esprit.

Les sons et les images du monde autour d'elle, déformés par son désarroi, lui parvenaient en vagues confuses. Du coin de l'œil, elle vit les silhouettes floues des policiers qui s'agitaient dans la pièce du crime, relevaient les empreintes, rassemblaient les indices. Les seringues de Draken, la cassette VHS à l'intérieur du vieux caméscope… Le bruit des radios se mêlait à celui de la rue dans un brouhaha hypnotique.

La question de l'officier finit par la sortir de sa torpeur.

— Vous êtes certaine que le Dr Draken était là ?

— Il n'aurait pas laissé Emily seule. Et puis ils étaient visiblement en pleine séance…

— Ça lui arrive souvent d'attacher ses patients ? demanda le policier avec un ton qui ressemblait presque à un reproche.

Lola grimaça.

— Non. Seulement… Seulement durant certaines séances d'hypnose.

— Je vois. Et les seringues ?

Gallagher haussa les épaules. Elle savait pertinemment à quoi servaient ces seringues, mais elle n'avait pas envie d'expliquer. Pas maintenant. Il fallait qu'elle réfléchisse à ce qu'elle pouvait dire. Draken était son ami. Elle ferait tout pour le retrouver, pour comprendre ce qui s'était passé, et s'il avait quelque chose à se reprocher, elle ne l'épargnerait pas, mais, en attendant, elle ne voulait pas lui attirer d'ennuis.

— Bon, soupira l'officier. Je ne vais pas vous embêter ici et maintenant, avec ce que vous venez de vivre. Vous aurez l'occasion de raconter tout ça plus tard.

— Merci.

— Il faut qu'on boucle le périmètre et qu'on fouille tout le quartier. Le tueur est peut-être encore dans les parages.

Lola se contenta d'acquiescer, bien contente de ne pas être en charge des opérations. L'homme partit vers l'entrée et effectua plusieurs appels radio.

Comme attirée par les flashs de l'appareil photo qui en émanaient, Lola se releva et entra de nouveau dans le second cabinet de Draken. Les collègues de la police scientifique s'affairaient toujours autour du cadavre d'Emily. Cette scène qu'elle avait vue mille fois devenait soudain bien différente. Personnelle. Terrifiante.

Elle ne put s'empêcher de penser au destin de cette femme, poursuivie par la mort.

Ils ont fini par l'avoir.

Elle songea que nul ne connaissait son véritable nom, que nul ne connaissait son histoire, et que cette amnésique qui en savait trop emportait certainement avec elle une foule de secrets.

Et puis, de nouveau, la question lancinante. Où donc Draken était-il passé ?

13

— Je vous ai déjà dit tout ce que j'avais à vous dire, agent Loomis.

Lors de leur première entrevue, William Roberts avait accepté de donner au FBI un numéro de téléphone auquel il pouvait être joint en cas d'urgence. Mais il avait aussi laissé entendre qu'il ne fallait pas compter sur lui pour collaborer avec le Bureau. Exodus2016 ne collaborait pas avec le gouvernement.

— Pas vraiment… Vous avez notamment oublié de nous dire que les ravisseurs vous avaient déjà contacté.

— Cela s'est passé après notre entrevue.

— Vous êtes censés nous tenir informés de ce genre de choses.

— Vous plaisantez, Loomis ? Le Bureau veut notre mort depuis des années. Nous ne comptons pas sur vous pour nous aider. Ne comptez pas sur nous.

— Je ne fais pas partie du département avec lequel votre groupe a eu maille à partir, monsieur Roberts, et, pour tout vous dire, Exodus2016, je m'en tamponne. Moi, mon boulot, c'est d'obtenir la libération de vos associés et d'arrêter les types qui l'ont enlevé. Considérez que ces circonstances exceptionnelles signent une trêve entre votre boutique et la mienne.

— Il n'y a pas de trêve, agent Loomis. Faites votre boulot, moi, je fais le mien.

Il raccrocha sans ajouter un mot, avant que l'agent du FBI ait eu le temps de lui poser des questions sur le fichier de John Singer.

Faisant fi de l'interdiction de fumer dans tout le bâtiment, Loomis ouvrit la fenêtre et alluma une cigarette.

Il aurait très bien pu produire une convocation officielle à laquelle Roberts eût été obligé de se soumettre. Mais cela n'aurait fait qu'empirer les choses.

— Je peux fumer, moi aussi ? demanda Phillip Detroit en entrant dans le bureau.

— Faites comme chez vous.

Le policier rejoignit l'agent à la fenêtre et sortit une cigarette d'un paquet souple.

— Tiens ? Vous ne fumez pas des roulées ? ironisa Loomis en lui tendant son briquet.

— Ça m'arrive.

Accoudés à la fenêtre, ils fumèrent ensemble en regardant l'agitation des rues new-yorkaises en contrebas.

— Ce n'est pas dans votre commissariat que vous pourriez vous en griller une petite comme ça, hein ?

— Je dois reconnaître que vous m'intriguez, Sam. On ne peut pas dire que vous ressemblez à l'image qu'on se fait d'un *fed*. Vous n'avez jamais d'emmerdes ?

— Tout le temps. Avec mon pedigree, je devrais déjà être directeur à l'heure qu'il est. Vous avez quelque chose pour moi ?

Detroit lui tendit un paquet de feuilles. Plusieurs centaines, noircies de chiffres et de lettres qui ne voulaient apparemment rien dire.

— Vous avez essayé de décrypter ça ?

— Bien sûr. Mais je ne trouve rien. J'ai essayé tout un tas d'algorithmes, ça ne donne rien.

— Pas de souci, Detroit, on a un service spécialisé.

— Je ne veux pas vous décevoir, mais je suis prêt à parier qu'ils ne trouveront rien, vos spécialistes. À mon avis, c'est un code qui utilise un algorithme de cryptographie symétrique. Sans la clef, il est incassable. Et ça ne m'étonnerait pas que seuls les membres d'Exodus2016 aient la clef.

— Aucun code n'est incassable.

Detroit se contenta de sourire. L'arrogance du FBI n'avait pas de limite.

— Tout ce que je peux vous dire, c'est que le fichier DES-87.zip était un fichier d'archives compressé, qui contenait des textes, tous intitulés CIA-DES et numérotés de 1 à 87.

— CIA-DES ?

— Ouaip. Intéressant, comme préfixe, hein ?

— OK. Je vais faire suivre, reprit l'agent en écrasant sa cigarette sur le rebord de la fenêtre. En tout cas, vous avez fait du bon boulot...

— Je ne suis pas sûr que ça nous aidera vraiment.

Loomis fronça les sourcils.

— Que voulez-vous dire ?

— Je ne suis pas sûr que cela soit directement lié à l'enlèvement. Ce fichier était nécessairement sur le serveur avant que Singer soit enlevé. J'ai du mal à croire qu'il l'y ait mis en captivité.

— Et alors ?

— Et alors, je pense que c'est simplement un dossier brûlant que Singer gardait de côté au cas où il lui arriverait quelque chose, et qu'il en a révélé l'adresse parce qu'il a peur de mourir et qu'il veut que ce dossier circule. Bref, pas sûr que ça ait le moindre rapport avec son enlèvement.

— Qu'est-ce qui vous permet de dire ça ?

— Quand les dirigeants de Wikileaks ont commencé à avoir des soucis avec la justice, ils ont fait quelque chose d'assez similaire : ils ont balancé au plus grand nombre un fichier crypté – que personne n'a encore cassé, soit dit en passant – au cas où ils ne pourraient plus le conserver eux-mêmes. Ce que vient de faire Singer y ressemble beaucoup.

— On verra bien.

— Si c'est bien ça, ça ne nous aidera pas beaucoup à retrouver Singer.

L'agent du FBI ne répondit pas, et Detroit se demanda soudain si retrouver Singer était bien la priorité du Bureau. Peut-être avait-on ici des objectifs plus urgents. Empêcher la diffusion de ce genre de documents, par exemple…

Il éprouva aussitôt l'envie de retourner sur-le-champ au commissariat, avec Lola. Certes, fini les pauses cigarettes en cachette. Mais au moins, là-bas, on savait sur quoi on travaillait. On était maître de ses enquêtes. Et même s'il y avait souvent des enjeux de pouvoir, des enjeux politiques qui venaient compliquer les investigations, on ne travaillait pas à l'aveugle, avec ce sentiment d'être manipulé par des supérieurs qu'on ne voyait jamais.

— Essayez de trouver l'origine de ce fichier, Detroit, je me charge de le faire décrypter.

Le policier mima un salut militaire :

— À vos ordres, chef.

14

— Ça faisait longtemps qu'on ne s'était pas vues, détective Gallagher.

— Pas assez longtemps à mon goût...

Lola regardait fixement Mitzie Dupree, lieutenant de l'IAB qu'elle ne connaissait que trop bien. Comment celle-ci pouvait-elle venir la harceler dans un moment pareil ?

La quinquagénaire au regard sévère, aux cheveux blonds tirés en arrière et à l'embonpoint certain n'avait jamais caché l'aversion qu'elle avait pour sa jeune collègue. Une histoire de jalousie mal placée, sans doute. On eût dit que Mitzie Dupree avait planté une tente devant le commissariat depuis des années et attendait chaque excuse valable pour sauter à la gorge de l'Irlandaise, dans l'espoir de la faire tomber un jour.

Mais voilà, ça faisait partie du boulot. Quelles que soient les épreuves qu'elle venait de traverser, Lola devait bien répondre à toutes les questions de cette casse-pieds. Ordre formel du capitaine Powell.

— Pouvez-vous me préciser la nature de vos liens avec le Dr Draken ?

— Des liens professionnels et amicaux.

— Amicaux ?

— Oui.

— Rien de plus ?

— Non. Rien de plus.

Lola parlait avec une voix sinistre. À cet instant, elle ne pensait qu'à une chose : sa responsabilité. Sa culpabilité, même. Et les questions de son interlocutrice n'arrangeaient rien. Car c'était bien elle qui avait initié la rencontre entre Emily et Draken. Et cette rencontre venait de se terminer par un drame. Un drame qu'elle n'avait pas vu venir, qu'elle n'avait pas su empêcher, et que, sans doute, elle ne se pardonnerait jamais.

Dupree nota quelque chose sur son carnet.

— Vous vous connaissez depuis quand ?

— Fin 2006. Peu après ma mutation à New York.

— Il vous a déjà paru violent ?

Lola secoua la tête, écœurée par ce que ces questions sous-entendaient.

— Ne soyez pas ridicule, Mitzie ! Vous connaissez Draken et vous savez très bien que ce n'est pas un homme violent !

— Il y a des gens violents qui cachent bien leur jeu. Quelle était la nature de ses liens avec Emily Scott ?

— Ce n'est un secret pour personne : ils couchaient ensemble.

— N'est-ce pas contraire à la déontologie que de coucher avec une patiente ?

— Officiellement, elle n'était plus sa patiente. Vous le lui avez interdit, vous vous souvenez ?

— Pourtant, tout semble indiquer qu'elle est morte en pleine séance d'hypnose...

Malheureusement, c'était vrai. Des séances d'hypnose que Draken avait promis d'arrêter.

— Ce qu'ils faisaient entre eux ne nous regarde pas, dit-elle sans conviction. Ce sont deux adultes majeurs et responsables, il me semble.

— Ne vous faites pas plus bête que vous ne l'êtes, Lola : vous savez très bien que Draken n'aurait pas dû continuer ces séances, surtout s'il couchait avec elle.

— Je ne suis pas du genre à m'occuper de ce que font les couples entre eux pour se divertir.

Le lieutenant Dupree fit une moue agacée, puis, après un silence, reprit son interrogatoire :

— Avez-vous déjà assisté à une dispute entre Draken et Emily ?

— Non, jamais. Au contraire : ils semblaient très amoureux. Mais je ne vois pas pourquoi vous me posez cette question. Vous êtes censée enquêter sur moi, pas sur Draken, que je sache. Ça, c'est le boulot des *vrais* policiers...

Le lieutenant sourit à la provocation.

— En effet, c'est bien sur vous que j'enquête, détective Gallagher, mais j'ai besoin d'avoir une vision d'ensemble du dossier. Que savez-vous du sérum qu'utilise Draken ?

— Rien.

— Allons, vous savez qu'il utilise un sérum !

— Il ne m'en a jamais parlé, mentit Lola.

— Vous avez bien vu les seringues dans son cabinet ?

Le détective ne répondit pas.

— Je vois... Que veniez-vous faire chez Draken ?

385

Lola serra les dents. Elle était contrainte de mentir à nouveau. Non plus pour couvrir Draken, mais pour couvrir Detroit, cette fois. Elle ne pouvait mentionner la photo que son collègue lui avait fait suivre, car cela représentait de sa part une faute grave, que le FBI ne lui aurait sans doute pas pardonnée.

— Je venais prendre des nouvelles de l'un et de l'autre.

— Vous mentez.

Lola se crispa. Elle comprit aussitôt son erreur en voyant le petit air satisfait de son interlocutrice.

— Vous avez laissé un message sur le répondeur de Draken près d'une demi-heure avant d'entrer chez lui. Je vous cite : « Arthur, c'est Lola. J'ai besoin de voir Emily. C'est urgent. » Qu'y avait-il de si urgent, détective Gallagher ?

La rousse soupira. Elle était bien obligée de lâcher quelque chose. De lui donner un os à ronger.

— Je... Je voulais lui montrer quelque chose.

— Quoi ?

— Une photo.

— Une photo de ?

— Une photo de John Singer, mentit-elle.

— Pourquoi ?

— Pour voir si ça lui rappelait quelque chose.

— Je vois. Vous êtes donc en train de reconnaître que vous avez voulu lui montrer quelque chose dans le cadre d'une enquête que vous n'étiez plus censée mener ?

— Oui.

Reconnaître cette faute-là était un moindre mal. Ça donnerait au lieutenant Dupree le sentiment d'avoir remporté une petite victoire, tout en passant sous silence la véritable faute professionnelle imputable à Phillip Detroit, qui avait laissé filtrer une photo de l'un des preneurs d'otages.

— C'est une faute grave, Gallagher.

Lola sourit. Elle savait pertinemment que l'officier de l'IAB ne tenait rien de tangible.

— Une faute grave que je n'ai pas commise, puisque quand je suis arrivée, Emily était morte. Je ne lui ai donc pas montré la photo…

— Mais vous en aviez l'intention.

— Vous voulez me faire un procès d'intention ? Vous n'avez vraiment pas de plus gros poisson à pêcher ?

La quinquagénaire reboucha son stylo et le reposa calmement devant elle. Puis elle dévisagea Lola avec un air de directrice d'école.

— Bon. On arrête les conneries, Gallagher. Je sais très bien que vous êtes au courant que Draken utilise un sérum illégal lors de ses séances d'hypnose, et vous le couvrez. Aujourd'hui, votre ami a disparu de la circulation, et on vient de trouver sa compagne morte dans son cabinet, avec tellement de preuves pour l'inculper qu'il va nous falloir plusieurs jours pour les classer… Il est le suspect numéro un, dans cette affaire.

— Ou la victime numéro deux, glissa Lola.

— Soit vous continuez à vouloir couvrir votre ami, soit vous faites votre boulot de flic, qui consiste à chercher la vérité, et rien d'autre que la vérité.

— Mais c'est ce que je fais.

— Oseriez-vous me répéter que vous ignorez que Draken utilise ce sérum ?

Lola ne sourcilla pas.

— Je l'ignorais.

Ce n'était qu'un demi-mensonge, après tout. Draken avait toujours refusé que Lola assiste aux séances, elle ne l'avait donc jamais vu de ses propres yeux…

— Très bien. Vous pouvez rentrer chez vous, Lola. Mais croyez bien que nous allons être amenées à nous revoir dans les prochains jours.

— Ne vous sentez pas obligée…

Lola se leva, enfila sa veste, puis sortit du bureau sans rien ajouter.

Quand elle fut dans le couloir, elle fit quelques pas avant de s'arrêter et de s'adosser au vieux mur de brique. Elle laissa retomber sa tête en arrière et ferma les yeux. Aussitôt, l'image du corps sans vie d'Emily envahit son esprit, et elle rouvrit immédiatement les paupières, comme pour la chasser. Elle se pinça les sinus entre le pouce et l'index, dans un geste ridicule dont elle espérait qu'il suffirait à retenir les larmes qu'elle sentait monter.

— Tout va bien, détective ?

Elle sursauta.

Tony Velazquez, la jeune recrue du commissariat, lui toucha l'avant-bras.

— Ça va, ça va, mentit-elle. Juste un peu chamboulée. Mais ça va.

— Je comprends. Enfin… Je devine.

Elle se racla la gorge et se redressa.

— Ça fait partie de la vie d'un flic, Tony. Ce n'est pas ma première mauvaise journée, et ce ne sera pas la dernière. Et si vous ne vous faites pas bêtement tuer en voulant jouer les héros avant ça, vous risquez d'en connaître quelques-unes vous aussi dans votre carrière.

Le jeune Hispano acquiesça.

— Vous devriez rentrer chez vous, Lola.

— Il faut d'abord que je passe voir le capitaine.

— Si je peux faire quoi que ce soit pour vous aider, n'hésitez pas.

— Merci, Tony.

Elle sourit en le regardant partir. Le gamin avait déjà cet esprit fraternel, essentiel à la survie dans ce métier. Il apprenait vite.

Two meanings

15

Dans le local souterrain d'Exodus2016, en plein cœur du quartier des abattoirs de Manhattan, un simple filet de lumière entrait par l'une des lucarnes et venait éclairer la rangée d'ordinateurs portables alignés devant le mur de béton. Cheyenne, la jeune hacker qui avait rejoint le groupe depuis quelques mois, venait d'achever de décrypter le message de John Singer.

— Cette adresse DNS te dit quelque chose? demanda-t-elle en se retournant vers William Roberts.

En l'absence de Singer, le numéro deux d'Exodus2016 était bien obligé d'assumer le rôle de dirigeant. Pourtant il avait horreur de ça. Lui, il était un homme de l'ombre, un exécutant discret, tout au plus un conseiller avisé, mais certainement pas un leader. Il n'aimait pas apparaître en pleine lumière, et encore moins donner des ordres.

— Oui, confirma-t-il à la jeune recrue sans bouger de son fauteuil. C'est une adresse hébergée par l'un de nos serveurs.

Le visage plongé dans l'ombre, Roberts resta en retrait, assis dans un coin de la pièce. Cela faisait partie des habitudes, chez Exodus2016. Ces derniers temps, il avait fini par se dire que c'était davantage pour le folklore que pour de véritables raisons de sécurité. Mais depuis l'enlèvement de John Singer, les questions de sécurité n'avaient plus rien de folklorique. Il régnait au sein de tout le groupe une ambiance lourde et grave.

De l'autre côté de la cave, la jeune femme aux courts cheveux bruns constata rapidement que Roberts avait une mémoire redoutable. L'adresse DNS renvoyait effectivement vers l'un de leurs propres serveurs.

— Qu'est-ce que c'est que ça ? murmura-t-elle dès que la page s'ouvrit.

Le lien bleu vers le fichier DES-87.zip brillait au milieu de l'écran.

— Sans doute un fichier archives compressé que John a voulu nous donner.

— Caché sur un de nos propres serveurs ?

— C'est une adresse qu'on n'utilise plus depuis un moment. Et John était le seul à administrer ce serveur. Il a sûrement caché ce fichier depuis longtemps pour qu'on le trouve en cas de problème.

— Je le télécharge ?

— Oui, bien sûr ! Mais essaye surtout de te connecter au panneau d'administration du serveur et de supprimer tout ça. On ne peut pas le laisser en ligne. John voulait certainement qu'on l'efface une fois qu'on l'aurait récupéré.

— OK. Je vais essayer de trouver les codes d'accès. Tu sais ce qu'il y a dans ce fichier ?

— Pas la moindre idée.

À cet instant, la jeune informaticienne eut un geste de surprise et se crispa devant son écran.

— Que se passe-t-il ?

— Regarde ! Il y a une tentative d'intrusion sur le serveur !

— Tu crois que c'est les types qui ont pris John en otage ? Qu'ils essaient de récupérer le fichier avant nous ?

— Non. Qui que ce soit, ils ont *déjà* récupéré le fichier. Quelqu'un essaie tout bonnement de faire sauter notre serveur !

William Roberts oublia les consignes de sécurité et se précipita aux côtés de la jeune femme, lui révélant pour la première fois son visage.

— Tu peux les en empêcher ?

— Je peux essayer...

Elle était déjà en action. Passant d'un ordinateur à l'autre en glissant sur sa chaise à roulettes, elle pianotait sur les claviers à une vitesse impressionnante. Cheyenne, du haut de ses vingt-deux ans, faisait partie de cette génération de surdoués qui étaient nés avec un clavier au bout des doigts.

— Les enfoirés ! Ils sont en train de chercher toutes les failles possibles et ils ont un script qui tente de casser nos logins par force brute !

Roberts suivait aussi les données en direct sur les

différents écrans. On les assaillait de toutes parts. Une version virtuelle de Fort Alamo.

— Essaye de tout verrouiller et de voir si tu peux les tracer ! ordonna-t-il, inquiet.

Les lignes de code défilaient sous leurs yeux à une cadence impitoyable et plusieurs icônes d'alerte clignotaient ici et là, signe que les remparts n'allaient pas tarder à céder.

— C'est pas des débutants, grogna la jeune femme.

— Qui à ton avis ?

— Difficile à dire. Ils utilisent une IP fantôme. Soit ce sont les preneurs d'otages, soit… le gouvernement.

— FBI ?

— Probablement. C'est eux qui dirigent l'enquête sur l'enlèvement de Singer, n'est-ce pas ? Pour vérifier, il faudrait que je remonte à la source de leur IP fantôme.

Elle parlait rapidement, d'un ton glacial, tout en continuant de taper sur les claviers.

— Ils bossent sûrement dans la précipitation, intervint Roberts, comme pour se rassurer lui-même. Le message de John n'a que quelques heures. Ils ne peuvent pas l'avoir déchiffré si vite !

La jeune femme transféra le fichier de John Singer sur un disque dur externe qu'elle débrancha aussitôt de sa console.

— Tiens, on aura au moins récupéré le fichier nous aussi, dit-elle en tendant le petit boîtier métallique à William Roberts. L'archive comporte 87 fichiers, mais ils ont l'air cryptés.

L'homme acquiesça. Oui, des fichiers cryptés. Cela confirmait ses soupçons. Quelques mois plus tôt, Singer lui avait donné une clef de décryptage en lui demandant de la garder pour lui, en lieu sûr. Quand Roberts avait demandé à quoi servait cette clef, son associé lui avait répondu : « J'espère que tu n'auras jamais à le découvrir. »

De son côté, Cheyenne menait deux batailles de front. D'un côté, elle lança plusieurs scripts de sa conception pour prendre le contrôle de ce serveur auquel John Singer seul avait normalement accès. De l'autre, elle essaya de bloquer la tentative d'intrusion et de remonter jusqu'à sa véritable source.

Une carte du monde s'afficha sur l'un des écrans, et des points lumineux s'y allumèrent les uns après les autres, en Europe, puis en Asie, avant de revenir enfin vers l'Amérique du Nord.

— Dépêche-toi ! Nos barrières sont en train de tomber ! Ils vont prendre le contrôle du serveur d'une minute à l'autre !

La jeune femme changea de technique et lança d'autres applications. Mais les types en face étaient plus rapides, mieux équipés. Dans quelques minutes, quelques secondes peut-être, ils allaient entrer sur leur serveur, devant leurs yeux.

William Roberts se leva d'un bond.

— Il n'y a plus qu'une seule solution, dit-il en se précipitant vers une porte sur sa droite.

Il pénétra alors dans la petite pièce climatisée où des colonnes de serveurs clignotaient dans l'obscurité, et se dirigea tout droit vers le panneau électrique.

Il savait que ce qu'il s'apprêtait à faire ne serait pas sans conséquences. Mais il n'avait pas le choix. C'était le genre de décision rapide que nécessitait son nouveau statut. John Singer n'aurait sans doute pas hésité.

D'un geste sûr, il coupa le disjoncteur de la salle serveur.

Dans un claquement sec, lumières et machines s'éteignirent d'un coup. Le vrombissement de la climatisation s'étouffa lentement.

Il serra les dents au milieu de l'obscurité.

Tous les sites hébergés par le groupe venaient de s'éteindre d'un seul coup, sur toute la planète.

Roberts retourna auprès de la jeune femme dans la pièce adjacente.

— Tu as eu le temps de les tracer ?

Les ordinateurs portables, qui fonctionnaient sur batterie, tournaient encore, seule source de lumière artificielle dans la petite cave obscure.

La jeune femme acheva une dernière manipulation.

— Oui, dit-elle finalement d'un air grave.

— C'est le FBI ?

— Non. Je reconnaîtrais cette signature entre mille. C'est une IP qui vient de Virginie, dans le comté de Fairfax.

— À Langley ?

Cheyenne se contenta de hocher la tête.

— Merde. C'est pas le FBI. Ce sont nos amis de la CIA !

— Qu'est-ce qu'on fait ?

— On se grouille. Le premier arrivé a gagné.

The line

16

— Ne le prenez pas mal, Lola, mais vous vous doutez bien que même si Mitzie Dupree n'avait rien dit, je
ne vous aurais pas laissée vous charger de ce dossier.
Vous êtes trop intimement liée à Draken. Et, de toute
façon, c'est le 84e district qui est dessus.

— Vous pourriez très bien leur demander de nous
refiler le bébé. Personne ne connaît Draken aussi bien
que moi.

Le visage de Powell se crispa.

— Je le connais mieux que vous croyez. Je vous
rappelle que c'est moi qui vous l'ai présenté, Lola…
Ce type est capable du meilleur comme du pire.

— J'ai mille fois plus de chances de le retrouver
que n'importe qui d'autre.

— Vous risquez surtout de laisser vos émotions
fausser votre jugement, Lola. Je sais que vous tenez à
lui. Quant à Emily Scott, vous l'aviez aussi prise en
affection…

À ces mots, le regard de Lola se durcit et sa gorge se
noua. Oui, elle l'avait prise en affection, et maintenant
Emily était morte. Le détective savait pertinemment
que Powell avait raison. Ce n'était pas à elle d'enquêter. Officiellement en tout cas.

— Promettez-moi au moins de me tenir informée
de toutes les avancées de l'enquête.

Le capitaine hocha lentement la tête.

— Vous savez bien que je ferai tout ce qui est en mon pouvoir, Lola.

C'était sans doute vrai. Powell était un brave type. Et même s'il avait parfois les défauts d'un capitaine de police – une fâcheuse tendance à laisser quelques considérations politiques s'immiscer dans son travail et à tirer la couverture à lui –, il avait une estime sincère pour sa subordonnée irlandaise.

— Rentrez chez vous, Gallagher. Vous en avez assez vu pour aujourd'hui.

Lola acquiesça. Elle salua son supérieur et partit chercher ses affaires.

Une heure plus tard, elle était assise derrière le volant de sa Chevrolet, garée devant l'école de son fils. Les questions défilaient dans sa tête. Sans réponses. Elle n'arrivait pas à choisir un scénario pour expliquer ce qu'il s'était passé. Draken était-il victime, ou coupable ? Avait-il été attaqué par ceux qui avaient tué Emily, ou bien l'avait-il tuée lui-même ? Malheureusement, de nombreux éléments pointaient cette deuxième direction. Mais pourquoi en serait-il arrivé là ? Une simple dispute ménagère qui avait mal tourné ? Non. Ça ne lui ressemblait tellement pas !

Elle sursauta quand Adam frappa contre le carreau de sa voiture.

— Monte devant, dit-elle en lui ouvrant la portière.

D'ordinaire, pour des raisons de sécurité, elle obligeait son fils à s'asseoir à l'arrière. Mais ce n'était pas une journée comme les autres et elle avait besoin de le serrer dans ses bras. De le garder près d'elle.

— Tout va bien, maman ?

Pendant tout le trajet, elle avait redouté cet instant.

Celui où il faudrait trouver les mots justes pour annoncer la terrible nouvelle à Adam. Elle ne pouvait pas lui mentir. Mais c'était plus fort qu'elle : elle essaya d'amoindrir le drame en cachant son propre trouble, de noyer l'horreur dans de longues phrases explicatives. Y mettre de la raison. Prétendre que l'on pouvait faire face, rien qu'avec des mots.

— Eh bien... Il s'est passé quelque chose de terrible, aujourd'hui, Adam. Quelque chose de très triste. Malheureusement, tu vois, parfois, dans la vie, il se passe des choses qui nous font beaucoup de peine et...

— C'est oncle Chris ? demanda aussitôt le jeune garçon, comme s'il se préparait déjà à entendre un jour une mauvaise nouvelle au sujet du frère de Lola.

— Non. Non, Adam, c'est Emily. Elle... Eh bien, elle a... Des gens très méchants l'ont attaquée et elle n'a pas survécu.

Adam, les yeux écarquillés, tourna la tête vers sa mère et la regarda longuement. Mais il ne pleura pas. Et c'était peut-être pire, de ne pas le voir pleurer.

— Elle est morte ? murmura-t-il seulement.

— Oui.

— Mais... Ça veut dire qu'on ne la verra plus ?

— Non. On ne la reverra plus.

Lola, qui avait démarré la voiture, posa une main sur la cuisse de son fils.

— Mais... Qui a fait ça, maman ? Pourquoi ?

— Je ne sais pas. Mais on les retrouvera. La police les arrêtera, je te promets.

— Mais pourquoi ils l'ont tuée ? C'était pour lui voler son argent ?

— Je... Je ne sais pas, admit Lola. C'est peut-être les gens qui l'avaient déjà attaquée dans le parc.

— Mais pourquoi ? Qu'est-ce qu'elle leur avait fait ?

— Je ne sais pas, répéta sa mère en s'efforçant de retenir ses propres larmes.

Il y eut un long silence pendant lequel Lola envisagea mille phrases, mille façons de mettre des mots sur leur malaise, sans y parvenir.

— C'est horrible, dit finalement Adam en croisant les bras.

Il avait l'air davantage envahi par la colère que par la tristesse.

— Et Arthur ? demanda-t-il enfin. Ils ne l'ont pas attaqué, lui ?

Lola avala sa salive. Cette fois, elle ne pouvait pas lui dire la vérité. Elle ne pouvait pas lui dire que Draken était à cette heure le principal suspect. C'était au-dessus de ses forces.

— Je ne l'ai pas vu, pour l'instant...

C'était une façon un peu lâche de raccourcir les choses. Mais c'était le mieux qu'elle pouvait faire à cet instant.

— Il doit être très triste, affirma le garçon.

— Oui. Sûrement.

Whispering wind

17

Le bruit sec de la claque résonna entre les quatre murs dénudés de la petite cellule grise.

Le visage tuméfié de John Singer effectua un aller et retour, déformé par la douleur. Les mains nouées dans le dos, il laissa son menton retomber sur sa poitrine, respirant avec peine.

À quelques pas de lui, ligotée sur une autre chaise, sa femme Cathy pleurait. Les yeux bandés, elle tremblait, sursautait à chaque nouveau bruit de pas.

Devant eux, deux hommes. La brute qui venait de le gifler, crâne rasé, une tête d'ancien espion soviétique, et un autre homme, en retrait, qui avait des airs un peu plus raffinés.

— Vous avez joué au con, Singer ! Vous nous avez pris pour des débutants ! Mais on a découvert votre petit manège, sur la vidéo. C'est quoi, le fichier DES-87 ?

Un léger rictus se dessina sur le visage de l'otage. S'ils lui posaient cette question, c'est qu'ils n'avaient pas obtenu le fichier eux-mêmes. Mais cela signifiait aussi qu'ils avaient en effet découvert sa supercherie. Ils avaient été rapides. Trop rapides…

Il ne répondit pas. Un filet de sang se mêlait à la bave qui coulait de ses lèvres.

— Mon pauvre John, si vous saviez…

L'homme debout devant lui passa la main dans son dos et sortit de sa ceinture un pistolet semi-automatique argenté. D'un pas lent, il se dirigea vers Cathy Singer et posa le canon du Beretta sur sa tempe. La femme, surprise par le contact froid de l'acier, poussa un hurlement de terreur et recula la tête. Mais, fermement attachée, elle ne pouvait échapper à son bourreau.

— John. Dites-nous ce qu'il y avait sur ce fichier ou vous allez avoir des bouts de la cervelle de votre femme éparpillés sur tout le corps.

Le visage du dirigeant d'Exodus2016 se métamorphosa. Il y avait quelque chose qu'il ne comprenait pas dans les motivations de ses ravisseurs. En voulaient-ils à son argent, ou à ses secrets ?

— Mais… Mais qu'est-ce que vous voulez, à la fin ? Vous êtes qui ? Qu'est-ce…

— Allons, John. C'est moi qui pose les questions.

Du bout du pouce, l'homme arma le chien de son pistolet.

— Pour la dernière fois : c'était quoi, ce fichier ?

John Singer grimaça.

— Rien qui vous intéresse, lâcha-t-il enfin d'une voix pleine de rage. C'est juste un moyen de pression que j'ai donné à mes associés pour qu'ils puissent tenir le gouvernement par les couilles ! S'assurer que la CIA ne viendra pas mettre le bazar dans ma libération. Vous devriez être contents : ça va leur permettre de réunir la somme plus facilement. C'est ce que vous voulez, non ? Du fric ?

L'homme abaissa le canon de son arme.

— Il va falloir être un peu plus précis que ça, monsieur Singer…

Le dirigeant d'Exodus2016 hésita. Qu'avait-il à

400

perdre, s'il parlait ? Il n'avait pas révélé l'existence de ce fichier pour prendre la main sur ses ravisseurs, mais bien pour tenir le gouvernement en respect et protéger ses associés. Et de toute façon, il n'avait pas vraiment le choix.

— C'est un dossier complet réunissant des preuves à charge contre la CIA, sur l'une des nombreuses conneries dont ils se sont rendus coupables.

— Je vois. C'est bien ce que je pensais. Où est-ce qu'on peut le récupérer ce fichier ?

— Nulle part.

— Ne nous prenez pas pour des imbéciles, Singer. Vous devez l'avoir compris, à présent : vous n'avez pas affaire à des amateurs. Alors, pour la dernière fois, je vous demande de répondre à cette question, sinon, j'exécute votre femme sous vos yeux : où peut-on récupérer le fichier DES-87 ?

— Je vous dis la vérité ! s'exclama Singer. Il est sur un serveur auquel seuls mes associés ont accès. Et à l'heure qu'il est, ils ont dû le retirer de là.

La brute se retourna vers l'homme en retrait, qui attendait toujours, le dos collé au mur. Celui-ci lui fit un signe de tête qui semblait vouloir dire qu'il portait du crédit à ce que venait de leur dire John Singer.

— OK. Alors il va falloir nous dire exactement ce qu'il y avait sur ce fichier.

John Singer redressa la tête, perplexe.

— Qu'est-ce que ça peut vous faire ? Je vous dis que ça n'a rien à voir avec vous !

L'homme redressa de nouveau son arme et la pointa vers Cathy Singer.

— Dites-moi ce qu'il y a précisément sur ce fichier, John !

Le dirigeant d'Exodus2016 serra les poings dans son dos, si fort que ses ongles s'enfoncèrent dans la chair de ses paumes. Ce fichier, depuis longtemps, était son assurance vie. Le principal atout dans son jeu. Il ne pouvait pas le perdre comme ça.

Il baissa la tête et ferma les yeux.

— Parlez, John !

Un coup sourd. Le hurlement de sa femme le glaça d'effroi et lui fit rouvrir les yeux. Il tourna la tête et vit le sang couler sur le front de Cathy. L'homme l'avait frappée à la tempe avec la crosse de son pistolet. Le canon de l'arme était maintenant enfoncé dans la bouche de la pauvre femme.

John Singer sut aussitôt qu'il ne pourrait pas lutter. Il n'était pas prêt à perdre sa compagne juste pour protéger une information.

Toutefois, il n'arrivait pas à comprendre en quoi cela intéressait ces types. Et comment ils avaient pu être si rapidement au courant.

Dans un souffle abattu, il leur raconta tout en détail.

Ricochet

402

18

Draken poussa un soupir. Il en était sûr, à présent : la cassette vidéo qu'il cherchait n'était pas là. Elles étaient toutes là, sauf celle qu'il cherchait. À bien y réfléchir, c'était l'évidence même : elle était certainement restée dans le caméscope. Dans le cabinet, la confusion, la peur et la panique ne lui avaient pas permis de réfléchir correctement.

Il se leva, ramassa le sac de sport empli de VHS, le glissa sur son épaule et traversa la petite chambre d'hôtel vide et obscure. Encore titubant, il entra dans la salle de bains et appuya sur l'interrupteur. La lumière blafarde qui emplit soudain la pièce l'éblouit. Ses yeux s'habituèrent lentement et il se regarda dans le miroir. Il regarda ce visage fatigué. Ces cernes. Cette mine défaite. Il constata qu'il n'avait pas seulement du sang sur les mains, mais aussi sur la figure, sur ses vêtements. Beaucoup de sang.

Le psychiatre soutint longuement son propre regard dans la glace, comme s'il accusait un étranger. Comment avait-il pu en arriver là ? Lui, un praticien à la réputation irréprochable ?

Tout ce sang sur ses joues.

Comment avait-il pu en arriver là ?

D'un geste nerveux, Draken ouvrit le robinet et jeta de l'eau sur son visage. Alors que les traces de sang disparaissaient lentement dans le ruissellement de l'eau, un frisson lui parcourut l'échine.

Il était salement dans le pétrin. Cette fois, il ne s'en sortirait sans doute pas. Au loin, les sirènes des voitures de police résonnaient dans les rues de Brooklyn.

Il devait faire vite, à présent. Très vite. Il ne lui restait sans doute que quelques minutes. Il essuya la dernière trace de sang sur ses mains, se coiffa rapidement puis sortit de la salle de bains.

Sur la table de nuit, caché derrière une lampe de chevet, il attrapa un revolver qu'il glissa sous sa veste. Puis il se dirigea vers la porte-fenêtre qui donnait sur l'escalier de secours et descendit dans la rue, son sac de cassettes bien calé sur les épaules.

Reality

19

— Lisez-lui ses droits, Tony, et emmenez-le au commissariat, lâcha le détective Gallagher d'une voix grave et monotone.

Le lendemain de la mort d'Emily, le capitaine Powell avait envoyé Lola sur une simple arrestation. Sans doute espérait-il l'obliger à penser à autre chose. Ou la tenir éloignée de l'enquête sur la disparition de Draken.

Le jeune homme qu'ils venaient d'interpeller, les mains menottées, ne montrait aucune résistance. Il pleurait. Pas une tête de criminel. Un simple étudiant qui avait participé à une bagarre dans le métro après une manifestation anti-Wall Street. Le quinquagénaire qui l'avait insulté en voyant sa pancarte « *Move Wall Street to Guantánamo*[1] *!* » était tombé sur les rails pendant l'altercation et était mort fauché par une rame. Le gosse, pris de panique, s'était enfui, pour se faire prendre vingt-quatre heures plus tard en plein cœur de Brooklyn. Un beau gâchis, d'un côté comme de l'autre, songea Lola en voyant le jeune manifestant courber l'échine pour entrer dans la voiture de l'agent Velazquez.

— Allez-y mollo, Tony, dit-elle en s'approchant de son collègue. C'est qu'un gamin…

— Bien sûr, détective.

En d'autres circonstances, elle aurait sans doute emmené le jeune homme elle-même et aurait entamé la conversation sur le trajet. Ce gosse aurait pu être une version future de son propre fils, sombrant soudain dans le drame pour une erreur de jeunesse. Mais sa tête était ailleurs.

Depuis la veille, toujours aucune nouvelle de Draken. Rien. Elle avait, en vain, persisté à l'appeler sur son téléphone portable, encore et encore. Mais il restait injoignable. Porté disparu.

Aussi, quand son cellulaire se mit à vibrer dans sa poche, elle éprouva un serrement au niveau de la

---

1. « *Délocalisez Wall Street à Guantánamo !* »

poitrine et se dépêcha de décrocher. Le numéro du capitaine s'afficha sur le petit écran.

— Vous avez eu le gamin ? demanda Powell aussitôt.

— Oui. Velazquez est en route pour le commissariat. C'est pour ça que vous m'appelez ?

— Non. Les collègues du 84ᵉ m'ont transmis les résultats de l'autopsie d'Emily Scott. Elle est bien morte des suites du coup qu'elle a reçu sur le crâne. Mais ce n'était pas un coup direct. D'après eux, il y a d'abord eu une bagarre, puis elle est tombée, et en tombant elle s'est cognée très violemment sur le pied de la chaise métallique. C'est ce choc-là qui l'a tuée.

— Alors c'est peut-être un homicide involontaire ?

— Vu le nombre de coups qu'elle a reçus avant, pas sûr que ce soit la conclusion des enquêteurs… Mais ce n'est pas tout : on a retrouvé la présence d'un produit psychotrope en grande quantité dans son sang.

Lola serra la mâchoire. La nouvelle n'en était pas vraiment une. Draken avait utilisé son foutu sérum.

Powell laissa passer un moment de silence, avant de demander :

— Vous savez ce que c'est, n'est-ce pas ?

Gallagher préféra répondre par une autre question.

— Le labo a identifié le produit ?

— Ce n'est pas un produit qui se trouve dans le commerce, Lola, ni dans la liste des produits médicamenteux autorisés par la FDA[1].

— Mais c'est le choc qu'elle a reçu sur le crâne qui est la cause du décès, pas le produit…

---

1. *Food and Drug Administration*, agence fédérale qui autorise ou non la commercialisation des produits médicamenteux aux USA.

— Les deux sont peut-être liés, détective.

Elle préféra changer de sujet.

— Et toujours aucune trace de Draken ?

— Aucune. Il ne vous a pas contactée ?

— Non.

— Ça n'améliore pas son cas. Si votre ami n'a rien à se reprocher, il ferait bien de se manifester très vite.

— Pourquoi me dites-vous ça à moi, capitaine ? Je vous dis qu'il ne m'a pas contactée ! Et je suis la première à m'inquiéter de sa disparition. Il faut aussi envisager la possibilité qu'il ait été enlevé par les meurtriers d'Emily.

— Bien sûr, bien sûr. Bon... En tout cas, vous voyez, j'ai tenu ma parole. Dès que j'ai eu quelque chose, je vous ai appelée. J'espère que vous en ferez autant, Gallagher.

— Je le ferai.

— Maintenant, ça risque de devenir plus compliqué. Le FBI a aussi récupéré ce volet-là de l'affaire, conjointement à l'enlèvement de Singer. Ce n'est plus le 84ᵉ district qui est sur le coup. Je risque d'être tenu à l'écart.

— Je comprends, dit-elle simplement.

Elle raccrocha.

Au fond, ce n'était pas une si mauvaise nouvelle : Detroit était détaché au FBI. Il serait certainement un meilleur indic que le capitaine Powell.

Mais au final, cette conversation n'avait fait qu'accroître son inquiétude. Elle ne supportait plus de ne pas savoir, de ne pas comprendre. Si Draken était innocent, pourquoi se cachait-il ?

Après quelques instants de tergiversation, elle se

décida à agir. Elle ne pouvait plus rester sans rien faire. Elle coupa sa radio et se précipita vers son Impala banalisée.

Whispering wind

20

William Roberts entra par une porte latérale dans l'immense cathédrale St. Patrick, à l'angle de la Cinquième Avenue et de la 50e Rue, au cœur de Manhattan. Le bâtiment néogothique était l'un des plus grands édifices religieux du pays. Les touristes y affluaient en nombre. Un endroit idéal pour se mêler discrètement à la foule.

Le rendez-vous avait été pris par téléphone. Il ne lui restait plus qu'à envoyer un dernier SMS à son contact pour lui préciser le lieu exact où il l'attendrait. Roberts n'avait pas choisi cette église de culte catholique romain par hasard : il y avait plusieurs confessionnaux sur les collatéraux dans lesquels on pouvait discuter sans montrer son visage à son interlocuteur.

Quelques minutes plus tard, Dana Clark – l'une des plus célèbres journalistes d'investigation de la chaîne

CBS – s'installait dans le petit compartiment face au sien. Même s'il ne pouvait la voir clairement, Roberts reconnut les traits de cette trentenaire brune au teint mat et au visage finement ciselé, cette allure conquérante d'*executive woman.*

— Vous avez une idée de l'identité des preneurs d'otages ? demanda-t-elle d'emblée en sortant un petit carnet de sa poche.

Le numéro deux d'Exodus2016 ne put retenir un sourire.

— Dana... Je ne suis pas venu pour une interview. J'ai un deal à vous proposer, et, en dehors des clauses de ce deal, vous n'obtiendrez rien de moi.

— Et vous rien de moi si vous ne jouez pas franc-jeu. J'espère que vous ne m'avez pas fait déplacer pour rien...

— Je pense que vous allez être satisfaite de ce que j'ai à vous offrir.

— Je vous écoute.

— Pour répondre à votre première question, malgré tout, nous n'avons aucune certitude sur l'identité des preneurs d'otages. Mais ce que j'ai à vous donner pourrait bien être une piste.

La femme s'approcha de la cloison ajourée. Un rayon de lumière fit scintiller brièvement ses pupilles.

— Alors allons droit au but : quel est le deal que vous voulez me proposer ?

— Votre part du marché : vous nous aidez à médiatiser la demande de rançon, à inciter le grand public à nous soutenir pour que nous puissions réunir la somme nécessaire.

— Vous êtes prêts à payer ? s'étonna la journaliste, incrédule.

— Oui. Nous avons besoin de John. Et quelque chose nous permet de penser qu'il veut que nous mettions tous nos moyens en œuvre pour le faire libérer rapidement.

— Le FBI ne vous laissera certainement pas faire. Le paiement de rançon n'est jamais une option dans les prises d'otages…

— Le FBI, on l'emmerde. Aidez-nous à sensibiliser l'opinion, et on pourra faire libérer John quoi qu'en pense le gouvernement.

— Et j'y gagne quoi, moi ?

— Un document explosif, ou plutôt 87 documents, dont vous aurez l'exclusivité.

— Quels documents ?

— Je ne peux rien vous dire. Mais croyez-moi, c'est une bombe. C'est sans doute les documents auxquels John est le plus attaché. Son assurance vie, en quelque sorte. La plus grosse bombe qu'aucun lanceur d'alertes n'ait jamais lancée. Si j'en crois l'importance que John y accorde, le Watergate, c'est de la rigolade, à côté.

— Et je suis censée vous croire sur parole, sans même savoir de quoi il s'agit ?

Roberts sortit une feuille de la poche intérieure de sa veste et la fit glisser à travers le panneau de bois qui séparait les deux compartiments du confessionnal.

— Qu'est-ce que c'est ? demanda la reporter en inspectant le document.

— La liste des logs de l'un de nos serveurs. Celui sur lequel se trouvait ce document. Hier, quelqu'un a essayé de nous prendre ce fichier et de fermer notre serveur. Nous avons fini par remonter l'IP de ce voleur masqué. Votre service informatique confirmera.

— De qui s'agit-il ?

Roberts marqua une pause, comme pour ménager son effet.

— La CIA.

Dana Clark laissa échapper un petit sifflement admiratif. Elle semblait apprécier l'information à sa juste valeur.

— Vous pensez que la CIA a quelque chose à voir avec l'enlèvement de John Singer ?

— Ce n'est pas à nous de l'affirmer, Dana. Vous êtes journaliste d'investigation, faites votre boulot. Mais ça ferait un joli titre pour *60 Minutes*[1], non ?

— Ça demande une enquête sérieuse.

— Nous vous faisons confiance en la matière. Alors ? On a un marché ? Si vous nous aidez à faire libérer John, nous vous donnons ces documents qui intéressent tant la CIA à la minute même où il sera relâché.

La brune réfléchit un instant.

— Il faut que j'en parle avec la chaîne…

— J'ai besoin d'une réponse avant ce soir, Dana.

— Vous l'aurez.

21

En découvrant les traces de sang sur l'émail du lavabo, l'homme au chapeau de feutre eut la confirmation de

---

1. Émission de journalisme investigateur de CBS, certainement la plus célèbre aux USA, programmée depuis 1968.

ce qu'il avait suspecté depuis qu'il était entré dans la petite chambre d'hôtel.

Il jura en frappant du poing contre le miroir devant lui. Puis il inspira un grand coup, rajusta son costume et retourna dans la chambre en sortant son téléphone de sa poche.

— J'ai une mauvaise nouvelle, monsieur, dit-il d'une voix grave et neutre. Le Dr Draken est bien passé ici. J'ai dû le rater de quelques minutes à peine. Et c'est lui qui a les cassettes vidéo de ses séances avec la jeune femme.

Il encaissa sans bouger les réprimandes de son interlocuteur. Puis, en essayant de masquer son propre agacement, il termina la conversation :

— Draken est maintenant tout en haut de ma liste, monsieur. Dites au groupe que je m'occupe de lui en priorité.

Nothing really matters

22

Lola entra dans la maison de retraite d'Emmons Avenue, au sud de Brooklyn, et montra sa carte de police à l'agent d'accueil.

412

— Je suis venue voir Ian Draken, annonça-t-elle d'un ton ferme, pour signifier qu'elle était pressée.

— Il est au courant de votre visite ?

— Non.

— C'est au sujet de son fils ? La police est déjà venue le voir ce matin, détective…

Lola fit mine d'être parfaitement au courant. Elle s'y était attendue.

— J'ai d'autres questions à lui poser.

L'agent fit une moue gênée.

— Je vais voir s'il est disposé à vous recevoir…

— Dites-lui que c'est le détective Gallagher qui veut le voir.

Cela fit son effet : quelques minutes plus tard, Lola poussait le vieil homme sur sa chaise roulante, dans le déambulatoire qui longeait les jardins enneigés de l'établissement.

— Ça faisait longtemps que je n'avais pas vu votre belle chevelure rousse, jeune fille.

— Vous croyez que votre fils était vraiment amoureux d'Emily ?

Le vieil homme pivota la tête pour regarder la détective derrière lui avec un sourire amusé.

— Vous me demandez ça pour savoir si Arthur aurait pu tuer cette jeune femme, ou bien parce que vous étiez jalouse ?

— J'essaie seulement de comprendre ce qui a pu arriver.

— Ah… Pour ma part, je ne comprendrai jamais comment vous pouvez avoir le béguin pour mon fils.

— Je n'ai pas le béguin pour lui, Ian ! Arthur est un excellent ami, ça s'arrête là.

— Bien sûr.

Lola poussa un soupir agacé.

— Vous n'avez pas l'air plus inquiété que ça par la disparition de votre fils... Vous savez où il se trouve, c'est ça ?

— Pas la moindre idée.

— Et c'est tout ce que ça vous fait ?

— S'il est coupable d'un meurtre, je me fiche bien de savoir où cet abruti est allé se fourrer. Et s'il est innocent, je suis certain qu'il est assez grand pour se défendre tout seul.

— Je n'en crois pas un mot, Ian. Si mon fils avait disparu, je serais morte d'inquiétude.

— C'est votre culpabilité qui parle.

— Comment ça, ma culpabilité ?

— Vous avez privé votre fils de son père et vous ne vous le pardonnez pas.

Lola resta sans voix.

— Arthur m'a raconté ce que vous aviez fait à votre mari, reprit sournoisement Draken senior. Je comprends très bien que vous éprouviez un sentiment de culpabilité.

La rousse cessa aussitôt de pousser le fauteuil roulant devant elle. Elle était prête à exploser. Mais elle tenta de se ressaisir. Elle commençait à connaître le vieil homme. Arthur lui en avait si souvent parlé ! C'était un provocateur de première, donc chaque parole était un calcul destiné à contrôler à sa guise le tour de la conversation qu'il avait avec autrui. Elle n'avait qu'une seule solution : il fallait qu'elle joue à son jeu.

— En réalité, vous êtes en colère parce que votre fils n'est pas venu directement vous voir après la mort d'Emily. Il se cache quelque part, et il se fout éperdument de savoir si vous êtes inquiet ou non.

Le vieux psychiatre ne se laissa pas prendre. Il était sur son territoire. Il sourit, comme s'il était content de voir que la jeune détective acceptait le challenge.

— Oui. Ou alors il est mort...

Lola secoua la tête. Difficile de faire tomber un mur pareil.

— Il vous avait parlé de son sérum, n'est-ce pas ? demanda-t-elle.

— C'est possible, mais je n'ai pas dû écouter. Ses histoires m'ennuient, en général. Un peu comme les vôtres, d'ailleurs. Vous ne voudriez pas aller m'acheter une barre chocolatée ?

— Tout ce temps, j'ai cru que vous vous moquiez vraiment de votre fils. Mais maintenant, je commence à comprendre : je ne savais pas que vous teniez autant à lui. Je suis désolée, je n'aurais pas dû vous déranger avec ça, Ian. Je vois bien que vous êtes troublé.

— C'est amusant de vous voir tout essayer pour m'attendrir, Lola. Ma pauvre ! On dirait que vous courez un marathon, et je ne fais rien pour vous aider. Vous voulez que je fasse mine d'être touché, pour vous encourager un peu ? Ou alors, vous pourriez essayer votre dernière cartouche...

— Quelle cartouche ?

— Me parler de sa mère. De ma femme. Me dire qu'elle serait inquiète, elle. Faire jouer la corde sensible. Arthur vous a sûrement dit un jour que j'étais éperdument amoureux de ma femme et que sa mort m'a dévasté. Il y a sûrement une carte à jouer, là...

— Je devrais venir vous voir plus souvent, Ian. Chaque fois que je vous vois, je me dis que votre fils a finalement de bonnes excuses pour être un type si souvent odieux. Ça m'aide à lui pardonner.

— Il pourrait l'être bien plus s'il y mettait du sien.

Lola finit par abandonner. Elle ne tirerait rien du vieil homme. Du moins pas aujourd'hui. Mais elle avait placé ses pions : elle lui avait donné l'impression qu'il avait de l'importance, et il était si orgueilleux qu'il finirait peut-être par lui donner quelque chose, juste pour rester présent à la table de jeu.

Elle fit demi-tour, conduisit Ian Draken jusqu'au distributeur, mais, au lieu d'une friandise, elle lui acheta un potage de légumes.

— Tenez, Ian, dit-elle en lui posant le gobelet bouillant sur les genoux. Dans votre condition, c'est beaucoup plus adapté.

Elle abandonna le vieil homme dans le hall de l'établissement et retourna à sa voiture.

Reality

23

— Vous me dérangez, vous voyez bien que je suis au téléphone ! grogna l'agent Sam Loomis, les deux pieds croisés sur son bureau.

Il fit un geste de la main pour renvoyer l'assistante

qui venait d'entrer. La jeune femme ressortit aussitôt d'un air désolé.

Loomis se renfonça dans son fauteuil et glissa les deux mains derrière sa nuque. Les petits écouteurs blancs reliés à son cellulaire ne diffusaient pas la moindre conversation téléphonique, mais un vieux morceau des Grateful Dead... L'agent du FBI avait l'habitude d'écouter des standards du rock pour s'isoler du monde et réfléchir, quand il piétinait dans une enquête.

Il y avait quelque chose qui sentait vraiment mauvais, dans l'affaire John Singer, et il avait besoin de faire le point. Quelque chose qui puait la CIA à plein nez, à en croire l'intitulé des 87 fichiers cryptés. Et Sam Loomis avait horreur de plancher sur une affaire qui puait la CIA à plein nez, parce que, la plupart du temps, ça débouchait sur une impasse, une fin de non-recevoir. À tout moment, il s'attendait à recevoir un coup de fil d'un ponte de l'agence qui lui demanderait gentiment d'aller fourrer son nez ailleurs. Et Sam Loomis détestait qu'on lui dise où fourrer son nez.

Depuis l'apparition de ces foutus fichiers indéchiffrables, l'implication de la CIA dans l'enlèvement de John Singer était devenue une éventualité de plus en plus probable. Et si c'était le cas, Loomis ne pourrait sans doute jamais finir son enquête. Depuis le début de sa carrière, ce ne serait pas la première fois qu'il se serait cassé les dents sur une *black op*[1] d'un service

---

1. *Black Operations* : missions secrètes qui sortent du cadre de la loi (assassinats, sabotages, enlèvements...) utilisées exceptionnellement par les services secrets et pour lesquelles ceux-ci s'assurent que la trace ne puisse remonter jusqu'à eux.

concurrent, mais, avec l'âge, être tenu dans l'ignorance l'agaçait de plus en plus.

N'y tenant plus, il décida de prendre le taureau par les cornes et appela un contact qu'il avait à Langley. Ned Pelosi, un vieux copain de fac dont il avait partagé le parcours jusqu'à ce que l'un et l'autre se fassent recruter par les deux agences concurrentes.

— Bonjour, Ned.

— Agent spécial Loomis, quelle bonne surprise !

— Dis-moi, mon garçon, tu n'as rien à me raconter au sujet de l'enlèvement de John Singer ?

Petit moment de silence. Trop long pour être innocent.

— Non.

— Tu es sûr ?

Pas de réponse.

Loomis enleva ses pieds du bureau et se redressa.

— L'enquête ayant été confiée au FBI, si ton agence est au courant de quelque chose, tu vois, ça serait pas mal de partager les infos… Dans un simple souci d'amélioration de la synergie entre les services, évidemment.

Son interlocuteur garda encore le silence. Ça ne lui ressemblait pas. D'ordinaire, il lâchait toujours quelque chose. Un échange de bons procédés auquel ces deux anciens colocataires se livraient depuis des années.

— Ned, sois gentil, dis-moi juste si ce truc va me péter dans les doigts, histoire que je ne perde pas mon temps pour rien.

— Je ne peux rien te dire, Sam, désolé. Je dois raccrocher.

Et en effet, il mit fin à la conversation.

L'agent resta interloqué. Jamais son contact n'avait

réagi avec une telle distance. Et ça prouvait bien une chose : la CIA avait foutu ses sales pattes partout dans ce dossier. Restait à savoir si c'était en amont ou en aval de l'enlèvement. Raison de plus pour agir vite.

Loomis sortit de son bureau et fonça dans le couloir. Il entra sans frapper dans la petite pièce où travaillait Phillip Detroit.

— Vous tombez bien, l'accueillit celui-ci. J'allais vous demander si vous aviez encore besoin de mes services. Le 88ᵉ district commence à me manquer…

— Plus que jamais, Detroit. J'ai besoin que vous trouviez un moyen de décrypter les 87 fichiers de John Singer.

Le détective ricana.

— Je croyais que vous aviez un service spécialisé absolument extraordinaire ?

— Pour l'instant, il semble que ces braves garçons sèchent un peu… Et comme vous semblez persuadé d'être bien meilleur qu'eux, c'est le moment de m'en convaincre. Si vous y arrivez, je vous offre une paire de santiags.

24

Le CBS building – que l'on surnommait le Black Rock en référence à la noirceur mate de sa façade de 38 étages – faisait partie de ces gratte-ciel de Manhattan qui ne s'éteignaient jamais. À quelques encablures de Central Park, il brillait tard dans la nuit comme un vaisseau sur l'océan citadin.

Cela faisait dix bonnes minutes maintenant que Dana Clark essayait de convaincre le producteur exécutif de l'émission *60 Minutes*, qui se trouvait aussi être le directeur de tout le département news de CBS. Et comme le sujet était d'importance, la présidente du network en personne s'était invitée dans le bureau de son collègue. Mais la journaliste n'était pas du genre à se laisser impressionner ni à baisser les armes aisément devant ces deux interlocuteurs charismatiques.

Le bureau du producteur avait conservé un design très années soixante-dix, avec ses panneaux de bois sur les murs et son mobilier d'époque, si bien qu'on avait l'impression de voyager dans le temps chaque fois qu'on passait cette porte et de se retrouver à la grande époque du journalisme investigateur. Une époque bénie, où les considérations économiques n'avaient pas encore l'incidence indécente qu'elles avaient à présent sur les questions éditoriales.

— Vous devez me laisser faire ce sujet, boss.

— Il y a quelque chose qui ne me plaît pas, Dana. Votre histoire sent le coup fourré. Vous savez que nous n'aimons pas intervenir dans les affaires de prise d'otages. Vous risquez de gêner le travail de la police et de mettre la vie de Singer en danger.

— Je sais... Sauf qu'en l'occurrence, nous sommes en droit de nous demander si une agence gouvernementale n'est pas directement impliquée dans l'enlèvement...

— Votre contact ne vous a pas donné la moindre preuve tangible.

— Il m'a donné la preuve que la CIA a récupéré le fichier et essayé de fermer le serveur.

— La CIA fait ça tous les matins, Dana.

— N'exagérons rien… Et puis il ne s'agit pas d'un site de téléchargement illégal, mais d'un serveur sur lequel n'était hébergé que ce seul fichier, les concernant directement.

— Et dont vous n'avez pas vu la couleur.

La présidente du network, qui, adossée à la bibliothèque, les bras croisés, était restée silencieuse jusqu'à présent, se décida enfin à intervenir.

— Qu'est-ce qu'on risque, Jeff ?

Le producteur sembla surpris par la question.

— Euh… De se mettre la CIA à dos ?

— Ce ne serait pas la première fois. Et, dans un premier temps, il s'agit seulement de donner un peu d'écho à cette histoire de rançon… Nous aurons ensuite le temps d'étudier le fichier si les amis de Singer nous le donnent vraiment. Et de décider à ce moment-là de ce que nous voudrons en faire.

— Ça ne vous ressemble pas, Nancy…

La blonde, qui approchait les soixante ans, offrit toute la blancheur de son sourire malicieux.

— Cette histoire d'enlèvement cache quelque chose, Jeff. Depuis le début, je me dis qu'il y a un truc qui ne colle pas. Et il faut bien reconnaître que le premier bénéficiaire de la disparition de Singer est… le gouvernement américain.

— Justement. Ça me paraît un peu trop simpliste.

— Sauf si c'est une *black op* interne et que la CIA agit sans l'aval du gouvernement, intervint Dana Clark.

Le producteur laissa retomber sa tête sur le dossier de son gros fauteuil en cuir.

421

— Vous trouvez pas que notre service juridique a assez d'emmerdes comme ça sur le dos ?

— Qu'est-ce que vous avez fait de vos tripes, Jeff ?

L'homme leva les yeux au ciel en souriant.

— Vous êtes prête à en prendre la responsabilité si ça dégénère, Nancy ?

— Pas vous ?

Les deux cadres avaient quasiment le même âge, et si la présidente occupait un poste plus important, elle n'avait pas la même ancienneté au sein du groupe. Ainsi, ils se parlaient presque d'égal à égal, s'appréciaient beaucoup et se taquinaient souvent.

— Bon… OK. Deux femmes contre moi, je ne peux pas lutter. Dana, dites à votre contact que nous acceptons de mettre en avant cette histoire de demande de rançon, à condition qu'il nous remette ce fichier, dans son intégralité, le jour même de la libération de John et Cathy Singer. Mais qu'ensuite, nous gardons la liberté de le diffuser ou non.

La journaliste ne masqua pas sa satisfaction.

— Ça me va.

— Alors filez, avant que je change d'avis.

Dana Clark salua ses supérieurs et sortit rapidement du bureau.

— Tu as des envies d'aventure, Nancy ?

La présidente haussa les épaules.

— Je l'aime bien, cette petite. Elle me fait penser à toi quand tu avais encore la foi.

25

— Tu as des nouvelles d'Arthur, maman ?

Lola s'assit sur le rebord du lit de son fils et lui prit affectueusement la main. Ainsi, Adam avait attendu le dernier moment pour poser cette question qui, à l'évidence, l'avait hanté toute la journée. Comme beaucoup d'enfants, il choisissait ce moment particulier du coucher pour livrer ce qu'il avait sur le cœur.

— Non. Mais je suis sûre qu'il va bien…

— Si tu n'as pas de nouvelles de lui, je ne vois pas comment tu peux en être sûre !

Elle soupira. Adam n'était plus un petit enfant. Bientôt, il serait même un adolescent. L'époque où elle pouvait fuir les sujets délicats en détournant discrètement son attention était bel et bien finie. Sans doute devait-elle s'en réjouir : il apprenait le libre arbitre. Mais à cet instant-là, cette conversation lui pesait.

— Non. Tu as raison. Disons que *j'espère* qu'il va bien…

— Pourquoi il ne nous donne pas de nouvelles ?

— Je pense qu'il doit être très perturbé par ce qui est arrivé à Emily. Il doit avoir besoin de temps.

— La police va finir par croire qu'il est coupable, maman.

Elle hocha la tête.

— Mais tu vas leur dire que ce n'est pas possible, n'est-ce pas ?

— Bien sûr !

Adam fronça les sourcils.

— Tu ne crois pas qu'il aurait fait ça, hein, maman ?

— Non.

Le jeune garçon se redressa sur son oreiller.

— Tu as l'air d'hésiter ?

— Non, non... J'aimerais seulement qu'il nous donne des nouvelles. Qu'il nous explique ce qui s'est passé. Tu sais, je suis aussi inquiète que toi.

— Tu dois lui faire confiance, maman. Il n'aurait jamais fait de mal à Emily.

Lola sourit et caressa la tête de son fils. Elle avait l'impression que ce petit bout d'homme était en train de lui donner une leçon d'existence. Elle espérait qu'il avait raison.

— Moi, je lui fais confiance, reprit Adam.

— C'est tout à ton honneur.

— Peut-être qu'elle lui a dit un secret avant de mourir et qu'il se cache pour protéger ce secret ?

— C'est peut-être quelque chose comme ça, oui... Allez, il faut que tu dormes, maintenant.

— Est-ce que la police peut se tromper, maman ? Est-ce que la police peut mettre Arthur en prison même si, en vérité, il n'a rien fait ?

— Si Arthur est innocent, je suis certaine qu'il arrivera à le prouver.

— J'aime pas quand tu dis que tu es « certaine » d'une chose, alors que tu peux pas vraiment en être certaine. Ça arrive que la police se trompe !

Elle soupira.

— Oui, ça arrive. Mais c'est rare. Et je serai là pour m'assurer qu'elle ne se trompe pas. Allez, il faut vraiment que tu dormes, maintenant. Il est tard.

Elle prit son fils dans ses bras et le serra longuement, jusqu'à ce qu'il se retourne et se mette en position pour dormir. Mais elle pouvait deviner, en voyant la tension de son petit corps, qu'il n'allait pas trouver facilement le sommeil. Elle l'embrassa une dernière fois et sortit de la chambre.

Dans le salon, après avoir débarrassé la vaisselle du dîner, elle s'assit par terre devant la table basse et ouvrit le dossier qu'elle avait ramené du commissariat.

À l'intérieur se trouvait l'ensemble des notes qu'elle avait prises sur les visions d'Emily, quand Draken et elle avaient essayé d'en tirer des informations, avant que John Singer ne soit enlevé.

Une à une, elle relut les synthèses qu'elle avait rédigées au sujet des quatre premières séances d'hypnose de l'amnésique. Ou du moins de ce que Draken avait bien voulu lui en dire. Elle regarda aussi les copies des dessins réalisés par le psychiatre sur son carnet. Une foule de symboles sortis tout droit de la tête d'Emily Scott : le train, les pièces d'échecs, la reine, le roi, le cygne, la pomme rouge, le rhinocéros, la tour en forme de sablier… Elle essaya d'en tirer quelque chose, mais, après plus d'une heure d'analyse, elle dut reconnaître que c'était comme chercher une aiguille dans une botte de foin.

Lola posa les coudes sur la table et se prit la tête

dans les mains. Au sortir d'une longue hésitation, elle se leva et partit chercher la bouteille de whisky rangée dans le petit meuble dont Adam lui avait rendu la clef.

Juste un verre.

Elle avala une première gorgée. La saveur tourbée du single malt lui réchauffa le corps et l'esprit. Tournant les pages devant elle, elle relut à haute voix certaines retranscriptions des paroles d'Emily, et l'une d'entre elles attira son attention. *« Il y a un autre homme qui entre dans le wagon et qui me fait peur. Il a un chapeau sur la tête... »*

L'homme au chapeau. Toujours lui ! C'était sans doute, à ce jour, la piste la plus sérieuse qu'ils avaient eue. Cet homme dont la silhouette était apparue sur deux vidéos de surveillance : celle où l'on voyait Emily monter précipitamment dans le bus, quelques minutes avant qu'elle ne se fasse tirer dessus, et celle dans le Brooklyn Museum. Cet homme était-il celui qui avait tiré sur Emily dans le parc ? Était-il aussi celui qui l'avait tuée dans le cabinet de Draken ? Cela aurait aussitôt disculpé le psychiatre ! Le FBI était-il sur la trace de ce mystérieux personnage ? Avaient-ils avancé dans leurs recherches ? Il fallait absolument qu'elle rappelle Detroit. Il savait peut-être, lui. Il n'avait pas donné de nouvelles depuis le message qu'il lui avait envoyé le jour de la mort d'Emily.

Elle s'apprêtait à l'appeler quand Adam entra dans le salon. Lola sursauta. Un instant, elle faillit avoir le réflexe idiot de cacher son verre de whisky. Culpabilité ancienne, comme gravée dans ses instincts.

— J'arrive pas à dormir !

Le jeune garçon vint se blottir dans les bras que sa

mère lui tendit. Il resta un long moment contre elle, puis jeta un coup d'œil aux notes de Lola.

— C'est quoi, ces dessins ?

— Ce sont des dessins qu'Arthur a faits à partir des histoires qu'Emily lui a racontées.

Adam lâcha le cou de sa mère pour inspecter les croquis de plus près.

— Il dessine bien, Arthur.

— Oui.

Puis il s'arrêta sur un dessin, d'un air intrigué.

— Qu'est-ce qu'il y a, Adam ?

— Ce dessin-là, il me fait penser à une chanson qu'Emily m'a chantée une fois. C'était une histoire très triste qui se passait dans un train.

— Ah oui ? Peut-être qu'elle a raconté cette histoire à Arthur aussi, alors.

— C'était l'un des rares souvenirs qu'elle avait d'avant son amnésie. Elle me manque, maman.

— Oui. Je comprends. Elle était très gentille. Mais c'est comme ça, Adam. C'est la vie, si je puis dire. Il faut vraiment que tu dormes, mon petit ange. Tu as école, demain.

— J'y arrive pas !

— Tu veux un petit whisky, c'est ça ? dit-elle en souriant.

— T'es bête !

Elle le ramena dans sa chambre et resta assise près de son fils, à lui caresser la tête jusqu'à ce qu'il s'endorme.

You've been bad

26

Arthur Draken avait passé la nuit dans un bar 24/7 au sud de Brooklyn et n'avait pas fermé l'œil, sursautant au moindre bruit, certain que la police allait lui tomber dessus d'un moment à l'autre. Niché au fond de la salle obscure, il avait enchaîné les single malt et était sorti plusieurs fois braver la morsure de l'hiver pour fumer ses cigarettes.

La peur, les images de cette journée de terreur avaient transformé cette nuit en une espèce d'hallucination, d'intemporalité irréelle dont il crut qu'il resterait à jamais prisonnier. Les premiers rayons du soleil qui effleurèrent le trottoir furent comme une libération soudaine, un antidote à la folie qui l'avait menacé.

Pour avoir souvent travaillé avec la police, il connaissait quelques précautions élémentaires à prendre afin de minimiser les risques de se faire repérer. Ainsi, il évita les rues passantes, les rues commerçantes, les transports en commun... Il ne parla à personne et se déplaça le moins possible. Il mena sa journée tel un automate, mû par ce qui devait être un instinct de survie, et réduit au silence par l'hébétude.

À présent, il était méconnaissable, et pas seulement parce qu'il avait une mine épouvantable. Au petit matin, parce qu'il n'avait pas le choix, il avait retiré une grosse somme d'argent liquide dans un distributeur et avait rapidement changé de quartier, conscient que la police traquait probablement ses moindres mouvements bancaires. Puis, dans Prospect Heights, il avait acheté un rasoir et un téléphone portable avec une carte prépayée. Il s'était d'abord rasé dans les toilettes d'une station-service. Entièrement. Barbe et cheveux. Dans le miroir, le reflet de son crâne chauve lui avait presque fait peur, tant il lui semblait étranger. Ensuite, il avait cherché un numéro dans un annuaire papier. Un numéro qu'il n'avait pas composé depuis longtemps. Et il avait passé un coup de fil. Sans réponse.

Posté devant un vieil immeuble de Prospect Place, le psychiatre avait attendu toute la journée, assis par terre comme un sans-abri auquel les passants n'adressaient presque aucun regard, et il avait renouvelé régulièrement ses tentatives d'appel. Personne n'avait jamais décroché, et personne n'était entré dans l'immeuble. Quelques bonnes âmes lui avaient jeté des pièces qu'il n'avait pas osé leur rendre, assumant avec zèle le rôle anonyme d'un SDF. À cette heure, mieux valait n'être personne.

À la nuit tombée, enfin, à bout de forces, il était monté au dernier étage du bâtiment vétuste. En se démettant presque l'épaule, il avait enfoncé une porte et était entré dans un petit studio dont les volets n'avaient probablement pas été ouverts depuis près de deux ans.

La pièce, dans un désordre indicible, sentait le

renfermé et le moisi. Des insectes galopaient dans le coin cuisine. La plupart des meubles, de piètre qualité, étaient abîmés. Sur un matelas posé à même le sol, des vieux draps sales, troués. Des livres, des magazines traînaient dans tous les coins, des cartons de déménagement qui n'avaient jamais été déballés. Le studio ressemblait à une chambre d'étudiant abandonnée.

Pourtant, épuisé, Draken se laissa tomber sur ce lit de fortune et finit par s'endormir au milieu des immondices, l'esprit torturé par d'obscures images.

Reality

27

Après avoir déposé son fils à l'école, Lola retrouva Detroit au *O'Donoghue's*, l'un des rares authentiques pubs irlandais de Brooklyn, où ils allaient parfois ensemble après leurs petites escapades.

Dérogeant à l'habitude qu'ils avaient de ne jamais manifester la moindre intimité hors de l'appartement de Detroit, ils échangèrent un baiser avant de prendre place. C'était davantage un baiser de réconfort qu'autre chose.

— Je suis désolé, Lola. Je devine que c'est un coup dur pour toi...

Elle s'efforça de sourire un peu. Elle était heureuse de le retrouver, après plus d'une semaine. Et c'était rare de le voir ainsi, authentiquement tendre, sans le moindre cynisme. Comme s'il avait baissé les armes.

— Merci. Je suis surtout inquiète pour Draken.

— Je comprends.

— Ça ne lui ressemble pas. Je n'arrive pas à croire qu'il ait pu... Il a dû lui arriver quelque chose.

— Sans doute. Les types du FBI font ce qu'ils peuvent pour le retrouver.

— Ils te font bosser dessus ?

— Non, pas directement. Je suis plutôt sur l'enlèvement de Singer.

— Mais tu peux m'avoir des infos quand même ?

Detroit grimaça.

— Tu vas t'attirer des ennuis, princesse, si tu mets ton nez dedans. Je croyais que cette charmante Mitzie Dupree était déjà venue te tirer les oreilles ?

— J'emmerde Mitzie Dupree. Draken est mon ami, je veux savoir s'il a besoin de mon aide. Ou s'il m'a trahie.

— Et c'est uniquement pour ça que tu voulais me voir, Lola ?

— Ne sois pas con, Phillip. Je suis contente de te revoir. Mais j'ai besoin que tu m'aides.

— Et j'y gagne quoi, moi ? Le prends pas mal, mais je m'en fous un peu, de Draken...

— T'as besoin d'y gagner quelque chose ? s'emporta Lola. Tu ne peux pas juste me rendre un service gratuitement ? Je croyais qu'on se faisait confiance !

— Je croyais aussi… Mais tu me caches beaucoup de choses, toi, Lola.

— Tu ne vas pas encore m'emmerder avec ça ! Mon frère n'a pas le même nom que moi, et il a un cancer des poumons, voilà, tu le sais, n'en parlons plus !

— Il n'y a pas que ça, ma belle…

Lola ferma les yeux. À peine cinq minutes qu'elle avait retrouvé son collègue, et il l'énervait déjà. De quoi parlait-il à présent ? Qu'avait-il découvert d'autre ? Elle n'avait pas envie de savoir. Pas maintenant. Pas quand une seule chose occupait son esprit : où était Draken, et qu'avait-il fait ?

Écœurée, elle se leva pour partir.

Detroit la rattrapa par l'épaule.

— C'est bon ! Assieds-toi, princesse ! T'es devenue bien susceptible !

— J'ai pas envie de me prendre la tête maintenant, Phillip. Vraiment pas.

— Ça va, ça va… J'ai compris. Je ferai ce que je peux pour t'aider.

Elle s'installa de nouveau en face de lui et le dévisagea longuement. Il finit par sourire.

— Allez, dis-moi ce que je peux faire.

— Il faut que tu voies s'ils ont récupéré des images de surveillance de la rue derrière l'immeuble de Draken.

— Derrière ?

— Oui. La fenêtre de la cuisine était ouverte. Il s'est peut-être enfui par là.

— OK. Je vais voir.

— Très bien. Et il faut que tu me dises où ils en sont sur l'homme au chapeau. Est-ce qu'ils ont une piste ?

— Pas à ma connaissance. Mais je te promets que je vais essayer d'en savoir le plus possible. Ça te va ?

432

— Non. Ce n'est pas tout. Il faut aussi que tu récupères la VHS qui était dans le caméscope de Draken.

— Tu plaisantes, j'espère ?

— Il avait l'habitude de filmer les séances d'hypnose d'Emily. J'ai besoin de voir ce qu'il y a sur cette cassette.

— Lola, tu sais bien que ça va être impossible ! Ça doit être la pièce majeure de l'enquête ! Je ne risque pas d'y avoir accès.

— Je croyais que le mot « impossible » ne faisait pas partie du vocabulaire du détective Detroit ?

— Lola...

— Tu peux au moins essayer, non ?

No escape

28

— Déshabillez-vous.

John Singer, debout au milieu de la petite pièce où il avait été conduit, et qui ressemblait vaguement à un bloc opératoire de vieil hôpital, dévisagea, perplexe, les deux hommes qui se tenaient devant lui. Il connaissait celui qui portait une arme, mais n'avait jamais vu le second, un quadragénaire vêtu d'une blouse blanche.

— Pardon ?

— Déshabillez-vous.

— Vous plaisantez ? C'est quoi ces conneries ? Qu'est-ce que vous...

— Pour la dernière fois, déshabillez-vous, Singer.

Le dirigeant d'Exodus2016 hésita un instant, mais il savait déjà qu'il n'avait d'autre choix que d'obéir. Résister face à ses ravisseurs était parfaitement inutile. Il avait déjà pu le constater plusieurs fois. Ces types étaient impitoyables.

Il enleva sa chemise, maculée de son propre sang, et son jean.

— Entièrement, ordonna l'homme armé.

John enleva docilement chaussettes et caleçon. Entièrement nu, il fixa l'autre avec un regard de mépris. Dans ce contexte, la pudeur n'avait plus aucun sens. La haine et la peur l'emportaient largement sur tous les autres sentiments.

— Allongez-vous sur le brancard.

Il s'exécuta, de mauvaise grâce. L'homme à la blouse s'approcha alors et lui noua les mains, les bras, les pieds et les cuisses avec des lanières de cuir.

— Qu'est-ce que vous allez faire ? demanda Singer, sans parvenir à masquer son inquiétude.

Que voulaient ces types ? Plus le temps passait, plus il était persuadé que son enlèvement et celui de son épouse cachaient bien plus qu'une simple demande de rançon. Mais de quoi s'agissait-il, alors ? Un coup tordu des services secrets ? La vengeance d'une multinationale ? D'un pays étranger ?

— Allons, calmez-vous, Singer. Je ne vais rien vous

faire de bien méchant. Il s'agit seulement de quelques analyses. Je vous attache uniquement par précaution, au cas où vous voudriez tenter quelque chose de stupide.

Le médecin – si c'en était bien un – parlait avec une voix bien moins agressive que les trois différents ravisseurs auxquels il avait eu affaire jusqu'à présent. Mais cette absence d'agressivité n'était pas pour autant rassurante. Elle ressemblait à une forme d'indifférence. Et il y avait quelque chose de terriblement angoissant dans l'indifférence d'un homme en blouse blanche.

Ébloui par la lumière du plafonnier placé juste au-dessus de lui, Singer essaya de maîtriser sa respiration, de ne pas laisser son souffle s'emballer sous le coup de la panique.

Le médecin approcha un chariot sur lequel il prit une lanière de caoutchouc pour faire un garrot, qu'il plaça sur le bras gauche de Singer. À l'aide d'un coton, il désinfecta une zone de l'avant-bras, puis il prit une seringue et plusieurs tubes. Il enfonça sans délicatesse l'aiguille dans une veine et commença la prise de sang. Il remplit six tubes différents, sur lesquels il apposa enfin une petite étiquette imprimée.

Une fois cette étape terminée, il approcha un second chariot, celui-ci équipé d'appareils de monitoring, et commença à placer les différentes électrodes sur le corps de John Singer.

— Attendez deux secondes ! intervint l'homme armé, en retrait.

Il s'approcha, les sourcils froncés. Puis il prit un talkie-walkie à sa taille.

— Delta Bravo pour Alpha Charlie ?

— Je t'écoute, répondit une voix dans l'émetteur.

— Viens voir ici tout de suite.

Il raccrocha le talkie à sa ceinture.

— Je peux continuer ? demanda le médecin.

— Non. Laissez-nous quelques minutes.

L'homme à la blouse blanche poussa un soupir mais obéit. Il reposa les électrodes qu'il avait encore dans la main et sortit de la pièce.

— C'est quoi ces conneries, bordel ? lança Singer en s'agitant sur le brancard.

Mais l'homme ne répondit pas. Quand le second ravisseur arriva dans la pièce, Singer le fusilla du regard.

— Qu'est-ce qu'il se passe ?

— Regarde, dit le premier en tendant le doigt vers la poitrine de Singer. Il a un tatouage.

Le dirigeant d'Exodus2016 se demanda si c'était une plaisanterie.

— Merde ! lâcha le nouveau venu en avançant pour inspecter les pectoraux de Singer. Merde ! Depuis quand avez-vous ce tatouage ?

— Je... euh... Mais qu'est-ce que ça peut vous foutre ?

— Depuis quand avez-vous ce tatouage, où l'avez-vous fait, et que représente-t-il ?

— C'est une blague ? Vous voulez vous faire le même ?

Singer reçut instantanément un coup en plein visage.

— Répondez. Depuis quand avez-vous ce tatouage ?

Les bras liés, il ne pouvait même pas apaiser la douleur sur sa joue.

— Je... Je ne sais pas... Un an... Peut-être moins.

— Je veux une réponse précise, John. Dites-moi quand vous avez fait ce tatouage !

— Eh bien… C'était juste avant l'été dernier, je crois. Oui, c'est ça. En mai dernier.

— Où ?

— Chez un tatoueur de Manhattan.

— Lequel ?

— Je… Je ne me souviens plus du nom. Un tatoueur au tout début de Bleecker Street. *New York Ink*, ou quelque chose comme ça.

— Et qu'est-ce que ça représente ?

Singer serra la mâchoire. Se pouvait-il que ces types aient une idée de ce que cachait ce tatouage ? Si vite ? Non, c'était impossible ! Ils venaient tout juste de le découvrir. Il essaya de répondre le plus naturellement possible.

— C'est Viracocha[1]. Le dieu des Incas.

Le tatouage représentait en effet une figure divine, barbue, dans le plus pur style inca, avec ses nombreuses décorations complexes et ornements alambiqués.

— Et qu'est-ce que vous foutez avec un tatouage d'un dieu inca sur la poitrine ?

— Viracocha est le dieu créateur, qui apporte la lumière sur la terre. Je trouvais que c'était une belle analogie avec Exodus2016. Mais je ne vois pas en quoi cela vous intéresse…

— Ce n'est pas votre problème, Singer. Fermez-la maintenant.

L'homme se retourna vers son confrère.

— Il faut prévenir le patron.

---

1. Pour découvrir le mystérieux tatouage de John Singer, rendez-vous dans la bibliothèque de Brooklyn sur www.serum-online.com

29

Lola ressentit une montée d'adrénaline en lisant le SMS de Detroit. *« Rappelle-moi dans 5mn. J'ai quelque chose. »* La perspective d'avancer enfin fit battre son cœur. Pouvoir se raccrocher à quelque chose. Un fil, ténu, mais salvateur : l'espoir que Draken était bien vivant et qu'elle allait le retrouver.

Mais il y avait ce dossier que Powell lui avait demandé de suivre – un viol de mineure sur Kent Avenue. Comme la veille avec l'arrestation du jeune manifestant, le capitaine essayait de lui confier le plus d'enquêtes possible, pour « l'occuper ». Il fallait qu'elle trouve un moyen de se libérer.

Luttant contre ses scrupules, elle partit chercher Velazquez dans le hall du commissariat.

— Vous êtes occupé, Tony ?

— Je partais en patrouille, pourquoi ?

— J'ai besoin que vous me rendiez un service.

— Bien sûr.

— Le capitaine veut que j'aille faire une enquête de

voisinage sur le viol de Kent Avenue. Mais je risque d'avoir un petit empêchement...

— Vous voulez que j'y aille ?

— Si vous pouviez faire en sorte que Powell ne soit pas au courant...

Le jeune Hispano hocha la tête d'un air très sérieux. Il semblait fier que son aînée lui demande un service personnel. Il prenait sans doute ça comme une marque de confiance.

— Vous en faites pas, détective. Je m'en occupe.

— Merci. Je vous revaudrai ça, Velazquez.

Elle sortit du commissariat pour appeler Detroit à l'abri des regards de ses collègues.

— Tu n'as jamais été aussi rapide pour me rappeler, princesse.

— Tu as récupéré la VHS ?

— Non. Ne rêve pas !

— Les caméras de surveillance derrière l'immeuble ?

— Non plus. Il n'y a rien de ce côté-là, désolé. Aucune caméra de surveillance ne donne sur l'arrière de l'immeuble de Draken. Non, c'est autre chose. Un message sur son répondeur, qui a été laissé le jour de la mort d'Emily, un peu avant celui que tu lui as laissé toi aussi.

— Un message de qui ?

— Ils ne savent pas pour l'instant. Un homme. Tout ce qu'ils savent, c'est que l'appel venait d'une cabine téléphonique dans le nord de Manhattan. Ils essaient de remonter la piste.

— Et il dit quoi ?

— Attends. Je vais te faire écouter.

Il y eut un petit bruit de claquement, puis Lola put entendre l'enregistrement : « *C'est moi. Tu ne m'as pas donné de nouvelles, Arthur. Je viens de rentrer de l'Illinois et j'ai peur. Est-ce que tu as fait le nécessaire, comme promis ? Tu t'en es occupé ? Toute cette histoire avec Emily, c'est... Je n'aime pas ça du tout. Appelle-moi, Arthur ! »*

Lola reconnut aussitôt la voix sur le répondeur. Sans le moindre doute.

— À quelle heure le coup de téléphone a-t-il été passé ? demanda-t-elle.

— 10 h 28. Soit un peu plus d'une demi-heure avant l'heure estimée de la mort d'Emily. Tu sais qui c'est ? demanda Detroit, comme s'il lisait dans ses pensées.

— Ça se pourrait... Je te dirai ça quand j'en aurai eu la confirmation.

— Tu fais chier, Lola ! C'est pas comme ça que ça marche. Je te donne mes infos, tu me donnes les tiennes.

L'Irlandaise hésita. Si elle contrariait son collègue, il risquait de ne plus lui donner le moindre tuyau. Mais si elle lui disait qui était l'auteur de ce coup de fil, le FBI serait sur lui avant qu'elle ait pu aller l'interroger. Elle tenta de trouver un juste milieu.

— OK. Je te dis qui c'est, mais tu attends la fin de la journée avant de balancer l'info à tes nouveaux amis. Ça te va ?

Moment d'hésitation.

— Je te laisse jusqu'à 16 heures, trancha Detroit.

C'était sans doute assez pour faire ce qu'elle avait à faire.

— Marché conclu.

— Alors c'est qui ?

— Ben Mitchell. Un neurophysiologiste qui a plusieurs fois travaillé avec Draken.

Elle se garda bien de préciser que cet homme était aussi l'inventeur du sérum.

30

Il avait fallu près d'une heure et un ordinateur sécurisé pour que William Roberts puisse appliquer la clef de décryptage aux 87 fichiers de John Singer et en tirer quelque chose.

Il n'avait pas eu le temps de tout lire – l'impression approchait les six cents pages – mais assez pour être stupéfait. Estomaqué.

Il avait beau avoir vu défiler un certain nombre de scandales depuis qu'il avait rejoint Exodus2016, celui-ci les dépassait tous. À tel point que William Roberts peinait même à croire à ce qu'il venait de lire. Certes, il n'avait plus beaucoup d'illusions sur les méthodes des services secrets dans son pays – et dans bien d'autres – mais on atteignait ici un tel niveau de cynisme, d'illégalité et d'horreur que cela défiait sa crédulité. Pourtant, il ne pouvait remettre en cause l'authenticité des documents réunis par John Singer – l'homme était du genre à vérifier ses sources – et il y avait là des preuves qui semblaient irréfutables.

À en croire ces papiers, donc, entre 2002 et 2007, sous l'ère George W. Bush, la CIA s'était rendue coupable d'expérimentations odieuses sur des condamnés à la peine capitale, dont l'exécution avait été simulée afin d'en faire par la suite des cobayes sans existence légale, sans identité, et donc sans recours.

Sur les 350 personnes exécutées aux USA pendant cette période, 38 – parmi celles dont le corps n'était pas réclamé par la famille et qui devaient être enterrées par l'État – avaient été récupérées par ce programme abominable. Toutes étaient issues du Texas, de l'Ohio et de la Louisiane, trois États pratiquant exclusivement l'exécution par injection létale. Les documents montraient précisément comment le thiopental sodique y avait été remplacé par un produit à base de benzodiazépine, simulant parfaitement la mort clinique. Avec la complicité du médecin légiste et du directeur de la prison, le condamné était déclaré mort, puis le corps subtilisé avant d'être conduit dans un centre médical secret où il était réanimé. Sur les 38 condamnés, 12 n'avaient pas survécu à cet odieux subterfuge d'apprentis sorciers. Les 26 autres avaient été intégrés au programme intitulé DES, et étaient devenus des cobayes anonymes, échappant au cadre de la loi du fait de leur « décès » déclaré. La CIA pouvait en faire ce qu'elle voulait. À côté de cela, le camp de Guantanamo passait pour un parc d'attractions.

Le reste des documents détaillait les différentes expérimentations conduites par cette cellule underground de la CIA, dont Roberts ne pouvait affirmer pour l'instant – faute d'avoir tout lu – si elle avait reçu l'aval du gouvernement fédéral, voire celui de la direction même de l'Agence. Il en doutait fortement, mais il avait déjà tant de peine à croire à la véracité de cette histoire qu'il n'était plus à ça près...

Une chose était sûre : si ces documents étaient authentifiés et que CBS les présentait au grand public, on aurait affaire au plus grand scandale de l'histoire des services secrets, et les conséquences seraient sans doute dramatiques, tant sur le point de la sécurité que de la politique.

Roberts comprenait mieux à présent l'importance que Singer attachait à ces fichiers.

C'était, virtuellement, une bombe nucléaire.

Two meanings

31

Retrouver l'appartement de Ben Mitchell en plein cœur du campus médical de l'université de Columbia n'avait pas été bien compliqué. Lola l'y avait déposé en voiture le jour où elle l'avait raccompagné de chez Draken. Elle monta donc tout droit à l'étage et sonna à la porte du professeur.

L'homme, sans doute à cause de sa cécité, mit un certain temps à venir répondre.

— Qui est-ce ?

— C'est Lola Gallagher.

Il y eut un bref moment de silence.

— Qu'est-ce que vous voulez ?

— Il faut qu'on parle, Ben. Laissez-moi entrer.

L'homme finit par ouvrir. Le visage déjà creusé de ce hippie hirsute semblait plus marqué encore que la dernière fois qu'elle l'avait vu. Le neurophysiologiste ne devait pas avoir une hygiène de vie exemplaire. Des gouttes de sueur perlaient sur son front et il semblait tendu.

— Il y a quelqu'un avec vous ?

— Non. Je suis seule.

Il sembla surpris.

— Vous êtes sûre ?

— Euh… Oui. Je suis sûre.

— Ah bon… Je… Je vous en prie, entrez.

S'appuyant sur les murs, il passa devant elle et la conduisit vers le salon. Lola prit place dans un fauteuil et l'homme s'assit sur le canapé en face d'elle. Il semblait ne pas savoir quoi faire de ses mains, les changeant sans arrêt de place avec des gestes brusques, mais le détective n'aurait su dire si c'était le résultat de sa cécité ou d'une inquiétude qui le rongeait. Ou alors, il était complètement shooté, ce qui aurait aussi expliqué sa transpiration.

— Vous êtes au courant pour Emily ?

Il inclina la tête d'un air intrigué.

— Emily ? Non. Au courant de quoi ?

Lola n'y alla pas par quatre chemins. Le temps pressait, et elle voulait voir sa réaction.

— Elle est morte. Assassinée.

La bouche du neurophysiologiste s'ouvrit dans une grimace de stupéfaction.

— Et Draken a disparu, ajouta Lola d'un ton neutre.

— Je… Quand est-ce arrivé ?

444

— Avant-hier. Lundi. Dans le cabinet d'Arthur. Vous n'étiez vraiment pas au courant ?

— Non ! s'exclama l'homme, presque choqué par la question, et de plus en plus nerveux. Je… Je n'ai pas eu de nouvelles d'Arthur depuis plus d'une semaine. Je suis parti quelques jours dans l'Illinois.

— Pourquoi ?

— Pour me reposer…

— Des soucis de santé ?

— Non. Pas plus que d'habitude…

— Quand êtes-vous rentré ?

— Eh bien… Lundi, justement. Je…

— Et vous n'avez pas eu de contact avec Arthur depuis lors ?

— Non ! Aucun ! J'ai essayé de l'appeler lundi matin, mais il n'a pas répondu.

Il ne mentait pas, constata Lola. Pas sur ce point, en tout cas. Pourtant, il avait toute la gestuelle du menteur. Il ne cessait de se gratter, de se frotter le nez, de s'agiter sur son canapé.

— Vous l'avez appelé pourquoi ?

— Pour prendre des nouvelles…

— Vous êtes sûr ? Rien d'autre ?

La mimique du professeur trahit de nouveau son embarras.

— Eh bien… Je voulais prendre des nouvelles de lui… et d'Emily.

La détective décida de le confronter directement.

— J'ai entendu le message que vous avez laissé sur son répondeur, Ben.

L'homme avala sa salive.

— Vous disiez avoir peur, insista Lola. Peur de quoi ?

Il fit un bruit de gorge qui ressemblait presque à un grognement, puis se leva.

— Eh bien, oui, peur pour Emily… Cette histoire d'enlèvement, j'ai cru comprendre que cela les avait perturbés tous les deux.

— Vous étiez au courant pour l'enlèvement ? Pourtant vous étiez déjà parti dans l'Illinois quand c'est arrivé.

— Oui. Mais… J'écoute les informations, comme tout le monde. Et donc, j'en ai déduit que ça devait les avoir perturbés tous les deux.

— Comment saviez-vous qu'il y avait un rapport entre Emily et cet enlèvement ? Vous n'étiez pas là lors des dernières séances…

— Arthur m'en avait vaguement parlé. J'ai fait le lien.

Tout en répondant, il se dirigea vers la fenêtre du salon et éprouva la texture des rideaux, comme s'il voulait s'assurer qu'ils étaient bien tirés.

— Qu'est-ce que vous faites ?

— Je… J'ai l'impression qu'on nous regarde, dit-il.

Lola secoua la tête. À présent, cela ne faisait plus aucun doute, le professeur était complètement défoncé, et ça le rendait paranoïaque. Quand il revint s'asseoir, il semblait encore plus agité.

— Dans le message que vous lui avez laissé, que vouliez-vous dire quand vous lui avez demandé : « *Est-ce que tu as fait le nécessaire ?* »

— Je…

L'homme cherchait ses mots.

— Dites-moi la vérité, Ben.

— Eh bien… Je lui avais conseillé d'arrêter d'uti-

446

liser le sérum sur Emily... Je voulais m'assurer qu'il l'avait fait... C'est tout.

Cette fois-ci, il mentait. La tournure de la phrase dans son message sur le répondeur impliquait autre chose. Une inquiétude d'une nature différente. Lola en était certaine. Et elle reconnaissait aisément les accents de la mystification dans l'explication du professeur.

— Vous m'avez pourtant vous-même vanté les mérites de ce sérum, Ben, quand vous étiez dans ma voiture, vous vous souvenez ? Alors pourquoi lui déconseiller soudain de l'utiliser ?

— Arthur en abusait avec Emily ! dit-il en s'emportant. Je... Je n'étais pas d'accord ! C'était dangereux ! Il avait tellement augmenté les doses qu'il devait utiliser une deuxième piqûre pour la réveiller. Il voulait même essayer de s'injecter lui-même du sérum, pour voir s'il arriverait à être en phase avec elle, s'ils étaient tous les deux dans le même état. Je n'étais pas d'accord... Voilà ! C'est tout ! Je n'aime pas du tout vos questions, détective !

— Je m'en doute, dit-elle, presque amusée par cette remarque.

Elle fit exprès de laisser passer un silence.

— Je crois que vous me cachez quelque chose, professeur Mitchell.

— Pas du tout ! C'est vous qui me cachez quelque chose. Vous n'êtes pas venue seule. Il y a quelqu'un avec vous.

— Je vous assure que non, Ben. Vous dites que vous êtes rentré de l'Illinois lundi matin ?

— Oui.

— L'heure de la mort d'Emily a été située aux alentours de 11 heures. Où étiez-vous à cette heure-là ?

— Eh bien... J'étais... entre l'aéroport et ici. Oui, c'est ça, j'étais en train de rentrer de l'aéroport.

— Pourtant vous avez passé ce coup de téléphone depuis une cabine téléphonique en plein cœur de Manhattan à 10 h 28. Pourquoi ?

— Eh bien... Je... Je suis allé faire deux, trois courses dans Manhattan avant de rentrer chez moi. C'est ça. Et alors je l'ai appelé en sortant d'un magasin.

— Pourquoi ? Vous n'étiez qu'à quelques minutes de chez vous.

— J'en sais rien, pourquoi ! J'ai éprouvé le besoin urgent d'avoir des nouvelles, voilà tout ! Je m'inquiétais pour eux ! Il n'y a rien de mal à ça !

— Et vous n'avez pas de téléphone portable ?

— Non.

Lola examina longtemps le visage de son interlocuteur. Les lunettes de soleil qui cachaient ses yeux malades rendaient la lecture de ses expressions plus difficile. Et les psychotropes qu'il avait manifestement consommés brouillaient encore plus les pistes.

— Vous... Vous dites que Draken a disparu ? bégaya-t-il.

— Oui.

— Vous pensez... Vous pensez qu'il lui est arrivé quelque chose ?

— Je n'en ai pas la moindre idée. Et vous ?

Il fit un geste désemparé.

— Je ne sais pas !

— Vous n'avez pas une idée de ce qui a pu se passer ? Qui aurait pu vouloir Emily morte ?

— Non ! Je ne sais pas ! Ceux qui lui avaient tiré dessus, je suppose ! C'est à vous de me le dire !

Elle soupira.

— Ben... Vous êtes un homme intelligent, brillant même. Respecté. Et Arthur semble vous aimer beaucoup. Pourtant, je sais que vous mentez. Je sais que vous me cachez quelque chose. Et ce faisant, vous ne rendez service à personne. Ni à moi, ni à Draken, ni, surtout, à vous-même.

L'homme baissa la tête et se frotta vigoureusement les tempes, comme s'il était saisi d'une migraine soudaine.

— Ben, il faut que vous...

— Ça suffit maintenant ! la coupa-t-il avec une colère inattendue. Ça suffit vos petites insinuations ! Je ne suis pas un meurtrier ! Arthur est un très bon ami ! Alors ça suffit ! Et puis, d'abord, à quel titre m'interrogez-vous ? Est-ce que je suis officiellement suspecté de quelque chose ? Vous avez un mandat ?

Lola grimaça. Les agents du FBI allaient certainement venir le voir à leur tour dans quelques heures, il apprendrait vite qu'elle n'était donc pas venue dans le cadre de son travail.

— Je vous interroge en tant qu'amie d'Arthur. Car je suis son amie depuis plus longtemps que vous encore...

— Eh bien, dans ce cas, je n'ai pas à répondre à vos questions ! J'en ai assez !

Il se leva péniblement.

— Je vous demande de partir de chez moi !

— Ben...

— Partez ou j'appelle la sécurité de l'université !

— Comme vous voudrez, dit-elle finalement en se levant à son tour.

— Vous connaissez la sortie ! ajouta-t-il d'un ton presque méprisant.

Lola se dirigea docilement vers la porte. Si elle insistait, les choses risquaient de mal tourner, et Mitzie Dupree sauterait sur l'occasion pour lui tomber dessus.

Juste avant qu'elle n'actionne la poignée, ses yeux glissèrent toutefois sur la pile de courrier posée sur un petit meuble de l'entrée. L'une des enveloppes portait le sigle de la Wells Fargo. Sans doute un relevé bancaire. La détective ne résista pas à l'envie de subtiliser le document, profitant du fait que le neurophysiologiste ne pouvait pas la voir. C'était plus fort qu'elle. Pas très professionnel, certes, mais, après tout, elle n'était pas là en tant que détective, et c'était peut-être un moyen de savoir ce que Mitchell lui cachait. Avec un peu de chance, la liste de ses mouvements bancaires des derniers jours pourrait lui donner une idée des déplacements du professeur, ou lui révélerait qu'il possédait en réalité un téléphone portable, par exemple… Et puis, ce n'était pas bien méchant. Elle se débrouillerait pour le lui restituer un jour ou l'autre.

— Je pense qu'on sera amenés à se rencontrer de nouveau, professeur Mitchell, dit-elle de loin avant de refermer la porte, après avoir glissé l'enveloppe dans sa poche.

Reality

32

L'agent Marcus Daly entra dans le vaste bureau du DDCIA[1] avec un air grave, embarrassé. Le soleil bas de Virginie irradiait les immenses baies vitrées du nouveau campus, complexe de pierre blanche et de verre au milieu d'un tapis de verdure.

— Qu'y a-t-il de si urgent pour que vous ayez fait aussi peur à ma secrétaire, Marcus ?

Anthony Edwardes, du haut de ses cinquante-quatre ans, avait à son actif trente ans de bons et loyaux services au sein de l'Agence. Cet ancien conseiller de George W. Bush connaissait tous les rouages de la maison, mais aussi tous ses travers, et l'insistance avec laquelle Daly lui avait demandé cet entretien lui donnait un mauvais pressentiment. On le dérangeait rarement pour rien. La mine décomposée du jeune agent qui venait d'entrer semblait confirmer son intuition.

— Il faut que vous regardiez CBS tout de suite, monsieur le *deputy director*.

Edwardes fit une moue étonnée, mit ses petites lunettes rondes et attrapa la télécommande sur son bureau. Il alluma le téléviseur encastré dans la haute bibliothèque et se cala sur la deuxième chaîne.

---

1. *Deputy Director of the Central Intelligence Agency*, sous-directeur de la CIA.

Les informations avaient déjà commencé. Quelques secondes plus tard, un reportage débuta sur la demande de rançon pour la libération de John et Cathy Singer, avec un extrait de la célèbre vidéo postée par les ravisseurs.

— Eh bien ? demanda le DDCIA. Qu'est-ce que je suis censé voir ? J'ai déjà vu cette vidéo en boucle !

— Attendez.

Quand le journaliste conclut son sujet, Edwardes comprit l'air déconfit de son interlocuteur.

« Se pourrait-il que la CIA soit, de près ou de loin, liée à l'enlèvement du dirigeant d'Exodus2016 ? De nombreuses rumeurs vont en ce sens. Une chose est sûre : sa disparition n'est pas forcément une mauvaise nouvelle pour tout le monde. Il se raconte que certains, en haut lieu, ne doivent pas être pressés que la somme exigée par les ravisseurs soit réunie par les associés du couple Singer, véritable bête noire des services secrets du monde entier... »

Le *deputy director*, blafard, ne fut pas long à réagir. Il éteignit la télévision, reposa brusquement la télécommande et sortit tout droit de son bureau sans adresser un mot de plus à son jeune subordonné.

Des têtes allaient tomber.

33

En entrant sur le campus universitaire, Phillip Detroit se dit qu'il était encore en train de faire une connerie

– ça devenait une habitude. Plutôt que de venir ici tout seul, il aurait certainement dû transmettre l'info au FBI, ou au moins au 88e district. Mais, après réflexion, il l'avait gardée pour lui. Il voulait voir par lui-même, parce qu'il était persuadé que Lola s'était encore mise dans le pétrin – elle ne répondait de nouveau plus au téléphone – et que le meilleur moyen de l'aider était d'y voir plus clair avant de transmettre le dossier à qui que ce soit.

Selon Gallagher, c'était donc ce mystérieux professeur Mitchell qui avait laissé un message sur le répondeur de Draken, quelques minutes avant la mort d'Emily Scott. Après avoir fait quelques recherches élémentaires sur le personnage, Detroit s'était rapidement dit que ce neurophysiologiste sulfureux cachait quelque chose de louche.

L'envie de le confronter directement avait été plus forte que la confiance qu'il portait à ses supérieurs.

Quand il arriva dans le bâtiment où logeait Ben Mitchell, le détective trouva rapidement son numéro d'appartement. Il était en train de sonner à la porte quand un étudiant d'une vingtaine d'années l'interpella depuis le couloir.

— Vous cherchez le professeur Mitchell ?

— Oui. Il n'est pas là ?

— Il est parti il y a un peu moins d'une heure.

— En cours ?

— Non. Apparemment, il a encore pris un congé. Je crois qu'il a des problèmes de santé. Je l'ai vu partir, il n'avait pas l'air en forme…

— Et vous savez où il est parti ?

— Non, pas la moindre idée.

34

Sam Loomis grimaça en voyant le numéro avec le préfixe de Washington DC s'afficher sur le cadran de son téléphone. Il vérifia rapidement sur le listing collé au mur et identifia le poste du directeur de la CID[1]. Mauvais signe.

— Agent spécial Loomis ?

— Lui-même.

— C'est quoi ces conneries ?

— Pardon ?

— Vous avez vu ce qui vient de passer sur CBS ?

— Non... Je dois vous avouer que je regarde rarement la télévision en travaillant, monsieur le directeur.

Au même moment, l'assistante de Loomis, livide, entra dans le bureau sans frapper. L'agent lui adressa un signe de tête interrogateur, l'air de dire : « Que se passe-t-il, bon sang ? »

L'assistante s'approcha du bureau et griffonna rapidement un mot sur une feuille devant lui. *« CBS accus. CIA pour Singer. »* L'agent spécial ferma les yeux.

— On... On vient tout juste de m'informer.

— Il serait temps ! Un journaliste de CBS qui insinue en direct que la CIA est liée à l'enlèvement

---

1. *Criminal Investigative Division*, département d'enquête criminelle du FBI.

de John Singer ! Je viens de me faire insulter par le *deputy director* de Langley, et je suis convoqué dans une heure à la Maison Blanche. Vous pouvez m'expliquer ce bordel ?

— Je ne travaille pas à CBS. Je n'étais pas au courant, directeur...

— Vous auriez dû l'être. La CIA est persuadée que c'est nous qui avons fait courir ce bruit. Qu'est-ce que vous foutez, à New York ? Vous n'avez pas une piste ? Pas même un début de piste ? Un os à jeter aux journalistes pour éviter ce genre d'insinuations parfaitement nuisibles à la collaboration entre les services ?

Loomis, d'abord décontenancé par cet appel, commença à reprendre ses esprits.

— Si je puis me permettre, monsieur, votre bureau reçoit mes rapports deux fois par jour... Nous essayons de décrypter les textes révélés par John Singer, et ce n'est pas de notre faute si ces 87 fichiers commencent par les trois lettres « CIA »...

Quelques secondes de silence. Puis le directeur reprit, d'une voix quelque peu apaisée :

— Vous avez laissé fuiter ça à la presse ?

— Absolument pas, monsieur le directeur. Mais il est tout à fait possible que nous ne soyons pas les seuls à avoir découvert les fichiers de John Singer... Après tout, la vidéo circule partout sur le Net, et les fichiers sont restés un certain moment accessibles sur un serveur ouvert au public.

— Vous n'avez pas la moindre piste sur les ravisseurs ?

— Nous avons une photo de l'un d'eux... mais elle ne nous a pas encore permis de l'identifier.

— Eh bien, balancez-la aux journalistes, cette photo ! Et dites-leur que vous êtes sur une piste !

— Ce n'est pas dans nos habitudes.

— Je me fous de savoir si c'est dans nos habitudes ou non ! À force de ne rien lui donner, la presse a l'impression qu'on essaie d'étouffer l'affaire. La CIA va être obligée de faire un démenti. Ils comptent sur nous pour avancer dans cette enquête et les dédouaner. On ne peut pas laisser les journalistes dire des choses pareilles !

Loomis hésita un instant.

— Excusez-moi, monsieur le directeur, je vais peut-être vous choquer, mais avez-vous envisagé un instant que les soupçons des journalistes puissent être justifiés ?

— Croyez-moi, mon garçon, la CIA n'a rien à voir avec l'enlèvement de John Singer. Réfléchissez deux secondes : ça leur retombe aussitôt dessus. Et puis… s'ils avaient eu envie de se débarrasser de ce nuisible, ils lui auraient mis une balle dans la tête et on n'en parlerait plus.

C'est pas faux, se dit Loomis pour lui-même.

— Vous n'avez rien d'autre que cette photo ?

— Nous travaillons sur l'origine de la vidéo, sur les caméras de surveillance de la tour du Citigroup Center, sur les armes qui ont été utilisées pendant la prise d'otages… Nous essayons aussi de surveiller les membres d'Exodus2016, qui nous ont caché avoir été préalablement contactés par les ravisseurs. On essaie de savoir comment ce contact a eu lieu, pour remonter à la source…

— Il faut que vous trouviez quelque chose, Loomis. Et vite. Cette histoire est un véritable panier de crabes. Ça risque d'éclabousser partout. Il faut qu'on récupère Singer, et qu'on puisse le débriefer avant que ça dégénère.

— J'en suis bien conscient, monsieur le directeur.

— Tenez-moi au courant toutes les heures.

Il raccrocha aussi sec.

Sam Loomis se tourna vers son assistante.

— Récupérez-moi ce putain de reportage, Fiona !

Puis il composa un numéro sur son téléphone portable.

— Allô ? Roberts ?

35

— Tiens donc ! Sam Loomis ! Je ne sais pas pourquoi, j'étais sûr que vous alliez m'appeler !

Dans le sous-sol du quartier des abattoirs, le dirigeant par intérim d'Exodus2016 était assis à côté de Cheyenne, la jeune recrue qu'il ne quittait plus depuis l'enlèvement de John Singer, et surveillait avec elle l'évolution de l'opération qu'ils avaient lancée sur Internet. Les prochaines heures risquaient d'être cruciales.

— Vous devinez donc le motif de mon appel...

— Je devine, confirma Roberts d'un ton sarcastique. Vous vous êtes fait tirer les oreilles par vos copains de la CIA ?

— Vous avez un rapport avec cette histoire, Roberts ? Vous êtes entré en contact avec CBS ?

— Ça se pourrait…

Décidément, la situation amusait beaucoup le numéro deux d'Exodus2016. Tous ces messieurs des services secrets qui les harcelaient de plus en plus depuis des mois étaient en train de perdre leur sang-froid. Le document de Singer était encore plus efficace qu'il ne l'avait espéré. Le vent avait tourné.

— C'est une déclaration de guerre, Roberts.

— N'exagérons rien. C'est ce qui s'appelle la liberté d'expression.

— Vous leur avez donné les fichiers de Singer ?

— Disons que nous en avons discuté.

— C'est une initiative totalement irresponsable ! Ce n'est pas parce que Singer balance des fichiers qui portent le nom de la CIA que cela signifie que l'Agence a un rapport avec son enlèvement…

— En effet.

— Alors qu'est-ce qui permet à vos petits copains de CBS de porter de telles accusations ?

— Les gens de CBS ne sont pas mes « copains ». En revanche, ceux de la CIA semblent être les vôtres, agent Loomis, et vous leur direz que ce n'est pas beau de vouloir fermer nos serveurs à distance. Ce n'est pas le genre d'initiative qui va les laver de tout soupçon…

— Pardon ?

— Vous m'avez très bien compris.

— Non. Je ne sais pas de quoi vous parlez.

— Vous n'aurez qu'à leur demander.

L'agent Loomis resta silencieux un instant puis, après un soupir :

— Qu'est-ce que vous espérez tirer de tout ça, monsieur Roberts ?

— Ça me semble assez évident : la libération de John et Cathy.

— Ce n'est certainement pas la bonne méthode. Et excusez-moi, mais faire libérer des otages, c'est mon domaine d'expertise, pas le vôtre.

— C'est ce qu'on verra.

Roberts coupa court à la conversation avec un air satisfait.

Cheyenne lui adressa un sourire en désignant l'écran de son ordinateur.

Des messages de soutien arrivaient en masse, même de l'étranger. Blogueurs, hackers, journaux en ligne, groupes politiques, particuliers… Tous venaient témoigner leur sympathie envers Exodus2016. Et surtout, la jauge des dons envoyés par les internautes pour la libération du couple Singer était en train de s'envoler comme une flèche. Le coup de pub offert par CBS portait déjà ses fruits : le montant venait de dépasser le million de dollars.

Si cela continuait comme ça, les membres d'Exodus2016 allaient pouvoir faire libérer leur dirigeant sans l'aide du FBI, ce qui leur épargnerait de devoir se sentir redevables envers une agence de services secrets. Tout un symbole.

Et quand le couple Singer serait libéré, la donne allait changer, car ils auraient dès lors une audience bien plus grande.

Au fond, si tout se passait bien, ces mystérieux ravisseurs leur auraient rendu un fier service.

Tout allait se jouer dans les prochains jours.

36

Lola avait pris rendez-vous le lendemain matin avec Nick Virgilio, un ami de son frère avec lequel elle avait dîné plusieurs fois et qui était non-voyant.

— Comment va Chris ? demanda l'homme d'emblée, assis à une petite table à l'intérieur du *Starbucks*.

— Pas très bien, répondit Gallagher d'un air triste. Mais il se bat.

— Il a commencé la chimio ?

— Oui. Ça l'affaiblit beaucoup.

— Il faut absolument que je passe le voir.

— Je crois que ça lui ferait plaisir, Nick.

— Qu'est-ce que je peux faire pour toi, Lola ? C'est au sujet de Chris ?

— Non, pas du tout. Je voudrais que tu me traduises un document qui est en braille.

— C'est pour une enquête ? Vous n'avez pas de service spécialisé au NYPD ?

— Si… Mais disons que c'est une affaire… personnelle.

— Je vois le genre. C'est quoi comme document ?

— Un relevé bancaire.

— Bravo, la discrétion ! Par solidarité pour mes frères non-voyants, je ne suis pas sûr que je doive accepter de t'aider…

— Fais pas le con, Nick. J'en ai vraiment besoin. Mon meilleur ami, Arthur Draken, a disparu. Ce relevé pourrait m'aider à le retrouver.

— Draken ? C'est le fameux psychiatre dont Chris m'a souvent parlé ?

— Oui.

— Il paraît que c'est un sacré casse-couilles.

— Ce n'est pas faux. Mais je l'aime bien quand même. Sa compagne a été assassinée, et il reste introuvable.

Nick Virgilio fit une grimace hésitante.

— Bon, allez, donne-moi ton papier.

Lola lui tendit les six feuilles couvertes de caractères en braille. L'homme les posa devant lui et commença sa lecture du bout du doigt.

— On en a pour un sacré bout de temps, dit-il. Il y a trois mois de mouvements bancaires là-dessus. Tu cherches quelque chose de précis ?

— Dis-moi déjà s'il y a des opérations entre le mardi 24 janvier et le lundi 6 février et, si oui, où elles sont localisées.

Nick lui lista le détail de tout ce qui figurait à ces dates sur le relevé. Les différents retraits confirmaient ce que Ben Mitchell lui avait dit : il avait bien quitté New York le 24 janvier, était resté dans l'Illinois jusqu'au 6 février, date à laquelle il était effectivement arrivé à l'aéroport tôt le matin, et il avait bien fait des courses dans Manhattan aux alentours de 10 h 30. Sa version des faits tenait la route. Mais cela ne prouvait pas qu'il ne s'était pas trouvé chez Emily aux alentours de 11 heures, encore que cela lui aurait laissé peu de temps pour aller jusqu'à Brooklyn. Sur le papier, néanmoins, c'était faisable.

— Ça t'aide ? demanda le non-voyant.

— Pas vraiment. Est-ce que tu peux regarder si le relevé comprend des débits mensuels pour un abonnement à un téléphone portable ?

— Bien sûr.

Il étudia longuement les différentes feuilles.

— Apparemment, non. Il y a différents débits au début de chaque mois, mais rien qui ressemble à un abonnement de GSM : son loyer, son assurance, des remboursements sur un prêt à la consommation, un virement pour le centre psychiatrique de South Beach, un abonnement à une ligne Internet... et je crois que c'est tout.

Lola fronça les sourcils.

— Combien, le virement pour le centre psychiatrique de South Beach ?

— Mille deux cents dollars.

— Tous les mois ?

— Oui. En tout cas pour les trois mois présents sur le relevé.

Lola eut un étrange pressentiment. Quelque chose clochait. Le centre psychiatrique de South Beach était un établissement réputé de Brooklyn, et elle n'arrivait pas à trouver une explication pour ce virement mensuel. Il y avait là quelque chose d'étrange. Ça n'avait peut-être rien à voir avec ce qu'elle cherchait, mais cela nécessitait tout de même une vérification.

Une chose était sûre : Mitchell était un personnage

singulier ; il cachait quelque chose, et pour savoir de quoi il s'agissait, il convenait d'enquêter sur lui en profondeur.

The wind blows

37

Le shérif de Collinsville, Connecticut, savait que ce n'était pas à lui de réparer cette barrière. Mais il savait aussi que s'il la laissait ainsi, les services de la voirie ne viendraient pas avant des semaines, voire des mois, et un jour ou l'autre il faudrait qu'il vienne ici constater la mort d'un motard qui aurait percuté une bête sauvage au beau milieu de la Highway 202. Encore un gosse qui aurait bêtement perdu la vie à cause d'une négligence de l'État.

Alors, malgré le froid, et malgré un emploi du temps déjà bien chargé, il avait garé sa voiture sur le bas-côté, enfilé ses gants, sorti les outils de son coffre et il essayait à présent de réparer cette foutue barrière du mieux qu'il pouvait. Ce n'était pas du travail de pro, mais ça tiendrait bien en attendant que la voirie daigne enfin s'en occuper.

Petrucci était connu pour ça. Il faisait partie de ces rares shérifs dévoués, qui avaient un rapport presque paternel avec leur juridiction. Un type que tout le monde respectait. Et même les gens qu'il arrêtait avaient une forme d'estime pour lui. C'était un type droit, comme on dit... Un type d'une autre époque.

— Frodo ! Viens ici ! s'exclama-t-il quand les glapissements de son chien devinrent véritablement insupportables.

Mais le berger allemand, enfoncé dans la forêt, continua de pousser des petits cris plaintifs.

Le shérif de Collinsville poussa un soupir, posa son marteau sur la barrière et entreprit d'aller chercher son chien. Dans quel pétrin s'était-il encore fourré ? Il s'attendait à le retrouver avec une patte coincée dans une souche ou, pire, un piège de braconnier. Encore qu'il vît mal qui pouvait avoir placé un piège si près de la route.

Quand il arriva sur place, il vit qu'il n'en était rien : l'animal, surexcité, tournait en rond dans la neige en glapissant, et grattait de temps en temps le sol frénétiquement.

— Qu'est-ce que tu as trouvé, encore ?

Le chien aboya plusieurs fois sans quitter des yeux l'endroit dans le sol où il avait commencé à creuser. D'un rapide coup d'œil, Petrucci vit que la zone avait été récemment chamboulée. Et pas par son chien. Par des mains humaines. Il fronça les sourcils.

— Qu'est-ce que c'est que ça ? demanda-t-il en caressant la tête du berger allemand. Hein ? Qu'est-ce que c'est ?

Le chien se remit à creuser en remuant la queue,

comme pour remercier son maître d'avoir bien voulu lui prêter attention.

L'instant d'après, le shérif fit une grimace. Il se mit à genoux et huma l'air près du sol.

L'odeur qui se dégageait de la terre lui fit craindre le pire. C'était une odeur qu'il avait eu l'occasion de sentir de trop nombreuses fois dans sa carrière.

Une odeur de cadavre.

Aussitôt, il se releva et partit d'un pas preste vers sa voiture pour récupérer sa pelle dans le coffre. Il revint près de son chien et se mit au travail.

Par cette température, ce ne fut pas une mince affaire.

Excité par l'odeur caractéristique de la putréfaction, le chien n'avait pas cessé d'aboyer depuis que le shérif s'était décidé à creuser. La terre était durcie par le froid mais on pouvait constater – par sa couleur et sa texture – qu'elle avait été retournée puis tassée récemment. Aucun doute : on avait enterré quelque chose ici. Ou plutôt… quelqu'un.

Soudain, la pelle heurta quelque chose de dur.

Petrucci se remit à genoux et enleva la couche noirâtre masquant l'objet qu'il venait de toucher.

Une grimace de dégoût sur les lèvres, il trouva la confirmation qu'il redoutait : un cadavre était enterré là.

Du bout des doigts, il enleva encore un peu de terre.

Il découvrit alors le corps d'une femme, horriblement défigurée. Son visage semblait avoir été littéralement écrasé à coups de pierre.

Reality

38

Lola gara la Chevrolet sur le parking du centre psychiatrique de South Beach. Dans le cadre d'une véritable enquête, elle aurait pu demander aux services techniques de découvrir la nature exacte des virements de Ben Mitchell. Mais avec l'IAB sur le dos, elle était bien obligée de naviguer discrètement en dehors des canaux officiels. Et d'y aller au culot.

Fort heureusement, le culot n'était pas une qualité qui manquait à la panoplie du détective Gallagher.

Cela commençait à devenir dangereux. Le capitaine Powell n'était pas naïf, loin de là. Si elle continuait ainsi, il finirait bien par découvrir qu'elle passait la moitié de ses journées à faire autre chose que ce pour quoi elle était payée. Il fallait qu'elle fasse vite. Et qu'elle trouve quelque chose.

— NYPD, se présenta-t-elle en agitant son badge sous le nez de l'agent d'accueil. Veuillez m'indiquer où se trouve le service comptabilité, s'il vous plaît.

Dix minutes plus tard, la comptable du centre

psychiatrique lui apprenait que les virements de Ben Mitchell correspondaient aux frais d'internement d'un patient de l'établissement. Un certain Paul Clay, que Lola demanda à rencontrer sur-le-champ.

Pourquoi Ben Mitchell payait-il de sa poche les frais d'internement d'un résident de cette institution ? Quel était leur lien ? Elle n'était pas certaine que cela lui apprendrait grand-chose, mais c'était assez étrange pour mériter un peu d'investigation.

Le règlement du centre psychiatrique de South Beach exigeait que tout visiteur, même issu des forces de l'ordre, soit accompagné d'un médecin. Un jeune interne conduisit donc le détective jusque dans la chambre de Paul Clay, lequel était assis sur une chaise métallique, juste devant la fenêtre. Les yeux perdus dans le vague, il semblait rêvasser, immobile, tourné vers l'extérieur, tel un vieillard hypnotisé par un poste de télévision invisible.

— Bonjour monsieur Clay. Je suis la détective Gallagher, et j'aurais quelques petites questions à vous poser, dit-elle en avançant lentement dans la chambre.

L'homme ne répondit pas.

— Paul souffre d'une schizophrénie paranoïde aiguë avec des bouffées délirantes, chuchota le médecin à l'oreille de Lola. Il suit un traitement de neuroleptiques assez fort... Depuis deux ans, il ne communique presque plus. Je ne suis pas sûr que vous puissiez obtenir quoi que ce soit, détective. Il ne parle guère plus d'une ou deux fois par semaine, et encore faut-il comprendre ce qu'il dit... Dans un accès de démence, il s'est coupé la langue en deux avant d'être interné.

Lola, qui n'était pas du genre à se laisser décourager, prit une chaise et s'approcha du patient.

— Je peux m'asseoir à côté de vous, monsieur Clay ?

Toujours aucune réponse. Elle posa malgré tout la chaise près de lui et s'installa.

— Vous avez de la chance d'avoir une chambre qui donne du côté du jardin. C'est une jolie vue. Même en hiver. J'aime bien l'hiver, pas vous ?

Depuis qu'elle était entrée, l'homme n'avait pas bougé d'un iota. C'était comme s'il ne l'avait pas vue, pas entendue, qu'il vivait dans une bulle, entièrement coupé du monde.

— Chez moi, la fenêtre donne sur la rue, continua Lola. C'est beaucoup moins agréable. Quand j'étais petite, j'habitais avec mes parents en Irlande. Je me demande si ce n'est pas le paysage qui me manque le plus. Cela dit, je ne devrais pas me plaindre. Le professeur Mitchell, lui, ne verra plus jamais un seul morceau de verdure à présent qu'il a perdu la vue. Vous connaissez le professeur Mitchell, n'est-ce pas ?

Elle inspecta avec attention le visage du malade. Pas la moindre réaction. Il restait impassible, comme aspiré par une autre réalité.

— Il vous rend visite, de temps en temps ?

Toujours rien.

Le médecin, en retrait, se racla la gorge.

— Justement. Paul est contrarié, aujourd'hui, parce que son cousin n'est pas venu le voir.

— Ben Mitchell est votre cousin ?

Comme s'il était gêné par le silence de son patient, le docteur répondit de nouveau à sa place.

— Non, je ne crois pas. En tout cas, le cousin de Paul n'est pas un non-voyant. Il vient ici tous les jeudis matin, et Paul se promène avec lui dans le parc.

N'est-ce pas, Paul ? Vous aimez bien vous promener avec votre cousin. Je suis sûr qu'il sera là jeudi prochain, il ne faut pas vous inquiéter.

À ces mots, Lola eut l'impression que les battements de son cœur s'étaient arrêtés.

Tous les jeudis matin ? Cela ne pouvait pas être une coïncidence.

— Vous dites que son cousin vient tous les jeudis matin ? demanda-t-elle comme si elle peinait à y croire.

— Oui. Sans faute. Été comme hiver. Il est très dévoué. Et très gentil. C'est le seul auquel Paul accepte de parler vraiment.

Non. Cela ne pouvait pas être une coïncidence.

Lola s'approcha encore davantage du patient immobile. Elle essaya de se mettre dans son champ de vision et le regarda droit dans les yeux.

— J'ai une question à vous poser, monsieur Clay. Il faut que vous me répondiez, cette fois.

Le malade ne réagit toujours pas. Immobile, il semblait à peine respirer. Elle se demanda si elle pourrait parvenir à faire tomber le mur qui le séparait du monde extérieur.

— Paul ? Est-ce que votre cousin est Arthur Draken ?

Depuis plusieurs années, Arthur disparaissait chaque jeudi matin. Sans exception. Il n'avait jamais voulu dire où il allait. Lola n'avait jamais osé l'embêter avec ça. C'était son jardin secret, et Lola savait combien il était important de respecter l'intimité de chacun. N'avait-elle pas elle-même son lot de petits secrets ? Elle avait toutefois imaginé mille explications possibles aux absences mystérieuses de Draken. Une femme ? La tombe de sa mère ? C'était même devenu une plaisanterie. « On ne dérange pas M. Draken le jeudi matin »…

Paul Clay, visiblement troublé par la question, se mit à battre frénétiquement des paupières, mais il ne prononça pas la moindre parole.

— Non, intervint le jeune interne derrière eux. Il s'appelle Fred, votre cousin, n'est-ce pas ?

Lola fronça les sourcils.

Fred ?

Elle était pourtant si sûre… Elle eut aussitôt l'idée de chercher une photo de Draken dans son téléphone portable. Un cliché où on le voyait avec Adam, dans un restaurant de Brooklyn.

Elle tendit le téléphone au médecin.

— C'est lui, « Fred » ?

Le docteur sembla étonné.

— Oui. C'est bien lui ! C'est le cousin de Paul.

Non. Ce n'était pas son cousin, pensa Lola.

C'était plus probablement son ancien psychiatre.

The world

470

Cassette n° 5 – Séance Emily du dimanche 29 janvier 2012

— *Tu es sûre, Emily ? Pas de regrets ?*

Elle sourit et lève les yeux vers le psychiatre.

— *Non. Je suis sûre. Je veux qu'on reprenne les séances. J'ai besoin de savoir, Arthur.*

Draken lui attache délicatement les mains.

— *On a encore besoin de ça ? demande Emily, presque contrariée.*

— *Oui. Je suis désolé. Mais je préfère. C'est plus prudent.*

La jeune femme acquiesce et se laisse faire.

Puis, quand Draken passe dans son dos, elle baisse la tête pour lui offrir sa nuque. L'aiguille scintille brièvement avant de s'enfoncer sous la peau.

Rapidement, Emily décolle. Son âme se libère.

Les phrases rituelles du psychiatre l'accompagnent vers l'hypnose profonde. Ses paroles la guident.

— *... le plus important, c'est toi. C'est nous. N'aie crainte. Je suis là, à tes côtés. Il ne peut rien t'arriver.*

Quand le rituel se termine et que Draken retourne le sablier, les paupières de la jeune femme se ferment lentement.

— *Aujourd'hui, j'aimerais que tu me reparles de ce qu'il y a au bout de la rivière, Emily.*

Instantanément, la jeune femme ouvre les yeux de nouveau. Elle regarde droit devant elle. On dirait qu'elle voit quelque chose. Qu'elle voit ce qu'elle décrit.

— *Le rideau de sang.*

— *Oui. Le rideau rouge. Comme un rideau de théâtre, n'est-ce pas ?*

— *C'est un rideau de sang, insiste-t-elle. Je n'aime pas ce rideau. C'est le cavalier qui l'a dressé devant moi.*

— *Qu'y a-t-il derrière le rideau ?*

— *Je ne sais pas.*

— *Pourquoi le cavalier a-t-il dressé ce rideau ?*

— *Pour m'empêcher de voir le roi et la reine. Pour m'empêcher de les sauver. Il les a cachés derrière le rideau. Et il essaie d'attirer mon attention ailleurs. Il veut me détourner du rideau. Il rit derrière son masque. Il se moque de moi. Il part sur un autre bras de la rivière. Un bras qui mène vers une immense arène romaine où l'attendent des milliers de gens. Il veut que j'aille dans cette arène. Il veut m'y attirer.*

— *Qui est le cavalier, Emily ?*

— *Je ne sais pas.*

— *Tu ne vois pas son visage ?*

— *Non. Le masque m'empêche de bien le voir.*

— *Comment est-il, ce masque ?*

— *C'est un masque blanc, comme un masque de carnaval. Mais il ne recouvre pas tout son visage. Il le traverse, en biais. La figure du cavalier est comme le yin et le yang. Moitié chair, moitié masque.*

— *Et pourquoi crois-tu qu'il veut détourner ton attention ?*

472

— Parce qu'il ne veut pas que je voie le roi et la reine !

— Tu ne dois pas avoir peur, Emily. Regarde-les quand même. Regarde le roi et la reine.

— Je ne peux pas. Ils sont derrière le rideau, et je ne veux pas perdre le cavalier des yeux. J'ai peur qu'il m'attaque si je ne le surveille pas.

— Tu ne risques rien, Emily. Je suis là. Je te protège. Essaie de regarder le roi et la reine. Va derrière le rideau.

— Non... Non, j'ai trop peur.

— Tu dois regarder, Emily. Tu dois écarter les pans du rideau et regarder derrière. Tu peux le faire pour moi, n'est-ce pas ?

La respiration de la jeune femme s'accélère. Ses lèvres se tordent.

— Oui. Je dois ouvrir le rideau.

Le rythme cardiaque accélère.

— Voilà. Voilà... Derrière le rideau, il n'y a plus de rivière. C'est comme si elle s'arrêtait là. Il n'y a... Il n'y a qu'un grand champ. Un champ empli de cadavres. Des cadavres qui s'amoncellent à perte de vue. C'est... C'est horrible... Et au milieu de ce champ, un donjon.

— La tour noire ?

— Non. Un véritable donjon de château fort, avec un toit en pointe.

Elle tremble.

— Et le roi et la reine, tu les vois, Emily ?

Des larmes coulent de ses paupières.

— Oui. Oui, je les vois.

— Où sont-ils ?

— *Ils s'enfuient. Ils s'enfuient vers le donjon.*

— *Ils montent à l'intérieur ?*

— *Non. Ils descendent dans un souterrain. Un souterrain qui passe sous le champ de cadavres.*

— *Et où mène-t-il, ce souterrain ?*

— *Je ne sais pas. Je ne veux pas savoir.*

Reality

40

L'assistant de Mitzie Dupree entra rapidement dans le bureau de sa supérieure, au dernier étage du centre de commandement de l'IAB, sur Hudson Street.

— Nous venons de recevoir le rapport confidentiel du collègue de Lola Gallagher, lieutenant.

La quinquagénaire ne put retenir un sourire. Son plan avait marché. Elle avait donc réussi à soudoyer quelqu'un qui était proche de Gallagher. Très proche. Quelqu'un qui n'hésitait pas à mettre son nez dans ses affaires. Et en qui elle avait pourtant confiance. Une mine d'informations.

— Alors ?

— Il nous confirme que la détective Gallagher

continue d'enquêter en secret sur la disparition d'Arthur Draken, malgré les ordres précis du capitaine Powell.

— Parfait.

— Souhaitez-vous que nous la convoquions dès aujourd'hui ? Nous avons suffisamment d'éléments pour demander une mise à pied.

— Pour l'instant, on ne change rien au plan. Continuez comme ça et attendez mes ordres.

Le jeune policier hocha la tête et ressortit du bureau.

Mitzie Dupree composa aussitôt le numéro de l'agent spécial Sam Loomis.

— Quel bon vent vous amène ? l'accueillit le *fed* avec son habituel ton désinvolte.

Le lieutenant de l'IAB leva les yeux au ciel. Ce type donnait toujours l'impression de se moquer de ses interlocuteurs. On n'arrivait pas à savoir s'il prenait son métier au sérieux… Il avait pourtant de solides références. Et Mitzie avait besoin de lui.

— Le détective Gallagher continue d'enquêter sur la disparition de Draken, lui apprit-elle. Comme promis, je voulais vous prévenir que je ne vais pas tarder à la convoquer.

— Vous ne l'aimez pas, celle-là, hein ? Vos gars la filent ?

— Entre autres.

L'agent du FBI sembla trouver la chose amusante.

— Lieutenant Dupree, vous êtes diabolique. Mais je vais vous demander d'attendre un peu.

— Je ne suis pas à vos ordres, Loomis. Je travaille pour le NYPD, pas pour le FBI.

— C'est donnant-donnant, lieutenant. Je vous ai refilé des infos précieuses sur le passé de Gallagher, en contrepartie, je vous demande d'attendre un peu avant de l'interpeller.

— Pourquoi ?

— Parce que c'est un excellent flic, et qu'elle a donc toutes les chances de nous mener jusqu'à Draken. Je vous envoie deux agents. Vous continuerez de la suivre, et quand elle nous aura menés au psychiatre, vous aurez votre récompense et nous la nôtre. Vous Gallagher, nous Draken.

— Je vous préviens, je ne vais pas attendre indéfiniment.

— Laissez-lui encore un peu de temps, lieutenant. C'est un fin limier, votre Irlandaise…

Bullets flying

41

Le lendemain midi, Mitzie Dupree, son assistant et les deux agents du FBI s'étaient donc retrouvés, comme convenu, pour la filature qu'ils devaient mener conjointement. Une collaboration atypique, certes, mais l'enquête l'était tout autant, et chacun avait à y gagner : l'IAB essayait désespérément de prouver depuis plusieurs mois que Lola Gallagher enfreignait trop souvent la loi et faisait preuve de désobéissance envers sa hiérarchie, et le FBI avait cruellement besoin d'avancer dans l'enquête sur la disparition de John Singer, disparition qui semblait indirectement liée à celle d'Arthur Draken.

Du haut de sa cinquantaine, Mitzie Dupree n'allait plus, d'ordinaire, sur le terrain. Mais cette fois elle en faisait une affaire personnelle et voulait être présente au moment clé. Prendre Gallagher la main dans le sac, elle qui l'avait si souvent narguée et qui semblait se croire intouchable.

En vérité, le lieutenant Dupree avait une raison plus personnelle pour s'acharner ainsi sur l'Irlandaise. Une raison plus ancienne. Mais cela, elle le gardait pour elle.

— Vendredi 10 février 2012, 13 h 05, la détective Gallagher repart seule de l'école où elle vient de ramener son fils après le déjeuner, au volant de son Impala de fonction. Elle se dirige vers l'ouest.

Mitzie Dupree reposa le dictaphone numérique sur le tableau de bord et fit signe à son assistant de se mettre en route. Elle avait toute confiance en lui. Le jeune policier avait plusieurs fois fait ses preuves derrière un volant.

Pour éviter de se faire repérer, ils utilisaient deux voitures. L'IAB dans l'une, le FBI dans l'autre. Connectés par radio, ils se relayaient régulièrement et restaient à distance de leur cible. Précautions élémentaires.

Certes, une participation du RTCC[1] aurait grandement facilité l'opération, mais, étant donné l'identité

---

1. *Real Time Crime Center* (Voir : *Sérum, Épisodes 1 & 2*).

de leur proie, il aurait été délicat de demander la collaboration d'un service du NYPD. La maison n'aimait pas les balances. Et, au fond, la détective Gallagher n'avait commis aucun crime. Seulement une série de fautes professionnelles.

La voiture de Lola s'engagea sur Gates Avenue. À l'heure du déjeuner, le trafic était particulièrement dense. Toutefois, ce n'était pas forcément un désavantage pour eux : ils avaient plus de chances de passer inaperçus. Après Nostrand Avenue, les deux policiers passèrent le relais au FBI et se rabattirent sur une voie parallèle.

À en juger par sa façon de conduire, la détective Gallagher ne se savait pas suivie. Pas d'accélération subite, pas de changement de direction au dernier instant. Elle utilisait les axes principaux et respectait scrupuleusement le code de la route. Malheureusement, à la hauteur de Fulton Street, un bus s'intercala entre sa voiture et celle des agents fédéraux, leur bouchant totalement la vue.

— Et merde ! On va la perdre !

Pour aggraver les choses, le feu passa au rouge avant que le bus ait traversé le carrefour, si bien que les deux agents fédéraux se retrouvèrent coincés derrière lui.

— Passe devant !

— Je peux pas ! Le feu est rouge, elle va nous repérer si je sors de la file.

Le premier agent appela Mitzie Dupree sur le canal sécurisé.

— *Greyhound 1* à *Greyhound 2*. On est bloqués par un bus. On risque de la perdre. À vous.

— Vous êtes toujours sur Fulton ?

— Affirmatif.

— Est-ce qu'elle continue tout droit ?

— Impossible à dire, on ne la voit pas d'où on est.

— OK. On essaie de lui couper la route par Carlton Avenue au cas où elle tournerait à droite. Vous, restez sur Fulton.

— OK. Mais si elle tourne à gauche ?

— Si elle tourne à gauche, on l'a dans l'os. Terminé.

Quand le feu passa au vert, l'agent au volant s'empressa de doubler le bus et fila droit devant. Il profita d'être en tête de ligne pour rattraper son retard, mais la Chevrolet du détective Gallagher n'était visible nulle part, dans aucune des longues files qui occupaient toute la largeur de l'avenue.

— Merde, elle est où, bordel ?

— Double !

Au risque de se faire repérer, il longea l'embouteillage par la gauche, roulant à contresens. À chaque croisement, il ralentissait pour regarder si l'Impala ne s'était pas engagée dans une rue perpendiculaire. Mais ils ne virent pas la moindre trace de Gallagher. Après plusieurs carrefours, ils durent bien se rendre à l'évidence.

— *Greyhound 1* à *Greyhound 2*, on l'a perdue. À vous.

— Elle n'est pas là non plus.

— Merde ! Elle a dû tourner à gauche sur Atlantic Avenue ! On fait demi-tour, terminé.

Le chauffeur s'exécuta. Dans un crissement de pneus strident, il effectua un demi-tour à 180° et partit en sens inverse sous les regards perplexes des autres automobilistes. Par chance, il y avait moins de monde de ce côté-là et ils arrivèrent rapidement au croisement où, selon leurs calculs, Gallagher avait dû bifurquer. Ils s'engagèrent sur Atlantic Avenue.

— Ça aurait été plus simple si on avait mis un mouchard sur sa bagnole !

— C'est ça, de devoir bosser avec le *Rat Squad*[1] !

— On est mal. Elle peut être n'importe où, maintenant !

— Reste sur l'axe principal.

Quand ils eurent remonté toute l'avenue jusqu'à se retrouver en face de la rivière Hudson, ils ne l'avaient toujours pas retrouvée.

— *Greyhound 1* à *Greyhound 2*, elle n'est plus là. Impossible de la pister. Il y a trop de voies parallèles. À vous.

La réponse tarda à venir.

— On l'a retrouvée ! Elle est sur Congress Street.

— OK ! On vous rejoint. Terminé.

L'agent du FBI tourna aussitôt sur la gauche, sans ajouter un mot, vexé sans doute que les deux flics de l'IAB aient réussi là où ils avaient échoué. Il utilisa des petites ruelles pour éviter le trafic, puis, après plusieurs détours, arriva sur Congress Street à son tour.

Deux pâtés de maisons plus loin, ils virent la Chevrolet Impala du détective Gallagher garée devant un pub irlandais, le *O'Donoghue's*. Plus près d'eux encore, la voiture de Mitzie Dupree était garée elle aussi. On pouvait apercevoir les deux silhouettes des policiers à l'intérieur.

— *Greyhound 1* à *Greyhound 2*, on est derrière vous. Vous avez Gallagher en visuel ? À vous.

---

1. *L'escadron des rats*, surnom péjoratif donné à l'IAB, ses agents eux-mêmes étant surnommés les « rats ».

480

— Elle vient d'entrer dans le pub, répondit Mitzie Dupree.

— Toute seule ?

— Oui. Mais c'est un pub où elle se rend souvent le midi. Elle y retrouve parfois son frère ou des amis.

— On n'est pas loin de chez le Dr D., fit remarquer l'agent du FBI.

— Affirmatif.

— Peut-être pas une coïncidence... Qu'est-ce qu'on fait ?

— Allez-vous mettre plus haut dans la rue. On surveille qui entre et sort du pub et on essaie de ne pas se faire remarquer. Terminé.

Les deux équipes restèrent ainsi en faction un long moment. Ils prirent en photo tous les gens qui transitaient par l'établissement. Pour la plupart, des gens du quartier qui venaient déjeuner, lire le journal avant de retourner travailler... Ils ne reconnurent aucun des visages des nouveaux arrivants, ni de ceux qui sortaient du pub.

Cela faisait plus de dix minutes qu'ils attendaient patiemment quand Mitzie Dupree – ne pouvant prendre le risque que Gallagher la reconnaisse – demanda à l'un des deux agents du FBI d'entrer directement dans le pub pour voir si elle n'y avait pas rejoint quelqu'un. Elle insista pour qu'il prenne garde à ne pas se faire repérer. Mais l'homme pouvait faire tout ce qu'il voulait – on aurait reconnu le *fed* à dix kilomètres. Costume noir, assez ample pour cacher un holster, cheveux courts et, pour qui avait l'habitude d'observer, un fil d'oreillette qui glissait le long de sa nuque.

L'agent poussa la première porte à double battant du sas d'entrée, prit un exemplaire du *New York Times* dans l'espoir de passer inaperçu, puis ouvrit la seconde porte et entra.

Le *O'Donoghue's* avait tout de l'authentique pub irlandais. Lumière tamisée, boiseries au mur, tapis au sol, miroirs et lampes affublés du logo Guinness, vieilles photos du pays, jeu de fléchettes, tables hautes avec tabourets hauts, service au bar, rangées de pompes à bière, etc. Les haut-parleurs, comme de bien entendu, diffusaient *Campfire in the dark*, une ballade traditionnelle. En passant la porte, on était comme téléporté en plein cœur du vieux Dublin.

L'agent du FBI se dirigea lentement vers le bar, tout en fouillant la salle du regard. Il fit mine de prendre place au comptoir, mais comme il ne voyait toujours pas Lola Gallagher parmi les quelques clients, il se releva et se dirigea vers les toilettes.

Il n'y avait personne chez les filles. Et pas de fenêtre pour s'enfuir. Par acquit de conscience, il vérifia chez les hommes. Personne non plus.

Perplexe, il remonta vers la salle et montra son badge au barman, un vieil Irlandais, édenté et obèse, avec un accent à couper au couteau.

— Il y a une autre salle dans votre pub ?

— Non, mon gars. On n'est pas au p'tin de *Caesar Palace*, ici.

— Où est passée la rousse qui est entrée ici il y a dix minutes ?

— *Jeanie Mac*[1] ! T'es dans un pub irlandais, ici, mon gars, alors des p'tin d'rouquines, y en a qui entrent

---

1. Interjection typiquement irlandaise, équivalent de *Mon Dieu !*, mais qui permet d'éviter d'utiliser le nom du Seigneur en vain…

et qui sortent à peu près aussi souvent qu'y a un p'tin d'taxi jaune qui passe dans la rue.

— Vous foutez pas de moi ! Il n'y a qu'une seule femme rousse qui est entrée ici au cours des dix dernières minutes. Où est-elle passée ?

— J'en sais foutre rien, mon gars.

L'agent secoua la tête.

— Il y a une autre sortie ?

— Non. Dis, tu m'la passes ta commande ou je peux m'occuper d'eux autres ? Ch'ui là pour bosser, moi.

Le *fed* ne répondit même pas, furieux.

Se dirigeant vers la sortie, il appuya sur le petit bouton de son émetteur, au niveau du col de sa veste.

— Elle a disparu, annonça-t-il énervé. Comme un fantôme !

— Vous plaisantez ? s'emporta Mitzie à l'autre bout de la ligne. On ne disparaît pas comme ça ! Il doit y avoir…

— Attendez, la coupa-t-il.

Sur la gauche du bar, il venait d'apercevoir une trappe dans le sol.

— C'est quoi, ça ? demanda-t-il au barman d'un air menaçant.

— Ça ? Ben c'est la p'tin d'cave, mon gars.

— Ouvrez-moi ce truc !

Le barman regarda l'agent d'un air interdit.

— Hein ?

— Ouvrez-moi ce truc ou j'vous jure que vous allez regretter que vos vieux aient pas utilisé de contraceptif !

Le gros barman dévisagea longuement l'agent fédéral, l'air de dire « tu perds rien pour attendre, mon gars », puis il finit par obtempérer. Il appuya sur un bouton caché derrière le bar qui actionnait l'ouverture de la trappe.

L'agent du FBI se glissa à l'intérieur et sauta dans la réserve. Il fit quelques pas au milieu des bouteilles et des fûts qui étaient stockés là et vit rapidement la petite lucarne qui donnait sur la rue adjacente. Elle était ouverte. Et largement assez grande pour laisser passer le corps d'une femme.

Reality

42

Lola, fière de son coup, s'arrêta de courir quand elle estima qu'elle était assez loin du pub pour ne plus être retrouvée par cette équipe de bras cassés qui la pistaient depuis plusieurs jours.

C'était les paroles de Ben Mitchell qui l'avaient mise sur la piste. « J'ai l'impression qu'on nous regarde », avait-il dit. Au début, elle avait mis ça sur le compte de sa paranoïa de toxicomane. Le neurophysiologiste était peut-être complètement défoncé, mais, sur ce coup-là, il ne s'était pas trompé. Sixième sens développé par sa cécité, peut-être : il avait ressenti la présence d'observateurs. Et Lola avait fini par comprendre et constater qu'elle était poursuivie.

Pour s'assurer qu'on ne pourrait pas la géolocaliser, elle avait enlevé la batterie de son téléphone portable. Elle s'arrêta devant une cabine téléphonique et appela les bureaux new-yorkais du FBI.

— Passez-moi l'agent spécial Sam Loomis, s'il vous plaît. De la part du détective Lola Gallagher. C'est urgent.

Son correspondant décrocha après deux sonneries à peine.

— Tiens ! Bonjour détective !

— Bonjour, agent Loomis. Ce n'est pas beau, d'espionner les petits copains, vous savez ? Mitzie Dupree, à la limite, je comprends, c'est son boulot, et j'ai fini par m'habituer, mais vous... c'est pas joli-joli.

— Oh, vous savez, moi, dès lors qu'on m'invite à une petite fiesta, je rapplique. Je suis un vrai pique-assiette.

Le type ne manquait pas de toupet. Dans d'autres circonstances, il aurait presque pu lui plaire.

— Qu'est-ce que vous cherchez, Loomis ?

— La même chose que vous. L'inénarrable M. Draken.

— Eh bien, trouvez-le tout seul. Vous êtes un grand garçon maintenant. J'ai l'impression que vous comptez un peu trop sur les autres. Entre Detroit et moi, vous avez quand même une fâcheuse tendance à vous appuyer davantage sur le travail des flics que sur votre supposé talent.

— Mais c'est parce que je n'ai pas le moindre talent, détective.

— C'est l'impression que vous donnez, en effet. Et

vos collègues ne sont pas très doués non plus. Sur ce, je vous laisse, parce que moi, en revanche, j'avance dans mon enquête. Et passez le bonjour à Mitzie de ma part.

Elle raccrocha d'un air satisfait.

Dix minutes plus tard, elle entrait dans un bus en direction de Crown Heights. Arrivée à destination, elle marcha d'un pas rapide le long de Prospect Place.

Quand elle fut en bas de l'immeuble, elle attendit qu'il n'y ait personne alentour pour entrer et monter dans les étages.

Paul Clay, interné depuis presque deux ans, était toujours enregistré comme habitant à cette adresse. Un appartement dont il était propriétaire, par héritage, mais dans lequel, évidemment, il n'avait pas remis les pieds depuis lors.

Qu'espérait-elle trouver là ?

Un lien entre Draken, Mitchell et ce patient interné ? Elle avait peur de deviner de quoi il s'agissait : le sérum. Un point noir de plus dans le passé du psychiatre ? Combien allait-elle en découvrir encore ?

Elle ne pouvait s'empêcher de penser à ce qui s'était passé en juin 2010, parce que la date était très proche de celle de l'internement de Paul Clay. Ce jour de sinistre mémoire où elle avait dû couvrir Draken alors qu'on l'accusait d'être responsable de la mort de deux patients. Le psychiatre lui avait juré qu'il n'avait rien fait de grave, mais qu'il s'était retrouvé involontairement dans une situation très délicate et qu'il avait besoin de son aide. Par amitié, elle avait fini par accepter. Après tout, qui était-elle pour le juger ? N'avait-elle pas, elle aussi, plusieurs fois dû mentir pour se couvrir ? N'avait-elle pas de nombreuses zones d'ombre à cacher dans son passé ? Alors elle avait menti. Elle avait dit aux enquêteurs ce que Draken lui avait dit de dire, et elle lui avait fourni son alibi. Une sorte de blanc-seing. Un gage d'amitié éternel. En retour, il avait promis de ne plus jamais utiliser son foutu sérum... Promesse qu'il semblait avoir tenue jusqu'à l'arrivée d'Emily.

Mais maintenant ? Qu'avait-il fait de cette amitié ? Se pouvait-il qu'il l'ait trahie ?

Lola ne pouvait pas y croire.

Elle monta les marches de l'immeuble vétuste jusqu'au dernier étage et vint se placer devant la porte de l'appartement.

Un cadenas la fermait de l'extérieur, et on pouvait clairement voir qu'il était là pour remplacer une serrure qui venait d'être enfoncée. Récemment. Cela ne datait pas de deux ans...

Des squatteurs ? Peut-être. À New York, un appartement restait rarement inoccupé bien longtemps.

D'un coup de crosse, elle cassa le crochet sur lequel le cadenas était fixé et la porte s'ouvrit lentement devant elle. Arme au poing, elle pénétra dans le studio.

Le spectacle que lui offrit alors la pièce lui coupa le souffle.

43

— On vient d'intercepter un appel crypté sur la ligne de William Roberts ! s'exclama le jeune agent du FBI en entrant dans le bureau de son supérieur.

— Nom de Dieu de merde !

Sam Loomis avait beau garder son calme en toute circonstance, même devant l'adversité, l'accumulation de contrariétés que les derniers jours lui avaient offertes commençait à lui courir sérieusement sur le système, et son flegme habituel avait perdu une légère couche de vernis.

Il se leva précipitamment de sa chaise, poussa le jeune agent et se rua au bout du couloir, dans la pièce des écoutes.

La conversation passait en direct sur des haut-parleurs, et on pouvait la voir moduler sur les écrans à travers des analyseurs de spectre. Les deux signaux étaient cryptés. La voix de Roberts comme celle de son interlocuteur. Depuis que la ligne du numéro deux d'Exodus2016 avait été mise sur écoute, c'était la première fois que cela arrivait.

Dans la petite pièce, c'était le branle-bas de combat. Detroit, assis à côté de l'opérateur, essayait déjà de lancer un décryptage pendant que l'autre tentait de tracer l'origine de l'appel.

— Vous pensez que ce sont les ravisseurs ? demanda Loomis en s'approchant du collègue de Lola.

— Aucune idée, répondit Detroit tout en continuant de tapoter sur son clavier. C'est pas mon boulot, ça, de faire des suppositions, vous vous souvenez ? Moi, je me contente de décrypter ce que je peux, dit-il d'un ton ironique. Je ne dois pas « sortir de mon domaine d'expertise ».

— Vous pensez que vous allez y arriver ?

— Il faut trouver le bon algorithme. Les deux interlocuteurs utilisent le même. Ils ont dû se mettre d'accord au préalable.

— Alors c'est forcément eux. C'est forcément les ravisseurs ! Décryptez-moi ça, Detroit, décryptez-moi cette putain de conversation ! Il est temps qu'on avance dans cette affaire. Ça commence à sentir sérieusement le moisi. Le site d'Exodus2016 a quasiment reçu assez d'argent pour faire libérer Singer. Je sens que les choses vont bouger.

Ricochet

44

La pièce était dans un désordre inouï. Elle sentait le renfermé, l'urine, elle était sale, vétuste, emplie de meubles abîmés, le sol était couvert d'immondices… Les volets, fermés, étaient en si piteux état qu'ils laissaient tout de même passer un peu de lumière. Assez en tout cas pour constater l'ampleur du désastre.

Mais ce n'était pas ce délabrement qui laissa Lola totalement hébétée.

Non. Ce qui retint un long moment le regard médusé de la détective Gallagher, c'était les murs de la pièce.

Ou plutôt, ce qu'il y avait dessus.

Une fresque immense, inachevée, recouvrait des pans

entiers des quatre parois. Un patchwork de peintures et de collages, version moderne et délirante des dessins rupestres de la préhistoire. C'était à la fois beau et oppressant. Magnifique et perturbant. Les quelques rayons de soleil qui passaient par les interstices des volets faisaient de grands jeux d'ombre et de lumière sur ce tableau hétérogène, fourmillant de symboles et de mots qu'un grand labyrinthe de traits rouges semblait lier les uns aux autres avec une logique hermétique. Des mots barrés, des points d'interrogation ici et là, des cercles tracés à la hâte comme pour souligner telle ou telle figure… C'était le carnet de notes et de croquis d'un peintre dérangé, à échelle humaine. L'appartement tout entier était comme une œuvre d'art.

Certains de ces symboles, qui se répétaient ici et là dans différentes versions, tantôt peints, tantôt dessinés, tantôt écrits en toutes lettres, Lola n'eut aucune peine à les reconnaître. Le pêcheur dans la rivière, le cygne, le roi, la reine, la haute tour noire en forme de sablier, la pomme, le rhinocéros, le masque souriant, l'œil immense dans le ciel… Ces allégories, elle ne les connaissait que trop bien. Elles étaient le panthéon des visions d'Emily, sa mythologie, son glossaire fantasmagorique. D'autres symboles, des dizaines d'autres, en revanche, ne lui disaient rien.

Mais l'auteur de ces peintures, elle aurait reconnu sa patte entre mille.

Reality

45

Le détective spécialiste Phillip Detroit entra dans le bureau de Sam Loomis avec son blouson de cuir posé sur les épaules.

— Vous nous quittez, Detroit ?

Le détective traversa la pièce et posa une clé USB sur le bureau de l'agent du FBI.

— J'ai fini.

— Vous avez décrypté la conversation téléphonique de William Roberts ? demanda Loomis sans masquer son enthousiasme.

— Les doigts dans le nez. Elle est là-dessus.

— Alors ?

— Vous verrez. C'était bien les ravisseurs au bout du fil. Vous allez pouvoir vous faire mousser : ils ont précisé le lieu de l'échange.

Loomis écarquilla les yeux. On aurait dit un gosse devant le Père Noël.

— Il aura lieu quand ?

Detroit sourit.

— Aujourd'hui même.

— Aujourd'hui ?

— Yep.

— Et vous partez ?

— Yep.

— Pourquoi ?

— Mon boulot ici est terminé, comme on dit. Ma place est au 88ᵉ district. Ici, c'est pas ma came. Je m'emmerde. Ça manque d'ambiance.

L'agent du FBI le dévisagea longuement. Sans doute aurait-il pu supplier Detroit de rester. Sans doute aurait-il dû lui dire que son aide avait été capitale, et qu'il avait encore besoin de lui. Lui offrir un vrai poste au sein du Bureau. Une belle promotion. Mais il devait sentir que c'était inutile. Ces deux hommes-là étaient faits du même bois. Un regard suffisait pour se comprendre. Ces quelques jours de collaboration avaient au moins nourri une forme de respect entre eux.

— Vous allez nous manquer, Phillip.

— Je mentirais si je disais que c'est réciproque…

Loomis sourit et lui tendit la main.

Detroit la serra en feignant l'indifférence.

— N'oubliez pas mon putain de bonus, mec.

Et il sortit.

Ricochet

492

46

Lola n'arrivait pas à y croire. Les doigts tremblants, les yeux brillants, elle passa la main sur la surface du mur devant elle, comme pour éprouver la réalité de cette fresque déroutante.

Draken était venu ici.

Il s'était enfermé dans cet appartement insalubre, et il avait peint toutes ces choses sur les murs. Dans ce qui ressemblait à un accès de démence, il avait recouvert toute la surface de ce studio avec les visions d'Emily. Tout ce qu'elle avait dit pendant ses séances d'hypnose était réuni là, sous forme d'images et de textes.

C'était donc cela que Draken avait fait pendant ces quatre jours ? Mais pourquoi ? Quel était le sens de tout ça ?

Les traits de pinceau trahissaient la frénésie. L'acte lui-même trahissait l'obsession. C'était comme si le psychiatre avait vécu dans le subconscient de sa compagne. Comme s'il avait ressuscité son âme. Lola, elle-même, avait l'impression d'être entrée à l'intérieur du cerveau perturbé de l'amnésique. C'était extrêmement déstabilisant. Triste et inquiétant : dans quel état se trouvait Draken pour avoir fait cela ?

Des traces de pas bigarrées reliaient les flaques de peinture sur le sol. Des milliers de pas. Ceux d'un lion dans une cage. Dans un coin, un téléviseur connecté à un vieux magnétoscope. Plus loin, un sac de sport dans lequel s'accumulaient une dizaine de cassettes VHS. Le testament vidéo d'Emily.

Lola frissonna.

Où était Draken, à présent ? Allait-il revenir ici ? Et surtout, comment serait-il ? Ce qu'il avait fait dans cet appartement ressemblait à l'œuvre d'un psychopathe. Tout simplement.

Abasourdie, elle marcha lentement vers le mur principal de la pièce, qui faisait face aux fenêtres. Toutes les peintures semblaient converger là. De nombreux traits rouges pointaient vers cette zone et, plus on s'en approchait, plus les dessins étaient nombreux, précis. Au milieu, Draken avait peint deux scènes distinctes qui semblaient s'opposer. S'affronter l'une l'autre. D'un côté, un immense voile rouge sang qui, tel un rideau de théâtre venant de se fermer après le dernier acte, se dressait au-dessus d'une rivière. De l'autre, un homme avec un masque se cachait derrière une cape. Il ressemblait au Fantôme de l'Opéra.

En dessous de ces deux représentations, une seule phrase, écrite à la main et entourée de plusieurs cercles, semblait être le centre de gravité de toute la fresque. Son point névralgique.

Et cette phrase livrait en toutes lettres un lieu et une date. Ceux de la libération de John et Cathy Singer.

Lola resta un long moment devant ces quelques mots. Comment était-ce possible ? Comment était-il possible – s'ils étaient exacts – que le lieu et la date de la libération du couple, non encore advenue, se soient trouvés dans les souvenirs de l'amnésique ? La chose dépassait l'entendement, défiait la logique.

Le détective sentit son estomac se nouer.

Puis elle commença à assimiler ce qu'elle venait de lire. Et alors les battements de son cœur s'emballèrent.

À en croire les déductions de Draken, John et Cathy Singer allaient être libérés le jour même.

A new day

47

L'unité du HRT[1] arriva à 19 h 42 précises.

L'hélicoptère UH-60M Black Hawk se posa dans une bourrasque de vent sur le terrain de football du Bronx Leadership Academy High School, qui n'était ni trop loin ni trop près de l'objectif, afin de concilier discrétion et rapidité d'intervention.

Les douze hommes, en lourde tenue de combat, sortirent un à un de l'appareil et rejoignirent au pas de course l'équipe de Sam Loomis, qui les attendait derrière la zone d'en-but, près des véhicules d'intervention. L'agent spécial avait pris dix hommes avec lui, ce qui portait à trente-trois l'effectif global de l'opération.

_____

1. *Hostage Rescue Team*, équipe de secours aux otages, force d'intervention paramilitaire du FBI.

Mais le NYPD allait rapidement dépêcher sur place une équipe renforcée qui serait là en soutien.

Le chef d'unité serra fermement la main de Loomis.

— Vous avez plus de détails sur l'échange ?

— Non, avoua l'agent du FBI. Tout ce qu'on sait, c'est que William Roberts en personne a rendez-vous à l'intérieur du Yankee Stadium, visiblement pendant la représentation, et qu'il doit amener l'argent. Ce qu'on ignore, c'est si John Singer et Cathy Singer seront aussi dans le stade. Si c'est le cas, ils seront probablement grimés.

En ce vendredi 10 février, une représentation extraordinaire de *Phantom of the Opera*, la comédie musicale d'Andrew Lloyd Webber, était programmée dans l'immense stade de base-ball new-yorkais, à l'occasion des vingt-cinq ans de la pièce. Le spectacle était prévu à 20 h 30, soit dans moins de trois quarts d'heure, et le stade commençait déjà à se remplir rapidement. Malgré le froid, près de 35 000 spectateurs étaient attendus pour ce qui devait être le premier grand show 2012 du Yankee Stadium.

— Il faut s'attendre à tout, ajouta Loomis. Ces types ont montré leur savoir-faire le jour de l'enlèvement. Ils ont bien calculé leur coup, et ils n'ont pas choisi cet endroit par hasard. Une intervention parmi plusieurs dizaines de milliers de personnes, ça risque d'être compliqué…

— OK. On y va, on a déjà perdu trop de temps, vous me brieferez en chemin, agent Loomis.

Ils montèrent dans les véhicules d'intervention et foncèrent vers le stade.

48

Lola entra rapidement dans le taxi et indiqua la destination au chauffeur, un Vietnamien d'une quarantaine d'années, qui se retourna vers elle d'un air interdit :

— Euh… C'est pas du tout mon secteur ! Et puis à cette heure-là, ma jolie, on n'est pas rendus !

Lola sortit son badge de police.

— Faites-vous plaisir et oubliez les limitations de vitesse. Je vous paye l'aller et le retour, et un joli bonus si vous battez des records.

Le chauffeur fit un large sourire.

— Rock'n'roll !

Il démarra en trombe.

Gallagher n'avait pas vraiment d'alternative. Elle avait laissé sa Chevrolet devant le *O'Donoghue's*, et l'IAB l'avait sûrement mise sous surveillance. Quant à récupérer une voiture au commissariat, pour peu que Mitzie Dupree ait prévenu le capitaine Powell, c'était tout aussi risqué. Au fond, à défaut d'un moyen de transport plus rapide, le taxi était la meilleure solution.

Il fallait se rendre à l'évidence : elle était à présent un électron libre. Une fugitive, presque. Bientôt, il allait falloir se justifier auprès du capitaine. Mais à cet instant, c'était le cadet de ses soucis. Elle ne pensait qu'à une seule chose, trouver Draken. Et elle était presque certaine de savoir où il était. Sur les lieux de l'échange.

Alors que les rues de Brooklyn défilaient à travers les vitres, les haut-parleurs de la Nissan jaune crachaient un morceau de musique métal particulièrement musclé.

— C'est sympa comme musique…

Le Vietnamien lui adressa un clin d'œil dans le rétroviseur.

— C'est du Rammstein ! Ça vous plaît ?

— Beaucoup… Mais ça vous dérangerait de baisser un peu ? Il faut que je passe un coup de fil.

Le chauffeur fronça les sourcils.

— Baisser le volume ? Ah non, ça, on peut pas ! Je préfère couper. Rammstein, on peut pas baisser le volume. C'est interdit.

— Ah… OK. Et je peux vous emprunter votre téléphone ?

— C'est une blague ?

— Non. Le mien est sur écoute.

Il lui jeta un nouveau coup d'œil perplexe.

— Un flic sur écoute ?

— C'est compliqué.

Il fronça les sourcils.

— Dites-moi, c'est un vrai badge que vous m'avez montré, au moins ?

— Oui. Et ça, c'est un vrai Glock 9 mm, dit-elle en désignant le pistolet sous son bras.

Le chauffeur grimaça. Il se pencha vers la boîte à gants et en sortit un bout de papier qu'il secoua en l'air.

— Et ça, c'est un vrai PV, dit-il.

— Et alors ?

— Non… rien… Je me disais…

— Je peux avoir votre téléphone ?

— OK, OK, ça va, mais restez pas des plombes, hein !

Il lui jeta son portable d'un air dépité.

Lola composa le numéro de Detroit.

— C'est qui ? s'étonna son collègue, qui n'aimait pas les numéros inconnus.

— C'est Lola.

— Putain, Lola ! T'es où ? Powell te cherche partout ! Et ça fait une heure que j'essaie de te joindre moi aussi. Ton téléphone est coupé. C'est quoi ces conneries ?

— Je t'expliquerai. Tu as du neuf ?

— Du neuf ? Tu rigoles ? C'est le Viêt-nam ici !

Lola espéra que le chauffeur n'avait pas entendu.

— Tu sais que Ben Mitchell a disparu ? demanda Detroit.

— Non.

— Tu l'as vu ?

— Oui. Mais il ne m'a rien dit. Et toi ? Tu as trouvé quoi ?

— On a intercepté une conversation téléphonique du numéro deux d'Exodus2016. Il se peut que le couple Singer soit libéré ce soir !

— Je sais.

— Comment ça, tu sais ?

— Disons que Draken a encore été plus rapide que nous.

— Draken ? Tu l'as retrouvé ?

— Plus ou moins.

— Putain, Lola ! Je sais pas ce que tu fous, mais tu déconnes, là ! Ce type est dangereux, ne lui fais pas confiance !

— C'est mon meilleur ami, Phillip.

— Le FBI en a découvert de belles sur ton meilleur ami !

— C'est-à-dire ?

— Eh bien… Par exemple, tu te souviens du produit qui a été retrouvé dans le corps d'Emily Scott pendant son autopsie ? On a découvert que le même produit avait été identifié dans le corps de deux types qui se sont suicidés en juin 2010. Et devine quoi ? Ces deux types étaient des patients de Draken.

Lola ne réagit pas. Ce n'était pas une découverte pour elle. Mais le fait que le FBI l'ait appris était potentiellement une nouvelle source d'ennuis. Car c'était elle qui avait couvert Draken à l'époque…

— Ça ne change rien, dit-elle simplement.

Elle devina l'agacement dans le silence de son interlocuteur.

— Draken est mon ami. Je lui fais confiance, un point c'est tout.

— Draken est un type dangereux, Lola.

— Tu ne peux pas dire ça. Tu ne le connais pas.

Il poussa un soupir.

— Écoute… Je ne voulais pas t'en parler comme ça, mais il faut que tu saches quelque chose…

— Quoi ?

Encore un moment d'hésitation.

— Tu peux lire les vidéos sur ce téléphone ?

Lola écarta le GSM de son oreille.

— Je pense.

— Alors raccroche. Je t'envoie quelque chose. Et quand tu l'auras vu, promets-moi de ne pas aller voir Draken toute seule.

Sacaramouche

49

En accord avec Sam Loomis, le chef de l'unité du HRT avait pris le commandement opérationnel de l'intervention. Habitué à ce genre de scénario, il coordonnait de main de maître sa propre équipe, celle du FBI et les policiers du NYPD, mais il était aussi en liaison directe avec le service de sécurité du stade.

Le plus dur, évidemment, serait de réussir à localiser William Roberts, ou éventuellement John et Cathy Singer, parmi les 35 000 personnes qui risquaient d'être présentes ce soir-là. D'autant plus que filtrer les entrées n'était pas suffisant, car le stade avait ouvert ses portes bien avant leur arrivée, et il était déjà à moitié plein quand ils avaient pris position. En outre, rien ne permettait d'affirmer que l'échange allait se faire dans la partie ouverte du stade, dans les tribunes. Il aurait peut-être lieu à l'intérieur, dans les couloirs, ou même dans des locaux fermés au public.

Trois photos avaient été diffusées à l'ensemble des équipes, y compris le personnel du Yankee Stadium. Une photo de John et Cathy Singer, une de William Roberts (la seule dont le FBI disposait), et celle de l'un des ravisseurs, qui avait été récupérée à partir d'une caméra de surveillance le jour de l'enlèvement.

Les effectifs avaient été répartis de manière à couvrir le plus de surface possible.

Six des membres du HRT s'étaient placés en snipers le long de la coursive qui surplombait les tribunes ; le point le plus haut du stade. Équipés de fusils à lunette Remington M40A1, ils pouvaient scruter la foule, et leur positionnement en triangle empêchait le moindre angle mort, malgré l'immense lustre suspendu au-dessus de la fosse, figurant celui de l'Opéra de Paris, pour les besoins du spectacle. Les six autres agents étaient stationnés dans un local technique central, à mi-hauteur, prêts à intervenir ensemble dès que l'ordre serait donné. De cette position, ils pouvaient rejoindre n'importe quel point du stade en moins d'une minute.

Les dix agents du FBI s'étaient partagé les couloirs principaux, par lesquels le public était obligé de passer pour rejoindre les tribunes et la fosse.

Quant aux policiers du NYPD, ils étaient disséminés avec le service d'ordre du Yankee Stadium aux entrées et sorties ainsi que sur le terre-plein. Bien qu'en réalité ils fussent plus nombreux qu'un soir ordinaire, leur présence ne choquait pas vraiment. Une présence policière était normale dans ce type de manifestation.

Sam Loomis et le chef d'équipe du HRT étaient postés dans le QG de sécurité du stade, où un mur d'écrans diffusait toutes les images des caméras de surveillance. Le Yankee Stadium, qui avait à peine trois ans, disposait d'un système de sécurité ultramoderne. Chaque caméra était montée sur un support mobile téléguidé et disposait d'une fonction d'agrandissement, de telle sorte qu'il n'y avait pas un seul centimètre carré du complexe qui ne soit quadrillé par au moins l'une d'entre elles. Les guichets d'entrée, enfin, disposaient tous d'une caméra spécifique, qui filmait en gros plan le visage de chaque nouvel arrivant.

Toutes les minutes, chaque chef d'équipe faisait un rapport sur le canal radio. On signalait le moindre mouvement suspect. Le moindre individu louche. Loomis, comme hypnotisé, scrutait anxieusement les images vidéo qui défilaient devant lui. Il demandait à l'opérateur de zoomer sur tel ou tel spectateur, de suivre tel autre…

Les minutes s'égrenaient, et toujours rien. Le pire était de savoir que les visages de William Roberts, de l'un des ravisseurs ou du couple Singer lui-même étaient peut-être passés sur l'une de ces caméras sans qu'ils puissent les reconnaître.

À 20 h 42, avec douze minutes de retard, le spectacle commença.

Quand toutes les lumières des tribunes s'éteignirent d'un coup et que les projecteurs se tournèrent vers la scène majestueuse, la radio fut assaillie par les exclamations de la plupart des agents en position : la foule était soudain devenue invisible. Seuls les snipers, dont les lunettes étaient équipées d'amplificateurs de lumière passifs, permettant de voir presque parfaitement en pleine nuit, pouvaient encore scruter le public.

Loomis se tourna vers le responsable de la sécurité du stade.

— Éclairez-moi ce putain de stade !

— Vous plaisantez ?

— Éclairez-moi ce putain de stade, bordel !

— Mais… Je ne peux pas faire ça en plein spectacle ! Les gens vont siffler ! Ça va être l'hystérie.

Loomis tapa du poing sur la console vidéo.

Les ravisseurs avaient bien calculé leur coup ! Non seulement ils profitaient de la masse pour se perdre dans la foule, mais, à présent, ils profitaient aussi de l'obscurité.

— Trouvez-moi une solution ! Il me faut plus de lumière dans le public, un point c'est tout !

— Je… Je suis désolé, je ne peux pas, monsieur. Je n'en ai pas l'autorité.

— L'autorité du Bureau fédéral d'investigation, ça ne vous suffit pas ?

L'homme hésita un instant, tiraillé entre la peur de tenir tête à un agent du FBI et celle de se faire massacrer par ses supérieurs ou, pire, par les producteurs du spectacle.

Il finit par prendre son émetteur et expliqua la situation à la régie. L'ingénieur lumières trouva finalement une solution et alluma des lampes à lumière noire tout au long des tribunes. Cela eut pour effet immédiat de faire ressortir les couleurs blanches portées par les spectateurs. La scène avait quelque chose de féerique. On eût dit une armée de fantômes assemblée en cercle pour un immense sabbat. La chose pouvait passer pour un effet visuel qui faisait partie du spectacle, et même si ce n'était pas aussi efficace qu'un véritable éclairage, cela améliora quelque peu les conditions pour les agents et les policiers.

Loomis, partiellement satisfait, retourna devant les écrans de surveillance.

Face the truth

50

Lola, impatiente, lança la vidéo qu'elle venait de recevoir sur le téléphone portable.

Les premières images confirmèrent aussitôt ce qu'elle avait pressenti : c'était bien la cassette du caméscope de Draken. Celle du jour de la mort d'Emily. Detroit avait donc fini par la récupérer.

Gallagher serra la mâchoire, angoissée par ce qu'elle s'attendait à voir. Dès les premières secondes, ce fut comme si le monde autour d'elle avait soudain disparu. Plus rien n'existait que le petit écran du téléphone portable.

Detroit ne lui avait envoyé que la fin de la vidéo. Mais ce qu'on y voyait était édifiant.

Accablant.

... la jeune femme se tend. Les signaux s'affolent sur les appareils de monitorage.

— C'est le cavalier. C'est lui ! Il est là !

La jeune femme se redresse. Elle semble sortir d'un rêve. Elle regarde droit devant elle, les yeux grands ouverts.

Soudain, son expression change. Son visage blanchit. Elle a peur. Elle est terrifiée. Son cou enfle. Ses muscles se contractent. Elle se recule sur sa chaise.

— C'est toi, balbutie-t-elle.

Les mains nouées, elle s'agite de plus en plus.

— C'est toi. Je me souviens maintenant. Tu vas me tuer, moi aussi !

Elle hurle. Elle se débat. De plus en plus fort. La rage décuple ses forces et soudain elle arrache les liens qui la retiennent à la chaise métallique.

Les yeux injectés de sang, elle se lève.

Elle se jette droit devant elle.

Lola serra son poing fermé sur le téléphone. La sueur coulait entre ses doigts. C'était comme si elle partageait la tension d'Emily. Elle n'arrivait pas à croire ce qu'elle était en train de regarder. On aurait dit un mauvais rêve. Une hallucination. Et pourtant, les images étaient bien réelles.

L'instant d'après, on voyait Emily sortir du cadre. Puis Draken apparaissait dans le champ. C'était bien lui. On le reconnaissait parfaitement. Et il poussait Emily brutalement. La jeune femme tombait à la renverse. Sa tête heurtait violemment la chaise métallique dans un terrifiant claquement sourd, alors que la caméra basculait sur le côté.

Un choc soudain.

Une saute d'image.

Une dernière impression, celle du visage d'Emily ensanglanté contre le sol.

Et puis... plus rien.

Lola, choquée, laissa le téléphone tomber sur la banquette du taxi et bascula la tête en arrière. Assaillie par des émotions contradictoires, elle peina à retenir ses larmes.

Elle venait à la fois d'assister à la mort d'Emily, cette jeune femme si fragile à laquelle elle s'était finalement attachée, et de constater la culpabilité de Draken. Elle n'aurait su dire laquelle de ces deux images l'anéantissait le plus. Là, sous ses yeux, le psychiatre venait de tuer Emily.

À cet instant, étrangement, elle pensa à son fils, Adam. Lui qui aimait tant cette femme amnésique, mais aussi Draken. Comment pourrait-elle un jour lui expliquer ? Trouver les mots ? Et que penserait-il ? Que comprendrait-il ?

Elle-même n'était pas en mesure de comprendre.

Tout ce qu'elle comprenait, c'était que, cette fois, Draken l'avait trahie. Vraiment trahie. Et c'était un monde qui s'effondrait. Ou une illusion de plus qui tombait, peut-être.

Arthur, depuis des années, était devenu son plus fidèle ami. Bien plus que ça, même. La profondeur et la complexité de leurs liens étaient indicibles. Il avait été là pour la soutenir au moment du conflit avec son mari. Il connaissait ses secrets, il connaissait ses peurs. Il avait vu grandir Adam. Il les avait vus vivre tous les deux, seuls, s'en sortir, se battre. Et petit à petit, elle lui avait livré toute sa confiance. Une confiance si rare, chez cette Irlandaise endurcie. Et elle l'avait aidé, à son tour. Elle avait été là pour lui quand il avait eu besoin d'aide.

Et malgré tout cela, il l'avait trahie.

Draken avait tué Emily, et il s'était enfui.

Sans un mot. Il s'était enfui.

— Tout va bien, madame ? demanda le chauffeur de taxi en lui adressant un regard inquiet dans le petit miroir du rétroviseur. Vous voulez qu'on s'arrête ?

Elle rouvrit les yeux et inspira profondément.

Son visage avait changé.

— Non. Au contraire. Appuyez sur la pédale d'accélérateur. Et remettez votre musique. À fond.

Thunderbolt

Oui. Draken s'était enfui. Mais à présent, elle comptait bien le retrouver.

51

Dans le hangar sombre et désert, les trois hommes masqués et armés firent rapidement monter le couple à l'arrière du van. Carrosserie renforcée, vitres teintées et blindées, il ressemblait à un véhicule des forces de l'ordre.

L'homme et la femme, les mains attachées, avaient tous deux le visage livide. Ils avaient traversé tant d'épreuves ensemble…

Ils prirent place l'un à côté de l'autre sur l'une des petites banquettes. Deux des ravisseurs s'installèrent en face d'eux, pendant que le troisième passait à l'avant.

La tension était palpable dans tout l'habitacle.

— Si William Roberts a fait exactement ce qu'on lui a dit, tout devrait bien se passer. On y sera bientôt, et vous serez libérés.

Le couple ne réagit pas. On pouvait lire l'angoisse dans leurs yeux. La peur, même. Mais ils ne pouvaient rien dire. Ils espéraient seulement que l'homme ne se trompait pas. Que tout se passerait comme prévu.

Quand la haute porte coulissante du hangar se souleva enfin, le moteur se mit en route et la camionnette sortit dans la rue.

Sacaramouche

52

— Le type à la casquette, là ! s'exclama Loomis en tendant le doigt vers l'un des écrans. Au sixième rang de la tribune 103 ! Zoomez sur le type à la casquette !

L'opérateur s'exécuta. Le visage de l'homme apparut en gros plan, mais il était en partie plongé dans l'ombre de sa casquette, et l'obscurité rendait l'image imprécise, granuleuse.

— Ça pourrait être William Roberts, dit Loomis avec une grimace d'incertitude. Vous ne pouvez pas améliorer l'image ?

L'opérateur essaya d'ajuster la luminosité, mais n'obtint rien de plus probant.

— Vous voulez qu'on envoie quelqu'un ? demanda le chef d'unité du HRT.

On avait l'impression qu'il était pressé de passer à l'acte, comme ses hommes, sans doute. L'attente devenait insupportable.

— Si c'est bien lui, on prend le risque de faire capoter l'échange…

— Alors qu'est-ce qu'on fait ?

Loomis hésita.

Sur la scène, la comédie musicale rivalisait d'effets spéciaux et de jeux de lumière. Le visage inquiétant du *Phantom* apparaissait par moments sur l'écran géant, telle la figure du Commandeur menaçant la foule, puis le personnage tout entier disparaissait de la scène comme par magie, des flammes au bout des doigts, pendant que la troupe des danseurs et des chanteurs entonnait *Twisted Every Way*, l'un des premiers titres du deuxième acte.

— Dites à vos hommes de se tenir prêts. Mais on attend, décida finalement Loomis dans un soupir. Laissez la caméra sur lui, et on attend.

De fait, ils attendirent longtemps.

Les snipers continuèrent de balayer patiemment la foule à l'aide de leurs lunettes à vision nocturne, les agents du FBI continuèrent d'arpenter les couloirs, d'observer les entrées, les policiers du NYPD surveillèrent encore la masse obscure des fans enthousiastes qui envahissaient la fosse, mais toujours rien. Rien dans le stade, rien sur les écrans. Rien nulle part.

Et pendant tout ce temps, le show continuait, magistral, envoûtant, avec ses points d'orgue de bruit et de lumière, ses deux cents costumes colorés qui, de loin, faisaient comme un ballet de lucioles fluorescentes, ses jets d'étincelles scintillantes qui embrasaient tout le ciel, les hurlements d'un public conquis qui s'élevaient dès lors que l'orchestre jouait la toute première note d'un nouveau morceau.

Au fond, c'était presque une allégorie de ce que Loomis éprouvait à cet instant. Car c'était bien un fantôme qu'ils cherchaient. Un fantôme caché dans cet immense opéra moderne.

— C'est une putain d'aiguille dans une botte de foin ! lâcha-t-il, frustré, alors que les rapports des agents continuaient d'arriver, toujours sans la moindre trace des ravisseurs, de William Roberts ou du couple Singer.

L'agent du FBI commençait vraiment à perdre espoir

quand, soudain, à l'entame du dernier morceau – au titre de circonstance, *Track down this murderer*[1] – son téléphone portable se mit à vibrer dans sa poche.

Il attrapa le cellulaire et regarda le petit écran.

Il venait de recevoir un message.

Un message anonyme.

Et le texte disait seulement : « *114A – 13 – 88.* »

Loomis sentit les battements de son cœur s'accélérer.

— Braquez-moi une caméra sur la tribune 114A ! ordonna-t-il en bondissant vers le mur d'écrans.

L'opérateur actionna aussitôt les commandes de l'objectif le plus proche.

— Treizième rang, place 88 ! précisa l'agent du FBI, de plus en plus excité.

La caméra pivota vers la droite, puis zooma sur le siège indiqué.

Un visage apparut en plan serré.

Loomis se retourna vers le chef d'équipe du HRT.

— Donnez le numéro de siège à vos hommes ! s'écria-t-il.

L'agent transmit l'ordre.

Aussitôt, les trois snipers qui se trouvaient du côté opposé à la tribune balayèrent les rangées de spectateurs jusqu'à mettre l'homme en joue.

Les six autres membres du HRT sortirent instantanément du local technique et se déployèrent à travers la section pour l'encercler, se faufilant, armes à la main, au milieu d'un public affolé.

— On les tient, putain, on les tient ! grogna Loomis entre ses dents. Alors ? C'est qui ? C'est qui ? Améliorez-moi cette image, bordel !

---

1. *Retrouvez ce meurtrier !*

L'opérateur ajusta le point et la luminosité. Il diffusa l'image sur l'intégralité du mur d'écrans.

Loomis fit trois pas en arrière.

Soudain, il fronça les sourcils.

Le visage de William Roberts venait d'apparaître sur la batterie de téléviseurs.

— C'est... C'est quoi ces conneries ? balbutia l'agent du FBI.

Et alors, lentement, le dirigeant par intérim d'Exodus2016 leva la tête vers l'objectif. Il regarda droit dans l'œil de la caméra. On aurait dit qu'il pouvait voir à travers elle, et qu'il regardait Loomis directement dans les yeux. Avec une sorte de sourire narquois, il leva tranquillement le pouce de sa main droite tout en désignant la scène de l'autre, l'air de dire : « C'est bien, hein ? » Puis il fit un clin d'œil à la caméra et se tourna de nouveau vers la scène, hilare.

Loomis, les bras ballants, se laissa tomber sur l'un des sièges du QG de sécurité.

— L'enfoiré de putain de sa mère, murmura-t-il, abattu. On s'est fait avoir. On s'est fait avoir comme des putains de bleus.

The wind blows

53

— Laissez-moi ici, demanda Lola au chauffeur de taxi.

— Ici ? Vous êtes folle ? On est au milieu de nulle part ! C'est le trou du cul du monde, ici !

Cela faisait près de deux heures et demie qu'ils roulaient et le compteur affichait déjà plus de deux cents dollars. La nuit était tombée depuis longtemps sur cette région du nord du Connecticut et les avait plongés dans un noir total, que seuls les phares de la Nissan venaient briser. Aucun lampadaire, aucune ville à proximité pour éclaircir le ciel. Tout autour d'eux, les arbres se dressaient comme de grands géants sombres qui frémissaient dans l'obscurité.

— Oui. Ici. Vous voulez bien m'attendre, n'est-ce pas ?

L'Asiatique arrêta la voiture sur le bas-côté et se retourna vers elle en s'appuyant sur son dossier.

— Évidemment ! Mais... vous êtes vraiment sûre ?

— Certaine. Si je ne suis pas revenue d'ici une heure, appelez le 911.

— Une heure !

Le Vietnamien secoua la tête d'un air dépité.

— C'est toujours sur moi que ça tombe, ce genre de plan pourri !

Lola lui donna une tape amicale sur l'épaule et sortit de la voiture.

À peine dehors, elle fut aussitôt saisie par la morsure du froid. Elle croisa les bras pour se frotter les épaules, puis se mit en route.

Sur la gauche, une bifurcation partait vers le barrage de Saville. Le lieu où, selon Draken – ou plutôt, selon Emily –, l'échange devait être effectué.

Gallagher se garda bien d'emprunter la route et s'enfonça dans les petits bois que celle-ci longeait. Des nuages de buée sortaient de sa bouche à chaque expiration. Tout en marchant, elle prit son téléphone portable dans la poche arrière de son jean et y réinséra la batterie. Elle n'avait plus vraiment le choix. Et, au fond, s'il lui arrivait quelque chose, ce n'était pas plus mal qu'on puisse la géolocaliser, maintenant. Elle alluma le GSM et s'en servit comme d'une petite torche, pour voir où elle mettait les pieds.

D'un pas rapide, elle continua ainsi vers le nord, au milieu des arbres, pendant deux ou trois minutes, jusqu'à ce que la végétation s'éclaircisse et que la longue silhouette du barrage se dessine enfin sur sa gauche.

L'édifice, singulier, faisait près de 600 mètres de long et plus de 40 mètres de haut. Il bloquait au nord la rivière de Farmington, créant ainsi un immense réservoir sur lequel se reflétait à présent la lumière dorée d'une lune à moitié pleine. Construit dans les années quarante, le barrage possédait une architecture originale, évoquant celle d'un château fort. Sur sa partie est, un petit pont à arcades conduisait vers une sorte de donjon médiéval, tout en pierres grises, qui se dressait au milieu des eaux comme une tour de guet.

Une tour de guet... Lola se demanda si c'était une autre représentation de la tour dont Emily avait parlé dans ses visions. Cette tour noire, en forme de sablier, que la jeune femme avait décrite, près d'une rivière... Pouvait-elle représenter à la fois l'immeuble du Citigroup et ce donjon improbable, qui trônait au-dessus de ce fleuve-ci ?

Lola frissonna. Et ce n'était pas seulement le froid, mais aussi l'ambiance étrange qui régnait ici en cette fin de soirée. Le bruit léger de l'eau, du vent dans les arbres, et cette impression de solitude et de calme, dont on sentait pourtant qu'elle pouvait se rompre à tout moment. Il y avait quelque chose d'électrique dans l'air.

Sur sa droite, elle devina la forme d'un vaste parking qui, le week-end, devait accueillir les voitures des visiteurs. Mais, à cette heure-là, il était désert.

Quel endroit les ravisseurs avaient-ils choisi ? Ce parking ? La longue route qui surplombait le barrage ? Un point en retrait au milieu des arbres ?

Pour l'instant, elle ne voyait nulle âme qui vive, nulle lumière... Mais il restait encore un peu de chemin pour voir la totalité du barrage.

Choisissant de rester dans l'ombre des derniers arbres, elle continua sa route le dos courbé, d'un pas de plus en plus prudent.

Bientôt, la lumière de l'astre nocturne fut suffisante pour qu'elle range son téléphone. Elle en profita pour sortir le Glock 19 de son holster qu'elle saisit à deux mains, canon pointé vers le sol.

Ses pas s'enfonçaient dans la terre meuble. Elle

sentait le sang cogner dans ses tempes, aussi régulier que l'aiguille d'une grande horloge, d'un compte à rebours.

Soudain, alors qu'elle n'était plus qu'à quelques mètres de l'édifice, elle crut apercevoir une ombre noire au beau milieu du barrage. Elle s'immobilisa aussitôt.

C'était une camionnette.

Et les phares venaient de s'allumer, comme deux yeux diaboliques au cœur de la nuit.

Lola sentit son pouls s'accélérer. Elle se précipita derrière un tronc d'arbre et s'accroupit pour observer la scène.

Elle comprit qu'elle était arrivée quelques minutes trop tard.

Subitement, un cri déchira la nuit.

Crissement de pneus et fumée de la gomme sur l'asphalte. Ballet des phares. Lola serra les poings sur la crosse de son pistolet.

L'enchaînement rapide des événements et l'obscurité n'aidèrent pas à la compréhension de ce qui se déroulait devant elle. Elle était la spectatrice impuissante d'un tableau confus. Une chose était sûre : tout cela ressemblait bien à un échange d'otages. Mais impossible de savoir s'il s'était bien déroulé ou non.

Elle n'en croyait pas ses yeux. Comment Emily avait-elle pu prédire de façon si exacte le lieu et la date de cette libération ? Comment cette femme qui avait oublié son passé pouvait-elle connaître le futur ? C'était parfaitement impossible. Il y avait tant de variables ! Tant d'aléas ! Comment, par exemple, aurait-elle pu savoir qu'Exodus2016 allait réunir la somme de la rançon à cette date précise ? La chose défiait l'entendement. Et pourtant… Pourtant cette camionnette n'était certainement pas là par hasard.

Les deux feux rouges sur le coffre arrière s'effacèrent rapidement dans les ténèbres.

Lola se leva et s'apprêta à monter sur le barrage pour tenter d'y relever des indices quand, soudain, elle entendit un craquement derrière elle.

Avant qu'elle n'ait eu le temps de se retourner, elle sentit le contact froid du métal sur sa nuque. Le canon d'un pistolet. Elle s'immobilisa.

— Lâche ton arme.

La phrase lui fit comme un coup de poignard dans le ventre.

— Lâche ton arme, Lola.

Elle n'arrivait pas à y croire.

— Arthur. Qu'est-ce… qu'est-ce qui te prend ?

Quand elle entendit le bruit du percuteur qui s'armait, elle obtempéra immédiatement. Son revolver tomba lourdement sur le sol humide.

Le visage figé par la perplexité, par la colère et la frustration, son cœur battant à tout rompre, elle se retourna lentement.

À la lumière de la lune, elle découvrit alors la figure du psychiatre. À peine reconnaissable. Métamorphosée. Le crâne et la barbe rasés, les joues creusées, des cernes sous les yeux, il paraissait avoir pris dix ans d'un seul coup et avait le regard d'un psychopathe. Mais il ne tremblait pas. Son arme pointée vers elle, il semblait froid. Déterminé.

Au même instant, comme un dernier coup de théâtre, le téléphone de Gallagher se mit à vibrer dans sa poche. Échange de regards. Elle eut un geste d'hésitation.

Mais elle comprit dans les yeux de Draken qu'il ne la laisserait pas répondre.

Il semblait prêt à tirer.

Le visage hébété, elle laissa le téléphone sonner et ferma les yeux.

54

Le shérif de Collinsville avait d'abord hésité à appeler la détective new-yorkaise dont le nom figurait sur ce fameux rapport du NYPD qui avait attiré son attention. Un rapport daté du 14 janvier, au sujet d'une femme amnésique qui s'était fait tirer dessus dans un parc de Brooklyn. Mais la coïncidence était trop étrange pour ne pas lui refiler l'info.

Il regarda sa montre. 22 h 40. Il devait reconnaître qu'il était un peu tard. Les flics new-yorkais ne travaillaient sans doute pas aussi tard que les shérifs du Connecticut…

Quand le répondeur se mit en route, il se décida donc à lui laisser un message.

— Détective Gallagher, ici le shérif Petruci, de Collinsville, Connecticut. Est-ce que vous pourriez me rappeler rapidement, s'il vous plaît ? C'est au sujet d'une affaire qui pourrait vous intéresser. Nous avons découvert hier le cadavre d'une femme enterré dans la forêt de Nepaug. J'ai vu votre rapport concernant Emily Scott, la femme amnésique sur laquelle vous avez enquêté. Et je me suis dit qu'il fallait peut-être que nous partagions nos infos. Car, voyez-vous, la femme que nous avons trouvée hier a à peu près le même âge… Mais surtout, elle a un autre point commun troublant avec votre Emily Scott : ses empreintes digitales ont aussi été effacées.

Now you're gone

SERUM

Épisode 4

Reality

1

*4 h 50 du matin. Il fait encore nuit. Peu de gens
sont réveillés sur Swans Island quand la lumière de
cette petite maison bleue – nichée derrière l'église baptiste – s'allume soudain, comme une étoile au cœur
des ténèbres.*

*Sans faire de bruit, l'homme descend l'escalier.
Ses pieds nus foulent la même moquette marron usée
que son père, il y a quelques années, foulait lui aussi
avant l'aube en essayant de ne réveiller personne. Et
son grand-père avant lui. C'était une autre époque,
une époque où toute la famille vivait ici, sous le
toit de cette maison construite dans les années 1910
par l'arrière-grand-père, avant la Grande Dépression. Depuis, le temps a passé. Les crises aussi, les
unes après les autres, comme autant de tempêtes
s'abattant sur les côtes de la petite île. À présent,
ils ne sont plus très nombreux à être restés à Swans
Island. La plupart des habitants sont partis chercher
du travail sur le continent, à Bangor essentiellement,
et la ville ressemble de plus en plus à l'un de ces
vieux villages fantômes du Nevada désertés par les*

chercheurs d'or. Les commerces ferment, un par un. La vie s'en va.

L'homme qui vient de se lever et qui entre à présent dans sa cuisine vétuste est l'un des sept derniers pêcheurs qui vivent et travaillent encore sur l'île. Il y a dix ans, ils étaient plus de cinquante. Mais les méthodes ont changé. Les normes sont devenues plus strictes. Trop strictes. La rentabilité est désormais le maître mot – une obsession. Aujourd'hui, il est bien plus aisé de travailler depuis les grands ports de Rockland, de Portland ou du Massachusetts. Ceux qui restent ici le font par entêtement ou par nostalgie. Par amour de leur terre ou de leur petite maison bleue, construite par leur arrière-grand-père.

Dans la cuisine, qui sent encore le céleri du ragoût d'hier soir, l'homme allume la gazinière et dépose sur le feu la vieille cafetière italienne. Pas le temps de faire un nouveau café. Réchauffer celui-ci fera l'affaire.

Quand il entend les pas dans l'escalier, derrière lui, un sourire se dessine sur ses lèvres. Il reconnaîtrait ces pas entre mille. Il a beau avoir pris toutes les précautions pour ne pas la réveiller, il est finalement heureux que sa femme se soit levée. En réalité, il l'espérait presque. Le soir, quand il rentre de ses longues journées de pêche, il est trop fatigué pour lui parler, pour profiter d'elle comme il aimerait le faire. Alors ces quelques minutes qu'ils passent ensemble, les matins de grand départ, sont devenues précieuses.

— Va te préparer, je m'occupe du café, dit sa femme en se serrant contre lui.

Il savoure un instant l'étreinte de son épouse en fermant les yeux, puis il se retourne et l'embrasse longuement. Il se recule un peu pour la regarder encore, comme il l'a regardée tout à l'heure dans le lit, avant de se lever. Avec sa courte chevelure blonde, sa taille fine, ses grands yeux clairs, elle est aussi belle qu'au jour de leur mariage – il y a tout juste sept ans.

— File ! dit-elle en lui donnant une claque sur le bas du dos.

L'homme hoche la tête d'un air reconnaissant et remonte se préparer à l'étage. La pêche va être longue et le temps gros – il a besoin de beaucoup d'affaires. Quinze jours au moins sur un chalutier de 24 mètres en plein hiver, il faut de quoi se tenir chaud.

À 5 h 30, l'homme est prêt à partir. Il serre les dents. Une nouvelle quinzaine sans voir sa femme. Depuis combien de temps n'ont-ils pas fait l'amour ? Un mois ? Deux ? Combien de temps pourra-t-il supporter cette situation ? Et elle ? Il aimerait, un jour, prendre le temps de l'emmener en vacances. Au moins une semaine, ou même un week-end. Loin de Swans Island. Mais ils n'en ont pas les moyens. Ils sont même endettés depuis qu'il a fallu refaire toute la toiture de la maison, après la tempête de Noël. Alors il n'a pas le choix : il doit travailler aussi souvent que le bateau part en mer. S'il pouvait, il travaillerait même davantage.

Sur le pas de la porte, la gorge nouée, il enfile le lourd manteau de laine de son père et serre sa femme dans ses bras. D'un geste plein de tendresse, il lui caresse les cheveux.

— Je t'aime, Emily.

La blonde ne répond pas. Elle se contente de lui adresser un sourire triste en le regardant s'éloigner dans la brume hivernale de la ruelle sombre. La croix de l'église se découpe sur le fond violacé du ciel matinal.

Un pincement étreint le cœur de la jeune femme. Comme chaque fois qu'il part, elle ne peut s'empêcher de se dire que, cette fois, Mike ne reviendra peut-être pas. Du bout du pouce, elle fait nerveusement tourner son alliance autour de son majeur gauche. Emily & Mike. « *Jusqu'à ce que la mort nous sépare.* »

The wind blows

2

Sam Loomis sortit d'un pas preste du QG de sécurité du Yankee Stadium. Il n'avait pas une seconde à perdre, mais une sérieuse envie d'en découdre. La dernière note de la musique de *Phantom of the Opera* venait de résonner comme un point d'orgue au milieu de l'immense complexe. Les gens applaudissaient, hystériques, réclamant un rappel. Dans quelques minutes, ils allaient se lever pour sortir du stade, et alors ce serait la cohue. L'agent du FBI voulait rejoindre la tribune dans laquelle William Roberts était installé avant qu'il ne soit trop tard.

Bousculant les gens sur son passage, il se faufila entre les rangées de fauteuils.

— Vous voulez qu'on l'arrête ? demanda la voix d'un agent du HRT dans son oreillette.

— L'arrêter ? grogna-t-il. Et pour quel motif ? Parce qu'il s'est foutu de notre gueule ? Non. Gardez-le en vue, j'arrive.

De fait, Loomis arriva à quelques pas de la rangée numéro 13 quand les gens commençaient à se lever. Il franchit les derniers mètres au pas de course et attrapa le cofondateur d'Exodus2016 par l'épaule, juste avant que celui-ci ne s'engage vers la sortie. Trois agents du HRT, qui s'étaient tenus à proximité, vinrent l'appuyer tout en faisant signe aux passants interloqués de s'écarter.

— Vous êtes fier de vous ?

Roberts, après avoir regardé les trois agents qui les entouraient, haussa un sourcil moqueur.

— J'ai davantage de raisons de l'être que vous, il me semble…

— Vous croyez que c'est malin de nous faire perdre du temps et de l'argent au milieu d'une pareille histoire ?

— Si vous êtes ici, agent spécial, c'est que vous avez écouté mes conversations téléphoniques. Ce n'est pas moi qui vous ai demandé de venir. Et c'est pas bien d'écouter aux portes, vous savez…

— Où est Singer ?

Roberts mima un air surpris.

— Singer ? Allez savoir ! Je doute fort qu'il soit venu voir une comédie musicale ! Ça vous a plu, j'espère ?

L'agent Sam Loomis, bien obligé d'admettre sa

défaite, reprit son air flegmatique habituel. De toute façon, la partie était déjà perdue.

— J'ai trouvé ça mièvre, répondit-il en grimaçant. Pas assez rock'n'roll pour moi. La prochaine fois, c'est moi qui vous emmène au spectacle.

— Celui que vous avez donné ce soir était déjà tip-top, ironisa Roberts.

— Vous n'avez encore rien vu.

— C'est vous qui n'avez rien vu, agent spécial. Bonne soirée !

L'associé de John Singer donna une tape sur l'épaule de l'agent du FBI puis sortit du stade, un sourire aux lèvres.

No escape

3

Arthur Draken arriva sur le barrage de Saville dix minutes à peine avant l'échange. Il ne lui fallut que quelques instants pour comprendre qu'il ne s'était pas trompé, qu'il était au bon endroit. Les analogies entre le décor qu'il avait devant lui et les visions d'Emily lui sautèrent aux yeux. À force de les avoir regardées encore et encore, dans la pénombre de sa planque, il connaissait par cœur les cassettes vidéo des séances d'hypnose de sa compagne, et c'était comme si elles se traduisaient ici en images réelles.

La rivière ensanglantée d'Emily, ici, c'était le bras sinueux de la Farmington River, qui s'étirait au pied du barrage. Et le barrage lui-même, c'était ce rideau de sang que la jeune femme voyait au bout du fleuve. Ce rideau, qui représentait aussi celui du théâtre et de la pièce *Phantom of the Opera*, et qui l'empêchait de voir « le roi et la reine ». Car il n'y avait plus de doute, à présent : ces deux mystérieux personnages dans les visions d'Emily représentaient, entre autres, John et Cathy Singer. Poursuivis. Harcelés. Enlevés.

Les paroles résonnaient dans sa tête, comme une litanie funèbre qui se soulevait du pays des morts.

« Pourquoi le cavalier a-t-il dressé ce rideau ?

— Pour m'empêcher de voir le roi et la reine. Pour m'empêcher de les sauver. Il les a cachés derrière le rideau. Et il essaie d'attirer mon attention ailleurs. Il veut me détourner du rideau. Il rit derrière son masque. Il se moque de moi. Il part sur un autre bras de la rivière. Un bras qui mène vers une immense arène romaine où l'attendent des milliers de gens. Il veut que j'aille dans cette arène. Il veut m'y attirer. »

L'arène romaine, c'était le Yankee Stadium, bien sûr. Un leurre. L'endroit où le FBI croyait pouvoir assister à la libération de John Singer, alors qu'en réalité tout se passait ici.

« Derrière le rideau, il n'y a plus de rivière. C'est comme si elle s'arrêtait là. Il n'y a... Il n'y a qu'un grand champ. Un champ empli de cadavres. Des cadavres qui s'amoncellent à perte de vue. C'est...

C'est horrible... Et au milieu de ce champ, un donjon. Un véritable donjon de château fort, avec un toit en pointe. »

Le donjon, Draken l'avait justement sous les yeux. Au bout d'un pont à arcades, sur la partie est du barrage, une petite tour d'imitation médiévale, avec un toit conique, s'élevait au-dessus des flots.

Quant au « champ de cadavres » dont parlait Emily... Draken avait mis plus de temps à comprendre, mais c'était le dernier détail qui lui avait permis d'être sûr de lui et qui l'avait conduit à venir jusqu'ici.

Le barrage de Saville était sur les terres de la ville de Barkhamsted, laquelle dépendait du comté de Litchfield.

Lich field. Littéralement, un champ de morts vivants.

Tout était là. D'une façon ou d'une autre, tout était déjà dans la tête d'Emily. Aussi incroyable que cela puisse paraître, toutes ses visions sous hypnose avaient un sens précis. À vrai dire, il n'en avait jamais douté. Mais ce qui subjuguait le Dr Draken, c'était que la jeune femme ait pu, dans ses souvenirs, avoir ainsi des visions d'événements qui ne s'étaient pas encore déroulés. Cela dépassait l'entendement. Et pourtant, il y avait sûrement une explication.

Il *devait* y avoir une explication.

Il en était là de ses pensées quand la lumière de deux phares blancs se profila soudain à l'est du barrage. Une camionnette noire, qui roulait lentement – trop lentement – apparut sur la petite route.

Draken, les sens en alerte, se cacha aussitôt derrière l'arbre le plus proche du barrage et prit le pistolet à sa ceinture. Il frissonna en sentant le métal froid de l'arme contre sa peau. La camionnette passa au pas devant lui puis s'arrêta quelques mètres après la tourelle médiévale.

Le psychiatre se blottit derrière le tronc d'arbre. La scène avait quelque chose d'irréel, quelque chose de théâtral. Un guet-apens dans un vieux film policier en noir et blanc. À tout moment, Draken s'attendait à voir Humphrey Bogart sortir de la camionnette, Borsalino sur le crâne et Chesterfield au bec.

Au lieu de cela, les phares s'éteignirent.

Le temps sembla se suspendre. Le bruit de l'eau en contrebas et le vent dans les branches étaient les seuls témoins des secondes qui s'égrenaient. Soudain, les portières s'ouvrirent à l'arrière du véhicule et un homme en sortit. Il portait un sac de sport.

L'homme jeta des coups d'œil alentour, visiblement inquiet. Il traversa la route dans la pénombre et déposa le sac devant le pont à arcades qui menait à la petite tour. Puis il recula, lentement, tout en continuant de scruter les environs.

Il était revenu devant la camionnette quand, du côté opposé, trois silhouettes apparurent subitement près du « donjon ». Trois silhouettes surgies de nulle part, comme autant de zombies dans la brume. Étaient-ils passés par la porte en bas de ladite tour, ou par dessus le parapet du barrage ? Impossible à dire, dans cette faible luminosité. Comme il n'y avait aucun autre véhicule en vue, ils semblaient s'être téléportés là, ou avoir été parachutés…

L'une des trois personnes tenait une arme. Quant aux deux autres, Draken n'eut aucune peine à les reconnaître, même à cette distance. Leur photo avait été suffisamment diffusée par la presse ces derniers jours et leur allure laissait peu de doute : il s'agissait du couple Singer.

John et Cathy Singer en personne, fondateurs d'Exodus2016 pris en otages en direct, quinze jours plus tôt, par un groupe de terroristes anonymes.

Les mains liées dans le dos, visiblement affaiblis, ils marchaient lentement devant leur ravisseur. Quand celui-ci fut à hauteur du sac de sport déposé par l'homme de la camionnette, il leur ordonna de s'arrêter. Tout en les gardant en joue, il se baissa pour ouvrir le sac et vérifier ce qu'il y avait à l'intérieur. Visiblement satisfait, il le referma aussitôt et le saisit fermement de sa main libre.

Un ordre claqua dans l'air et le couple Singer reprit immédiatement sa marche. Alors qu'ils avançaient vers le véhicule, l'homme armé retournait, lui, vers le donjon. À mesure que les deux parties s'éloignaient l'une de l'autre, Draken peinait de plus en plus à avoir une vue d'ensemble. Son regard faisait des allers et retours entre les otages libérés, qui marchaient de plus en plus vite, et le ravisseur, dont la silhouette s'enfonçait progressivement dans l'ombre.

Quand John et Cathy Singer ne furent plus qu'à quelques pas de la camionnette où les attendait celui qui venait de payer leur rançon, ils se mirent véritablement à courir. Les portières arrière s'ouvrirent et tout le monde sauta à l'intérieur.

Claquement de portières.

Un instant de silence. D'hésitation.

Draken, tremblant, jeta un coup d'œil vers la droite. L'homme armé venait de disparaître près du donjon. Mais où donc ? À l'intérieur ? Le psychiatre était sur le point de partir à sa poursuite quand il fut interrompu par une vision inattendue.

Là. À quelques pas de lui, accroupie derrière un tronc d'arbre, sa chevelure rousse nouée derrière la nuque : Lola.

Le poing de Draken se serra sur la crosse froide de son pistolet.

The line

4

— Où est le bureau de votre putain de capitaine ?

Malgré son âge, et bien qu'il fût coincé dans sa chaise roulante, Ian Draken – quand il s'énervait ainsi – était un personnage réellement impressionnant. Ses yeux, du même bleu perçant que ceux de son fils, semblaient prêts à vous foudroyer sur place, et il avait dans la voix une autorité si naturelle qu'on osait rarement la questionner.

Les trois agents de police postés dans le couloir, écarquillant les yeux, regardèrent le vieux psychiatre d'un air désemparé. Comme personne ne lui répondait, Ian Draken poussa nerveusement sur les roues de son fauteuil et passa au milieu des uniformes, les obligeant à s'écarter. Nul n'osa se mettre en travers de la route de ce vieil homme en chaise.

L'un des policiers, le jeune Tony Velazquez, se décida enfin à intervenir et partit à sa poursuite.

— Monsieur ! Vous ne pouvez pas entrer comme ça…

Mais il était trop tard. Lancé comme un boulet de canon à travers le commissariat, Ian Draken ouvrit la porte de Powell d'un violent coup de pied et roula jusque devant son bureau.

— C'est quoi ces conneries ? s'exclama le vieil homme en plaquant bruyamment un exemplaire du *New York Times* devant lui.

En deuxième page, une grande photo d'Arthur Draken illustrait un article le liant directement à la mort d'Emily Scott et à l'enlèvement de John et Cathy Singer. Le sous-titre était racoleur à souhait : « Draken : psychiatre de génie ou dangereux criminel ? »

Le capitaine jeta à peine un coup d'œil au quotidien. Il était 23 heures. Il avait déjà lu l'article depuis longtemps.

— Vous êtes ?

— Vous savez très bien qui je suis, Powell. Où est mon fils ?

Ian Draken, les doigts crispés sur sa chaise roulante, fusilla le capitaine du regard. Il avait les yeux injectés de sang et la colère déformait son visage.

— Je ne sortirai pas de ce bureau tant que vous ne m'aurez pas dit où est mon fils !

— Nous n'en avons malheureusement pas la moindre idée, monsieur. Et croyez bien que nous le cherchons activement. Sinon cela ferait longtemps que je serais rentré chez moi.

— Et Lola Gallagher ? Où est-elle ?

Le capitaine écarta les bras d'un air désolé.

— Monsieur Draken, je comprends votre inquiétude, mais vous n'avez rien à faire ici et vous devez nous laisser faire tranquillement notre travail. Votre fils est suspecté de meurtre !

Le vieil homme redoubla de fureur et donna un violent coup de poing sur le bureau, envoyant valser un casier empli de documents.

— C'est ridicule ! Vous savez très bien que mon fils n'a pas tué cette femme !

Le capitaine du 88e district se leva d'un bond, appuya fermement ses poings sur son bureau, regarda un instant la pile de papiers éparpillés sur le sol, puis il posa un regard menaçant sur Ian Draken.

— Monsieur, commença-t-il d'un air condescendant.

Mais le psychiatre ne lui laissa pas le loisir de prononcer le sermon qu'il s'apprêtait à lui livrer.

— Qu'est-ce que vous allez faire ? Hein, Powell ? Me jeter dehors ? dit-il d'un air moqueur en montrant les accoudoirs de sa chaise roulante. Vous savez très bien que mon fils n'a pas tué Emily, et moi je sais très bien pourquoi vous le laissez porter le chapeau. Vous brûlez de vous venger, n'est-ce pas ?

— Je ne vois pas de quoi vous voulez parler…

— Oh si, vous voyez très bien, espèce de petit trou-du-cul. Je sais bien plus de choses que vous ne semblez le croire.

— Votre fils est assez grand pour se défendre tout seul.

— Mon fils est un imbécile.

Powell, plutôt d'accord sur ce point, ne répondit pas. Il se contenta de dévisager l'homme devant lui en essayant de ne pas paraître impressionné. De l'autre côté de la vitre, plusieurs agents du commissariat regardaient discrètement la scène à travers les lames des persiennes.

— Mon fils est un imbécile, mais pas un meurtrier. Et vous le savez aussi bien que moi. Vous croyez que je ne pourrai rien faire, c'est ça ? Parce que je suis dans une putain de chaise roulante ?

La lueur dans les yeux du vieil homme n'était plus seulement une lueur de colère, à présent. Il y avait dans ce regard l'ombre de larmes silencieuses, nourries par la fureur et la frustration.

— Vous croyez que je ne peux pas m'occuper de mon fils parce que je suis un vieil infirme ?

— Je me demande surtout ce qui a réveillé ce soudain instinct paternel. Je ne savais pas que c'était dans vos cordes. Je me suis laissé dire que vous n'étiez pas vraiment du genre père modèle…

— S'il arrive quelque chose à mon fils, Powell, s'il lui arrive quoi que ce soit, je vous broierai. Je vous broierai de mes deux mains de vieil infirme impotent.

Le policier se crispa. À présent, il était au moins aussi énervé que son interlocuteur.

— Surveillez votre langage, monsieur Draken. Votre handicap ne vous met pas au-dessus des lois.

— Et vous, surveillez chacun de vos putains de mouvements, mon pote.

Ian attrapa le journal froissé devant lui.

— Je vous laisse vingt-quatre heures pour démentir les conneries publiées dans la presse. Vingt-quatre heures. Et après, je vous jure que je vous broie.

Le psychiatre fit volte-face et sortit de la pièce sans laisser au capitaine le temps d'ajouter un seul mot.

5

— Lâche ton arme, Lola.

Quand elle entendit le bruit du percuteur qui s'armait, le détective Gallagher obtempéra immédiatement. Son revolver tomba lourdement sur le sol humide.

Le visage figé par la perplexité, son cœur battant à tout rompre, elle se retourna lentement.

À la lumière de la lune, elle découvrit alors la figure du psychiatre. À peine reconnaissable. Métamorphosé. Le crâne et la barbe rasés, les joues creusées, des cernes sous les yeux, il paraissait avoir pris dix ans et avait le regard d'un psychopathe. Mais il ne tremblait pas. Son arme pointée vers elle, il semblait froid. Déterminé.

Au même instant, le téléphone de Lola se mit à vibrer dans sa poche. Échange de regards. Elle eut un geste d'hésitation. Mais elle vit dans les yeux de Draken qu'il ne la laisserait pas répondre.

Il semblait prêt à tirer.

Le visage hébété, elle laissa le téléphone sonner et ferma les yeux.

— Qu'est-ce que tu fais là, Lola ?

La détective sembla trouver la question incongrue. Déplacée. Draken avait disparu depuis la mort d'Emily. Il n'avait donné aucune nouvelle et, soudain, il surgissait, méconnaissable, une arme à la main, en la menaçant comme s'ils étaient ennemis. C'était plutôt à lui de donner des explications. Qu'avait-il fait pendant tout ce temps ? Pourquoi lui avait-il menti ? Mais ce n'était pas le moment d'énerver cet homme qu'elle avait toujours pris pour un ami. Un véritable ami.

— J'ai trouvé ta planque, expliqua-t-elle. L'appartement de Paul Clay. Le type que tu vas voir tous les jeudis matin au centre psychiatrique de South Beach…

Draken ne parvint pas à masquer sa surprise. Son arme toujours pointée sur Lola, il se mordit nerveusement les lèvres.

— J'ai vu tes peintures sur les murs, continua-t-elle. J'ai tout vu, Arthur. Tout. Et j'ai compris que tu étais venu ici.

— Tu es toute seule ? demanda-t-il en jetant des regards autour d'eux.

Au lieu de répondre, elle l'interrogea froidement.

— Pourquoi tu l'as tuée ?

— J'ai tué personne.

— Ne mens pas, Arthur ! s'emporta Gallagher.

Elle fit un pas en avant mais Draken releva aussitôt le canon de son pistolet et la menaça d'un regard plus terrible encore.

— Ne bouge pas, Lola ! Ne bouge pas ou je te jure que je te colle une balle entre les deux yeux.

L'Irlandaise secoua la tête. Draken n'était plus lui-même. Ou peut-être s'était-elle toujours trompée à son sujet. Peut-être était-il finalement très différent de l'image qu'elle avait fini par se faire de lui.

— Quoi ? Tu vas me tuer moi aussi, maintenant ?

— Je n'ai tué personne, répéta doucement le psychiatre.

Il avait l'air si froid, si distant que Lola se demanda s'il n'était pas sur le point de sombrer. Elle leva les mains en signe d'apaisement et essaya de retrouver son propre calme. Confronter Arthur maintenant ne servait à rien. Parler de la vidéo qu'elle avait reçue sur son portable et où on le voyait tuer Emily non plus.

— Alors pourquoi me menaces-tu avec cette arme ?

Draken avala sa salive. Il n'était définitivement pas dans son état normal.

— Je te menace parce que je te connais par cœur. Je connais ce regard. Tu vas faire ta bonne petite flic, tu vas m'arrêter. Et je suis innocent.

— Si tu es innocent, arrête de jouer au con et donne-moi cette arme.

L'homme sembla hésiter. Il y avait dans ses gestes, ses yeux, son agitation, une note de folie que Lola n'avait jamais vue chez lui.

— Tu me jures que tu es venue seule ?

— Oui.

Il resta un moment muet.

— Je te crois. Je te crois parce que je sais quand tu mens, Lola. Et moi, je te dis la vérité : je n'ai pas tué Emily. Je ne sais pas ce qu'il s'est passé, mais je sais une chose : je ne l'ai pas tuée.

— Tu as sans doute *l'impression* de ne pas l'avoir tuée. Ta mémoire te joue peut-être des tours. Tu as eu un choc terrible...

— Non. Je le *sais*. Et s'il te reste un soupçon d'amitié pour moi, tu dois me croire, Lola !

— Le fait d'avoir le canon de ton arme pointé sur moi ne m'y aide pas beaucoup, Arthur. Donne-moi ce putain de flingue.

Draken hésita encore. De ses yeux bleus grands ouverts il essayait de percer le regard de Lola, de deviner ses intentions. Puis, lentement, comme s'il capitulait, il baissa son pistolet et le lui tendit dans un soupir.

Gallagher saisit l'arme prudemment. Quand elle l'eut enfin en main, elle toisa le psychiatre et se retint de lui envoyer une droite en pleine face. Non pas pour le neutraliser, mais pour le corriger. Elle lui en voulait tellement !

Draken, comme s'il était finalement soulagé, fit deux pas en arrière et se laissa tomber contre un arbre. Tout à coup, il semblait parfaitement inoffensif, égaré. Il avait les yeux perdus dans le vague.

— *Sous le champ de cadavres*, murmura-t-il comme pour lui-même.

La policière, les traits tendus, glissa le pistolet dans sa ceinture et ramassa son propre Glock 9 mm là où elle l'avait abandonné.

Retrouvant ses gestes de flic, elle jeta un coup d'œil vers la route du barrage. Les phares de la camionnette avaient depuis longtemps disparu dans la nuit.

— Tu as merdé avec ton sérum. Je le sais, Arthur. Tu as sacrément merdé, même. Peut-être bien plus que tu ne le réalises toi-même. Mais on en parlera plus tard. Pour l'instant, il faut qu'on retrouve cette camionnette. Tu m'as déjà fait perdre assez de temps.

— Aucun intérêt, murmura Draken, presque méprisant.

Lola fronça les sourcils.

— Comment ça, aucun intérêt ?

— C'est les Singer à l'intérieur. Il serait plus judicieux de pister les ravisseurs.

— Oui. Sauf que je ne sais pas où ils sont.

Le psychiatre se redressa et la regarda avec une lueur nouvelle dans les yeux.

— J'ai peut-être ma petite idée là-dessus. On est dans le même camp ?

Lola secoua la tête.

— Pour l'instant, oui.

Rings of smoke

6

Ben Mitchell remonta la rue enneigée, à la périphérie de Rockford, Illinois, en frappant contre le sol avec sa longue canne blanche. Depuis le temps qu'il venait ici, dans cette maison en bois où il se retirait régulièrement, il connaissait le chemin par cœur, mais, bizarrement, le bruit de la canne qui traversait la neige et heurtait le trottoir le rassurait.

Le professeur venait de lire l'heure du bout des

doigts sur sa montre tactile. 23 h 15. Il était resté à la *Stone Eagle Tavern* plus longtemps que prévu. Mais, après tout, personne ne l'attendait ce soir et il avait bien eu besoin de ces quelques verres de scotch. Depuis la visite du détective Gallagher dans son appartement, sur le campus de l'université de New York, Mitchell n'avait cessé d'être assailli par de grandes bouffées d'angoisse. Ses crises étaient devenues si fortes qu'il lui avait finalement fallu quitter New York et venir ici pour essayer de trouver un peu de quiétude.

Il tourna la clef dans la serrure, poussa la porte et entra. Sans attendre, il referma aussitôt derrière lui. Non pas qu'il craignît l'intrusion de cambrioleurs – le *Neighborhood Watch*[1] garantissait au quartier une sécurité quasi totale – mais les événements des derniers jours l'avaient rendu complètement paranoïaque, et il avait constamment l'impression d'être suivi. La cécité n'aidait pas. L'alcool et les stupéfiants non plus.

Ben Mitchell posa le trousseau dans la petite boîte en bois accrochée au mur, enleva son manteau sur lequel fondaient encore quelques flocons de neige, puis il se dirigea vers le salon. La veille, il avait dormi là. Il n'avait même pas pris la peine d'aller jusqu'à sa chambre. Il pouvait sentir l'odeur des deux ou trois mégots de joints qui traînaient encore dans un cendrier sur la table basse.

Ce soir, il faudrait qu'il se décide à revivre « normalement ». Monter dans sa chambre. Se coucher à une heure plus raisonnable. Se lever tôt. Et peut-être même

---

1. Surveillance de voisinage, assurée à tour de rôle par les habitants du quartier.

travailler un peu demain matin. C'était le seul moyen de retrouver ses marques et de chasser ses angoisses.

Il venait de se laisser tomber sur le canapé quand une voix le fit sursauter.

— Je crois que nous avons des choses à nous dire, professeur Mitchell.

Blafard, le neurophysiologiste se releva d'un bond, cherchant sa canne avec panique.

— Restez assis, Ben ! Vous ne risquez rien. Je suis du NYPD.

— Que… Qui êtes-vous ?

— Détective Phillip Detroit. Je suis un collègue de Lola Gallagher.

Mitchell, qui venait enfin de retrouver sa canne et la serrait dans ses mains comme une massue, resta immobile, perplexe.

— Allons, Ben, si je voulais vous faire le moindre mal, je ne serais pas assis sur ce fauteuil à vous parler.

Après un moment de doute, l'argument sembla convaincre le professeur. En partie en tout cas.

— Ce n'est pas parce que vous êtes flic que vous avez le droit d'entrer comme ça chez les gens !

— C'est vrai. Mais il fait sacrément froid, dehors, et vous commenciez à être un peu longuet.

— C'est quoi cette manie d'entrer chez les gens en leur absence ?

— Il paraît que ce n'est pas la première fois que ça vous arrive, ironisa Detroit. Allez, asseyez-vous, monsieur Mitchell, je veux seulement discuter.

Le neurophysiologiste finit par s'y résoudre et se réinstalla dans le canapé en poussant un soupir désabusé. Cette fois, il posa sa canne sur ses genoux, comme si elle avait pu le protéger de quoi que ce fût.

— C'est Gallagher qui vous envoie ?

— Non. Pour l'instant, je n'ai parlé à personne de la raison de ma présence ici. Mais cela pourrait changer si vous ne la jouez pas réglo avec moi, Mitchell. Avant de vous dénoncer au FBI ou au NYPD, je veux vous donner une dernière chance. Je ne sais pas pourquoi. Noël est passé pourtant...

— Qu'est-ce que vous voulez savoir, détective ? J'ai déjà dit au détective Gallagher...

— Ce que vous avez dit à Lola ne m'intéresse pas, le coupa Detroit. Non, moi, professeur, j'aimerais que vous me parliez de ce que je viens de trouver dans votre cave.

The wind blows

7

— Tiens, regarde !

Gallagher s'approcha aussitôt de Draken, à gauche de la petite tour médiévale. Il lui montra ce qu'il venait de découvrir sur le muret du barrage : une échelle de cordes, qui semblait descendre tout droit dans la vaste étendue d'eau en contrebas. Il faisait trop sombre pour voir jusqu'où elle menait.

— Tu crois qu'ils ont pris un bateau ?

Le psychiatre haussa les épaules d'un air dubitatif.

— En dehors de la camionnette dans laquelle est reparti le couple Singer, je n'ai pas entendu le moindre bruit de moteur. Ou alors c'était une barque.

— Je vais aller voir.

Sans attendre, Lola passa par dessus le rempart et commença à descendre les échelons. Quand elle fut à mi-hauteur, elle releva la tête et fit signe à Draken.

— Il y a une ouverture dans la paroi ! Ça donne sur un passage !

Le quinquagénaire n'hésita pas une seconde de plus et descendit à son tour. Plus bas, dans le ventre même du barrage, il retrouva Lola qui l'attendait dans cette espèce de coursive obscure.

— Ça mène où ce truc ? murmura la détective comme si elle se parlait à elle-même. Ils ne peuvent pas s'être enfoncés dans un cul-de-sac, quand même !

Draken se remémora les paroles d'Emily sous hypnose : « *Ils descendent dans un souterrain. Un souterrain qui passe sous le champ de cadavres.* »

— Ça doit mener quelque part, chuchota-t-il. Emily a parlé d'un souterrain.

Lola acquiesça. Son Glock dans une main, son téléphone portable en guise de torche dans l'autre, elle se mit aussitôt en route.

— Redonne-moi mon arme, demanda Draken en marchant derrière elle.

— Même pas en rêve. Suis-moi et ferme-la.

— Sans moi, tu n'aurais jamais retrouvé leur piste, protesta Draken. On est dans le même camp, oui ou merde ?

— Ferme-la.

545

— Misérable sotte !

Ils s'enfoncèrent lentement dans le couloir ténébreux. Les mains plaquées contre les murs pour ne pas perdre l'équilibre, le psychiatre suivit la femme flic, son cœur battant la chamade. La faible lumière du téléphone permettait à peine de voir à un mètre. À chaque instant, Draken s'attendait à tomber nez à nez avec les ravisseurs.

Tout au bout du couloir, à l'endroit qui devait correspondre à l'extrémité du barrage, ils tombèrent sur une porte entrouverte. La serrure avait été forcée. De l'autre côté, un escalier en colimaçon s'enfonçait dans la terre. Une lumière émanait d'en bas, donnant à la paroi de pierre une légère teinte orangée.

Ils échangèrent un regard où se mêlaient inquiétude et circonspection. Descendre, c'était se jeter dans la gueule du loup. Ne pas le faire, c'était renoncer à mettre la main sur les ravisseurs du couple Singer qui, peut-être, avaient de précieuses informations à leur donner sur Emily. Lola fit signe au psychiatre de ne pas faire de bruit, puis ils descendirent l'un derrière l'autre à pas de loup.

Plus ils s'enfonçaient, plus l'air était humide. La surface des marches elle-même semblait trempée, à présent. Ils avancèrent si longtemps que Draken se demanda s'ils n'étaient pas arrivés plus bas que le lit de la rivière. Toujours sur leurs gardes, ils débouchèrent enfin dans une pièce rectangulaire, éclairée par deux vieux plafonniers. Elle était vide. On avait simplement négligé d'éteindre en partant... C'était visiblement un local technique, dont la porte avait été forcée elle aussi. Ce qui signifiait que les ravisseurs étaient arrivés de l'intérieur, *avant* l'échange. Il y avait là plusieurs armoires rudimentaires, des gaines et des tuyaux qui couraient le long des murs. Mais ce qui attira d'emblée leur regard, c'était cette petite trappe ouverte dans le sol, de l'autre côté de la pièce.

Les bras tendus, l'arme au poing, Lola inspira profondément et avança lentement vers le battant béant, prête à tout. Quand elle fut au-dessus de l'ouverture, elle attendit un instant, puis fit signe au psychiatre de la rejoindre.

— C'est quoi ça ? dit-elle à voix basse en pointant son canon vers la trappe.

Celle-ci ouvrait sur une sorte de passage creusé sous leurs pieds, à même la roche.

— Un souterrain, suggéra Draken. Sûrement celui dont parlait Emily.

— Un souterrain sous un immense réservoir d'eau ?

— C'est possible. Quand le barrage a été construit, un village entier a été inondé et recouvert. Il y avait peut-être des souterrains dans ce village... De toute manière, ça ne change rien : on y va, Lola !

Gallagher regarda le psychiatre. Il semblait encore plus pressé qu'elle de partir à la poursuite des ravisseurs. Pourquoi ? Quelle était sa véritable motivation ? Elle aurait aimé se réjouir très simplement de son enthousiasme, mais Draken lui cachait trop de choses. Elle avait le sentiment de ne plus le connaître.

Finalement, elle hocha la tête et passa la première. Elle se laissa glisser à travers la trappe et sauta dans le passage. L'écho du bruit de sa chute laissait supposer que le tunnel était profond. Arthur la rejoignit rapidement.

Le souterrain – qui était plongé, lui, dans l'obscurité la plus totale – ressemblait à un ancien couloir de mine. Étroit et bas de plafond, il partait tout droit vers le nord-est.

— Je suppose que tu n'as pas de lampe de poche ? demanda Lola en soupirant.

— Si, si, bien sûr, j'ai toujours ça sur moi. Avec une scie sauteuse, un parachute et un nécessaire à couture.

Gallagher ne put s'empêcher de sourire. C'était la première fois qu'elle avait l'impression de reconnaître Arthur, depuis qu'il l'avait menacée avec son pistolet. Et, malgré tout, cela faisait du bien, dans ces circonstances.

Ils se contentèrent donc de la lumière ridicule de leurs deux téléphones portables et s'enfoncèrent à nouveau dans les ténèbres.

La marche dura bien plus de temps qu'ils ne l'auraient imaginé. Le souterrain semblait ne jamais vouloir finir. Après de longues minutes, qui leur semblèrent une éternité, le sol se mit enfin à remonter, puis ils virent un trait de lumière au-dessus d'eux. La faible lueur de la lune.

Prenant garde à ne pas faire de bruit, ils accélérèrent tout de même le pas jusqu'à ce qui s'avéra être la sortie de cet ancien tunnel, en plein cœur d'une forêt.

Partout autour de la bouche du tunnel, les mêmes arbres que devant le barrage de Saville.

Lola sortit prudemment pendant que Draken restait en retrait.

— Ils doivent déjà être partis depuis longtemps, grogna-t-elle en faisant deux pas vers le sud.

Soudain, un claquement. Ils furent éblouis par une vive lumière. Deux phares puissants, devant eux, venaient de s'allumer.

Draken, d'instinct, attrapa Lola par les épaules et la

tira brusquement en arrière au moment même où éclatèrent les premiers coups de feu. La détective tomba à la renverse.

Il lui sauva probablement la vie.

Une pluie de plomb s'abattit alors sur la sortie du souterrain, projetant gerbes d'étincelles et éclats de pierre autour d'eux. Quand son moteur démarra dans un vrombissement profond, ils comprirent que les deux phares appartenaient à une grosse camionnette, garée là pour assurer la fuite des ravisseurs. Mais on ne cessa pas pour autant de leur tirer dessus. Les détonations résonnaient dans la nuit comme des coups de fouet les rappelant à l'ordre, et les balles sifflaient de toutes parts.

Plaquée contre la paroi du tunnel, Lola riposta tant bien que mal, tirant plusieurs fois au hasard, aveuglée par la lumière des phares. Un bruit de verre cassé laissa penser qu'elle avait au moins touché le véhicule, mais leurs adversaires étaient armés de pistolets-mitrailleurs – il était impossible de lutter.

— S'ils balancent une grenade, on est morts, lâcha finalement Lola, furieuse.

— On ne peut quand même pas faire demi-tour et les laisser filer…

— On n'a pas le choix. Les collègues reviendront plus tard chercher des indices.

Draken pesta. Ils n'avaient même pas pu relever la moindre plaque d'immatriculation. Une balle qui venait de s'encastrer dans la paroi à quelques centimètres de sa tête acheva néanmoins de le convaincre.

— OK. On y va, souffla-t-il, livide.

Ainsi, au pas de course, ils refirent le trajet en

sens inverse, abandonnant derrière eux la fureur d'une bataille perdue d'avance.

Le tunnel, le local technique, les escaliers, le couloir, l'échelle de cordes... Quelques minutes plus tard, à bout de souffle, ils étaient de retour sur le sommet du barrage, à côté de la tour médiévale.

— Tu n'as rien ? demanda Lola la gorge en feu.

Draken, courbé en deux, fit signe qu'il allait bien.

Gallagher fit quelques pas circulaires, une main sur la hanche, puis elle regarda le cadran de son téléphone. La personne qui l'avait appelée quand Draken l'avait menacée avait laissé un message. Elle avait enfin le temps d'écouter, maintenant.

Elle ne connaissait pas la voix grave enregistrée sur sa boîte vocale. C'était un shérif du Connecticut. Un shérif qui l'avait appelée en pleine nuit pour lui annoncer que le cadavre d'une femme avait été découvert, enterré dans une forêt. « J'ai vu votre rapport concernant Emily Scott, disait-il. La femme que nous avons trouvée hier a à peu près le même âge... Mais surtout, elle a un autre point commun troublant avec votre Emily Scott : ses empreintes digitales ont aussi été effacées. »

La détective Gallagher fronça les sourcils, perplexe. Elle écouta le message une deuxième fois.

La forêt de Nepaug.

Elle réfléchit, puis elle lança l'application de cartographie sur son téléphone portable et tapa le nom dans la fenêtre de recherche.

Cela ne pouvait pas être une coïncidence.

La forêt de Nepaug était à une dizaine de kilomètres d'ici.

8

— Je pourrais demander des analyses au labo, mais je suis sûr que vous me ferez gagner du temps en me le confirmant vous-même. Le produit verdâtre que j'ai vu dans tous ces tubes, dans votre cave, c'est celui qui a été retrouvé dans les corps d'Emily Scott et des deux types qui se sont suicidés en juin 2010, n'est-ce pas ? Ces deux types qui étaient, eux aussi, des patients du bon Dr Draken…

Ben Mitchell, les épaules affaissées, hocha lentement la tête. On sentait qu'il avait baissé ses défenses, qu'il était prêt à parler. Peut-être même en avait-il besoin, après s'être lui-même contraint trop longtemps au silence.

— Oui.

— C'est le fameux sérum qu'utilise Draken lors de ses séances d'hypnose ?

Le neurophysiologiste acquiesça de nouveau.

— Et c'est donc vous qui le fabriquez…

— Oui.

— Il va falloir me raconter toute l'histoire, professeur. Toute l'histoire, depuis le début.

— Qu'est-ce que vous voulez savoir ?

— D'abord, je voudrais savoir si le sérum était votre idée ou celle de Draken.

— La mienne. Arthur est psychiatre, pas neurophysiologiste.

— Qu'est-ce qui vous a poussé à inventer spécifiquement ce... produit ?

Ben Mitchell sembla hésiter avant de répondre, comme s'il cherchait dans ses souvenirs.

— À la fin de mon adolescence, j'ai été atteint d'une rétinite pigmentaire. C'est une maladie rare qui m'a fait progressivement perdre la vue, jusqu'à ce que je devienne complètement aveugle, en 2005.

— Je ne vois pas le rapport...

— Au départ, je cherchais à confectionner un produit qui me permettrait de voir à nouveau. Par l'esprit.

— Vous vous preniez pour Timothy Leary[1] ?

Mitchell esquissa un sourire.

— Je ne prends pas ça pour une insulte, vous savez. J'ai en effet assisté à plusieurs de ses conférences au cours de mon adolescence, et ses thèses étaient loin d'être stupides. Il y a de vastes champs qui restent inexplorés dans notre conscience et certains produits, malheureusement illicites, permettent de faciliter cette exploration.

— Ils sont illicites pour une bonne raison, professeur : ils sont dangereux. On pouvait encore vaguement l'ignorer à l'époque de Timothy Leary, mais

---

1. Écrivain, neuropsychologue et enseignant américain qui militait pour une utilisation scientifique des psychédéliques.

maintenant la chose est largement documentée : ils ont des effets secondaires dévastateurs.

— Tout dépend du produit qu'on utilise et comment. Ne me dites pas que vous n'avez jamais consommé la moindre substance illicite, détective.

— Je n'en ai jamais prescrit à des patients en faisant passer ça pour un médicament !

— Je ne l'ai jamais fait passer pour un médicament ! se défendit Ben Mitchell. Je l'ai toujours présenté comme un... catalyseur.

— C'est-à-dire ?

— Le sérum que j'ai mis au point libère le système nerveux et lui permet de se débarrasser de certaines de ses limites. J'ai vite compris que, du même coup, il facilitait l'induction hypnotique.

— Alors vous êtes allé voir Draken ?

— En mai 2010.

— Pourquoi lui en particulier ?

— Il avait la réputation d'être l'un des meilleurs psychiatres utilisant l'hypnose. Et il était à New York, ce qui facilitait les choses. Je lui ai expliqué que mon sérum, correctement utilisé, pourrait permettre de plonger le patient dans un état d'hypnose profond, bien plus profond que l'état d'hypnose couramment atteint dans les séances thérapeutiques traditionnelles, et de stimuler la mémoire subconsciente.

— Mais vous n'aviez pas reçu la validation de l'AMA[1] ?

— Non.

— Et vous avez quand même fait des tests...

— Oui.

---

1. *American Medical Association.*

— Sur des patients de Draken.

Ben Mitchell hocha la tête en poussant un soupir qui, peut-être, trahissait un peu de honte et de regret.

— Draken a bien voulu que je teste mon sérum sur dix de ses patients. Avec leur accord, bien entendu. Cela nous a permis d'en voir les atouts, les limites, d'ajuster le dosage...

— Comment ça ?

— Lorsque la dose est trop élevée, le patient peine à sortir de son hypnose. Une seconde injection d'un produit à base de méthylphénidate est nécessaire pour le réveiller. Au final, nous avons pu établir que la dose idéale de sérum permettait une hypnose de sept minutes. Au-delà, cela devient... délicat.

— Vous voulez dire « dangereux ». Les deux patients qui se sont suicidés faisaient partie de ces dix cobayes ?

— Sur les dix patients de Draken, cinq ont fait des progrès miraculeux. Véritablement miraculeux.

— Et deux se sont suicidés.

Mitchell s'agita sur le canapé, croisant nerveusement les doigts.

— Ils... Ils l'auraient sans doute fait sans l'utilisation du sérum, détective. Ces deux patients étaient des dépressifs profonds que Draken suivait depuis des années sans parvenir à les sortir de leur état. C'est pour ça qu'il les avait choisis. Une sorte de dernière chance.

— Il est indéniable que votre sérum a eu des résultats radicaux, ironisa Detroit.

— L'enquête de police n'a pas permis d'établir un lien de cause à effet entre le sérum et le suicide de ces deux patients. Le juge a conclu à un suicide pathologique.

— Oui, j'ai vu ça. Mais les choses auraient sans

doute été différentes si le détective Gallagher ne s'était pas arrangée pour vous couvrir, vous et Draken.

— J'ai dit à Arthur que je voulais tout laisser tomber. Mais il m'a répété que les suicides auraient de toute façon eu lieu, compte tenu des pathologies des patients. Il a insisté pour que nous continuions nos recherches. Selon lui, nous pouvions sauver beaucoup de vies avec mon sérum.

— Et vous avez accepté.

— Au début, non.

— Qu'est-ce qui vous a fait changer d'avis ?

Mitchell se frotta le front en faisant une grimace cynique et désabusée.

— Ce qui fait toujours changer les gens d'avis, détective, qu'est-ce que vous croyez ? L'argent !

— Vous aviez besoin d'argent ?

— Comme tous les toxicomanes, oui. Figurez-vous que la pénalisation des psychotropes rend l'exploration de la conscience extrêmement onéreuse.

— L'exploration de la conscience ? C'est comme ça que vous appelez « se défoncer la gueule » ?

— Vous ne pouvez pas comprendre.

— Peu importe. Et donc, Draken s'est mis à vous payer ?

— En quelque sorte. Il a commencé à m'acheter mon sérum. Les honoraires d'un psychiatre à Brooklyn Heights permettent de vivre beaucoup plus confortablement qu'un professeur d'université, vous savez.

— Et encore plus confortablement qu'un détective de police.

— J'ai continué à fabriquer du sérum pour Draken, en lui faisant promettre de ne jamais dépasser le dosage qui permet une séance d'hypnose de sept minutes. Et j'ai refusé de participer à ses expériences.

— Un peu lâche, comme attitude… Vous lui filez la came, mais vous n'assistez pas au shoot. Vous croyez que ça vous dédouane vraiment ?

Le neurophysiologiste ne répondit pas.

— Trois semaines plus tard, lors d'une séance à laquelle je ne participais donc pas, un patient de Draken a fait une crise de démence.

— Paul Clay ?

— Oui. Il s'est sectionné brutalement la langue en pleine séance d'hypnose.

— Comment ça ?

— Eh bien, d'abord, il a tiré sur sa langue, très fort, pour la faire sortir au maximum et puis il a frappé un grand coup sous son propre menton pour la couper en deux.

— Charmant.

— Ensuite, il l'a ingurgitée.

Phillip Detroit fit une grimace de dégoût.

— À l'époque, Arthur m'a promis qu'il n'avait pas dépassé la dose. Je l'ai cru, et j'ai beaucoup culpabilisé.

— Vous en doutez à présent ?

Mitchell garda le silence, avant de reprendre :

— Je l'ai supplié d'arrêter d'utiliser le sérum. Il a fini par accepter. Il a fait interner Paul Clay, et personne n'a posé la moindre question. Je me suis dit que je m'en tirais bien, finalement. Pour me donner bonne conscience, c'est moi qui paye l'internement de Clay. J'ai cru ce jour-là qu'on en avait fini une bonne fois pour toutes.

— Jusqu'à Emily Scott ?

Mitchell hocha lentement la tête.

— Jusqu'à Emily.

— Vous pensez qu'il vous a menti ? Pour Paul Clay comme pour Emily Scott ? Vous pensez qu'il a dépassé la dose ? Vous pensez que c'est ce qui a tué cette jeune femme ?

Le neurophysiologiste prit sa tête entre ses mains.

— Je ne sais plus quoi penser, détective.

The wind blows

9

Le shérif de Collinsville était sur répondeur. Lola pesta. Il lui faudrait attendre jusqu'au lendemain pour en savoir davantage sur cette histoire de cadavre retrouvé dans la forêt de Nepaug. Elle raccrocha son téléphone et se retourna vers Draken.

Le psychiatre, les traits tirés, était encore assis sur le muret du barrage, tentant de reprendre son souffle. De la main droite, il frottait son crâne rasé, comme s'il n'était toujours pas habitué à cette nouvelle calvitie. Lola le dévisagea un long moment, puis, tout à coup, sans prévenir, elle s'avança vers lui, le saisit brusquement à l'épaule et l'obligea à se retourner.

Draken, perplexe, n'eut pas même le temps de comprendre ce qui lui arrivait ou de réagir : déjà, Gallagher lui avait passé les menottes aux poignets. On sentait des années d'entraînement.

Arthur secoua la tête, incrédule, puis la regarda en se demandant si elle était sérieuse…

— Tu… Tu fais quoi, là ? s'écria-t-il en tirant sur ses poignets comme s'il avait pu faire sauter les menottes.

— Mon métier. Tu es en état d'arrestation, Arthur.

— C'est une plaisanterie ?

— Pas vraiment, non.

— Je croyais que…

— Tu croyais quoi ?

La scène était singulière : les deux amis, debout au milieu du barrage, se faisaient face, avec la nuit pour seul témoin de leur confrontation. Leurs voix résonnaient dans le silence de l'espace immense qui les entourait.

— J'ai vu la vidéo, Arthur ! J'ai vu la vidéo de la mort d'Emily. C'est toi qui l'as tuée ! Tu l'as frappée ! Tu l'as frappée et elle est tombée à la renverse. Elle s'est tuée en se cognant, espèce de connard !

— Je ne l'ai pas tuée, répondit Draken avec un calme déroutant.

Gallagher s'approcha de lui et lui poussa violemment les épaules. Elle semblait sur le point de perdre le contrôle et de le frapper pour de bon.

— Comment peux-tu mentir à ce point, enfoiré ?

— L'émotion te fait perdre ton objectivité, Lola. Il y avait quelqu'un d'autre dans la pièce.

— Quelqu'un d'autre ? Tu vas mettre ça sur le dos de Ben Mitchell, maintenant ?

— Non. Ce n'était pas Ben Mitchell. C'était quelqu'un d'autre.

Lola l'attrapa par le col de sa veste.

— J'ai vu la vidéo, Arthur ! Il n'y avait personne d'autre dans ton putain de cabinet !

— Il n'y avait peut-être personne sur la vidéo, mais il y avait quelqu'un chez moi. Un type qui est entré par la fenêtre de la cuisine !

— Qui ça ?

— C'est la question que je me pose, Lola. Et c'est pour y répondre que je suis ici, car j'aimerais le savoir au moins autant que toi ! Tout ce que je sais, c'est que ce type portait un chapeau. Il a dû nous droguer, Emily et moi. Il nous a drogués tous les deux...

Lola fronça les sourcils. *Un homme avec un chapeau.* Difficile de ne pas penser à l'homme du Brooklyn Museum... Et si Arthur disait la vérité ? Non. C'était trop facile. Il avait entendu parler de l'homme au chapeau, et il s'en servait comme alibi. La vidéo était très claire. On voyait Emily et Arthur lutter, puis le psychiatre pousser brutalement la jeune femme et la tête de celle-ci heurter violemment la chaise métallique.

— Tu peux dire ce que tu veux, Arthur, mais moi j'ai vu la vidéo. C'est toi qui l'as tuée.

— Je suis heureux pour toi que tu aies des convictions. Ça doit être confortable, bravo. Mais maintenant, lâche-moi, Lola !

Elle hésita, puis d'un coup sec elle relâcha son étreinte, repoussant Draken avec mépris.

De ses deux mains menottées, le psychiatre réajusta ses vêtements puis il se racla la gorge en se redressant.

— J'ai été drogué, Lola, drogué ! Quand je me suis réveillé, Emily était étendue à mes pieds dans une mare de sang. Et j'ai vu un homme s'enfuir par la cuisine. Un homme avec un chapeau. Et maintenant, je suis convaincu que cet homme était là pour nous tuer tous les deux, et je pense que c'était déjà lui qui avait essayé de tuer Emily dans le parc.

— Et pourquoi se serait-il enfui, s'il n'avait pas fini son travail ? Pourquoi t'aurait-il laissé vivant, hein ?

Draken sembla chercher la réponse.

— Parce que... Parce que le téléphone a sonné. C'était toi. Tu disais que tu arrivais. Ça a dû lui faire peur. Il s'est enfui.

Lola secoua la tête.

— Comme par hasard ! Et pourquoi n'étais-tu plus dans l'appartement quand je suis arrivée ?

— Parce que j'ai suivi le type, sombre idiote ! J'ai sauté par la fenêtre de la cuisine et je l'ai suivi dans la rue.

Lola partit d'un rire forcé.

— Bien sûr ! Tu as sauté par la fenêtre et tu l'as suivi dans la rue alors que tu venais d'être drogué !

— Tu n'as qu'à vérifier. C'est ton boulot, après tout, comme tu dis si bien !

— Et qu'est-ce que tu as fait, alors, après avoir sauté par la fenêtre ? demanda Lola d'un air moqueur.

— Je l'ai suivi jusqu'au *Nu Hotel*, sur Smith Street. Là, je me suis planqué. Oui, c'est vrai, j'étais complètement groggy. Trop groggy pour lui sauter dessus – ce que je regrette, à présent. J'aurais dû le prendre sur le vif, cet enfoiré. Au lieu de ça, je suis resté à le surveiller pendant plus d'une heure et quand il est sorti de sa chambre, j'y suis rentré.

— Comment ?

— J'ai demandé à la réception de lui laisser un

message et j'ai regardé dans quel casier ils lui laissaient mon mot. Ça m'a donné le numéro de chambre. Je suis monté. J'ai ouvert la porte avec ma carte de crédit.

— Avec ta carte de crédit ?

— Oui.

— Ton histoire ne tient pas debout, Arthur. Si tu racontes ça au juge, au mieux tu auras le droit à un fou rire de sa part.

— Je suis entré dans sa chambre, continua le psychiatre sans relever, et c'est là que j'ai retrouvé toutes les cassettes vidéo qu'il avait prises dans mon cabinet. Les vidéos que j'avais tournées pendant les séances d'Emily. Il les avait volées. C'est aussi là que j'ai trouvé le pistolet que tu m'as pris tout à l'heure. Voilà ! Après, je me suis enfui, je suis allé dans l'appartement de Paul Clay, et tu connais la suite…

Lola partit s'asseoir sur le muret du barrage. La tête entre les mains, elle essayait d'analyser les faits. De reconstituer l'histoire.

— Ça ne tient pas debout, Arthur. Pourquoi tu n'as pas appelé les flics ? Pourquoi tu ne m'as pas appelée, moi ?

— J'étais en état de choc. Le syndrome de stress post-traumatique, tu connais ? Emily venait de mourir sous mes yeux, bordel ! Et puis vous ne m'auriez jamais cru ! La preuve ! Je sais comment ça marche. J'avais du sang partout sur moi. Et puis… avec le sérum, je suis le coupable idéal, hein ?

Lola lui adressa un regard attristé.

— Je t'aurais cru, moi.

— Tu n'as pas l'air de me croire, à présent.

— Parce que tu m'as menti, justement ! Et parce que

j'ai vu la vidéo de la mort d'Emily. La seule cassette que tu n'as pas réussi à récupérer !

— Elle était dans le caméscope. Ça prouve bien que je n'avais rien à me reprocher. Sinon je l'aurais prise.

— Tu l'as peut-être oubliée. Syndrome de stress post-traumatique…

Le ton de leurs voix avait fini par baisser. Ils laissèrent passer un long moment de silence en se regardant l'un l'autre. On aurait dit deux époux qui venaient de régler leurs comptes. Le bruit de l'eau au pied du barrage faisait comme une valse hypnotique derrière eux.

— Tu aurais dû m'appeler, répéta finalement Lola d'une voix triste et basse. Ou au moins appeler ton père. Pourquoi tu n'as pas appelé ton père ? Lui aussi était inquiet. Il l'est sûrement encore, d'ailleurs.

— Mon père ? Mais mon père se fout de moi, Lola ! S'il t'a dit qu'il était inquiet, c'était sûrement pour se donner bonne conscience. La seule chose que j'aie faite dans ma vie en espérant que cela l'intéresserait, c'est un livre. Il ne l'a même pas lu…

— *La Pensée magique dans la psychanalyse…* Je ne l'ai pas lu jusqu'au bout, et ce n'est pas pour ça que je ne me suis pas inquiétée pour toi. Il est chiant, ton livre.

Lola poussa un long soupir, puis elle se releva.

— Il y a trop de failles dans ton histoire, Arthur. Je suis désolée. Il va falloir que tu ailles t'expliquer au commissariat. Et qu'on vérifie tout ça. Si tu dis la vérité, nous ne tarderons pas à le savoir.

— Lola… Tout ce que je veux savoir, moi, c'est qui a tué Emily. Et je suis le seul à pouvoir comprendre. Tu le sais bien. Tes collègues sont tous des crétins. Encore plus crétins que toi, c'est dire. Ils vont m'enfermer, et je ne pourrai pas continuer mes recherches. Je suis si près du but ! Tu as bien vu mes notes, mes peintures, dans l'appartement de Paul Clay : j'ai compris où allait se dérouler l'échange. Je suis en train de décrypter les visions d'Emily. Et il y a encore beaucoup de choses à comprendre. Tu vois bien que tout est lié. L'enlèvement du couple Singer, leur libération, la mort d'Emily, ce qui lui est arrivé avant... Tout ça est lié. Et l'explication se trouve quelque part sur ces putains de vidéos que je suis le seul à pouvoir décrypter !

Lola se contenta de répéter :

— Il va falloir que tu ailles t'expliquer au commissariat.

Elle poussa Arthur devant elle sans ménagement. Il secoua la tête et, avec un air las, il la laissa le guider à travers les petits bois, dans l'obscurité glaciale de la nuit. Elle le fit marcher à un rythme soutenu jusqu'au croisement où l'avait déposée le chauffeur de taxi.

Contre toute attente, il était encore là. Quand Lola s'approcha de la vitre du conducteur, elle comprit mieux pourquoi : le type s'était endormi. Pire : il s'était endormi en écoutant sa musique de sauvage. La chose relevait du livre Guinness des records. Le compteur du taxi, lui, en revanche, ne s'était pas endormi du tout.

— C'est l'heure de rentrer, dit-elle en tapant contre la vitre avec le canon de son revolver.

Le chauffeur asiatique sursauta, puis, feignant de ne s'être jamais endormi, il les laissa monter à l'intérieur sans poser la moindre question.

— Emmenez-nous au 88e district.

Le type acquiesça et mit le moteur en marche. C'était probablement la course la plus folle de sa vie. Mais la détective avait promis une belle récompense.

— Enlève-moi ces menottes, protesta Draken en lui tendant les poignets, c'est parfaitement ridicule !

— La ferme !

Sans plus tarder, elle appela Powell. Visiblement, malgré l'heure tardive, le commissariat du 88ᵉ district était encore en ébullition. L'annonce de la libération de John et Cathy Singer venait déjà d'être diffusée sur toutes les télévisions du pays.

— Je sais capitaine. Malheureusement, je suis arrivée quelques minutes trop tard.

— Comment ça, vous êtes arrivée trop tard ? Vous… Vous êtes où ?

— Dans le Connecticut.

— La libération a eu lieu dans le Connecticut ? !

— Yep.

— Et… comment le saviez-vous ? Qu'est-ce que vous foutiez là-bas ? Mitzie Dupree m'a dit que vous aviez soudain disparu au beau milieu de New York…

— Ah… Elle vous a donc raconté. Tant mieux. Je serai là dans un peu plus de deux heures, boss. Je vous expliquerai tout. Faites déjà chauffer la salle d'interrogatoire pour le Dr Draken.

Powell laissa passer un moment de silence hébété.

— Il est avec vous ?

— Affirmatif. Et préparez votre chéquier, aussi. Je vais avoir une grosse note de taxi.

A new day

564

10

Il était 23 h 55 quand la nouvelle de la libération de John et Cathy Singer mit le site de Langley en effervescence.

La cellule de crise réunie par Anthony Edwardes – le *deputy director* de la CIA – était extrêmement restreinte. Seules les personnes au courant de ce que comportait le fichier DES-87 étaient présentes. Et cela se résumait à quatre agents. Sans compter le directeur, parti pour Washington, à qui il fallait faire un rapport toutes les dix minutes. Les autres membres de l'agence sollicités travaillaient de leur côté sur la collaboration avec le FBI, mais n'avaient pas le droit d'entrer dans cette longue pièce à la lumière tamisée, décorée de boiseries et de velours.

— Il se peut que cela soit une bonne nouvelle, glissa Walters, le chef de la Direction du renseignement.

— Une bonne nouvelle ? répéta Edwardes d'un air circonspect. Expliquez-nous comment cela pourrait être une bonne nouvelle.

— En révélant l'existence du fichier, Singer nous menaçait indirectement de livrer son contenu au public, s'il n'était pas libéré. Maintenant qu'il est libre, il n'a aucune raison de le faire. Il perdrait son meilleur atout. S'il avait voulu utiliser cette bombe si facilement, il l'aurait fait avant d'être kidnappé. Il conserve plus de pouvoir en la gardant sous le coude.

Un court silence suivit l'intervention de Walters. Les deux autres agents semblaient aussi sceptiques que le *deputy director*.

— Je pense que le fichier ne sortira pas, insista Walters. Du moins pas tout de suite. Cela nous laisse le temps de préparer une contre-attaque.

— Est-on sûrs qu'à part nous et William Roberts, personne n'a récupéré le fichier sur le serveur indiqué par Singer sur son message en captivité ? demanda Edwardes. Après tout, la vidéo a été vue par des millions de personnes.

— Oui, on en est sûrs, répondit fermement le directeur du département Science et Technologie. En revanche, impossible d'être certains que Roberts ne l'a pas envoyé ensuite à d'autres contacts. Une fois qu'il l'a récupéré... le fichier peut se retrouver entre les mains de milliers de personnes.

— Nous avons jusqu'à présent écarté l'éventualité d'une intervention directe. Sur le terrain. Peut-être faudrait-il y songer, suggéra le responsable de la SAD[1].

— Ce serait totalement inefficace. Roberts a sûrement pris des précautions. Et ce serait aussi une terrible forme d'aveu. Je suis sûr que les gens d'Exodus2016 n'attendent que ça pour prouver notre implication dans cette affaire. Enfin, je dis « notre implication », mais je vous rappelle que nous sommes en train de payer les conneries de nos prédécesseurs...

— Ça fait partie du job, Walters.

---

1. *Special Activities Division.*

Au même instant, un bip résonna dans la pièce, interrompant aussitôt le cours de la conversation.

Le *deputy director* fit signe à ses collègues de patienter pendant qu'il consultait le texte qui venait de lui être envoyé sur la messagerie interne sécurisée de Langlay. À cette heure-ci, et dans ces circonstances – il avait demandé qu'on ne le dérange sous aucun prétexte –, c'était forcément urgent et important. Bref, probablement pas une bonne nouvelle.

En voyant son visage se transformer, les trois autres occupants de la pièce comprirent aussitôt que les nouvelles, en effet, n'étaient pas fort bonnes.

Edwardes se frotta les joues et tapota plusieurs fois sur la table avant de se lever d'un bond.

— Messieurs, j'ai bien peur que cette réunion n'ait plus lieu d'être, annonça-t-il d'une voix sinistre. Nous venons d'apprendre que William Roberts avait passé un deal avec CBS.

— Un deal portant sur le fichier ?

— À votre avis ?

— Ils ne vont quand même pas passer ça aux infos !

— Ils ne vont certainement pas s'en priver.

— Il faut qu'on fasse quelque chose !

Edwardes regarda sa montre.

— J'ai bien peur qu'il ne soit trop tard.

Two meanings

11

John et Cathy Singer arrivèrent au siège secret d'Exodus2016, dans le quartier des abattoirs, sur la rive ouest de l'île de Manhattan, un peu après une heure du matin.

Pendant le long trajet depuis le Connecticut, ils avaient eu le temps de décompresser un peu, de laisser retomber la terrible pression sous laquelle ils étaient, mais ils ne réalisaient pas encore tout à fait ce qui leur arrivait. Ils avaient vécu tant de choses éprouvantes ces dernières semaines...

Encore très faibles, ils descendirent au sous-sol de la fausse société de confection de vêtements, accompagnés de celui qu'on nommait Steve H. et qui était venu assurer l'échange sur le barrage, pendant que William Roberts, lui, faisait diversion au Yankee Stadium.

Steve H. n'avait pas beaucoup parlé pendant le trajet, il s'était concentré sur la route et s'était contenté de leur adresser par moments des regards réconfortants dans le rétroviseur. Sans doute ne voulait-il pas les assaillir de questions. Le retour à la réalité risquait d'être éprouvant. Et puis, c'était la première fois qu'il les voyait en chair et en os. Par mesure de sécurité, les membres de l'organisation ne se retrouvaient jamais physiquement. Certes, ils se voyaient fréquemment en visioconférence, mais à part William Roberts aucun des associés d'Exodus2016 n'avait jamais rencontré les Singer. Cela permettait de garder une certaine confidentialité (la plupart des membres du groupe ne donnaient pas leur vrai nom) et, surtout, cela évitait que trop d'agents se retrouvent au même endroit au même moment. C'était pour les mêmes raisons que personne n'était là cette nuit, dans cette cave new-yorkaise, pour les accueillir chaleureusement comme ils auraient sans doute aimé le faire : on allait fêter leur libération par webcams interposées. Ce serait finalement bien moins fatigant.

En bas des marches, Steve H. alluma la lumière et montra à John et Cathy ce qu'il avait prévu pour leur arrivée. De l'eau, de la nourriture, une trousse à pharmacie au cas où, mais aussi, bien sûr, du champagne. Deux bouteilles de Vazart-Coquart, cuvée Club – le préféré du couple Singer – qui attendaient dans le vieux réfrigérateur déglingué du petit local.

John, qui peinait encore à sourire, serra fermement la main de son associé.

— Merci, Steve. Merci infiniment.

— Tu plaisantes… Je suis si heureux de vous voir ! Vous êtes sûrs de ne pas vouloir vous reposer tous les deux ? Je vous ai réservé une chambre…

— Non. Non, nous voulons d'abord remercier toute l'équipe. Vous avez été extraordinaires. Et vous avez risqué gros pour nous sortir de là. Allume les ordinateurs. Je veux leur dire un petit mot à tous. On aura tout le temps de se reposer après ! Tu ne peux pas savoir ce qu'on ressent, là. J'ai envie de tout, sauf de dormir, et je suis sûr que Cathy pense comme moi !

Steve hocha la tête et alluma l'un des ordinateurs sur la console. Il lança le logiciel de visioconférence sécurisé et quatre fenêtres s'ouvrirent instantanément. Les visages de William Roberts, de la jeune Cheyenne et de deux autres membres du groupe apparurent sur l'écran. Tous avaient une sorte de sourire incrédule. Ils se mirent même à applaudir.

John s'installa sur le siège et son épouse vint se coller dans son dos, posant tendrement les mains sur ses épaules.

— Bonsoir, les amis !

Les quatre interlocuteurs lui retournèrent ses salutations en même temps. Même à travers l'écran, l'émotion se lisait sur leurs visages.

William Roberts, qui les connaissait davantage, put sans doute constater, mieux que quiconque, la fatigue réelle du couple. Ils avaient maigri et leurs traits étaient marqués. La détention les avait transformés l'un et l'autre. Ils semblaient plus durs, plus vieux. Aguerris, peut-être. Différents, certainement.

— Vous êtes dehors, mec ! s'exclama Cheyenne qui semblait à peine y croire. Dehors, quoi ! On a réussi ! On a niqué le FBI et la CIA en vous faisant libérer sans que ces bâtards viennent mettre leur nez là-dedans !

— Oui. Et ça fait du bien ! souffla Cathy en esquissant un sourire. Vous avez réussi. Merci. Merci infiniment, merci à chacun d'entre vous ! J'ai… J'ai bien cru qu'on ne sortirait jamais vivants de cet enfer.

— On retrouvera les types qui vous ont fait ça, promit Roberts, et on les fera payer. CIA ou pas CIA.

— Allez ! Ouvrez le champagne, bon sang ! lança la jeune informaticienne de l'autre côté de sa webcam.

— Bonne idée ! rétorqua Cathy, et elle partit s'exécuter aussitôt.

Les bouchons sautèrent avec bruit jusqu'au plafond

de la cave. Toute l'équipe trinqua virtuellement, hormis Steve H. qui put véritablement partager la boisson avec les deux époux. Les circonstances étaient tellement extraordinaires que l'instant avait quelque chose de surréaliste.

Les différents membres d'Exodus2016 se gardèrent bien d'assommer leurs deux chefs de questions – ils n'en manquaient pourtant pas. Il serait largement temps de faire un débriefing le lendemain. Et affronter le FBI ne serait sans doute pas une mince affaire. Mais l'heure était au réconfort.

— Mon Dieu, que c'est bon d'être libre ! lâcha John Singer en embrassant sa femme.

Puis il se tourna vers l'écran avec un air de profonde gratitude.

— Je ne pensais pas que vous y arriveriez si vite. Je... Je nous voyais passer encore beaucoup de temps dans cette cellule.

William Roberts se racla la gorge.

— C'est surtout grâce aux dons des internautes. Et à Dana Clark, la journaliste de CBS. Au fond, c'est elle qu'il faudrait remercier.

Singer fronça les sourcils.

— Elle a fait ça gratuitement ?

— Non... Je lui ai promis les quatre-vingt-sept fichiers sur la CIA en retour.

Aussitôt, le visage de John se métamorphosa.

— Mes fichiers ? Tu lui as promis mes fichiers ? Tu es fou ? On ne peut pas lui balancer ça comme ça !

— J'ai fait ce que j'avais à faire pour vous faire libérer, John. J'ai pensé que c'était ce que tu voulais, en nous révélant l'existence des fichiers. Qu'on s'en serve comme levier...

— C'est de la folie !

La gêne se lut aussitôt sur tous les visages. Le revirement d'humeur était aussi soudain qu'avait été forte la joie de se retrouver. Il y eut un long silence embarrassé, puis William Roberts reprit :

— Je suis désolé. Je ne peux pas revenir sur ma promesse. Nous lui devons ça.

Singer traversa la pièce, se laissa tomber dans l'un des fauteuils qui longeaient le mur opposé et poussa un long soupir.

— Bon. OK. J'irai la voir moi-même.

The line

12

Lola arriva, la mine décomposée, dans les bureaux du 88e district vers 2 heures du matin.

En la voyant entrer dans l'*open space*, le capitaine Powell commença par lui adresser un large sourire, avant de froncer les sourcils en regardant partout autour d'elle.

— Où est Draken ?

Lola écarta les bras d'un air désolé. Tous les agents encore présents au commissariat s'approchèrent.

— Il s'est enfui…

— Enfui ? Vous plaisantez ? Vous ne l'aviez pas menotté ?

— J'ai fini par lui enlever les menottes dans le taxi. Il a profité d'un arrêt au feu rouge pour s'enfuir… J'étais épuisée, j'ai dû m'assoupir.

Le capitaine se massa les tempes, comme si cela pouvait calmer l'énervement qu'il sentait monter en lui.

— Dans mon bureau !

Il fit volte-face et partit d'un pas preste au milieu des collègues interloqués.

Lola poussa un long soupir et se dirigea nonchalamment vers le bureau de son supérieur. Comme elle passait près de lui, le jeune Tony Velazquez lui serra chaleureusement l'épaule. Gallagher lui adressa un sourire reconnaissant et entra dans le bureau au bout de l'allée.

— Fermez la porte ! hurla Powell, furieux.

Elle s'exécuta.

— Gallagher… Gallagher, Gallagher, Gallagher… Je ne sais pas si je dois vous féliciter ou vous enlever définitivement votre badge. Vous êtes à la fois le meilleur et le pire flic de tout Brooklyn.

— Merci, boss.

— Pourquoi faut-il toujours que vous n'en fassiez qu'à votre tête ?

— Parce que je travaille aux résultats, chef ?

Elle indiqua le tableau où l'on classait les affaires selon leur état d'avancement.

— Aux résultats ? Laisser Draken s'enfuir, vous appelez ça un bon résultat ?

— Je ne l'ai pas laissé s'enfuir, il s'est enfui tout seul…

— Ne me prenez pas pour un con, Lola. Par pitié, ne me prenez pas pour un con.

Lola, qui était restée debout, se décida enfin à s'asseoir.

— Écoutez, capitaine, pendant que vos copains du FBI faisaient mumuse au Yankee Stadium, moi, j'étais sur les lieux de l'échange. Les vrais. Là où ça se passait. À quelques minutes près, j'aurais pu intercepter les ravisseurs. Et nous avons au moins une piste pour enquêter, maintenant : le barrage de Saville et ses environs.

Powell renifla, peu convaincu.

— Comment avez-vous su que l'échange se tiendrait là-bas ?

— Grâce aux notes de Draken sur les visions d'Emily, dit-elle simplement.

— Les notes de Draken ?

— Oui. Son interprétation de ce qu'Emily disait sous hypnose. Cela prouve bien que nous aurions dû lui faire davantage confiance. Il était le seul à pouvoir comprendre ce qui se cachait dans la tête de cette femme… et en l'écoutant on aurait peut-être pu arrêter les ravisseurs.

— Lui faire confiance ? Faire confiance à un criminel ?

— On n'est pas sûrs qu'il le soit.

— Je sais que Detroit vous a envoyé la vidéo, Lola. Vous savez donc pertinemment qu'il est coupable.

— Les choses sont peut-être plus compliquées qu'elles en ont l'air sur la vidéo…

— Vous l'avez laissé partir, hein ? C'est ça ?

— Non, chef. Il s'est enfui pendant que je m'étais assoupie.

— Bien sûr. C'est tout à fait votre genre de vous endormir après avoir enlevé des menottes à un type suspecté de meurtre.

— C'est un ami, je lui faisais confiance.

— Vous vous enfoncez, Gallagher.

— Detroit n'est pas revenu parmi nous ?

— Il sera là demain. Mais ne changez pas de sujet, Lola. Et d'abord comment se fait-il que vous ayez retrouvé Draken là-bas ? Vous saviez qu'il y serait ?

— Vous n'avez qu'à demander au FBI et à votre amie Mitzie Dupree ! Ils m'ont suivie toute la journée, ils doivent bien avoir une petite idée, non ?

— Ce n'est pas moi qui leur ai demandé de vous suivre, Lola.

— Non, mais vous vous êtes bien gardé de me prévenir. Maintenant, si ça ne vous dérange pas, je suis fatiguée, je viens de me taper l'aller-retour jusque dans le Connecticut, je me suis fait tirer dessus par les types qui ont enlevé John Singer, et j'ai une baby-sitter à la maison qui va finir par me tuer un jour ou l'autre.

Elle se leva, rouvrit la porte et sortit du bureau.

— Gallagher ! hurla le capitaine. Gallagher !!!

Mais elle était déjà loin.

Dear lady

13

Emily est debout dans la salle de bains, à l'étage de la petite maison bleue de Swans Island. Elle se tient droite, entièrement nue, devant la grande glace de la vieille armoire, et elle pleure.

En silence, sans sanglots, les larmes coulent inexorablement sur ses joues blanches. Chaque fois que l'une s'efface à la commissure des lèvres, une nouvelle apparaît à la paupière, qui suit le même chemin. Elle pleure comme elle pleurait hier, et le jour avant ça.

Emily regarde dans le miroir cette jeune femme blonde aux yeux rougis, et elle voudrait l'aimer. Elle voudrait l'aimer, même un peu, mais elle n'y parvient pas. Elle n'y est jamais parvenue, d'ailleurs. Depuis sa plus tendre enfance, il y a cette chose merveilleuse qui lui a toujours manqué : l'estime de soi.

Son regard descend lentement vers son ventre. Elle se tourne un peu vers la droite et quand sa main se pose sur son nombril gonflé, ses pleurs redoublent.

Elle qui était si mince, son profil a vraiment changé, à présent. Elle sait qu'elle ne va plus pouvoir cacher sa grossesse. Plus à son mari, en tout cas. Aux gens du village, peut-être, si elle ne sort pas trop et qu'elle se couvre bien. Mais à Mike... À Mike ce sera impossible. Quand il rentrera ce soir, après six semaines au large, il voudra la voir nue, la toucher, il se serrera contre elle, dans le lit. Et alors il verra. Il sentira cette grosse boule qui remplit le ventre d'Emily. Cette grosse boule qu'elle a tant attendue et qu'elle voudrait tant voir disparaître à présent.

Il comprendra sûrement dès la première seconde. Il comprendra pourquoi Emily lui a caché qu'elle était enceinte.

Il comprendra qu'il n'est pas le père de cet enfant.

Que cet enfant a été conçu à une époque où il était en mer.

The line

14

Le lendemain matin, après avoir déposé Adam à son club d'échecs, Lola se pressa de retourner au 88ᵉ district. Arrivée à l'étage, elle passa rapidement devant le bureau du capitaine Powell, sans oser tourner la tête, de peur de croiser son regard et qu'une nouvelle explication soit alors impossible à éviter. S'il ne criait pas pour l'arrêter au beau milieu du couloir, c'était qu'elle n'était pas virée. Pas encore. Et c'était tout ce qui comptait. Au pire, si elle avait droit à un nouveau sermon de Mitzie Dupree, cela lui donnerait l'occasion de se moquer d'elle et du fiasco de sa filature de la veille.

Ne regarde pas, ne regarde pas, se répétait-elle en marchant au pas de course le long de la vitre. *Ne regarde pas tant que tu n'es pas sortie de la zone de danger !*

Malheureusement, alors qu'elle se croyait sortie d'affaire, la voix du patron résonna dans le couloir.

— Gallagher !!!!

Lola ferma les yeux et fit demi-tour en grimaçant.

— Oui, capitaine ?

— Je veux un rapport concernant la soirée d'hier, avec tout ce qu'il s'est passé sur ce putain de barrage, et tout ce qu'il s'est passé avant. Le tout sur mon bureau dans une heure. Pas dans une heure et deux minutes. Pas dans une heure et une minute. Non ! Dans une putain d'heure, tout rond ! Et si ça n'y est pas, je vous jure, Gallagher, que vous allez regretter le jour où votre Irlandaise de mère a eu l'idée saugrenue de vous mettre au monde !

— OK. Ce sera tout ?

Le vieil Afro-Américain aux cheveux blancs pencha la tête sur le côté, l'air de dire : *Ma petite, ne me cherche pas, ou tu vas me trouver.*

Lola fit un sourire forcé.

— Ce sera sur votre bureau dans une heure, chef.

Elle se retourna et fonça droit vers le bureau de Phillip Detroit, son collègue préféré et amant occasionnel, mais aussi la pire tête de mule que la terre ait portée. Après Draken père et fils, peut-être.

— Le FBI t'a enfin relâché ? dit-elle en glissant la tête par la porte.

Detroit sursauta et enfonça précipitamment une enveloppe à bulles dans la poche intérieure de sa veste, comme un vilain petit garnement qu'on aurait surpris avec un exemplaire de *Playboy* sur les genoux.

Il releva la tête et sourit à la rouquine.

— Ah, c'est toi, Princesse ! Ouais, ils m'ont relâché hier. Je suis aussi libre que... aussi libre que John et Cathy Singer ! Félicitations. Il paraît que tu étais la première sur les lieux pendant que tout le monde cherchait Singer au mauvais endroit.

— Je n'étais pas tout à fait la première, dit-elle en entrant dans le bureau et en refermant la porte derrière elle. Draken était là avant moi.

— Ah ! Évidemment ! Il est fort le Dr Jekyll !

— Oui. Très fort. J'ai l'impression qu'il a toujours une longueur d'avance sur nous.

— Tu l'as laissé partir, hein ?

— Il s'est enfui pendant que je somnolais.

— Mon cul !

— Mêle-toi de tes affaires, Detroit. Est-ce que je te demande ce que tu faisais hier dans l'Illinois ?

Le beau gosse fronça les sourcils d'un air amusé.

— Comment tu sais ça, Princesse ?

— Ben Mitchell m'a appelée ce matin. Tu lui as fait peur. C'est pas bien de faire peur à un aveugle.

— Alors tu sais parfaitement ce que je faisais dans l'Illinois...

— Oui. Je vois que tu mènes tes petites enquêtes parallèles, comme d'habitude. Je me demande ce qu'en penserait le capitaine.

— C'est l'hôpital qui se fout de la Charité !

— Bon, peu importe, j'ai besoin de ton aide.

— Ça faisait longtemps. Je sais pas pourquoi, avec toi, j'ai parfois l'impression d'être un guichet.

— Draken m'a fait des révélations sur... sur ce qu'il s'est passé le jour de la mort d'Emily. Pas sûr que ça tienne debout, mais je voudrais vérifier. Or j'ai le capitaine qui me colle aux basques. Je pense pas qu'il va me laisser vivre ma vie tranquille. Alors j'ai besoin que tu me couvres.

— Mais je te couvre quand tu veux, bébé, répondit-il d'une voix salace.

— Tu dis à Powell que tu as besoin de moi sur une affaire bidon, et on part tous les deux.

— Une affaire bidon ? Désolé, ça ne va pas être possible, je ne fais pas dans les affaires bidons.

— Fais pas chier, Detroit, tu trouveras bien quelque chose. Je vais aller rédiger mon rapport, fais-moi signe quand tu es prêt.

Elle ouvrit la porte du bureau et sortit.

— Tu as oublié de dire « s'il te plaît », lui lança Detroit.

Elle répondit en faisant à nouveau passer sa main gauche dans l'entrebâillement de la porte, majeur dressé.

A new day

15

— Tu veux qu'on se retrouve quelque part ? demanda William Roberts d'un ton concerné.

— Non. Ça ne sert à rien, et nous devons respecter les règles de sécurité que nous nous sommes imposées. Moins on se voit, mieux c'est.

John Singer cala le téléphone portable entre son oreille et son épaule pour aider sa femme à installer l'ordinateur sur le bureau de leur chambre d'hôtel.

— Je suis vraiment désolé pour cette histoire avec CBS, reprit Roberts. J'ai cru…

— Tu n'aurais pas dû prendre un engagement aussi important en mon absence, le coupa Singer.

— J'ai fait ce que j'ai cru nécessaire pour te faire libérer, John. Et le message que tu as caché dans la vidéo, quand tu étais otage, laissait penser que tu voulais qu'on se serve de ce fichier…

— Le message s'adressait à la CIA. Je pensais que tu comprendrais.

— Tu crois que la CIA est vraiment liée à ton enlèvement ?

— En fait, non. Mais oublions tout ça, William. Dans le fond, je te suis reconnaissant pour tout ce que tu as fait, et le principal, c'est que Cathy et moi soyons libres aujourd'hui.

— C'est un soulagement pour tout le monde.

— Faisons en sorte que cette libération soit synonyme d'un nouveau départ pour Exodus2016. Finalement, c'est presque une bénédiction : nous n'avons jamais eu une telle audience. Je me serais juste bien passé des séances de torture…

— Le discours est prêt ?

— Oui. Nous sommes en train d'installer l'ordinateur. On ne va pas tarder à le diffuser.

Between good and bad

16

Après avoir longuement négocié avec Powell, Detroit raccrocha le téléphone. Le capitaine avait fini par céder – Lola allait pouvoir sortir – mais il n'était probablement pas dupe. Depuis le temps qu'il dirigeait la maison, le vieux flic commençait à connaître ses ouailles.

Quand il se fut assuré que personne ne le regardait et que Lola était toujours assise à son poste pour rédiger son rapport, Detroit ressortit l'enveloppe qu'il avait glissée dans sa poche. Il l'entrouvrit machinalement, comme pour vérifier que l'objet qu'il avait voulu cacher était toujours à l'intérieur. Ce petit flacon contenant une mystérieuse poudre noirâtre, qu'il avait pris chez Chris Coleman, le frère secret de sa collègue...

Il scella l'enveloppe et écrivit l'adresse de son contact au laboratoire du NYPD, puis il la déposa au service courrier. Ce mystère-là serait rapidement résolu, même s'il risquait probablement d'ouvrir sur d'autres questions. Resterait l'e-mail de l'établissement pénitentiaire de Rikers Island, que Detroit avait découvert dans la boîte de réception de Lola. Découvrir toute la vérité à ce sujet risquait d'être plus compliqué... Compliqué, mais pas impossible. Surtout pour *Monsieur Phillip putain de Detroit, détective spécialiste.*

Il traversa l'étage et vint s'asseoir sur le bureau de Gallagher. La capacité qu'il avait à enquêter sur les secrets de la rousse tout en continuant de lui parler et de la regarder avec naturel l'épatait lui-même. Mais c'était qu'au fond, il n'avait pas l'impression de trahir Lola. Seulement de s'assurer qu'elle ne le trahissait pas, elle. Ce n'était pas beaucoup plus glorieux mais, en la matière, Detroit était assez habile pour s'arranger avec sa conscience. Il faut dire que celle-ci n'était pas des plus imposantes.

— Tu es prête, poupée ? Le capitaine Powell est d'accord pour que je t'emmène avec moi enquêter au cybercafé de Lafayette Avenue.

— Qu'est-ce qu'ils ont à se reprocher ?

— Rien, mais c'est ta couverture, alors lève-toi et marche.

Lola ne se fit pas prier. Elle attrapa son blouson d'aviateur en cuir marron – usé et un peu trop grand, c'était un souvenir ramené d'Irlande – et lui emboîta rapidement le pas.

Quand ils sortirent du « château fort », Lola lui fit signe de monter dans sa Chevrolet.

— On a besoin d'une voiture ? demanda Detroit. Tu veux dire qu'on ne passe même pas par le cybercafé pour donner le change ?

— Même pas.

— On va où ?

— *Nu Hotel*, sur Smith Street.

Le regard du détective s'illumina de malice.

— Tu m'emmènes à l'hôtel ?

Lola roula des yeux en s'installant derrière le volant.

— Ne commence pas, cow-boy. Je ne suis pas d'humeur.

Elle démarra dès qu'il eut fermé sa portière et ils traversèrent Clinton Hill et Fort Greene jusqu'à Downtown Brooklyn, sur les chapeaux de roue. Un rayon de soleil bas faisait scintiller les restes de neige sur les trottoirs de la cité. Ils se garèrent sur Smith Street et entrèrent directement dans le *Nu Hotel*, un établissement moderne de trois étages, à la façade de briques rouges.

Sans perdre de temps, ils montrèrent leurs badges à la réception et demandèrent à voir le manager.

— Bonjour, monsieur, NYPD. Nous avons besoin d'informations sur la journée du 6 février.

Le manager inspecta les badges des deux policiers.

— Quel type d'informations ?

— Eh bien, avant tout, est-ce qu'il y a eu un incident ce jour-là ? demanda Lola. Une effraction dans une chambre, par exemple ?

— Pas que je sache.

— Vous pouvez vérifier ?

L'homme soupira. Visiblement, il avait autre chose à faire. Diriger un hôtel, par exemple.

— Il faudrait demander au responsable de la sécurité.

— Eh bien, allons lui demander, l'invita Gallagher d'une voix aimable mais autoritaire.

Le manager regarda sa montre puis, d'un air las, les emmena dans la partie privée de l'hôtel, jusqu'à un bureau empli d'écrans de surveillance. Là, il donna des instructions au responsable de la sécurité et se retira. L'employé, plus conciliant, consulta ce qui devait être la « main courante » du service de sécurité.

— Je suis désolé, il n'y a rien de signalé à la date du 6 février, détectives.

— Est-ce que nous pouvons regarder les enregistrements des caméras de surveillance ce jour-là, à partir de 11 heures du matin ?

— Jusqu'à quelle heure ?

— Eh bien, toute la journée.

— Toute la journée, toutes les caméras ? Ça va prendre du temps !

— Alors commençons tout de suite.

L'homme s'exécuta, et les deux policiers prirent place à côté de lui.

Après quelques manipulations sur son ordinateur, les images de toutes les caméras de surveillance s'affichèrent, réparties sur deux écrans devant eux. On pouvait y voir le trottoir devant l'hôtel, le lobby, les ascenseurs, les principaux couloirs, le bar…

Après une petite demi-heure de visionnage infructueux, Lola se leva soudain d'un bond en voyant une image apparaître dans l'une des fenêtres vidéo : celle d'un homme avec un chapeau de feutre qui avançait vers la réception. Il portait un sac de sport dans la main droite.

— C'est lui ! s'exclama Lola. C'est l'homme au chapeau !

— Ne t'emballe pas, répliqua Detroit.

Mais son froncement de sourcils laissait deviner qu'il était lui aussi troublé par cette apparition. La silhouette de l'homme ressemblait fortement à celle qui apparaissait aussi sur la vidéo du Brooklyn Museum.

Gallagher regarda l'heure dans un coin de l'image : 11 h 25. Soit moins d'une demi-heure après la mort d'Emily. À pied, il fallait une dizaine de minutes pour aller du cabinet de Draken jusqu'à l'hôtel.

Ça collait.

À présent, l'homme au chapeau discutait avec le réceptionniste. À l'évidence, il prenait une chambre.

— Il paye en liquide ! fit remarquer Detroit.

— Il faudra regarder sur le registre sous quel nom il s'est enregistré.

— S'il paye en liquide, il y a peu de chance que ce soit sous son vrai nom…

L'homme quittait la réception, puis se dirigeait vers les ascenseurs. Sur une autre caméra, on le voyait ensuite monter au deuxième étage, puis sur une troisième, traverser le couloir et entrer dans une chambre.

— Chambre 403, nota Lola.

Le responsable de la sécurité consulta aussitôt le registre.

— Le 6 février, la chambre 403 a été réservée au nom de Richard Oswald.

Lola nota le nom sur son carnet noir.

— Regarde ! s'écria Detroit. C'est Draken dans le lobby !

586

Gallagher regarda l'image que son collègue pointait du doigt. Aussitôt, un frisson lui parcourut l'échine. On reconnaissait en effet le psychiatre, même s'il ne semblait pas dans son état normal – et pour cause. Les mains enfoncées dans les poches d'un long manteau – sans doute pour cacher le sang qu'il devait avoir sur la peau – la tête rentrée dans les épaules, il venait d'apparaître sur la caméra du lobby.

— Il est louche, ce type, crut bon de faire remarquer le responsable de la sécurité.

Lola secoua la tête. Même si elle l'avait espéré, elle n'en revenait pas : Draken avait donc dit la vérité. Du moins en partie, visiblement. Il avait bien suivi l'homme au chapeau dans cet hôtel quelques minutes après la mort d'Emily. Et c'était pour elle un véritable soulagement. Elle tenta de masquer son émotion. Elle s'en voulait presque d'avoir douté, d'avoir remis en question la parole de son ami.

Toutefois ces images ne prouvaient pas que l'homme au chapeau était le meurtrier d'Emily. Cela prouvait seulement que Draken n'avait pas menti sur cette partie de l'histoire. Car il ne fallait pas oublier une chose : sur la vidéo, on voyait bien Arthur frapper Emily.

Les images continuèrent de défiler. Après quelques minutes seulement, on voyait le psychiatre se lever pour aller donner un mot au réceptionniste. Comme il l'avait raconté à Lola, c'était sans doute à cet instant-là qu'il avait obtenu le numéro de chambre de l'homme au chapeau. Mais quel nom avait-il demandé ? Avait-il entendu le nom de « Richard Oswald » alors qu'il était caché en retrait ? Ou bien avait-il dit « C'est un message pour l'homme qui vient d'entrer, avec un chapeau » ? Peut-être. Il était assez fou pour ça. Et puis, songea Lola, c'était un psychiatre. Il était particulièrement doué pour manipuler les gens.

Après avoir récupéré le numéro de chambre, on le voyait ensuite sortir de l'hôtel et disparaître dans la rue.

— Il ne monte pas directement confronter le type, releva Detroit, étonné.

— Non. Il m'a dit qu'il avait attendu caché dehors...

Comme on ne voyait plus ni l'un ni l'autre sur aucune des caméras, Lola demanda au responsable de la sécurité d'accélérer les images. Il les fit donc défiler jusqu'à ce que l'homme au chapeau ressorte de sa chambre, sans son sac de sport cette fois. Une minute à peine après que l'homme était sorti de l'hôtel, on voyait arriver Draken qui, sans passer par la réception, se dirigeait droit vers les ascenseurs.

Lola nota l'heure.

Le psychiatre montait dans les étages puis se dirigeait vers la chambre 403.

— Vous pouvez zoomer ?

L'employé de l'hôtel acquiesça.

En gros plan, dans une définition médiocre, on voyait à présent Draken essayer d'ouvrir la porte avec une carte de crédit.

— Merde alors ! lâcha Lola, incrédule. Ce con disait la vérité !

Quand la porte de la chambre s'ouvrit, Detroit tapota l'épaule du responsable de la sécurité d'un air moqueur :

— Mon garçon, si un ahuri pareil réussit à rentrer dans vos chambres si facilement, vous avez un sérieux souci de sécurité.

Le type grimaça. Il fit avancer l'enregistrement jusqu'à ce que, seize minutes plus tard, on voie Draken ressortir de la chambre d'hôtel d'un pas vif, le sac de sport sur l'épaule.

— Eh bien, voilà, dit l'employé de l'hôtel en se tournant vers Lola Gallagher. Vous voulez une copie ? Vol en flagrant délit. Ça, c'est ce qu'on appelle une preuve.

— Non, murmura Lola. C'est ce qu'on appelle un alibi. Mais je veux bien une copie.

17

Afin de ne pas éveiller les soupçons de Powell – encore que le capitaine sût probablement que ces deux-là ne s'étaient pas contentés d'une visite au cyber-café –, Gallagher et Detroit retournèrent rapidement ensemble au 88ᵉ district.

— Tu es en train de me dire que Draken est blanc comme neige ? demanda Phillip d'un ton ironique en sortant de la voiture.

— Non. Je suis en train de te dire que, pour l'instant, tout ce qu'il m'a raconté se vérifie. J'aimerais revoir l'intégralité de la vidéo de la mort d'Emily.

Detroit claqua la portière et adressa à sa collègue un regard réprobateur.

— Officiellement, je ne l'ai pas, Lola...

— Ouais, et officiellement, toi et moi, on est juste des collègues. C'est fou tout ce qui se trame dans un commissariat. Montre-moi cette foutue vidéo !

— Je te déteste, répliqua-t-il d'un air blasé.

Ils montèrent à l'étage du château fort et, après avoir adressé un petit signe de la main au capitaine, s'enfermèrent dans le bureau du détective spécialiste pour étudier l'enregistrement au calme.

Dès les premières images, Lola frissonna, incapable d'oublier que la femme qui apparaissait sur l'écran était devenue une amie, et qu'elle allait mourir à nouveau sous ses yeux.

— Tu es sûre que tu veux la revoir ? demanda Detroit en appuyant sur pause, qui avait deviné l'émotion de son amie.

Gallagher hocha la tête d'un air agacé et il relança la vidéo.

La voix de Draken annonce le numéro de l'enregistrement : « Cassette n° 13 – séance Emily du lundi 6 février 2012. »

L'aiguille s'enfonce lentement dans la nuque, traverse l'épiderme. Le liquide verdâtre s'agite dans la seringue puis, comme une vague puissante poussée vers la rive, il pénètre dans le corps de la jeune femme.

Ses yeux s'ouvrent à nouveau. Les traits du visage se tendent. Les pupilles se dilatent. Et c'est comme si elle passait dans un autre monde.

Son regard s'échappe.

Elle n'est plus là.

On entend les pas de Draken qui retourne s'asseoir en face de sa patiente et compagne.

— Ferme les yeux, Emily. Détends-toi et laisse ta conscience s'ouvrir. Laisse-la nous guider. Ta conscience voit plus de choses, entend plus de choses, connaît plus de choses que tu ne peux l'imaginer. Tu te souviens de ce petit train, quelque part, dans un

coin de ta tête ? Ce petit train va nous emmener en voyage. Tous les deux. « La nature est un temple où de vivants piliers laissent parfois sortir de confuses paroles ; l'homme y passe à travers des forêts de symboles qui l'observent avec des regards familiers. Comme de longs échos qui de loin se confondent, dans une ténébreuse et profonde unité, vaste comme la nuit et comme la clarté, les parfums, les couleurs et les sons se répondent. » Oublie le monde autour de toi. Ses bruits. Ses nuisances. N'écoute que l'écho de ton âme. Le plus important, c'est toi. C'est nous. N'aie crainte. Je suis là, à tes côtés. Il ne peut rien t'arriver...

En entendant les paroles rituelles de Draken, Lola serra les poings contre ses genoux. Rien ne laissait deviner, pour l'instant, que cette séance allait tourner au drame. Mais l'ambiance pesante de l'hypnose avait déjà quelque chose de dramatique. La tonalité d'un prélude macabre.

Le psychiatre interrogeait à présent la jeune femme sur l'une de ses visions. Il était question du roi et de la reine, et de la rivière. Avec le recul, le lien avec le couple Singer et le barrage semblait évident. C'était d'ailleurs peut-être déjà ce que Draken notait sur son carnet à ce moment-là, lui qui avait commencé à décoder les allégories d'Emily.

— Le roi est seul dans la rivière ? C'est pour ça que tu parles d'abandon ? Parce que le roi est abandonné dans la rivière ?

— Non. Il n'est pas seul. Il y a le cygne, pas loin, et puis le rhinocéros, là-bas, plus haut. Mais le cygne ne veut pas s'approcher du roi.

591

— Et le rhinocéros ? Est-ce que le rhinocéros a peur du roi ? Tu m'as dit qu'il était blessé, lui aussi, que son sang se déversait dans la rivière...

Soudain, Lola attrapa la main de Detroit.

— Reviens en arrière ! dit-elle d'un air grave. Juste là. Un tout petit peu en arrière.

Le détective s'exécuta. Les images défilèrent à nouveau.

— Écoute ! Là !

— Quoi ?

— Le bruit de la rue ! Tout à coup, on entend le bruit de la rue !

Detroit fronça les sourcils et remit de nouveau le passage. En effet, alors que Draken était en train de parler, on entendait soudain monter le bruit qui devait venir de l'extérieur.

— Merde, tu as raison.

— Quelqu'un a ouvert une fenêtre ! Et ça ne peut pas être Draken, vu qu'il n'a pas bougé, qu'il est encore assis sur son fauteuil à interroger Emily.

— Peut-être que c'est un coup de vent qui a ouvert la fenêtre, modéra Detroit.

— Ou quelqu'un qui est entré par la fenêtre de la cuisine, comme me l'a affirmé Draken.

Ils se turent de nouveau pour laisser les images défiler.

— Pas encore. Il n'est pas encore blessé. Et il n'a pas peur du roi. Il lui fait confiance. Mais il ne devrait pas. Le roi vient le voir. Le roi remonte la rivière pour s'approcher du rhinocéros.

Emily ouvre les yeux de nouveau.

— *Les deux se font face maintenant. On dirait qu'ils se défient. Qu'ils se jaugent. Oui, c'est ça. On dirait un matador devant un taureau.*

— *Alors c'est le roi qui a blessé le rhinocéros ?*

— *Non. Non, c'est le cavalier. Le cavalier avec sa cape, qui chevauche un zèbre. Le roi l'a appelé. Il lui a montré le rhinocéros. Ils se moquent de lui tous les deux. Ils l'ont piégé.*

— *Un zèbre ? Tu m'as déjà parlé de ce cavalier... mais tu ne m'avais pas dit qu'il était sur un zèbre.*

— *Si. On pourrait croire que c'est un cheval, parce qu'il est caché par la cape du cavalier. Mais c'est un zèbre. C'est bien un zèbre.*

Elle se tait.

Draken ne dit rien. Il ne la relance pas.

Un long silence passe.

Lola s'approcha de l'écran, comme si, ce faisant, elle pouvait mieux comprendre ce qui se passait derrière la caméra.

— Pourquoi il ne dit rien ? Là ? Pourquoi Draken ne dit plus rien ? Le temps est compté. Il n'a que sept minutes pour faire avancer la séance. D'habitude, il la relance sans cesse, pour la faire parler. Et là, il ne dit plus rien. C'est bizarre...

— Il veut peut-être la laisser continuer sur ce sujet.

— Ou bien il se passe quelque chose hors champ...

Detroit fit une moue sceptique. L'image continua.

Soudain, les yeux d'Emily s'agitent.

— *Le cavalier... Le cavalier tire une flèche sur le rhinocéros !*

— Stop ! s'écria Lola. Remonte encore en arrière !

Detroit revint quelques secondes plus tôt.

— Regarde ! Ses cheveux ! Les cheveux d'Emily ! Depuis le début de la vidéo, ils n'arrêtaient pas de trembloter. À cause du ventilateur de la climatisation qui est dans le cabinet de Draken. Et là, pendant une ou deux secondes, plus rien. Quelqu'un est passé entre elle et la clim.

Phillip arrêta la vidéo et regarda sa collègue d'un air amusé.

— Une clim en plein mois de février ?

— Le cabinet n'a pas de fenêtre. Il n'est pas aéré. Draken allume *toujours* la clim.

— Lola, tu nous fais du Columbo, là ! Le coup de la clim, excuse-moi, mais c'est un peu léger ! Tu essaies juste d'avoir raison. On peut faire dire n'importe quoi à des images, tu sais…

— C'est peut-être léger, mais c'est là. Les cheveux d'Emily s'arrêtent de virevolter.

— T'es sérieuse ? Tu comptes dire ça à un juge pour disculper ton pote ? « Votre honneur, les cheveux d'Emily arrêtent de virevolter à la cinquième minute, c'est la preuve formelle que le Dr Draken ne peut pas l'avoir tuée, l'affaire est close » ?

— Non. Mais c'est un élément de plus qui me laisse penser que Draken n'a peut-être pas menti. Qu'il y avait bien quelqu'un d'autre dans la pièce. Quelqu'un qui l'aurait drogué.

Detroit poussa un soupir et relança la vidéo.

La jeune femme se tend. Les signaux s'affolent sur les appareils de monitorage.

— *C'est le cavalier. C'est lui ! Il est là !*

La jeune femme se redresse. Elle semble sortir d'un

rêve. Elle regarde droit devant elle, les yeux grands ouverts.

— Elle ne rêve plus ! s'exclama Lola, surexcitée. Elle parle vraiment de quelqu'un qui est dans la pièce ! Elle regarde quelqu'un ! Et elle le dit ! Elle *dit* à Draken qu'il y a quelqu'un d'autre dans la pièce ! Écoute !

Detroit lui fit signe de se taire.

— *C'est le cavalier. C'est lui ! Il est là !*

Soudain, son expression change. Son visage blanchit. Elle a peur. Elle est terrifiée. Son cou enfle. Ses muscles se contractent. Elle se recule sur sa chaise.

— *C'est toi, balbutie-t-elle.*

Les mains nouées, elle s'agite de plus en plus.

— *C'est toi. Je me souviens maintenant. Tu vas me tuer, moi aussi !*

Elle hurle. Elle se débat. De plus en plus fort. La rage décuple ses forces et soudain elle arrache les liens qui la retiennent à la chaise métallique.

Les yeux injectés de sang, elle se lève.

Elle se jette droit devant elle.

Emily sort du cadre. Puis Draken apparaît dans le champ. Il pousse Emily brutalement. La jeune femme tombe à la renverse. Sa tête heurte violemment la chaise métallique dans un claquement sourd terrifiant, alors que la caméra bascule sur le côté.

Un choc soudain.

Une saute d'image.

Une dernière impression, celle du visage d'Emily ensanglanté contre le sol.

Et puis... plus rien.

Un long silence suivit la dernière image de la vidéo.

Puis Detroit regarda sa collègue d'un air désolé :

— Elle dit : « C'est toi. Tu vas me tuer. » On peut difficilement faire plus clair, Lola. Je suis désolé...

Gallagher se frotta le front d'un air à la fois soucieux et accablé.

— Reviens au moment où on entend le bruit de la rue.

Detroit secoua la tête et replaça l'image à l'instant désiré.

— Mets plus fort, demanda Gallagher. Beaucoup plus fort.

Il obtempéra.

Le bruit de la rue, amplifié, résonna dans les petites enceintes de l'ordinateur. Et alors, tout à coup, Lola se releva d'un bond, le visage transformé. Puis elle se dirigea vers la sortie du bureau.

— Qu'est-ce que tu fous ? demanda Detroit, perplexe.

Elle ne répondit pas et disparut dans le couloir.

Sweet child

596

18

Adam sortit de son club d'échecs avec son habituelle démarche tranquille, alors que tous les autres enfants couraient autour de lui en hurlant. Il n'avait pas l'air triste, mais seulement posé. Mature. Un peu trop mature, sans doute, songea Lola en le voyant approcher.

— Ça s'est bien passé, mon petit loup ?

Le garçon embrassa sa mère sans entrain.

— Ouais. J'ai gagné une partie contre le prof.

— Eh bien, dis donc ! Tu fais des progrès !

— Tu as des nouvelles d'Arthur, maman ?

— Justement. Je dois aller faire quelque chose qui pourrait peut-être l'aider. Tu veux venir avec moi ?

Le sourire soudain d'Adam fut une réponse évidente.

— Je peux monter devant ? dit-il en se précipitant vers la voiture banalisée.

Sa mère lui fit un clin d'œil d'approbation et il monta à la place du passager.

Ils traversèrent Brooklyn du nord au sud jusqu'au quartier de Sheepshead Bay, non loin de la côte. Là, Lola entra dans les bureaux du *Brooklyn Heights Courrier* avec son fils. Ces locaux abritaient plusieurs hebdomadaires d'information de Brooklyn. Des survivants, à l'ère du numérique.

— Salut, Paolo, dit-elle en embrassant le gaillard aux

tempes grisonnantes qui se tenait derrière le comptoir d'accueil.

— C'est ton fils ?

Elle acquiesça et l'homme serra vigoureusement la main d'Adam, d'un air respectueux.

— Mes hommages, jeune homme.

— J'ai besoin de voir le premier numéro du *Courrier* sorti après le 6 février, expliqua Gallagher.

— Ah ! Je me disais bien que ça ne pouvait pas être une simple visite de courtoisie, lâcha l'homme, déçu.

Il fouilla dans un tiroir et en sortit une clef.

— Tiens, ingrate, va voir dans les archives ! Tu connais le chemin.

Gallagher le remercia et descendit avec son fils dans le sous-sol du journal. Le petit garçon, silencieux, regardait chaque partie du bâtiment avec les yeux grands ouverts, comme s'il se fût agi d'un lieu magique. Très fier, et très excité, il avait l'impression de découvrir un peu le quotidien de sa mère, d'être invité dans une véritable enquête, de devenir un policier à son tour. Et ça lui plaisait beaucoup. Non pas vraiment que le métier de policier l'excitât particulièrement, mais l'idée de partager quelque chose de sérieux avec sa mère, quelque chose d'adulte, quelque chose de secret auquel il n'aurait normalement pas accès, l'enthousiasmait beaucoup.

Quand sa mère se mit à chercher minutieusement dans les casiers, Adam posa néanmoins ses mains sur ses hanches et la toisa d'un air moqueur.

— Dis, maman, ça irait pas plus vite de chercher sur un ordinateur ? Ils ont sûrement une version Web, non ?

Lola haussa un sourcil et se retourna vers lui.

— Euh… Si, sûrement. Mais Paolo sait que j'aime bien le papier. Alors laisse-moi ce plaisir, hein ! Tu n'aimes pas l'odeur qu'il y a ici ?

Le petit haussa les épaules en souriant.

— Je suis de la vieille école, fiston, que veux-tu…

Adam acquiesça et alla finalement regarder le journal que sa mère venait d'ouvrir devant elle.

Lola tourna les pages une à une puis elle s'arrêta et lissa le papier alors que son visage s'illuminait.

— Bingo, lâcha-t-elle d'un air satisfait.

— Qu'est-ce que c'est ? demanda le petit garçon.

— Eh bien, tu vois, c'est un reportage sur la manifestation qui a eu lieu le jour de la mort d'Emily. C'était une manifestation pour sauver le *Brooklyn Heights Cinema*. Je m'en souviens parce que je n'ai pas pu aller en voiture jusque chez Draken ce jour-là, tellement il y avait de monde dans la rue.

L'article occupait deux pleines pages du journal. Il retraçait d'abord l'histoire de la mythique salle de cinéma puis relatait le déroulé précis de la manifestation et le peu de résultats obtenus à son issue. Trois photos illustraient le tout. L'une était une ancienne image du cinéma, juste après sa construction, et les deux autres des clichés pris pendant la manifestation. On reconnaissait aisément Woody Allen en tête du cortège sur le plus grand des deux.

Adam regarda les deux pages d'un air dubitatif.

— Pourquoi tu disais que ça pourrait aider Arthur ?

— Tu vois le nom qui est écrit en tout petit, à côté de la photo ?

— Christopher Alaric ?

— Oui. Visiblement, c'est le photographe qui a couvert toute la manifestation pour le journal. Du coup, tu vois, il a peut-être fait des photos qui pourraient nous intéresser... On va demander à Peter de nous donner ses coordonnées et on va aller faire un tour chez ce photographe. Ça te dit ?

Taking toll

19

Cathy Singer fit signe à son mari que la diffusion avait commencé. Les images étaient retransmises en direct sur le site d'Exodus2016 et ceux de nombreux partenaires.

John, le visage grave, le regard intense, lut lentement le discours qu'il avait préparé. Un discours que des millions de personnes, de par le monde, allaient écouter, commenter, diffuser.

« *Mesdames, messieurs, chers amis, je me nomme John Singer, je suis le porte-parole du groupe Exodus2016, et, après avoir passé plusieurs jours en détention avec mon épouse Cathy, je viens d'être libéré.*

En mon nom, celui de ma femme et de l'ensemble des membres d'Exodus2016, je tenais avant tout à remercier tous les internautes et tous les journalistes qui, par leur participation médiatique ou financière, ont permis notre libération, là où les services secrets du gouvernement américain ont échoué.

Je tenais aussi à prendre ici, devant vous, un engagement formel : dans un délai de un an, mon épouse et moi-même rembourserons personnellement et intégralement tous ceux qui ont fait un don pour permettre à mes associés de payer la rançon exigée par les ravisseurs.

Grâce à vous, Exodus2016 va pouvoir reprendre ses activités. Comme le disait Nietzsche, « ce qui ne nous tue pas nous rend plus fort ». Nous revenons plus déterminés que jamais.

À tous ceux qui nous soutiennent, nous promettons de continuer le combat.

À ceux qui ont essayé de nous nuire, nous promettons que nous les retrouverons, et qu'ils devront payer pour leurs crimes.

Aux gouvernements, aux services secrets et aux multinationales qui n'ont de cesse de cacher la vérité au public, nous promettons de prochaines et nombreuses révélations.

Exodus2016 est et restera une association à but non lucratif, dont l'objet est d'offrir au public la transparence que l'intelligentsia lui refuse.

Que les censeurs tremblent.

Le dormeur s'est réveillé. »

Two meanings

20

Lola dut insister longuement avant que l'homme ne vienne enfin ouvrir la porte en traînant des pieds.

— Ça va, ça va, j'arrive…

C'était un type d'une quarantaine d'années, les cheveux noirs, le regard perçant et un petit bouc taillé en pointe au bout du menton. Habillé comme un baba cool, des tongs aux pieds, il avait une cigarette roulée éteinte au coin du bec. Ses yeux firent des allers et retours entre le badge de Lola et le visage du jeune garçon à côté d'elle.

— Monsieur Alaric ?

— Vous êtes flic ?

— Oui.

— Tous les deux ?

Lola hésita, tourna la tête vers son fils, comme si elle voulait vérifier, puis elle approuva.

— Oui : je vous présente le capitaine Adam Gallagher, mon patron.

Un sourire timide s'esquissa sur le visage du quadragénaire.

— Hmm… Je vois. Bon, qu'est-ce que je peux faire pour vous, détectives ?

— J'enquête… *Nous* enquêtons sur un événement qui a eu lieu à Brooklyn Heights le 6 février, le jour de la manifestation pour le cinéma du quartier. Et, si vous le voulez bien, nous aimerions voir les photos que vous avez faites ce jour-là.

Le photographe hésita un instant.

— Ah, je comprends. Au lieu de m'apporter un petit billet de 50, vous êtes venue avec votre fils, dans l'espoir de m'attendrir...

— Pas du tout. Ce n'est pas mon fils, c'est le capitaine Adam Gallagher, la fine fleur de New York.

L'homme se tourna vers le petit.

— Alors comme ça, tu es capitaine, toi ?

— Non. C'est comme vous avez dit. Ma mère fait de l'humour dans l'espoir de vous attendrir, parce qu'elle n'a pas de mandat.

Cette fois, le photographe sourit vraiment.

— Dites donc, c'est un petit futé, le capitaine ! Allez, c'est bon, entrez. Mais je vous préviens : j'en ai fait un paquet. Avec le numérique, on ne compte plus le nombre de photos qu'on fait, quand on est en reportage.

— Tu vois, Adam, tu comprends pourquoi je préfère le papier...

Ils suivirent le photographe jusqu'à sa table de travail, au milieu d'un grand loft baigné par la lumière d'une haute baie vitrée. L'homme chercha dans son ordinateur le dossier dans lequel il avait enregistré les photos de la manifestation, puis il l'ouvrit et leur céda la place devant l'écran.

— Je vous laisse regarder. Je suppose que vous en avez pour un moment. Et moi, j'ai du boulot...

Lola lui adressa un signe de tête reconnaissant.

— Tu sais faire défiler les photos, Adam ? demanda-t-elle en caressant la tête de son fils.

— Évidemment.

— Alors vas-y. Il faut qu'on les étudie une par une.

La chose, de fait, ne fut pas aisée. Comme l'avait dit le photographe, il y avait là un nombre considérable de clichés, et Lola voulait inspecter chacun d'eux avec minutie. Les noms des fichiers permettaient un classement chronologique, si bien qu'en regardant les photos une par une, on avait l'impression de revivre la manifestation en direct, minute par minute. On voyait donc le cortège tourner plusieurs fois en rond entre Henry Street et Hicks Street. Il y avait des plans d'ensemble, des gros plans, des portraits de tel ou tel politique, telle ou telle célébrité. Ici, un cinéaste connu qui portait une pancarte, là un enfant aux yeux écarquillés qui semblait effrayé par le vacarme. En arrière-plan se dressaient les façades alignées des *brownstones*, les immeubles typiques de ce quartier huppé de Brooklyn. Briques de grès rouge, perrons, grilles devant les accès aux sous-sols, volets noirs… Plusieurs fois, Adam poussa des petits cris de victoire en reconnaissant la maison de Draken. Lola inspecta chacune de ces photos avec application. Mais elle n'y vit rien de probant.

Pendant au moins une heure, mère et fils éplucherent ainsi le répertoire. De temps en temps, le photographe venait les voir, leur proposait un jus de fruit, puis il retournait à l'autre bout du loft où il était visiblement occupé à faire des photos pour un livre de cuisine.

Soudain, alors qu'ils arrivaient dans le dernier tiers de la série, Adam pointa du doigt l'écran en s'exclamant :

— Regarde !

Lola fronça les sourcils. La photo sous leur nez avait été prise devant la maison du psychiatre. Au premier plan, on voyait Woody Allen qui semblait très animé, en train de parler dans un mégaphone, les yeux grands ouverts derrière ses larges lunettes.

— Quoi ?

— Derrière ! Il y a un monsieur qui saute par la fenêtre, là !

Gallagher s'approcha aussitôt de l'écran. Elle plissa les yeux pour mieux regarder. Son fils avait vraisemblablement une bien meilleure vue qu'elle. En effet, elle découvrit alors une ombre floue dans le coin supérieur droit du cliché. Comme le focus était fait sur le premier plan, beaucoup plus proche, on ne pouvait voir précisément la scène qui se passait derrière, mais il semblait qu'Adam avait raison.

— Reviens à la photo d'avant, dit-elle, excitée.

Le petit garçon appuya sur la flèche de retour.

Rien sur la photo précédente, qui était pratiquement identique.

— Avance plus loin maintenant.

Adam fit défiler les clichés. Une à une, les photos se succédèrent à l'écran. Le photographe en avait pris tant de cette intervention de Woody Allen qu'on avait presque l'impression de voir un film au ralenti. La succession des images faisait comme un vieux kinétoscope ou un *flip book*. Et alors, Lola eut la confirmation que son fils avait vu juste. En arrière-plan, on devinait effectivement la silhouette d'un homme qui passait par la fenêtre, sautait sur les escaliers de secours et descendait le long de la façade avant de disparaître dans la foule, en direction du sud, et donc potentiellement du *Nu Hotel*.

Détail capital : l'homme portait un chapeau, et la fenêtre depuis laquelle il avait sauté était celle de la cuisine de Draken.

Lola serra les épaules de son fils.

— Bravo, Adam.

Le petit se tourna vers sa mère.

— Quoi ?

Elle sourit.

— Je crois que tu viens de sauver Arthur.

Whispering wind

21

La rencontre eut lieu dans l'aquarium de Coney Island, près du bassin aux requins. John Singer, dont le visage était à présent connu du grand public, portait par précaution une casquette et des lunettes de soleil, quelque peu anachroniques pour la saison, mais qui le faisaient passer pour un touriste un peu benêt.

Dana Clark, la journaliste de CBS, qui savait précisément qui chercher, n'eut toutefois aucune peine à le reconnaître, et ils purent parler tranquillement tout en faisant mine de visiter les lieux. L'aquarium restait ouvert toute l'année, mais la fréquentation baissait sensiblement en hiver. Il y avait néanmoins assez de monde pour passer relativement inaperçu.

— Je vous remercie de la rapidité avec laquelle vous m'avez contactée. Je vous avoue que je ne m'attendais pas à avoir de vos nouvelles si vite après votre libération. Vous ne perdez pas de temps !

— J'en ai assez perdu comme ça en captivité.

— J'ai entendu votre communiqué. Très impressionnant. Mais avec ce que vous venez de vivre, vous n'avez pas envie de prendre quelques vacances ?

— Non, au contraire. Mais je vous préviens, madame Clark, n'espérez pas obtenir la moindre information concernant mon enlèvement. Je suis uniquement là à cause de la promesse que William vous a faite.

— Je comprends. C'est ainsi que je l'entendais moi aussi.

Ils sortirent du bâtiment où nageaient les requins et se dirigèrent vers les bassins extérieurs qui longeaient l'océan et où l'on pouvait voir s'ébrouer des pingouins, des phoques, des morses…

— Je vais être totalement honnête avec vous : en réalité, l'idée de vous donner ce fichier me dérange terriblement.

La journaliste parut surprise.

— Votre associé s'y est engagé…

— Je sais. Et j'ai pour habitude de respecter les promesses de mes associés aussi scrupuleusement que les miennes. Mais ça ne change rien au fait que cela me dérange énormément.

— J'ai bien compris. Je me demandais aussi pourquoi j'avais rendez-vous avec vous et non pas avec William Roberts lui-même…

— En outre, permettez-moi d'être quelque peu surpris par ce « marché »… D'un point de vue déontologique, vous conviendrez que la chose est assez discutable.

La jolie brune au teint mat le dévisagea avec un sourire narquois.

— Vous plaisantez, Singer ? Vous ? Me parler de déontologie ?

— Chacun son domaine, Dana. Vous, vous êtes dans le système. Vous êtes une journaliste salariée par un grand groupe de communication. Ça a ses avantages et ses inconvénients. Moi, je suis un soldat solitaire.

— Ah, parce que, pour vous, la déontologie est exclusivement liée au statut de salarié ?

— Non. Mais chaque profession a sa déontologie propre, et nous n'exerçons pas la même profession. Dans la vôtre, livrer une information au public en échange d'une récompense relève, il me semble, de la faute professionnelle.

Cette fois, la journaliste de CBS quitta complètement son sourire.

— C'est une menace, Singer ? Je vous rappelle que sans ce marché, vous seriez probablement encore en train de croupir dans une cellule avec votre femme !

La réplique amusa John Singer.

— Vous semblez bien sûre de vous…

— Ce dont je suis sûre, c'est que votre copain m'a proposé un marché et que j'ai rempli ma part du contrat, moi. Alors arrêtez de tourner autour du pot : vous êtes venu ici pour débattre de philosophie morale ou pour me donner ce fameux fichier ?

Il lui retourna un sourire condescendant.

— Je suis venu vous donner ce fichier, Dana, ne montez pas sur vos grands chevaux. Mais je voulais d'abord que vous sachiez qu'il m'en coûtait.

— Il m'en a coûté à moi de convaincre CBS de vous faire une telle publicité. Les producteurs n'y étaient absolument pas favorables. Quelle est la valeur d'un fichier informatique, à côté du prix de la liberté ?

— Bien plus grande que vous ne semblez le comprendre.

— Votre associé m'a appris que la CIA était déjà en possession de votre fichier. Si la CIA l'a, pourquoi pas la presse ? Je croyais que vous étiez le chantre de la transparence ? Je croyais que vous étiez le grand défenseur de la liberté totale de l'information ? N'est-ce pas le fondement même de votre association ? Vous ne vous appliquez donc pas ce principe à vous-même ?

Singer leva les yeux au ciel.

— Épargnez-moi vos leçons de transparence, Dana. Je risque ma vie tous les jours pour que le grand public soit alerté de ce que le gouvernement veut lui cacher. Ce fichier fait partie des rares atouts que j'avais pour nous protéger – mes associés et moi – du gouvernement. En vous le donnant, j'affaiblis notre défense. Je voulais que vous le sachiez, voilà tout.

— Consolez-vous. Ce faisant, vous atteignez aussi votre principal objectif : faire connaître un secret d'État au plus grand nombre.

Singer acquiesça en soupirant. Après un long silence, il plongea la main dans la poche intérieure de son manteau et en sortit une clef USB qu'il fit tourner devant lui d'un air dubitatif.

— Promettez-moi de ne donner ce fichier à aucun autre journaliste. Que *60 Minutes* en reste le seul et unique possesseur.

— Ce ne sera pas une promesse difficile à tenir,

monsieur Singer. Nous n'avons pas l'habitude de partager notre matière première.

Il tendit la clef à la journaliste.

— J'espère que vous en ferez bon usage.

Quand la femme voulut s'en emparer, il la retint encore entre ses doigts, l'espace d'une seconde, comme s'il rechignait à s'en séparer. Puis il lâcha finalement prise.

Dana Clark glissa le minuscule appareil de stockage dans sa poche et le tapota.

— Nous n'en ferons peut-être rien du tout, dit-elle en souriant. Tout dépend de ce qu'il y a à l'intérieur !

— Une bombe, madame Clark. À l'intérieur, il y a une véritable bombe.

Drawn

22

Lola avait demandé à Melany, la baby-sitter, de venir exceptionnellement s'occuper d'Adam un samedi, car ce qu'elle avait à faire à présent ne pouvait pas attendre.

— Tu continues sans moi, maman ? avait demandé le petit garçon d'un air attristé.

— Je suis obligée, Adam. Je ne sais pas pour combien de temps j'en ai et…

— Tu vas voir Arthur ? l'avait-il coupée d'un air réprobateur.

— Peut-être. Oui.

— Moi aussi, j'ai envie de le voir.

— Je lui dirai. Je suis sûr que tu le verras bientôt.

— Pourquoi je ne peux pas le voir avec toi ?

— Parce que…

Elle avait hésité un instant, puis opté finalement pour la vérité.

— Parce que la police croit toujours qu'il est impliqué dans la mort d'Emily, et que je dois donc le voir en cachette. Tu me promets de ne le répéter à personne ?

— Oui. Je te promets.

Après avoir longuement embrassé son fils – comme si cela pouvait compenser son absence à venir –, Lola était partie directement chez le capitaine Powell, qui occupait l'un des *brownstones* de Hart Street, à quelques rues du 88e district.

Son patron leva les yeux au ciel en découvrant qui venait le déranger ainsi un samedi. Vêtu d'une robe de chambre désuète, il avait les joues recouvertes d'une épaisse mousse à raser. Le vieux flic était visiblement en train de se préparer pour sortir. Il avait mis tant de parfum que Lola plissa le nez, dérangée par la violence des effluves qui envahissaient la pièce.

— C'est pour une femme que vous vous faites beau comme ça, chef ?

— Qu'est-ce que vous foutez chez moi, Gallagher ?

— Elle est jolie ?

— Faites pas chier, Lola.

— Haha ! C'est donc bien pour une femme ! Je peux entrer ?

— Non.

— J'ai quelque chose à vous montrer !

— Vous me le montrerez lundi…

— Ça ne peut pas attendre.

— Vous m'emmerdez, Gallagher.

— C'est pour ça que vous m'aimez, chef.

Le grand Black aux cheveux gris poussa un profond soupir d'exaspération puis la laissa finalement passer en claquant la porte derrière elle.

— Asseyez-vous et ne touchez à rien, dit-il d'un air agacé, je vais finir de me raser.

En le voyant revenir quelques minutes plus tard les joues bien lisses, Lola éclata de rire.

— Qu'est-ce qu'il y a ?

— Les pattes, sur les côtés…

— Eh bien ?

— Vous ne les avez pas taillées à la même hauteur. On dirait que vous avez la tête de travers.

Il poussa un grognement.

— C'est ma femme qui me le faisait. J'ai jamais été foutu d'égaliser ces trucs !

— Amenez-moi votre rasoir, l'invita Lola en souriant.

Le capitaine fronça les sourcils, puis d'un air penaud il partit chercher la lame. Gallagher retailla correctement ses pattes, avec la minutie d'un barbier.

— Voilà, dit-elle en contemplant son œuvre. Avec ça, elle devrait craquer au premier regard. Alors, c'est qui ?

— Ça ne vous regarde pas. Bon, vous êtes venue pour me montrer quelque chose, oui ou merde ?

— Draken est innocent.

Le capitaine ricana.

— Évidemment ! railla-t-il. J'aurais dû m'en douter !

— J'ai des preuves, capitaine.

— S'il est innocent, pourquoi se cache-t-il ?

— Parce qu'il a peur de ne pas profiter de la présomption d'innocence... et sur ce point, je crois qu'il n'a pas tout à fait tort, quand on voit votre empressement à le voir passer derrière les barreaux. À croire que vous lui en voulez personnellement.

— C'est mon métier, Lola. Mettre les criminels derrière des barreaux. Je croyais que c'était aussi le vôtre.

— Absolument. Sauf que Draken n'est pas un criminel.

— Ah bon ? Et comment vous appelez un type qui tue sa femme, vous ? Un bienfaiteur ?

Lola sortit une grande enveloppe kraft de son manteau et la posa sur la table du salon devant elle.

— Draken n'a pas tué Emily.

Le capitaine haussa un sourcil vaguement curieux.

— C'est quoi ?

— Des photos qui ont été prises dans la rue pendant le meurtre d'Emily Scott.

Powell soupira d'un air agacé et resserra le nœud de sa robe de chambre. Il étala l'ensemble des photos sur la table en verre devant lui.

Quand il vit ce que révélaient ces clichés mis bout à bout, il comprit qu'il avait affaire à un véritable coup de théâtre.

Un coup de théâtre qui risquait bien de renverser toute la situation. Et l'obliger à passer un coup de fil désagréable...

— Quand j'ai arrêté Arthur sur le barrage, il m'a

donné sa version des faits, expliqua Lola. Ces photos la corroborent.

Powell se laissa tomber sur l'un des fauteuils et inspecta les clichés d'un peu plus près.

— Selon lui, un homme est entré dans son cabinet pendant la séance d'hypnose et l'a drogué. Sans doute en le piquant par-derrière. Sur la vidéo de la séance, effectivement on entend que Draken s'arrête subitement de parler, et Emily semble voir quelqu'un devant elle. Ensuite, Arthur m'a dit s'être réveillé devant le cadavre de sa compagne et avoir vu un homme avec un chapeau s'enfuir par la cuisine. Un homme avec un chapeau en feutre, ça ne vous dit rien ?

Powell resta silencieux, les yeux rivés sur les images.

— Le type a sans doute été alerté par mon coup de téléphone : j'ai laissé un message sur le répondeur pour dire que j'arrivais sur les lieux. Arthur affirme l'avoir pourchassé en sautant lui aussi par la fenêtre. Tout cela est confirmé par les photos prises lors de la manifestation. J'ai comparé les données de la photo avec le timecode de la K7 du caméscope. *A priori*, ça colle : la prise de vue a lieu quarante-cinq secondes après la mort d'Emily. Ensuite, Draken a suivi le type jusqu'au *Nu Hotel*, et quand l'homme au chapeau est sorti de sa chambre, Draken y est entré par effraction et a récupéré les cassettes vidéo des séances d'hypnose d'Emily que le type avait volées chez lui. Tout ça, on le voit sur les caméras de surveillance de l'hôtel. J'ai vérifié. Draken est innocent, chef. L'homme qu'il nous faut, c'est l'homme au chapeau. Celui qui était présent sur les vidéos du Brooklyn Museum. Celui qui, sans doute, avait déjà essayé de tuer Emily dans le parc.

Le capitaine Powell se frotta les yeux en grimaçant.

— Bon sang de merde, lâcha-t-il de sa voix rauqu~

— Comme vous dites.

— Ça nous laisse quand même pas mal de zones d'ombre, tout ça.

— Oui... Mais cela prouve que Draken ne m'a pas menti. Il y avait bien quelqu'un chez lui.

— Cela prouve qu'il ne vous a pas menti, mais ça ne prouve pas qu'il n'a pas tué Emily. Devant un juge, ça ne suffira pas. Pas avec ce qu'on voit sur la vidéo.

Lola secoua la tête.

— Allons, Samuel ! « Hors de tout doute raisonnable[1]. » Merde ! Les indices pointent vers cet homme au chapeau, reconnaissez-le !

— Cela devient notre suspect numéro un, je vous l'accorde. Mais ça ne dédouane pas Draken pour autant. Et puis j'aimerais savoir comment vous vous êtes procuré la vidéo de la mort d'Emily. Je vous rappelle que vous n'êtes pas censée enquêter là-dessus, de près ou de loin.

— Draken est innocent. Je ne peux pas le laisser se faire accuser de meurtre injustement. Bordel, vous me connaissez, capitaine ! Je ne vais pas rester les bras croisés !

— C'est Detroit qui vous a montré la vidéo ?

— Il faut que vous lui redonniez l'enquête. Officiellement, vous ne me mettez pas dessus, vous la confiez à lui seul, comme ça, Mitzie Dupree vous fiche la paix. Et le FBI fait confiance à Phillip. Ils pourront bosser ensemble.

---

1. En droit anglo-saxon, le juge fonde sa décision sur les preuves d'une culpabilité « hors de tout doute raisonnable » alors qu'en droit français, le jugé est autorisé à statuer selon son « intime conviction ».

— Vous me demandez de vous couvrir, c'est ça ?

— En vingt-quatre heures, je vous ai amené la preuve qu'un type était chez Draken au moment du meurtre. Le FBI n'a pas été foutu d'en faire autant en une semaine. Vous ne pensez pas que ça vaudrait le coup de me laisser enquêter ?

— Je n'en ai pas le droit, Lola.

— Si c'est Detroit qui est en charge, vous n'êtes pas obligé de le dire.

Powell poussa un soupir.

— Vous êtes vraiment le pire casse-bonbons de tout New York, Gallagher.

— Je vous en supplie, capitaine !

Il se leva en croisant les bras sur sa robe de chambre ridicule.

— Je vais y réfléchir. Mais maintenant foutez-moi la paix, vous allez me mettre en retard.

— Me lâchez pas, Samuel. Me lâchez pas sur ce coup ! Je vous ai jamais lâché, moi, et...

— Ça suffit, Lola ! Je vous ai dit que j'allais y réfléchir. Dégagez, maintenant.

Gallagher acquiesça. Elle savait quand la fermer. Elle ramassa les photos sur la table et les remit dans son enveloppe. Elle sourit à son boss et se dirigea vers la porte. Dans l'entrée, elle s'arrêta soudain devant un guéridon.

— Patron ?

— Quoi encore ?

— La fille avec qui vous avez rendez-vous... si vous la ramenez chez vous, ce soir, vous devriez peut-être enlever les photos de votre ex-femme. Vous êtes divorcé, Samuel, pas veuf. Garder des photos d'elle partout, ça fait un peu névropathe...

616

— Dehors !!!

En sortant, Lola coucha le cadre afin de cacher la photo.

The line

23

Suivant les conseils de leur nouvel avocat – et bien qu'ils auraient pu avoir recours au cinquième amendement pour s'y soustraire –, John et Cathy Singer se plièrent à la convocation officielle émise par le FBI et se rendirent à l'heure dite au bureau de l'agent spécial Sam Loomis. Roberts les avait prévenus quant à la singularité de ce dernier, et ils s'étaient préparés ensemble. Ils furent ainsi interrogés tour à tour par cet atypique enquêteur du FBI qui leur parlait comme un barman et arborait fièrement un vieux tee-shirt de Pink Floyd.

Après une bonne heure d'attente, Cathy passa la seconde. En entrant dans la petite pièce, elle échangea un regard avec son mari qui en sortait. John lui adressa un sourire qui se voulait rassurant, mais elle n'était malgré tout pas à son aise en s'asseyant au milieu de cette pièce qui ressemblait trop à une salle d'interrogatoire, à son goût.

— Comment vous sentez-vous ?

— Fatiguée.

— Vous êtes sûre de ne pas vouloir profiter de l'assistance médicale qui vous est proposée par...

— Non, merci. Nous avons notre propre médecin.

— Bien sûr. Avant tout, madame Singer, je tiens à vous remercier d'être venue aujourd'hui avec votre époux. En tant normal, le débriefing a lieu tout de suite après la libération des otages, pour éviter que vos souvenirs ne soient brouillés par ce que vous entendez ensuite dans la presse ou dans votre entourage, mais comme nous n'étions pas présents lors de votre libération...

— Je comprends. Ce n'est pas un souci.

Tout en faisant les cent pas dans la petite pièce, Loomis adoptait un air innocent, presque idiot, qui ne trompait guère son interlocutrice. Mais elle se demandait s'il s'agissait d'une technique de manipulation ou, plus vraisemblablement, d'une forme d'ironie.

— À vrai dire, j'aurais préféré être là pour assister à votre libération, mais votre copain William Roberts nous a fait une sacrée blague...

— Ce n'était pas une blague, répliqua Cathy sèchement. Il a seulement préféré obéir aux demandes des ravisseurs. Son seul souci était de permettre notre libération. Il a bien fait.

— Bien sûr, bien sûr... Mais en nous donnant les informations nécessaires, il aurait pu nous permettre d'arrêter les kidnappeurs...

— Ou prendre le risque de tout faire capoter. Au

final, tout s'est bien passé. Si nous sommes ici, c'est grâce à lui.

— Oui, oui, sans doute. Sans doute.

L'agent fédéral plongea la main dans la poche de son vieux jean déchiré et en sortit un paquet de chewing-gums qu'il tendit à la jeune femme. Cathy Singer déclina de la tête. Il haussa les épaules et avala deux dragées d'un coup.

— Ça m'aide à arrêter de fumer.

— Tant mieux pour vous. On peut avancer ? Mon mari attend...

— Oui, oui, bien sûr. Cela dit, rassurez-vous, votre mari est occupé : il aide notre artiste à dresser des portraits-robots des ravisseurs.

Elle regarda sa montre et soupira.

— Je devine que vous n'êtes pas ravie d'être ici, mais je veux vous assurer que nous n'avons d'autre objectif que de retrouver – et de punir – les gens qui vous ont enlevés. N'ayez crainte, vos activités au sein d'Exodus2016 ne me regardent pas le moins du monde.

— Quand bien même ce serait le cas, je n'ai rien à me reprocher, agent Loomis.

Le *G-Man*[1] aux cheveux mi-longs se contenta de sourire.

— Bien. Alors je vais vous poser exactement les mêmes questions qu'à votre mari. Un peu comme dans ces jeux télévisés où on essaie de piéger maris et femmes, vous voyez ? Sauf qu'ici, l'objectif est pour nous d'en savoir davantage sur vos ravisseurs et sur leur mode opératoire. Mais aussi, à plus long terme,

---

1. Abréviation de *Government Man*, argot pour désigner les agents spéciaux du gouvernement des États-Unis.

d'améliorer la formation de nos agents et notre gestion future des prises d'otages. Bref, ces questions sont très importantes, madame Singer, essayez de rester bien concentrée, même si je devine que vous êtes fatiguée. Après, nous vous laisserons tranquille.

— Venons-en aux questions ! s'impatienta-t-elle.

Il s'assit en face d'elle et ouvrit la chemise en carton qui était posée sur la table qui les séparait.

— Alors… Voyons voir… Ne vous offusquez pas de la forme assez brute des questions, surtout… Tout ceci est très académique. Alors… Pouvez-vous me dire à quelle date et à quelle heure vous avez été enlevée ?

— Vous plaisantez ? C'était en direct à la télévision !

— Je sais bien, madame Singer, je sais bien. Je l'ai vu. Mais je suis obligé de vous poser l'intégralité des questions. C'est le règlement. Vous savez comment c'est, la bureaucratie, tout ça…

En réalité, Cathy n'était pas dupe : l'agent Loomis faisait volontairement du zèle. Une façon pour lui de se venger, sans doute, de l'humiliation qu'il avait subie au Yankee Stadium.

— Alors, donc : pouvez-vous me dire à quelle date et à quelle heure vous avez été enlevée ?

La jeune femme essaya de garder son sang-froid et répondit d'une voix lasse :

— John et moi avons été enlevés le mardi 24 janvier, aux environs de 9 h 50, soit quelques minutes après le début de notre conférence de presse, dans la tour du Citigroup Center.

— À Chicago, hein, pas à New York.

— À Chicago, oui. Les circonstances de notre enlèvement sont largement documentées, puisqu'il a été filmé en direct.

— Oui, oui, je ne vous embêterai pas avec ça. Mais que vous est-il arrivé tout de suite après l'attaque ?

— On nous a mis des sacs sur la tête pour nous empêcher de voir, et on nous a fait sortir de la tour jusqu'à une voiture.

— Une voiture ou une camionnette ? demanda Loomis d'un air très sérieux.

— Je ne sais pas. Je pense plutôt une camionnette.

— Ça me paraît plus probable, car vous étiez nombreux, tout de même. Tout le monde est monté dans le même véhicule ?

— Je crois.

— Et cette camionnette, était-elle en intérieur ou en extérieur ?

— À l'intérieur. Dans le parking de la tour, je suppose.

— Bien. Et ensuite ?

— Ensuite, nous avons roulé pendant plusieurs heures.

— Combien d'heures, selon vous ?

— Je n'en ai pas la moindre idée. Ça m'a paru long, très long. Je dirais au moins trois heures.

— Très bien. Et pendant ce trajet, des paroles ont-elles été échangées ?

— Aucune. John a essayé de parler, de leur poser des questions, mais ils l'ont frappé pour le faire taire. Je n'ai rien osé dire, et eux ont gardé le silence.

— Ils ont roulé sans interruption ?

— Oui.

— Pas de pause pour aller aux toilettes ou prendre de l'essence ?

— Non, répondit Cathy, catégorique.

— Et ensuite ?

— Ensuite on nous a fait sortir du véhicule, nous avons fait quelques pas dans ce qui devait être une cour, et on nous a fait entrer dans un bâtiment. Là, nous sommes descendus en sous-sol et on nous a jetés dans une cellule.

— Vous aviez encore les sacs sur la tête ?

— Oui. Ils ne nous les ont enlevés que plusieurs heures après. Résultat, nous n'avons rien vu pendant tout ce temps-là. Rien du tout.

— Est-ce que vous avez la moindre idée de l'endroit où vous étiez ? Géographiquement, je veux dire...

— Non. J'aurais tendance à dire que nous étions loin de Chicago, vu que nous avons roulé des heures. Et loin aussi du barrage de Saville, puisque le jour de notre libération, nous avons encore roulé de nombreuses heures.

— Aucun indice ? Vous n'avez jamais vu l'extérieur ? La végétation ? Un monument, quelque chose qui vous aurait permis de vous localiser ? Des bruits d'avion, ce genre de choses ?

— Je vous dis que non. Je ne suis pas sorti de cette foutue cellule.

— Vous êtes restée avec John tout le temps ?

— Non. Ils nous ont séparés dès le deuxième jour. Moi, je suis restée dans la première cellule et je n'en suis jamais sortie. Je pense que John les intéressait davantage.

— À votre avis, combien y avait-il de ravisseurs ?

— Eh bien... Ils étaient assez nombreux. J'en ai compté au moins cinq. Mais ils étaient peut-être plus.

— Avez-vous vu leurs visages ?

— Non. Jamais.

— Votre mari dit en avoir vu deux, lors d'une sorte d'examen médical.

— Oui, mais moi, je ne les ai pas vus. Ils ne m'ont pas examinée.

Le débriefing continua ainsi pendant près d'une heure. L'agent Loomis posa encore de nombreuses questions au sujet des ravisseurs, de leur âge, de leur personnalité, au sujet des circonstances de leur détention, de la façon dont ils avaient été traités, etc.

Cathy Singer répondit à toutes les questions, mais elle ne fit aucun zèle. En outre, elle n'avait pas vu grand-chose et ne put donner des informations précises que sur ce qui s'était passé avant leur enlèvement et après leur libération. Comme son mari avant elle, elle fit comprendre à l'agent du FBI qu'elle ne comptait pas vraiment sur l'État pour résoudre le mystère de leur kidnapping et que sa confiance dans les institutions du gouvernement américain était proche de zéro. Tout ce qu'elle put dire corroborait néanmoins les propos de son époux.

À la fin de ce deuxième débriefing, la seule chose, au fond, qui avait surpris l'agent Loomis, c'était la résistance psychologique dont le couple Singer avait fait preuve pendant sa détention. Il fallait croire que leur dévouement à la cause d'Exodus2016 les avait préparés à bien pire. Au final, il en conçut presque une sorte d'admiration pour ces trublions du Web, pour leur détermination, leur courage et leur entêtement.

Quand l'entretien fut terminé, Sam Loomis la reconduisit poliment jusqu'à la porte. Juste avant qu'elle ne sorte, il la retint toutefois par le bras et lui posa une dernière question :

— Dites-moi, Cathy, comment sont vos rapports avec votre mari ?

— Pardon ?

— Vous et John... Ça va ?

— En quoi cela vous regarde ?

— Oh, c'est juste une question, comme ça... Avec ce que vous avez vécu... Une épreuve comme ça, ça peut soit vous rapprocher, soit au contraire abîmer les liens, si vous voyez ce que je veux dire...

— Non, je ne vois pas. Et je ne vois pas non plus en quoi ça vous concerne. Bonne soirée, monsieur.

— Attendez ! J'ai oublié...

— Quoi donc ?

— Emily Scott.

— Eh bien ?

— Vous la connaissez ?

— Non. Qui est-ce ?

— Vous n'en avez jamais entendu parler ?

— Non. Pourquoi ?

L'agent fédéral inclina la tête d'un air étonné.

— Non... Pour rien. Bonne soirée, Cathy.

Il referma la porte derrière elle, la laissant quelque peu perplexe dans le couloir.

Ricochet

624

24

Lola frappa quatre fois à la porte, au rythme qui avait été convenu. Rapidement, le vieux battant abîmé s'ouvrit et le visage de Draken apparut derrière, encore plus blanc que la veille.

— T'as une sale gueule, Arthur.

Le psychiatre essaya de sourire.

— Je n'ai pas beaucoup dormi. Cet appartement, c'est pas vraiment un palace, vois-tu ?

— Tu vas peut-être pouvoir dormir plus tranquille la nuit prochaine.

— Pourquoi ?

Gallagher entra dans l'appartement délabré dont les murs étaient couverts des peintures de Draken. L'endroit ressemblait de plus en plus à l'atelier d'un artiste illuminé. Au sol, les douze cassettes VHS étaient étalées près d'un petit poste de télévision et d'un magnétoscope sur lesquels le psychiatre devait regarder en boucle les séances d'hypnose d'Emily Scott.

— Je suis allée vérifier ce que tu m'as raconté. Ça a l'air de concorder.

Le visage du psychiatre s'illumina. En temps normal, sans doute aurait-il serré Lola dans ses bras, mais il restait une sorte de malaise entre eux qui induisait de la distance.

— Tu en doutais ?

— Oui.

Draken feignit d'être choqué.

— Tu n'es pas un ange, Arthur, et je sais que tu as fait plus d'une connerie par le passé. Alors je me méfie, maintenant. Mais ce que tu m'as dit… eh bien, ça a l'air vrai. J'ai retrouvé des photos où on voit le type au chapeau sortir de chez toi par la fenêtre. Et on vous voit aussi tous les deux sur les vidéos de surveillance du *Nu Hotel*. On te voit même forcer la porte avec une carte de crédit. Un vrai cambrioleur.

Le psychiatre poussa un long soupir de soulagement et se laissa tomber sur l'un des matelas posés à même le sol. L'émotion, vive, pouvait se lire sur son visage. Depuis la mort d'Emily, c'était la première fois qu'il avait le sentiment d'être compris. De pouvoir décharger un peu de sa peine sur l'épaule de quelqu'un d'autre. La peur qu'il avait eue de perdre l'amitié de Lola s'estompait d'un seul coup. Et il n'était pas impossible qu'il ait lui-même douté, à un moment ou un autre, de ses propres souvenirs. Entendre de la bouche de quelqu'un d'autre que l'homme au chapeau avait bel et bien existé le libérait d'un terrible doute.

— Tu dois te rendre, maintenant, Arthur. Avec les pièces que j'ai réunies, et un bon avocat, tu seras vite tiré d'affaire.

Draken secoua la tête d'un air désolé.

— Non. Je ne peux pas, Lola.

— Tu plaisantes j'espère ?

— Je veux garder ma liberté pour continuer mes recherches.

— Ta liberté ? Tu es terré ici comme un rat !

— J'avance, au moins. Je décrypte les vidéos d'Emily.

— Tu es un hors-la-loi, Draken ! Et moi, tu me fous dans la merde !

— Si je me rends, ils ne vont pas me lâcher pendant des semaines, et les meurtriers d'Emily seront déjà loin.

— Arthur ! Tu te rends compte que tu me rends complice de ta fuite ? Et que c'est grave ?

— Ne le prends pas mal, Lola, mais je m'en fous. Des gens ont tué Emily, ils l'ont tuée sous mes yeux. Je veux savoir qui ils sont, et pourquoi ils ont fait ça. Quand j'aurai trouvé, vous pourrez faire ce que vous voudrez, me mettre en prison, qu'importe !

— C'est complètement stupide.

— Tu n'as pas tort. Il paraît que l'amour rend un peu idiot.

Lola regarda longuement son ami en silence. Avec son crâne rasé et ses bras, ses mains, son visage, recouverts de taches de peinture, il avait l'air complètement siphonné. Et affaibli. Gallagher ne l'avait jamais vu ainsi, dans une telle position de faiblesse, de désarroi. Et pourtant, il restait terriblement déterminé.

— Tu étais *vraiment* amoureux, Arthur ?

Il répondit tout bas, sans la regarder.

— Putain, oui.

Un nouveau silence s'ensuivit.

— Je crois bien que... je crois bien que je ne t'ai jamais vraiment vu amoureux, bégaya Lola la gorge serrée.

Le psychiatre esquissa un sourire.

— Comme quoi, tout arrive.

— Il y a quand même un point qui reste obscur dans toute cette histoire, Arthur.

— Un seul ? railla-t-il.

— Sur la vidéo de la mort d'Emily, on te voit la frapper.

— Ce n'est pas possible.

— Malheureusement, si.

— Je... Je n'en ai aucun souvenir, Lola.

Gallagher décida de ne pas insister. Au fond, c'était peut-être mieux ainsi. Qu'il ne se souvienne pas. Car elle commençait à avoir sa petite idée sur la façon dont les choses avaient dû se passer. Selon elle, c'était Emily qui avait agressé Draken, en le prenant sans doute pour quelqu'un d'autre, sous l'effet du sérum. Le « cavalier ». Dans un état second – si effectivement il avait été drogué, ce qui restait à prouver –, Draken s'était plus ou moins défendu. Il l'avait repoussée en arrière, elle était tombée, et elle s'était tuée en se cognant le crâne contre le fauteuil.

En somme, il s'agissait bien d'un homicide. Involontaire, certes, exécuté sous l'emprise d'un stupéfiant et dans une situation de légitime défense, mais un homicide quand même. Draken avait bel et bien tué Emily.

— Il reste tant de questions sans réponse, dit-elle finalement en allant s'asseoir sur le rebord de la fenêtre.

De là, elle avait une vue d'ensemble de la fresque peinte par le psychiatre. Il avait ajouté quelques éléments ici et là qui venaient compléter ce bestiaire rupestre fantasmagorique.

— Y a-t-il un lien entre Emily et le cadavre de cette femme à Collinsville sans empreintes, par exemple ? murmura Lola, comme si elle se parlait à elle-même. Il faudrait que je puisse aller enquêter là-dessus. Et puis comment Emily pouvait-elle savoir tout ce qu'elle semblait savoir, alors qu'elle était amnésique ? Ça n'a pas l'air de te poser de problème, à toi. Tu continues de décrypter ses visions, mais tu ne te demandes même pas comment elle a pu les avoir, ces visions !

— Je crois que la réponse nous viendra quand nous les aurons toutes décryptées, Lola.

— Et si elle était tout simplement capable de prédire l'avenir ?

— Tu ne vas pas me dire que tu crois à ce genre de conneries, Lola ?

— Normalement, non, mais là, il faut bien reconnaître une chose : Emily savait à l'avance tout un tas de choses qui se sont effectivement passées. Elle savait que le couple Singer allait être enlevé, où et comment, et elle savait même où et quand ils seraient libérés… Excuse-moi, mais on est dans la science-fiction, là !

Draken hocha lentement la tête, puis il regarda lui aussi ses peintures.

— Il y a forcément une explication. Quelque part là-dedans, il y a forcément la réponse à toutes nos questions.

— Alors dépêche-toi de la trouver, Arthur. Dépêche-toi, car je ne pourrai pas te protéger longtemps. Je te laisse quarante-huit heures. Pas une seconde de plus, tu m'entends ? Après, je te balance au capitaine Powell.

— Il me manque la dernière vidéo, Lola. La treizième cassette. Celle qui était dans le caméscope. J'ai besoin de la voir.

Gallagher regarda longuement son ami sans rien dire.

— Il y a sûrement des réponses dessus, insista Draken. C'était sa dernière séance d'hypnose. Mon tableau ne sera pas complet tant que je n'aurai pas regardé cette vidéo.

Lola hocha lentement la tête.

— Je vais voir ce que je peux faire. Mais n'oublie pas. Tu as quarante-huit heures. Pas plus.

Close your eyes

25

Le capitaine Powell se regarda une dernière fois dans la glace et grimaça en voyant le tissu de sa chemise tendu par son ventre gonflé. En deux ans seulement, il avait pris beaucoup d'embonpoint. Tous ses costumes dataient d'une époque où il avait facilement huit ou dix kilos de moins. Peut-être aurait-il dû renouveler sa garde-robe, ou au moins s'acheter un nouveau costume pour ce rendez-vous. D'un air las, il tenta d'ajuster au mieux les pans de sa veste afin qu'ils masquent sa bedaine, puis il se dirigea vers la porte.

Dans l'entrée, il s'arrêta devant le guéridon, comme l'avait fait Lola Gallagher un peu plus tôt, et il redressa la photo de son ex-femme. Cela faisait presque deux ans, maintenant, que Virginia l'avait quitté. La logique aurait voulu qu'il prenne cette photo et qu'il la balance par la fenêtre. Mais ce n'est pas parce qu'une personne vous quitte que vous cessez de l'aimer.

Il hésita.

Et puis, finalement, il laissa la photo où elle était, bien en évidence, et sortit de l'appartement sans plus réfléchir.

En temps normal, il fallait réserver longtemps à l'avance pour avoir une table chez *Applewood*, l'un des restaurants les plus réputés de Park Slope. Mais être le capitaine du 88ᵉ district permettait souvent d'accélérer ce genre de processus, et Powell avait appelé seulement la veille. On l'installa à une petite table près de la cheminée.

Pendant les quelques minutes qu'il passa à attendre son rendez-vous, le capitaine ne put s'empêcher de penser à Lola et à ce qu'elle aurait dit si elle avait découvert avec qui son patron s'apprêtait à partager un dîner romantique... Il aurait probablement eu droit à un véritable festival. Heureusement, Gallagher l'ignorait encore.

Quand Powell aperçut la chevelure blonde de Mitzie Dupree à l'entrée du restaurant, il inspecta une dernière fois son propre visage dans le reflet d'une fenêtre et se composa un large sourire. Puis il se leva pour accueillir l'agent de l'IAB.

— Bonsoir, Samuel. Vous n'avez pas trop attendu ?

— Non. Je viens d'arriver.

La petite femme replète prit place dans le fauteuil qu'il avait tiré pour elle.

En la regardant s'asseoir, Powell se demanda ce qui l'avait soudain poussé à inviter cette femme qui était si différente de lui. Il se demanda même tout simplement ce qui l'avait poussé à inviter une femme tout court. L'heure était-elle donc venue de sortir de son célibat ? Avait-il choisi Mitzie Dupree par défaut, parce qu'elle était la seule femme célibataire de son âge dans son entourage, ou bien cherchait-il en elle tout le contraire de ce qu'avait représenté pour lui son ex-femme ? Cherchait-il quelqu'un qui lui tiendrait tête ? Quelqu'un d'entier ? Avec un caractère fort, bien trempé ? Une chose était sûre : si c'était le cas, il ne serait pas déçu. Mitzie était un bulldozer.

— C'est charmant ici.

— Vous n'étiez jamais venue ?

— Non. Je vous avoue que je ne sors pas souvent. Mais j'en ai beaucoup entendu parler.

— Oh, moi non plus... À vrai dire, ça doit bien faire un an que je ne suis pas allé au restaurant le soir !

Powell se sentit idiot après avoir prononcé ces paroles. Il n'était pas du tout à son aise, incapable de savoir s'il devait rester naturel ou bien tricher un peu pour ne montrer que la meilleure partie de lui-même. Parbleu, cela faisait presque quarante ans qu'il n'avait pas joué au jeu de la séduction, et il n'était pas certain d'en comprendre encore les règles.

— Vous voulez boire quelque chose ? proposa-t-il. Une coupe de champagne ?

— Oh ! Non, c'est gentil, mais pas d'alcool pour moi. Je le supporte mal.

Elle se tourna vers le serveur.

— Vous pouvez me faire un cocktail de jus de fruits ?

— Bien sûr, madame. Et pour monsieur ?

— Euh... Eh bien, la même chose.

— Vous êtes sûr ? intervint Dupree. Ne vous interdisez pas de boire du champagne à cause de moi !

— Non, non, vraiment, un cocktail de jus de fruits, c'est parfait !

Le serveur hocha la tête et disparut en cuisine.

Aussi gênés l'un que l'autre – ils se connaissaient depuis longtemps, mais c'était bien la première fois qu'ils envisageaient leur relation sous un autre angle – et assez peu aguerris, ils échangèrent des banalités jusqu'au début du repas. Ils évitèrent de parler de leur travail, et découvrirent alors qu'ils en savaient finalement chacun bien peu sur la vie privée de l'autre. Où étaient-ils nés, où avaient-ils grandi, avaient-ils des frères et sœurs... Ils ressemblaient presque à n'importe quels jeunes étudiants qui sortent ensemble pour la première fois.

Le moment du repas venu, le capitaine ne put s'empêcher cette fois de commander du vin et finit par convaincre sa collègue d'en boire un peu elle aussi, si bien qu'ils finirent par se détendre et retrouver un peu de naturel dans leur conversation.

— Vos collègues sont au courant que nous dînons ensemble ? demanda Mitzie d'un air malicieux.

— Non ! Oh, mon Dieu, non ! Vous imaginez ? Vous l'avez dit aux vôtres ?

— Non, bien sûr !

— Heureusement que nous n'avions pas rendez-vous hier soir, Mitzie... Nous aurions été obligés d'annuler !

— J'imagine.

— Je suis resté jusqu'à trois heures du matin au commissariat !

— Vous n'avez pas l'air fatigué, pourtant ! complimenta le lieutenant Dupree tout sourire.

— C'est le plaisir de vous voir...

— Mais, dites-moi, d'ailleurs, comment avez-vous appris que le couple Singer était libéré ? C'est le FBI qui vous a appelé ?

— Non, c'est Lola.

— Comment ça ?

Powell se mordit les lèvres en se rendant compte qu'il avait parlé un peu vite. Évoquer Gallagher ce soir – alors qu'elle avait humilié Mitzie Dupree la veille – n'était probablement pas une bonne idée.

— Eh bien, oui, c'est Lola... Vous n'êtes pas au courant ?

— De ?

Il se racla la gorge. Il en avait trop dit pour revenir en arrière et, de toute façon, à en juger par le visage de son interlocutrice, l'ambiance était déjà ruinée. Il préféra dire la vérité, en espérant qu'ils pourraient vite changer de sujet.

— Lola était sur les lieux de l'échange...

L'agent de l'IAB le regarda, incrédule.

— Sur le véritable lieu de l'échange ? Mais... Comment savait-elle ?

— Eh bien... Je ne sais pas trop, à vrai dire... Elle a fini par le comprendre en lisant les notes de Draken. Il... Il était là-bas, lui aussi.

Le visage de Mitzie Dupree sembla se décomposer.

— Vous êtes en train de me dire que la détective Gallagher était au barrage de Saville hier soir, avec Draken ?

— Oui. Enfin... Elle n'y est pas allée *avec* Draken, mais elle l'a vu là-bas.

— Elle est allée là-bas après nous avoir semés, les deux agents du FBI et moi ?

— Visiblement.

— Et vous ne m'avez rien dit ?

— Pourquoi aurais-je dû le faire ? Je... Il était un

peu tard, et euh… vous n'enquêtez pas sur le couple Singer.

— Non, mais j'enquête sur Lola Gallagher et vous le savez parfaitement bien ! Une fois de plus, elle a désobéi à un ordre formel, celui de ne plus enquêter sur l'affaire Singer comme sur la disparition de Draken ! Et vous, vous ne dites rien ?

Le ton de la voix de Mitzie Dupree était soudainement monté. Elle parlait même si fort que certains autres clients du restaurant leur adressèrent des regards agacés.

— Écoutez, Mitzie, je comprends ce que vous me dites, mais il faut reconnaître qu'au bout du compte, elle a fait du bon boulot. Après tout, c'est la seule qui a été foutue de savoir où avait lieu l'échange ! Vous devriez lâcher un peu du lest…

— Ne me dites pas ce que je devrais faire ou ne pas faire, capitaine !

Powell, gêné par l'emportement de son interlocutrice, adressa des regards désolés aux convives des tables voisines.

— Et puis, d'ailleurs, qui vous dit que ce n'est pas Draken qui lui a dit directement de venir là-bas, sachant qu'il est peut-être lié à toute cette affaire ? Si ça se trouve, c'est lui qui a tout manigancé, et elle s'est rendue complice !

— Mais non ! Au contraire ! Elle l'a arrêté !

— Elle l'a arrêté ?

Powell regretta aussitôt ses paroles.

— Oui… Elle l'a arrêté, mais il s'est enfui…

— Vous plaisantez ? Samuel, j'ai l'impression que cette fille vous mène par le bout du nez ! Soit vous êtes complètement naïf…

— Bon, écoutez, Mitzie, on va peut-être parler d'autre chose, non ? Ce n'est ni le lieu ni le moment...

— Parler d'autre chose ? Ça fait des années que je vous dis que le détective Gallagher a un comportement dangereux, et vous...

— Lola est un excellent flic ! s'emporta soudain Powell, qui n'en pouvait plus. Elle est bien meilleure flic que tous les autres agents qu'il y a dans mon commissariat.

— Eh bien, qu'est-ce que ça doit être !

Cette fois, c'en était trop. Le capitaine se leva d'un bond, jeta sa serviette sur la table, déposa un billet de cent dollars et sortit du restaurant furieux.

Il lui fallut plusieurs heures pour retrouver son calme et regretter de s'être emporté de façon si puérile. Mais il était probablement trop tard.

Face the truth

26

La voiture roule au pas dans la brume matinale. L'île tout entière est comme un nuage flottant sur les eaux.

Emily est sur la banquette arrière.

Dans ses bras, elle tient un bébé. Un bébé de deux semaines à peine. Et elle pleure en regardant ce bébé. Elle n'a rien pour le coucher, ni berceau ni landau, rien. Les gens du village se seraient aperçus de quelque chose si elle avait acheté le moindre de ces objets auxquels elle a pourtant si souvent rêvé. Or, personne ne doit savoir.

Personne ne doit savoir qu'Emily a eu un enfant.

C'est une petite fille. Une petite fille qui ne pleure presque jamais, comme si elle savait déjà qu'il ne fallait pas faire de bruit. Ne pas se faire remarquer. Emily a enroulé un drap autour d'elle et lui a glissé un bonnet trop grand sur sa petite tête aux joues roses.

À l'avant, Mike conduit en silence, la tête droite, les yeux rivés sur la route. Il n'a pas dit un mot depuis qu'ils sont partis. Pas un seul mot. Mais son silence est un discours.

Emily regarde les arbres qui défilent de l'autre côté de la vitre, comme un décor de théâtre. Irréel.

Il pleut. La pluie coule sur les fenêtres comme les larmes coulent sur ses joues. Tout est confus. La jeune femme relève la tête pour regarder son mari de temps en temps, comme si elle attendait quelque chose. Qu'il change d'avis, peut-être. Que, soudain, il se rende compte et qu'il rebrousse chemin. Et que tout cela ne soit plus qu'un mauvais souvenir. Un cauchemar à oublier.

Mais non. Mike ne dit rien, et il conduit sans ralentir. Sans hésiter. La colère – la colère de l'humiliation – se lit encore sur son visage tendu. Il contourne le centre du village par Grindle Hill Road. À cette heure, il y a peu de risque de croiser quelqu'un, mais il *préfère prendre toutes les précautions. Il longe les eaux sombres du Back Cove et pénètre dans la forêt dense de la presqu'île. La route, nappée de sable, est glissante, mais Mike a l'habitude. Il a appris à conduire ici, il pourrait remonter jusqu'à Jericho Bay les yeux fermés.*

Bientôt, la silhouette du monastère se profile au milieu des arbres, comme une vieille demeure gothique dans un conte fantastique : lugubre, obscur, pesant.

Mike éteint les phares et ralentit.

Il coupe le moteur et laisse la Ford avancer silencieusement sur sa lancée, en roue libre. Quand elle s'arrête enfin, à bout de course, ils sont à une centaine de mètres de l'enceinte du monastère. Il n'y a pas un bruit. Pas une lumière.

Mike, toujours sans un mot, sort de la voiture et va ouvrir le coffre. Il en sort un large panier en osier. Puis il ouvre la portière arrière et, d'un geste sec, fait signe à Emily de lui donner le bébé.

Les sanglots de la jeune femme redoublent d'intensité. Elle a tant redouté cet instant. Et pourtant, la peine est encore bien pire qu'elle n'a pu l'imaginer. Elle voudrait dire à son mari qu'il n'a pas le droit, qu'il ne peut pas faire ça, qu'il doit accepter cet enfant, qu'il doit lui pardonner... Mais tout ça, elle l'a déjà dit, et bien plus encore.

Mike ne changera pas d'avis. Question d'honneur, sans doute. Selon lui, ils n'ont pas les moyens d'élever un enfant. C'est sans doute vrai, en partie. Cela demanderait trop de sacrifices. Des sacrifices qu'il n'est pas prêt à faire, pour l'enfant d'un autre en tout cas. Pour une petite « bâtarde ». Alors il ne lui a pas laissé le choix.

Mais Emily, à présent, à quelques mètres du

638

monastère, ne peut pas se résigner. Elle n'en a pas la force, ni même la volonté. Elle serre l'enfant contre elle et se blottit au fond du siège.

Mike lui adresse un regard terrible. Un regard accusateur. Un regard sans pitié. Un regard qui lui fait peur. Il s'avance vers sa femme et lui prend le bébé des bras.

Quand Emily s'agrippe en hurlant, il la repousse violemment. Elle ne résiste pas, de peur de blesser l'enfant. Abattue, elle abandonne. Elle se recroqueville et pleure de plus belle, la tête entre les mains. Elle ne veut pas voir. Elle se dit que si elle ferme les yeux très fort, tout ça va peut-être s'effacer. Disparaître.

Mais même les yeux fermés, elle a l'impression de voir la scène.

Mike claque la portière. Il marche d'un pas rapide au milieu de la nuit, le panier dans les bras. Il longe les arbres, puis le mur de pierres qui encercle le terrain du monastère. Là, il s'arrête. Sans la moindre hésitation, il dépose ce couffin de fortune devant l'entrée, puis il fait demi-tour.

Quand, dans le lever de soleil, la voiture s'éloigne au milieu des hurlements d'une mère au cœur déchiré, le bébé, lui, ne pleure toujours pas.

Dans quelques heures, les bonnes sœurs carmélites trouveront cette petite fille de deux semaines à peine sur le pas de leur porte et, comme le veut la tradition, elles l'élèveront dans le monastère.

27

Draken était allongé par terre au milieu de l'appartement délabré de Paul Clay.

Cela faisait deux heures, maintenant, qu'il méditait devant ses propres peintures. Allumant une cigarette de temps à autre, il regardait le plafond du petit appartement comme on regarde la voûte étoilée par une belle nuit d'été.

Tour à tour, il s'attardait sur telle ou telle allégorie des visions d'Emily et à leurs diverses occurrences. À cet instant, il en était à détailler les apparitions de celui qui semblait symboliser John Singer : le roi.

En réalité, le psychiatre était de moins en moins persuadé que le roi soit exclusivement la figure de Singer. Il était fort probable qu'à certains moments il représente une autre personne dans l'esprit de la jeune femme, ou même un autre concept.

La première peinture du roi que Draken observa le représentait pêchant dans la rivière, blessé à la jambe. Un roi pêcheur... Y avait-il un lien avec la figure du Roi pêcheur dans la légende arthurienne ? L'ultime gardien du Graal ? Oui, peut-être. Du moins la blessure qu'il avait à la jambe pouvait le laisser penser. Mais alors, quel était le Graal qu'il devait protéger ? Quel secret devait-il garder ?

Et cette rivière dans laquelle il pêchait... était-ce déjà l'eau de la Farmington River, qui coulait au pied du barrage de Saville ? Dans la symbolique des rêves, l'eau représentait souvent le ventre de la mère, et donc la grossesse, la maternité. Mais de quelle maternité aurait-il été question ici ? Cathy Singer n'était pas enceinte. Emily l'avait-elle été ? Avait-elle perdu un enfant par le passé ? Un examen histologique lors de l'autopsie aurait sans doute pu le dire. Mais il était trop tard, à présent.

Draken passa à la seconde représentation du roi, qui était peint un peu plus loin sur le mur. Là, on le voyait assis dans un train, qui portait un bébé dans les bras, alors que la reine gisait dans un autre wagon. Un groupe de voyageurs, assemblés autour de lui, se plaignaient des cris du bébé. C'était une scène d'une grande tristesse, que Draken, d'instinct, avait peinte dans des couleurs sombres, monochromatiques.

La troisième peinture du roi le représentait de nouveau dans la rivière, au pied d'un arbre, incapable d'attraper une pomme, car le fruit s'éloignait chaque fois qu'il s'en approchait. Ici, le lien avec le mythe de Tantale – condamné par les dieux à subir ce supplice jusqu'à la fin des temps – semblait évident, mais Draken préférait se méfier des évidences. La pomme était-elle le Graal du Roi pêcheur ? Cet objet qu'on ne peut jamais saisir ? Et pourquoi Tantale avait-il été puni par les dieux, selon la mythologie grecque ? Parce qu'il leur avait volé l'ambroisie afin de l'offrir aux mortels. Était-ce une métaphore sur l'enlèvement de John Singer ? Était-il puni parce qu'il volait les secrets des dirigeants de ce monde pour les offrir au peuple ? Cela aurait pu coller, en effet.

La quatrième et dernière peinture du roi le représentait enfin aux côtés de la reine, fuyant en haut de la tour comme ils étaient pourchassés par le « fou » masqué, le cavalier – dont le psychiatre supposait qu'il s'agissait de l'homme au chapeau. Ici, pas de doute, le roi et la reine représentaient bien John et Cathy Singer, enlevés dans la tour du Citigroup Center, puis s'échappant sur le barrage de Saville.

Une chose était sûre : il leur manquait beaucoup d'éléments. Se pouvait-il que certaines de ces allégories représentent des choses qui ne s'étaient pas encore déroulées ? Et qu'alors les réponses leur viennent petit à petit, comme leur étaient venus les premiers éclairages au sujet de la tour du Citigroup Center et du barrage ?

Le psychiatre s'apprêtait à allumer une nouvelle cigarette quand son téléphone se mit à vibrer dans sa poche. Moment d'inquiétude. *A priori*, Lola était la seule à avoir ce numéro provisoire. Il regarda le petit écran et lut le message de son amie.

« Voilà ta foutue vidéo. Je n'ai mis que ce qui te concerne pour l'instant. À savoir tout, sauf la fin. »

Une vidéo était jointe en fichier attaché.

La gorge de Draken se noua.

Il tenait entre ses mains les dernières minutes de la vie d'Emily. Le contenu de la treizième cassette. Celle où sa mort avait été filmée en direct.

Aussi courageux qu'il fût, aussi désireux d'avancer

dans son enquête, regarder ces images représentait pour lui une véritable épreuve. Il resta un long moment le pouce en suspens au-dessus de la petite icône de lecture. Puis, enfin, les lèvres pincées, le cœur battant, il lança la séquence.

— *Et le rhinocéros ? Est-ce que le rhinocéros a peur du roi ? Tu m'as dit qu'il était blessé, lui aussi, que son sang se déversait dans la rivière...*

— *Pas encore. Il n'est pas encore blessé. Et il n'a pas peur du roi. Il lui fait confiance. Mais il ne devrait pas. Le roi vient le voir. Le roi remonte la rivière pour s'approcher du rhinocéros.*

Emily ouvre les yeux de nouveau.

— *Les deux se font face maintenant. On dirait qu'ils se défient. Qu'ils se jaugent. Oui, c'est ça. On dirait un matador devant un taureau.*

— *Alors c'est le roi qui a blessé le rhinocéros ?*

— *Non. Non, c'est le cavalier. Le cavalier avec sa cape, qui chevauche un zèbre. Le roi l'a appelé. Il lui a montré le rhinocéros. Ils se moquent de lui tous les deux. Ils l'ont piégé.*

— *Un zèbre ? Tu m'as déjà parlé de ce cavalier... mais tu ne m'avais pas dit qu'il était sur un zèbre.*

— *Si. On pourrait croire que c'est un cheval, parce qu'il est caché par la cape du cavalier. Mais c'est un zèbre. C'est bien un zèbre.*

Elle se tait.

Un long silence passe.

Soudain, les yeux d'Emily s'agitent.

— *Le cavalier... Le cavalier tire une flèche sur le rhinocéros !*

La vidéo s'arrêtait là.

Draken, accablé, ferma les yeux pendant un instant.

Il était sûr d'une chose : cette dernière phrase, il ne l'avait pas entendue. Du moins, il n'en avait aucun souvenir. C'était comme s'il s'était endormi juste avant qu'Emily la prononce. Si vraiment l'homme au chapeau l'avait drogué – ce dont il était quasiment sûr à présent –, cela devait être à ce moment-là.

« Le cavalier tire une flèche sur le rhinocéros. »

C'était terrible d'entendre ainsi les dernières paroles de la femme qu'il avait aimée. La voix d'Emily. C'était comme si elle était encore là, près de lui. Elle qui lui avait donné toute sa confiance. Elle qui s'était livrée à lui, qui lui avait offert son subconscient. Qui avait mis son âme à nu devant lui.

Et il n'avait pas su la sauver.

Draken serra la mâchoire à s'en faire mal. Il devait à la mémoire d'Emily une réponse. Il lui devait la vérité. Et la vérité était quelque part dans toutes ces vidéos.

Il se leva et partit chercher un crayon.

Il monta sur l'escabeau et commença à dessiner la nouvelle scène sur l'un des derniers espaces libres du mur.

Sa main allait à toute vitesse et le croquis prenait rapidement forme, comme si la scène était en train de se dérouler devant lui. Il dessina d'abord le roi, puis le cavalier, monté sur un zèbre, qui tuait le rhinocéros d'une flèche. Et tous deux riaient. Tous deux riaient en voyant le sang de l'animal se déverser lentement dans la rivière.

Le roi, le cavalier, le zèbre et le rhinocéros.

Quand Draken eut terminé son dessin, il descendit de l'escabeau et partit chercher sa palette et son pinceau.

Avant de se mettre à peindre, il regarda longuement la scène qu'il venait de tracer, et il essaya de mieux la comprendre, comme si cela pouvait l'aider à la mettre en couleur.

Si le roi était John Singer, si le cavalier était l'homme au chapeau, que représentaient donc le zèbre et le rhinocéros ?

Nothing really matters

28

Quand Jack Taylor, l'un des plus anciens infirmiers de la maison de retraite d'Emmons Avenue, vit que l'heure était passée depuis quinze bonnes minutes, il se décida, inquiet, à aller chercher Ian Draken directement dans sa chambre.

À l'étage, il trouva le psychiatre assis au bord de son lit, l'air hagard. Depuis la mort de M. Solberg, son voisin de chambrée, Ian vivait seul dans cette pièce sans décor où, désormais, il n'avait plus guère de visites.

— Tout va bien, monsieur Draken ?

Le vieil homme releva la tête. Il avait le regard flou d'un homme qu'on vient de réveiller d'une sieste.

— Parfaitement bien. Pourquoi ?

— Vous… Vous êtes en retard à notre rendez-vous.

Ian fronça les sourcils et regarda sa montre.

— Vous n'allez quand même pas vous plaindre pour quelques minutes de retard, grogna-t-il. Je suis déjà bien gentil de vous faire ces consultations gratuites !

— Non, bien sûr que non ! Je ne me plains pas. Je me suis juste inquiété, parce que vous n'êtes jamais en retard, d'habitude.

— Dites donc, vous savez combien mon fils facture pour quarante-cinq minutes de séance ?

L'infirmier attrapa la chaise roulante qui attendait contre le mur et la déplia avec adresse.

— C'est à cause de votre fils ? Vous vous faites du souci pour lui, c'est ça ?

— Du souci ? s'offusqua le vieil homme. Pas plus que d'habitude. Mon fils est un abruti.

Jack ne put s'empêcher de rire.

— Allons, Ian, vous dites tout le temps ça de lui, mais, au fond, vous l'adorez !

— Je suis bien obligé d'éprouver pour lui un vague sentiment paternel. Ce raté est sorti de mes couilles.

— Ian !

— Vous m'embêtez avec vos questions. Parlez-moi plutôt de votre divorce, Ducon !

— Pourquoi ? Ça vous met mal à l'aise de parler de votre fils ?

— Vous croyez que votre ex-femme a enfin trouvé un type capable de lui donner du plaisir ?

Jack, impassible, s'approcha du psychiatre et l'aida à se glisser sur son fauteuil roulant.

— Oh ! Quand vous devenez méchant, comme ça, c'est que ça ne va vraiment pas…

— Je ne suis pas méchant, je suis réaliste. À quarante balais, il serait temps que vous appreniez à faire jouir une femme, Jack.

L'infirmier, qui s'était depuis longtemps habitué au caractère singulier de Draken père, secoua la tête et poussa le vieil homme devant lui. Une fois dans l'ascenseur, il le relança :

— Vous n'avez toujours pas de nouvelles de votre fils ?

— Vous m'agacez à la fin ! Je me fous d'avoir de ses nouvelles !

— Ce n'est pas ce que m'ont dit les policiers... Il paraît que vous avez fait un scandale au commissariat.

— J'ai fait un scandale parce qu'on accusait Arthur de meurtre, et que je sais parfaitement que ce bon à rien ne serait pas foutu de tuer quelqu'un, même si on lui donnait le mode d'emploi. C'est ma réputation que je veux défendre, pas la sienne. Déjà que je dois assumer d'avoir donné naissance à un crétin, il ne manquerait plus qu'on m'accuse d'avoir enfanté un criminel !

Les portes de l'ascenseur s'ouvrirent, et Jack fit rouler sa chaise dans le long couloir du rez-de-chaussée au milieu des autres résidents de la maison de retraite, qui erraient là comme des âmes en peine.

— Vous voulez qu'on annule notre rendez-vous, Ian ? Vous préférez peut-être aller prendre l'air ?

— Certainement pas ! J'ai très envie de vous entendre parler de vos névroses.

Jack sourit.

— Comme vous voudrez.

Il poussa le fauteuil jusque dans le petit bureau où ils avaient pris l'habitude de faire ces séances de psychanalyse un peu particulières où, au fond, on n'était pas certain de savoir qui était le patient et qui était le praticien.

Ian, la mine grave, resta sur son fauteuil roulant pendant que l'infirmier enlevait sa blouse blanche et s'installait sur le canapé de tout son long, comme sur un divan dans un cabinet de psy.

— De quoi voulez-vous parler, Jack, aujourd'hui ?

— Eh bien... j'ai une question à vous poser.

— Si ça concerne mon fils, vous savez où vous pouvez vous la mettre, votre question...

— Non. Ça vous concerne, vous.

— Je crains le pire.

— Je voudrais savoir ce que vous cachez tout le temps dans la poche intérieure de votre veste, docteur Draken.

Cette fois, Ian Draken resta muet, interloqué. Pour la première fois depuis bien longtemps, il semblait pris de court. Aucune boutade, aucune pique à retourner.

— Depuis que je vous connais, reprit l'infirmier, je vous ai toujours vu avec ce truc caché dans votre poche intérieure, et je n'ai jamais réussi à savoir ce que c'était. Je vois bien que vous faites des efforts pour qu'on ne voie jamais ce que vous gardez là. Avec les copains, on a fait des paris. Lewis est persuadé qu'il s'agit d'un film porno.

Le vieil homme ne répondit toujours pas, mais son bras s'était crispé contre son buste, comme s'il avait voulu, en effet, protéger quelque chose qui était caché dans sa poche.

— Moi, je ne pense pas que ce soit un truc porno. C'est un truc de psy, c'est ça ? En fait, il n'y a rien dans votre poche. C'est juste pour vous donner de la consistance ? Ou pour faire parler vos patients ? C'est une boîte de Pandore ?

Ian Draken fit un geste agacé de la main.

— Ça ne vous regarde pas, Jack. Revenons-en à votre divorce, Jack.

— Allons ! J'ai parié gros, Ian ! Dites-moi ce que c'est !

Le psychiatre poussa un soupir.

— Des photos de votre ex-femme en train de faire un gang-bang ! Ça vous va ?

— Ian, si vous ne me dites pas ce qu'il y a dans votre poche, je ne ferai plus de séance avec vous.

Le vieil homme le dévisagea un long moment, pensif, puis un sourire s'esquissa soudain sur son visage.

— Alléluia ! Depuis le temps que j'attendais ce moment.

Il posa les deux mains sur les roues de son fauteuil, effectua un demi-tour d'un mouvement de bras et sortit de la pièce sans rien ajouter, abandonnant derrière lui l'infirmier, pantois.

Dear lady

29

Quand il entendit les quatre coups frappés à la porte, Draken était de nouveau allongé par terre, les yeux rivés sur le plafond, son pinceau coincé entre les dents.

Il se leva et partit regarder par l'ouverture de la vieille porte déglinguée. Quand il vit les deux visages impatients de Lola et Adam de l'autre côté, il éprouva une douce impression de réconfort et ouvrit aussitôt la porte.

Avant même qu'il ait eu le temps de dire un mot, le jeune garçon lui avait déjà sauté dans les bras et le serrait plus fort que jamais. Il y avait dans cette étreinte bien des non-dits. Un silence entendu. Il y avait Emily, la peur éprouvée de ne jamais se revoir et la joie de se retrouver.

— Ça, c'est une bien belle surprise ! dit le psychiatre en reposant Adam par terre.

— On ne te dérange pas ? demanda Lola en refermant tant bien que mal la porte derrière eux. Adam a tellement insisté… Le dimanche, c'est sa journée, alors j'ai fini par céder. Je lui ai expliqué la situation, tu n'as rien à craindre.

Draken acquiesça. Il se moquait des circonstances. Il était seulement heureux de voir le fils de Lola.

— Je dirai rien à personne, promit le garçon tout en

avançant, hébété, au milieu de cette improbable caverne bariolée.

Draken se pencha vers la policière et lui serra affectueusement l'avant-bras.

— Merci, chuchota-t-il.

Il savait qu'au fond, Lola avait fait ça autant pour son fils que pour lui.

— C'est toi qui as peint tout ça ? s'extasia Adam en tournant sur lui-même sans quitter les murs et le plafond des yeux.

— Oui.

— Et tout ça, c'est des choses que t'a racontées Emily ?

— En quelque sorte, oui.

Gallagher s'approcha du côté nord de la pièce.

— C'est nouveau, ça ? dit-elle en montrant ce que Draken venait de peindre à cet endroit.

— Oui.

— La dernière vidéo ?

Arthur acquiesça.

— Je me pose beaucoup de questions sur ces deux animaux. Le zèbre et le rhinocéros. Je n'arrive pas à comprendre ce qu'ils symbolisent dans l'esprit d'Emily, et ils semblent très importants.

— Ils n'ont pas une signification précise dans la symbolique des rêves ?

— En général, le zèbre, avec ses rayures noires et blanches bien égales, est symbole du métissage ou de l'équilibre… Mais il est aussi parfois un symbole du courage. C'est courageux, un zèbre, avec tous les prédateurs qu'il y a autour… Quant au rhinocéros, c'est un symbole sexuel évident. Dans certaines cultures, on attribue des vertus magiques à sa corne. Mais j'ai bien peur que, dans le cas qui nous intéresse, cela soit plus compliqué que ça.

— Ce qui est étonnant, ici, c'est que le rhinocéros semble être la victime, la proie, alors qu'on aurait plutôt attendu ça du zèbre, non ?

— Tu raisonnes trop en termes réalistes, Lola. Toi, tout de suite, tu vois un zèbre et un rhinocéros, et tu penses à l'Afrique…

— Forcément.

Draken hésita un instant.

— Si ça se trouve, c'est toi qui as raison. Peut-être que je complique trop.

— Hey ! lança soudain Adam à l'autre bout de la pièce. Ça, je reconnais !

Les deux adultes se retournèrent et s'approchèrent du jeune garçon. Il avait les yeux rivés sur la représentation du roi qui tenait un bébé dans ses bras, assis dans un train.

— C'est la même chose que dans le carnet que tu m'avais montré à la maison, maman, tu te souviens ? C'est la chanson.

— La chanson que te chantait Emily ?

— Oui.

Draken fronça les sourcils.

— Emily te chantait une chanson ? demanda-t-il, surpris.

— Oui, Adam m'en a déjà parlé, intervint Lola, gênée. Je n'ai jamais pensé à te le dire.

— C'était quoi comme chanson ?

— C'était une chanson très triste qu'elle me chantait quand elle me gardait. Emily m'a raconté que c'était son seul souvenir. Elle n'était pas sûre, mais elle disait que c'était peut-être sa maman qui la lui chantait.

— Et tu t'en souviens ?

— Non, répondit le petit garçon d'un air désolé.

— Tu es sûr ? Cherche bien...

Le visage d'Adam s'assombrit. Il aurait tant aimé pouvoir aider Draken à cet instant. Cette chanson, c'était la seule chose qu'Emily avait gardé de son passé. C'était sûrement très important pour Arthur. Mais il avait beau chercher, il ne trouvait pas.

— J'arrive pas à me souvenir, dit-il les yeux brillants de honte.

— C'est pas grave, Adam. T'en fais pas.

Draken regarda Lola, l'air préoccupé.

— Je me demande si c'est une chanson qu'on lui chantait à elle, ou bien une chanson qu'elle-même aurait chantée... à un bébé.

— Tu penses qu'Emily... qu'Emily aurait eu un bébé ?

— Je me pose la question. Tu crois que tu pourrais te procurer le rapport d'autopsie pour voir si le médecin légiste a noté les traces d'une éventuelle grossesse ?

— Je peux essayer.

— Il y a une symbolique aquatique dans les visions d'Emily qui peut faire penser à la maternité, à la grossesse. Et puis il y a ce fruit que le roi ne parvient pas à attraper... Le fruit est souvent symbole de l'enfant. Je ne sais pas.

Ils restèrent silencieux un moment tous les trois, comme aspirés par les mystères de la fresque qui les entourait.

— Ce qui est sûr, murmura Draken comme pour lui-même, c'est que si le roi symbolise vraiment John Singer dans toutes ces représentations, alors il était très présent dans les visions d'Emily.

— Il y a forcément un lien entre Singer et Emily, confirma Lola. Il faudrait que j'essaie de l'interroger.

— Ça m'étonnerait que ce type accepte de parler à un flic...

À cet instant, le téléphone de Lola se mit à sonner. Gallagher sortit son portable. Le numéro du capitaine Powell s'afficha sur l'écran. Elle fit signe aux deux garçons de se taire et décrocha.

— Lola ? J'ai quelque chose à vous dire. On peut se voir ?

— Un dimanche ? Vous savez bien que le dimanche, c'est sacré.

— Ça ne concerne pas vraiment le boulot...

Elle fronça les sourcils.

— OK. J'arrive dès que je peux.

The line

30

— Nous venons de retrouver la trace d'Arthur Draken, patron.

Le jeune agent du FBI entra dans le bureau de Sam Loomis et lui tendit fièrement une feuille.

— Qu'est-ce que c'est ?

— Le listing détaillé de sa ligne téléphonique. Un téléphone à carte prépayée qu'il a acheté en liquide le lendemain de la mort d'Emily Scott.

Loomis jeta un coup d'œil à l'imprimé.

— Il n'a pas l'air de s'en servir beaucoup.

— Non. Et il n'y a qu'un seul numéro entrant. Une seule personne qui connaît son numéro.

— Je vois. C'est qui ?

Le jeune agent sourit, on sentait qu'il était heureux de délivrer l'information à son supérieur.

— La détective Gallagher.

— Évidemment ! Bien. C'est du bon boulot, mon garçon. Je suppose qu'on ne va pas avoir trop de mal à le localiser maintenant.

— Il suffit que vous demandiez, patron.

— OK. Je vous tiens au courant.

Le jeune agent ressortit du bureau avec un air satisfait. Loomis sourit. Un lèche-bottes pareil allait monter vite, mais pas bien haut.

Il regarda en détail le listing pendant un moment, puis il décrocha son téléphone et composa le numéro de Phillip Detroit. Le flic ne tarda pas à répondre.

— Détective ?

— Agent Loomis ! Ça faisait longtemps. Vous m'appelez même un dimanche… Je vous manque, c'est ça ?

— Vous voulez que je vous dise honnêtement ? Oui, vous me manquez.

— Je fais souvent cet effet-là. Changez-vous les idées avec quelqu'un d'autre.

— On patauge un peu ici, se plaignit l'agent fédéral.

— M'étonne pas. Mais c'est plus mon problème. Vous n'avez pas auditionné le couple Singer ?

655

— Si. Mais ça n'a rien donné. Ce ne sont pas de grands supporters de la cause policière.

— Vous m'appelez pour que je vous console, ou vous avez quelque chose à me demander ?

— Eh bien, pour ne rien vous cacher, j'aimerais avoir votre sentiment sur le Dr Draken.

— Qu'est-ce que vous voulez savoir ?

— À votre avis, il est mouillé jusqu'où, dans cette affaire ?

— À mon avis, c'est juste une baltringue.

— Vous ne pensez pas qu'il soit coupable ? Malgré la vidéo ?

Phillip Detroit hésita.

— Honnêtement, je n'arrive pas à en être sûr. Mais s'il a vraiment tué Emily Scott, ça doit être pour une stupide histoire de fesses. Pour le reste, je ne le vois pas tremper dans votre théorie du complot. C'est vraiment *juste* un psychiatre. Un psychiatre un peu border line, mais juste un psychiatre.

— Un psychiatre qui utilise des substances illicites.

— Allons, Sam ! Je parie qu'en faisant une descente chez vous je trouverais de quoi vous faire pendre par les couilles par un juge.

L'agent fédéral ricana.

— OK. Et Gallagher ?

— Quoi Gallagher ?

— Vous lui faites confiance, à elle ?

— C'est une question piège ?

— Non.

— Lola est une grande cachottière. Vous savez comme moi qu'elle a une ou deux casseroles au cul, mais ce n'est pas une criminelle, si c'est le sens de votre question.

— Et vous pensez qu'ils couchent ensemble ?

656

— Draken et Lola ?

— Ben, oui, pas vous, hein. Vous, vous vous tapez son frère.

Après un court instant de perplexité, Detroit répliqua d'une voix grinçante :

— Vous êtes un marrant, Loomis.

— Ça vous en bouche un coin, hein, que je connaisse moi aussi l'existence de M. Coleman ? Je ne voudrais pas que vous pensiez être le seul enquêteur valable sur cette affaire, mon garçon.

— Cette affaire est un tel sac de nœuds qu'on ne serait pas assez de cent enquêteurs pour y voir clair.

— J'avoue que j'ai du mal à comprendre le lien entre Emily Scott, Arthur Draken et le couple Singer.

— Pas mieux.

L'agent spécial Sam Loomis resta un instant silencieux. Detroit, au bout du fil, semblait aussi désemparé que lui par toute cette histoire.

— Il y a tout de même quelque chose que je n'arrive pas à m'expliquer, dit-il finalement d'une voix faible qui trahissait son embarras.

— Une seule ?

— J'aimerais bien comprendre comment il est possible que cette femme amnésique ait eu dans ses souvenirs des informations aussi précises sur des événements qui ne s'étaient pas encore déroulés…

— Il n'y a que deux solutions, Loomis. Soit c'était une putain de médium, soit elle connaissait le couple Singer. Ou les types qui les ont enlevés.

— Il ne suffit pas de connaître quelqu'un pour savoir précisément ce qui va lui arriver dans les prochaines semaines.

— Alors c'était une putain de médium.

31

William Roberts ne donnait jamais deux fois rendez-vous à ses informateurs au même endroit. Les consignes d'Exodus2016 étaient claires à ce sujet : ne jamais établir de routine. Ce soir-là, il avait donc retrouvé l'employé de Phillip Morris dans un obscur bar de bikers de Brooklyn, sur Marcy Avenue, dans lequel ils détonnaient quelque peu au milieu de chevelus aux blousons de cuir et tee-shirts de Heavy Metal.

L'indic, sous couvert d'anonymat, venait de lui remettre des documents qui prouvaient que des scientifiques européens – supposés indépendants – avaient été payés par la firme de tabac pour produire des études truquées sur la toxicité de la tabagie passive. Cette pratique des fabricants de cigarettes était devenue presque trop banale pour faire véritablement l'effet d'une bombe, mais le site d'Exodus2016 avait aussi pour mission de recueillir ce genre de documents, et l'industrie du tabac faisait partie des cibles favorites du lanceur d'alertes.

Après avoir jeté un coup d'œil aux documents pour s'assurer de leur authenticité, Roberts fit les promesses usuelles à l'informateur inquiet et tenta de le rassurer en lui expliquant que jamais une seule source n'avait été démasquée sur aucune des alertes publiées par leur site. Exodus2016 protégeait totalement ses informateurs et garantissait indéfiniment leur anonymat. L'employé de Phillip Morris sembla partiellement convaincu et quand il sortit du bar, il avait l'air de déjà regretter ce qu'il venait de faire.

William Roberts resta encore une demi-heure dans le bar et il était sur le point de payer ses bières quand son regard fut attiré par la télévision, perchée au-dessus des bouteilles de spiritueux.

— Ça vous embête de monter le son ? demanda-t-il au barman tout en lui faisant signe de lui servir une autre Bud.

Le type – qui était tatoué jusque sur le visage – s'exécuta sans enthousiasme.

En ce dimanche soir, la télévision, calée sur CBS, diffusait le numéro hebdomadaire de *60 Minutes*. Et à cet instant précis, c'était Dana Clark – et non pas le présentateur habituel – qui parlait directement à la caméra avec un air grave. Et, comme Roberts avait bien cru l'entendre, la journaliste parlait d'Exodus2016 et de l'incroyable scandale que le site avait permis de mettre au jour.

Roberts comprit aussitôt qu'il s'agissait du fichier de la CIA. Le fichier que John Singer avait été contraint de remettre à Dana Clark. Mais quand la journaliste commença à exposer le scandale en question, il s'immobilisa, incrédule.

« … ont permis de révéler l'existence d'accords

secrets entre Joseph Tsombé, le président de la République libre du Tumba, et plusieurs entreprises multinationales de téléphonie mobile. En effet, les sous-sols de la RLT – l'un des plus vastes pays d'Afrique – regorgent d'une matière première, le coltan, très prisée par les fabricants de téléphones portables. On considère que 75 % des réserves mondiales de coltan se trouvent en RLT, or ce minerai précieux est absolument capital pour la fabrication des condensateurs de petite taille, que l'on retrouve dans l'intégralité de nos appareils cellulaires.

« Plusieurs documents authentifiés, qui nous ont donc été transmis par les dirigeants d'Exodus2016 – et qui pourraient bien être la raison même de l'enlèvement de John et Cathy Singer – semblent indiquer que le président Tsombé aurait touché de substantielles commissions en échange de licences d'exploitation accordées à des multinationales, spoliant du même coup les habitants de cette région de la République libre du Tumba, et en particulier la tribu des Mabako... »

Jusqu'à la fin de l'intervention de Dana Clark, William Roberts resta totalement interdit. On aurait dit qu'il venait d'être pétrifié par le regard de Méduse[1].

Car cette histoire de scandale africain était certes troublante, captivante, mais elle n'était pas du tout en rapport avec les fichiers de la CIA ! Elle n'avait même absolument rien à voir. Ces fameux fichiers – intitulés DES-87, et que Roberts était le seul à avoir lus, en dehors de John Singer évidemment – révélaient un tout autre scandale, au sujet d'expérimentations qui avaient été conduites par la CIA entre 2002 et 2007

---

1. Dans la mythologie grecque, Méduse était l'une des trois Gorgones. Son regard mortel pétrifiait quiconque le croisait.

sur des détenus condamnés à la peine capitale. Bref, un scandale capable d'ébranler sinon le gouvernement américain, au moins la CIA tout entière. Pas un État africain ou des multinationales de téléphonie mobile…

Il y avait quelque chose qui ne tournait pas rond.

Et il n'y avait qu'une seule explication : John Singer n'avait pas donné à Dana Clark les vrais fichiers. Il lui avait donné un autre dossier, certes brûlant, mais pas les vrais fichiers.

William Roberts secoua la tête et avala sa bière d'une traite.

Dans le fond, ce n'était pas grave. C'était même probablement une bonne nouvelle : ainsi, Exodus2016 gardait la main sur cette arme secrète. Mais il y avait tout de même un détail qui le chiffonnait : John Singer lui avait menti. Et après plusieurs années d'amitié, c'était bien la première fois.

Reality

32

Draken n'aimait pas devoir sortir de sa planque. Dehors, il ne se sentait pas en sécurité. Mais en l'occurrence, il n'avait pas le choix : il avait besoin d'un ordinateur et d'un accès Internet, et l'appartement de Paul Clay n'avait ni l'un ni l'autre.

Quand il entra dans le *Wendy's*, sur Utica Avenue, il repéra tout de suite la chevelure rousse de Lola qui, assise à une petite table isolée, était en train de siroter une limonade aux baies sauvages. Si tard le soir, il n'y avait plus grand monde à l'intérieur du fast-food, mais il restait ouvert tous les jours jusqu'à 5 heures du matin et avait l'avantage d'offrir à la fois une bonne connexion wifi et un semblant d'anonymat.

— Tu ne goûtes pas leur célèbre Baconator ? demanda le psychiatre d'une voix sarcastique en se penchant par-dessus son épaule.

Gallagher, qui ne l'avait pas entendu arriver, sursauta.

— Je surveille ma ligne.

Draken prit place en face de l'Irlandaise.

— Ça doit bien faire vingt ans que je ne suis pas entré dans un *Wendy's*.

— Tu t'es embourgeoisé, Arthur. Je t'aurais bien proposé de venir à la maison, mais je ne suis pas sûre que ce soit une bonne idée qu'on te voie chez moi. Je me demande même comment je peux être assez stupide pour me montrer en public avec toi alors que tu es toujours recherché…

— Parce que tu m'aimes, Lola.

— Ça doit être ça, oui. Tu sais qu'il ne te reste plus que vingt-quatre heures ? Après, tu peux dire adieu à ma bienveillance.

— Tu m'as apporté un ordinateur ?

— Oui, dit-elle en sortant un MacBook de son sac.

Mon portable. Tu y fais attention. Il y a un proxy installé dessus pour que tu puisses rester anonyme.

— Ah… D'accord.

— Tu es sûr que c'est une bonne idée ? Les types d'Exodus2016 doivent être surveillés de très près.

— Jusqu'à présent, ils ont surtout montré qu'ils étaient particulièrement doués pour vous mener en bateau, toi et tes potes. Et je commence à m'habituer à la discrétion, moi aussi.

— Je n'ai pas mis beaucoup de temps à te retrouver, moi. Ça m'étonnerait que tu puisses rester encore longtemps dans cet appartement.

— Tes collègues n'ont pas la moitié de ton QI. Au final ça fait pas lourd.

Lola secoua la tête. En toute circonstance, Draken restait ce terrible monstre d'orgueil entêté. Et pourtant, elle continuait de le considérer comme son meilleur ami.

— Il faut que je te dise quelque chose, dit-elle finalement, le regard fuyant.

Le psychiatre comprit aussitôt qu'il s'agissait de quelque chose d'important. Elle n'avait pas l'habitude d'être gênée avec lui.

— Quoi ?

— J'étais chez Powell, tout à l'heure.

— Oui, je sais. Qu'est-ce qu'il te voulait ?

Gallagher se mordit les lèvres avant de répondre. Elle avait un regard désolé qui était de mauvais augure.

— C'est au sujet d'Emily.

— Eh bien ? la pressa Draken, agacé.

— Elle va être enterrée demain au cimetière de Cypress Hill.

Le psychiatre se figea. Il n'avait aucune expression

sur le visage, mais Lola, qui le connaissait bien, devinait son trouble. Car, évidemment, il comprenait ce que cette information impliquait : comme il était en cavale, recherché, il ne pourrait pas assister à l'enterrement.

— Je... Je suis désolée, Arthur.

Draken s'efforça de sourire.

— Ça va. Ce n'est pas un problème. Tu sais, les enterrements... Ces mascarades larmoyantes et exhibitionnistes, c'est pas trop mon truc.

Lola acquiesça, mais elle était certaine qu'il mentait.

— Tu vas y aller, toi ? demanda le psychiatre d'un air faussement détaché.

— Oui, bien sûr.

— Eh bien, tu n'auras qu'à dire une prière pour moi.

— Tu crois en Dieu, maintenant ?

— Bien sûr ! Quand tu vois la bouffe qu'ils servent dans un *Wendy's*, comment veux-tu nier l'existence d'un être supérieur ?

L'Irlandaise fit une grimace amusée.

— Je ne suis pas sûre de voir le rapport... Mais je dirai quand même une prière pour toi.

— Bon sang ! Une catholique irlandaise qui prie pour moi ! Finalement, je suis sauvé !

— Tu devrais appeler ton père.

Draken haussa un sourcil, perplexe.

— Pardon ?

— Tu devrais l'appeler et lui demander d'aller à l'enterrement pour toi.

Il éclata de rire.

— Tu... Tu déconnes, là ?

— Non. Ça me semble être une bonne idée.

— Ah oui ? C'est marrant, parce qu'à moi, ça semble tout le contraire d'une bonne idée. D'abord, mon père a à peu près la même passion que moi pour les enterrements. Ensuite, il n'en avait rien à foutre d'Emily. Et enfin, c'est un connard. Tout ça réuni, ça fragilise quand même vachement la théorie selon laquelle ce serait une bonne idée de l'envoyer à l'enterrement d'Emily…

— Mais c'est justement parce que c'est un connard que c'est une bonne idée.

— Et pourquoi ?

— Parce que c'est donc le type le plus à même de te représenter.

Elle se leva en souriant, donna une petite tape sur l'épaule de son ami et sortit du *fast-food* sans rien ajouter.

Le psychiatre resta un moment interdit, l'ordinateur portable dans les mains.

— Quelle sombre idiote ! murmura-t-il d'un air amusé.

Il ouvrit l'ordinateur et l'alluma.

Quand il fut connecté au Web, il se rendit sur Hushmail, un site qui permettait d'obtenir anonymement une adresse e-mail provisoire. Là, il se créa l'adresse : sanctity_of_truth@hushmail.com. Ensuite, il chercha le site d'Exodus2016 et ouvrit le formulaire de contact. Dans la fenêtre de dialogue, il tapa : « J'étais vendredi sur le barrage. Vous et moi avons à parler. Contactez-moi avant demain. » Et il signa : « Un ami. »

You've been bad

665

33

Quatre années ont passé.

Emily n'a plus jamais reparlé avec Mike de l'enfant qu'elle a été contrainte d'abandonner devant le monastère de Jericho Bay. À présent, c'est comme si cet épisode n'avait jamais eu lieu. Juste un mauvais cauchemar à oublier. Rien que ça.

Après quelques semaines, tout est redevenu normal. En apparence, en tout cas. Mike est redevenu un mari attentionné – souvent absent, mais attentionné – et Emily a repris son rôle d'épouse docile et patiente. Personne dans le village n'a jamais rien su. Le couple ne s'est jamais confié, pas même au père Ashcroft, qui vient le premier dimanche du mois dans l'église baptiste jouxtant leur petite maison bleue. L'absence quasi totale de vie sociale de Mike et Emily a facilité les choses : on ne leur a pas posé de question et les quelques semaines où la jeune femme n'a pas mis le nez dehors n'ont inquiété personne.

Quant au père naturel de l'enfant, Emily ne l'a jamais revu. Elle s'est même efforcée de ne plus jamais penser à lui. Ce représentant de commerce ignore encore certainement qu'il est père. Et s'il le savait, il ne reconnaîtrait probablement pas l'enfant.

Quatre années plates et monotones. Lisses en surface, tristes en profondeur. Quatre années d'une vie factice, d'un amour simulé. Les finances du couple ne sont pas vraiment meilleures, mais Mike a décidé, maintenant, avec un cynisme dont il semble n'avoir pas même conscience, qu'ils devaient faire un enfant. L'ironie du sort – ou le poids d'une blessure dans le cœur et le corps de cette femme – veut qu'elle ne parvienne pas à tomber enceinte. Mike tente de masquer sa colère et Emily le maigre plaisir que lui procure cette petite vengeance biologique. Parfois, elle peine à cacher les larmes qui coulent sur ses joues quand son mari lui fait l'amour. Et quand il part en mer pour de longues semaines de pêche, elle n'éprouve plus cette affliction qui lui étreignait jadis le cœur. Plutôt un soulagement.

Aujourd'hui, Emily a décidé d'aller au monastère de Jericho Bay. Son mari est au large depuis plusieurs jours. Il n'en saura rien.

Elle est maintenant debout devant le portail où, cette nuit-là, Mike avait déposé l'enfant qu'elle avait porté neuf mois dans son ventre. Un portail qu'elle a tant de fois revu dans ses cauchemars.

Elle tremble. Elle hésite. Ce n'est pas la première fois qu'elle revient ici. Mais aujourd'hui, elle est bien décidée à entrer. À passer de l'autre côté.

D'un geste courageux, elle essuie ses larmes, puis elle avance vers la grille et actionne la poignée. Le portail s'ouvre. Fébrile, elle s'engage sur le petit chemin de sable qui passe entre les arbres et conduit jusqu'au long monastère de vieilles pierres.

En montant vers le bâtiment, elle croise un homme, un jardinier, qui lui adresse un signe de tête courtois. Il ne semble pas s'étonner de sa présence : il n'est pas rare que des laïcs viennent rendre visite aux carmélites.

On se rend ici pour prier dans la petite chapelle qui se dresse au cœur d'une clairière, à quelques pas du monastère. Une seule règle s'impose : respecter le silence des sœurs.

Emily marche donc vers la petite chapelle. Elle ne sait pas trop ce qu'elle doit faire. Ce qu'elle peut faire. Aller voir la Mère supérieure et lui dire la vérité ? Non. Elle ne peut pas faire ça. Les conséquences seraient trop lourdes. Alors, comme guidée par la résignation, elle entre simplement dans la chapelle.

Sous la petite voûte de pierre, cinq nonnes sont en prière, et avec elles trois femmes. Des habitantes de l'île, sans doute, mais Emily ne les reconnaît pas. Tant mieux. Elle reste en retrait, s'assied au dernier rang et prie à son tour. Ici, le temps semble s'être arrêté et le silence est roi.

Elle ne sait pas depuis combien de temps elle est là quand les carmélites, tête basse, mains jointes, passent à côté d'elle dans la nef et sortent de la chapelle. Comme les trois autres femmes en font autant, elle se décide elle aussi à sortir.

Elle comprend alors qu'elle ne va pas pouvoir entrer dans le monastère. La libre circulation des visiteurs s'arrête ici. Les nonnes vont d'un côté, les villageoises de l'autre. Vers la sortie.

Les larmes montent à nouveau à ses paupières, mais c'est peut-être mieux ainsi. Au fond, elle n'est pas sûre d'avoir le courage de savoir. D'aller jusqu'au bout de sa démarche. Alors elle se dirige à nouveau vers le portail.

Mais soudain, au milieu du chemin baigné par la lumière du soir, elle s'immobilise. Son cœur, lui aussi, semble s'être arrêté.

À quelques pas de là, près d'un bosquet, le jardinier discute avec une petite fille.
Une jolie petite fille blonde qui doit avoir quatre ans.

Taking toll

34

Le lendemain matin, dès 8 heures, Draken se présenta sur le parking à l'angle de Hudson et de Spring Street. Traverser tout Brooklyn et se rendre au sud-ouest de l'île de Manhattan ne l'avait pas particulièrement enchanté. Même si son crâne rasé le rendait quasiment méconnaissable, chaque policier et chaque caméra de surveillance qu'il avait croisés sur le trajet – et il y en avait eu beaucoup – lui avaient donné des sueurs froides. Même dans la plus grande ville des États-Unis, on n'était jamais vraiment anonyme. Mais il était bien conscient d'avoir une chance incroyable que John Singer ait accepté, si vite, de lui donner ce rendez-vous – c'était même presque suspect – et il ne pouvait s'empêcher d'espérer que cette rencontre lui permettrait de découvrir de nouvelles choses au sujet d'Emily.

En ce lundi 13 février, le ciel était d'un bleu immaculé et laissait briller un soleil éblouissant qui se réverbérait en milliers d'éclats sur les gratte-ciel new-yorkais. L'humidité des trottoirs était le seul souvenir que l'hiver avait laissé aux passants de ses amoncellements de neige.

Draken, qui avait passé la plus grosse partie des dernières journées enfermé dans sa planque, se sentit étouffé par les mouvements et les bruits de la ville. Les voitures, les bus, les camions défilaient, s'arrêtant régulièrement au rythme des feux rouges, comme un immense manège tournoyant autour de lui.

À l'endroit qu'on lui avait indiqué, il vit une Chrysler 300 gris métal, vide, contre laquelle il s'adossa, comme convenu, en tenant un exemplaire du *New York Times* dans sa main droite.

Il se sentit ridicule dans cette position. L'impression d'être plongé dans un vieux polar des années cinquante. Il attendit malgré tout dix bonnes minutes avant qu'un gros 4 × 4 noir aux vitres teintées s'arrête juste devant lui.

Le psychiatre ne put réprimer un frisson. Ici, au cœur de la ville, il avait le sentiment d'être exposé. Vulnérable. Comme s'il s'était lui-même jeté dans un piège. Et si ce n'était pas Singer qui avait répondu, mais quelqu'un d'autre qui avait intercepté son message ?

Quand la vitre noire du Dodge Durango se baissa enfin, il lui sembla reconnaître le visage rond du fondateur d'Exodus2016. L'homme le dévisagea longuement, puis lui fit signe de monter à côté de lui.

Draken, impressionné malgré lui, grimpa dans le 4 × 4.

Arrivé sur le toit du 315 Hudson Street par le local technique, l'homme sortit de sa mallette le fusil de précision Remington Bravo 51 modifié. Équipée d'un canon lourd de 56 centimètres, d'une lunette de visée et d'un bipied, cette arme de calibre 7.62 permettait de viser précisément à plus d'un kilomètre et, un peu moins lourde que la plupart des autres fusils de sa catégorie, elle avait l'avantage d'être plus discrète, plus facile à transporter en ville.

Haut de sept étages, le bâtiment dominait le carrefour, ce qui éviterait au sniper de se faire repérer, mais il n'était pas trop haut non plus pour rendre le tir difficile. D'ici, le parking en pleine ligne de mire, atteindre sa cible serait un jeu d'enfant. À cette distance, et avec cette arme, il pouvait faire sauter la tête de George Washington d'une pièce de 25 cents.

Avec les gestes sûrs du professionnel, le tireur choisit le meilleur spot et se mit en place au bord du toit, à plat ventre. Une fois installé, il prit une gélule de Propranolol dans la poche haute de sa veste et l'avala. Le bêtabloquant diminuait les tremblements. Un luxe qui n'était pas obligatoire, mais mieux valait mettre toutes les chances de son côté. Délicatement, il positionna le fusil sur son bipied, puis le colla contre sa joue et amena son œil droit à deux centimètres de la lunette de visée.

Après un court balayage du parking, il trouva facilement sa cible. Le Dr Arthur Draken avait beau s'être rasé le crâne, on le reconnaissait aisément. Adossé à une Chrysler 300, il attendait sagement le 4 × 4 noir qui venait de tourner à l'angle de la rue.

Le tireur appuya sur le petit bouton de son émetteur agrafé au col de sa veste.

— Loup solitaire à central. Je suis en position. À vous.

La réponse de l'homme qu'on surnommait Hatman[1] ne tarda pas à venir.

— Vous voyez Draken ?

— Affirmatif. Il vient de rentrer à l'instant dans le Dodge de John Singer.

— Parfait. Quand il sort, attendez que la voiture se soit éloignée, et shootez-moi ce connard.

— À vos ordres, boss. Terminé.

Face the truth

---

1. L'homme au chapeau.

36

Le corbillard Cadillac s'arrêta doucement sur le rond-point, à l'est du cimetière de Cypress Hill. Derrière lui, deux voitures seulement. Celle du capitaine Powell et celle de Lola Gallagher, qui était venue avec son fils Adam.

Les employés des pompes funèbres de la ville sortirent précautionneusement le cercueil d'Emily Scott et se mirent en route sur l'allée qui conduisait à l'emplacement réservé par le comté de New York.

Lola, son fils et le capitaine du 88e district les suivirent dans le silence pesant de ce matin d'hiver. Leur solitude et l'absence de Draken rendaient l'instant plus tragique encore. C'était comme si le monde était totalement indifférent à la mort de cette pauvre femme esseulée, si bien que les trois uniques témoins de sa mise en bière avaient le sentiment de devoir en porter toute la charge.

La cérémonie serait nécessairement épurée. Pas de famille, pas de rite religieux, pas de discours. Emily avait échappé de peu à ce qu'on l'enterre sous le nom générique de « Jane Doe », que l'on réservait aux personnes sans identité. Sa tombe ne portait néanmoins que son nom supposé et l'année de son décès.

Sur le petit chemin qui serpentait entre les tombes, Adam serra la main de sa mère de plus en plus fort.

Lola n'aurait su dire si c'était la manifestation de son émotion grandissante, ou un signe de soutien qu'il lui adressait. Quand elle tourna la tête pour lui adresser un regard, elle eut sa réponse. Le garçon pleurait.

37

John Singer était visiblement venu seul. Les mains encore posées sur le volant de son énorme 4 × 4, il dévisageait Draken avec un regard méfiant.

— Vous dites que vous étiez sur le barrage de Saville ? demanda-t-il d'un air sceptique.

— Oui. J'ai vu les ravisseurs vous libérer en échange d'un gros sac de sport bien rempli, ainsi que votre collègue vous emmener dans sa camionnette, et également les types s'enfuir dans le souterrain par lequel vous avez dû arriver. En dessous de l'espèce de petit donjon.

Le visage du dirigeant d'Exodus2016 se transforma légèrement. Jusque-là, il n'avait eu aucune certitude que son interlocuteur disait la vérité. Mais à présent, il n'avait plus de doute. Et il était de plus en plus mal à son aise.

— Comment saviez-vous ?

Draken inspira profondément.

— Est-ce que le nom d'Emily Scott vous dit quelque chose ?

— J'ai entendu parler d'elle dans les journaux, mais…

John Singer eut soudain un mouvement de recul.

— Vous… Vous êtes l'homme qu'on accuse du

meurtre de cette femme ! Vous… Vous êtes le Dr Draken, c'est ça ?

— Je suis beaucoup plus élégant avec mes cheveux, répondit le psychiatre, un sourire en coin.

38

— Loup solitaire à central. Ils sont toujours dans la voiture. Qu'est-ce que je fais si le Dodge démarre ? À vous.

— Vous arrivez à les distinguer à l'intérieur ? demanda Hatman.

— Négatif. Les vitres sont teintées. Draken est monté à la place du passager, mais ce serait un tir à l'aveugle.

— Alors on va espérer qu'il ne démarre pas.

— OK. Je reste en position.

— Rien à signaler sur les scanners du NYPD et du FDNY. *A priori*, le quartier est calme. Aucune modification sur votre route de sortie pour l'instant. Tenez-nous au courant si ça bouge.

— Bien reçu. Terminé.

39

Adam, debout devant le tombeau au fond duquel on venait de descendre le cercueil, avait les yeux fermés. Il les avait fermés très fort, même, mais cela n'empêchait pas ses larmes de couler. L'origine exacte de son chagrin était un peu confuse. Il ne savait pas ce qui le rendait le plus triste : la disparition de cette femme qui avait été si douce avec lui, la poigne ferme de sa mère à côté de lui, la peine que cela devait faire à Arthur de ne pouvoir être présent, ou bien l'étrange irruption du souvenir de son père, qu'il n'avait pas vu depuis si longtemps, et auquel il ne pouvait s'empêcher de penser en cet instant.

Quand il sentit soudain une main se poser sur son épaule, il sursauta en poussant un cri.

Tout le monde se retourna pour voir qui venait d'arriver, et ils furent tous trois surpris de découvrir le visage du vieux Ian Draken, assis dans son fauteuil roulant, une épaisse couverture de laine posée sur les genoux.

Adam, qui ne connaissait pourtant pas si bien le vieux psychiatre, lui attrapa la main et lui adressa un sourire qui contrastait avec les larmes sur ses joues.

Ian fit un geste de la tête en direction de Lola et du capitaine, l'air de dire : « Ouais, je suis venu... n'en parlons plus. »

Personne n'ouvrit la bouche et ils restèrent ainsi à se recueillir devant le tombeau d'Emily Scott.

Sacaramouche

40

— Et qu'est-ce que vous me voulez, au juste ? demanda Singer, crispé.

— J'aimerais que vous m'aidiez à comprendre pourquoi Emily Scott savait à l'avance que vous alliez vous faire enlever, et même comment elle savait où et quand vous alliez vous faire libérer.

— Comment voulez-vous que je le sache ? répliqua le dirigeant d'Exodus2016, légèrement agacé.

— Vous la connaissez certainement ! Elle savait trop de choses sur vous pour que vous ne la connaissiez pas !

— Elle faisait peut-être partie des ravisseurs ! se défendit Singer.

— Peut-être.

Draken sortit son téléphone portable de sa poche et montra une photo d'Emily à son interlocuteur.

— Vous ne reconnaissez pas ce visage ?

L'homme étudia la photo avec attention. Il haussa les épaules d'un air désolé.

— Non. Vraiment pas.

— Elle ne peut pas avoir fait partie des sympathisants de votre organisation ?

— C'est possible. Je les rencontre rarement, vous savez…

Un silence passa.

— Vous avez une idée de l'identité des gens qui vous ont enlevé ? demanda Draken, à tout hasard.

— Malheureusement, non.

— Pas la moindre idée ?

— Il y a tellement de possibilités ! La CIA, le FBI, des services secrets étrangers, une multinationale mécontente, ou tout simplement des types qui avaient envie de se faire du pognon ! Si je le savais, monsieur Draken, croyez bien que je ne serais pas ici à vous parler. J'espérais même que vous étiez là pour me donner des informations.

Draken poussa un soupir.

— Est-ce qu'un zèbre ou un rhinocéros ça symbolise quelque chose, pour vous ?

Singer haussa les sourcils, perplexe.

— Non. Drôle de question. Pourquoi ?

Le psychiatre grimaça.

— Il y a forcément un lien entre Emily et vous !

— Je suis désolé, Doc… J'aimerais vous aider. Mais là, je ne vois vraiment pas. Il faudrait peut-être que vous m'en disiez plus. Je vous avoue que j'aimerais comprendre, moi aussi.

Draken hésita. Singer avait l'air sincère. Il aurait presque aimé lui montrer les vidéos des séances d'Emily. Mais cela représentait un risque. Il n'était pas encore certain de pouvoir faire confiance à ce type.

— Restons-en là pour l'instant, dit-il finalement d'un air déçu. Nous savons comment nous joindre, à présent.

Singer, lui, ne semblait pas prêt à en finir aussi vite.

— Les flics sont au courant de tout ça ?

— Ils sont au courant de certaines choses, mais pas de tout.

— C'est peut-être mieux ainsi. Vous allez me prendre pour un paranoïaque de première, mais tant qu'il ne sera pas prouvé que ni la police ni les services secrets ne sont responsables de mon enlèvement, je resterais méfiant, à votre place.

Draken hocha la tête.

— Vous allez rester en cavale combien de temps ? demanda Singer d'un air compatissant.

— Jusqu'à ce que je sache qui a tué Emily Scott.

— Vous ne pourrez pas indéfiniment échapper à la police, docteur Draken. Croyez-moi, la clandestinité, ce n'est pas une chose aisée… Est-ce qu'Exodus2016 peut faire quelque chose pour vous ?

— Pour l'instant, je me débrouille. Je vous remercie. On reste en contact.

— Si je peux me permettre un dernier conseil, n'utilisez pas deux fois la même adresse e-mail. Si vous devez me contacter à nouveau, faites en sorte que moi seul puisse vous reconnaître.

— Et si *vous* vous avez besoin de me contacter ?

— Je me débrouillerai pour que vous soyez au courant. N'ayez crainte.

Draken acquiesça avec un sourire.

— Prenez soin de vous, Singer.

Il sortit de la voiture.

41

La silhouette du Dr Draken apparut dans la lunette de visée. Plein cadre.

— Loup solitaire à central. Cible en ligne de mire. À vous.

— Attendez que la voiture de Singer soit partie. Dites-moi quand vous avez fini le boulot.

— Affirmatif. Terminé.

Le tireur, aidé par le bêtabloquant, contrôla sa respiration. Le corps relâché. Le doigt légèrement dégagé de la détente. La main gauche ferme, mais pas crispée.

Le crâne de Draken était en plein centre du réticule. Le front à la croisée des deux fils. Par intermittence, le sniper décalait la tête pour avoir une vue d'ensemble sur la scène qui se déroulait en contrebas.

Le 4 × 4 fit une pause à la sortie du parking pour laisser passer le trafic. Le tireur vérifia dans la lunette que Draken était toujours en vue. Le psychiatre s'était mis en marche vers l'arrêt de bus de Spring Street, à quelques pas seulement. Il fallait que la voiture démarre avant qu'un bus n'arrive. Ça allait être serré.

Le sniper releva la tête. Le gros Dodge noir ne bougeait toujours pas.

— Allez… Allez, grogna-t-il. Casse-toi de là !

Enfin, le 4 × 4 se mit en route.

La voie était libre.

42

Les employés des pompes funèbres mirent la dalle du tombeau en place, faisant disparaître à jamais le cercueil d'Emily Scott.

Après quelques nouvelles minutes de silence, le capitaine Powell se tourna vers Lola, d'un air un peu gêné.

— Je dois y aller, Gallagher.

Elle hocha la tête. Le vieux Black fit une moue désolée. D'un geste un peu maladroit, il lui serra l'épaule.

— Ça fait partie du boulot. Et vous, vous faites du bon boulot, Lola.

— Tout le monde n'a pas l'air de penser comme vous.

— Peut-être. Mais votre capitaine, c'est moi. Malgré toutes les conneries que vous faites, je vous fais encore confiance.

Il se baissa vers Adam et lui frotta affectueusement les cheveux.

— Tu as raté l'école, toi, ce matin…

— Je voulais être là.

— C'est bien, Adam. T'es un bon petit !

Puis il se tourna vers Ian Draken et lui fit un simple signe de tête qui se voulait vaguement respectueux.

Le capitaine adressa un dernier regard à la pierre tombale, puis il repartit vers les voitures.

43

Le tireur se remit en visée. Petit balayage vers la gauche. Le crâne chauve de Draken, de profil, apparut dans le cercle de la lunette.

Il centra sur la tempe.

Il prit sa dernière inspiration et coupa son souffle.

Le doigt approcha lentement de la détente.

— FBI ! Lâchez votre arme !

Le sniper se figea.

— Lâchez votre arme ou je vous descends sur place !

L'agent spécial Sam Loomis, pistolet Sig-Sauer au poing, avança lentement sur le toit du 315 Hudson Street tout en gardant le sniper en joue.

— Lâchez votre arme !

Les mains du tireur s'écartèrent doucement du fusil de précision. Il poussa un soupir abattu alors que la crosse retombait sur le sol.

Sept étages plus bas, Draken venait d'entrer dans le bus. Sain et sauf. Bientôt, il disparut dans le trafic new-yorkais.

— OK, OK, dit le sniper en se retournant lentement sur le dos.

— Mettez vos putains de mains là où je peux les voir ! cria Loomis en continuant d'avancer.

— C'est bon, c'est bon…

L'homme se redressa, prenant appui sur le toit pour se relever complètement.

— Restez au sol ! ordonna l'agent fédéral, qui n'était plus qu'à quelques pas.

Au même instant, la main droite du sniper était passée furtivement dans son dos et avait tiré une arme de poing de sa ceinture.

Loomis eut tout juste le temps de voir scintiller le métal gris du pistolet sous le soleil bas de l'hiver. Son instinct de survie envoya l'impulsion dans son index. La détonation fut accompagnée d'un petit éclair jaune et d'un nuage de fumée.

Le sniper n'eut pas le temps de tirer. La balle l'atteignit en pleine poitrine et il s'effondra sur le sol.

Loomis attendit un instant, l'arme toujours en visée, puis quand il vit que son adversaire ne bougeait plus, il s'approcha prudemment du sniper. Une tache rouge poisseuse s'agrandissait sur le côté gauche de sa poitrine. L'agent du FBI s'abaissa et posa sa main sur le cou. Le pouls ne battait plus.

Il entendit alors un grésillement distant.

Il prit aussitôt l'écouteur de sa victime et se le glissa dans l'oreille.

— C'est bon ? Vous l'avez eu ? Répondez ! demanda une voix pressante à l'autre bout de la ligne.

Loomis esquissa un sourire et appuya sur le bouton de l'émetteur.

— Ouais, ouais, c'est bon, je l'ai eu. Dans le mille. Moment de silence.

— Qui est-ce ? demanda la voix dans l'écouteur.

— C'est le FBI, tête de nœud. Et toi, t'es qui ?

44

Lola s'approcha du père de Draken.

— Comment vous avez su que l'enterrement avait lieu aujourd'hui ?

— J'ai reçu un message anonyme.

La rousse esquissa un sourire.

— Je vois. C'est gentil d'être venu.

— Je suis mieux ici qu'à la maison de retraite. Ça me fait prendre l'air.

— C'est ça…

— C'est rare qu'il fasse si beau pour un enterrement, ajouta-t-il en montrant le soleil qui illuminait la colline.

Puis il regarda le tombeau à côté d'eux. Après un long moment de silence, il leva la tête vers la policière.

— Cet imbécile d'Arthur était vraiment amoureux d'elle ?

— Oui, je crois. C'était une fille bien.

Le psychiatre la dévisagea avec une lumière singulière dans les yeux. De la malice, presque.

— Vraiment ? Mon fils n'a jamais été très doué pour choisir la bonne.

— Vous devriez peut-être lui faire davantage confiance.

Il ricana.

— Ah oui ? Vous croyez ? J'y penserai si je le revois un jour. Vous l'avez revu, vous ?

— C'est pour ça que vous êtes venu ?

— Non. Vous l'avez revu ? insista-t-il.

Elle ne répondit pas.

Ian fit un clin d'œil à Adam.

— Elle ment mal, ta maman, hein ?

Le jeune garçon haussa les épaules. Il ne savait pas trop comment il devait prendre les sorties ambiguës du vieil homme.

— Vous êtes venu comment ? demanda finalement Lola, pour changer de sujet. Vous voulez que je vous ramène ?

— Non, non, il y a un crétin d'infirmier qui est garé en bas et qui m'attend.

— Vous voulez y aller ?

Le psychiatre secoua les mains.

— Allez-y, allez-y. Je vais rester un peu ici.

— Vous êtes sûr ? répliqua Lola, étonnée.

— Vous avez vu ce soleil ? Vous ne voudriez quand même pas que j'aille m'enfermer tout de suite ! Et puis j'ai toujours aimé les cimetières. Les morts sont toujours de bonne compagnie. Alors que les vivants...

Lola secoua la tête. « Tel père, tel fils », songea-t-elle.

— OK. Alors au revoir, Ian.

— Au revoir, détective.

— Au revoir, monsieur, dit Adam en serrant la main du père de Draken.

— Au revoir, mon garçon.

La mère et le fils s'éloignèrent lentement, main dans la main.

Quand il fut seul, Ian Draken fit rouler son fauteuil pour s'approcher encore un peu de la tombe.

Après un long moment, il jeta un coup d'œil alentour, comme pour s'assurer que personne ne le regardait, puis il sortit un sac en papier kraft de sous la couverture qu'il avait sur les genoux. À l'intérieur, il y avait cet objet qu'il gardait toujours sur lui. Cet objet mystérieux qui avait suscité la curiosité de tous les employés de la maison de retraite.

Soupesant le paquet, il poussa un profond soupir, puis le jeta sur la tombe avant de faire demi-tour et de rejoindre le pauvre Jack, qui l'attendait en bas du chemin.

45

Il était près de 11 heures quand Draken – qui ignorait qu'il venait d'échapper à une tentative d'assassinat – sortit du métro à la station Norwood Avenue.

La gorge nouée, il remonta la longue rue avec ses alignements de *brownstones* et leurs petits jardinets, ses arbres dénudés, ses murs couverts de graffitis, son église évangélique aux planches de bois peint, puis, le vaste cimetière de Cypress Hill apparut devant lui avec son quadrillage de pierres tombales blanches où reposaient soldats et prisonniers de la guerre de Sécession.

La tête rentrée dans les épaules, le psychiatre contourna le cimetière militaire et remonta jusqu'à la zone où Lola lui avait dit qu'Emily serait enterrée. Ce n'était vraiment pas prudent. C'était même parfaitement idiot. Mais c'était plus fort que lui. Lola se serait sûrement moquée de lui en le voyant venir ici, si visiblement troublé. Lui, Draken l'infaillible, l'insensible, celui qui ne perdait jamais la face...

Il faisait encore froid, malgré le soleil, et des petits nuages de buée s'échappaient de sa bouche tous les deux ou trois pas. Le cœur battant, il longea les tombes dont l'alignement, ici, était bien moins rigoureux que dans la partie militaire du cimetière. Ses yeux glissaient sur les stèles, déchiffrant un par un les noms gravés à leur surface. Jack Robinson, Christian Wollner, Lynn Carter, Arthur Wadkins, Nora Smith... Chaque nouveau tombeau lui provoquait un inavouable pincement de cœur. Enfin, il tomba sur celle qu'il redoutait tant.

Emily Scott
? − 2012
R.I.P.

Le psychiatre serra les poings, à s'en blesser les paumes. Comme s'il était observé, il s'efforça de ne pas verser la moindre larme. Une fierté déplacée, sans doute. Mais c'était pour lui-même. Pour rester fidèle à ce en quoi il croyait. N'accorder aucune valeur aux symboles funéraires. Le transfert lui semblait tellement ridicule : ce n'est pas la tombe qui est triste, c'est la mort. Pourtant, malgré son orgueil, il peina à se retenir, car les souvenirs qui l'assaillirent étaient bien réels, eux. Bien présents. Le visage d'Emily, ses pleurs, ses rires, son souffle contre sa peau quand ils faisaient l'amour, ses paroles, et cette foi qu'elle avait en lui, immense, déraisonnable. Cette espérance...

Il avait les dents si serrées que sa mâchoire commençait à lui faire mal quand il remarqua soudain, au pied de la pierre tombale, un sac en papier kraft qui semblait contenir un petit paquet.

Draken fronça les sourcils et se baissa pour le ramasser. D'un geste lent, il plongea la main à l'intérieur du sac et reconnut, du bout des doigts, la forme et le contour d'un livre de poche. Avalant sa salive, il le sortit.

En reconnaissant la couverture, il ressentit comme une constriction soudaine de sa poitrine.

La Pensée magique dans la psychanalyse, Dr Arthur Draken.

C'était son livre. Le livre qu'il avait écrit quelques années plus tôt dans l'indifférence générale. Et il était usé. Très usé.

Il tourna la page de couverture, la page de garde, et éprouva un nouveau frisson en reconnaissant l'écriture manuscrite de son père sur la page de titre.

« Werde der du bist[1], fiston ! »

Il secoua lentement la tête, incrédule, submergé par l'émotion, et un sourire se dessina finalement sur son visage.

Il feuilleta le reste du livre. Il y avait des annotations de la main de son père dans les marges de presque toutes les pages. Presque toutes.

Draken ferma les yeux, le livre serré entre ses mains.

Et cette fois, il ne put retenir ses larmes.

---

1. « Deviens qui tu es » (F. Nietzsche).

46

Emily s'approche doucement du jardinier et de la petite fille qui discutent ensemble. À mesure qu'elle avance, elle a l'impression que chacune de ses jambes pèse de plus en plus lourd, que la distance qui la sépare d'eux, au lieu de diminuer, augmente, et qu'elle ne les atteindra jamais. Elle a l'impression de ne pas être réveillée.

Et pourtant, elle est bien là, dans le parc du monastère. Et la petite fille blonde qui joue à quelques mètres de là ne peut être que sa fille. La chair de sa chair. Le sang de son sang.

— *Bonjour, madame.*

Emily se sent comme aspirée par le regard de cette enfant qui lui sourit. Elle se voit elle-même, de nombreuses années plus tôt. Elle pourrait être morte et voir ainsi défiler sous ses yeux les images de son passé. Mais elle est bien vivante, et elle doit répondre. Il faut qu'elle dise quelque chose à son tour. Le jardinier la regarde, lui aussi. Il va finir par la prendre pour une folle. Ses lèvres tremblent. Sa gorge semble ne vouloir produire aucun son.

— *Bonjour, balbutie-t-elle. Bonjour, ma petite.*

Emily franchit le dernier mètre qui la sépare de la fillette et s'accroupit à côté d'elle.

— *Comment tu t'appelles ? demande-t-elle en se composant le plus tendre des sourires.*

Le sourire d'une mère.

— *Anna.*

Emily frissonne. Sa fille a un nom. Elle n'a jamais osé lui en donner un, même dans ses rêves. Chaque fois qu'elle pense à elle, aucun nom ne lui vient. Et maintenant, elle saura. Elle verra un visage, et elle entendra un nom.

— *C'est joli, Anna.*

La petite semble enchantée par le compliment. Elle croise les mains derrière le dos d'un air coquin.

— *Merci ! Et lui, c'est Andrew. Et vous ?*

— *Moi, je m'appelle Emily. Tu habites ici ?*

— *Oui. J'ai été élevée par les sœurs, parce que je n'ai pas de parents, je suis une orpheline. Mais ma préférée, c'est sœur Janet, même si elle est un peu vieille.*

— *Ah bon ? intervient le jardinier en mimant une moue vexée. Ce n'est pas moi que tu préfères ?*

— *Mais si, mais en deuxième ! Je te préfère en deuxième, Andrew !*

Emily sourit. Elle sourit comme elle ne l'a pas fait depuis très, très longtemps. La petite lui ressemble tellement ! Les mêmes cheveux blonds, les mêmes yeux marron, le même nez... Elle lui ressemble tellement qu'elle se demande même comment le jardinier peut ne pas comprendre qui elle est. Peut-être a-t-il deviné et choisi de se taire. De ne pas interrompre la magie de ce moment.

— *Tu as une très jolie robe, Anna.*

— *Oui. C'est sœur Janet qui me l'a cousue, justement, pour mon anniversaire. Devinez quel âge j'ai ?*

Emily frissonne. Elle pourrait répondre en jours, en heures même.

— *Tu as quatre ans.*

La petite fille la regarde avec des yeux émerveillés.

— *Oui ! Vous avez deviné !*

Soudain, Emily sursaute en entendant un cri strident derrière elle.

— *Anna !*

Elle se retourne et voit une carmélite qui porte un scapulaire de laine marron et qui approche d'un pas rapide, le visage sévère.

— *Anna ! Viens ici !*

La petite fille fait une moue embarrassée, devinant sans doute, à la voix de la nonne, qu'elle va se faire gronder.

— *Je t'ai déjà dit de ne pas embêter les visiteurs, Anna !* la réprimande la bonne sœur en les rejoignant.

— *Oh... Elle ne m'embête pas, au contraire !*

— *Je disais seulement bonjour, sœur Paige !* se défend la fillette.

La nonne vient se placer entre Emily et la petite. Les deux femmes échangent un long regard. Quand elle voit la lueur sombre passer dans les yeux de la religieuse, Emily comprend tout de suite qu'elle a été démasquée. Elle se met aussitôt à rougir, à perdre l'assurance furtive qu'elle venait d'éprouver.

— *La dame va partir, maintenant, Anna, et toi tu vas retourner étudier dans ta chambre.*

Emily s'approche de la carmélite avec un regard implorant.

— Laissez-moi lui parler un peu, murmure-t-elle d'une voix qui retient à peine ses sanglots.

— Vous devez partir, madame, rétorque l'autre d'une voix grave et menaçante. Et ne jamais revenir.

Le jardinier, derrière elles, a dû comprendre lui aussi, car il a pris la petite par la main et l'a emmenée à l'écart, pour qu'elle n'entende pas la conversation. Il essaie de la distraire, mais Anna jette des coups d'œil réguliers vers les deux femmes.

— Pour l'amour de Dieu, laissez-moi lui parler...

— Vous avez fait assez de mal à cet enfant comme ça, madame. Vous allez partir tout de suite. Et si l'idée vous prenait un jour de revenir, nous serions dans l'obligation de vous dénoncer aux autorités. Ce n'est pas ce que vous voulez, n'est-ce pas ?

Emily blêmit. Si Mike apprend qu'elle est venue ici... Elle préfère ne pas y penser.

— Cette enfant est sous la protection de Dieu, à présent. Elle n'a pas besoin de vous, insiste la bonne sœur.

— Mais je ne peux...

— Vous avez fait votre choix il y a quatre ans, madame ! Un choix terrible, mais que vous devez assumer, si Dieu le veut. Anna mène ici une vie heureuse et sans histoire. Si vous lui voulez du bien, laissez-la tranquille !

Emily, dans un geste digne, essuie des deux mains les larmes qui coulent sur ses joues. Elle regarde la religieuse avec ce qui ressemble maintenant à un air de résignation. Une résignation dévastée.

692

— Laissez-moi... Laissez-moi au moins lui dire au revoir.

— Madame, pour la dernière fois, je vais vous demander de sortir du monastère.

— Laissez-moi lui dire au revoir et je vous promets de ne jamais revenir !

La bonne sœur penche la tête en arrière d'un air exaspéré.

— Je suis une bonne chrétienne, ma sœur, et que Dieu m'en soit témoin : si vous me laissez lui dire au revoir, je vous promets de ne jamais revenir.

Sœur Paige pousse un soupir dédaigneux, puis elle cède d'un signe de tête.

— Faites vite.

Emily serre la mâchoire. Elle se retourne et part d'un pas rapide vers sa fille, qui tient la main du jardinier. Elle a l'air inquiet, se demandant sans doute ce qu'il se passe.

— Je suis venue te dire au revoir, Anna.

— Vous êtes vraiment obligée de partir, alors ?

— Oui.

— Vous reviendrez ?

— Non. Je ne pense pas, Anna.

Emily lutte pour ne pas fondre en larmes. Elle se force même à sourire.

— Tu es bien ici, n'est-ce pas ?

— Oui, répond la petite en haussant les épaules, sans conviction.

— Prends soin de toi, ma belle.

— Au revoir, madame, répond la fillette d'une voix intimidée.

Emily jurerait qu'elle a compris. Que la petite a compris. Peut-être pas tout, mais elle a compris que

693

cette femme n'est pas seulement une visiteuse, et elle a senti, sans doute, l'affection immense qu'elle éprouve à son égard.

— Avant de partir, je voudrais te donner un cadeau pour ton anniversaire, moi aussi.

Les doigts tremblants, elle attrape la main de sa fille et lui glisse quelque chose dans la paume, sans jamais la quitter des yeux.

— Tiens. C'est mon cadeau pour toi. Il est très précieux. Tu dois le garder toute ta vie, Anna. Toute ta vie. Un jour, tu comprendras.

La petite, le corps tendu, hoche doucement la tête.
— D'accord.

Sœur Paige toussote derrière elles.

Emily se redresse. Elle adresse un clin d'œil complice à la fillette, puis elle part, sans se retourner. Elle ne veut pas qu'Anna la voie pleurer. Elle ne veut pas que ce soit la dernière image que sa fille garde d'elle.

Elle s'efface lentement au milieu des arbres.

— Allez ! Va dans ta chambre, maintenant ! ordonne la bonne sœur.

Anna acquiesce doucement, tout en regardant la femme qui sort du monastère et qui, en effet, ne reviendra jamais.

Le cœur battant, la fillette baisse la tête et ouvre la paume de sa main. À l'intérieur, elle découvre une petite bague. Un simple anneau doré. Anna le prend entre le pouce et l'index et le soulève à la lumière. Sur la surface interne, il y a deux noms gravés qu'elle ne sait pas encore lire.

Emily & Mike.

Anna referme les doigts sur la bague et l'enfonce tout au fond de la poche de sa robe. Comme elle vient de le promettre, toute sa vie, elle la gardera avec elle. Elle la chérira comme son bien le plus précieux. Elle la portera même à son doigt quand, dans trente ans, un homme lui tirera une balle en pleine tête, à New York, dans le parc de Fort Greene.

Bow your head

47

Le mardi 14 février au matin, en entrant dans son bureau du 88ᵉ district, Phillip Detroit trouva une enveloppe qu'il attendait avec impatience.

Il referma rapidement la porte derrière lui et ouvrit précipitamment le paquet qui portait le tampon du laboratoire du NYPD.

À l'intérieur, il vit d'abord le mystérieux petit flacon qu'il avait pris chez Chris Coleman, frère caché de Lola Gallagher. À côté du flacon, une feuille de résultats d'analyse. Detroit, excité par la curiosité, la déplia aussitôt.

Il lui fallut un peu de temps pour traduire le jargon technique qu'il avait sous les yeux. Quand il fut certain d'avoir compris, il se laissa tomber sur son fauteuil, perplexe.

La petite poudre noire était du sang séché.

Mais ce n'était pas le sang d'une seule personne. C'était les sangs mélangés de cinq individus différents. Et l'échantillon était approximativement daté d'entre vingt et trente ans.

Le détective spécialiste avait beau chercher, il ne voyait vraiment pas ce que Chris Coleman pouvait faire avec l'échantillon de cinq sangs différents caché chez lui dans une boîte, à côté d'une arme sans numéro de série.

Il ne voyait pas d'explication, mais il était certain que c'était quelque chose de louche. De très louche.

48

Sam Loomis était arrivé par avion à Fort Belvoir, en Virginie, après moins de deux heures de vol. Un agent du DTIC[1] avait accepté de le recevoir en urgence, et il espérait que ce rendez-vous pourrait lui donner une nouvelle piste, car cette affaire, au lieu de s'éclaircir, lui semblait de plus en plus compliquée.

L'homme qui avait tenté d'assassiner Arthur Draken étant mort, il n'avait pu, à l'évidence, l'interroger… Et bien sûr, le sniper ne portait sur lui aucun papier, rien qui puisse permettre de l'identifier. Loomis s'en voulait presque d'avoir tiré, car il aurait certainement

---

1. *Defense Technical Information Center*, centre d'information technique du Département de la Défense.

pu lui soutirer des informations sur les commanditaires de cette tentative de meurtre. Mais, au fond, il avait sauvé la vie du psychiatre, et c'était sûrement bien plus important.

L'écoute téléphonique et la surveillance de Draken – grâce auxquelles il avait pu déjouer son assassinat – finiraient bien par payer, car même si Loomis était de moins en moins persuadé de l'éventuelle culpabilité du docteur, il était en revanche indéniable que ce type, d'une façon ou d'une autre, s'était retrouvé au milieu d'une machination d'une envergure bien plus grande qu'ils n'auraient pu l'imaginer jusqu'à présent. Il était le fil qui permettrait de tirer sur la pelote de laine.

Loomis regarda sa montre en soupirant. Cela faisait près de vingt minutes qu'il attendait devant le bureau de son contact. Il espérait au moins que l'attente s'avérerait payante.

Assis sur un confortable fauteuil en cuir, il croisa négligemment les jambes et leva les yeux vers le petit poste de télévision qui diffusait les informations de CBS.

Soudain, la porte s'ouvrit et Isaac Herbert, l'agent du DTIC, tout sourire, l'invita à entrer dans son bureau.

Loomis se leva et obtempéra avec plaisir. Ce faisant, il ne put voir le reportage qui passait à cet instant sur l'écran de TV et dans lequel la journaliste évoquait la guerre civile qui venait d'éclater en République libre du Tumba, suite aux révélations du site Exodus2016, dont CBS avait eu l'exclusivité. Le président Tsombé, soutenu par la tribu des Tunamas, tentait de réprimer le soulèvement de la tribu des Mabako. Des images montraient les terribles affrontements qui avaient lieu à quelques kilomètres de la capitale et où l'on voyait

les deux clans s'entre-tuer, portant fièrement leurs drapeaux respectifs. Sur celui des Tunamas était dessiné
un rhinocéros. Sur celui des Mabako, un zèbre.

<h1 style="text-align:center">49</h1>

— Asseyez-vous, agent Loomis, le pria l'officier du
DTIC en s'installant derrière son bureau.

Isaac Herbert avait une réputation très particulière,
qui dépassait largement les frontières du Département
de la Défense. En effet, ce militaire érudit avait l'habitude de s'occuper des dossiers les plus singuliers – et
souvent les plus confidentiels – de la DTIC. Dès qu'un
cas dépassait l'entendement ou défiait tout simplement
les connaissances actuelles de la science, c'était Herbert
qui s'en chargeait, si bien qu'ici et là, certains s'amu-
saient à le surnommer Mulder, en référence à la série
X-Files. L'homme était pourtant un grand cartésien.
C'était même son rationalisme radical qui le poussait
à étudier scrupuleusement ce que l'on a tendance à
appeler « phénomènes paranormaux », son souci étant
de montrer que tout finissait par avoir une explication
scientifique et que le mot « surnaturel » était, de fait,
une aberration.

— Alors, qu'est-ce que je peux faire pour vous
aider, Sam ? Ça doit être important pour que vous
veniez ainsi en urgence de New York.

Loomis, les mains dans les poches, regarda son interlocuteur droit dans les yeux.

— J'aimerais que vous me disiez tout ce que vous savez sur les médiums.

Herbert fronça les sourcils.

— Pourquoi ? Vous pensez que ça pourrait élucider votre affaire ?

— Disons que je ne veux laisser aucune hypothèse de côté.

50

Lola, assise à son bureau du 88ᵉ district, regarda nerveusement sa montre. Il était presque midi. Elle poussa un profond soupir. Les quarante-huit heures étaient largement passées, maintenant, et Draken ne l'avait toujours pas appelée. Il n'avait pas tenu sa parole : se rendre au bout de quarante-huit heures. Et elle lui en voulait, pour ça, car il la mettait dans une position très désagréable. Celle de la délatrice.

Ses yeux faisaient des allers et retours entre son téléphone et le bureau du capitaine Powell. Les lèvres pincées, elle frotta ses paumes moites l'une contre l'autre dans un geste d'embarras et d'hésitation.

Pouvait-elle vraiment dénoncer Draken ? Livrer son meilleur ami à la police ? Mais en même temps, était-elle prête à affronter ce qu'elle aurait à affronter si on découvrait qu'elle avait menti ? Qu'elle l'avait aidé à

se cacher alors qu'il était encore plus ou moins soupçonné de meurtre ?

Après une longue tergiversation, elle opta pour
une solution intermédiaire. Elle allait appeler Draken.
Appeler le psychiatre et le forcer à venir se rendre
lui-même. De toute façon, avec les pièces qu'elle avait
réunies, elle était persuadée que, tôt ou tard, Draken
serait disculpé.

Mais avant qu'elle ne puisse passer ce maudit coup
de fil, son téléphone se mit justement à sonner. Elle
espéra, un quart de seconde, que c'était Arthur. Mais
le numéro qui s'afficha sur le petit écran était celui
de Nick Virgilio, l'ami non-voyant de son frère Chris.
Celui qui l'avait aidée à traduire le courrier en braille
de Ben Mitchell.

Gallagher, perplexe, décrocha.

— Lola ?

— Oui, Nick, qu'est-ce que je peux faire pour toi ?

L'homme hésita. Il semblait mal à l'aise.

— Eh bien... Écoute, je... Je suis embêté, Lola.

— Quoi ?

— C'est ton frère...

— Eh bien ? le pressa-t-elle, irritée.

— Il a... Il a disparu depuis deux jours.

SERUM

Épisode 5

1

Quand elle arriva au pied de l'immeuble de son frère, au cœur de Chelsea, Lola Gallagher eut un mauvais pressentiment en voyant sa voiture garée dans le parking.

Selon ses amis, Chris ne répondait plus au téléphone depuis quarante-huit heures. Ni sur son fixe, ni sur son portable. Lola avait d'abord imaginé que son frère, ébranlé par sa maladie, était parti sur un coup de tête à Philadelphie, une ville où il aimait se rendre souvent, car c'était la première qu'il avait habitée aux États-Unis. Une espèce de virée nostalgique pendant laquelle il aurait éprouvé une envie tout à fait légitime de couper son téléphone portable.

Mais dans ce cas, il aurait pris sa voiture. Pour des raisons qui lui étaient propres, Chris ne prenait jamais le train ou l'avion. Surtout pas pour une distance si courte.

Or, le vieux coupé AMC Pacer bleu électrique de 1978 était encore là. On pouvait difficilement rater cet aquarium géant posé au milieu du parking, que Chris transformait en char bariolé tous les ans pendant la Gay Pride.

Du coup, pressant le pas, Lola commença à imaginer le pire. Car si la voiture était encore là, cela signifiait peut-être que Chris était là, lui aussi. Et s'il était là, pourquoi ne répondait-il pas à son foutu téléphone ?

Gallagher imaginait déjà au moins deux scénarios catastrophes. Première hypothèse : son frère avait eu un malaise consécutif à son cancer ou à la chimiothérapie qu'il avait commencée. Un malaise de deux jours, c'était peu probable, ou très inquiétant. Deuxième hypothèse : son frère... Non. Même en pensée, Lola préférait ne pas mettre de mots sur la deuxième hypothèse.

Arrivée devant les interphones, elle appuya sur le bouton portant l'étiquette « Coleman ». Aucune réponse. Quelques heures plus tôt, Nick Virgilio, l'un des meilleurs amis de Chris, avait obtenu le même résultat en venant sonner lui aussi.

Toutefois, elle insista. Longtemps. Après tout, son frère s'était peut-être pris une cuite mémorable – et compréhensible – dans un bar gay du quartier, s'était fini dans l'un de ces *afters* endiablés dont les *Chelsea boys* avaient le secret et était maintenant en train de cuver lamentablement ses shots de vodka affalé sur son sofa, la bave aux lèvres. À quarante-quatre ans, on ne se remet pas aussi facilement d'une bonne grosse casquette qu'à vingt ou trente ans.

Mais quand elle eut sonné en vain pendant plus de cinq minutes, elle finit par abandonner, d'autant qu'une dame d'un certain âge – qui venait d'arriver – commençait à la regarder d'un air de plus en plus suspicieux.

— Je peux vous aider ?

— Oui... Je suis la sœur de Chris Coleman, qui

habite au quatrième, et je suis un peu inquiète, car il ne répond pas depuis deux jours...

— Mon Dieu ! dit la femme d'un air désolé. Je vais vous ouvrir !

Elles entrèrent dans le hall et prirent l'ascenseur ensemble.

— Vous connaissez mon frère ?

— Oh, mais bien sûr, madame ! Tout le monde le connaît, dans l'immeuble. Il est si charmant ! Si charmant ! Oh, mon Dieu, j'espère qu'il ne lui est rien arrivé !

— Vous l'avez vu ces deux derniers jours ?

La dame réfléchit un instant.

— Non. Non, maintenant que vous me le dites, non, je ne crois pas l'avoir vu depuis quelques jours en effet. Oh, c'est inquiétant ce que vous me dites là, il est si charmant ! Je m'en veux ! J'aurais dû me douter de quelque chose ! Il est si charmant !

— Merci...

Elles arrivèrent au quatrième et Lola se dépêcha d'aller sonner à la porte. Elle aurait certes préféré que la vieille dame ne reste pas ainsi prostrée, à la regarder d'un air hagard en bloquant la porte de l'ascenseur, mais c'était au fond une forme de compassion tout à fait honorable.

Aucune réponse ici non plus. De nouveau, Lola insista longuement.

— Oh, mon Dieu, murmurait la dame derrière elle, de plus en plus agaçante malgré elle. Oh, mon Dieu, il a dû lui arriver quelque chose ! Oh, vous devriez appeler la police !

Lola se mit à taper sur la porte de sa main grande ouverte.

— Chris ! Chris, c'est moi ! Ouvre, bon sang !

Les coups claquaient, résonnaient sur le palier, si bien qu'un autre voisin finit par sortir la tête de son appartement et demander ce qu'il se passait. La vieille dame s'empressa de lui expliquer d'un air accablé.

— Vous ne l'avez pas vu, non ? demanda-t-elle pour finir.

L'homme, qui, à en juger par sa réaction, semblait trouver Chris beaucoup moins charmant que sa voisine septuagénaire, fit non de la tête.

— Vous n'avez rien entendu de suspect ces deux derniers jours ? demanda Lola.

— De suspect ? Avec le bazar qu'il fout là-dedans, ça fait longtemps que je ne fais plus attention à ce qu'il peut y avoir de suspect dans cet appartement...

Lola se détourna de ce grincheux patibulaire et recommença à frapper sur la porte en appelant son frère.

— Eh ! Oh, vous voulez pas arrêter un peu ? lui lança le voisin d'un air désagréable. Vous commencez à nous emmerder, là ! Vous voyez bien que ça sert à rien, il aurait déjà répondu, depuis le temps !

Lola se retourna d'un coup.

Le pauvre type avait choisi le mauvais moment et la mauvaise personne pour répandre sa bile. Gallagher, dont les nerfs commençaient déjà à lâcher, lui adressa un regard de psychopathe en état de crise meurtrière.

— Toi, tu fermes ta gueule et tu rentres chez toi.

Le voisin, perplexe, hésita un instant puis – soit parce qu'il avait remarqué la bosse que faisait le holster sous le bras de la rousse, soit parce qu'une fugace lueur d'esprit lui avait fait comprendre qu'il était sur le point de se faire casser en deux par un pitt-bull déguisé en Irlandaise – il rentra chez lui regarder la fin du match.

Après une dernière tentative, Gallagher poussa un soupir et se laissa retomber contre le mur du palier. La porte n'aurait pas été bien compliquée à crocheter, ou même à enfoncer. Mais elle n'avait pas l'équipement sur elle, et avec la petite vieille qui la regardait, ce n'était pas la meilleure méthode. Si elle voulait rentrer à l'intérieur, il n'y avait qu'une seule solution : les pompiers.

Two meanings

2

Le détective Phillip Detroit resta un long moment accoudé à son bureau, les yeux rivés sur le petit flacon posé devant lui, comme s'il avait pu en percer miraculeusement le secret par la simple observation.

L'analyse du laboratoire du NYPD avait donc permis de déterminer que cette poudre noirâtre était un amalgame ancien de cinq sangs différents, un mélange qui avait fini par se déshydrater totalement après trente ans de conservation. Mais pour l'heure, aucun des cinq sangs présents n'était identifié. La prochaine étape consistait donc à comparer un par un les cinq échantillons séparés avec la base de données du NYPD, puis à élargir progressivement les recherches, si cela ne donnait rien. Le fait que ces spécimens aient plusieurs décennies d'ancienneté risquait de rendre la chose particulièrement compliquée, sinon impossible : à l'époque, le CODIS[1] n'existait pas. À moins qu'une empreinte génétique n'ait été extraite de ces cinq sangs différents par la police à une date ultérieure à celle où ils avaient été mis dans ce flacon…

Qu'est-ce qui pouvait motiver un homme à conserver ainsi chez lui une fiole contenant plusieurs sangs, cachée au fond d'une boîte dans un placard ? À quel fétichisme morbide avait-on affaire ici ? Chris Coleman, le frère caché de Lola Gallagher, était-il en réalité un ancien tueur en série qui gardait, depuis trente ans, le sang de ses cinq victimes au fond d'une petite bouteille en verre ? Était-ce la raison pour laquelle il avait pris une fausse identité ? Cette découverte permettrait-elle alors de résoudre cinq meurtres jamais élucidés ? Et s'il s'agissait de meurtres, Lola était-elle au courant ?

Officialiser l'enquête aurait sans doute facilité les choses : Detroit aurait pu profiter de moyens plus grands, de l'aide de plusieurs collègues et, surtout, il n'aurait pas été obligé de tout faire en cachette… Mais pour l'instant, il voulait garder le secret sur ses recherches. Même s'il en voulait à Lola de lui avoir caché tant de choses – et de lui en cacher encore –, il l'estimait trop pour la mettre dans une situation

---

1. Banque de données qui répertorie les profils ADN aux USA depuis 1998.

embarrassante en diligentant une enquête du NYPD sur son frère clandestin.

Mais s'il s'avérait que ce type était un tueur en série, cette fois, Lola ne pourrait plus échapper à une sérieuse explication en bonne et due forme.

3

Les pompiers mirent un peu moins d'un quart d'heure à venir, mais Lola trouva tout de même l'attente terriblement longue. Assise par terre sur le palier, les yeux rivés sur la porte, elle ne pouvait s'empêcher de penser que son frère était peut-être juste là, de l'autre côté du mur. Elle pouvait presque voir la scène : Chris, étendu sur le sol de son appartement, inanimé.

Quand les hommes du FDNY arrivèrent enfin à l'étage, elle leur montra son badge, ce qui lui économisa les démarches habituelles.

— Comment s'appelle-t-il ? demanda le lieutenant de la brigade de secours.

— Chris Coleman.

— Depuis combien de temps vous n'avez pas de nouvelles de lui ?

— Quarante-huit heures. Il ne répond ni sur son fixe, ni sur son portable, et j'ai sonné ici et à l'interphone, tapé contre la porte… rien. Ce qui m'inquiète, c'est que sa voiture est dans le parking. S'il était parti, il aurait pris sa voiture…

— Il vit seul ?

— Oui.

— Célibataire ?

— Euh… oui, plus ou moins.

— Tendances suicidaires ?

Lola eut un geste de surprise. La froideur de la question la déstabilisa.

— Je… Non. Non, je ne crois pas. Non, mon frère ne ferait pas une chose pareille, balbutia-t-elle, mais, au fond d'elle, elle n'arrivait plus à en être si certaine.

— On est parfois surpris, lâcha le pompier sans délicatesse. Pas de problème de santé particulier ?

Gallagher soupira.

— Il a un cancer des poumons.

Le visage du lieutenant se transforma légèrement, comme si cette information avait pu tout expliquer.

— Quel stade ?

— Avancé, dit-elle en essayant de rester pragmatique.

L'interrogatoire du pompier était terriblement direct, sans la moindre fioriture. Mais au fond, il n'était pas là pour sympathiser. Il y avait urgence. Alors ce type faisait juste son boulot, comme elle faisait le sien quand elle était plus ou moins à sa place. Simplement, c'était bizarre, pour une fois, de se retrouver dans la position de celui à qui on pose les questions sans y mettre les formes. Une leçon d'humilité, en quelque sorte…

— Bon. Deux solutions. Soit on enfonce la porte, soit on passe par la fenêtre. C'est un peu plus long, parce qu'il faut qu'on fasse monter l'échelle, mais c'est nettement moins embêtant d'un point de vue financier… et pour les voisins, ça fait moins de bruit.

Lola hésita. Cela faisait quarante-huit heures que

Chris avait disparu. On n'était plus à dix minutes près. Et si son frère, au final, était seulement parti s'aérer la tête quelque part sans prévenir personne, il ne serait probablement pas enchanté en rentrant de trouver la facture d'une porte défoncée...

— OK pour la fenêtre, dit-elle.

Le lieutenant acquiesça et fit signe à ses hommes de se mettre en action. Le sérieux sur leur visage, la vitesse avec laquelle ils réagissaient, tout ce spectacle était à la fois rassurant et terrifiant. Rassurant parce qu'on se disait qu'ils savaient ce qu'ils faisaient et qu'ils le faisaient bien. Terrifiant parce qu'ils prenaient la chose avec gravité et que, donc, ils savaient, eux, qu'il s'était probablement passé quelque chose.

Ces types-là doivent le sentir, quand c'est pas bon, pensa Lola, la boule au ventre. Elle descendit dans la rue avec eux d'un pas preste et regarda l'opérateur du gros camion Seagrave faire monter l'échelle jusqu'à la fenêtre de Chris, au troisième étage.

En plein Chelsea, il y eut rapidement un attroupement au pied de l'immeuble, ce qui eut bien sûr le don d'agacer Lola. S'il était vraiment arrivé quelque chose à Chris, elle ne voulait pas que cela soit un spectacle. Elle ne voulait pas entendre les commentaires, les exclamations, les lamentations, les apitoiements.

Le lieutenant décida de monter lui-même.

— Je peux venir avec vous ? demanda Lola, qui n'en pouvait plus de ne pas savoir.

— Certainement pas.

Il lui adressa un regard autoritaire.

— Vous inquiétez pas, madame, dit l'un de ses hommes en la prenant par les épaules. Souvent, les gens sont juste partis sans prévenir et sans prendre leur téléphone.

Lola acquiesça sans y croire et regarda le lieutenant commencer à monter prudemment les échelons.

Les minutes qui suivirent furent parmi les plus éprouvantes qu'elle avait eu à vivre, et elle ne put s'empêcher de cligner plusieurs fois des yeux pour retenir des larmes d'angoisse insistantes.

Le pompier approcha bientôt de la fenêtre.

Les poings de Lola se serrèrent au fond de ses poches. L'appréhension. L'envie d'en finir avec cette insupportable incertitude. Le cerveau qui ne peut s'empêcher de produire les images du scénario catastrophe. Chris, une lame de rasoir dans la main, la gorge tranchée, un mot sur la table, adressé à sa sœur…

Non. Il ne pouvait pas avoir fait ça. Pas Chris.

Et pourquoi pas ? Qui était-elle pour en juger ? Avait-elle la moindre idée de ce que l'on éprouve lorsqu'on est atteint d'une maladie aussi grave ?

En haut de l'échelle, le lieutenant prit le marteau à sa ceinture et, d'un geste sûr, il cassa le carreau au niveau de la poignée. Le verre s'écroula avec fracas à l'intérieur de l'appartement.

— Dites-moi qu'il n'est pas à l'intérieur, dites-moi qu'il n'est pas à l'intérieur, murmura Lola comme en prière.

Le pompier ouvrit la fenêtre.

— Monsieur Coleman ? lança-t-il en passant la tête à l'intérieur. Vous êtes là ? Monsieur Coleman ?

Lola tressaillit. Elle aurait voulu que cette absence de réponse soit un bon signe. Mais ce n'était *pas* un bon signe. Oh, bon sang, elle voulait que ça s'arrête, elle voulait que le pompier lui dise ! Qu'il lui dise une bonne fois pour toutes !

— Monsieur Coleman ? insista l'officier tout en commençant à enjamber le chambranle.

Il passa de l'autre côté et disparut derrière les rideaux.

Chaque seconde qui passait, chaque bruit que l'on distinguait depuis la rue était une nouvelle épreuve pour Gallagher. Le temps sembla se suspendre. Plus de bruit. Plus de mouvement perceptible. Même les passants s'étaient tus.

Et puis, soudain, la voix du lieutenant résonna dans les talkies-walkies de ses collègues.

— R.A.S. Il n'y a personne à l'intérieur.

Lola poussa un long soupir, comme si elle avait retenu sa respiration jusque-là. En un sens, c'était presque un soulagement. Elle avait tellement imaginé la terrible découverte du cadavre de son frère, depuis l'arrivée des pompiers, qu'elle eut même un sourire… Mais, très vite, elle songea que ce n'était pas forcément une bonne nouvelle non plus. Car si Chris n'était pas là, où donc était-il ?

The line

4

Isaac Herbert parlait avec l'assurance d'un professeur d'université. Son air à la fois placide et pontifiant n'aurait d'ailleurs pas détonné derrière le pupitre d'un amphithéâtre d'Harvard. Approchant la soixantaine, le cheveu gris et ras, il avait un charisme certain, le corps imposant d'un plaqueur défensif de football américain à la retraite, et son regard était plein d'une malice aguerrie par les ans. De fait, l'agent du DTIC[1] était en train de livrer à Sam Loomis une véritable leçon.

— La notion de « médium » suppose non seulement qu'il y ait des phénomènes non perceptibles par les cinq sens, mais aussi que de rares individus soient capables de percevoir ces phénomènes – des « élus », bien évidemment, jouissant d'un mystérieux sixième sens. Le plus souvent, ces informations précieuses seraient issues du « monde des morts », ou plus généralement de celui des « esprits ».

En agitant conjointement l'index et le majeur des deux mains, il mimait des guillemets chaque fois qu'il voulait que son interlocuteur prenne ses paroles comme des supputations peu dignes de foi.

— La croyance en cette aptitude extraordinaire a

---

1. *Defense Technical Information Center*, centre d'information technique du Département de la Défense.

connu ses plus belles heures de gloire au XIXe siècle avec Allan Kardec, mais les devins de l'Antiquité étaient pris avec bien plus de sérieux. À peu près autant que les hommes politiques de nos jours, vous voyez... Mais, si je puis me permettre, vous m'interrogez sur les médiums, alors que dans le cas qui vous intéresse, il s'agirait plutôt de parler de divination. Votre Emily Scott, elle ne parle pas avec les morts, elle voit le futur.

— Oui, enfin... Elle le *voyait*, hein ! Parce que maintenant, elle est morte. Elle ne voit plus grand-chose. Bon, et alors la divination, on explique ça comment ?

— Pour les Grecs, la chose était simple : les dieux, de temps à autre, avaient la bonté de nous gratifier de quelque capitale révélation, par le biais des augures. Au fond, l'astrologie moderne n'a rien fait d'autre que de mettre les étoiles à la place des dieux. Cette foi perdure aujourd'hui et les prophéties que Nostradamus fit au XVIe siècle continuent d'être régulièrement commentées par des armées de bêtasses qui prennent ça très au sérieux... En réalité, les écrits prophétiques de Nostradamus sont un tissu d'âneries tellement flou et imprécis qu'on peut leur faire dire n'importe quoi. Une étude approfondie de ses textes montre des erreurs de calcul grossières et les interprètes de son œuvre prennent des libertés pour le moins étonnantes, dans le seul but d'apporter de l'eau à leur moulin à vent.

L'image fit sourire l'agent du FBI. Le type, quoique bouffi de suffisance, lui plaisait déjà beaucoup.

— Voyez l'engouement que provoque cette année la résurgence d'une prophétie maya qui, selon des spécialistes autoproclamés, aurait prévu la fin du monde pour notre pauvre mois de décembre 2012.

— Vous ferez moins le malin quand on sera tous morts à Noël, répondit Loomis d'un air malicieux.

— Quand je croise un devin ou un astrologue, par principe, mais aussi dans un souci de démonstration scientifique, je le gifle *illico*.

— C'est un peu radical, comme technique, mais ça doit être distrayant.

— Je suis un positiviste, affirma Herbert tout sourire.

Le surnom de « Mulder », dont l'avaient affublé ses collègues, ne lui collait finalement pas du tout. Car s'il était en effet en charge des affaires les plus étranges du Département de la Défense, il semblait les traiter avec un rationalisme et un scepticisme à faire pâlir David Hume et John Locke réunis.

No escape

5

Le lieutenant de la brigade de secours du FDNY ouvrit la porte d'entrée par l'intérieur. Lola se précipita aussitôt dans l'appartement de son frère.

— Il y avait un trousseau de clefs sur le guéridon, expliqua le pompier. Vous savez si c'est un double ?

Gallagher regarda le trousseau et haussa les épaules.

— Aucune idée. Tout est en ordre ? demanda-t-elle en commençant à fouiller le salon du regard.

— Apparemment. Je n'ai rien vu de particulier dans aucune pièce.

Lola, le cœur battant, vérifia néanmoins elle-même toutes les pièces, une par une. Il y avait quelque chose de terrible à voir ainsi les affaires personnelles de Chris, pénétrer dans son espace vital alors que lui n'était pas là... Il était à la fois si présent à travers tous ces objets qui lui ressemblaient tant, et si absent.

Tout était bien rangé, comme à l'accoutumée, et il semblait ne rien manquer. C'eût été rassurant s'ils avaient craint un cambriolage mais, en l'occurrence, c'était plutôt inquiétant : à en juger par l'état de sa garde-robe, Chris n'avait même pas fait de valise. Il ne semblait pas avoir préparé un long voyage.

— Mais où il est, bon sang ? murmura Lola en revenant dans le salon au design seventies.

— Il y a des caves dans l'immeuble ? demanda le lieutenant.

— Oui. Pourquoi ?

— Il faudrait aller vérifier, par acquit de conscience...

— Dans les caves ?

— Statistiquement, les gens se suicident souvent dans leur cave...

— Mon frère ne s'est pas suicidé ! répliqua Lola, avec conviction cette fois.

— Cela ne coûte rien d'aller voir.

Elle soupira et hocha la tête. Ça ne coûtait rien en effet, et maintenant qu'il avait évoqué cette possibilité, elle ne pouvait plus rester là sans se débarrasser de ce doute, si infime fût-il. Ils prirent le trousseau de clefs et descendirent au sous-sol de l'immeuble.

Quand le pompier ouvrit la porte d'accès aux caves, il se retourna vers Lola.

— Vous êtes sûre de vouloir venir avec moi ?

— Tout va bien, lieutenant, je vous rappelle que je suis flic.

— Je sais bien, mais c'est votre frère. On ne sait jamais sur quoi on peut tomber et...

— On y va ! dit-elle d'une voix agacée.

Le lieutenant obtempéra. Lampe torche en main, il avança dans le couloir, dans cette caractéristique odeur d'humidité et de renfermé, et inspecta derrière chaque porte qu'il pouvait ouvrir. Lola, derrière lui, éprouvait un nouveau pincement au cœur à chaque fois qu'ils exploraient une nouvelle zone dans ce labyrinthe souterrain.

— Il y a une grosse clef avec le numéro 21 dessus dans son trousseau. Ça doit être le numéro de sa cave, supposa le pompier.

— Allons-y.

Ils explorèrent plusieurs couloirs avant de tomber enfin sur une cave qui portait le numéro 21.

La porte était fermée.

Le pompier jeta un coup d'œil en direction de Lola, comme s'il craignait sa réaction en cas de découverte morbide. Elle lui répondit d'un signe de tête pour qu'il se dépêche.

Il enfonça la clef dans la serrure et tourna lentement.

Lola sentit une forte constriction dans sa poitrine.

La porte s'ouvrit devant eux.

6

— Bon, OK, tout ça, c'est des conneries, dit Loomis qui voulait en venir au cœur du sujet. Mais prévoir l'avenir, ça ne vous paraît *absolument* pas possible ? Je veux dire : il n'y a pas des antécédents ?

— Bien sûr que si, il y a des antécédents ! La loi des grands nombres nous offre régulièrement des épisodes de divination réussie !

— Pardon ?

— Avec un échantillon suffisamment large d'événements, même le plus improbable devient probable. En gros, il y a tous les jours à peu près vingt millions de crétins qui font de la divination et…

— Vingt millions ? le coupa Loomis. Vous voulez dire qu'ils sont tous en Floride, c'est ça ?

Herbert le gratifia d'un sourire. Visiblement, les deux hommes, quoique très différents au premier abord, partageaient à peu près le même sens de l'humour.

— Non, c'est une estimation, une licence rhétorique, ne m'en veuillez pas. Bref, sur les millions de crétins qui font de la divination chaque jour, il y en a forcément un qui tombe juste de temps en temps. Mais ce n'est pas parce qu'il tombe juste que ce n'est pas un hasard. La probabilité pour qu'au moins l'un d'eux ait raison est plus grande que celle d'obtenir cent pour cent d'erreurs.

— Vous voulez dire qu'il est statistiquement impossible que vingt millions de crétins se trompent.

— Voilà. Vous savez, c'est le paradoxe du singe savant, selon lequel un singe qui taperait indéfiniment, au hasard, sur le clavier d'une machine à écrire pourrait après un temps infiniment long réécrire l'intégralité du *Hamlet* de William Shakespeare.

— Certes. Il n'empêche que nous ne sommes pas dans ce cas de figure. Il y a dans les visions d'Emily Scott plusieurs choses fort troublantes, qui ne peuvent pas être dues au hasard, comme si elle savait précisément que tel et tel événement allaient se passer...

— Il ne faut pas confondre divination et futurologie, agent Loomis. Il n'y a pas de magie dans l'art d'envisager les scénarios possibles de l'avenir. Seulement de l'analyse statistique et historique, de l'extrapolation, de la prospective. Quand un futurologue voit juste, en somme, on peut dire *a posteriori* qu'il a fait de la divination. C'est probablement le cas dans votre affaire.

— Emily Scott était futurologue ?

— Ses prévisions pourraient être le fruit des spéculations d'un futurologue assez adroit, oui. Mais plus ses prévisions concerneront un futur lointain, plus les chances d'erreur grandiront.

— Vous voulez dire que ça ne va pas durer ?

— Évidemment. Il faut que vous voyiez ça comme

une partie d'échecs. Un bon joueur est capable de penser plusieurs coups à l'avance, mais plus il regarde vers l'avenir, plus le nombre de combinaisons possibles augmente, et donc plus ses chances de se tromper grandissent.

— Je vois. Les visions d'Emily sont celles d'un bon joueur d'échecs.

— Les ordinateurs d'échecs, aujourd'hui, sont capables de calculer plus de trois millions de coups à la seconde. Et pourtant, les joueurs humains, les Kasparov et autres Kramnik, arrivent encore à les battre régulièrement, sans être en mesure de calculer – vous vous en doutez bien – trois millions de coups à la seconde. Ça veut dire quoi ?

— Euh… qu'ils se dopent ? Qu'ils trichent ?

— Non. Ça veut dire qu'il y a toujours une part de hasard dans la vie, qu'il y a des facteurs humains imprévisibles, qu'il y a… du chaos. Vous êtes familier avec la théorie du chaos ?

— Vaguement.

— Pour faire court : il y a une instabilité dans le système « vie » qui, bien heureusement, rend ce système non prédictible à long terme.

Sam Loomis hocha lentement la tête. Au fond, la réponse de l'agent était presque décevante. Il ne lui apprenait rien : la magie n'existait pas. Mais qu'avait-il espéré en venant ici ? Après tout, Herbert lui donnait une confirmation : il fallait continuer de chercher dans le domaine du possible plutôt que de commencer à sonder l'impossible. C'était ainsi que naissaient les croyances les plus absurdes : quand on ne trouvait pas de réponse et que, pour se rassurer, on se tournait vers l'irrationnel.

— OK… Bref, Emily n'était pas une médium, elle ne voyait pas l'avenir, elle a juste eu beaucoup de chance en faisant de la futurologie. J'ai fait deux heures d'avion pour ça ?

— Désolé de vous décevoir, agent Loomis. Les devins n'existent pas, et c'est fort heureux, car si l'avenir était prévisible, il ne mériterait pas d'être vécu.

No escape

7

La porte de la cave s'ouvrit dans un grincement dramatique. Lola retint son souffle. Le pompier alluma sa lampe torche et dirigea le faisceau vers l'intérieur.

Mais il n'y avait là qu'un amas de meubles, cartons et autres babioles entassées les unes sur les autres avec un souci d'agencement assez peu évident.

Gallagher poussa un soupir de soulagement.

— Bon, eh bien, conclut le pompier d'un air presque désolé, votre frère doit être parti en cavale, hein…

Gallagher acquiesça, pour la forme, et ils retournèrent dans l'appartement. Dans l'ascenseur, l'homme essaya de lui adresser des regards qui se voulaient rassurants, mais on devinait qu'il était plus doué pour combattre le feu que pour apaiser les angoisses.

Lola fut contrainte de signer plusieurs papiers officiels. Ces papiers étant destinés exclusivement aux pompiers, elle espéra que la juxtaposition de son patronyme avec le nom d'emprunt de son frère ne causerait pas de problème à celui-ci. Tant qu'elle ne faisait pas de réclamation auprès de la police, il y avait peu de chance que quelqu'un au FDNY éprouve le besoin d'aller vérifier l'arbre généalogique de Chris Coleman. Mais si son frère était déclaré comme « personne disparue », une enquête serait diligentée par le FBI, et, là, ce serait une autre histoire. Il fallait donc qu'elle tente de le retrouver elle-même avant de se tourner vers les autorités.

Quand les pompiers furent enfin partis, Lola se laissa tomber sur le canapé du salon et se prit la tête entre les mains.

Après un long moment de réflexion – et d'hébétude –, par correction, elle appela Nick Virgilio.

— Alors ? demanda l'ami de Chris, d'une voix qui masquait mal son angoisse à lui aussi.

— Rien. Il n'est pas chez lui.

— Et il n'y a rien de... rien de bizarre dans l'appartement ?

— Non. Tout est en ordre. C'est comme s'il était parti, mais sans rien prendre. Pas la moindre affaire.

En disant ces mots, elle fronça les sourcils. Une idée venait de lui passer par la tête. Une sorte d'illumination. Et son instinct la trompait rarement.

— Je te tiens au courant, Nick, dit-elle pour abréger la conversation. Merci de m'avoir prévenue.

Elle raccrocha et se rendit d'un pas preste dans la chambre de son frère. Sachant précisément ce qu'elle cherchait, elle ouvrit immédiatement le placard. À l'intérieur, elle trouva sans peine la vieille boîte en bois brut. Elle l'amena sur le lit et souleva le couvercle, les doigts tremblants.

Au fond, elle trouva le vieux revolver Smith & Wesson qu'elle connaissait bien, quelques cartouches, une feuille de papier jauni où était recopié le poème de Brendan Doherty, *Le Rire de nos enfants*, que Lola avait aussi chez elle, affiché au mur.

Mais son pressentiment fut confirmé.

Le petit flacon qui aurait dû se trouver là, parmi ces reliques, n'y était plus.

Lola attrapa son téléphone portable dans sa poche et composa le numéro de Melany, la baby-sitter d'Adam, tout en se dirigeant vers la sortie de l'appartement.

— C'est Lola. Je vais avoir besoin de vous. Peut-être pour plusieurs jours.

Reality

8

Assis sur l'une des rangées de sièges en plastique orange, dans le grand hall d'attente de l'aéroport, l'agent Sam Loomis fut soudain interpellé par les images qui passaient sur l'iPad de son voisin de droite – tout en costard, dents blanches et gadgets hi-tech, un jeune yuppie de Wall Street, probablement.

Il lui tapota sur l'épaule d'un air animé.

— Je… C'est les informations ?

— Eh bien… oui.

— Vous permettez ?

Le trader le regarda sans répondre, d'un air perplexe.

Comme il n'obtenait pas de réponse, Loomis lui prit l'iPad et les écouteurs des mains.

— J'en ai pour deux secondes, dit-il sous l'œil médusé de son voisin.

Le jeune blond n'osa pas réagir, se disant sans doute que ça ne valait pas la peine de se faire casser une dent par cette espèce de hippie patibulaire aux cheveux longs, juste pour sauver une tablette numérique. Il se contenta de dévisager son voisin les yeux écarquillés. Loomis, encore plus mal rasé que d'habitude, sentait la transpiration, il avait le regard d'un dérangé et ressemblait plus à un Hell's Angel qu'à un serviteur de l'État. Même s'il n'avait pas un gabarit particulièrement impressionnant, il inspirait une méfiance toute légitime à quiconque était davantage habitué à fréquenter le Financial District que le Bronx.

L'agent du FBI glissa sans vergogne les écouteurs dans ses oreilles et suivit la fin du reportage où l'on voyait les images d'un conflit africain.

« … et dans un compte rendu fait au Conseil de sécurité aujourd'hui même, le représentant spécial de l'ONU pour la République libre du Tumba a indiqué que les forces gouvernementales tumbalaises avaient momentanément reculé devant les rebelles de la tribu des Mabako, dans l'est de la RLT.

« *Toutefois, la majorité des observateurs internationaux doute de la capacité des Zèbres – ainsi que l'on surnomme les Mabako – à remonter jusqu'à la capitale, et beaucoup redoutent un probable massacre ethnique dans les tout prochains jours.* »

À l'écran, on voyait ces fameux Mabako, de jeunes soldats mal équipés, mais souriants, pleins d'espoir, amassés à quinze sur le même char d'assaut, brandissant fièrement leur drapeau où figurait un zèbre en plein galop. Certains n'avaient pas quinze ans et déjà une kalachnikov au poing.

« *Le président tumbalais, Joseph Tsombé – soutenu par la tribu des Tunama, largement majoritaire dans le pays, et dont les membres sont surnommés les Rhinocéros –, vient d'être accusé dans un rapport publié par le site* Exodus2016 *d'avoir détourné près de trente millions de dollars depuis 1998, dans le cadre de l'extraction du coltan, dont son pays est le principal producteur sur toute la planète.* »

Le reportage montrait alors des mines de coltan dans les provinces orientales de la RLT, où l'on voyait que l'extraction était contrôlée par les Rhinocéros du président Tsombé. On découvrait le regard sombre et poignant de ces dizaines d'hommes, de femmes et d'enfants qui travaillaient dans des conditions épouvantables au milieu de ces mines ocre. Le visage tendu, ils plongeaient les mains dans une eau insalubre pour la tamiser et en extraire le précieux minerai. Sur les hauteurs, les militaires, fusil-mitrailleur au poing, cigarette au bec, souriaient à la caméra avec une indifférence insolente.

« Déjà, la polémique fait rage dans les rangs de la diplomatie et de la presse mondiales, certains se réjouissant que le site lanceur d'alertes du désormais célèbre John Singer ait permis de dénoncer les activités illégales du président tumbalais, pillant les ressources de son propre pays, d'autres déplorant la guerre civile que ces révélations ont entraînée, et les milliers de morts qui risquent d'en découler.

« Les Rhinocéros du président Tsombé semblent beaucoup mieux équipés que les rebelles, et ses effectifs ont considérablement augmenté depuis quelques jours. Plusieurs ONG comme Amnesty International ou le CICR ont attiré l'attention des gouvernements étrangers sur le sort des Mabako, dont le mouvement révolutionnaire risque d'être rapidement stoppé par ce qui pourrait devenir un véritable génocide... »

Loomis enleva les écouteurs et rendit l'iPad à son voisin sans même le regarder.

Il se leva et attrapa son téléphone portable.

Les « zèbres » et les « rhinocéros ». Il n'était pas fou. Il avait vu ça dans le rapport du NYPD au sujet des notes du Dr Draken.

Sa secrétaire décrocha rapidement.

— Fiona ? Je vais bientôt monter dans l'avion. Demandez à Landon de me préparer un topo sur la République libre du Tumba pour demain matin.

Il raccrocha et se dirigea d'un air préoccupé vers la salle d'embarquement.

9

Quand Adam sortit de son école sur Monroe Street, il s'immobilisa soudain en voyant le visage de Melany qui attendait sur le trottoir, adossée à un arbre. Il grimaça. Non pas qu'il n'aimait pas la baby-sitter – il l'adorait – mais parce qu'il savait ce que sa présence signifiait : sa mère allait encore rentrer plus tard que prévu ce soir.

Ne masquant pas sa déception, il rejoignit la jeune femme en traînant des pieds.

— Maman va encore être en retard ? dit-il d'un air las.

Melany lui frotta vigoureusement le crâne avec affection.

— Tu pourrais dire bonjour, mon p'tit rouquin.

— Bonjour, Mel'.

— Ah, voilà, je préfère ! En plus, tu vas devoir me supporter un bon moment.

Adam fronça les sourcils.

— Pourquoi ?

728

— Ta maman est partie à Philadelphie, elle ne rentrera sûrement pas ce soir. Peut-être demain, mais ce n'est même pas sûr.

Le petit garçon fit une moue interdite.

— À Philadelphie ? Mais pourquoi ?

— Je crois que ton oncle Chris est là-bas et que ta maman va le chercher.

— Pourquoi ? Il ne va pas bien ? C'est à cause du cancer ?

La baby-sitter haussa les épaules.

— Je ne sais pas, Adam. Ta maman m'a seulement dit qu'elle devait aller à Philadelphie pour chercher ton oncle... Mais je suis sûr que ce n'est rien de grave, sinon elle nous l'aurait dit.

En hochant la tête, le petit garçon peina à masquer son scepticisme.

— On rentre directement ou tu veux aller faire un tour au parc ?

Le parc de Von King était à deux pas de l'école. La baby-sitter y amenait souvent Adam avant de rentrer à la maison.

— Non, on rentre, répondit Adam d'une voix atone. Fait trop froid.

Melany le poussa gentiment sur l'épaule.

— Arrête de faire la tête, Ad' !

Ils se mirent en route l'un à côté de l'autre.

— On va bien s'amuser tous les deux, promit-elle. Allez ! Ce soir, je décrète une autorisation de télé jusque... jusqu'à dix heures !

— Arthur est parti avec elle ? demanda le petit garçon plutôt que de manifester la moindre joie.

— Je ne sais pas. Bon, c'est tout ce que ça te fait ?

Une autorisation de télé jusqu'à dix heures ? Dis donc ! T'es gonflé !

— Et toi, tu ne sais pas ce que ça fait d'avoir un père qui est parti sans rien dire et une mère qui n'est jamais là. Tes parents, ils sont toujours ensemble, vous êtes une bonne petite famille modèle. Alors ça va, c'est facile pour toi, hein...

La baby-sitter resta sans voix pendant un bon moment, absolument pas préparée à cette réplique dont la violence ne ressemblait pas au petit garçon. Puis elle l'attrapa par les épaules, l'obligea à s'arrêter, et elle s'assit sur les marches au pied d'un *brownstone* pour être à sa hauteur.

— C'est une famille modèle que tu veux, Adam ?

— Une famille tout court, ça serait déjà pas mal.

— Tu veux que je te parle de ma famille modèle ? De mon père et de ma mère qui ne s'aiment plus depuis vingt ans mais qui restent ensemble, pour faire bonne figure ? De mes sœurs qui ne se parlent plus et passent leur temps à se balancer des horreurs dans le dos l'une sur l'autre, et qui en ont probablement autant à mon compte ? Ce que tu as avec ta mère, Adam, c'est précieux, c'est rare, et, dans le fond, tu as beaucoup de chance.

— Tu parles !

— Je t'assure. Oui, c'est vrai, Lola est très prise par son travail. Mais je ne connais aucune maman au monde qui soit aussi proche de son fils. Aucune. Alors je te promets, il vaut mieux avoir une maman seule comme la tienne, souvent absente, mais aussi aimante, plutôt que deux parents comme les miens, hypocrites, et toujours dans mes pattes. Parfois, j'aimerais bien qu'ils aillent faire un tour à Philadelphie, crois-moi. Genre une petite virée de dix ou quinze ans, tu vois ?

Le petit garçon esquissa un début de sourire amusé.

— Et puis tu as une famille, Adam ! Chris, ton oncle, t'adore, lui aussi. Et les rapports que tu as avec Arthur, c'est presque des rapports de famille. C'est même mieux ! Ce type, il est fou de toi !

Adam haussa les épaules, trop fier pour avouer qu'elle n'avait pas tout à fait tort.

— Tu sais, Adam, je pense que ta mère souffre encore plus que toi de son emploi du temps. Toi, tu as l'avenir devant toi, tu as une vie à construire, un jour tu feras des enfants, sûrement, tu auras plein de monde autour de toi. Alors que pour elle, tu es tout ce qu'elle a. Son mari est parti, elle n'aura jamais d'autre enfant, et elle a un métier très difficile, qui l'accapare. Tu es le plus grand rayon de soleil de sa vie, tu sais, comme dans la chanson de Stevie Wonder. Alors ça doit lui peser beaucoup de ne pas te voir. C'est pour ça que tu dois l'aider. Et le meilleur moyen de l'aider, c'est de t'éclater ce soir avec moi devant un épisode de *Everybody Hates Chris* ! OK ?

— T'es au courant que ça n'existe plus depuis deux ans ?

Melany haussa les épaules.

— Il y a des rediff' ! dit-elle en lui adressant un clin d'œil.

A new day

10

Le colonel Laurent Makenga, qui dirigeait les rebelles Mabako, remercia le chef du village de son assistance. Partout où ils passaient dans cette région, les Zèbres étaient accueillis comme des bienfaiteurs par la population, désireuse de se débarrasser du président Tsombé, dont on savait à présent qu'il dépouillait le pays de ses richesses. Mais plus ils avanceraient vers l'ouest, moins les villageois leur seraient favorables. Le conflit risquait de se corser rapidement.

Ici, la bataille avait duré près de deux heures.

Des nuages de fumée s'élevaient vers le ciel à plusieurs endroits du village, là où les tirs de mortier de 60 mm étaient parvenus à faire fuir les troupes du Président vers la brousse. Les vieilles pierres ocre des maisons étaient parsemées d'impacts de balles et d'obus. Des cadavres ensanglantés de civils, de rebelles et de militaires jonchaient la terre battue des ruelles. Ici et là, on entendait les pleurs d'une femme, d'un enfant, les râles d'un blessé… C'était l'horreur presque ordinaire de la guerre civile, comme cette ancienne colonie belge en avait déjà trop connu.

Les militaires avaient offert ici un peu plus de résistance que dans les autres villages de l'Est, parce qu'il y avait dans des hangars en périphérie quelques conséquentes réserves de carburant. Des réserves clandestines, importées de l'Ouganda, où les taxes étaient beaucoup moins élevées qu'en RLT.

Pour les Zèbres, ce village était donc une prise stratégique qui leur permettrait de continuer leur progression vers la capitale.

— C'est presque trop facile, marmonna le colonel Makenga en faisant signe à son second, le lieutenant Kaboyi, de le suivre vers les réserves de carburant. Je n'aime pas ça.

Derrière eux, Abou Makenga, le fils du colonel, qui avait à peine seize ans, les suivait comme un garde du corps, son AK-47 collé contre la poitrine.

— Le Messager nous avait prévenus, colonel. Pour l'instant, tout se passe comme il l'avait dit.

— Il avait aussi dit qu'il serait parmi nous ce soir, et il n'est toujours pas là. C'est le sang de nos frères qui coule sur le sable pendant qu'il est tranquillement assis derrière un bureau.

— Tous les aéroports du pays ont été fermés, colonel. Je suis sûr que le Messager nous rejoindra rapidement. Il ne manque pas de ressources. Et il n'a jamais dit qu'il se battrait à nos côtés. C'est un stratège, pas un soldat.

— Tu as peut-être raison, Kaboyi. Mais je m'interroge sur ses vraies motivations.

Le lieutenant adressa un sourire à son chef.

— Allons, colonel, c'est un Blanc ! Vous connaissez ses motivations : le coltan. Personne ne se fait d'illusions. Mais qu'importe ? Grâce à lui, les Zèbres écraseront les Rhinocéros, et le peuple tumbalais sera débarrassé de Joseph Tsombé et de toutes ses malversations. Bientôt, on en aura fini avec la domination des Tunama.

— J'espère que tu as raison, Kaboyi. J'espère que tu as raison.

Dear lady

11

Quand ils arrivèrent sur le palier, Adam et Melany échangèrent un regard interdit en découvrant l'énorme bouquet de fleurs rouges qui avait été déposé devant la porte de l'appartement.

— C'est quoi, ça ? demanda Adam, curieux.

La baby-sitter haussa les épaules.

— J'en sais rien, moi…

Elle ramassa le bouquet et lut la petite carte agrafée sur la feuille de plastique transparent qui l'entourait.

— Ah. C'est pour ta maman, annonça-t-elle en souriant.

— Ah bon ? C'est de qui ?

— Je ne sais pas. Et ça ne nous regarde pas, de toute façon, petit curieux !

— Fais voir !

— Non !

Melany ouvrit la porte de l'appartement et fit signe

à Adam d'entrer. Le garçon essaya de voir la petite carte mais la baby-sitter souleva le bouquet en l'air pour la mettre hors de portée.

— File dans ta chambre, petit garnement !

Adam croisa les bras et obéit en faisant mine de bouder.

La baby-sitter partit remplir un vase dans lequel elle déposa le bouquet de fleurs sans le déballer, puis elle le mit en hauteur, sur une étagère au-dessus du bureau de Lola.

Un sourire aux lèvres, elle alla aider le garçon à faire ses devoirs dans sa chambre.

Comme elle l'avait promis, ils passèrent la soirée tous les deux, un plateau-repas sur les genoux, à grignoter d'énormes hamburgers qu'ils avaient faits ensemble, en regardant d'anciens épisodes de la série *Everybody Hates Chris.*

Ils passèrent un bon moment à rire, à se chamailler comme un frère avec sa grande sœur, effaçant dans la bonne humeur l'absence de Lola.

Un peu avant 10 heures, comme Melany venait de s'absenter pour aller aux toilettes, Adam se glissa sur la pointe des pieds vers le bouquet de fleurs.

Grimpant sur la chaise du bureau, il fit tourner le vase de façon à pouvoir lire la petite carte.

En la découvrant enfin, il n'en crut pas ses yeux.

C'était une petite note écrite à la main.

« Bonne Saint-Valentin. Je serai là jeudi ! »

Le mot était signé d'un simple petit cœur.

Adam le relut deux fois, comme pour s'assurer qu'il ne rêvait pas. Puis, abasourdi, il redescendit du tabouret et retourna rapidement dans le canapé sans faire de bruit.

Sa mère avait un amoureux !

Un amoureux !

Il n'arriva pas tout de suite à décider si c'était ou non une bonne nouvelle. Cela faisait deux ans, maintenant, que le père d'Adam était parti, et le garçon n'avait jamais vu sa mère avec un autre homme depuis lors.

Même s'il avait un peu de mal à se faire à cette idée, il finit par se dire que c'était finalement une bonne nouvelle. Une très bonne nouvelle.

Et l'impression d'être en possession d'un secret qu'on ne lui aurait sans doute pas révélé autrement l'emplit d'une sorte de fierté et de joie qu'il garda bien pour lui.

Two meanings

12

Sam Loomis passa la matinée du lendemain dans les bureaux new-yorkais du FBI à étudier les différents rapports qu'on lui avait fournis sur la situation en République libre du Tumba. Il y avait là les notes de synthèse des différents services de renseignements, les rapports de diverses ONG et quelques analyses fraîchement rédigées par des spécialistes de la géopolitique d'Afrique centrale.

La problématique du coltan était connue depuis longtemps et largement documentée. Les multinationales de la téléphonie mobile s'étaient presque toutes sali les mains en trempant dans les combines locales, finançant indirectement telle ou telle faction armée dans le seul but d'obtenir du minerai au meilleur prix et, surtout, de s'assurer que la source ne se tarisse jamais. À la moindre interruption d'extraction de coltan en RLT, les cours du minerai explosaient, réduisant considérablement les marges substantielles de cette industrie à la philanthropie toute relative... Les nombreux conflits provoqués par le trafic du coltan avaient entraîné l'un des plus graves bilans humains depuis la Seconde Guerre mondiale, avec plusieurs millions de morts, dans la quasi-indifférence de la communauté internationale.

La seule nouveauté, dans cette affaire, c'était la révélation de l'implication crapuleuse du président Joseph Tsombé, qui avait ironiquement basé sa dernière campagne électorale sur la transparence et l'intégrité...

Cette information avait donc été livrée à la presse par Exodus2016. Connaissant le sérieux du département News de CBS, il était fort probable que les documents que leur avait fournis John Singer avaient été scrupuleusement authentifiés.

Mais ce qui intriguait réellement Sam Loomis, c'était les liens troublants qu'il y avait entre le conflit qui venait d'éclater en RLT et les visions d'Emily Scott.

À bien y réfléchir, c'était une véritable histoire de fou : une femme recevait une balle en pleine tête dans un parc de Brooklyn. Suivie de près par un psychiatre à son réveil, elle livrait alors, pendant d'étranges séances d'hypnose, des révélations précises concernant l'enlèvement de John Singer, puis la guerre civile qu'entraînerait ensuite la libération inattendue de celui-ci. Plusieurs semaines avant que le conflit n'éclate, elle mentionnait déjà l'opposition entre « zèbre » et « rhinocéros », la liant au sort de John Singer. De la futurologie de haut vol, pour reprendre les termes d'Isaac Herbert. Et tout cela dans la bouche d'une amnésique de trente ans, sortie de nulle part.

La chose défiait totalement la raison.

Une chose était sûre : il n'était pas nécessaire d'être un adepte de la théorie du complot pour voir derrière tout cela une machination d'envergure internationale.

Loomis flottait dans une sorte d'hébétude immobile quand Lanton entra dans son bureau, en milieu de matinée.

— Les rapports vous conviennent, patron ?

— J'ai beau regarder cette histoire sous tous les angles, je n'arrive pas à comprendre le lien réel entre Draken, Emily Scott, John Singer et la RLT. Il y a quelque chose qui m'échappe, et je me demande si notre bon psychiatre ne nous a pas caché quelque chose.

— Que voulez-vous dire ?

— Je pense que le rapport du NYPD sur les visions d'Emily Scott est incomplet. Le détective Detroit m'avait parlé d'un carnet. Un carnet sur lequel Draken avait pris beaucoup de notes, fait des dessins. Il me faut ce carnet.

— Il est où ?

— *A priori*, il y a de fortes chances que Draken l'ait emmené dans sa planque, non ?

Lanton esquissa un sourire.

— Il suffit d'aller voir, patron.

Face the truth

13

Chris Coleman, la tête enfoncée dans les épaules, le col de son lourd manteau de laine relevé sur ses joues, traversa lentement l'allée du cimetière, les mains au fond des poches.

Il n'avait pas vu cet endroit depuis fort longtemps, mais, il avait l'impression que c'était hier. Il reconnaissait chaque pierre, chaque arbre, les ruines de la chapelle qui les surplombait.

Même en plein hiver, l'herbe était ici d'un vert éclatant, si éclatant même qu'il paraissait faux. Chaque élément du décor autour de lui l'enfonçait encore davantage dans ce vague à l'âme nostalgique, cet abattement résigné qui ne le quittaient plus guère depuis son départ de New York. La végétation, l'odeur de la terre, la forme des tombes, la pierre dans laquelle elles étaient sculptées, le contour des lettres, le nom des morts, même, tout le ramenait vers un passé douloureux et semblait railler le sort qui l'attendait bientôt.

Tu retourneras dans la terre d'où tu as été pris, car tu es poussière et tu retourneras dans la poussière.

Le bonnet sur sa tête masquait pudiquement les stigmates de sa chimiothérapie, mais il en éprouvait intensément les effets secondaires. La nausée, le mal de tête incessant, les douleurs dans la bouche et puis, surtout, cette accablante fatigue, chaque jour. Il n'avait plus l'impression d'être entier. Il n'était plus qu'une ombre de lui-même, coupé du monde par la maladie, obligé de se battre contre un ennemi invisible qui trouvait chaque jour de nouveaux moyens de le grignoter un peu plus. Chaque fois que Chris avait l'impression de reprendre le dessus, de regagner du terrain, une nouvelle épreuve le rabaissait. Et chaque fois, la douleur était plus vive.

À quoi bon se battre contre un invincible adversaire ? Il était Sisyphe, condamné à pousser éternellement son rocher jusqu'en haut d'une colline dont il dégringolait de nouveau chaque fois qu'il parvenait au sommet.

Pourquoi accepter une telle absurdité ?

Quand il reconnut l'allée qu'il cherchait, il sentit les battements de son cœur s'accélérer, sa gorge se nouer. Il s'arrêta pour reprendre son souffle, puisa un peu de courage dans ce geste simple. Ce geste premier : respirer. Faire entrer le monde en soi, sa plus évidente pureté, s'en nourrir, le laisser inonder son corps putrescent, puis le recracher. Le laisser repartir. Le libérer.

Il éprouva un violent sentiment de colère.

Les métastases étaient des chiennes voraces et le cancer le plus grand fils de pute de l'histoire de l'humanité.

Chris essuya une larme d'un revers de manche et

franchit les derniers mètres qui le séparaient de la petite tombe.

Devant la stèle, cette stèle qu'il n'avait cessé de voir en pensée au cours des dernières heures, il se laissa tomber sur les genoux, incapable de porter plus encore le poids de son misérable corps. Quand ses yeux lurent la petite inscription gravée dans la pierre, il éclata en sanglots.

Moirah Mac Lochlainn
Jan. 26, 1979 – Nov. 8, 1987
Our beloved daughter[1]

Seul, agenouillé au milieu de ce vieux cimetière désert, son corps tout entier fut secoué par les spasmes grandissants de ces pleurs francs, qu'il ne pouvait plus retenir. Les larmes coulèrent abondamment sur ses joues creusées, comme un torrent de douleur, et des hoquets lui déchirèrent la gorge. Ce fut comme le déchaînement soudain d'une peine trop longtemps étouffée.

Il resta là un long moment. Un très long moment.

A new day

---

1. *Notre fille bien-aimée.*

14

L'hélicoptère Mi-24 s'était posé au milieu du camp de fortune installé par les Zèbres de Mabako devant les hangars de carburant. Un ancien appareil de l'armée soviétique qui avait été repeint dans des tons marron foncé et qui ne portait aucune inscription pouvant en trahir l'origine. L'homme qui en était sorti, escorté par quatre mercenaires suréquipés, et qui portait un costume civil sombre, était toutefois indéniablement américain. Mais, ici, tout le monde l'appelait le Messager. Il n'avait pas d'autre nom.

Installé dans une grande tente, il discutait à présent avec le colonel Laurent Makenga et son lieutenant, Eugène Kaboyi. Nul n'avait le droit d'entrer ici, et le fils du colonel gardait l'entrée de la tente avec un air grave.

— Vous avez avancé bien plus vite encore que je ne l'espérais, colonel.

— Les Zèbres sont rapides à la course, Messager. Les meilleurs d'entre eux distancent même les lionnes les plus véloces, dans la savane.

— Tant mieux, tant mieux. Mais vous n'êtes pas au bout de vos peines, mon ami. Et vous n'ignorez pas que les choses deviendront de plus en plus difficiles à mesure que vous avancerez vers l'ouest. Les Tunama sont beaucoup plus nombreux que vous, et beaucoup mieux armés.

— Ils sont aussi moins braves.

— Ne vous voilez pas la face, colonel : vos chances de l'emporter sont minimes. Mais si vous faites exactement ce que je vous dis, il y a un espoir.

Makenga tenta de masquer l'agacement que lui procurait l'arrogance du Blanc.

— Nous sommes prêts à vous entendre. Nous agirons selon notre intérêt.

— Avez-vous choisi les trois points stratégiques ? demanda le Messager

Le colonel fit un signe à son second.

Le lieutenant Kaboyi se leva aussitôt et partit chercher une carte qu'il déplia sur la table devant eux.

Makenga prit un gros feutre et entoura trois points sur la carte.

— Ces trois endroits sont idéalement situés. Suffisamment proches de la capitale, mais assez éloignés pour rester à l'abri des regards. Ici, l'ancienne gare de triage de Lumaté. Là, l'aérodrome de Mbama. Et ici, enfin, un ancien camp de l'OCHA[1].

L'étranger se pencha sur la carte et étudia méticuleusement les trois lieux indiqués par le rebelle.

— Le camp me semble un peu éloigné. Il est à moins d'un jour de marche ?

La question sembla amuser le colonel.

— Pour des militaires bien entraînés, oui.

— Bien. Je vous fais confiance. Dès que vous aurez atteint la région, dites à vos hommes de tout mettre en place.

---

1. Bureau de la coordination des affaires humanitaires de l'ONU.

— Nous avons besoin de munitions.

— Nous vous avons amené cela, colonel. Je suis un homme de parole.

Le Messager se leva et tendit la main au chef des Mabako d'un geste théâtral.

— N'oubliez jamais cela, Makenga. Je suis un homme de parole, et j'espère que vous le serez vous aussi.

The line

15

Le capitaine Powell, comme il le faisait trois fois par semaine – le lundi, le mercredi et le vendredi –, avait réuni tout le personnel du 88ᵉ district, cols bleus et cols blancs, dans la salle de briefing où l'on faisait un point sur les affaires en cours, les nouvelles enquêtes, et où l'on répartissait les tâches, par ordre de priorité.

C'était un rituel auquel il se pliait depuis de nombreuses années, non seulement parce que cela permettait d'optimiser l'organisation du commissariat, mais aussi parce que cela ressoudait les troupes. Ici, les différents services étaient obligés de se croiser, de s'intéresser à ce que faisaient les autres, et il arrivait même que, dans des cas extrêmes, on traite d'affaires personnelles, pour motiver la solidarité entre collègues quand un drame survenait dans la vie de l'un d'entre eux.

Ce jour-là, rien de personnel, mais beaucoup de travail. Naturellement, debout derrière son pupitre, le capitaine avait gardé l'enquête sur Emily Scott pour la fin. On gardait toujours le plus gros dossier pour la fin.

— Nos bons amis du FBI sont en charge – comme vous le savez – de toute la partie qui concerne l'enlèvement du couple Singer, mais sur mon tableau, là, de l'autre côté du couloir, le meurtre d'Emily Scott n'est toujours pas élucidé, et je n'ai pas besoin de vous expliquer pourquoi j'ai de nombreuses raisons de souhaiter que cette enquête passe dans la case des affaires résolues. Ce serait bon pour le Département.

— Et pour nous aussi par la même occasion, intervint le détective Detroit qui, comme toujours, était tout au fond de la salle, le dos appuyé contre le mur dans une posture nonchalante.

— Et pour nous aussi, confirma Powell. Pour ceux qui n'auraient pas suivi, je fais un rapide point sur cette affaire.

Tout le monde écouta avec attention. Ils savaient que l'enquête touchait personnellement la détective Gallagher, et quand une affaire touchait personnellement l'un d'entre eux, inévitablement, ils la prenaient à cœur. Une histoire de fraternité policière.

— Ce dossier épineux a la particularité de réunir deux enquêtes pour le prix d'une, si je puis m'exprimer ainsi. D'abord, une enquête sur la première tentative d'assassinat dont Emily Scott a été victime, dans le parc de Fort Greene, et qui a causé son amnésie. Ensuite, l'enquête sur sa mort suspecte, dans le cabinet du Dr Draken.

Le capitaine prit un gros marqueur noir et commença à prendre des notes sur le tableau blanc derrière lui pour illustrer plus clairement son propos.

— Pour la première partie de l'enquête, qui concerne donc la soirée du vendredi 13 janvier, voilà ce que l'on sait : à 20 h 59, Emily Scott est vue pour la première fois par les caméras de surveillance du RTCC à l'angle de Buffalo Avenue et St. Johns Place. Après un parcours compliqué et un trajet de bus – pendant lequel elle se sait suivie –, elle entre à 21 h 38 dans le Brooklyn Museum. Deux minutes plus tard, prenant abri derrière une statue, elle se fait tirer dessus dans le musée. Elle s'enfuit à pied, remonte vers le nord et, à 22 heures, elle entre dans le parc de Fort Greene. À 22 h 08, elle est touchée par balle au pied du monument aux martyrs des bateaux-prisons. L'examen balistique confirmera que c'est la même arme qui lui a tiré dessus dans le musée et dans le parc. Des balles de 9 mm Parabellum, tirées avec un Beretta 92 récent. Quand Emily Scott est retrouvée au pied du monument, elle n'a aucun papier sur elle, mais seulement un bip de parking. Elle porte des traces de peinture sur les mains, mais n'a plus d'empreintes digitales. À l'annulaire gauche, elle porte une alliance avec les noms Mike & Emily gravés à l'intérieur, ce qui nous a permis de supposer qu'elle s'appelait Emily.

— C'est peut-être un détail, intervint Tony Velazquez au premier rang, mais nous avions remarqué à l'époque qu'Emily ne portait pas de marque de bronzage sous son alliance, alors qu'elle en portait aux autres endroits usuels, bretelles de soutien-gorge, etc.

Ce qui pourrait vouloir dire qu'elle ne portait pas son alliance depuis longtemps, ou bien qu'elle ne la portait pas en permanence.

— Pour la seconde partie de l'enquête, reprit Powell, qui concerne donc la journée du 6 février, nous disposons d'une vidéo sur laquelle on voit Emily et le Dr Arthur Draken se battre en plein milieu d'une séance d'hypnose, aux alentours de 11 heures du matin. Les choses ne sont pas claires sur les images, mais il semble qu'à l'issue de cette bagarre, Emily soit tombée à la renverse et se soit tuée en heurtant le pied du fauteuil métallique. Toutefois, lors d'un entretien avec le détective Gallagher, Arthur Draken a affirmé qu'une autre personne, un intrus, se trouvait dans la pièce, et qu'il l'a poursuivi dans la rue. Selon le psychiatre, cet homme les aurait drogués, lui et Emily. Des photos prises par un photographe au moment du meurtre, à l'occasion d'une manifestation qui se déroulait dans le quartier, montrent effectivement un homme, portant un chapeau de feutre, qui saute par la fenêtre de la cuisine de Draken et s'enfuit dans la rue. Quelques minutes plus tard, on retrouve ce même homme sur les caméras de surveillance du *Nu Hotel*, suivi en effet par un Draken quelque peu... hagard. Détail intéressant, cet homme semble être le même qui apparaissait sur les caméras de surveillance du Brooklyn Museum ainsi que sur St. Johns Place, poursuivant Emily alors qu'elle montait dans le bus. En somme, l'homme au chapeau – dont l'agent Velazquez va vous distribuer maintenant le portrait-robot – est aujourd'hui notre priorité, notre piste principale, même si retrouver le docteur Draken reste une absolue nécessité.

— Il y a peut-être une première piste intéressante,

intervint Phillip Detroit. L'homme s'est enregistré sous le nom de Richard Oswald en descendant au *Nu Hotel*.

Powell acquiesça avant de reprendre :

— Dernier point essentiel : l'autopsie d'Emily Scott a révélé dans son corps la présence d'une substance de type psychotrope, à base de datura. Le datura est une plante hallucinogène fortement toxique. Or, cette substance avait déjà été trouvée en juin 2010 dans le corps de deux personnes suicidées.

À cet instant, le visage du capitaine s'assombrit.

— Ces deux personnes étaient d'anciens patients du Dr Draken. Nous pensons... Nous pensons qu'il s'agit d'un sérum utilisé illégalement par le psychiatre lors de ses séances d'hypnose. Reste à savoir si c'est lui qui l'a injecté à Emily Scott ce jour-là, ou si c'est l'homme au chapeau qui a utilisé le produit en question pour droguer Draken et Emily. Dans tous les cas, le psychiatre a au moins commis une infraction, ne serait-ce que pour détention de stupéfiants.

Powell reboucha son marqueur et rangea les notes sur son pupitre, indiquant que le briefing touchait à son terme.

— Exceptionnellement, l'enquête est directement confiée au détective Detroit, qui sera assisté de notre jeune agent, Tony Velazquez. Phillip a suivi cette affaire depuis le début, il est mieux à même de diriger les recherches. En priorité, je voudrais donc qu'on se focalise sur l'homme au chapeau, mais aussi sur la piste d'un cadavre de femme qui a été retrouvé par le shérif de Collinsville et qui présente de nombreuses similitudes avec Emily Scott : même âge, pas d'empreintes digitales. Cette enquête est une grosse affaire pour notre commissariat. Je vous serais donc reconnaissant à tous de bien vouloir faciliter le travail du détective Detroit et de l'agent Velazquez, chaque fois que cela vous sera possible, et d'ouvrir l'œil pour essayer de retrouver des informations sur l'homme au chapeau.

— Excusez-moi, capitaine, mais est-ce qu'on peut savoir pourquoi le détective Gallagher n'est pas parmi nous ? demanda Velazquez, qui semblait presque inquiet.

— Lola est à Philadelphie. Elle risque d'être absente un jour ou deux. Problèmes familiaux. Mais de toute façon, elle n'aurait pas été assignée à cette enquête. Ordre de l'IAB.

Il y eut un murmure de désapprobation dans l'assemblée. L'IAB était rarement bienvenue dans ces murs.

— Allez, on y va, messieurs dames, et n'oubliez pas : courtoisie, professionnalisme, et putain de respect !

Les policiers, bleus ou civils, sortirent de concert de la grande salle de briefing. Seul Detroit resta à sa place, interpellant le capitaine avant qu'il ne sorte à son tour.

— Philadelphie, hein ? dit-il en fronçant les sourcils.

Powell haussa les épaules.

— Elle m'a laissé un message tôt ce matin.

— Problèmes familiaux ? insista Detroit d'un air sceptique.

— Il faut croire. Ne vous occupez pas de Gallagher, Phillip. Vous avez du pain sur la planche.

Le détective hocha la tête et partit vers son bureau sans rien ajouter de plus.

Wait

16

Chris Coleman resta un long moment immobile devant la porte de la petite maison de ville sans oser appuyer sur la sonnette. Le visage crispé par l'indécision, il était si immobile même qu'il semblait figé pour l'éternité, telle la statue d'O'Connell dans le cœur de Dublin.

Il n'y avait pas un bruit autour de lui sinon celui d'un vent glacial. C'était un quartier modeste, paisible, mais dont les murs portaient encore les stigmates d'un passé douloureux. Ici et là, des graffitis rappelaient les cicatrices des conflits nationalistes qui faisaient rage depuis le XIXe siècle, opposant catholiques et protestants dans des guerres civiles sans cesse renouvelées. Les trois lettres de l'IRA revenaient régulièrement dans les revendications de ces tags plus ou moins anciens, dégoulinant sur les façades monotones, et les couleurs du drapeau irlandais contrastaient avec le gris monochromatique des maisons de pierre.

Chris inspira profondément, rassembla le peu de

courage qui lui restait et sonna enfin à la porte. Une vieille sonnerie déglinguée, aussi déglinguée que le toit de cette triste demeure.

Quand une femme d'une soixantaine d'années vint ouvrir, il resta pétrifié, muet, incapable de parler. Les mots se bousculaient dans sa tête, trop nombreux, trop confus, et venaient se heurter contre la paroi de l'indicible.

Le visage de la femme se transforma lentement, comme si un voile sombre s'était délicatement posé dessus.

Chris, la voix tremblotante, essaya de dire la seule chose qu'il pouvait dire :

— Je... Je suis...

— Je sais qui tu es, le coupa-t-elle d'une voix sèche.

Il avala sa salive et baissa les yeux.

Sans fermer la porte, la femme se retourna avec une lenteur dramatique et partit vers l'intérieur de la maison.

Chris resta sur le perron, transi, ignorant s'il devait entrer ou s'enfuir. En vérité, il aurait voulu disparaître. Qu'un éclair le foudroie sur place. Mais il n'était pas venu pour ça. Il n'était pas venu si loin pour renoncer, pour abandonner au pied de la dernière marche. De toute façon, il était beaucoup trop tard pour faire marche arrière et il n'avait plus assez d'amour-propre pour redouter la moindre humiliation.

D'un pas malhabile, un peu gauche, il entra dans la maison, referma la porte derrière lui et se dirigea vers le salon.

La femme était là, assise sur son canapé, les yeux perdus dans le vague. Elle avait l'air perdu, dans sa propre maison.

— Madame Mac Lochlainn… Je… Je peux entrer ?

Elle ne répondit pas. Elle ne bougea pas. C'était comme si elle n'avait pas entendu la question. C'était comme si elle ne l'avait même pas entendu entrer.

Chris, sentant ses jambes défaillir, avança et se laissa tomber sur une chaise devant ce qui devait être la table des repas.

Il avait imaginé mille scénarios possibles. Mille façons d'aborder cet instant, d'affronter cette situation, mais aucune n'était satisfaisante. Aucune ne pouvait l'être.

Il regarda la pièce autour de lui, comme si les objets avaient pu lui apporter une réponse. C'était un petit intérieur, chichement décoré, simple, anachronique, presque. Un papier peint d'un autre temps, jauni, déchiré par endroits, une vieille toile cirée sur la table, de pauvres bibelots amassés sans goût sur des meubles de famille dépareillés. Et cette horloge. Cette terrible horloge qui cliquetait, soulignant avec une cruauté cynique l'absurdité de cet instant.

Chris n'aurait su dire combien de temps ils restèrent ainsi, seuls dans ce petit salon, assis chacun de son côté dans leur mutisme et leur paralysie, à écouter s'égrener les secondes. Soudain, ce silence lui devint totalement insupportable. Ce silence, c'était celui de la honte, celui d'une culpabilité qu'il voulait affronter. Il n'avait pas le droit de fuir. Alors il commença à parler. Lentement. Comme pour lui-même. Et ses paroles furent aussi confuses que l'était son esprit.

— Je vais… Je vais bientôt mourir. J'ai… J'ai… On m'a diagnostiqué un cancer des poumons, vous voyez ? À un stade avancé. Alors je vais bientôt mourir. Et depuis toutes ces années, je porte sur mes épaules le poids de... Je porte sur mes épaules... Alors je me suis caché. Oui, c'est vrai, je me suis caché, je me suis terré comme un rat. Je ne vais pas vous dire que je suis fier de ce que j'ai fait, vous savez ? Moi, j'ai appris à vivre avec la honte, avec les remords. Tous ces remords. Toute cette lâcheté. Je sais bien qu'il n'y a rien qui puisse... Je veux dire... Mais je voulais venir ici. Je voulais vous regarder, madame, je voulais vous regarder en face, et puis...

Les larmes, de nouveau, coulèrent sur ses joues, intarissables, régulières, sans aucune retenue. Ce n'était plus les mêmes larmes que dans le cimetière. Ce n'était plus les larmes d'un enfant dévasté. C'était les larmes d'un vieillard rongé par les regrets.

— Je n'avais pas... Je n'étais pas... Je veux dire, j'avais, quoi ? Dix-neuf ans. Alors je n'étais pas...

Il s'interrompit un instant, cherchant à clarifier ses propos. Mais c'était tellement difficile.

— Je ne peux sans doute pas comprendre ce que vous avez vécu, madame Mac Lochlainn. Je ne pourrai jamais savoir. Mais je voulais venir, vous voyez ? Je voulais venir avant de... On ne sait pas ce qu'on fait, quand on... Parfois, j'ai l'impression que ce n'était pas moi. Mais je me dis ça pour me donner bonne conscience, sûrement. Parce que c'était moi, bien sûr. C'était bien moi. *C'est* moi, vous savez. Alors je vais aller... Je vais aller me rendre, maintenant. La mort ne suffit pas. Je veux payer. Je veux payer pour ça. Et je voulais que vous sachiez. Que vous sachiez que celui qui a fait ça... Qu'il va payer. Qu'il paye. Parce que je ne peux pas réparer. Je... Je ne peux pas réparer, madame.

Il se tut.

Son regard, à présent, était celui d'un fantôme. Les yeux rivés au mur devant lui, il ne regardait plus.

À cet instant, il aurait voulu que la mort le prenne doucement. Que le crabe l'emporte. Ici. Maintenant.

Et puis, soudain, la femme se leva de son canapé. Pas une seule fois elle ne l'avait regardé. Pas une seule fois elle n'avait bougé. Et maintenant, d'un pas lent, elle se dirigea vers la cheminée. Là, elle attrapa un petit cadre photo. Dessus, le cliché d'une fillette. Une fillette brune, les yeux brillants de vie. Elle avait huit ans.

La femme fit demi-tour et s'approcha, marchant péniblement, comme ivre. Elle vint se poster juste devant lui et, avec un geste plein de fragilité, elle tendit le cadre. Elle le plaça juste sous son nez. Et elle ne dit rien. Car il n'y avait rien à dire.

Les sanglots de Chris redoublèrent. Il ne put soutenir une seule seconde cette vision. Accablé, il laissa sa tête basculer en avant et pleura comme un enfant, le menton rentré dans la poitrine.

Et la femme resta là, entêtée, exhibant comme la plus terrible accusation le portrait de sa fille.

Chris, le front toujours baissé, souleva doucement la main et l'approcha timidement du bras de cette femme. La paume ouverte, il essaya de lui saisir le poignet, dans un geste un peu étrange d'affection, un geste de partage. Mais la femme le repoussa aussitôt, violemment, et de suite elle approcha encore davantage la photo de sa fille.

— Ce que tu m'as dit, dis-lui, à elle. Dis-lui !

Elle avait les yeux écarquillés, injectés de sang, le visage crispé dans une grimace de dédain, de colère. La plus grande des fureurs. La rage d'une mère dépossédée.

— Dis-lui ! Toutes ces belles paroles ! Dis-lui à elle !

Elle resta longuement ainsi, confrontant le visage angélique de la fillette au regard coupable de Chris.

Et puis, enfin, dans un soupir, elle fit demi-tour et retourna s'asseoir sur le canapé, posant le cadre sur ses genoux comme si elle ne voulait plus le quitter.

Il y eut encore un long et lourd silence.

— Tu es venu chercher notre pardon ?

Chris releva la tête et essuya vainement ses larmes. Il avala sa salive et plongea ses yeux dans le regard de cette femme qui le dévisageait enfin.

— Tu es venu chercher notre pardon, mon garçon, c'est ça ? répéta-t-elle d'une voix redevenue calme.

Il acquiesça doucement.

— Oui.

La femme poussa un petit ricanement désabusé. Puis, avec un visage mauvais, elle cracha par terre.

— Tu peux aller te faire foutre. Oh, oui, tu peux aller te faire foutre, mon garçon. Tu crois que je vais avoir pitié parce que tu vas crever ? Parce que tu as le cancer ? Mais tu peux aller te faire foutre, mon garçon ! Tu peux crever. Personne ici ne versera de larmes. Tu peux crever, tu n'auras pas notre pardon.

Tétanisé, Chris la regarda se lever et aller remettre le cadre photo à sa place, sur le rebord de la cheminée.

— Maintenant, sors de ma maison ! Sors de chez moi. Et dépêche-toi, avant que son père arrive. Parce que lui, mon garçon, il ne te laissera même pas ouvrir la bouche.

Le frère de Lola se leva et fit un pas vers elle.

— Madame Mac Lochlainn...

— Sors de chez moi ! hurla la femme. Sors de ma maison !

Chris hésita, mais il y avait tant de haine dans ce regard qu'il ferma les yeux, laissa ses bras retomber le long de son corps et sortit.

Quand la porte claqua derrière lui, il sut qu'il ne pourrait jamais trouver ici ce qu'il était venu chercher.

Abattu, épuisé, il descendit les marches du perron d'un pas lourd. Chaque fois que ses pieds foulaient le sol, il avait l'impression qu'il allait tomber. Le monde tournait autour de lui comme un manège macabre. Il traversa le jardinet et se mit à marcher sur le trottoir, les jambes lourdes, sans vraiment savoir où il allait.

Soudain, il fut sorti de sa torpeur par un crissement de pneus aigu.

Une vieille camionnette blanche s'arrêta au milieu de la rue, à sa hauteur.

Chris s'immobilisa, perplexe.

La portière latérale s'ouvrit d'un coup. Avec une violence et une vitesse implacables, deux hommes cagoulés sortirent du véhicule, lui tombèrent dessus et le jetèrent brutalement à l'arrière de la camionnette.

Two meanings

17

Quand il vit le petit message d'alerte clignoter au milieu de son écran, Phillip Detroit fit un petit geste de victoire en serrant le poing. Sa recherche sur la base de données CODIS était terminée. Il n'avait pas espéré un résultat aussi rapide.

Il était sur le point de lire le message quand Tony Velazquez entra dans son bureau sans frapper.

— J'aimerais bien revoir toutes les vidéos, détective.

— Toutes les vidéos ?

— Oui. Celles du Brooklyn Museum, celle de la mort d'Emily, et celle du *Nu Hotel*.

Detroit poussa un soupir.

— OK... Je vais les mettre sur le serveur.

Velazquez grimaça.

— Ça irait plus vite si je les regardais ici, non ?

— Ça irait encore plus vite si tu ne les regardais pas du tout. Je vais les mettre sur le serveur, répéta Detroit d'un air agacé.

— Le problème, détective, c'est que je n'ai pas de poste pour les regarder, moi.

Detroit serra la mâchoire et tenta de ne pas s'emporter. Velazquez était encore un peu vert.

— Tu n'as qu'à aller sur l'ordinateur de Lola, puisqu'elle est absente.

— Je peux ?

— Oui.

— Alors parfait !

Le jeune agent, tout sourire, s'apprêta à sortir, mais Detroit le retint par le bras.

— Dis-moi, le bleu, le capitaine t'a demandé de m'assister, hein, pas de me casser les couilles. Tu vois ce que je veux dire ?

Velazquez haussa les sourcils.

— J'essaie seulement de mener mon enquête !

— Non, non, non, gamin. Moi, j'enquête, toi, tu vas faire les trucs chiants que je te demande de faire. Tu me suis ?

Le jeune flic secoua la tête.

— Eh bien, comme vous ne me demandez rien pour l'instant, je m'occupe.

— Ouais. OK. Eh bien, va t'occuper à regarder ces vidéos si ça te chante, mais ne viens plus me déranger dans mon bureau. Si j'ai besoin de toi, c'est moi qui viendrai te chercher, OK ?

Velazquez opina du chef et sortit du bureau d'un air blasé.

Detroit le regarda partir.

— Je le sens pas, ce mec.

Il se tourna vers son écran et put enfin ouvrir en paix la fenêtre qui contenait les résultats de sa recherche.

La déception fut rapide. Rien. Nada. « Aucune correspondance. »

Aucun des cinq sangs mélangés dans le petit flacon de Chris Coleman n'était répertorié sur la base CODIS.

Ses épaules s'affaissèrent dans un geste de déception.

Il allait falloir chercher ailleurs. Peut-être même sur des bases auxquelles il n'était pas censé avoir accès.

Une demande à Interpol aurait permis de consulter

un nombre de bases de données assez conséquent. Probablement le plus vaste index auquel Detroit pouvait rêver. Le problème, c'était que son enquête n'avait absolument rien d'officiel. Pire, elle était très largement illégale et impliquait de surcroît une collègue, et non des moindres.

Il fallait donc qu'il trouve une autre solution pour élargir le champ de ses recherches.

Il y avait bien sûr des moyens « techniques » de contourner les barrages géographiques, mais cela impliquait une ou deux infractions passibles de peines particulièrement lourdes. Le genre à se retrouver en prison jusqu'à l'âge de la retraite.

Certes, le détective spécialiste était censé être un as de la sécurité informatique, et il avait fait des choses bien pires dans son passé, avant de rejoindre le NYPD. Mais il n'était pas sûr que, cette fois, le jeu en vaille vraiment la chandelle. Qu'espérait-il trouver ? De quoi faire mettre le frère de Lola en prison ? Était-ce vraiment une bonne idée ?

Il y avait aussi toutefois la possibilité que cette affaire ne soit pas du tout ce qu'il imaginait. Chris Coleman était peut-être blanc comme neige. C'était peut-être un type irréprochable qui n'aimait juste pas son nom de famille et adorait collectionner le sang de ses ancêtres. Auquel cas Detroit *devait* le découvrir, pour ne plus jamais avoir le moindre soupçon.

Ouais, bien sûr. Et c'est pour ça que ce type conserve aussi un Smith & Wesson sans numéro de série dans son appartement...

Sans plus se poser le moindre problème de conscience, Detroit croisa ses mains, les retourna pour faire craquer les jointures de ses doigts, approcha sa chaise de l'ordinateur et se mit au travail.

Le jeu consistait, ni plus ni moins, à entrer dans les bases de données des petits copains, dans les pays voisins.

Comme au bon vieux temps.

Ricochet

18

Ce n'était pas une télévision d'une très bonne qualité, mais c'était déjà ça. À vrai dire, cela faisait même longtemps que Draken n'avait pas vu une antiquité pareille – un bon vieux tube cathodique des années quatre-vingt – mais c'était tout ce que l'appartement délabré de Paul Clay avait à lui offrir. Et cela faisait plusieurs jours maintenant qu'il s'en était contenté pour regarder les vidéos d'Emily, alors il pouvait bien aussi y suivre les actualités.

Cela faisait une heure à présent qu'il passait frénétiquement d'une chaîne à l'autre pour suivre les dernières informations au sujet du conflit qui avait lieu en ce moment même en République libre du Tumba, et le lien avec les visions d'Emily ne lui avait évidemment pas échappé. Bon sang, il avait lui-même peint un zèbre et un rhinocéros sur le mur, juste derrière cette satanée télévision !

La chose était tellement troublante qu'il avait du mal à croire à ce qu'il voyait.

Après l'enlèvement de John Singer, c'était maintenant une guerre qu'Emily avait annoncée dans ses visions ! Mais qui était donc cette femme qu'il avait aimée ? Comment avait-elle pu savoir tout cela ?

C'était très déstabilisant de penser que cette femme, dans son subconscient, connaissait bien plus de choses que sa mémoire ne voulait l'admettre. Qui aurait-elle été si elle n'était devenue amnésique ? L'aurait-il aimée ? Aurait-il aimé une femme qui savait tant de choses terribles au sujet de l'avenir ?

Perplexe, il reprit son carnet de notes et éplucha tout ce qui, dans les propos d'Emily, pouvait avoir un rapport avec ce conflit.

« Je vois un rhinocéros, étendu sur la berge. Il meurt lentement. Il a les entrailles ouvertes et son sang se vide dans le fleuve. Je n'aime pas cela. Je ne veux pas le voir saigner. »

Ces paroles pouvaient lui apparaître maintenant sous un jour nouveau.

Quel était le sens caché du fleuve dans cette vision-là ? Que représentait-il ? Il ne s'agissait certainement pas ici de la Farmington River. Était-ce un fleuve d'Afrique ? Ou bien une image ? Une indication de l'endroit dans lequel le « Rhinocéros » allait mourir ?

Et pourquoi Emily disait-elle qu'elle n'aimait pas cela ? Qu'elle ne voulait pas le voir saigner ? C'était certainement autre chose que la seule envie de ne pas voir mourir un animal… Était-ce cette guerre qu'elle redoutait ? Mais pourquoi cette guerre en particulier ? Comment y était-elle associée ?

« – *Et le rhinocéros ? Est-ce que le rhinocéros a peur du roi ? Tu m'as dit qu'il était blessé, lui aussi, que son sang se déversait dans la rivière…*

— *Pas encore. Il n'est pas encore blessé. Et il n'a pas peur du roi. Il lui fait confiance. Mais il ne devrait pas.* »

Et le roi, ici, figurait-il toujours John Singer ? Pourquoi pas ? À en croire les chaînes de télé, c'était lui qui avait, indirectement, déclenché ce conflit. Cela ne pouvait pas être un hasard. Mais alors pourquoi Emily disait-elle que le rhinocéros ne devait pas faire confiance au roi ? Cela signifiait-il que John Singer avait trahi la tribu des Tunama ? En livrant des informations compromettantes sur le président Tsombé, il n'avait certainement pas dû leur rendre un grand service. Mais leur devait-il quelque chose ? En quoi cela était-il un geste de trahison ?

« *Le roi vient le voir. Le roi remonte la rivière pour s'approcher du rhinocéros. Les deux se font face maintenant. On dirait qu'ils se défient. Qu'ils se jaugent. Oui, c'est ça. On dirait un matador devant un taureau.* »

John Singer allait-il se rendre en Afrique centrale pour rejoindre les Rhinocéros de la tribu des Tunama ? Remonter le fleuve, cela signifiait peut-être traverser l'océan…

« – *Alors c'est le roi qui a blessé le rhinocéros ?*

— *Non. Non, c'est le cavalier. Le cavalier avec sa cape, qui chevauche un zèbre. Le roi l'a appelé. Il lui a montré le rhinocéros. Ils se moquent de lui tous les deux. Ils l'ont piégé.* »

Plus tôt, Draken avait supposé que le cavalier pouvait représenter l'homme au chapeau. Singer et l'homme au chapeau s'étaient-ils unis pour trahir la tribu des Tunama ? Pour les « piéger » ? C'était l'une des traductions possibles des visions d'Emily. Mais Draken savait que ce n'était pas forcément la bonne. Souvent, dans ce genre de verbalisations, sous hypnose, les images changeaient, les rôles s'intervertissaient…

Une chose, toutefois, l'interpellait encore davantage : dans toutes les visions d'Emily, le zèbre semblait l'emporter sur le rhinocéros. *Le cavalier tire une flèche sur le rhinocéros.* Et pourtant, dans la réalité, selon tous les observateurs internationaux, les zèbres de la tribu Mabako n'avaient aucune chance.

Il y avait deux solutions : soit l'avenir réservait à la RLT une étonnante surprise, soit Emily s'était trompée, pour la première fois.

Mais comment pouvait-il deviner, lui ?

Car, contrairement à Emily, Arthur Draken n'avait pas le don de lire l'avenir.

Wonder

763

19

Detroit avait rapidement abandonné l'idée d'une intrusion sur les bases de données des polices étrangères en cherchant leur mot de passe par « force brutale ». La technique – qui consistait à utiliser un script pour essayer toutes les combinaisons de caractères possibles – pouvait certes se révéler efficace, mais elle était souvent fort longue, et absolument pas discrète sur des systèmes aussi sécurisés que ceux des forces de l'ordre. Or, se faire prendre n'était pas une option envisageable.

L'alternative, plus complexe, mais plus rapide et théoriquement plus discrète, consistait à attaquer le réseau de l'hébergeur de la cible et utiliser ensuite une adresse IP de maintenance, pour se faire passer pour un technicien de la société en question. Dans la plupart des pays occidentaux, les services de police ne conservaient pas leurs bases de données en interne mais avaient recours à des hébergeurs extérieurs, civils. C'était un choix risqué, que Detroit peinait à expliquer en 2012. Mais c'était ainsi et, aujourd'hui, il n'allait pas s'en plaindre.

Ces hébergeurs, évidemment, n'abritaient pas un seul et unique serveur – celui de la police, en l'occurrence – mais souvent plusieurs milliers de machines et, sur le nombre, il y en avait souvent une qui présentait une faille de sécurité. Le défi consistait donc à trouver la machine la plus accessible – un vieux serveur mail par exemple –, rentrer dedans, et remonter ensuite cran par cran jusqu'au routeur de l'hébergeur. En gros, on cherchait la plus petite et plus fragile fenêtre pour entrer dans la grande forteresse.

Une fois à l'intérieur, en usurpant d'abord l'identité d'un technicien pour avoir accès aux commandes, il restait ensuite à se faire passer pour une personne habilitée à consulter la base de données.

Après avoir fouillé, sans succès, un serveur canadien, Detroit essayait maintenant de se connecter à la base de données du MI-5, le service de renseignements intérieurs du Royaume-Uni, réputée pour être la plus exhaustive de la planète, avec les profils ADN de plus de 3,5 millions de personnes. Un pied de nez à la puissance américaine.

Cela faisait dix bonnes minutes maintenant que, entré à l'intérieur du système, le détective Detroit attendait de pouvoir intercepter en direct l'identifiant et le mot de passe d'un utilisateur assermenté. Dix minutes, c'était déjà beaucoup trop long, et plus le temps passait, plus les chances de se faire prendre grandissaient. Après plusieurs manœuvres complexes, il était parvenu à mettre un moniteur sur le serveur, qui lui permettait d'espionner toutes les actions des utilisateurs qui y avaient accès. En somme, c'était un peu comme s'il avait placé une caméra devant un digicode et qu'il attendît patiemment que quelqu'un vienne taper le code sous ses yeux.

Mais le temps passait, et toujours rien.

Detroit partageait avec les plus grands pirates informatiques de la planète cette sorte de sixième sens qui leur permettait de sentir quand ils étaient sur le point de se faire prendre. À la manière de la proie qui devine la présence du prédateur au milieu du calme plat, il y avait des silences qui ne trompaient pas.

Le détective poussa un soupir et s'apprêta à se déconnecter, bredouille, quand le moniteur lui signala une soudaine activité dans la zone du serveur concernée. Surexcité, les yeux rivés à l'écran, il espionna, étape par étape, la connexion de son bouc émissaire.

Bingo, pensa-t-il en serrant la mâchoire.

Son ordinateur récupéra l'identifiant et le mot de passe de l'utilisateur distant. Impatient, il attendit que celui-ci se déconnecte, puis que son adresse IP se libère. Usurpant alors l'identité de cet agent britannique anonyme, il se connecta à la base de données.

Il ne lui resta plus qu'à transférer les cinq profils sanguins trouvés dans le flacon de Coleman et à les comparer avec tous les enregistrements de la base.

Ses poings se serrèrent pendant que la machine moulinait. Compte tenu de l'enjeu, s'il se faisait prendre, l'attente était insoutenable.

Et puis, soudain, il tomba sur une correspondance.

Une seule.

Mais pas n'importe laquelle.

Detroit se frotta les joues, incrédule.

L'un des cinq sangs était bel et bien répertorié en Grande-Bretagne sur la base de données du MI-5. Et ce sang, c'était celui d'un certain Chris Gallagher.

20

Après lui avoir attaché les mains dans le dos et enfilé un sac de toile sur la tête, ils avaient roulé près d'une heure. Pendant tout le trajet, aucune parole n'avait été prononcée. La camionnette avait serpenté, freiné, s'était arrêtée plusieurs fois pour repartir sur les chapeaux de roue. Et puis soudain, Chris avait senti des mains l'attraper par les épaules, et on l'avait jeté hors du véhicule sans ménagement. On l'avait fait marcher jusque dans un bâtiment avant de le ligoter fermement sur une chaise.

Quand on enleva le sac qu'il avait sur la tête, Chris Coleman eut à peine le temps de découvrir le décor autour de lui avant qu'on lui envoie une gifle violente. Sa tête fut projetée sur le côté et, quand il la redressa, un filet de sang coulait de sa narine gauche.

Il reconnut alors sans peine le lieu où on l'avait enfermé. C'était l'arrière-salle d'un pub de Killeshandra, petit village irlandais du comté de Cavan qu'il ne connaissait que trop bien. Il avait passé ici de nombreuses soirées dans sa jeunesse. Des soirées où la bière avait coulé à flots, où l'on avait beaucoup chanté, beaucoup ri, et beaucoup rêvé d'indépendance.

— Mais qu'est-ce qui t'est passé par la tête, Chris, mon garçon ? Qu'est-ce qui est passé par ta putain de tête ?

Le visage avait changé, mais pas la voix. Malgré une calvitie dévastatrice et une bonne quinzaine de kilos en plus, Chris avait instantanément reconnu Allistair O'Neill. Vingt-cinq ans plus tôt, Allistair était déjà le chef de la bande. Le dur. Ici, il semblait que les choses n'avaient pas beaucoup changé. Il y avait trois autres hommes autour de lui. Trois hommes silencieux, adossés au mur ou assis sur des fauteuils, qui regardaient sans rien dire. Et eux aussi, il les avait reconnus sans peine.

— Tu as oublié ta parole ? Tu as oublié ta promesse, gamin ?

Chris ne répondit pas. Il n'en avait ni l'envie ni la force. Tout cela ne l'intéressait pas. Tout cela ne l'intéressait plus. À cet instant précis, il ne pensait qu'à une seule chose. Il pensait à Moirah Mac Lochlainn, une petite fille morte en 1987, à l'âge de huit ans.

— Qu'est-ce que tu lui as dit, à la mère ? demanda O'Neill en l'attrapant par le col.

Toujours aucune réponse.

Une nouvelle gifle claqua.

— Qu'est-ce que tu lui as dit, Chris ?

Le frère de Lola leva lentement les yeux vers le gros chauve et le regarda fixement, avec un air de défi.

— Je lui ai demandé pardon, Al. Je lui ai simplement demandé son pardon.

768

L'autre s'écarta en levant les mains vers le plafond d'un air désespéré.

— Tu lui as demandé pardon ? Par Jésus-Christ, mon garçon ! Tu lui as demandé pardon ! Mais qu'est-ce qui te prend, hein ? Tu as perdu la tête, c'est ça ? C'est l'Amérique, hein ? C'est New York qui t'est monté au cerveau ! Tu ne réfléchis plus correctement, Gallagher ! Demander pardon ! Jésus, voilà quelque chose d'aussi utile qu'un phare dans une tourbière !

O'Neill se retourna vers ses trois compagnons, les haranguant comme un tribun la foule avant le lynchage d'un voleur de poules.

— Vous entendez ça, les gars ? Il lui a demandé pardon ! Ce petit con écervelé de Chris Gallagher est allé demander pardon à la mère de la gamine !

Soudain, sa rage sembla décupler. Il sortit un cran d'arrêt de sa longue veste en cuir, se précipita vers Chris et lui colla la lame sous la gorge.

— Mais qu'est-ce que tu croyais, gamin ? Tu croyais que tu pouvais aller laver ta conscience, comme ça ? Est-ce que tu nous as demandé notre avis, à nous ? Oh, non, monsieur Gallagher ne pense qu'à ses propres remords ! Monsieur Gallagher se moque des conséquences ! Et tu vas faire quoi, maintenant ? Tu vas aller voir les flics ? Tu vas aller tout leur balancer ?

Gallagher resta immobile, sans manifester la moindre réaction, la moindre peur.

Allistair appuya la lame encore un peu plus fort sur sa gorge.

— Réponds, nom de Dieu ! Tu crois que tu peux t'en tirer comme ça, Chris, mon garçon ? Tu crois que tu peux faire ce que tu veux ? Et nous, là-dedans ? Tu as pensé à nous, misérable petite merde ?

Une espèce de sourire s'esquissa lentement sur le visage du frère de Lola.

— Vous, Al ? Vous, je m'en tape, mon pauvre ami. Je m'en tape comme de votre première branlette.

Bullets flying

21

Melany poussa son petit ami hors de l'appartement de Lola tout en enfilant les bretelles de son soutien-gorge.

— Go, go, go ! Je suis en retard, Liam ! Merde, je suis en retard ! Tu n'aurais pas pu me dire qu'il était déjà midi ? Je savais que je n'aurais pas dû te laisser venir ici !

— Encore juste un baiser, dit le jeune éphèbe en tendant sa bouche d'un air angélique.

— Va-t'en ! cria la baby-sitter, paniquée. Sérieusement ! Je vais avoir des emmerdes !

— Un dernier bisouuuu !

— Dégage !

Le jeune homme sortit de l'appartement en riant sous les coups que Melany lui envoyait avec son tee-shirt.

La baby-sitter claqua la porte derrière lui et fila dans la chambre de Lola. Elle enfila le reste de ses vêtements, noua ses baskets à la hâte, attrapa son blouson au vol et sortit à son tour.

12 h 05. La limite était déjà dépassée. Pas le temps d'attendre l'ascenseur, elle dévala les marches quatre à quatre et se précipita dans la rue en essayant vainement de faire quelque chose de sa coiffure ébouriffée. Elle traversa la rue en dehors du passage piéton et courut de toutes ses forces. Elle courut comme elle ne l'avait pas fait depuis longtemps, sans se soucier des badauds qui devaient la prendre pour une hystérique.

Depuis le temps qu'elle s'occupait d'Adam, Melany n'avait jamais été en retard. Pas une seule fois. Et il fallait que ça tombe aujourd'hui. Le jour où Mme Gallagher n'était pas là et où elle avait promis de bien s'occuper de son fils.

En temps normal, il fallait à peu près vingt minutes pour aller de l'appartement de Lola jusqu'à l'école d'Adam. Ce jour-là, il lui en fallut moins de sept.

Quand elle arriva devant la *Satellite East Middle School*, elle était tellement épuisée qu'elle crut qu'elle allait faire un malaise. En nage, pliée en deux, elle s'appuya sur un arbre et scruta le trottoir à la recherche du petit garçon.

12 h 13. Il n'y avait plus personne devant l'école.

Treize minutes de retard. Treize malheureuses minutes de retard.

La baby-sitter, s'efforçant de reprendre son souffle, serra les poings et se dirigea vers l'entrée de l'école, prête à affronter l'humiliation. Elle sonna à la porte, le visage écarlate. La gardienne tarda à venir lui ouvrir.

— Bonjour, mademoiselle... Eh bien, vous avez couru !

— Est-ce qu'Adam Gallagher est sorti ? demanda la jeune fille sans détour.

— À cette heure-là ? Heureusement que oui ! Oui, il est sorti tout à l'heure avec ses petits camarades de classe, mademoiselle. Dans cette école, on leur donne l'habitude de la ponctualité.

— Je... Vous êtes sûre ?

La gardienne fronça les sourcils, vexée.

— Puisque je vous le dis !

— Mais il n'est pas là !

— Eh bien, il a dû rentrer chez lui en voyant que personne n'était venu le chercher ! C'est un grand garçon, maintenant.

— Il a onze ans !

— Il n'est plus en *Elementary*[1], mademoiselle. À partir de la *Middle School*[2], les enfants ont le droit de rentrer tout seuls, vous savez ? Nous ne sommes pas tenus de vérifier que leurs parents sont là pour les ramener...

Melany serra les dents pour se retenir de jurer.

— Allons, je suis sûre qu'il est rentré tout seul. Les parents s'inquiètent souvent pour rien...

— Je ne suis pas sa mère ! s'emporta la baby-sitter, agacée par le ton condescendant de la gardienne.

— Ça, je vois bien ! répliqua l'autre d'un air encore plus dédaigneux. Retournez voir chez lui, et appelez-nous s'il n'est pas là-bas. Nous préviendrons la police. Allez, dépêchez-vous ! Pfff. Je vous jure !

---

1. École élémentaire.
2. Collège.

Melany préféra ne pas répliquer et fit volte-face. Elle repartit en effet dans le sens inverse. Elle n'avait plus la force de courir, maintenant, le sang battait dans ses tempes, mais elle marcha néanmoins d'un pas preste, jetant des coups d'œil dans toutes les rues qu'elle traversait, dans les aires de jeux, se hissant sur la pointe des pieds pour essayer de voir au plus loin...

Plusieurs fois, elle prit son téléphone portable entre ses mains, se demandant si elle devait appeler Lola. Mais elle avait tellement honte ! Et puis, Adam était peut-être en effet rentré tout seul, après tout ! Il aurait été idiot d'inquiéter Lola pour rien...

De plus en plus stressée, elle retourna aussi vite qu'elle put jusqu'à l'appartement.

Personne en bas de l'immeuble.

Il restait une chance : qu'Adam soit monté tout seul à l'étage et qu'il attende devant la porte.

Oh, mon Dieu, faites qu'il soit devant la porte.

Melany, le cœur battant, prit l'ascenseur, priant pour qu'il aille plus vite alors qu'il s'élevait lentement, puis elle sortit en trombe sur le palier. Quand elle vit que le petit garçon n'était pas ici non plus, elle crut qu'elle allait s'évanouir.

The line

22

Velazquez grimaça derrière le bureau de Lola. Ses recherches sur le nom Richard Oswald n'avaient rien donné. L'homme au chapeau avait bien sûr utilisé un nom d'emprunt pour s'enregistrer au *Nu Hotel*. Pourquoi Richard Oswald ? On ne le saurait probablement jamais.

Quant aux logiciels de reconnaissance faciale, aucune des images de l'homme au chapeau dont le NYPD disposait n'avait abouti sur le moindre résultat – que ce soit avec les vidéos de surveillance ou les photos du jour de la manifestation.

Identifier l'homme qui était à présent le suspect numéro un dans le meurtre d'Emily Scott relevait de l'impossible. Ce type ne laissait aucune trace. Un faux nom à l'hôtel, aucune empreinte relevée sur place par la police scientifique (en dehors de celles d'Arthur Draken), un visage presque toujours caché dans l'ombre de son couvre-chef…

Le jeune flic pesta.

Indirectement – puisque le détective Detroit n'avait pas l'air de s'y intéresser vraiment – on venait de lui confier une vraie affaire. Une véritable enquête. S'il avait pu trouver quelque chose, ne serait-ce qu'une piste, un indice concluant, cela aurait certainement donné un sacré coup de pouce à sa carrière, et il n'avait pas l'intention de passer des années dans ce foutu costume bleu.

Plutôt que de se décourager, il décida de partir sur une autre voie. Celle du cadavre découvert par le shérif de Collinsville. Il chercha les coordonnées de celui-ci dans les rapports d'enquête et l'appela sans attendre depuis le poste de Lola.

— Shérif Petrucci ?

— Lui-même.

— Ici l'agent Velazquez, 88ᵉ district du NYPD.

— Ah ! Tout de même ! Je commençais à me demander si quelqu'un allait enfin m'appeler un jour… Vous n'avez pas l'air pressé.

Le type au bout du fil avait ce discret accent du Connecticut. Plus raffiné que dans la plupart des États du Nord ou du Sud, il s'approchait davantage de l'accent anglais, bien que de nombreuses dentales et quelques *r* eussent tendance à disparaître.

— Oui, désolé… Nous avons été quelque peu débordés par la complexité de notre enquête. Je suppose que vous êtes au courant de tout ce qui s'est passé autour de ce dossier.

— Vaguement.

— En tout cas, je tenais à vous renouveler nos remerciements pour avoir pensé à nous contacter. Vous pouvez m'en dire plus sur le cadavre que vous avez découvert ?

— Bien sûr. C'est moi qui l'ai trouvée, cette pauvre femme. Enfin, mon chien Frodo, pour être tout à fait exact. C'était le 9 février, au petit matin. On l'a retrouvée enterrée peu profond en bordure de la forêt de Nepaug, à un endroit où elle aurait pu rester encore des centaines d'années sans que personne la trouve. Un coup de bol, si on peut dire.

— Qu'est-ce qui vous a mis sur sa piste ?

— Des traces dans la neige.

— Vous avez demandé à la police scientifique de relever des empreintes ?

— Ils n'ont rien trouvé du tout. Le temps qu'ils arrivent, ça avait déjà fondu.

— Mais s'il y avait des traces dans la neige, ça prouve qu'elle n'avait pas été enterrée là depuis long-temps…

— Absolument. On a dû l'enterrer à la hâte. L'affaire d'un seul homme et une pelle, à mon humble avis. La mort ne remontait pas à très longtemps. Entre le 15 et le 20 janvier, selon le rapport d'autopsie.

Le document ne figurait même pas dans le dossier. Gallagher n'avait visiblement pas encore eu le temps de le réclamer… Par négligence, peut-être. Ou parce qu'elle avait été déchargée de l'affaire bien trop tôt.

— Vous pouvez me l'envoyer ?

— Bien sûr. Au début, je n'étais même pas sûr de savoir si c'était un homme ou une femme, vous savez, tellement elle était amochée. On lui a… Comment dire ? On lui a réduit le visage en bouillie, avec une masse ou quelque chose comme ça. Un objet contondant. De toute façon, vous verrez tout ça dans le rapport.

— OK… Il y a quelque chose d'autre que vous pouvez me dire au sujet de cette affaire ?

Avec à peine un mois d'ancienneté au NYPD, Tony Velazquez manquait nettement de métier. Il n'avait pas encore l'habitude de conduire un interrogatoire, même celui d'un collègue. Le shérif Petrucci eut l'élégance de ne pas relever.

— Eh bien, il y a plusieurs choses bizarres avec cette jeune femme. La plus bizarre étant son absence totale d'empreintes digitales. C'est pour ça que j'avais fait le lien avec l'enquête du détective Gallagher, à l'époque.

— C'est tout ?

— Non. Il y a ce qu'on a fait à son visage. Selon le médecin légiste, elle était déjà morte quand on lui a écrasé la face.

— Pourquoi à votre avis ?

— Je ne sais pas… Pas d'empreinte, pas de visage, c'est comme si on avait voulu qu'elle ne soit pas identifiable.

Velazquez remercia son correspondant et lui donna l'adresse mail de Lola afin qu'il lui fasse parvenir au plus vite le rapport d'autopsie.

Il le reçut quelques minutes plus tard.

À l'intérieur, il trouva la confirmation de tout ce que le shérif venait de lui dire, avec force détails macabres.

Trois choses, toutefois, attirèrent plus particulièrement son attention.

La première – déjà relevée par Lola – était la zone géographique dans laquelle avait été retrouvé ce cadavre. La forêt de Nepaug était à une dizaine de kilomètres à peine du barrage de Saville, l'endroit où avait été libéré John Singer. Si c'était une coïncidence, elle était un peu forte… C'était, au minimum, une première indication qu'il y avait bien un lien entre la découverte de ce cadavre et le dossier Emily Scott.

La seconde concernait l'une des remarques du médecin légiste. En effet, celui-ci stipulait dans son rapport que la femme avait subi, peu de temps avant de mourir, une opération neurochirurgicale. Visiblement, on lui avait placé un implant à la surface du cortex. Or, au moment de l'autopsie, cet implant ne s'y trouvait plus. Difficile d'en déduire quoi que ce fût de concret. En l'absence de l'objet en question, il était impossible de dire quelle était l'utilité de cet implant cérébral. D'un point de vue médical, les applications possibles étaient de plus en plus nombreuses : traitement de douleurs d'origine neurologique, traitement de migraines chroniques, traitement de troubles mentaux tels que la schizophrénie, antidépresseur, atténuation des symptômes de la maladie de Parkinson, etc.

Enfin, la troisième chose qui attira l'attention du jeune policier concernait l'identité du cadavre. Cette femme – enregistrée sous le nom de Jane Doe, comme on le faisait toujours pour les victimes anonymes – avait plusieurs points communs avec Emily Scott. Entre trente-deux et trente-six ans, selon l'expert, elle était très proche en taille et en poids. La coïncidence, dans les circonstances, permettait de se demander si les deux femmes ne pouvaient pas être jumelles. Une rapide comparaison de leur ADN permettrait d'en avoir ou non la confirmation.

Sans perdre de temps, Velazquez envoya une demande d'analyse au laboratoire du NYPD, en y joignant les références des deux dossiers.

C'était peut-être la piste qu'il cherchait. Celle qui ferait la différence.

No escape

23

Le poing du colonel Makenga se crispa sur le gros talkie-walkie militaire. De l'autre côté, le radio n'avait plus dit un mot depuis plus d'une minute. Il n'y avait pas besoin d'être devin pour comprendre ce qu'il se passait de ce côté-là du front.

Tout à coup, un grésillement fit vibrer l'appareil. Le colonel l'approcha de son oreille.

Et puis plus rien, à nouveau.

Makenga, désespéré, lança plusieurs appels. En vain.

Dans un geste de colère, il se leva et jeta violemment l'émetteur-récepteur sur le sol du petit studio. Afin de suivre leur plan, il s'était réfugié ici incognito en fin de matinée, à la périphérie de la capitale, avec son fils, le lieutenant Kaboyi et le Messager. Pendant ce temps-là ses hommes, sur le terrain, étaient en train de se faire massacrer.

Au lever du jour, les combats s'étaient soudain intensifiés. En quelques heures, les zèbres de Mabako avaient perdu plusieurs villages qu'ils venaient tout juste de prendre la veille, et leur avancée vers l'ouest semblait à présent fortement compromise. Le bilan humain ne cessait de s'alourdir et, toutes les heures, le colonel Makenga était informé des nouvelles pertes. En une seule journée, il avait perdu près de mille hommes.

Mille hommes, c'était près d'un quart de ses effectifs,

sans compter les soutiens spontanés de la population qui, ici et là, prenait les armes pour combattre les forces du Président. La plupart étaient des gamins. Des gamins comme son fils.

Ainsi, malgré la pression internationale, le président Tsombé avait lancé sa contre-attaque et, visiblement, il n'avait pas l'intention de s'enfoncer dans un conflit long : il avait immédiatement utilisé les gros moyens. Infanterie, armée de l'air, chars d'assauts... Des moyens démesurés par rapport à ceux de la rébellion. Si cela continuait ainsi, dans deux ou trois jours, tout au plus, les Rhinocéros du Président les auraient écrasés.

— Qu'est-ce que je peux faire, maintenant ? s'emporta Makenga en venant se placer juste devant l'Américain, qui était resté assis pendant tout ce temps à l'intérieur de la tente. Qu'est-ce que je peux faire contre ça ? Contre ce chien galeux ? Je ne supporte plus de rester enfermé ici comme un lâche !

Le Messager fit un geste qui se voulait rassurant.

— Calmez-vous, colonel. Vous étiez parfaitement conscient des pertes qu'allait entraîner votre attaque...

— Que je me calme ? Ce ne sont pas vos fils qui sont en train de se faire tuer !

Le visage de l'étranger se durcit.

— Ce n'est pas non plus mon pays qui se fait piller par son président depuis plus de dix ans, Makenga. Je n'ai jamais prétendu être autre chose qu'un homme d'affaires.

Le Tumbalais lui adressa un regard empli de colère.

— Nous devons arrêter ça !

Derrière eux, le lieutenant Kaboyi et le fils du colonel restaient silencieux et immobiles. Ils n'auraient pas osé intervenir dans la conversation, mais on pouvait lire sur leurs visages qu'ils étaient habités par la même fureur que Makenga.

— Je comprends votre frustration, colonel. Mais vous ne devez pas vous égarer. Vous savez très bien que vous ne remporterez pas ce conflit sur le terrain purement militaire. C'est pour cela que vous avez fait appel à moi, et c'est pour cela que nous sommes ici, loin de vos hommes. Vous avez tenu à mener vous-même cette mission jusqu'à son terme.

— Il y a trop de morts ! Beaucoup trop de morts ! Nous devons passer tout de suite à la deuxième phase !

L'Américain regarda sa montre.

— Il est encore trop tôt. Le Président est en plein discours au Palais du peuple. Faites-moi confiance. Notre contact nous indiquera le moment opportun.

— J'espère que vous êtes sûr de votre coup, Messager !

L'Américain esquissa un sourire.

— Il y a deux choses qui rendent les hommes vulnérables, colonel. L'argent et le sexe. Le président Tsombé est un homme comme les autres.

— Que Dieu vous entende !

— Vos hommes ont-ils rejoint les trois points stratégiques que vous m'avez montrés hier ?

— Cela sera fait en temps et en heure.

— Il faut que tout soit déjà en place quand nous passerons à l'acte, colonel.

— Cela sera fait en temps et en heure, répéta Makenga.

— Alors il ne nous reste plus qu'à attendre le signal de notre contact.

— Je n'en peux plus d'attendre ! Je veux la tête du Président !

— Vous l'aurez, colonel. Dans quelques heures à peine, vous l'aurez.

Dear lady

24

Assise sur le perron, la tête entre les mains, Melany se demandait ce qu'elle devait faire à présent. Qui appeler en premier ? La police, ou Lola ? Elle redoutait tellement de devoir passer ce coup de fil. Elle avait si peur de devoir prononcer ces paroles : « Adam a disparu. » Écrasée par la panique et la culpabilité, elle n'arrivait pas à appuyer sur les touches de son téléphone portable. Ses doigts tremblaient.

Soudain, l'appareil se mit à sonner. Melany était tellement tendue qu'elle sursauta. Elle regarda l'écran. Numéro masqué. Se pouvait-il que ce soit déjà la police ? Elle décrocha.

— Allô ? dit-elle précipitamment, d'une voix qui trahissait son affolement.

— Melany ? C'est le Dr Draken à l'appareil.

Moment de stupeur. Le psychiatre avait son numéro ?
Et puis son cerveau additionna les données, la logique
de la chose lui apparut. Elle comprit.

— Adam est avec vous ?

— Oui. Il est là.

— Oh, mon Dieu !

Sur l'instant, elle ne put retenir des larmes. Des
larmes de soulagement. Elle avait eu si peur ! Depuis la
sortie de l'école, elle s'était retenue, elle s'était empê-
chée de pleurer, ou, plutôt, la panique l'en avait empê-
chée. Mais maintenant, la tension venait de retomber
d'un coup et ses nerfs avaient toute la liberté de lâcher.

— Mais… Qu'est-ce que… Pourquoi ?

— Il ne vous a pas vue à la sortie de l'école, il a eu
un peu peur, alors il est venu me voir. Il ne faut pas
lui en vouloir. Pour vous dire le fond de ma pensée,
c'était une bonne excuse. Je crois qu'il avait simplement envie de venir me voir. N'est-ce pas, Adam ?

— Vous pouvez me le passer ? le pressa la baby-
sitter.

— Bien sûr.

La voix du petit garçon, sain et sauf, lui tira de
nouvelles larmes, mais elle souriait en pleurant.

— Coucou, Mel'

— Adam ! Adam, tu m'as fait si peur ! Tu aurais pu
me prévenir ! J'étais sur le point d'appeler la police,
d'appeler ta maman ! Pourquoi tu m'as fait ça ?

— Je… Je suis désolé, Mel'. Je voulais voir Arthur.

— Je comprends… Je comprends, mais il fallait me
le dire ! Je t'aurais emmené, Adam !

— Oui, mais je voulais le voir tout seul. Et puis tu
n'étais pas là, aussi.

La baby-sitter secoua la tête. Elle s'en voulait presque

d'avoir eu aussi peur, maintenant. Et l'angoisse, en se retirant, faisait lentement place à une forme de colère.

— Tu peux me repasser le Dr Draken ?

— Oui. Je t'embrasse, Mel'. Je suis désolé, hein…

Le psychiatre reprit la ligne.

— Je vous le ramène ce soir, Melany, ne vous faites pas de souci.

— Mme Gallagher va être furieuse !

— Pas du tout. Adam vient souvent chez moi, tout va bien…

— Pas sans prévenir ! Pas sans l'accord de sa mère !

— Melany, calmez-vous ! Ce n'est quand même pas de ma faute si vous êtes arrivée en retard à la sortie de l'école.

— Ça ne m'arrive jamais ! se défendit la baby-sitter, offensée par ce coup bas.

Mais Draken, avec sa perversité habituelle, enfonça le clou.

— Ah oui ? Et que s'est-il passé aujourd'hui pour que vous soyez en retard pour la première fois ?

Melany, sidérée, bafouilla.

Le rire de Draken à l'autre bout de la ligne lui fit monter le rouge aux joues.

— Allez, Melany ! N'ayez crainte ! Je ne dirai rien de tout ça à Lola. Tout va bien. Adam est avec moi, on va passer l'après-midi ensemble, et je le déposerai en bas de chez lui d'ici ce soir.

La baby-sitter laissa retomber ses épaules dans un geste de résignation. Cet enfoiré de psychiatre avait retourné la situation avec ses menaces à peine dissimulées. La fautive, maintenant, c'était elle.

— Bon… D'accord. Mais pas après 8 heures. Et vous m'appelez quand vous partez de chez vous. S'il n'est pas là dans la demi-heure, je vous jure que je vous tue !

— Diantre ! Intrigante perspective ! Allons, c'est promis, je vous le ramène ce soir avant 8 heures. Et surtout, n'hésitez pas, profitez de ce que vous avez quartier libre pour finir ce que vous faisiez ce matin... Visiblement, c'était terriblement captivant.

Il raccrocha.

The wind blows

25

Il aurait vraiment fallu avoir un esprit tordu pour imaginer que, dans cette vieille Dodge Challenger de 1970, se terrait un agent du FBI en planque. Au beau milieu de la rue, cette *muscle car* de cinq mètres de long, avec sa peinture violet métallisé *Plum Crazy* pimpante et ses immenses jantes chromées de 15 pouces était à peu près aussi discrète qu'un sumotori dans une troupe de danseuses classiques.

Mais, quoi... Sam Loomis aimait les vieilles bagnoles américaines, avec un capot plus long qu'un porte-avions, et l'expérience lui avait montré que le meilleur moyen de passer inaperçu était de tout faire pour se faire remarquer. Pour le coup, il n'avait pas lésiné sur les moyens.

Alors il attendait là depuis plus d'une heure maintenant, fumant cigarette sur cigarette, à l'angle de Prospect Place et de New York Avenue, à une place d'où il pouvait voir simultanément la fenêtre de la planque du Dr Draken et l'entrée de l'immeuble.

Le plan consistait à attendre que le psychiatre sorte de son terrier pour aller fouiller les lieux et prendre des photos du fameux carnet, sans que Draken puisse suspecter quoi que ce fût, car il était encore trop tôt pour prendre le risque qu'il comprenne que sa planque avait été découverte.

Mais quand il avait vu arriver le fils du détective Gallagher – difficile de ne pas le reconnaître avec sa tignasse rousse –, l'agent du FBI avait bien cru s'étouffer avec un oignon de son burger *Whopper Texas BBQ*.

Qu'est-ce que le gamin foutait là ? Tout seul ? Gallagher était-elle au courant ?

Il avait beau être du genre tête brûlée et curieux, l'agent Loomis avait longtemps hésité à intervenir ou, au minimum, à appeler la mère. Quand bien même il ne croyait plus du tout à la culpabilité directe de Draken dans le meurtre d'Emily Scott, ce type était quand même une espèce de tordu à qui il n'aurait certainement pas confié son fils, s'il en avait eu un.

Mais intervenir risquait de tout foutre en l'air. Il pourrait dire adieu à sa couverture.

Et c'eût été dommage, à ce stade de l'enquête. Loomis avait encore besoin d'espionner Draken en secret. Sans le savoir, le psychiatre le guidait pas à pas vers de nouvelles découvertes. Ce type était un chat noir,

786

un aimant à emmerdes –, merde, il était même foutu d'avoir sa tête affichée dans la lunette de visée d'un sniper sans en avoir la moindre idée – et suivre un aimant à emmerdes, c'était souvent le meilleur moyen de résoudre une enquête.

Alors il laissa filer.

Il laissa filer et il termina son burger dégoulinant de graisse, prenant garde à ne rien faire couler sur les fauteuils en cuir, et, quand il eut fini il monta le son de l'autoradio – d'époque, évidemment. La voix de Freddy Mercury résonna gaiement dans l'habitacle.

26

Quand il avait découvert l'existence du frère de Lola, Detroit avait évidemment pensé à faire des recherches sur le nom Chris Gallagher et non pas seulement Chris Coleman, mais il n'était pas allé jusqu'à chercher du côté du MI-5.

Maintenant qu'il était dans la base de données des services de renseignements britanniques, il en profita pour récupérer la fiche complète sur le bonhomme. Il lui suffit d'une seule opération.

Pour ne pas prendre davantage de risques, il se déconnecta du serveur immédiatement après et lut calmement sur son écran ce qu'il venait de télécharger.

La note était édifiante.

Chris Gallagher, alias Coleman, était soupçonné par

le MI-5 d'avoir appartenu, au milieu des années quatre-vingt, au *Óglaigh na héireann*, plus connu sous le nom d'IRA provisoire. En d'autres termes, la plus puissante organisation paramilitaire de l'IRA, reconnue comme responsable de près de deux mille morts lors des conflits nord-irlandais, toujours selon les autorités britanniques.

Detroit n'arrivait pas à en croire ses yeux.

Chris Coleman, le frère de Lola, le frère d'un flic, était un ancien combattant enrôlé dans l'insurrection nord-irlandaise ! Aux yeux de l'IRA, un résistant. Aux yeux de la Grande-Bretagne et des USA, un terroriste.

Pas étonnant qu'il ait changé de nom...

Certes, la chose n'expliquait pas d'emblée pourquoi le frère de Lola conservait chez lui un flacon contenant son sang mélangé à celui de quatre autres personnes, mais cela confirmait au moins que ce type était... pour le moins singulier.

Tout à coup, la fameuse « affaire familiale » dont Powell avait parlé pour expliquer l'absence subite de Lola trouvait un nombre considérable d'explications possibles...

Detroit estima que l'heure était venue de passer un coup de fil à sa collègue – et néanmoins maîtresse occasionnelle. Peut-être pas directement pour la confronter avec ce « détail » dans le passé de son frère qu'elle ne pouvait pas ignorer, mais au moins pour tâter le terrain. Voir si, par hasard, son absence n'avait pas de rapport avec Coleman. Après tout, comme l'avait indiqué le courrier du médecin, intercepté par Detroit, l'homme était atteint d'un cancer. Lola avait peut-être été appelée en urgence auprès de lui. Auquel cas, cela ne servirait probablement à rien de remuer de vieux souvenirs.

Mais il n'était pas dans les habitudes de ce cow-boy entêté de laisser tomber en si bon chemin. Il prit son cellulaire et appela Gallagher.

Pas de sonnerie. L'appel tomba directement sur répondeur. Detroit pesta. Lola avait vraisemblablement coupé son téléphone.

Et le fameux Chris ? Était-il seulement chez lui, ou était-il à Philadelphie avec sa sœur ?

Le détective hésita un instant.

Il y avait bien une façon de s'en assurer...

Il haussa les épaules, faisant fi – au point où il en était – des risques encourus. Il se remit devant son ordinateur et se connecta rapidement à son serveur privé. De là, il avait accès, d'une simple commande, au cheval de Troie qu'il avait placé sur le Mac de Chris Coleman, la fois où il était entré dans son appartement.

Je suis un putain de génie.

S'il n'y avait personne de l'autre côté de l'ordinateur, en prendre possession serait un jeu d'enfant. Detroit analysa aussitôt le moniteur pour vérifier.

Le processeur affichait une activité minimale, mais la machine était bien allumée. L'ordinateur de Chris Coleman était en veille.

Cela ne signifiait pas qu'il n'était pas à proximité, mais cela ne coûtait rien d'essayer de prendre les commandes. Au pire, le frère de Lola se demanderait pourquoi l'écran de son ordinateur s'était soudain rallumé tout seul.

Detroit, avec une jubilation enfantine, s'empara de la machine à distance et commença à en analyser le contenu. Un scan rapide du disque dur avec le mot-clef « IRA » ne donna rien de probant.

Ce serait trop facile, Ducon.

Un examen plus approfondi du disque dur serait nécessaire ultérieurement, mais un peu long pour le faire de suite. Il pouvait d'abord commencer par le plus évident : quels logiciels étaient ouverts ?

Word et Safari uniquement.

Detroit commença par inspecter la session en cours du traitement de texte. Aucun document n'était ouvert. Il regarda dans la barre de menu quels fichiers avaient été consultés récemment. Tous semblaient en rapport avec le travail de Coleman. Rien de suspect. Des trucs de pubard.

Le détective bascula sur Safari sans plus attendre et regarda quelle page Internet était ouverte.

Son visage, aussitôt, s'illumina.

Si ça, c'est pas avoir le cul bordé de nouilles...

L'explorateur était arrêté sur la page Hotmail de Chris Coleman. Tout son courrier était là, à portée de clic. Il allait pouvoir lire les mails de cet imbécile sans même avoir besoin de dénicher le moindre identifiant ou mot de passe.

Sur un plateau d'argent.

Tout en haut de la boîte de réception, Detroit ne put manquer le dernier mail reçu par le frère de Lola. L'intitulé lui sauta aux yeux. Il datait du 13 février, et il venait d'une agence de voyage. Il l'ouvrit, sûr d'avoir trouvé quelque chose.

Le courrier était une feuille de route détaillée, avec les références de deux billets réservés par Chris Coleman. Le premier pour un vol entre l'aéroport international de Newark et celui de Belfast, avec la compagnie United Airlines. Le second pour un trajet d'autobus entre Belfast et le petit village d'Enniskillen, dans le comté de Fermanagh, avec la compagnie irlandaise Goldline. Le départ avait eu lieu l'avant-veille.

Chris Coleman était rentré en Irlande.

Detroit, les yeux rivés sur l'écran, essaya d'analyser cette information... Très vite, il vit qu'il y avait quelque chose qui ne collait pas.

Lola – elle le lui avait dit un jour – était originaire de la région de Dublin, en Eire. Selon toute vraisemblance, son frère devait l'être aussi. Or, Enniskillen était en Irlande du Nord, c'est-à-dire au Royaume-Uni... Par conséquent, ce voyage ne pouvait pas être un simple retour aux sources, une simple virée nostalgique, motivée par sa terrible maladie.

Mais dans ce cas, que faisait Coleman à Enniskillen ?

Detroit fit une recherche rapide en ligne sur le village irlandais en question.

Il trouva aussitôt sa réponse.

Enniskillen était tristement célèbre pour avoir été l'un des principaux théâtres du conflit nord-irlandais. Une date, en particulier, avait marqué son histoire. Dans la journée du 8 novembre 1987 – baptisé depuis lors Remembrance Day Bombing[1] –, onze personnes, dont dix civils, avaient trouvé la mort après l'explosion d'une bombe près du monument aux morts. Information décisive : ce qu'il convenait d'appeler un attentat avait été perpétré par l'IRA provisoire.

Le groupe paramilitaire dont Chris Gallagher avait fait partie...

---

1. Bombardement du Jour du Souvenir. Au Royaume-Uni, le *Remembrance Sunday*, qui a lieu lors du dimanche le plus proche du 11 Novembre, célèbre la fin de la Première Guerre mondiale.

27

Le colonel Makenga était debout devant la fenêtre du petit studio délabré, au cœur de la banlieue sud. À travers la vitre teintée, il pouvait regarder la ville sans être vu. Le conflit n'était pas encore entré dans la capitale – il n'y entrerait peut-être jamais – mais on pouvait sentir dans les rues le vent de la révolte qui grondait déjà. La tension était palpable entre la population et les militaires qui, plus nombreux qu'à l'accoutumée, patrouillaient dans toute l'agglomération, fusil-mitrailleur au poing.

Si le plan du Messager réussissait, Makenga n'avait aucun doute que le peuple serait de son côté. Après le printemps arabe, c'était au tour de l'Afrique centrale de se débarrasser de ses tyrans.

— Pourquoi ne me laissez-vous pas aller à votre place, père ?

Le colonel, perdu dans ses pensées, sursauta. Il se retourna vers son fils et le prit affectueusement par les épaules.

— Tu n'as pas encore seize ans, Abou. C'est un peu jeune pour une pareille mission, tu ne trouves pas ?

— Je suis à vos côtés depuis le début du conflit, j'ai fait mes preuves. Je peux tuer le président Tsombé de mes propres mains.

Makenga secoua la tête, ému.

— Je n'en doute pas, mon fils, je n'en doute pas. Mais je veux assumer mon rôle jusqu'au bout. C'est moi qui ai entraîné les Zèbres dans cette guerre. Je ne veux pas être l'un de ces chefs militaires qui restent dans l'arrière-garde et laissent ses hommes faire le sale boulot.

— Personne ne doute de votre courage et de votre dévotion, père. Mais c'est une mission dangereuse. Et si les Zèbres perdaient leur guide, ce serait définitivement la fin de notre rêve. Nous avons besoin de vous vivant.

Un sourire triste se dessina sur le visage du colonel.

— Abou... Tu dis toi-même que c'est une mission dangereuse, et tu voudrais que j'envoie mon fils la faire à ma place ? Ton cœur t'honore, mon petit, mais je dois aller jusqu'au bout. Ce conflit m'a privé de mon épouse, ta mère, et il m'a aussi volé de nombreux frères. Des cousins. Des amis. De vieux camarades de camp. Je ne le laisserai pas me prendre mon fils.

La poitrine du jeune homme se souleva. Il savait qu'il était inutile de lutter : il ne pourrait pas faire changer son père d'avis. Il jeta un coup d'œil à l'Américain qui, de l'autre côté de la pièce, continuait de revoir les derniers préparatifs avec le lieutenant Kaboyi.

— Faites-vous vraiment confiance au Messager ? demanda-t-il à voix basse.

— Je fais confiance à sa cupidité, mon fils. Les

Blancs ont beaucoup à gagner si nous renversons le président Tsombé. Pourquoi crois-tu que l'ONU n'intervient pas ?

— Les Blancs se moquent du sort de notre peuple, père. Ils iront au plus offrant. Si le président Tsombé passe un accord secret avec eux, le Messager n'aura plus besoin de nous, et il nous laissera tomber aussi vite qu'il nous a rejoints.

Le colonel prit la main de son fils entre ses paumes.

— Tu es clairvoyant, Abou. Tu feras un excellent chef. Je partage ton avis. C'est pour cette raison que je ne veux plus attendre et que je veux agir au plus vite. Je ne veux pas laisser à ce chien de Tsombé le temps de pactiser avec les Américains. Je le tuerai de mes propres mains, pour venger ta mère, pour venger le pays tout entier.

Père et fils laissèrent passer un instant de silence, tous deux tournés vers le monde extérieur.

Il n'y avait que deux scénarios possibles. Demain, cette ville serait libérée par les Zèbres, ou bien ils auraient échoué. Et dans cette éventualité, l'échec signifierait certainement la mort.

— Laissez-moi au moins vous accompagner, père.

— Ça suffit, Abou. Les Zèbres auront besoin de toi ici, en liaison. Tu dis que tu es devenu adulte ? Alors comporte-toi comme tel et ne laisse pas l'émotion fausser ton jugement.

Mais le jeune Abou Makenga n'était pas encore tout à fait l'adulte qu'il prétendait être. Après avoir perdu sa mère, il ne pouvait supporter l'idée de voir son père partir pour une mission si dangereuse.

Alors que le soleil culminait au plus haut du ciel, inondant la ville de milliers d'éclats argentés, l'adolescent ne pouvait s'empêcher de penser que c'était peut-être la dernière fois qu'il voyait son père.

— Promettez-moi de revenir vivant, père.

Le colonel serra le bras de son fils.

— Je te promets, Abou.

Drawn

28

— Alors comme ça, ta baby-sitter a un amoureux ? demanda Draken en servant un verre de jus d'orange au fils de Lola dans l'espace ridicule et insalubre qui servait ici de cuisine.

— Ouais. Liam, il s'appelle. Il est pas mal, mais il est un peu lourd. Melany l'amène de temps en temps chez maman, en cachette. Elle croit que je ne suis pas au courant, mais faut pas me prendre pour un idiot…

— Non, en effet.

— Tu le diras pas à maman, hein ? Sinon elle va renvoyer Mel', et on l'aime bien, Mel'.

— Oui, on l'aime bien, Mel'. Promis. Motus et bouche cousue. Mais maintenant tu vas me dire ce que tu fais vraiment ici. Parce que ça non plus, ça ne va pas plaire à ta mère.

Le visage du petit garçon changea. Debout au milieu de cet appartement improbable transformé en galerie de portraits, il se tordit les mains d'un air embarrassé.

— Tu as quelque chose à me dire, hein, bonhomme ? Je te connais par cœur. Tu sais que tu peux me parler librement. Pas de chichis entre nous.

— C'est toi qui as envoyé des fleurs à maman ?

— Pardon ?

— Est-ce que c'est toi qui as envoyé un bouquet de fleurs à maman ?

— Euh… Non… Quelqu'un lui a envoyé des fleurs ?

— Oui. Un amoureux. Pour la Saint-Valentin. Elle a un amoureux, maman ?

Draken fit une moue amusée.

— J'espère bien pour elle !

La réponse ne sembla pas satisfaire le garçon.

— Est-ce qu'elle a un amoureux, oui ou non ?

— Il se pourrait bien qu'elle ait un petit ami de temps en temps, oui. Mais c'est pour me poser cette question que tu es venu me voir ?

— Non.

— Alors pourquoi ?

— J'ose pas te le dire.

— Tu te moques de moi ? Allez, fais pas l'idiot. Dis-moi ce qui te tracasse.

Penaud, Adam se livra enfin.

— Je m'en veux de ne pas me souvenir de la chanson d'Emily.

Draken haussa les sourcils. Il ne s'était pas attendu à ça, mais plutôt à une tirade sur les absences répétées de Lola…

— Ah ? C'est donc ça ? Et pourquoi diable tu t'en veux ?

Le garçon haussa les épaules.

— Parce que je sais que c'est important pour toi. C'était important pour elle, aussi. C'était la seule chose dont elle se souvenait de son passé. Elle était fière de cette chanson, tu sais. Elle l'aimait beaucoup. Alors je voudrais m'en souvenir.

— Je comprends. Mais ce qui compte, c'est que tu te souviennes d'Emily, Adam, et que tu aies su la comprendre.

— Pfff... Arthur ! Tu dis ça pour me faire plaisir, mais tu sais bien que ce n'est pas vrai. Cette chanson, elle est importante pour toi. Aussi importante que toutes les peintures que tu as faites ici, peut-être même plus.

Le garçon tendit le menton vers les fresques murales.

— Je veux que tu me fasses comme tu as fait avec Emily.

Draken pencha la tête, perplexe.

— Pardon ?

— Quand tu l'as aidée à se souvenir. Moi aussi, je veux que tu me fasses un truc d'hypnotisation.

Le psychiatre ne put s'empêcher de rire. Mais c'était un rire embarrassé.

— Tu n'es pas sérieux, mon bonhomme !

Adam plongea ses yeux dans ceux de Draken. Il ne plaisantait pas du tout.

— Je suis *très* sérieux, Arthur.

— Et moi je te dis très sérieusement que cela n'est pas possible.

— Emily aurait voulu que je le fasse.

— Adam, je... C'est très généreux de ta part, je suis

797

très touché que tu me proposes ça, vraiment, mais c'est hors de question. C'est... C'est dangereux.

— Si c'était vraiment dangereux, tu ne l'aurais pas fait avec Emily !

Le psychiatre, désemparé, se prit les tempes dans la main.

— Adam, je suis désolé, je ne peux pas.

— Tu ne veux pas m'aider ?

— Pas comme ça.

— Alors tu n'es plus mon ami.

Draken grimaça. Le fils de Lola était aussi têtu que sa mère. Satanés Irlandais !

— Même si je voulais le faire, ta mère n'accepterait jamais.

— On ne lui dira rien.

Le psychiatre poussa un soupir las.

— Arthur ! insista le gamin en le prenant par les mains, comme l'aurait fait un adulte. Arthur, depuis qu'on se connaît, je sais que tu ne m'as jamais menti. Alors regarde-moi dans les yeux, et dis-moi si c'est vraiment dangereux, un truc d'hypnotisation.

Draken esquissa un sourire. Ce gosse était terrible. Et il n'avait, en effet, pas le droit de lui mentir.

— Non. Une séance d'hypnose, ce n'est pas dangereux.

— De tous les adultes que je connais, tu es le seul qui ne me parle pas comme à un enfant.

— C'est une erreur de jugement de ma part, car, à l'évidence, tu es un enfant. Tu n'as pas de poils.

— Ne te moque pas ! Si ce n'est pas dangereux, je veux le faire pour me souvenir de la chanson d'Emily. Et si tu refuses, je m'en vais, et je ne reviendrai plus jamais te voir, car tu ne seras plus mon ami.

Draken croisa les bras d'un air autoritaire.

— Tu sais comment ça s'appelle, ça ?

— Oui. Du chantage. Je m'en sers souvent et ça marche très très bien.

L'adulte éclata de rire.

The wind blows

29

— Qu'est-ce que tu lui as dit, à la mère ? hurla Allistair O'Neill en levant la lame de son cran d'arrêt devant l'œil de son prisonnier.

Chris ne répondit pas. Il avait l'air si fatigué qu'on était en droit de se demander s'il en était seulement capable.

— Qu'est-ce que t'as dit à la mère ?

Chris venait de se prendre une nouvelle gifle cinglante quand, soudain, on frappa violemment à la porte.

Les quatre hommes qui entouraient Coleman dans l'arrière-salle de ce pub de Killeshandra échangèrent aussitôt des regards inquiets. Ils avaient expressément demandé au patron du *Goose and Gridiron's Pub* qu'on ne les dérange sous aucun prétexte.

Allistair O'Neill relâcha Chris sur sa chaise et se dirigea vers la porte. Étant donné les activités qui avaient couramment lieu dans cette pièce, le patron avait fait installer une issue de secours de l'autre côté de la pièce. Si ça tournait mal, il était encore temps de déguerpir.

— Qui va là ?

Une voix féminine récita de l'autre côté de la porte les quatre premiers vers d'un poème vieux de trente ans.

De Coalisland à New Lodge
Ont tant pleuré nos gorges
Que notre vengeance à présent
Sera le rire de nos enfants.

O'Neill fronça les sourcils.

Il replia son cran d'arrêt, le rangea dans la poche arrière de son jean et ouvrit la porte.

Lola Gallagher apparut dans l'ouverture.

En nage, les traits tirés, elle avait l'air à la fois épuisé et furieux. Terriblement furieux.

— Qu'est-ce que tu fous là ? l'accueillit O'Neill en faisant un signe de tête arrogant.

— Qu'est-ce que tu crois ? Je suis venue chercher mon frère !

— Il n'a pas besoin de toi.

Lola se pencha pour regarder Chris derrière lui.

— On dirait bien que si.

— C'est pas tes affaires, Lola. Dégage ! Dégage ou tu vas le regretter.

— Allistair, intervint l'un de ses trois complices

au fond de la salle, d'une voix embarrassée, estimant peut-être qu'il allait un peu trop loin.

— Toi, ta gueule, dit-il en levant un doigt menaçant. Et toi, Lola, tu dégages !

Il n'eut pas le temps de comprendre ce qui lui arrivait.

Le détective, excédée, l'attrapa par les épaules, le retourna d'un seul coup et lui fit une violente clé de bras en le plaquant contre le mur. Un centimètre de plus, et l'humérus se cassait en deux.

O'Neill poussa un cri de douleur et d'humiliation.

Aucun des trois autres n'osa broncher.

Lola s'approcha de son oreille et murmura :

— Si mes calculs sont bons, tête de nœud, tu dois approcher la soixantaine. Il est peut-être temps que tu arrêtes de te prendre pour un gros bras. Ou alors va falloir retourner sur le stairmaster pour me perdre le gros cul sur lequel tu t'assieds.

Elle resserra encore un peu sa clef de bras, faisant plier sa proie de douleur.

— Je suis venue chercher mon frère, et c'est pas un petit branleur comme toi qui va m'en empêcher, c'est clair ?

Le grand chauve grogna.

— Est-ce que c'est clair ? répéta Lola, appuyant de plus en plus sur le point sensible.

— Oui, oui ! C'est bon ! Lâche-moi ! Tu me fais mal !

— Mauviette !

Elle le libéra d'un air dédaigneux.

O'Neill s'écarta de quelques pas en se frottant l'épaule.

— Sainte Vierge ! jura-t-il. Deux Américains pour le prix d'un !

— Je suis aussi américaine que ta mère était vierge, *feking ejit*[1] !

— *Go n-ithe an cat thú is go n-ithe an diabhal an cat*[2].

— Quand tu es né, O'Neill, t'étais tellement laid que la sage-femme a giflé ta mère.

Le sourire qui apparut sur le visage des trois autres apporta une touche finale à l'humiliation du chauve, qui se laissa tomber sur un tabouret, le visage fermé.

— Elle n'a pas changé, ta sœur, dit-il en regardant Chris, qui respirait péniblement, attaché sur sa chaise.

— On ne peut pas en dire autant de toi, espèce de trou-du-cul. T'as tellement grossi que j'ai cru que c'était ton grand-père.

Elle traversa la pièce et se posta devant son frère. Elle s'accroupit près de lui et commença à lui détacher les mains.

— Vous êtes une sacrée bande de connards, dit-elle en libérant Chris, dont le visage était maculé de sang.

— C'est ton frère, le connard !

— Vous êtes tous les cinq des connards, répliqua Lola.

Quand elle l'eut débarrassé de ses liens, elle se redressa vers Chris et posa son front contre le sien, dans un geste d'une infinie tendresse.

— Il n'a pas tort, tu sais. T'es vraiment le plus grand connard que la terre ait porté, frangin. Bordel, j'ai eu tellement peur !

À bout de forces, il ne répondit pas. Mais il parvint tout de même à faire une espèce de sourire désolé.

---

1. « Putain de crétin. »
2. « Puisse le chat te manger et le diable manger le chat. »

— C'est très émouvant, tout ça, mais on fait quoi, maintenant ? demanda O'Neill, qui se tenait toujours le bras, assis sur son tabouret.

— Comment ça, on fait quoi ? Je ramène mon frère chez lui et vous, vous retournez faire toutes les conneries que je suppose que vous faites tous les putains de jours.

— C'est pas si simple, ma fille. Il est allé voir la mère Mac Lochlainn, ton frangin !

— Et alors ?

— Et alors ? ! C'est un aveu, ça, Lola ! Elle va nous balancer aux flics !

Lola se retourna vers son frère.

— Tu as parlé de cette bande de crétins à la mère Mac Lochlainn ?

— Bien sûr que non.

— Alors tout va bien.

O'Neill se leva d'un bond, mais il avait déjà perdu beaucoup de sa superbe.

— Si elle va voir les porcs[1] et qu'elle leur dit que Chris Gallagher est venu faire des aveux, ils ne vont pas mettre longtemps à faire A+B et venir arrêter le reste de la bande.

— Tu crois vraiment que les flics, depuis le temps, ne savent pas pertinemment qui a posé cette foutue bombe en 1987 ? Plus personne n'en a rien à foutre, de vos histoires, mon garçon. Ça n'intéresse plus que vous !

O'Neill soupira d'un air écœuré.

— Qu'est-ce qu'il avait besoin de faire ça, ton frère, hein ?

---

1. *Pigs*, en anglais, est un mot d'argot pour *flic*.

Lola inspira profondément, et fit quelques pas vers O'Neill, qui en fit autant en arrière, pour rester à distance.

— Écoute, Ducon, depuis vingt-cinq ans, mon frère porte tout seul la responsabilité de cette grosse, grosse connerie que vous lui avez fait faire. Avec vos histoires de tirage au sort à la con, c'est sur lui que toute la culpabilité est retombée, tu vois ? Un jour, il a reçu votre putain de flacon de sang, et c'est lui qui a dû poser cette putain de bombe. Le code d'honneur ? Mon cul, oui !

— Ton frère savait parfaitement ce qu'il faisait, Lola ! Ça faisait partie des risques. On était en guerre ! Et toi aussi, t'étais de notre côté, à l'époque, ma fille ! T'as beau être devenu un putain de flic, à l'époque, t'étais de notre côté !

— La différence, Allistair, c'est que je n'ai jamais estimé, moi, que les dommages collatéraux étaient acceptables. On était des soldats, mon vieux, pas des terroristes ! Une gamine de huit ans est morte, Allistair ! Huit ans ! À l'époque, vous étiez tellement aveuglés par la haine que vous ne vous êtes même pas rendu compte de ce que ça pouvait faire à mon frère, de porter cette responsabilité-là. Il avait dix-neuf ans, mec, dix-neuf ans ! Et vous l'avez laissé tomber comme une merde. Alors ne viens pas nous donner des leçons de morale, tu veux bien ? Tu devrais plutôt le remercier de ne vous avoir jamais balancés, bande de petits merdeux sans couilles !

Sa tirade fut suivie d'un long silence pantois.

Aucun des quatre types n'osa bouger ou dire quoi que ce soit. Certains d'entre eux ne devaient pas être loin de penser la même chose. L'eau avait coulé sous

804

les ponts. Une eau teintée du sang de bien trop de victimes.

— Bon, dit Lola en passant une main sous l'épaule de Chris. Maintenant, si ça vous dérange pas, j'aimerais pouvoir rentrer chez moi. Avec mon frère.

Taking toll

30

— Maintenant, c'est à vous de jouer, affirma le Messager en déposant le colonel Makenga à l'arrière de l'immeuble.

L'Américain avait tout préparé à l'avance.

Sur le papier, le plan était simple : surprendre le président Tsombé en plein milieu d'une partie de jambes en l'air avec l'une de ses maîtresses, dans un quartier huppé de la capitale, et l'éliminer, purement et simplement. Une balle dans la tête. Rien de moins.

Pour arriver à ses fins, le Messager avait expliqué au colonel Makenga qu'il avait dû graisser de nombreuses pattes – mais l'argent, visiblement, n'était pas un problème. Trois intermédiaires avaient permis de préparer cet assassinat en bonne et due forme. Un journaliste bien informé, qui lui avait refilé le tuyau sur l'identité de la maîtresse en question, un membre du cabinet présidentiel, qui lui avait donné l'emploi du temps exact du président Tsombé pour la journée du 15 février, et le gardien de l'immeuble, enfin, qui avait permis un accès à l'appartement de la demoiselle par l'arrière du bâtiment. Ce dernier, sympathisant de la cause des Zèbres, avait été le plus simple à soudoyer.

— Moi, je vous attends ici. Si vous n'êtes pas redescendu dans dix minutes, je considère que vous avez échoué, et je mets les voiles, comme convenu.

Le colonel acquiesça, presque amusé par la fourberie machiavélique de cet homme d'affaires sans scrupule.

— Vous êtes sûr qu'il sera seul avec cette femme ?

— Le gardien m'a assuré que ses gardes du corps restaient toujours au pied de l'immeuble. Il n'y aura personne là-haut. Ce sera du tir au canard.

— Ça paraît presque trop facile, maugréa Makenga. Je n'aime pas quand ça paraît trop facile.

— C'est l'avantage de travailler avec moi, colonel. Je suis un facilitateur. J'espère que vous ne l'oublierez pas, le moment venu.

— Si tout se passe comme prévu, je n'oublierai pas. Mais si cela se passe mal, je n'oublierai pas non plus.

— Faites-moi confiance, Makenga. Nous sommes nombreux derrière vous. L'enjeu est considérable, pour les hommes dont je défends les intérêts. Nous n'avons laissé aucune place au hasard. Faites votre boulot, je ferai le mien.

Le chef des Zèbres de Mabako sortit de la voiture sans rien ajouter de plus.

Il se dirigea d'un pas décidé vers l'arrière de l'immeuble.

Cela faisait bien longtemps qu'il ne s'était pas habillé ainsi en civil. Il avait presque le sentiment d'être nu, sans son uniforme. Mais le contact froid du métal dans son dos le rassurait quelque peu. Un pistolet Ruger MKII équipé d'un silencieux et de munitions subsoniques. Avantage : ces munitions permettaient au silencieux d'étouffer convenablement le bruit de la balle. Inconvénient : elles n'avaient qu'une très faible puissance d'arrêt. Pour liquider sa cible à coup sûr, il fallait viser un organe vital, de préférence l'œil, pour atteindre le cerveau. Le cœur, c'était plus risqué, car la balle pouvait être arrêtée par une côte.

Heureusement, le colonel était un excellent tireur. Et à cet instant, il était sûr d'une chose : le moment venu, son bras ne tremblerait pas.

Il entra dans le bâtiment par la sortie de secours.

The world

31

— Est-ce que je vais m'endormir ? demanda Adam, qui ne parvenait pas à masquer totalement sa légère inquiétude.

— Non, pas vraiment, répondit Draken d'un air rassurant. L'hypnose n'est pas une forme de sommeil. Tu seras éveillé, simplement, je vais t'aider à te concentrer très très fort sur un seul sujet et, du coup, tu vas oublier tout le reste.

— Ça fait un peu peur, quand même.

— Tu n'es pas obligé de le faire, Adam.

— Si ! Si ! C'est juste que je ne comprends pas trop comment ça marche.

— Quand tu es en état d'hypnose, tu te débarrasses de tout ce qui, d'ordinaire, t'empêche d'atteindre un grand niveau de concentration. Ton esprit va se libérer, en quelque sorte, et il va perdre tous les poids qui l'empêchent, par exemple, de se focaliser sur tel ou tel souvenir. Comme la chanson d'Emily. Tu comprends ?

— Pas vraiment.

— Quand tu es hypnotisé, tu as l'esprit très relâché, alors tu peux avoir des idées qui ne te seraient pas venues dans ton état normal. Ton esprit peut par exemple fabriquer des images qui vont représenter des choses enfouies tout au fond de ta mémoire. C'est un peu comme si tu rêvais, mais sans dormir.

L'image sembla rassurer Adam.

— Tu es prêt ?

Le petit garçon hocha la tête.

— Parfait. Alors installe-toi bien au fond du canapé. Voilà. Comme ça. Maintenant, détends-toi. Essaie de te détendre complètement. Essaie de relâcher tous tes muscles. Voilà. Tu es bien, tu es tranquille. Tu respires profondément. Maintenant, tu peux fermer les yeux. Ferme les yeux et essaie de voir à l'intérieur de toi. Tu as de l'imagination, Adam ?

— Oui.

— Quand tu joues tout seul, dans ta chambre, tu inventes des mondes dans ta tête ?

— Oui.

— Eh bien, là, c'est encore plus facile que quand tu joues. Tu n'as pas besoin d'inventer tout un monde compliqué, mais seulement une petite lumière. Est-ce que tu arrives à imaginer qu'une lumière vient de s'allumer dans ta tête ?

Le garçon, les yeux fermés, hésita.

— Oui.

— Tu vois une petite lumière dans ta tête ?

— Oui.

— Alors regarde-la. Ne la quitte plus. Cette lumière, c'est ton esprit, Adam. Et ton esprit va voyager. Tu dois essayer de suivre cette lumière. Elle va te guider. Comme un petit être volant. Un oiseau ou un papillon. Qu'est-ce que tu préfères, Adam, les oiseaux, ou les papillons ?

— Euh… Les papillons.

— Alors imagine que c'est un papillon, cette lumière. Un joli petit papillon qui s'envole dans la nature. « La nature est un temple où de vivants piliers laissent parfois sortir de confuses paroles ; l'homme y passe à travers des forêts de symboles qui l'observent avec des regards familiers. Comme de longs échos qui de loin se confondent, dans une ténébreuse et profonde unité, vaste comme la nuit et comme la clarté, les parfums, les couleurs et les sons se répondent. » Le papillon s'envole. Il est léger. Très léger. Et toi aussi, tu es léger. Tu es tellement léger que tu arrives à suivre le papillon.

À cet instant, Draken aperçut les premiers signes de l'altération de l'état de conscience sur le visage du garçon. Ses paupières se mirent à battre, et il avala plusieurs fois sa salive de suite. Son visage était totalement détendu, lisse. Le psychiatre se mit à parler de moins en moins vite, avec une voix de plus en plus grave.

— Oublie les bruits qui ne sont pas à l'intérieur de ta tête, oublie même les bruits des battements de ton cœur. N'écoute que les ailes du petit papillon. Le petit papillon, maintenant, c'est toi. Il est à l'intérieur. Tu peux oublier l'extérieur. Tu peux rester à l'intérieur, Adam. À l'intérieur, il n'y a pas tous les bruits de l'extérieur.

Le psychiatre insistait lourdement sur la prononciation, chaque fois qu'il utilisait les mots « intérieur » et « extérieur ». Il les répétait volontairement d'une façon de plus en plus appuyée, mais avec une voix de plus en plus douce.

— Tu aimes bien être à l'intérieur, car ici il y a tout ce que tu aimes. Tout ce que tu aimes est à l'intérieur, parce que tu as laissé tout ce que tu n'aimais pas à l'extérieur. Et à l'intérieur, tu peux suivre le petit papillon. Et le petit papillon, maintenant, il te conduit dans l'appartement d'Emily. Il vole au-dessus des escaliers, il passe sous la porte, et il entre à l'intérieur. À l'intérieur de l'appartement d'Emily. L'appartement où tu l'as rencontrée pour la première fois. Là où tu avais fait un puzzle avec elle. C'est un bon souvenir, ça, le puzzle. Un très bon souvenir. Tu te souviens du puzzle ?

— Oui.

— Qu'est-ce que c'était ?

— Un tableau.

— Quel tableau ?

— *Le Déjeuner sur l'herbe.*

— Et tu te souviens de qui a peint ce tableau ?

— Oui.

— Qui était-ce ?

— Édouard Manet.

Draken sourit. L'hypnose fonctionnait. Les souvenirs revenaient naturellement au petit garçon, précis, accessibles. Comme s'il s'était soudain transporté dans l'espace et dans le temps, comme s'il était revenu dans l'appartement d'Emily et qu'il revécût clairement les événements.

— Tu aimais bien aller dans cet appartement, parce que tu aimais bien Emily.

— Oui.

Draken poussa un soupir discret. Cette reviviscence était pénible pour lui. Mais c'était le seul moyen... Il continua, toujours de cette voix grave et lente.

— Pourquoi aimais-tu Emily ?

— Elle était gentille avec moi.

— Elle t'a gardé plusieurs fois, tu te souviens ?

— Oui.

— Parfois, elle te chantait une chanson, pour t'aider à t'endormir.

— Oui.

— Tu te souviens de cette chanson ?

— Oui. C'était l'histoire d'un homme dans un train.

— Tu peux me la chanter ?

Il y eut un moment de silence.

— Je... Je ne me souviens plus.

— Essaie de suivre le petit papillon qui vole autour d'Emily. Il vole autour d'Emily, et elle chante la chanson. Elle chante la chanson qui raconte l'histoire de cet homme dans un train, avec un bébé sur les genoux. Est-ce que tu entends la chanson, Adam ?

Le garçon fit non de la tête en tremblotant.

Draken essaya encore de débloquer le souvenir, essayant diverses méthodes, mais quand, au bout de cinq minutes, il comprit que cela ne fonctionnerait pas, il décida de terminer la séance d'hypnose, de peur de traumatiser Adam.

En quelques mots seulement, il sortit le garçon de son état de conscience altéré.

Le fils de Lola, qui avait gardé tout le souvenir de ce qu'il s'était passé pendant la séance, ouvrit les yeux, battit des paupières, puis il lui adressa un regard désolé.

— Je n'y arrive pas, Arthur…

— Ce n'est pas grave, Adam. Tu as essayé. Tu as fait tout ce qu'il fallait pour…

Le garçon, d'une voix terriblement adulte, lui coupa aussitôt la parole.

— Non. Non, ça ne va pas. Je veux me souvenir, Arthur. Je suis sûr que je peux. Je veux que tu utilises le sérum sur moi. Comme avec Emily.

Draken soupira. Il avait craint que le garçon l'amène là.

— Avec le sérum, je vais y arriver, insista Adam. Elle, elle s'est souvenue de choses alors qu'elle était amnésique. Moi, je ne suis pas amnésique. Ça va marcher. Arthur, je veux que tu utilises le sérum.

Draken serra la mâchoire.

Des milliers de voix dans sa tête lui disaient que c'était une très, très mauvaise idée. Mais aucune d'elles n'était aussi forte que celle qui, dans un coin de son esprit, lui ordonnait de continuer.

Et cette voix, c'était celle d'Emily.

32

Quand, arrivé au bon étage, il ouvrit prudemment la porte de l'escalier de secours, le colonel Makenga ne fut presque pas surpris de voir un garde du corps en faction dans le couloir.

Le cœur battant, il se plaqua contre le mur et secoua la tête.

Il aurait pu le parier ! Malgré les promesses du Messager, il aurait pu parier qu'il y aurait quelqu'un devant cette maudite porte ! Avec le conflit en cours, le président Tsombé avait certainement accru la sécurité autour de lui, et la possibilité pour qu'il reste seul dans l'appartement d'une maîtresse sans la moindre protection rapprochée était pratiquement nulle.

Alors il aurait pu le parier.

Mais il était trop tard pour faire demi-tour.

Le dos collé contre la paroi, le poing fermé sur son Ruger, Makenga avait l'impression de replonger vingt ans en arrière. L'époque de la guérilla. Une époque où il ne quittait jamais le terrain, où il se battait tous les jours aux côtés de ses frères d'armes. Une époque où ce genre de mission était son pain quotidien. Mais à présent, il était devenu un homme politique, un diplomate. Un chef. Avec tout ce que cela comportait comme responsabilités, et donc comme entraves.

Alors aujourd'hui, il ne pouvait pas se décourager.

Ce qu'il s'apprêtait à faire pouvait changer l'histoire de son pays. Ce qu'il s'apprêtait à faire pouvait changer la vie des 70 millions d'habitants que comptait la République libre du Tumba. Et, pour la première fois depuis fort longtemps, le mot « libre » dans la dénomination de cette nation déchirée par les guerres et la pauvreté, reprendrait tout son sens, après avoir été trop longtemps souillé.

Le colonel prit une profonde respiration et, sans plus réfléchir, entra dans le couloir, le bras tendu devant lui.

Le garde du corps eut à peine le temps de le voir arriver. Avant qu'il puisse porter la main à son holster, Makenga avait appuyé sur la détente. Le silencieux étouffa le bruit de la balle subsonique.

Le soldat du Président, touché à la gorge, s'écroula sur les genoux, devant la porte, en se tenant le cou. Un geyser de sang gicla de la jugulaire.

Sans courir, le colonel continua d'avancer, le bras droit, le geste sûr, avec la froideur d'un automate, il visa l'œil. Une fois. Deux fois. La tête du garde du corps fut projetée en arrière. Le corps de l'homme, déjà mort, heurta le mur du couloir, glissa le long de la paroi avant de s'immobiliser enfin dans une posture étrange, comme une poupée de chiffon jetée sur le sol.

33

— J'ai besoin de sérum, Ben.

Il y eut un long et prévisible silence à l'autre bout du fil. Comme entrée en matière, Draken n'y était pas allé par quatre chemins.

— Tu te fous de ma gueule ?

— Non. J'ai besoin de sérum. Et je ne peux pas retourner chez moi pour en chercher. Ni venir te voir à l'université. Il va falloir qu'on se retrouve quelque part pour que tu m'en donnes.

— Tu te rends compte que tu ne m'as pas appelé une seule fois depuis… depuis la mort d'Emily. Pas une seule fois ?

— Eh bien, tu devrais être content que je t'appelle. J'ai besoin de sérum, Ben.

Il y eut un bruit d'inhalation caractéristique. Et puis la voix de Mitchell se tendit et monta légèrement dans les aigus. Draken comprit que son interlocuteur était en train de fumer un joint. Plus tôt que d'habitude. Un mercredi… N'avait-il pas de cours, à cette heure ?

Ou bien était-il en train de perdre le contrôle ? Le psychiatre s'en voulut de n'avoir, en effet, pas donné de nouvelles au neurophysiologiste. Mitchell était un anxieux. Un type fondamentalement seul, qui avait besoin d'être rassuré. Mais ces derniers jours ne lui en avaient pas vraiment laissé la liberté…

— Va te faire foutre. C'est trop facile. Je ne suis pas ton chien, Arthur.

— Non, je sais, toi, t'es pas le chien, t'es l'aveugle, de l'autre côté de la laisse.

— Tu es irrésistible. Va te faire foutre.

— Tu sais où je suis ?

— Je m'en fous. En prison ? Il serait temps.

— Non, je suis chez Paul Clay. Tu te souviens de Paul Clay, n'est-ce pas ?

Nouveau silence.

— Pourquoi tu me parles de ça ? Tu veux me faire culpabiliser ?

— Non. Je veux te rappeler le chemin que nous avons fait ensemble. Je veux te rappeler pourquoi nous avons fait tout cela, toi et moi.

— Les flics te cherchent, Arthur. J'en ai vu défiler un paquet, tu sais ? Ils m'ont posé des questions. Un tas de questions. Tu m'entraînes avec toi dans tes conneries, dans ta merde, alors que je ne demande rien…

— Un jour, c'est toi qui m'as entraîné dans ta merde, Ben.

— Ce n'est pas vrai ! s'emporta le neurophysiologiste. On était tous les deux mouillés !

— Ce n'est pas moi qui ai inventé le sérum.

— Justement ! Ce n'est pas à toi de décider si je dois t'en donner ou non. Et puis, pourquoi en as-tu besoin, cette fois-ci ?

Draken grimaça. Il regarda Adam de l'autre côté de la pièce. Le garçon devait entendre une bonne partie de la conversation... C'était particulièrement gênant.

— Je ne peux pas te le dire.

— Pourquoi ?

— Parce que si je te le dis, tu ne vas pas vouloir m'en donner.

Mitchell éclata d'un rire forcé à l'autre bout du fil.

— Tu es... Tu es vraiment impayable, Arthur ! Ce serait drôle, si ce n'était pas dramatique !

— Au moins, c'est sincère.

— Tu es une enflure, Draken. Une véritable enflure doublée d'un égoïste mégalomane. Tu utilises tous les gens autour de toi pour arriver à tes fins, sans te soucier des conséquences, sans te soucier du mal que tu peux leur faire, du moment que ça sert ta cause. Les gens sont des jouets pour toi. Tu n'as pas d'amis, tu n'as que des jouets. Tu m'as utilisé, moi, depuis le début, et Lola aussi, tu l'utilises. Et même Emily.

— Fais gaffe à ce que tu dis, Stevie Wonder.

— Ce n'était pas pour elle, que tu faisais ces séances, Arthur ! C'était pour toi ! Pour le challenge ! Pour la gloriole ! Tu n'étais pas amoureux de cette femme, Arthur, je commence à te connaître, tu étais simplement excité par une patiente plus intéressante que les autres. Un jouet de plus. Et quand tes jouets sont cassés, comme le sale gosse que tu es, tu les jettes. T'es rien qu'un enfoiré, Arthur. Rien qu'un enfoiré.

Draken inspira profondément.

— Ouais. Un enfoiré qui a besoin de sérum.

34

La porte était fermée.

Ne pas réfléchir. Agir vite. S'il n'y avait qu'une seule chance de réussir, il fallait la saisir, maintenant. Profiter de l'effet de surprise, en espérant que le Président n'avait pas entendu le coup de feu, étouffé par le silencieux.

Makenga fit un pas en arrière pour prendre de l'élan, puis il enfonça la porte d'un violent coup de pied, placé juste au bon endroit. Comme au bon vieux temps. La porte céda sans peine.

À l'intérieur, une douce pénombre. Les rideaux étaient tirés. Il entra, l'arme au poing, prêt à en découdre.

D'un coup d'œil, il analysa la pièce. Personne. Appartement bien rangé. Trois portes. Un filet de lumière sous l'une d'elles. Au loin, un bruit d'eau. Le bruit d'une douche qui coulait. Si le Président était sous la douche, il n'avait peut-être pas entendu le coup de feu. Peut-être même pas le bruit de la porte enfoncée. Il n'y avait qu'une maigre chance. Mais c'était déjà ça.

Le colonel traversa la pièce sans faire de bruit. Il pouvait sentir les battements de son pouls, comme un tambour militaire avant la bataille. Une impression ancienne, familière. L'adrénaline du risque. Tout allait se jouer ici et maintenant. Pendant que ses hommes se battaient sur le terrain, pendant qu'ils se sacrifiaient en affrontant un ennemi dix fois plus puissant, lui, il n'avait pas le droit à l'erreur. D'un seul geste, il pouvait faire pencher la balance du bon côté. La ruse contre la force brute.

Précautionneusement, il actionna la poignée.

La mâchoire serrée, il voulait y croire. Personne ne semblait penser un seul instant que les Zèbres pouvaient l'emporter sur les Rhinocéros. Tout le monde croyait la bataille perdue d'avance. Mais lui, grâce au Messager, il avait eu une vision. Il avait vu les Zèbres l'emporter.

Il avait vu les Zèbres terrasser les Rhinocéros.

La porte s'ouvrit doucement, sans grincer.

Devant lui, une chambre à coucher. Le lit semblait vide, les draps ramassés à son pied. Une petite lampe de chevet bleue diffusait dans la pièce une douce lumière tamisée.

Le bruit de l'eau s'était rapproché. Makenga se dirigea vers ce qui devait être la porte de la salle de bains.

De nouveau, il usa de toute sa délicatesse pour ouvrir cette dernière porte. La dernière porte avant de changer le monde, ou de mourir.

Ses yeux s'habituèrent rapidement à la lumière blafarde de la salle d'eau.

Derrière un mur de faïence, la douche.

Makenga, l'arme en joue, fit quelques pas en avant.

Du bout de son pistolet, il écarta délicatement le rideau en plastique.

Quand il vit que personne n'était là et que l'eau coulait dans une douche vide, il crut que son cœur allait s'arrêter. Il comprit, trop tard, qu'il était bel et bien tombé dans un piège.

La voix du président Tsombé s'éleva dans son dos, reconnaissable entre mille.

— Lâche ton arme, misérable chien.

Two meanings

35

Velazquez – c'était devenu une habitude – entra brusquement dans le bureau de Detroit sans frapper.

— Détective ! J'ai trouvé quelque chose !

Phillip soupira, exaspéré.

— Écoute, gamin... Tu as vu le film *Le Dernier Samaritain* ?

Le jeune flic haussa un sourcil, interloqué.

— Euh... Oui...

— Tu te souviens, la scène où Bruce Willis dit à

un type qui vient de le frapper : « Touche-moi encore une seule fois, et je te tue » ?

Velazquez hocha la tête en souriant.

— Ouais ! C'est la meilleure scène du film. Le type le frappe à nouveau, et Bruce Willis, alors qu'il est assis et dans un sale état, il se lève d'un bond, il lui balance un seul coup de poing, pile sous le nez, mais tellement fort que le mec est tué sur le coup. C'est culte. J'adore.

— Eh bien, tu vois, là, c'est pareil. Si tu entres encore une seule fois dans mon bureau sans frapper, je te tue.

Le sourire s'effaça lentement du visage de Velazquez, qui n'était pas tout à fait sûr de savoir si son interlocuteur était sérieux ou non. Detroit avait une drôle de réputation, dans le commissariat. Avec lui, on n'était jamais sûr de rien.

— Euh… OK. Désolé, détective. Mais je crois que j'ai vraiment trouvé quelque chose ! Vous voulez pas venir voir ?

Phillip leva les yeux au plafond et se leva finalement avec indolence.

— C'est sur les vidéos de surveillance du RTCC, expliqua Velazquez, celles où on voit le trajet qu'Emily Scott a fait dans la rue, avant d'aller au Brooklyn Museum.

— Et alors ?

— Venez. Vous allez voir.

Ils s'installèrent tous deux au poste de Lola.

— Regardez. Il y a trois images d'Emily qui ont été prises au même endroit, à savoir sur St. Johns Place, près de la station de bus.

— Merci, Velazquez. Je sais. C'est moi qui ai récupéré ces images du RTCC.

— OK, mais regardez : à 20 h 59, on la voit qui marche en direction de l'ouest. Puis, à 21 h 04, on la revoit passer exactement au même endroit, mais dans le sens opposé. Et enfin, à 21 h 16, elle revient ici une troisième fois, et ce coup-ci elle prend le bus.

— Tony, lâcha Detroit d'un air sidéré. Je sais ! J'ai regardé ces vidéos mille fois avec Lola ! Elle revient sur ses pas. On avait remarqué. Merci...

— Oui... Sauf que regardez.

Il arrêta l'image à 21 h 16 et zooma sur la main d'Emily.

— Vous voyez ?

— Sa main ? Oui, je la vois. Et alors ?

— Son annulaire ?

— Eh bien ? Il y a une alliance... Vous vous foutez de ma gueule, Velazquez ? On le sait. C'est celle avec écrit Mike & Emily dessus... C'est comme ça qu'on a su qu'elle s'appelait Emily.

Le jeune flic, excité comme une puce, revint sur la séquence précédente, celle de 21 h 04. De nouveau, il immobilisa l'image et zooma sur la main de la blonde.

— Et là, regardez.

Detroit fronça les sourcils.

Cette fois, Emily ne portait pas de bague.

Velazquez, fier de lui, revint encore plus tôt, sur la toute première séquence, et on voyait clairement qu'Emily n'en portait pas non plus.

— On sait maintenant pourquoi elle a fait demi-tour, expliqua le jeune agent d'un air suffisant en tapotant sur l'écran. Elle est allée chercher sa bague. Cette femme, qui se sait poursuivie, qui est sur le point de se faire tirer dessus, est en train de s'enfuir, quand soudain elle fait demi-tour, tout ça pour aller chercher une putain de bague !

Detroit remua les lèvres dans une moue sceptique.

— Mouais... Peut-être. Mais ce n'est pas la seule explication possible. Peut-être qu'elle l'avait dans la poche et qu'elle l'a juste enfilée entre-temps.

— Non. Non, pas dans ce contexte-là. Non, elle a fait demi-tour pour aller chercher sa bague. À l'hôpital, je me souviens, Lola avait remarqué quelque chose qui m'avait semblé un peu bizarre, sur le moment.

— Quoi donc ?

— Le coup des marques de bronzage. Vous vous souvenez ? Ce matin, j'en ai parlé au briefing. Emily avait des marques de bronzage partout, sauf sous son alliance. La détective Gallagher avait l'air de dire que ce n'était pas normal. Sous-entendu : cela signifiait peut-être qu'Emily ne portait pas cette alliance depuis longtemps, ou bien qu'elle ne la portait pas tout le temps.

— Admettons. Et alors, qu'est-ce que tu en déduis ?

— Trois choses. J'en déduis d'abord que cette bague devait être sacrément importante pour qu'elle fasse demi-tour pour aller la récupérer alors qu'elle était poursuivie. Deuxièmement, j'en déduis que cette bague n'est peut-être pas la sienne. Et troisièmement, j'en déduis qu'elle est allée la chercher quelque part, dans un endroit très proche, puisqu'elle n'a mis que douze minutes pour y aller, prendre sa bague et revenir. Bref, elle est allée quelque part à moins de cinq minutes de marche de la station de bus, et plutôt en direction de l'est.

Detroit hocha lentement la tête sans rien dire.

— Ça tient la route, non, détective ?

— Ça tient vaguement la route. Tu sais ce qu'il te reste à faire ?

— Trouver l'endroit en question.

— Exactement. Tu prends une photo d'Emily et tu fais une enquête de voisinage, cinq minutes à la ronde.

— Pas mal, hein ?

— Génial. L'avantage, en plus, c'est que ça va t'occuper un bon moment et que je vais pouvoir bosser tranquillement sans que tu viennes me déranger toutes les cinq minutes, gamin. Amuse-toi bien.

The wind blows

36

Le colonel eut une seconde d'hésitation.

Il aurait pu tenter quelque chose, se défendre, mais il était de dos, et le Président avait sûrement le doigt sur la détente, prêt à tirer au moindre geste.

Mourir était peut-être toutefois la meilleure sortie possible. La plus honorable, en tout cas. Quelle autre option avait-il ? Le Président lui réservait au mieux la prison à vie, au pire la peine capitale.

Toutefois, il n'avait pas le droit d'abandonner si vite. Il avait promis à son fils de revenir vivant. Et puis, il y avait encore une chance.

Une infime petite chance : le Messager.

L'Américain, ne le voyant pas redescendre, déciderait peut-être, finalement, d'intervenir. L'enjeu était de taille, pour lui. Il avait sûrement prévu un plan B, en cas d'échec. Peut-être avait-il même deux ou trois mercenaires en faction, prêts à intervenir... Une scène comme dans les bons vieux westerns américains. La cavalerie qui arrive, à la dernière minute, et sort par miracle les cow-boys d'une situation inextricable.

Sans trop y croire, il décida de jouer cette carte-là et laissa son arme tomber sur le sol de la salle de bains.

— Mets les mains sur la tête et retourne-toi lentement, Makenga.

Le colonel obtempéra.

Quand il le vit enfin, il enragea de découvrir la mine réjouie de Joseph Tsombé, qui semblait si fier de son coup.

— Assassiner froidement un président ? Ce n'est pas digne d'un vrai soldat, colonel. Je vous imaginais plus loyal que ça.

— Parfois, la fin justifie les moyens. Vous êtes une plaie pour ce pays, Président.

— Vraiment ? Vous ne devriez peut-être pas croire tout ce que les Blancs vous disent, colonel. Êtes-vous seulement certain que je sois coupable de tout ce dont on m'accuse ?

— Vous êtes coupable de bien pire.

La réplique sembla amuser Tsombé.

Il fit quelques pas en arrière et ordonna au colonel

825

de sortir de la petite pièce, puis le fit avancer jusque dans le salon où il l'obligea à s'asseoir sur le canapé.

— Qu'attendez-vous pour me tuer ? lui lança le colonel. À quoi bon faire durer le suspense ?

— Je ne vais pas vous tuer, Laurent. Je pense que vous risquez d'être surpris.

— Quoi donc ?

Le Président, tout sourire, lui fit un clin d'œil, comme si la situation pouvait prêter à rire.

Il sortit un talkie-walkie de sa veste.

— Vous pouvez entrer, dit-il sans quitter son sourire.

Makenga fronça les sourcils.

L'instant d'après, la porte dont il avait enfoncé la serrure s'ouvrit en grand et le Messager pénétra dans la pièce.

— Bonjour, monsieur le Président.

Le visage du colonel se crispa dans une grimace de fureur et d'écœurement.

Depuis le début, il s'était méfié de l'Américain. Il avait deviné que ses intentions étaient plus sournoises qu'il ne voulait le dire. Il avait reconnu sa cupidité. Mais il ne s'était tout de même pas attendu à une telle trahison. D'un seul coup, tous ses rêves de victoires s'effondraient pour de bon.

Les Zèbres, contrairement à la vision qu'il avait eue, n'écraseraient pas les Rhinocéros. Le miracle n'aurait pas lieu.

Tout était perdu.

À cet instant, Makenga pensa à son fils, et le sentiment qui l'envahit était un sentiment de honte. La honte d'avoir été si naïf. La honte d'avoir échoué si lamentablement et, du même coup, d'avoir entraîné avec lui les Zèbres jusqu'à leur perte.

Joseph Tsombé s'avança vers le Messager.

— Il ne vous reste plus qu'une chose à faire, mon ami, pour remplir votre part du marché.

Sous le regard perplexe du colonel, le Président tendit son arme à l'Américain en le regardant droit dans les yeux.

Le Messager hocha la tête et, d'un pas lent, vint se placer devant Makenga. Sans rien dire, il leva doucement le bras et pointa l'arme sur lui.

Un instant, le colonel voulut croire encore que c'était une ruse. Qu'il y aurait un dernier rebondissement dans cette sinistre mascarade. Mais quand il vit le sourire sur le visage de l'Américain, il comprit que ce ne serait pas le cas.

Sa dernière pensée fut pour son fils.

Le coup de feu, puissant, résonna dans toute la pièce.

La balle atteignit le colonel Makenga en plein cœur. Il mourut sur le coup et son corps, déjà maculé de sang, bascula sur le côté avec lourdeur.

— Vous avez plus de cran que je ne le pensais, dit le Président.

L'Américain, qui n'avait pas tremblé, se retourna et rendit l'arme à Tsombé.

— Vous ignorez encore beaucoup de choses à mon sujet, monsieur le Président.

— Et vous au mien.

Le Messager plongea la main dans la poche intérieure de sa veste et en sortit une carte topographique.

— Ce n'est pas encore terminé, Président. Nous avons intérêt, vous et moi, que le calme revienne dans votre pays. Vous devez réduire les Zèbres à néant. La mort de leur chef ne suffira pas.

Tsombé hocha la tête et jeta un coup d'œil à la carte.

— Vous avez obtenu ce que vous m'avez promis ?

— Oui. Sur cette carte sont indiqués les trois lieux stratégiques où le colonel a envoyé ses troupes d'élite, avec beaucoup de matériel. Il ne vous reste plus qu'à aller les écraser. Sans leader, leurs troupes décimées, il en sera fini de la révolte des Zèbres.

Le Président prit la carte que lui tendait l'Américain et regarda les trois zones entourées au feutre noir.

— Le fils du colonel et le lieutenant Kaboyi y seront-ils ?

— Normalement, ils y sont depuis une heure au moins. Leur plan est de vous attaquer ce soir. Vous devez intervenir rapidement, avant qu'ils ne s'organisent ou qu'ils ne réalisent que leur chef est mort.

Tsombé acquiesça.

— Vous avez misé sur le bon cheval, Messager. Je vais donner l'ordre d'attaquer à mes généraux immédiatement. Je suppose que je vous dois des remerciements...

— C'est seulement du business, monsieur le Président. C'est un véritable plaisir de faire des affaires avec vous.

Les deux hommes se serrèrent la main devant le cadavre du colonel Makenga.

— Vous êtes sûr que je peux sortir d'ici en toute sécurité ? Les Zèbres savent que je suis dans cet immeuble.

— Ne vous inquiétez pas, j'ai tout prévu.

37

Assis au bord du lit dans un petit hôtel de Cavan, Lola était en train de désinfecter les plaies que son frère avait sur le visage. On aurait dit un boxeur au sortir d'un match. Un match qu'il avait perdu.

— Ça pique ! se plaignit Chris en reculant la tête.

— Ne fais pas ta chochotte.

Elle termina de nettoyer le visage de son frère, un geste qui les plongea tous les deux une trentaine d'années en arrière, à une époque bénie où ils n'étaient encore que de simples gamins innocents, jouant dans les rues de Killeshandra.

— Qu'est-ce qui t'est passé par la tête, bon sang ?

— Ah non, hein... Par pitié, Lola, pas de leçon de morale !

— Ce n'est pas une leçon de morale, je voudrais juste comprendre ce qui t'est passé par la tête !

Chris fit un geste d'agacement.

— Ne fais pas semblant, Lola ! Tu sais très bien ce qui m'est passé par la tête. Il me reste, quoi ? Deux ?

Trois, peut-être six mois à vivre ? J'ai besoin de soulager ma conscience, et puis c'est tout ! Je veux partir sereinement, tu comprends ? C'est terriblement conventionnel, je sais. Mais j'en ai besoin.

— Tu ferais mieux de te soigner toi, plutôt que de soigner ta conscience !

— Lola… Mes chances de rémission, tu le sais très bien, sont proches de zéro. Le Dr Williams a eu l'élégance de me parler franchement. Je sais que ça part d'une bonne intention de ta part, mais me donner de faux espoirs ne m'aide pas du tout, au contraire.

— Ah, parce que passer les six derniers mois de ta vie dans une prison irlandaise, ça va vachement t'aider, peut-être ? Moi, je ne demande qu'à t'aider, imbécile. Pourquoi tu ne m'as pas tout simplement appelée pour qu'on aille passer quelques jours en Irlande tous les deux, sans pour autant aller remuer de vieux souvenirs ?

— Tu as autre chose à foutre, Lola.

— Et pourtant, je suis là, aujourd'hui, non ? Pour toi, je ferais n'importe quoi, Chris.

Les épaules de l'homme s'affaissèrent. Accablé, il prit sa sœur dans ses bras et la serra affectueusement. Longtemps. Très vite, l'un et l'autre laissèrent couler quelques larmes, sans pudeur. Sans tricherie.

Au bout d'un long moment, sans relâcher sa sœur, Chris lui murmura à l'oreille :

— Ça ne te manque pas, l'Irlande, à toi ?

— L'Irlande me manque tous les jours, frangin. Chaque putain de jour.

Ils s'écartèrent et échangèrent un sourire triste.

— Tu te souviens, le soir, quand tu venais dans ma chambre sans faire de bruit, qu'on allumait une lampe de poche, qu'on se faisait une tente avec ma couverture et que, chacun son tour, on se racontait des histoires pour se faire peur ?

Lola acquiesça, les yeux brillants.

— Oui. T'étais vachement plus doué que moi.

— J'avais deux ans de plus...

— Même... T'étais vachement plus doué pour imaginer des histoires horribles. T'as toujours été le plus imaginatif, dans la famille. Tu sais que j'avais vraiment la pétoche, hein ?

— Si ça se trouve, c'est de ma faute que tu sois devenue flic.

— Et tu te souviens de la sorcière ?

— Bien sûr ! La petite vieille sur Church Street, à côté du lac. Elle restait toute la journée à sa fenêtre, et dès qu'on passait, elle nous criait dessus. Elle avait plus de dents.

— Et elle avait cet horrible petit chien qui bondissait derrière la vitre en aboyant. Je me demande ce qu'elle est devenue. Elle doit être morte, depuis le temps... Les gosses ne doivent plus avoir de vieille sorcière...

— Je me demande ce qu'ils sont *tous* devenus, glissa Chris d'un air triste.

— Ouais... Quel con, quand même, cet Allistair, hein ?

Chris acquiesça.

— Ouais. Je me demande comment il a su que j'étais là-bas...

Lola, se mordant les lèvres, fit une grimace de petite fille prise la main dans le sac.

— C'est toi qui les as prévenus ? s'exclama le grand frère, sidéré.

Sa sœur haussa les épaules.

— Ben quoi ? Je me suis dit que c'était les seuls capables de t'arrêter.

— Et tu avais deviné que j'irais là-bas ?

— Je suis assez bonne, comme détective, tu sais ? Chris secoua la tête.

— Merci d'être venue, petite sœur.

— Merci de m'avoir fait venir ici. Mine de rien, ça fait du bien de revoir le pays.

— Ouais. Et maintenant, on fait quoi ?

— Maintenant, on arrête les conneries et on rentre à New York. Ton neveu m'attend.

Shadows

38

Ils descendirent par les escaliers de secours.

En bas de l'immeuble, le gros SUV noir aux vitres teintées les attendait le long du trottoir. Ils montèrent tous les deux à l'arrière. Le Messager s'approcha du chauffeur.

— Roulez, dit-il d'une voix autoritaire.

La voiture se lança sur la vieille route accidentée.

— Monsieur le Président, nous pouvons assister au

spectacle d'ici même, dit le Messager en attrapant sous la banquette un ordinateur portable qu'il posa sur ses genoux.

Tsombé éclata de rire.

— Vous êtes terrible, mon ami !

— Je ne laisse jamais rien au hasard, monsieur le Président.

— Et vous avez des moyens qui feraient pâlir mon état-major.

— Dites merci à l'industrie des télécommunications, monsieur Tsombé. Votre coltan est très très important pour nous. Ce n'est pas le moment de lésiner sur les moyens.

Alors que la voiture filait vers l'est, le Messager souleva lentement l'écran de l'ordinateur et l'alluma.

Pour écraser les troupes d'élite des Zèbres de Mabako, le président Tsombé avait envoyé le meilleur de ses propres soldats vers les trois points stratégiques révélés par le Messager : l'ancienne gare de triage de Lumaté, l'aérodrome de Mbama et un ancien camp de l'OCHA. Retranchés dans ces trois caches supposées secrètes, les Zèbres se croyaient à l'abri, et ils n'étaient certainement pas préparés à être soudain assaillis par un torrent de plomb et de feu.

La stratégie, établie à la hâte, était classique et simple, mais, pour ce type d'opération, il n'y avait pas plus efficace : d'abord une première salve d'attaques au mortier et aux roquettes pour affaiblir l'ennemi et détruire le plus gros de son équipement, puis, rapidement, de massifs assauts terrestres. Pas de prisonniers, pas de survivants.

De la « dératisation », comme avait dit le Président.

Entre les images satellites retransmises par l'ordinateur du Messager et les communications radio reçues sur l'appareil du président Tsombé, les deux hommes allaient pouvoir assister au massacre en direct, confortablement assis à l'arrière de leur 4 × 4.

Trois fenêtres s'ouvrirent sur l'écran du PC portable. On y voyait, en plan fixe, les trois cibles filmées depuis l'espace.

— C'est prodigieux, murmura Tsombé, admiratif.

À 5 h 15, l'ordre d'assaut fut donné simultanément sur les trois objectifs. L'enfer se déchaîna sous leurs yeux.

Chaque explosion de mortier, chaque tir de roquette produisait sur l'écran de petits éclairs blancs. Vue d'ici, l'opération ressemblait presque à un vulgaire jeu vidéo. Sur le terrain, les choses étaient sûrement bien moins virtuelles.

La salve dura près de dix minutes.

Quand trois commandants ordonnèrent la fin des tirs, les rapports arrivèrent les uns après les autres.

Aucun tir de riposte n'avait été enregistré. Les Zèbres, visiblement, avaient été si surpris qu'ils n'avaient même pas pu se défendre.

— Tout se passe comme prévu, affirma l'Américain froidement.

— Ça doit être un véritable charnier, là-dedans, commenta le Président, qui semblait trouver la chose amusante.

— Les survivants, s'il y en a, doivent être en train d'essayer de fuir.

Tsombé acquiesça et transmit à ses officiers l'ordre de lancer immédiatement l'assaut terrestre.

— Ne laissez pas un seul Zèbre debout ! ordonna-t-il d'une voix pleine de haine.

Tsombé fixa l'écran, grisé par le goût d'une victoire si totale. Dans les petites fenêtres monochromes, on pouvait voir clairement les colonnes de blindés et les bataillons fondre sur leurs cibles, telles des rangées de fourmis retournant à la fourmilière.

Bientôt, toutes les troupes furent sur les trois cibles.

Soudain, l'un des commandants envoya un message sur le canal opérationnel.

— Monsieur le Président... Je... Je ne comprends pas. Il n'y a personne, là-dedans ! Terminé.

Tsombé fronça les sourcils.

— Comment ça, personne ?

Il était tellement accaparé par les images qu'il n'avait pas remarqué que la voiture s'était arrêtée.

Quand il en prit conscience, il releva lentement la tête vers le chauffeur.

Celui-ci lui faisait maintenant face, un sourire aux lèvres.

— Lieutenant Kaboyi ? balbutia Tsombé, reconnaissant soudain le second du colonel Makengo.

— Enchanté, monsieur le Président.

Le coup de feu résonna dans l'habitacle.

La balle atteignit le Président en pleine tête, projetant des gerbes de sang alentour. Le corps de Tsombé, d'abord projeté vers l'arrière, bascula lentement en avant. Sa tête retomba lourdement sur ses genoux.

À côté de lui, l'Américain sortit un mouchoir blanc de la poche intérieure de sa veste et essuya le sang qu'il avait reçu sur le visage.

— Maintenant, l'aéroport, lieutenant.

Kaboyi acquiesça, tout sourire, et remit la voiture en route.

39

Draken demanda à Adam de l'attendre sagement en sirotant son *milk shake* à la table du café-restaurant de Fulton Street. Le petit garçon acquiesça sans quitter des yeux la coupe bien remplie qu'il tenait serrée entre ses mains. C'était le Saint-Graal, mais avec un peu de fraise dedans.

Charlotte's Steakhouse & Bar était un endroit calme familial. La patronne – Charlotte, peut-être – était aimable, maternelle même. Le petit garçon pouvait donc rester seul ici sans souci, pendant quelques instants en tout cas. Le psychiatre fit signe à la patronne qu'il revenait dans quelques minutes. Elle acquiesça et il sortit sur le trottoir.

Il traversa la rue et attendit au carrefour, le dos appuyé à un distributeur de journaux. L'espace d'une seconde, à poireauter ici comme un dealer, avec son crâne rasé, il se demanda s'il ne ressemblait pas à un ancien professeur de chimie atteint d'un cancer et recyclé dans la fabrication et la vente de méthamphétamines…

Même s'il était difficilement reconnaissable, il n'aimait pas s'exposer ainsi en pleine rue. Chaque fois qu'il croisait un regard, il était persuadé qu'on allait le reconnaître et crier au secours. *Le psychiatre assassin est en liberté ! Il va tous nous piquer avec sa grande aiguille !*

Heureusement, il n'eut pas à attendre longtemps avant de repérer au loin la silhouette de Ben Mitchell, avec sa longue canne blanche, qui sortait de la station de métro Utica Avenue. Draken ne put retenir un stupide pincement de compassion en voyant ce vieux hippie lutter contre l'invisible pour venir jusqu'ici.

— Tiens, tu es là, dit Mitchell en arrivant près de lui.

Draken sourit.

— Mince ! J'ai pensé à changer mon apparence pour les voyants, mais pas mon odeur pour les gens de ton espèce.

— Les gens de mon espèce et moi, on t'emmerde.

Draken attrapa le bras du neurophysiologiste et le serra affectueusement. Mitchell se laissa faire.

— Tu redonnes tes cours à la fac ?

— Il faut bien. Je ne vais pas passer ma vie à me planquer dans l'Illinois. Et toi, tu vas te terrer encore combien de temps dans ce taudis ?

— Jusqu'à ce que la vérité éclate, Ben.

— J'ai l'impression que la vérité n'éclate jamais complètement, dans ce genre d'affaires. Mais peut-être que ça t'arrange ?

Le psychiatre préféra ne pas répondre.

— Tu m'as apporté ce que je t'ai demandé ?

Le neurophysiologiste poussa un soupir.

— Oui. Un flacon de 100 ml, Arthur. Mais ce sera le dernier.

— 100 ml ? Je n'en demandais pas tant ! Je ne suis pas sûr d'avoir de quoi te payer, dit Draken en fouillant dans sa poche.

Mitchell sortit le flacon de liquide verdâtre de son sac à dos et le tendit à son ami.

— Je ne veux pas que tu me payes. La *dernière* dose est gratuite. Mais ne m'en demande plus jamais. Si un jour tu veux encore jouer aux apprentis sorciers, trouve-toi un autre pigeon.

— Je ne trouverai jamais un aussi beau pigeon que toi, se moqua Draken.

Ben poussa un « tsss » de désapprobation.

— Tu t'en sors, au moins ? finit-il par dire.

— Je m'en sors.

— Tu n'as... Je veux dire, en dehors de ce maudit sérum, tu n'as besoin de rien ?

— Non, je te remercie. Et toi ?

Mitchell haussa les épaules.

— J'ai besoin de paix, Arthur. De sérénité.

— Message bien reçu. Va en paix, camarade.

Le neurophysiologiste lui serra la main puis repartit vers le métro.

Between good and bad

40

Quand le Dr Draken était sorti de sa planque avec le fils Gallagher, Loomis était déjà prévenu : Landon venait de le mettre au courant. Toujours sur écoute, le psychiatre avait téléphoné à Ben Mitchell et les deux hommes s'étaient donné rendez-vous sur Fulton Street, afin que le second remette du sérum au premier.

L'agent Loomis avait demandé à son collègue de mettre en place une surveillance discrète sur les lieux du rendez-vous et de faire un maximum de photos. Quant à lui, il avait profité de l'occasion pour sortir enfin de sa Dodge Challenger et monter dans la cache du psychiatre.

Debout au milieu du salon, l'agent du FBI était encore abasourdi par le spectacle singulier qu'offraient les murs et le plafond du petit studio. Il ne lui avait pas fallu longtemps pour comprendre que ces croquis traduisaient les visions d'Emily. En regardant ces peintures frénétiques, ces notes, ces ficelles qui recouvraient presque toute la surface de l'appartement, Sam Loomis était partagé entre l'envie de faire enfermer Draken en hôpital psychiatrique et celle de lui offrir une place dans une galerie de Williamsburg. C'était à la fois effrayant et beau, et il y avait là une somme impressionnante d'indices potentiels dans l'affaire de l'enlèvement Singer.

La présence, sur l'un des murs, d'un zèbre dominant un rhinocéros touché mortellement par une flèche
confirma le pressentiment que Loomis avait eu à l'aéroport : il y avait un lien direct entre les visions d'Emily
Scott et ce qu'il se passait en RLT. Les inscriptions
« *cavalier* = *homme au chapeau ?* » et « *roi* = *John
Singer ?* », notées à même le mur, donnaient elles aussi
une indication supplémentaire. À en croire les séances
d'hypnose de la jeune femme, non seulement Singer
avait un lien avec la rébellion des Mabako – la chose
s'était confirmée, puisque c'était lui qui avait produit
le document diffusé par CBS et qui était à la base du
scandale – mais l'homme au chapeau aussi. Restait à
savoir si c'était exact, et dans quelle mesure.

Le moment d'hébétude passé, l'agent du FBI sortit
son appareil photo et commença à mitrailler l'œuvre
étonnante du psychiatre. Il s'assura qu'il ne ratait aucun
centimètre carré de peinture afin de pouvoir, par la
suite, reconstituer numériquement la scène entière.
Chaque détail avait probablement son importance.

Ensuite, Loomis chercha ce qui l'avait initialement
amené ici : le carnet de Draken – encore qu'il ne fût
plus tout à fait sûr d'en avoir besoin, tant les peintures
sur les murs semblaient exhaustives. Il le trouva sans
peine, posé négligemment par terre, à côté d'un vieux
magnétoscope, au milieu des cassettes VHS éparpillées
sur le sol.

L'agent du FBI était en train de photographier le
contenu du carnet quand son collègue le prévint dans
son oreillette :

— Le Dr Draken a terminé son rendez-vous avec
Ben Mitchell, chef. Il est en train de rentrer. Faites vite.

Loomis grogna. Son boulot ici était loin d'être

terminé. Il se pressa de photographier les dernières pages du carnet puis ouvrit le sac à dos qu'il avait apporté et en sortit un jeu de quatre microphones miniatures sans fil.

Il plaça le premier dans l'abat-jour du seul lampadaire qui éclairait toute la pièce, le second dans la ventilation de l'entrée et le troisième dans la salle de bains.

Il était en train d'installer le quatrième dans une ouverture d'aération, sous la fenêtre de la pièce principale, quand un nouveau message lui annonça que Draken et le petit Gallagher étaient au pied de l'immeuble.

— Patron, je ne sais pas si vous êtes encore à l'intérieur, mais si c'est le cas, sortez !

Loomis grimaça. Il s'efforça de camoufler le dernier micro aussi bien que possible, puis se précipita vers l'entrée.

Arrivé sur le palier, il entendit des bruits de pas qui montaient rapidement les marches. Il était déjà trop tard pour descendre : il risquait de croiser le psychiatre et le gamin. Impossible également de faire demi-tour : le studio était bien trop petit pour pouvoir se cacher à l'intérieur.

Il regarda autour de lui pour analyser rapidement les alternatives. Il n'y avait que deux autres portes à l'étage.

Les pas n'étaient plus très loin. Moins d'un étage peut-être.

Loomis se précipita vers la première porte. Fermée à clef. Elle n'était pas bien solide, mais l'enfoncer aurait été bien trop bruyant.

Les ombres de Draken et du fils Gallagher se dessinèrent sur le mur des escaliers. Il ne lui restait que quelques secondes. Le cœur battant, il essaya la seconde porte.

Elle s'ouvrit sur un petit cagibi où était entreposé du matériel de ménage. L'agent du FBI se glissa entre les balais et les serpillières et referma rapidement la porte derrière lui.

Taking toll

41

— Garez-vous. Il ne nous reste pas plus d'une minute. Après il sera trop tard.

Le lieutenant Kaboyi stoppa la voiture sur un parking désert, à quelques encablures de l'aéroport. Sur la banquette arrière, le cadavre ensanglanté du président Tsombé bascula encore un peu vers l'avant, comme un vulgaire pantin.

Le Messager sortit du SUV à la hâte et posa son ordinateur portable sur le capot.

Il alla chercher dans le coffre une antenne vissée sur un petit trépied qu'il plaça à côté du PC, puis il tapa plusieurs lignes de commande sur le clavier.

— À vous l'honneur, lieutenant, dit-il en cédant la

place à celui qui était devenu, par défaut, le nouveau chef des Zèbres.

Kaboyi, un sourire aux lèvres, s'approcha de l'écran.

Les fenêtres vidéo diffusaient les images des troupes d'élite du président Tsombé qui continuaient de fouiller, perplexes, les trois zones supposées stratégiques, et en réalité totalement désertes.

Le second du colonel Makenga regarda le portable d'un air émerveillé.

— Si seulement nous disposions de tels moyens, murmura-t-il.

La remarque amusa l'Américain.

— Si vous respectez votre parole, Eugène, vous disposerez de bien plus de moyens que vous ne pouvez l'imaginer. Notre collaboration ne fait que commencer. Je veux croire que vous êtes bien plus futé que ne l'était votre colonel.

— Makenga était un homme brave, mais il appartenait à un autre âge. Les Zèbres doivent entrer dans l'ère moderne.

— Qui aurait cru que les Zèbres pourraient écraser les Rhinocéros, hein ? Allez. À vous de jouer !

Le lieutenant acquiesça et approcha sa main du clavier. Une fenêtre de dialogue l'invitait à répondre par « oui » ou par « non » à une question simple :

« Confirmer la mise à feu ? »

Il confirma, sans la moindre hésitation.

Un décompte s'afficha sur l'écran, puis, soudain, il y eut simultanément des éclairs blancs sur les trois flux vidéo. Non pas un ou deux éclairs, mais des centaines, en série, résultat d'un tir groupé de missiles de croisière furtifs à guidage satellite, chargés de bombes à sous-munitions.

Sur place, ce fut un véritable massacre. Des explosions en cascade, se répartissant uniformément sur l'intégralité des trois cibles. Un feu d'artifice morbide.

En moins de deux minutes, les mille deux cents soldats d'élite envoyés par le président Tsombé furent décimés. Sous cette puissance de feu, aucun survivant possible. Les trois zones furent instantanément transformées en un charnier où les cadavres n'avaient plus forme humaine.

Quand la salve fut terminée, les seuls mouvements qui subsistaient au sol étaient ceux des flammes qui consumaient les corps inanimés et les détritus de leurs engins militaires.

Contre toute attente, les Zèbres venaient d'écraser définitivement les Rhinocéros. La République libre du Tumba entrait dans une ère nouvelle.

The world

42

— Ferme les yeux, Adam. Détends-toi et laisse ta conscience s'ouvrir. Laisse-la nous guider. Le sérum que je vais t'injecter facilite l'hypnose. Il n'altère en rien ta personnalité, ni ta volonté, mais il te débarrasse de ce qui t'éloigne de ta conscience. Ta conscience voit plus de choses, entend plus de choses, connaît plus de choses que tu ne peux l'imaginer. Grâce à ce sérum, tu pourras te souvenir de choses que tu crois encore ignorer. Tu te souviens de ce petit papillon, quelque part, dans un coin de ta tête ?

— Oui.

— Ce petit papillon va nous emmener en voyage. Tous les deux.

L'aiguille s'enfonça d'un seul coup dans la nuque du petit garçon. Une pression du doigt. Le liquide verdâtre quitta lentement la seringue et s'insinua dans le sang. Le visage d'Adam se figea, les yeux écarquillés.

— « La nature est un temple où de vivants piliers laissent parfois sortir de confuses paroles ; l'homme y passe à travers des forêts de symboles qui l'observent avec des regards familiers. Comme de longs échos qui de loin se confondent, dans une ténébreuse et profonde unité, vaste comme la nuit et comme la clarté, les parfums, les couleurs et les sons se répondent. » Oublie le monde autour de toi. Ses bruits. Ses nuisances. N'écoute que l'écho de ton âme. Le plus important, c'est toi, Adam. N'aie crainte. Je suis là, à tes côtés. Il ne peut rien t'arriver...

Le psychiatre reconnut immédiatement les signes de l'hypnose profonde sur le visage du fils de Lola. L'esprit du garçon était indéniablement bien plus relâché qu'il ne l'avait été, plus tôt, lors de la séance d'hypnose classique.

Mais Draken lui avait injecté une dose de sérum assez faible. Il savait qu'il ne disposait que de trois ou quatre minutes pour défricher les souvenirs d'Adam. Pas plus. Il fallait faire vite.

— Est-ce que tu vois le petit papillon qui s'envole dans les airs, Adam ?

— Oui.

— Alors suis-le.

— Je le suis, dit doucement le petit garçon.

— Il t'emmène dans l'appartement d'Emily. Qu'est-ce que tu vois, maintenant ?

— Je la vois. Elle est toute seule. Elle est assise sur le canapé.

— Qu'est-ce qu'elle fait ?

— Un puzzle.

— Qu'est-ce qu'il y a sur ce puzzle ?

— Un bébé.

Draken hésita une seconde. Ce n'était pas le moment de perdre du temps. Mais il ne pouvait laisser passer une information qui pouvait être capitale.

— Tu sais qui est ce bébé ?

— Je… Je crois que c'est elle. C'est Emily.

Le psychiatre chercha en vain son carnet autour de lui. Il prit une simple feuille et commença à prendre des notes.

— Emily va te chanter la chanson, maintenant. Je veux que tu ailles t'asseoir à côté d'elle et que tu l'écoutes. Tu es près d'elle ?

— Oui.

— Tu l'entends chanter ?

— Oui.

— Je veux que tu chantes avec elle, Adam. Chante la chanson d'Emily.

Le petit garçon ferma les yeux. Ses lèvres se mirent à trembler. Et puis, soudain, il commença à fredonner…

846

Au milieu d'une sombre nuit
Un train s'en allait avec bruit.
Les voyageurs, les passagers
Étaient allés, las, se coucher
Sauf un jeune homme en émoi,
Portant un bébé dans ses bras.
Il avait l'air tant esseulé
Le visage triste, la tête baissée.
Quand soudain l'innocent bébé
Se mit à geindre et à pleurer
Comme si son pauvre cœur blessé
Allait éclater.

Quand Adam sortit de sa transe hypnotique, Draken peina à masquer son émotion. En chantant cette chanson, c'était comme si le petit garçon venait de refaire vivre Emily sous ses yeux. Il y avait quelque chose de profondément troublant dans cette situation. La pièce était tout entière emplie de l'âme de la jeune femme.

Emily, lui, et un enfant qui les unissait à nouveau…

Draken essaya de chasser cette image de son esprit. Il plia sa feuille noircie de texte et la glissa dans sa poche.

— C'était parfait, Adam. Parfait !

— Je me suis souvenu de la chanson.

Ce n'était pas une question. Le petit garçon avait le visage lumineux.

— Oui. C'était parfait. Tu es un petit chef, mon bonhomme.

— Ça va t'aider, dis ?

— Sûrement. Beaucoup. Peut-être que, grâce à toi, je vais pouvoir retrouver le passé d'Emily.

Adam fit un large sourire.

— Je vais te ramener chez toi, maintenant, avant que Melany ne me dénonce au président des États-Unis.

Le petit ricana en enfilant son blouson.

— J'espère que maman va rentrer ce soir, dit-il, ou demain au plus tard.

— Elle te manque ?

— Oui.

Mais ce n'était pas la seule raison pour laquelle Adam espérait son retour. Le garçon n'avait pas oublié le petit mot écrit sur la carte du bouquet de fleurs.

Le lendemain, l'amoureux secret de sa mère avait promis de venir la voir.

The wind blows

43

Le lieutenant Kaboyi accompagna le Messager jusqu'à la passerelle de l'avion.

Les deux hommes se serrèrent la main en haut des marches, sous le vacarme des turboréacteurs.

— À très bientôt, lieutenant. Il ne vous reste plus qu'à mener vos hommes jusqu'au palais présidentiel, en leur annonçant que les Zèbres ont vaincu les Rhinocéros. Et moi il ne me reste plus qu'à vous souhaiter bonne chance.

— Le plus dur sera de consoler le fils du colonel Makenga…

L'Américain jeta un coup d'œil vers le SUV garé sur le tarmac, en contrebas. À l'intérieur gisait encore le corps mutilé de Tsombé.

— Vous lui direz que son père est mort bravement en tuant le Président. Faites bien attention à ce que personne ne découvre jamais la vérité. Vous et moi sommes les deux seuls au courant.

Kaboyi acquiesça et regarda l'Américain entrer dans l'avion.

Une fois à l'intérieur de l'appareil, le Messager, assailli par la soudaine fraîcheur de la climatisation, put enfin enfiler sur son crâne le chapeau de feutre noir que, d'ordinaire, il ne quittait jamais.

Nothing really matters

44

Quand il rentra chez lui, après avoir déposé Adam au pied de l'immeuble de Lola, Draken éprouva une envie soudaine, liée probablement à ce qu'il venait de vivre avec le petit garçon.

Rentré dans l'appartement de Paul Clay, il composa un numéro qu'il connaissait par cœur sur son téléphone portable.

Après trois sonneries, la voix de Ian Draken retentit dans l'appareil.

— Qui est-ce ? demanda le vieil homme, avec son amabilité légendaire.

— C'est ton fils.

Un instant de silence.

— Tu as changé de numéro de téléphone ?

— Il faut ce qu'il faut.

— Tu n'es pas encore en prison ?

— C'est tout comme.

— Alors tu ressens enfin ce que je vis tous les jours depuis que tu m'as mis dans cette satanée maison de retraite.

— En ce qui me concerne, je ne me plains pas. Ça fait du bien de ne plus entendre les doléances d'une Mme Schwartz, son cul posé sur mon divan.

— Ne te crois pas sorti d'affaire, fiston. Regarde, moi, même à la retraite, je me tape encore les jérémiades

des infirmiers, ici. Quand on est psy, c'est pour la vie. Ça doit se voir sur nos visages. À force, on doit finir par ressembler physiquement au Mur des lamentations.

— J'ai retrouvé mon livre sur la tombe d'Emily.

Nouveau silence.

— Ah. Oui, j'ai dû le laisser tomber sans faire exprès.

— Bien sûr.

Draken devina, à distance, le timide sourire sur le visage de son père. Une sorte de petit miracle.

— Bon, et tu vas rester encore longtemps en vadrouille ?

— Pourquoi ? Je te manque, papa ?

— Non. Mais je n'ai plus de barres chocolatées.

Ce fut au tour de Draken de sourire.

— Tout rentrera dans l'ordre dès que j'aurai pu prouver ma totale innocence…

— Il n'y a pas besoin d'avoir fait l'École de police pour savoir que, même si tu en avais envie, tu ne serais pas foutu de tuer une femme.

— Visiblement, tout le monde n'a pas ta perspicacité, papa.

— Appelle-moi encore une fois papa et je raccroche.

— Ce que tu peux être con. Quand j'ai trouvé le livre sur la tombe d'Emily, j'ai eu peur un moment que tu te sois ramolli, plaisanta le psychiatre.

— Ne rêve pas, gamin. Je serai là tant que tu auras besoin de coups de pied au cul.

— J'espère en avoir besoin encore longtemps.

— Ça m'a l'air bien parti. Et maintenant fous-moi la paix, le match va commencer.

— Au revoir, papa. Et… merci.

Le vieux raccrocha.

Cette nuit-là, Draken dormit du meilleur sommeil auquel il avait eu droit depuis la mort d'Emily.

Le lendemain matin, revigoré, il chercha un moyen de mener des recherches sur la chanson d'Emily.

En temps normal, il serait immédiatement allé à la bibliothèque, mais il était encore recherché par la police et il ne pouvait donc pas se permettre d'utiliser sa carte d'identité. Depuis la loi du *Patriot Act*, suite aux attentats du World Trade Center, il était devenu plus facile pour un chameau de passer par le chas d'une aiguille que pour un citoyen américain d'entrer anonymement au royaume des livres.

Comment consulter une base documentaire solide sans avoir besoin de montrer ses papiers ? Il n'y avait qu'une seule solution : une bonne librairie. Mais trouver une bonne librairie dans ce pays était aussi devenu chose ardue. Il opta pour le *Barnes & Noble* de Park Slope, dont les rayons étaient particulièrement bien fournis. Seul problème : l'endroit était bondé et les chances de se faire reconnaître étaient accrues. Sa curiosité, toutefois, l'emporta sur la prudence. Il se contenta de se raser une nouvelle fois le crâne et de porter une vieille paire de lunettes de vue trouvée chez Paul Clay.

Arrivé dans l'immense librairie en fin de matinée, il commença par consulter des recueils de chansons. La difficulté résidait dans le fait qu'il ne connaissait pas le titre de la chanson qu'il cherchait, et qu'il était obligé d'y aller à tâtons, par thèmes. Il se concentra d'abord sur des chansons pour enfants, susceptibles d'avoir existé à l'époque où Emily était en âge d'en entendre. Mais après avoir épluché plusieurs collections, il se résigna à chercher ailleurs.

Il était en train de consulter des ouvrages historiques sur les chansons traditionnelles américaines quand une jeune vendeuse, voyant qu'il errait dans les rayons depuis un certain temps déjà, vint gentiment à sa rencontre.

— Je peux vous aider ? Vous cherchez quelque chose de particulier ?

C'était une libraire d'une vingtaine d'années, particulièrement bien en chair, tout sourire, et qui – devina Draken – avait trouvé dans les livres le moyen de s'évader d'un monde dans lequel elle n'était autrement pas particulièrement à son aise. Une ancienne timide sauvée par la littérature, estima le psychiatre en étudiant sa gestuelle.

— Eh bien… Barbara, dit-il en déchiffrant l'étiquette épinglée à sa chemise, pour tout dire, oui, je cherche quelque chose de bien précis.

— Vous avez le titre ?

— Non.

— Ah. C'est un roman ou un essai ?

— Ni l'un ni l'autre ! C'est une chanson.

La libraire fronça les sourcils.

— Euh… Vous devriez peut-être aller chercher dans un rayon disques, non ?

Draken sourit.

— Non… Je cherche des informations sur cette chanson. Mais ce n'est pas facile, parce que je ne connais par son titre.

— Ah… En effet, c'est ennuyeux. Vous connaissez l'auteur ?

— Non plus. Mais je peux vous montrer les paroles, si vous voulez ?

— Essayons toujours ! répliqua poliment la jeune femme.

Draken sortit la feuille pliée en quatre de sa poche intérieure et montra les paroles qu'il avait notées la veille, pendant qu'Adam les lui avait chantées.

Dès les premiers vers, la libraire prit un air intrigué.

— Vous connaissez ? la pressa-t-il.

— Eh bien... C'est bizarre. Ça me dit quelque chose, mais je ne crois pas que ce soit une chanson.

— Je vous assure que si, Barbara.

— Attendez. Je reviens.

La libraire fit volte-face et disparut entre les rayons. Elle revint une minute plus tard avec un album jeunesse entre les mains.

— Regardez.

Draken prit le petit livre illustré, intitulé *Dans le wagon juste après*. Il commença à le lire et ne put masquer son enthousiasme en découvrant l'histoire. La libraire avait vu juste. Ce court roman pour les six-huit ans racontait les mésaventures d'un homme qui portait un bébé dans un train et qui ne parvenait pas à calmer les pleurs de son enfant. Les autres voyageurs, excédés, lui reprochaient de ne pas faire taire le bébé, jusqu'à ce qu'une femme, mieux intentionnée, demande où se trouvait la mère... On découvrait alors que celle-ci était décédée et que son corps reposait dans un cercueil, *dans le wagon juste après*. C'était une histoire à la fois terriblement triste et terriblement critique sur les comportements sociaux, assez crue en vérité, et dont l'objectif était sans doute, entre autres, de sensibiliser les enfants avec la mort d'un parent...

Toutefois, une chose était étrange : le roman ne faisait nulle part mention de la moindre chanson. Il n'y avait aucune musique associée au texte. Le livre était présenté comme une histoire originale, mais c'était exactement la même que celle de la chanson d'Emily. Certaines phrases du livre étaient, mot pour mot, identiques aux paroles de la chanson.

Draken vérifia les crédits du livre. Le copyright était au nom de l'auteur, Daniel Gilford.

— Vous ne connaissiez pas ? demanda Barbara, visiblement fière d'avoir trouvé.

— Non, avoua Draken.

— Ce livre a eu un énorme succès dans les années quatre-vingt. L'auteur n'a jamais rien fait d'autre, à ma connaissance. Il n'est connu que pour ce très gros best-seller de la littérature jeunesse.

— Et il n'y a pas eu de chanson adaptée de ce texte ?

— Pas que je sache, mais nous pouvons vérifier, si vous voulez.

Draken acquiesça et suivit la libraire près d'un ordinateur. Elle effectua plusieurs recherches avant de conclure :

— *A priori*, non, aucune chanson. Vous voulez quand même le livre ?

— Oui, s'il vous plaît.

Elle glissa l'ouvrage dans une pochette et le lui tendit.

— Il faut aller payer à la caisse.

— Vous pensez que l'auteur est encore en vie ?

— Je suppose. Il faudrait vérifier sur Wikipedia.

— Ça vous embête de regarder pour moi ? la supplia Draken d'un air triste. Je n'ai pas d'ordinateur…

Barbara sembla trouver la chose difficile à croire mais accepta de chercher pour lui. Elle trifouilla sur son écran.

— Eh bien, selon sa fiche Wikipedia, oui, Daniel Gilford est toujours vivant. Il habite dans le Maine, comme Stephen King...

— C'est peut-être un autre pseudonyme du maître de l'horreur ? plaisanta le psychiatre.

— Je ne pense pas. Mais si c'est le cas, vous venez de faire une sacrée découverte !

— Vous ne pensez pas si bien dire ! dit Draken en la saluant. Merci, Barbara !

Il partit payer à la caisse en se demandant si la chanson d'Emily était antérieure ou postérieure à ce roman. Avait-elle été inspirée par ce best-seller, ou était-ce le contraire ?

Il n'y avait sans doute qu'un seul moyen de savoir. Contacter l'auteur du livre.

The line

45

Velazquez avait passé tout l'après-midi de la veille à quadriller le quartier de St. Johns Place, dans lequel Emily Scott était censée être allée récupérer sa bague.

Il n'avait rien trouvé.

Le problème était qu'il ne savait pas vraiment ce qu'il cherchait : un appartement ? Un hôtel ? Une boutique ? Il avait bêtement espéré avoir une illumination sur place. Une sorte de révélation mystique : à la simple vue d'un bâtiment, il devinerait d'où la jeune femme était venue.

Mais aucune piste n'était tombée du ciel. Le quartier était tout ce qu'il y avait de plus banal à Brooklyn. Une poste, une épicerie indienne, un parking grillagé, un nombre considérable de supermarchés et d'habitations d'un standing très modeste, et puis, dans Buffalo Avenue, un ancien supermarché en ruine et une obscure église épiscopalienne. Rien qui n'éveille plus particulièrement son attention. Nulle part une plaque en laiton portant l'inscription salvatrice : *« Ici vécut Emily Scott, célèbre amnésique »*.

Il avait montré la photo de la jeune femme à tous les commerçants du quartier, à plusieurs habitants, à deux ou trois SDF, mais personne n'avait semblé reconnaître la blonde, à part l'un des trois SDF, mais Velazquez avait vite compris que le bonhomme en question eût reconnu n'importe qui pourvu qu'on lui glisse une petite pièce en retour...

Ce matin, toutefois, le jeune flic, opiniâtre, avait recommencé. Il avait élargi quelque peu le périmètre de ses recherches et montré de nouveau la photo d'Emily à toutes les personnes qu'il croisait dans le quartier.

En vain.

De retour au commissariat, il s'était laissé tomber sur le fauteuil de Lola d'un air découragé, et s'était nonchalamment connecté à sa boîte mail pour lire son courrier. Il eut un sursaut d'enthousiasme en voyant l'intitulé de l'un des messages reçus : « résultats d'analyse ». Le mail venait du laboratoire du NYPD. Il s'empressa de cliquer dessus.

Mais son ardeur retomba bien vite : aucune correspondance n'avait été établie entre l'ADN d'Emily Scott et celui de la femme retrouvée morte dans la forêt de Nepaug. Elles n'étaient pas sœurs, et encore moins jumelles.

Velazquez éprouva un profond sentiment de lassitude. C'était le lot, sans doute, de tous les policiers au milieu d'une enquête. Il y avait les hauts et les bas. Mais pour lui, c'était une première, et il avait tellement envie d'impressionner sa hiérarchie qu'il était déçu de ne pas voir ses premiers éclairs de génie déboucher sur de véritables avancées.

Certes, le coup de la bague qui apparaissait soudain sur les images était une belle trouvaille. Mais si elle ne débouchait sur rien, à quoi bon ?

Il décida d'aller discuter un peu avec Detroit. Le détective spécialiste n'était pas des plus aimables, mais au moins cet informaticien qui se prenait pour un dur à cuire lui changerait les idées. Et peut-être qu'il aurait, ô miracle, une autre piste à lui proposer...

Mais quand il arriva dans le bureau de Detroit, il vit qu'il était vide.

Taking toll

46

Comme à l'accoutumée, les deux hommes se retrouvèrent au dernier étage de ce parking de New York où ils savaient pouvoir jouir de la plus grande confidentialité. Chacun arrivait et repartait d'un côté opposé, et l'endroit était garanti sans caméras.

C'était presque devenu un rituel. Ils se retrouvaient dans la pénombre, derrière le même pilier de béton, l'un avec son chapeau de feutre, l'autre avec sa cigarette au coin des lèvres.

— Nous avons appris que tout s'était bien passé en Afrique ? commença l'homme à la cigarette.

— Très bien. L'opération est lancée. Tout a fonctionné comme prévu. Les Zèbres ont écrasé les Rhinocéros et le président Tsombé est mort.

— Et avez-vous réussi à remplacer le colonel Makenga ?

— Oui. Le nouveau chef des Zèbres est le lieutenant Kaboyi. Il nous est entièrement dévoué.

— N'exagérons rien. Le vent tourne très rapidement, en Afrique.

— Nous le surveillerons de près. Et nous avons un moyen de pression. Si les Zèbres apprenaient qu'il les a trahis et qu'il était d'accord pour que Makenga soit éliminé, ils le découperaient en morceaux.

— Parfait.

L'homme aspira une longue bouffée de sa cigarette.

— Il nous reste cependant un dernier problème à régler, dit-il en recrachant la fumée.

L'homme au chapeau hocha la tête. Il savait parfaitement de quoi son interlocuteur voulait parler.

— Le Dr Draken.

— Vous ne savez toujours pas où il se cache ?

— J'ai eu des problèmes plus urgents à régler, répondit Hatman d'un air irrité.

— Bien sûr, bien sûr. Mais j'ai peur qu'il soit de plus en plus proche de la vérité. Si nous le laissons étudier encore ces fichues vidéos trop longtemps, il va finir par comprendre.

— Il y a peut-être un moyen de le retrouver.

The wind blows

47

— *Home sweet home*, murmura Lola en traversant la passerelle, son bras glissé sous le coude de son frère.

Par-delà le tarmac de l'aéroport international de Newark, on pouvait distinguer l'horizon crénelé de la ville de Jersey et imaginer, derrière elle, celui, bien plus caractéristique, de Manhattan.

— Tu diras ça quand on aura passé la douane, murmura Chris à son oreille.

— Tu n'as pas eu de problème à l'aller ?

— Non... Mais je ne peux pas m'empêcher d'avoir les chocottes à chaque fois que je dois montrer mes papiers.

— Ne t'en fais pas, frangin. J'ai vérifié depuis longtemps. Le père Mac Fheargail a fait du très bon boulot avec ton passeport et tout le reste. Si tous les gangsters de New York avaient des faux papiers aussi bien faits que les tiens, je n'en aurais pas mis autant sous les verrous. Tu as un dossier aussi propre que les fesses d'un nouveau-né.

— On n'a pas vu les mêmes nouveau-nés.

Ils suivirent le flot des passagers dans le hall de l'aéroport. Ayant voyagé sans bagages, ils s'épargnèrent la queue devant les tapis roulants et partirent tout droit vers les guichets de douane.

Lola fit signe à son frère de passer le premier. Elle lut aussitôt l'inquiétude dans les yeux de Chris et espéra qu'il s'efforcerait de prendre un air plus serein une fois devant l'agent qui contrôlait méticuleusement les papiers. Avec tout ce qu'ils venaient de vivre, ce n'était pas le moment de se faire prendre bêtement lors d'un simple contrôle de douane.

En retrait, elle regarda son frère tendre son passeport et ne put s'empêcher, elle aussi, d'éprouver une légitime angoisse. Si Chris tombait un jour, ce serait l'extradition directe vers l'Irlande et probablement la prison à vie. Flic ou pas, elle ne pourrait rien faire pour le sortir de là.

Le douanier, avec des airs de cow-boy, vérifia l'identité de « Chris Coleman » dans son ordinateur et se mit à le dévisager avec insistance. Les secondes qui suivirent parurent des heures. Et puis, enfin, le policier rendit son passeport au grand rouquin et le laissa passer.

Lola poussa un soupir de soulagement et se présenta à son tour devant le guichet. Elle fit exprès de laisser son badge de police bien apparent à côté de son passeport. Le douanier lui fit signe de passer en souriant.

— Tu vois ? Comme une lettre à la poste, chuchota-t-elle en attrapant de nouveau son frère par le bras.

Mais alors qu'ils se dirigeaient vers les portes coulissantes de la sortie, trois hommes en uniforme vinrent à leur rencontre d'un pas preste, fusils-mitrailleurs contre la poitrine. Lola reconnut aussitôt l'habit des hommes de l'ICE[1].

— Madame Gallagher ?

— Détective Gallagher, corrigea Lola.

— Veuillez nous suivre, s'il vous plaît.

Échange de regards inquiets.

— Vous aussi, monsieur.

— Qu'est-ce qu'il se passe ? demanda Chris, blafard.

Lola lui fit signe de se taire.

Les trois policiers les encadrèrent et les guidèrent vers une porte, à gauche de la sortie, qui donnait sur une pièce aux vitres teintées.

Gallagher sentit la main de son frère se serrer sur son avant-bras. Elle essaya de le rassurer d'un regard,

---

1. *Immigration and Customs Enforcement*, équivalent de la police des frontières aux USA.

mais elle ne pouvait pas non plus se mentir à elle-même : les flics de l'ICE n'étaient pas parmi les plus commodes, et ils se déplaçaient rarement pour rien.

Alors qu'ils étaient sur le point d'entrer dans la petite salle des douanes, elle se demanda pourquoi les trois hommes l'avaient interpellée elle en premier. Elle ne put s'empêcher de penser aussitôt à cette garce de Mitzie Dupree. L'ICE n'en avait peut-être pas du tout après Chris, mais après elle.

— Monsieur, veuillez vous asseoir ici, s'il vous plaît, demanda l'un des agents en montrant une chaise au frère de Lola.

Elle lui fit signe d'obéir. Chris, qui n'en menait pas large, s'installa docilement, et deux des trois policiers s'assirent autour de lui.

— Détective, veuillez me suivre.

Le troisième policier ouvrit une autre porte et attendit que Lola entre dans la pièce adjacente.

Quand elle arriva sur le seuil – alors qu'elle s'était attendue, à coup sûr, à tomber nez à nez avec la femme de l'IAB –, elle ouvrit la bouche d'un air stupéfait en découvrant le visage de la personne qui l'attendait, bras croisés, assis sur le bord d'une table.

Rings of smoke

48

— Vous voulez que je vous aide à traverser ?

Ben Mitchell grimaça. Il ne supportait plus le zèle de ses concitoyens qui lui rappelaient constamment son handicap, alors qu'il était parfaitement capable de traverser une rue tout seul, surtout quand il s'agissait de Fort Washington Avenue, qu'il franchissait plusieurs fois par jour depuis au moins quinze ans.

— Non merci, monsieur, ça ira, dit-il sans masquer son agacement.

Tapotant rageusement le sol du bout de sa canne blanche, il entreprit la périlleuse traversée.

Il ruminait encore après sa rencontre avec Draken. Le psychiatre était un véritable manipulateur, très doué pour le prendre par les sentiments. Au final, comme toujours, Arthur avait obtenu ce qu'il voulait : du sérum. Et lui avait accepté de jouer le rôle de simple pion. Le larbin de service.

— Mais si ! dit l'inconnu en l'attrapant par le bras, laissez-moi vous aider…

Le neurophysiologiste allait s'emporter pour de bon quand, soudain, il sentit une main se poser sur sa bouche.

L'odeur de l'éther. Une autre paire de mains qui l'attrapait par les épaules.

Et puis plus rien.

49

Le détective Phillip Detroit, le visage grave, regarda Lola droit dans les yeux pendant un long moment, silencieux, terriblement immobile. Jamais, depuis six ans qu'ils se connaissaient, il ne l'avait dévisagée comme ça. Il y avait dans ce regard la marque d'une profonde déception, d'une grande tristesse. C'était l'expression accablée d'un homme trahi.

Lola, désemparée, surprise, ne trouva pas les mots pour rompre ce silence dont la longueur devenait pourtant insupportable.

Detroit finit par se tourner vers l'agent de l'ICE.

— Vous pouvez nous laisser, s'il vous plaît ?

L'homme en uniforme acquiesça et sortit de la pièce.

— Qu'est-ce que tu fais là ? demanda Lola aussitôt la porte fermée.

Phillip se leva d'un bond et s'approcha de sa collègue, le visage menaçant.

— Je t'en supplie Lola, ne me fais pas l'insulte de prétendre que tu ne sais pas pourquoi je suis ici.

— Je...

— Tais-toi ! cracha le détective spécialiste, les yeux rougis par la colère.

Ils restèrent encore un instant ainsi, soutenant chacun le regard de l'autre. Et puis Lola, comme épuisée, finit par baisser les yeux et les épaules en poussant un soupir.

— Lola, dit lentement Detroit en l'attrapant par les épaules, regarde-moi droit dans les yeux et dis-moi que je dois vous laisser, toi et ton frère, entrer sur le sol américain.

La rousse avala sa salive.

Il y avait tant de sous-entendus dans cette question ! À n'en pas douter, Phillip était au courant de tout. De l'identité de Chris, de son passé, de l'IRA... Mais davantage que sur son frère, la question, en réalité, portait sur elle. Derrière ces quelques mots, il y avait implicitement un « puis-je encore te faire confiance ? ».

— Oui, répondit-elle d'une voix ferme.

Par-delà cette fermeté se lisait, pour qui savait la reconnaître, un peu de honte et d'humilité.

Phillip hocha lentement la tête.

— OK, dit-il simplement.

Puis, sans poser la moindre question de plus – parce que pour lui, tout était dit –, il passa derrière elle, ouvrit la porte et lança aux hommes de l'ICE :

— C'est bon. Vous pouvez les laisser partir. Tout est en ordre.

Le visage toujours aussi grave, il fit signe à Lola de sortir. La rousse obéit, puis s'arrêta sur le pas de la porte et leva les yeux vers lui.

— Merci, glissa-t-elle en lui serrant discrètement le bras.

Elle n'obtint en retour que le regard froid de Phillip Detroit.

Elle rejoignit son frère et ils sortirent ensemble du poste de sécurité sans demander leur reste.

50

Quand Ben Mitchell revint à lui, il était pendu par les mains, torse nu, dans ce qui lui sembla être un espace clos, froid et humide. Une cave, peut-être.

Le bruit de ses pieds frôlant le sol, quand il essaya de se débattre, résonna entre quatre murs qu'il ne pouvait que deviner. Reprenant peu à peu ses esprits, ses sens lui révélèrent rapidement la présence d'une autre personne, non loin de lui.

Soudain, deux bruits de pas, proches, puis il sentit le souffle de l'inconnu qui se tenait devant lui.

— Monsieur Mitchell... Monsieur Mitchell, soupira l'homme d'un air faussement abattu. À cet instant, je pourrais vous faire une longue tirade sur les souffrances que vous allez endurer si vous ne répondez pas à la question que je vais vous poser.

Il y eut un bruit métallique. Le son d'un lourd objet de fer que l'on traîne sur le sol.

— Je pourrais vous détailler par le menu la panoplie de tortures que je suis disposé à vous faire subir. Mais je crois que vous êtes un homme intelligent. Vous savez comment se terminent toujours ces choses-là, n'est-ce pas ? Il n'y a que deux issues possibles à cette conversation, et vous les connaissez déjà : soit vous parlez, soit vous mourez.

Le neurophysiologiste trembla. Sa cécité ajoutait

à l'horreur de la situation. Il se sentait si exposé, si vulnérable. Et bien qu'il fût trop tard, il éprouva dans l'instant une foule de regrets.

— Qu'est-ce que vous voulez, nom de Dieu ? cracha-t-il en s'agitant au bout de la corde.

— C'est très simple, monsieur Mitchell. Très simple. Je veux que vous me disiez où se cache votre ami le Dr Draken.

Ben poussa un grognement de rage. Et cette rage était tout autant destinée à son bourreau qu'elle l'était à Arthur.

— Répondez tout de suite à cette question, monsieur Mitchell, et je vous libère sur-le-champ.

— Je ne sais pas où il est, souffla-t-il d'une voix pleine de colère. Il a disparu. Même les flics le cherchent, bon sang !

Ben entendit le bruit du coup qu'il venait de recevoir avant même d'en éprouver la douleur. Un bruit sec, terrible, accompagné d'un craquement. Le craquement produit par la fracture de ses côtes. La barre de fer qui venait de s'enfoncer dans son flanc en avait brisé au moins deux. Il poussa un hurlement puissant, désespéré et, loin de s'estomper, la douleur ne fit que s'accroître et se répandre dans tout son côté droit.

— J'ai l'impression que vous ne m'avez pas pris au sérieux. La prochaine fois, je frapperai un peu plus haut, monsieur Mitchell. Et si vous ne répondez toujours pas, le dernier coup sera pour votre crâne. Je ne peux pas vous garantir que vous mourrez tout de suite, mais quand je vous aurai laissé suffisamment longtemps pendu à cette corde, vous finirez bien par y passer… Alors… Je reprends : dites-moi où se cache le Dr Draken.

À cet instant, Mitchell éclata en sanglots. Comme un enfant. Il éclata en sanglots parce qu'il savait qu'il ne pouvait pas répondre à cette question. Qu'il n'en avait pas le droit, car même s'il lui en voulait profondément, il ne pouvait pas trahir son ami. Et, donc, il allait mourir. Mais avant de mourir, il allait connaître la plus grande douleur qu'il n'ait jamais eue à endurer.

— Je vous en supplie, bégaya-t-il. Je vous en supplie...

L'homme n'avait pas menti.

Le deuxième coup fut porté plus haut, au niveau de l'épaule droite. Et de nouveau, le bruit de craquement ne laissa aucun doute : plusieurs os s'étaient brisés.

Ben hurla de plus belle.

Il crut qu'il allait perdre connaissance, tant la douleur était vive. Mais son corps ne lui laissa pas cette chance. Il était vivant, bien vivant, suffisamment en tout cas pour ressentir toute l'intensité de ce supplice.

Sweet child

51

Quand la sonnerie de la porte retentit, Adam se redressa d'un bond au milieu du salon, le cœur battant.

Une heure plus tôt, sa mère avait appelé Melany en sortant de l'aéroport et avait dit à la baby-sitter qu'elle pouvait rentrer chez elle : elle serait bientôt là, et Adam n'avait qu'à l'attendre sagement en regardant un film ou en faisant ses devoirs.

Le petit garçon avait poussé des cris de joie, si heureux de retrouver enfin sa mère !

Mais soudain, alors qu'il était sur le point d'aller ouvrir, il se demanda si c'était bien elle qui venait de sonner à la porte. Lola n'avait aucune raison de sonner ! Elle avait les clefs. À moins que ce ne soit pour lui faire une surprise…

Rapidement, il comprit.

Ce n'était pas Lola. C'était son amoureux. Son mystérieux amoureux ! Celui qui avait envoyé des fleurs et qui avait dit qu'il viendrait… jeudi.

Et alors Adam se demanda ce qu'il devait faire.

Avait-il le droit d'ouvrir ? Et s'il le faisait, comment réagirait cet homme qui s'attendait certainement à tomber sur Lola ?

Debout, à quelques pas de la porte, il se mordit les lèvres, incapable de prendre une décision.

La sonnerie retentit de nouveau.

Non. Définitivement, il ne pouvait pas ouvrir.

Mais peut-être pouvait-il au moins regarder...

Oui, il pouvait regarder par l'œil-de-bœuf et découvrir enfin le visage de cet amoureux que sa mère lui avait caché !

Sans faire de bruit, Adam marcha jusqu'à la porte, puis, le cœur battant la chamade, se hissa sur la pointe des pieds.

Lentement, il fit pivoter le petit disque de métal qui cachait l'ouverture. Puis il approcha son œil.

Quand il découvrit le visage de l'homme qui se tenait derrière la porte, Adam en eut le souffle coupé.

Il se demanda s'il ne rêvait pas.

52

— Daniel Gilford ?

— En personne.

Draken serra les poings dans un geste de satisfaction. Il avait fallu user de tant de ruse auprès de l'éditeur puis de l'agent de l'auteur pour obtenir enfin son numéro de téléphone qu'il n'aurait certainement pas supporté de tomber ne fût-ce que sur un répondeur !

— Monsieur Gilford... Je suis désolé de vous déranger, je n'en ai pas pour longtemps.

— Qui est à l'appareil ?

Brève hésitation.

— Mon nom n'a aucune importance, improvisa

Draken, regrettant aussitôt de n'avoir pas pris le temps de mieux préparer son discours. Je vous appelle au sujet de *Dans le wagon juste après...*

— Vous êtes journaliste ? demanda l'écrivain d'une voix irritée. Vous devez passer par mon attachée de presse ! Qui vous a donné...

— Non. Je ne suis pas journaliste, le coupa Draken en essayant de paraître rassurant. Je voudrais simplement que vous me parliez de la chanson.

— Quelle chanson ?

— La chanson de *Dans le wagon juste après*.

Il y eut un moment de silence révélateur.

— Je ne vois pas de quoi vous voulez parler.

En entendant ces mots, Draken sut aussitôt qu'il ne s'était pas trompé.

— Votre roman est inspiré d'une chanson, n'est-ce pas ?

— Monsieur, je ne sais pas qui vous êtes, et je vais vous demander de ne plus appeler ici, sinon je porterai plainte pour...

— N'ayez pas peur, monsieur Gilford. Je ne suis pas là pour des histoires de droit d'auteur ou pour faire un scandale. Ni pour vous faire chanter. Tout ce que je veux savoir, c'est qui a écrit cette chanson.

Il aurait pu ajouter « est-ce vous ? », mais il s'était dit que cela inspirerait peut-être un mensonge à son interlocuteur.

Celui-ci, toutefois, resta muet.

— Bon, reprit Draken d'une voix grave et lente avant que l'écrivain ne raccroche. Alors je vais peut-être vous présenter les choses autrement. Je me fous de savoir si vous auriez dû verser des droits d'auteur à quelqu'un, je me fous de savoir si vous devez le seul succès de votre carrière au pillage du travail de quelqu'un d'autre – la plupart des auteurs font ça très bien – mais si vous ne répondez pas à ma question, je trouverai bien un journaliste qui, lui, sera très intéressé par ce joli scoop. Alors dites-moi simplement qui a écrit cette chanson et je jure de ne plus jamais vous importuner.

Il y eut un grognement à l'autre bout du fil.

— J'ai de très bons amis au *New York Times*, glissa malicieusement Draken.

— Ça va ! répliqua l'autre.

— Qui a écrit cette chanson ?

— Je ne sais pas.

— Comment ça, vous ne savez pas ? Vous n'avez pas vu le nom de l'auteur ?

— Non... C'est...

Il poussa un soupir. Depuis trente ans qu'il vivait de ses droits d'auteur, c'était sans doute la première fois qu'il devait faire cette confession.

— J'ai entendu une femme la chanter, un jour, dans un petit village. Il y a longtemps. Il y a prescription. Et je n'ai jamais réussi à la contacter, sinon, j'aurais...

— Quelle femme ? Quel village ?

Daniel Gilford mit un certain temps à répondre, accablé par l'humiliation.

— Je ne connais pas son nom. C'était... C'était une bonne sœur. Une bonne sœur, sur la petite île de Swans Island.

Draken, abasourdi, ne prit même pas la peine de conclure la conversation. Il raccrocha, bouche bée.

Swans Island.

L'île du cygne.

L'un des principaux symboles des visions d'Emily...

873

53

Ben Mitchell, le torse en charpie, continua de crier longtemps, crachant, bavant, suffoquant alors qu'il se balançait au bout de la corde comme une vulgaire carcasse de viande. La douleur, maintenant, avait envahi tout son corps, et certaines blessures – il pouvait le sentir – auraient d'irréversibles séquelles. Encore un coup et il franchirait sans doute la limite. L'ultime limite.

Il repensa alors aux années qui venaient de passer. Au jour où il avait découvert les propriétés de son sérum. À sa rencontre avec Draken. À leurs premières expériences. À Paul Clay. Aux deux patients qui s'étaient suicidés. Il repensa à toutes ces heures d'angoisse, cette douleur muette, cette abnégation. Comme il aurait aimé, à cet instant, pouvoir s'injecter lui-même une surdose de sérum ! Être transporté jusqu'aux portes de la mort par les effets décuplés du datura, et tout oublier.

Tout oublier.

— Draken se cache dans l'appartement de Paul Clay, l'un de ses anciens patients internés.

La phrase était sortie d'un seul coup. Dans un souffle. Comme une formule magique libératrice. Comme un cri du cœur.

Mais le cœur de Ben Mitchell ne battit pas plus longtemps. Il n'eut pas même le temps de savourer cette libération. Le dernier coup l'atteignit à la tempe, et il mourut dans la seconde.

54

Quand Lola arriva sur le palier, elle sortit de son sac le petit paquet cadeau qu'elle avait amené pour son fils. Une cartouche de jeu pour sa console, qu'elle avait achetée à la hâte dans une boutique de l'aéroport. De quoi se faire partiellement pardonner.

Excitée à l'idée de revoir son fils, elle chercha sa clef et s'y reprit à plusieurs fois pour ouvrir. Elle grimaça. Adam n'avait pas fermé le verrou, alors qu'il avait promis de toujours le faire quand il était seul dans l'appartement !

Elle poussa la porte en essayant de reprendre son sourire. Ce n'était pas le moment de gronder son fils. Elle avait davantage à se faire pardonner que lui.

Quand elle passa dans l'entrée, elle vit que le salon était allumé. La télévision, pourtant, était éteinte.

Elle fit un pas de plus et, soudain, la silhouette d'Adam apparut devant elle.

— Maman ! dit-il tout sourires.

Lola fronça les sourcils. Il avait quelque chose d'étrange dans le regard de son garçon. Quelque chose de très étrange.

— Regarde qui est là ! s'exclama-t-il en tendant le doigt vers le canapé.

Lola sentit son cœur se serrer.

Mauvais pressentiment.

Sans rien dire, elle fit trois pas vers le salon, l'air inquiet.

Quand elle vit l'homme qui était assis sur le canapé, elle crut qu'elle allait s'évanouir.

Anthony.

Anthony Fischer, son ex-mari.

Et la lueur qu'il avait dans le regard lui glaça le sang.

Now you're gone

SERUM

Épisode 6

1

Le soir, en hiver, ce coin de Brooklyn était particulièrement mal éclairé ; beaucoup d'arbres, pas assez de réverbères. Mais quand il vit cette silhouette au long manteau de laine traverser la rue d'un pas preste, Sam Loomis fut certain qu'il s'agissait enfin du Dr Draken.

L'agent fédéral était abrité derrière les volets ajourés d'une fenêtre, au quatrième étage d'un immeuble de New York Avenue. En face, dans sa ligne de mire, il pouvait observer à travers les persiennes le vieil appartement de Paul Clay dans lequel Arthur Draken se cachait depuis la mort d'Emily Scott. Truffé de micros, le studio allait peut-être bientôt leur livrer de précieuses informations sur ce que le psychiatre savait et faisait.

Dans la rue en contrebas, la silhouette disparut rapidement derrière la porte d'entrée de l'immeuble.

— Le spectacle va commencer, murmura Loomis.

Toutefois, voyant que les fenêtres de la cage d'escalier ne s'allumaient pas dans les secondes qui suivirent, l'agent fédéral fronça les sourcils et jeta un coup d'œil vers son assistant derrière lui.

— Pourquoi il allume pas, ce con ?

Le jeune *fed*, qui sirotait son sixième café de la soirée, haussa les épaules.

— C'est une planque, patron... Il reste discret, votre docteur. Il veut peut-être pas que les voisins sachent à quelle heure il entre et sort.

— Cette foutue histoire a dû le rendre complètement parano.

À chaque étage, derrière les vitres, il vit passer l'ombre qui montait lentement les marches jusqu'au sixième. Arrivé sur le palier, l'homme fit une courte pause puis s'évanouit dans l'obscurité. De là où il était, Loomis ne pouvait pas distinguer la porte d'entrée de l'appartement de Paul Clay. Mais, rapidement, il vit le suspect entrer dans la planque et sut qu'il ne s'était pas trompé. C'était bien le psychiatre qui retournait dans son antre comme une chauve-souris dans sa cave.

Loomis colla de nouveau ses yeux aux jumelles ATN à vision nocturne et ajusta son oreillette.

— Qu'est-ce qu'il fait ? demanda le jeune agent, impatient.

Son patron tarda à répondre.

— J'en sais rien... Il n'allume toujours pas, et il ne fait pas de bruit. C'est bizarre. J'espère qu'il ne se doute de rien. Merde, il ne peut pas avoir repéré les micros dans un bordel pareil quand même !

Son assistant l'attrapa brusquement par l'épaule.

— Patron ?

— Quoi ? demanda Loomis en se retournant vers lui.

— Ce n'est pas lui. Regardez : Draken, il est là.

Le jeune agent tendit le doigt vers Prospect Place, de l'autre côté. Une autre silhouette approchait dans la rue. Et, cette fois, impossible de confondre le crâne chauve du docteur.

— Merde, maugréa Loomis. Mais si c'est pas lui là-haut, alors, c'est qui ?

2

— Anthony ? Qu'est-ce… Qu'est-ce que tu fais là ? demanda Lola en dévisageant son ex-mari, perplexe.

L'homme avait minci, et cela le rajeunissait. Il avait l'air en bien meilleure santé. *Clean*. Sportif, presque. Rasé de frais, ses cheveux blonds coupés court, il avait beaucoup changé.

— Tu ne m'embrasses pas ? demanda-t-il d'un air angélique, les mains tendues vers elle.

— Qu'est-ce que tu fais là ? répéta froidement Lola, prête à exploser.

À cet instant, le détective Gallagher aurait voulu attraper Anthony Fischer par le col et le jeter sans sommation hors de son appartement. Mais elle ne pouvait pas faire ça devant son fils. Le regard brillant d'Adam en disait long sur sa joie – naïve – de retrouver son père après deux ans d'absence, et il allait falloir gérer cette fâcheuse situation tant bien que mal. Sans esclandre.

— Je t'avais envoyé un bouquet de fleurs pour la Saint-Valentin et pour te prévenir que j'allais venir, mais c'est notre fiston qui l'a reçu à ta place, répondit Anthony en frottant affectueusement le crâne d'Adam près de lui. Je ne savais pas que tu étais partie. Alors on t'a fait la surprise.

Lola, perplexe, posa son sac de voyage sur le guéridon de l'entrée et fusilla son ex-mari du regard.

— Merci pour la surprise, tu peux t'en aller maintenant, Anthony, dit-elle d'une voix calme et autoritaire...

— Maman ! Nous t'avons préparé à dîner ! intervint Adam en désignant la table basse du salon.

Lola serra la mâchoire. Père et fils avaient fait de leur mieux pour donner à sa vaisselle dépareillée un air de fête et avaient même disposé des bougies ici et là entre les trois assiettes.

Se sentant bouillir, elle s'approcha de son ex-mari, se colla presque contre lui et, son regard planté dans le sien, lui murmura :

— Je ne sais pas ce que tu fais ici, espèce d'ordure, mais je te demande de quitter tout de suite mon appartement, et je ne te le demanderai pas deux fois.

— Lola...

— Tout de suite, répéta-t-elle en plaquant discrètement mais significativement sa main sous son blouson, à l'endroit où se trouvait toujours son holster.

Anthony Fischer fit un pas en arrière. Une sorte de sourire gêné se dessina sur son visage. Il tourna la tête vers son fils et prit un air désolé en haussant les épaules.

— Bon... Ta maman est fatiguée, bonhomme, il faut que je vous laisse. Mais on se revoit très vite, OK ?

Adam, dépité, se contenta de hocher la tête, la gorge nouée. Il regarda, pétrifié, son père ramasser son manteau et sortir, penaud, de l'appartement.

— Au revoir, Lola.

Alors qu'il arrivait sur le palier, son ex-femme le retint par le bras. Les yeux rouges, le regard de plus en plus haineux, elle ajouta :

— Ne remets plus jamais tes putains de pieds ici, Anthony. Plus jamais.

Et elle claqua la porte avec bruit.

Shadows

3

En montant lentement les marches vers l'appartement de Paul Clay, Draken ne pouvait s'empêcher de repenser à ce qu'il venait de découvrir au sujet de la comptine qu'Emily avait chantée à Adam. Pendant le trajet, il avait retourné l'histoire dans sa tête en tous sens : ça ne pouvait être une coïncidence. La chanson, à en croire l'auteur du livre pour la jeunesse qui en était adapté, n'était ni un chant traditionnel ni un air célèbre. C'était une simple comptine écrite par une bonne sœur, sur la petite île de Swans Island[1], et

---

1. Littéralement l'île du Cygne. En réalité, elle a été baptisée ainsi en référence au colonel James Swan, un riche Écossais qui en fit l'acquisition au XVIIIe siècle.

connue probablement des seuls proches de ladite bonne sœur. Il n'en existait aucun enregistrement, aucune reproduction, même écrite. En d'autres termes, il était fort probable qu'Emily, pour connaître cette chanson, ait été – tout comme l'auteur du livre – en rapport plus ou moins direct avec cette femme.

Or, la chose semblait possible, car le « cygne », justement, était l'une des figures emblématiques des visions d'Emily. *« Il y a un cygne qui nage dans l'eau. Il remonte péniblement le courant de la rivière et il se dirige vers moi... »* Elle avait donc très probablement un lien avec Swans Island. Peut-être y avait-elle vécu ! C'était une piste sérieuse, en tout cas, et si la chose s'avérait, ce serait une avancée considérable dans ses recherches, peut-être le moyen de découvrir la véritable identité d'Emily.

Quant à cette mystérieuse bonne sœur mélomane... c'était peut-être la femme qui, précisément, chantait une comptine dans les visions d'Emily *: « C'est une musique douce, comme une comptine. Il y a la voix d'une femme qui chantonne la mélodie. Je crois qu'elle est dans la tour. »* Sous hypnose, Emily avait également dit que d'autres femmes se trouvaient dans cette tour sombre, des femmes qui se ressemblaient... Des femmes identiques dans une tour ? Ne pouvaient-elles pas être, tout simplement, des bonnes sœurs dans un couvent ?

Il fallait absolument qu'il fasse des recherches sur Swans Island. Draken était convaincu de tenir enfin quelque chose de concret. Malheureusement, il était pour l'instant trop tard pour retourner à la bibliothèque, et il allait falloir attendre le lendemain.

L'esprit absorbé, il monta lentement jusqu'au sixième étage.

Arrivé sur le palier, il s'immobilisa.

Un détail le ramena brutalement à la réalité.

La porte de l'appartement avait été forcée.

4

De l'autre côté de la rue, les doigts de l'agent Loomis se crispèrent sur les jumelles ATN.

— Eh, merde ! lâcha-t-il d'une voix rauque.

— Vous voyez quelque chose ? le pressa son assistant, rendu aveugle par l'obscurité.

— Le type dans l'appartement vient de sortir une arme. Et Draken est sur le palier !

À l'intérieur du studio, l'inconnu venait en effet de visser un silencieux sur le canon d'un pistolet. Visible à travers les lunettes, sa silhouette verdâtre se déplaçait à présent vers l'arrière de l'appartement, pour disparaître derrière une penderie.

— Putain ! Le docteur va se faire descendre ! grogna Loomis.

5

Draken resta un instant devant la porte. Qui pouvait donc l'avoir forcée ? Un simple cambrioleur ? Elle était en si mauvais état qu'un enfant de dix ans aurait pu l'enfoncer d'un seul coup d'épaule. Mais pour voler quoi ? L'appartement était un taudis ! Les flics peut-être ? Non. Lola l'aurait sûrement prévenu. Ou alors le FBI...

Draken songea avec angoisse à son carnet et aux cassettes vidéo d'Emily. Toutes ses notes, tous ses croquis étaient là, offerts en évidence au beau milieu de ce trou à rat. Si on les lui volait, il aurait tout perdu. Il ne lui resterait plus que la fresque qu'il avait peinte sur les murs. Mais cela ne suffirait pas. Il avait encore tant de choses à découvrir dans les séances d'hypnose de sa compagne !

Il avala sa salive. Pour l'instant, le vrai problème consistait à savoir si la personne qui avait forcé la porte était encore à l'intérieur.

Il n'y avait qu'une seule façon de savoir : entrer. Entrer, oui, mais sur ses gardes. Ah, si seulement Lola lui avait laissé l'arme qu'il avait prise dans la chambre d'hôtel de l'homme au chapeau !

Draken poussa fébrilement la porte du bout du pied. La lumière était éteinte. C'était plutôt bon signe.

Les poings serrés, le cœur battant, il s'aventura doucement à l'intérieur.

Au premier coup d'œil, il ne vit personne. L'appartement était dans l'état où il l'avait laissé : le même indicible foutoir.

Posé sur un carton qui faisait office de table, Draken repéra, soulagé, son carnet de notes et de croquis. Sans hésiter, il le prit et le glissa sous son manteau, comme s'il s'était agi de son bien le plus précieux. À cet instant, ça l'était probablement.

Les cassettes vidéo étaient un peu plus loin, en vrac dans son sac de sport.

Le psychiatre hésita à allumer.

A priori, il n'y avait plus personne : l'appartement ne comptait qu'une pièce. Seule autre possibilité pour se cacher : les toilettes. Peu probable d'y trouver un cambrioleur, mais, toujours sur ses gardes, il se dirigea vers l'autre côté de la pièce aux murs couverts de ses peintures symboliques.

Soudain, une ombre surgit de derrière la penderie.

Draken eut tout juste le temps d'entrevoir un pistolet.

Un coup de feu retentit aussitôt.

Dear lady

6

— Adam !

Lola sentit une boule se former dans son ventre en voyant son fils partir dans sa chambre en courant.

Le claquement de la porte résonna dans le couloir, comme une terrible accusation. À onze ans, c'était la première fois qu'Adam effectuait ce geste d'adolescent.

Lola se frotta le front d'un air accablé. Après ce qu'elle venait de vivre en Irlande avec la « fugue » de Chris, il ne manquait plus que ça ! Cet enfoiré d'Anthony, tombé du ciel sans prévenir comme un méchant orage d'été, venait à nouveau mettre le foutoir dans sa vie. Elle était épuisée, tant physiquement que psychologiquement, et pourtant il fallait qu'elle gère seule cette situation, qu'elle assume son rôle de mère. Mais comment faire comprendre la situation à Adam, alors qu'elle ne pouvait pas, à l'évidence, tout lui raconter ?

Elle se dirigea vers sa chambre.

Quand elle ouvrit la porte, elle vit Adam en pleurs, allongé sur son lit, son petit corps secoué de spasmes.

Lola, envahie par la culpabilité, vint s'asseoir au bord du lit et posa sa main sur la tête rousse de son fils. Il se dégagea brusquement.

— Laisse-moi ! lâcha-t-il entre deux sanglots.

— Adam… S'il te plaît… Je comprends que tu sois

triste, mais ton papa n'avait pas le droit de débarquer comme ça sans me prévenir !

Son fils se retourna d'un coup et s'écarta, se recroquevillant contre le mur. Les mains serrées autour de ses genoux, il dévisageait sa mère d'un air mauvais.

— Il voulait te faire une surprise ! Et moi j'étais content de le voir ! Tu n'avais pas le droit !

— Les choses sont compliquées…

— Il n'a rien fait de mal ! Il t'a apporté des fleurs et il a fait un dîner avec moi !

— Si, Adam. Il a fait beaucoup de mal. Et il n'a pas à venir ici ! En deux ans, il ne t'a pas donné la moindre nouvelle ! Tu as oublié ? C'est un peu facile de venir ici comme si rien ne s'était passé, tu ne trouves pas ?

— Quand je lui ai demandé pourquoi il n'avait pas donné de nouvelles, il m'a dit que c'était à toi de m'expliquer !

Lola soupira. Cette ordure d'Anthony allait lui donner le mauvais rôle !

— Il n'a pas donné de nouvelles parce que c'est un enfoiré de première, voilà la vérité ! s'emporta-t-elle.

— Non ! Tu mens ! C'est toi qui l'en as empêché !

— Adam ! C'est moi qui m'occupe de toi, tous les jours, depuis deux ans, toute seule ! Il n'a jamais rien fait pour m'aider. Il n'a jamais rien fait pour toi non plus.

— Justement ! Pour une fois qu'il vient me voir, toi, tu le fais partir ! C'est méchant ! Et puis c'est pas vrai que tu t'occupes tout le temps de moi ! T'es jamais là ! C'est Melany qui s'occupe de moi ! Toi, tu passes ton temps à ton travail ! Tu t'en fous de moi !

Lola sentit sa gorge se nouer.

— Tu n'as pas le droit de dire ça, Adam, ce n'est pas juste.

— C'est toi qu'es pas juste ! Laisse-moi tranquille maintenant !

Lola regarda longuement son fils aux joues trempées de larmes.

— Viens là, dit-elle en lui tendant les bras.

Mais le petit refusa. Elle ne l'avait jamais vu ainsi. Si dur. Si triste.

— Laisse-moi tranquille.

Lola, au bord du lit, posa ses coudes sur ses cuisses, prit sa tête entre les mains.

À cet instant, elle aurait pu fondre en larmes, elle aussi. Trop de poids sur ses épaules, trop d'émotions en trop peu de temps. Mais elle n'avait pas le droit. Pas devant son fils.

— Adam, je fais de mon mieux. Je suis partie ces derniers jours parce que ton oncle Chris ne va pas bien. Et j'ai mis ton père à la porte parce qu'il n'a pas le droit de venir chez moi sans me prévenir. Voilà. Je sais que tout ça est dur pour toi, que c'est difficile à comprendre, que ce sont des problèmes d'adultes, mais c'est comme ça. Tu as onze ans, et tu dois comprendre que la vie est parfois compliquée. Elle l'est pour toi, et elle l'est pour moi aussi. Alors on fait de notre mieux. Je fais de mon mieux. Et le meilleur moyen de s'en sortir tous les deux, c'est de se soutenir. J'ai besoin de toi, mon fils. J'ai besoin de ton soutien. Je sais qu'au fond de ton cœur tu me fais confiance. Alors je vais te laisser dormir maintenant, et je suis sûre que demain matin, tu auras compris que je ne suis pas une méchante maman. Je t'aime, mon petit loup. Je t'aime très fort. Tu es la personne que j'aime le plus au monde.

Elle se leva et sortit de la chambre de son fils sans rien ajouter.

Arrivée au salon, elle se laissa tomber sur le canapé et lutta pour retenir ses pleurs. Adam les aurait entendus de l'autre côté de la cloison. Elle ne pouvait pas craquer.

Elle jeta un coup d'œil vers le petit meuble où étaient enfermées les bouteilles d'alcool. Non. Ça non plus, elle ne pouvait pas. Pas en de pareilles circonstances, quand cet enfoiré d'Anthony, justement, refaisait irruption dans sa vie.

Alors elle resta un long moment ainsi, les yeux perdus dans le vague.

D'un geste machinal, elle alluma la télévision et tomba sur un reportage qui relatait l'évolution de la situation en République libre du Tumba. Visiblement, le pays était en train de sortir du chaos. Le président Joseph Tsombé était mort, et il avait été remplacé par le lieutenant Kaboyi, nouveau chef de la tribu des Mabako, lequel promettait une transparence totale et un plus grand contrôle du commerce du coltan. Selon le journaliste, c'était une bonne nouvelle, non seulement pour le peuple tumbalais, mais aussi pour l'économie en général. Et tout cela grâce aux révélations du site Exodus2016…

S'ensuivait un débat sur le pouvoir grandissant de ces sites lanceurs d'alertes, qui semblait sur le point de détrôner celui des médias traditionnels. Selon ses détracteurs, Exodus2016 était un groupe d'irresponsables sans éthique, qui jetaient des informations – parfois douteuses – en pâture au public sans se soucier des conséquences géopolitiques. Selon ses défenseurs, le site redonnait ses lettres de noblesse au journalisme d'investigation et il était un fer de lance pour la liberté d'information et l'indépendance des médias.

La chaîne diffusa alors un reportage choc sur le couple Singer. Le secret dans lequel ils vivaient, la vie d'ascètes qu'ils s'étaient imposée depuis des années, dans le seul but de mener à bien leur projet. Leur enlèvement et les mauvais traitements qu'ils avaient subis là-bas, mais sur lesquels ils ne voulaient pas revenir, car – selon les propres paroles du dirigeant d'Exodus2016 – ils ne voulaient pas se poser en martyrs. Ils étaient des soldats, des soldats de la vérité, et ce qui leur était arrivé faisait partie des risques de leur fonction.

Lola se laissa d'abord happer par ce flot de paroles animé, puis, épuisée, elle changea pour une chaîne musicale en espérant trouver le sommeil.

Et puis, soudain, sans faire de bruit, Adam apparut dans la pièce et vint se blottir contre elle.

No escape

7

Les secondes qui suivirent furent d'une déroutante confusion. Après la détonation – ou en même temps peut-être –, un bruit de verre brisé. Un vacarme sourd. Un cri.

Quand Draken rouvrit les yeux, incapable de savoir s'il avait été touché, il vit que l'homme devant lui avait été projeté contre la penderie et qu'il s'effondrait à présent sur le sol en se tenant le côté droit. Son arme était tombée à terre.

Le psychiatre, complètement désorienté, eut tout de même le réflexe de se jeter derrière le placard de l'entrée. Tremblant de peur, il se laissa lentement glisser le long du mur, cherchant de sa paume les traces de la moindre blessure sur son corps. Rien. Pas une goutte de sang. Pas de douleur. Il était indemne.

Draken se recroquevilla dans le coin de la pièce, tétanisé. Son cerveau recolla lentement les morceaux. Le coup de feu n'était pas venu de l'appartement. La fenêtre avait volé en éclats. On avait tiré sur l'intrus depuis l'extérieur. Mais qui ? Un ange gardien ou un autre tueur ? Était-il en sécurité, à présent ?

À quelques pas de lui, il entendait les râles rauques de l'homme qui se vidait de son sang. Plus loin, le pistolet qui avait glissé sur le parquet scintillait au milieu du foutoir. Il ne pouvait pas le laisser là et prendre le risque que l'homme s'en empare de nouveau.

Rassemblant son courage, Draken se releva d'un bond et se précipita vers l'arme. Mais avant qu'il ne puisse l'atteindre, la porte s'ouvrit brusquement et un autre homme fit irruption dans la pièce.

Une espèce de voyou, cheveux bouclés, mi-longs, barbe de trois jours, qui portait lui-même un pistolet à la main.

Draken s'immobilisa, horrifié, et retourna à reculons vers le coin de la pièce en levant les mains en l'air.

L'homme lui adressa à peine un regard et s'approcha rapidement du type étendu au sol tout en le maintenant en joue. Il s'accroupit près de lui, le fit rouler sur le ventre et l'obligea à passer les mains derrière la tête.

— Toi, mon bonhomme, tu bouges pas !

Il se redressa, posa un pied sur le dos du blessé pour s'assurer qu'il restait immobile – dans son état, il aurait difficilement pu s'enfuir – puis il se tourna enfin vers Draken.

— Vous allez rester longtemps les mains en l'air, doc ?

Le psychiatre, perplexe, baissa lentement les bras.

— Qui... Qui êtes-vous ?

— Agent Sam Loomis, du putain de FBI. Le type qui vous a sauvé deux fois la vie, mon pote. Enfin, pour être plus précis, aujourd'hui, c'est l'agent White qui vous a sauvé la vie. Vous pouvez lui faire coucou de la main, doc : il est dans l'immeuble en face.

Draken se pencha pour regarder à travers la fenêtre brisée. Il devina la silhouette d'un homme avec un fusil de l'autre côté de la rue.

— Vous... Vous me surveillez ?

— Depuis un petit moment, oui.

— Et... Et pourquoi vous dites que vous m'avez sauvé deux fois la vie ?

— Le jour où vous avez rencontré Singer dans son 4 × 4 noir, vous n'y avez vu que du feu, vous, mais il y a un autre de ces rigolos qui a essayé de vous descendre depuis le toit d'un immeuble. Je lui ai fait sa fête.

Draken se frotta le front, abasourdi.

— Je... Je suppose que je dois vous remercier,

alors… Mais… Euh… Pourquoi vous ne m'avez pas arrêté, si vous saviez où j'étais ?

La question sembla amuser le *fed*.

— C'était beaucoup plus intéressant de vous surveiller. Et je me doutais déjà que vous étiez innocent, doc. J'en ai à présent l'ultime démonstration sous mon pied droit.

L'agent se baissa vers l'homme qui gisait au sol.

— Hein, mon coco ? dit-il avec un sourire narquois. Toi, tu vas pouvoir parler, au moins, pas comme ton copain.

L'homme poussa un grognement de colère.

— Tout doux, tout doux !

— On… On fait quoi maintenant ? bégaya Draken.

L'agent du FBI sortit son téléphone portable et regarda un message sur son écran.

— Eh bien, maintenant, on attend la cavalerie, et après, on cause.

8

Cette fois, quand Lola ressortit de la chambre d'Adam, celui-ci s'était endormi. En refermant la porte, elle poussa un soupir qui était tant de soulagement que d'épuisement.

Mais à peine entrée dans le salon, elle entendit les vibrations de son téléphone portable dans son manteau.

— Quoi encore ? maugréa-t-elle en allant chercher son cellulaire.

Le nom de Chris apparut sur le petit écran.

Elle aurait voulu ne pas répondre et aller dormir, ne s'occuper que d'elle, maintenant, mais elle ne pouvait pas faire ça à son frère. Évidemment.

Elle décrocha.

— Bien rentrée ?

Lola ne put retenir un sourire désabusé, ironique, que son frère, heureusement, ne pouvait pas voir.

— Euh… Oui. Bien rentrée.

Elle préféra passer sous silence l'irruption inattendue d'Anthony. Pas envie de s'étendre sur le sujet maintenant… Plus cette conversation serait courte, mieux ça serait.

— Et toi ?

— Oui.

Il y eut un bref silence. Lola comprit aussitôt que quelque chose clochait.

— Qu'est-ce qu'il y a ?

— Je… Je ne t'ai pas demandé tout à l'heure, mais… Comment tu as su que j'étais en Irlande, Lola ? demanda Chris d'une voix embarrassée.

La détective fronça les sourcils.

— Pourquoi tu me demandes ça ?

Nouvelle pause.

— Tu es venue chez moi, n'est-ce pas ?

— Oui. Avec les pompiers. Je te l'ai dit.

— OK… Mais… Le flacon. Chez moi. Il n'est plus là. C'est toi qui l'as pris ?

Lola ne masqua pas sa surprise.

— Euh… Non… Je l'ai cherché, en effet, mais justement, quand j'ai vu qu'il n'était plus là, je me suis dit que tu l'avais pris, toi, et c'est ce qui m'a fait penser que tu étais en Irlande !

— Ce n'est pas moi qui l'ai pris, Lola. Et si ce n'est pas toi non plus, alors c'est qui ?

— Je… Je ne sais pas, bégaya Gallagher.

Mais en réalité, elle était certaine de connaître la réponse. Ça sentait Phillip Detroit à plein nez.

Elle comprenait mieux à présent comment son collègue avait pu se trouver à l'aéroport. Ce fouille-merde était allé chez Chris et avait remonté toute la piste de l'IRA !

The line

9

— Embarquez-moi ce minable à l'hôpital, et ne le lâchez pas d'une semelle, ordonna Sam Loomis aux agents qui étaient entrés dans le petit appartement de Paul Clay. S'il fait le malin, enfoncez-lui deux doigts dans sa plaie, il a horreur de ça.

À chaque nouveau flash de l'appareil photo de l'équipe scientifique, Draken sursautait. Il se sentait véritablement violé par la présence de tous ces flics qui regardaient, hébétés, les peintures sur les murs et le plafond. Tout le subconscient d'Emily leur était livré en pâture, et il ne pouvait s'empêcher de trouver cela indécent.

Quand l'un des agents, qui récoltait les indices, s'approcha des cassettes vidéo pour les mettre dans un sac en plastique, le psychiatre s'écria :

— Pas ça ! Vous ne touchez pas à mes cassettes !

Il se précipita vers l'agent pour lui retirer le sac de sport des mains. Aussitôt, un autre *fed* posa une main menaçante sur l'épaule de Draken.

— C'est bon ! intervint Loomis. C'est bon, laissez-le récupérer ses cassettes. Il en a plus besoin que nous.

— C'est des films pornos ? demanda l'autre en se croyant drôle.

Draken lui retourna un regard plein de mépris et referma le sac rageusement.

— Allez, doc, prenez vos affaires et venez avec moi. On va laisser ces braves messieurs faire leur travail.

Draken regarda les peintures sur les murs. C'était sans doute la dernière fois qu'il les voyait.

— Venez, doc, insista Loomis sur le pas de porte.

Le psychiatre finit par obtempérer, et l'agent fédéral l'accompagna en bas de l'immeuble, puis le fit monter dans son invraisemblable Dodge Challenger violette, garée à quelques pas de là.

— C'est... C'est votre voiture de service ? ironisa Draken en s'installant dans le siège passager.

— Évidemment, pourquoi ?

Draken sourit.

— Jolie couleur. Redoutablement discret.

L'agent haussa les épaules.

— Ça fait plusieurs jours qu'elle est garée en bas de chez vous, visiblement, ça ne vous a pas marqué.

— C'est vrai, admit Draken amusé. Et on va où, maintenant ?

Loomis démarra le moteur. Le vacarme du V8 résonna bruyamment sur New York Avenue.

— Chez mon garagiste.

Le psychiatre le dévisagea, perplexe.

— Euh... À cette heure ? Qu'est-ce qu'on va faire chez votre garagiste ?

— La révision. J'ai une roue qui couine.

— Vous êtes hilarant.

— Allons... Vous avez besoin d'une nouvelle planque, doc. Vous ne pouvez pas retourner chez vous, ni rester chez Paul Clay.

— Et donc vous voulez que j'aille chez un garagiste ?

— Pas n'importe lequel. Figurez-vous que mon garagiste est un type extraordinaire, et de confiance qui plus est. Il a une piaule juste au-dessus de l'atelier. Vous serez bien, là-bas. Ça sent un peu l'huile de moteur mais c'est très coquet.

— J'ai les moyens de prendre un hôtel, vous savez ? Si je ne suis plus soupçonné du meurtre d'Emily, je peux peut-être reprendre une vie à peu près normale, non ?

— Vous avez déjà eu une vie normale, vous ? Vous oubliez qu'il y a des types qui essaient de vous dézinguer dès que vous mettez le nez dehors, doc. Alors ce sera chez mon garagiste. Un point c'est tout.

Draken secoua la tête, interdit. Cet agent du FBI était pour le moins atypique. À peine crédible. S'il ne l'avait vu parler avec ses collègues en costume noir, il aurait sans doute continué de douter que ce chevelu en blouson de cuir occupât réellement une véritable fonction au sein du Bureau. Pas vraiment l'image qu'on se faisait d'un fédéral.

Il y avait tout de même une question qui restait, pour Draken, sans réponse : comment le type qui était venu pour tenter de l'assassiner avait-il découvert où il se planquait ? Et le FBI ? C'était à croire que la planète entière était au courant de l'endroit où il se cachait ! Et il n'y avait que deux personnes qui auraient pu le trahir. Deux personnes seulement qui savaient où il était.

Lola et Ben Mitchell.

Or, il ne pouvait pas imaginer un seul instant que l'un ou l'autre ait pu le lâcher. Certes, Ben Mitchell lui en voulait, mais pas au point de le livrer à des tueurs.

— Vous avez une idée de qui sont ces types qui veulent me tuer ? demanda-t-il finalement.

— Non. Mais il y a fort à parier que ce sont ceux qui ont tué votre petite copine, non ? On va sûrement en savoir plus en cuisinant ce lascar. L'autre n'avait pas pu parler, pour cause de décès.

Draken soupira.

— Je n'arrive pas à croire qu'on essaie de me tuer !

— Vous en savez trop, doc. Si j'en crois ce que j'ai vu chez vous, vous en savez même plus que tout le monde sur ce qui a pu motiver le meurtre d'Emily Scott. En toute humilité, je dois même vous tirer mon chapeau. Vous cherchez pas du boulot, par hasard ?

— Vous n'avez rien sur le mobile du meurtre d'Emily ?

— À côté de vous, pas grand-chose.

L'agent jeta un coup d'œil vers le blouson du psychiatre.

900

— Vous avez récupéré votre carnet, hein ?

Draken se crispa.

— Flippez pas, reprit Loomis. Vous pouvez le garder, comme les cassettes. De toute façon, j'ai déjà photographié toutes les pages. Vous avez un sacré coup de crayon.

— Il y en a beaucoup, des comme vous, au FBI ?

— Vous plaisantez ? Je suis unique en mon genre, doc.

— Je vois ça.

Draken, qui commençait à se remettre de ses émotions, prit alors le temps de regarder l'agent de haut en bas, alors que celui-ci conduisait, comme s'il avait pu le percer à jour d'un seul coup d'œil.

— Laissez-moi deviner : vous venez de l'Illinois, ou du Wisconsin. Vous auriez rêvé d'être guitariste dans un groupe de hard rock sur la côte ouest. Ou non, tiens, bassiste ! La guitare, c'est trop compliqué, et vous êtes paresseux. D'ailleurs, vous jouiez dans un groupe au collège.

— Asmodeus Daughter, confirma Loomis, amusé.

— Vous aviez des parents fauchés avec des boulots à la con. Peut-être même pas de père. Oui. C'est ça : vous avez été élevé par une femme.

— Ma grand-mère.

— Elle vous a fait faire des études sérieuses mais pas chères.

— Vous rigolez ? J'ai fait du droit à Chicago… Ça lui a coûté un bras.

— Vous auriez préféré faire autre chose, mais vous n'avez jamais osé contrarier cette pauvre femme qui s'est sacrifiée pour vous. D'où votre côté éternel adolescent : vous n'avez jamais vraiment pu assouvir votre besoin de rébellion. Et puis vous vous êtes vite dit qu'un boulot fédéral, c'était finalement un bon moyen de gagner un salaire correct sans être trop emmerdé. Le FBI, c'était plus marrant que garde champêtre.

— *Marrant* n'est pas vraiment le mot...

— Plus *glamour*, alors. Vous êtes célibataire, et vous faites croire aux femmes que c'est par choix, mais en fait vous êtes juste invivable.

— N'importe quoi !

— Vous picolez pas mal.

— Pas plus que la moyenne.

— Vous vous masturbez beaucoup.

— C'est pas faux.

— Vous ne dites pas souvent ce que vous pensez. Et ça vous manque. Quelqu'un à qui parler sans ce masque à la con que vous traînez toute la journée. Elle est morte, la grand-mère, n'est-ce pas ?

Loomis tourna la tête vers le psychiatre. Il lui adressa un clin d'œil.

— Oui. Mais quand vous allez rencontrer mon garagiste, vous allez voir : j'ai trouvé une grand-mère de substitution.

Ils avaient traversé tout Brooklyn et entraient à présent dans le Queens.

— Pas mal, doc, pas mal. Je suis impressionné. Mais bon, maintenant que vous savez tout sur moi, va falloir qu'on parle de vous. Vous avez pas mal de choses à nous apprendre.

— La police va enfin me lâcher un peu ?

— Promis. Je me charge personnellement de vous rayer de la liste des suspects.

— C'est le capitaine Powell qui va être déçu...

902

— Ça n'empêche pas que vous et moi, il faut qu'on cause.

Au bout de Steinway Street, Draken aperçut la façade colorée d'un garage dont il fut aussitôt certain qu'il s'agissait de celui où l'agent l'emmenait. Le *Space Truckin' Garage* semblait tout droit sorti des années 1970, avec sa devanture peinte dans des tons psychédéliques, son logo vintage et les voitures tape-à-l'œil aux jantes chromées garées à son pied...

— Voilà votre nouvelle maison, confirma Loomis.

Draken frissonna. Il n'arrivait pas à croire qu'il pourrait se résoudre à vivre ici plus de vingt-quatre heures Il songea alors à Swans Island et aux recherches qu'il voulait y mener. Il était certain que des réponses l'attendaient là-bas.

— J'ai un voyage à faire, dit-il simplement.

— Il va falloir l'ajourner, doc. Pour l'instant, vous allez gentiment rester dans ce merveilleux établissement de première classe. Dès demain, je mets en place une protection rapprochée. Ce soir, vous êtes gentil, vous faites un gros dodo, et vous attendez mon appel. Vous allez être bien, ici. Très bien.

Whispering wind

10

Décembre 2008, dans un salon privé, Washington DC.
La porte vient de se fermer.

L'ancien consultant du Conseil de sécurité nationale Harry Kleymore et le général Paul Parton se retrouvent en tête à tête dans cette salle au luxe insolent. Dorures et boiseries, meubles anciens importés d'Europe, lustre en cristal diffusant une lumière tamisée... le décorateur n'a pas lésiné sur les moyens.

Les deux sexagénaires, qui se connaissent bien depuis plus de trente ans que leurs carrières respectives les ont conduits à travailler ensemble, échangent un regard grave et plein de sous-entendus. Leur hôte s'est absenté, mais il a promis de revenir cinq minutes plus tard. Cela leur laisse le temps de parler entre eux. Une bonne occasion de comparer leurs avis sur l'entretien en cours.

— *Ça se passe plutôt bien, non ?* demande le conseiller Kleymore à voix basse.

— *Ça a l'air,* répond le militaire en hochant lentement la tête. *Il est... réceptif.*

Un silence passe.

— *Tu penses... Tu penses que nous devrions lui parler de notre projet ? Le mettre dans la boucle ?*

Le général semble surpris.

— *Pourquoi ? Tu y songes sérieusement ? Là,*

comme ça ? Maintenant ? Sans en parler aux autres ? On n'est pas venus pour ça, Harry.

— *Non... Mais je me pose la question, c'est tout, répond le conseiller prudemment. Il y aurait, bien sûr, des inconvénients. Mais je ne connais personne qui ait un réseau aussi large et une influence aussi grande que lui...*

— *Ça ne durera pas, rétorque le militaire aux cheveux grisonnants. La plupart de ses amis sont des opportunistes. Ils le lâcheront bientôt.*

Le conseiller ne semble pas aussi convaincu.

— *Ne l'enterre pas trop vite, Paul. Le* Time *vient de le classer septième sur sa liste des cent personnes les plus influentes de la planète...*

— *Ce qui confirme bien que le* Time *est un misérable torchon à cul, mon cher !*

Harry Kleymore sourit. Il jette un coup d'œil autour d'eux, dans les recoins de la pièce, comme s'il avait peur que les lieux aient été mis sur écoute.

— *Je t'accorde qu'il aurait à prendre en compte des considérations politiques qui pourraient altérer son jugement, ou au moins fragiliser sa détermination, mais...*

— *Il n'aurait jamais le courage d'aller jusqu'au bout, le coupe Parton. Notre projet exige d'être dirigé par des hommes avec des énormes couilles. Des gars comme toi et moi. Lui, il s'est beaucoup amolli depuis Guantánamo. Harry, laisse tomber : de toute façon, nous n'avons pas besoin de lui.*

— *Peut-être, mais nous pourrions avoir besoin de certains de ses amis, rétorque le conseiller.*

Le général fait un petit geste d'agacement.

— *Si nous le mettons dans la boucle, il finira par*

nous le reprocher. Si ça tourne mal, on le mettrait dans une situation plus qu'embarrassante... Nous avons décidé d'agir justement parce que les types comme lui ne peuvent plus le faire.

— Certes, mais nous pourrions peut-être trouver un moyen d'avoir son aval sans trop lui en dire. Ça nous ouvrirait des portes.

Parton fronce les sourcils.

— Et tu m'expliques comment tu compterais accomplir cette prouesse ?

— En lui parlant de la fin sans parler des moyens.

— Et s'il refuse ? S'il est choqué ? Il risque de nous mettre des bâtons dans les roues. Pire : de chercher à démanteler notre groupe. Les enjeux sont trop grands et le bénéfice que nous aurions à gagner en l'incluant dans notre projet n'en vaut pas la peine. Je le répète, nous pouvons nous passer de lui.

Un silence passe.

Puis le général s'approche de son interlocuteur, et d'une voix plus basse encore, avec une espèce de sourire sardonique, il glisse :

— Non, en vérité, je vais te dire, ce qu'il faudrait, c'est virer ce crétin et mettre à sa place un homme qui nous est acquis. Un homme qui a un cerveau et des cojones.

— C'est sûr que ça nous changerait, concède Kleymore sur le ton de la plaisanterie, mais ce serait une erreur stratégique. Cet homme providentiel serait la victime directe des retombées de notre action. Non. Sur ce point-là, nous interviendrons plus tard. Notre projet va avoir l'effet d'une bombe, tu le sais. Autant éviter que l'un des nôtres fasse partie des dommages colla-

téraux. Quand notre plan sera terminé, nous n'aurons plus qu'à ramasser les morceaux.

Le général hoche la tête.

À cet instant, des bruits de pas résonnent dans le couloir.

— Alors on ne lui dit rien ?

— On ne lui dit rien.

Quand la porte du salon privé s'ouvre, les deux hommes se lèvent pour saluer le président des États-Unis et son chef de cabinet.

The wind blows

11

À cette heure matinale, la température descendait facilement en dessous de zéro degré Celsius. Mais l'homme qui courait à présent au bord du réservoir d'Oradell, au nord-ouest de New York, ne ratait son jogging matinal sous aucun prétexte. En toute saison, cinq jours par semaine, ce jeune scénariste télévisé en vue se levait bien avant le réveil de ses deux enfants et, les écouteurs de son iPod calés sur ses oreilles, il partait courir pendant quarante-cinq minutes sur les rives de l'immense bassin d'eau potable. À cette heure-là, il ne croisait jamais personne, et il préférait ça car, à vrai dire, quand bien même il appartenait à leur espèce, il avait horreur des joggers. En tout cas, il avait horreur de ceux qui en faisaient davantage une parade sociale qu'un véritable exercice physique et s'équipaient d'un matériel hi-tech aussi ridicule que fluorescent, comme si les sentiers de course étaient des *catwalks* de défilés de mode.

En temps normal, arrivé à la hauteur du terrain de golf d'Emerson, il était contraint d'en faire le tour par l'ouest, de crainte de se faire sermonner par le gardien acariâtre du club, sous le ridicule prétexte qu'il n'avait pas de carte de membre. Mais, depuis une dizaine de jours, le golf étant fermé pour travaux, il se permettait cette petite incartade pour continuer à longer le bassin par les petits bois, sans rejoindre la route. Jusqu'à présent, personne ne lui était tombé dessus. Le plus difficile consistait à ne pas glisser sur l'une des nombreuses balles perdues qui traînaient au bord du réservoir comme autant de mines antipersonnel.

Quand il arriva à la pointe sud du golf d'Emerson, l'homme ralentit le rythme de sa course en voyant une forme blanche qui flottait étrangement sur l'eau. Sans cesser ses petites foulées, il obliqua vers le réservoir et plissa les paupières, comme si cela pouvait l'aider à mieux voir dans la faible lueur du jour.

Quand il fut au bord, l'horrible pressentiment qui l'avait habité aussitôt qu'il avait vu cette forme suspecte à la surface de l'eau se confirma. C'était une chemise. La chemise d'une femme, visiblement, qui flottait sur le ventre, immobile, les bras en croix.

— Oh, mon Dieu…

Horrifié, le coureur enleva ses oreillettes et composa le numéro de la police, les doigts tremblants.

Moins d'une heure après, on sortait du bassin un cadavre tuméfié à la peau brunâtre et auquel il manquait une jambe. Celle-ci fut trouvée un peu plus tard, ligotée à un poids qui aurait dû garder le corps encore quelques mois au fond de l'eau...

Les policiers durent repousser les nombreux voyeurs qui s'assemblaient rapidement près de la rive pour assister à ce morbide spectacle sous les premiers rayons du soleil.

Dès sa sortie de l'eau, la police constata que, contrairement à ce qu'avait cru le jogger, il ne s'agissait pas d'une femme, mais d'un homme. La confusion tenait au fait qu'il avait les cheveux longs. Le corps de cet homme, fort maigre, était si léger qu'il était remonté à la surface dès les premières heures de sa putréfaction, à l'apparition des premiers gaz, libéré par le déchirement de sa jambe gauche. Selon les premières estimations, à en juger par sa rigidité cadavérique, il ne devait pas être mort depuis plus de vingt-quatre heures.

L'apparence étrange de ses yeux ne pouvait être justifiée par le seul décès. L'officier en charge du rapport nota d'emblée qu'il s'agissait très probablement d'un aveugle. Mais surtout, il estima que la cause de la mort n'était sans doute pas la noyade, mais la conséquence des nombreux coups que ce pauvre homme semblait avoir reçus sur le corps et au visage.

12

— Tu veux un café ?

Arthur Draken – qui dormait encore l'instant
d'avant – sursauta en entendant la voix rauque de
l'autre côté de la porte de sa petite chambre désuète
aux murs lambrissés. Ce n'était pas tant le lambris
que les posters jaunis de playmates aux pneumatiques
seins nus qui donnaient à l'endroit un petit air anachronique tout à fait délicieux... On se serait cru dans la
chambre d'un adolescent des années 1980 : il y avait
des maquettes de voitures et de motos, des trophées,
des médailles, des photos de chanteurs de rock aux
cheveux permanentés, des petits drapeaux américains,
des tasses à l'effigie de joueurs de base-ball... Sam
Loomis n'avait, en revanche, pas menti sur un point :
ça sentait l'huile de moteur à plein nez.

Le psychiatre se redressa brusquement dans son lit,
quelque peu dérouté par cette vision matinale – la
veille, en se couchant, il n'avait pas réalisé l'étendue
de la chose – et se frotta le visage pour se réveiller.

Il posa les pieds à terre en secouant la tête. La
moquette, bien que très usée, était si épaisse qu'on
avait l'impression de pouvoir s'y enfoncer jusqu'aux
chevilles.

— Tu veux un café ? insista la voix derrière la fine
paroi.

— Qui... Qui est-ce ?

— C'est l'ami de Sam. Le garagiste. T'es réveillé ?

— Euh, oui... J'arrive !

Arthur Draken se leva du vieux lit métallique en grimaçant, enfila son pantalon et ouvrit la porte décorée d'une splendide photo de voiture de sport rose sur fond de Grand Canyon...

— Je t'ai réveillé ?

Le type était une véritable masse. Un gabarit de plaqueur de la NFL[1]. Les cheveux courts, dressés à la gomina, il avait des moustaches de Viking qui lui descendaient jusqu'au menton. Il avait tellement de tatouages sur ses bras bodybuildés qu'on avait du mal à distinguer le moindre centimètre carré de peau sans encre.

— Tout juste, répondit Draken.

— Je suis désolé, mais, de toute façon, tu aurais été réveillé par les bruits de l'atelier. Va falloir t'habituer au rythme, ici.

— Il n'y a pas de souci, répondit Draken en s'efforçant de sourire.

Après avoir vécu plus de dix jours dans le taudis de Paul Clay, il n'était plus à ça près.

— David Bolin, se présenta le colosse en lui tendant une bien large main. Mais tu peux m'appeler Dave.

— Enchanté, Dave.

— Je dois t'appeler « doc » ?

— Euh, non, vous pouvez m'appeler Arthur.

— OK. Café, Arthur ?

— Volontiers.

— Tu viens le boire dans l'atelier avec moi ?

---

1. *National Football League*, Ligue nationale de football américain.

L'atelier, c'était cet immense bazar que surplombait la piaule improbable où Draken venait de passer la nuit. Une demi-douzaine de voitures de collection y étaient démontées, certaines perchées sur des ponts, d'autres tellement désossées qu'on se demandait si elles pourraient rouler de nouveau un jour. L'espace était envahi par des outils de toutes tailles, neufs ou anciens, des coffrets en plastique ou en fer, des bidons métalliques qui semblaient indélogeables, des établis, une presse hydraulique, un compresseur, des enrouleurs, des chariots à roulettes qui pouvaient passer sous les carrosseries... Et il y avait ici plus de chiffons sales qu'une blanchisserie n'aurait pu en nettoyer en une journée complète.

Ils descendirent ensemble les marches en aluminium rivetées et le psychiatre suivit le garagiste vers ce qui devait être le coin cuisine de l'atelier, espace qui se résumait à un évier (qui avait dû être blanc), un petit réfrigérateur et une vieille cafetière à l'italienne.

Dave lui servit une tasse de ce breuvage qui se révéla excellent, malgré les apparences.

— Alors comme ça, t'es psy ?

— Eh, oui... Pourquoi ? Vous avez besoin de mes services ?

Le garagiste partit d'un rire gras.

— Ah ça ! C'est sûr que bosser dans un garage, ça rend un peu dingue, hein !

— Vous savez qu'un psychiatre ne travaille pas exclusivement avec des dingues ?

— Ah. T'as bien de la chance. Moi, on ne m'apporte que des bagnoles déglinguées.

Cette fois, ce fut à Draken de rire franchement.

— Vous avez l'air de bien vous en sortir. Il y a du travail, on dirait…

— Détrompe-toi. C'est plus comme avant. Avec la crise, les gens ne gardent plus leurs vieilles bagnoles. Ils les vendent aux Cubains. Je suis obligé de faire du catch le week-end pour arrondir les fins de mois.

— Du catch ? demanda le psychiatre, perplexe.

Le garagiste fit un geste désabusé de la main.

— M'en parle pas.

Ils finirent tous deux leur café.

— Paraît que je dois vérifier que tu ne t'enfuies pas.

— Il paraît.

— C'est un comble. Je ne pensais pas devoir jouer un jour à la nounou pour psy…

— Tout arrive. Je ne pensais pas dormir un jour dans un garage.

— Si je peux rendre ton séjour plus agréable, hésite pas… Tu as besoin de quelque chose, là-haut ?

— Écoutez, oui, pour tout vous dire, Dave, j'aurais besoin de quelque chose.

— Tout ce que tu veux. Enfin, dans la limite de la légalité, hein… Étant entendu qu'ici, dans ce garage, les joints et l'alcool sont considérés comme des produits légaux, évidemment.

— J'ai vu qu'il y avait une vieille télé, là-haut.

— Tu en veux une plus récente ?

Draken sourit de nouveau.

— Non. Mais je voudrais bien un magnétoscope.

— Un lecteur de DVD, tu veux dire ?

— Non. Un bon vieux magnétoscope. J'ai des cassettes vidéo sur lesquelles je dois travailler…

— Ah ! Si t'aimes aussi les vieilles machines, on va s'entendre, Arthur !

913

13

Quand John Singer sortit de la salle de bains de la chambre d'hôtel, il vit que Cathy dormait encore dans le second lit, à l'opposé du sien.

Il enfila rapidement ses vêtements dans la pénombre, s'efforçant de ne pas faire de bruit, mais ce fut la sonnerie de son téléphone portable qui se chargea de réveiller la jeune femme.

Le numéro de William Roberts s'afficha sur le petit écran. Singer décrocha.

— Ne quitte pas une seconde, demanda-t-il à son interlocuteur.

Il se tourna vers Cathy en recouvrant le petit micro du cellulaire.

— Tu pars ? demanda la jeune femme en se frottant les yeux.

— Je vais voir Dana Clark.

— À cette heure-là ? Je ne sais pas comment tu fais ! Je suis épuisée, moi...

— Avec tout ce qu'on a traversé, Cathy, ce n'est pas le moment de se laisser aller. Si on est sortis vivants de cet enfer, c'est pas pour abandonner maintenant. Je crois à ce que je fais, tu sais ?

— Oui. Je sais. J'y crois aussi. Mais tu es sûr que c'est une bonne idée ?

— De quoi ?

— D'aller voir Dana Clark ? Elle est jolie...

— Ce n'est pas pour moi que je vais la voir, Cathy. C'est pour Exodus2016. Et de toute façon... Qu'est-ce que ça peut te faire ?

Elle haussa les épaules et se retourna dans son lit.

— À tout à l'heure.

Il sortit de la chambre et retrouva son correspondant au bout du fil.

— Qu'est-ce que je peux faire pour toi, William ?

— Il faut qu'on parle, John.

— Je t'écoute.

— Tu es où ?

— Je pars voir Dana Clark, la journaliste de CBS.

— Ah. Ça tombe bien. C'est d'elle que je veux te parler.

Singer fonça les sourcils.

— Eh bien ?

— John... J'aimerais que tu m'expliques pourquoi tu ne lui as pas donné le vrai fichier que nous lui avions promis, en échange de son soutien ? Le fichier DES-87 ?

Le dirigeant d'Exodus2016 grimaça. Il savait que cette conversation allait finir par avoir lieu, mais il aurait préféré qu'elle vienne à un autre moment.

— J'ai pensé qu'il était plus intéressant de lui donner le tuyau sur la République libre du Tumba. Je ne me suis pas trompé : ça a porté ses fruits.

— Peut-être, mais ce n'était pas ce qui était prévu, John. En d'autres termes : tu m'as menti.

— Je ne t'ai pas menti. J'ai changé d'avis au dernier moment. Je n'ai pas eu la liberté de te consulter, c'est tout. Le fichier DES-87 est une bombe que je veux garder comme une bouée de secours. Un bouclier de dernier recours.

— C'est en contradiction avec notre philosophie, John. Nous sommes les garants de la transparence. Nous ne pouvons pas en garder sous le coude et priver le public d'informations qu'il est en droit de connaître.

— William… Cela fait un moment qu'on garde ce fichier. Et pour une bonne raison. C'est un parachute. Un parachute, ça ne sert à rien de l'ouvrir avant la chute.

John Singer était arrivé dans le lobby de l'hôtel. Il sortit sur le trottoir et fit signe au voiturier.

— Ton intégrité morale t'honore, et tu sais bien que je suis le premier à défendre la sacralité de la transparence. Mais, ne le prends pas mal : tu ne comprends rien à la politique et à la communication. J'ai pas survécu à mon enlèvement pour tout foutre en l'air à peine libéré.

— Tout foutre en l'air ? Tu exagères…

— Crois-moi, j'ai eu le temps de réfléchir, pendant ma détention. Je suis ressorti plus déterminé que jamais, et je sais ce que je fais. Si Exodus2016 balance n'importe quoi n'importe quand, cela risque de brouiller l'information. Chaque chose en son temps. L'affaire du DES-87 concerne le passé, il n'y a pas d'urgence à la révéler au public. Alors que pour la RLT, il y avait urgence. Le peuple tumbalais a retrouvé la liberté grâce à nos révélations. Et moi, c'est tout ce qui m'intéresse. Le peuple africain mérite lui aussi notre attention, notre aide. On ne peut pas se contenter des petits scandales américains. Si notre groupe ne sert pas à libérer les peuples opprimés, alors il ne sert à rien.

— C'est une vision un peu idéaliste de la situation, John.

— OK, crucifie-moi, je suis un idéaliste ! Je croyais que c'était sur des idéaux, justement, que nous nous étions retrouvés…

— Je te parle de la RLT, John. Ta vision est un peu idéaliste. Tu ne vois que ce qui t'arrange. Certes, ils se sont débarrassés d'un dictateur, mais à quel prix ? Et rien ne dit que leur avenir sera meilleur !

— C'est un premier pas, William. On ne peut pas accepter l'horreur sous prétexte qu'on n'a pas de garantie que l'avenir sera meilleur.

— Parfois, j'ai l'impression qu'on joue avec des enjeux qui nous dépassent.

— Il faut croire au progrès, William. Tu as perdu la foi ?

— Non. Bien sûr que non. Je le répète : ce qui me dérange, ce n'est pas que tu aies fait ce choix, c'est que tu l'aies fait sans nous concerter. Quand tu es parti voir Dana Clark, c'était pour lui donner un dossier bien précis. Un dossier qui pouvait faire tomber les enfoirés de la CIA. Tu lui en as balancé un autre, sans nous en informer. Ce n'est pas correct.

— J'ai bien entendu, William, et je suis désolé. J'ai agi dans ce qui me semblait être l'intérêt de notre groupe. Parfois, il faut savoir improviser, c'est ce que j'ai fait. Vous m'avez témoigné votre confiance en me nommant porte-parole d'Exodus2016. Est-ce que j'ai perdu ta confiance, William ?

— Non. Bien sûr que non…

— Tant mieux. Maintenant, je dois te laisser, je suis au volant. Nous en reparlerons plus tard, si tu veux.

Fais-moi confiance, William. On est en train de vivre enfin notre rêve.

Il engagea sa voiture en direction du Midtown Center de New York.

Two meanings

14

Draken ferma la porte et s'installa sur le vieux lit métallique pour regarder, de nouveau, les vidéos des séances d'hypnose d'Emily. À présent qu'il n'avait plus sa fresque sous les yeux, il éprouvait le besoin de faire le point et de voir s'il pourrait faire de nouvelles déductions concernant le cygne, et donc Swans Island.

Ainsi, malgré le bruit qui montait de l'atelier du garagiste en contrebas, il entreprit de regarder une à une les douze cassettes dont il disposait – la treizième étant toujours entre les mains de la police. Ce faisant, il compléta le tableau dans lequel il établissait, au fur et à mesure, des correspondances entre les images utilisées par Emily et ce à quoi elles pouvaient se rapporter, selon lui, dans la réalité.

VISIONS EMILY	SIGNIFICATION
Train fantôme dans lequel monte Emily.	Suggéré par mes paroles de début de séance, mais aussi train de la comptine.
Temple dans lequel entre le petit train.	? Peut-être aspect sacré de sa mémoire, qu'on ne doit pas violer.
Pommier aux fruits rouges sur la rive.	? Symbolique du fruit en général : l'abondance, la fertilité. Christianisme : « Le fruit de vos entrailles » : l'enfant. La pomme : péché originel chez les chrétiens, acte sexuel ou connaissance interdite. Chez les Grecs, symbole de l'amour.
Un roi (homme avec une couronne) blessé à la jambe, immobile dans une rivière.	Tantôt jeune, tantôt vieux, il pourrait représenter plusieurs personnes. — John Singer ? En effet, « Le roi et la reine » semblent représenter par moments le couple Singer. — Emily dit que le roi symbolise l'abandon, pour elle. A-t-elle été abandonnée par son père ? — Le roi peut symboliser la figure paternelle en général ; il a une blessure, un secret ?

	— La blessure à la jambe et la rivière dans laquelle il est font une référence directe au Roi pêcheur (cf. légende arthurienne, un roi blessé à la jambe, gardien du Graal) ? Et donc un gardien du plus grand des secrets ? Dans la légende, après la blessure du roi, la terre du royaume devient stérile. Mythe de la Terre désolée.
Comptine chantée par une femme dans une tour.	*Chanson de Swans Island, chantée par une bonne sœur dans un couvent ? Emily l'a-t-elle entendue directement ? La chanson l'a-t-elle marquée parce qu'elle a un lien avec elle ?*
Haute tour noire.	*La tour noire semble aussi représenter plusieurs choses : — La tour du Citigroup Center (le vent qu'il y a autour fait référence à la « Windy City », Chicago). — Un couvent (car des femmes « qui se ressemblent » y sont) ?*
La tour prend forme de clepsydre.	*Clepsydre = urgence, le temps est compté ? Emily savait qu'une catastrophe allait avoir lieu (l'enlèvement de Singer, ou ce qui se passera ensuite ?).*

L'escalier en colimaçon de la tour.	Symbole de la progression vers le savoir. Seuls ceux qui montent savent. Les hommes qui tombent (avec des camisoles de force) symbolisent la perte de connaissance, l'obscurantisme ?
Le roi ne parvient pas à attraper le fruit ni à attraper l'eau de la rivière.	Référence directe au supplice de Tantale : coltan (colombite-tantalite) de la République libre du Tumba ?
Le roi frappé par des éclairs lancés par un oiseau de feu (un phénix ?).	? Phénix, symbole de la renaissance ? Et si ce Phénix, c'était Emily ? Le coma vu comme une sorte de mort ? Emily pouvait-elle savoir qu'elle serait laissée pour morte, qu'elle perdrait la mémoire et qu'on lui donnerait une nouvelle identité ?
Épouvantail sans visage.	L'homme au chapeau qui semble terroriser Emily ? Les épouvantails font peur aux oiseaux, et si Emily est le Phénix, l'épouvantail lui fait peur...
Sang du Rhinocéros qui coule dans la rivière. Le Rhinocéros fait confiance au roi mais il ne devrait pas, celui-ci va le trahir avec le Zèbre.	Attaque de la tribu des « Rhinocéros » en République libre du Tumba. Qui représente le roi ici ? Qui a trahi les « Rhinocéros », à savoir le président Tsombé ?

Reine avec une longue robe bleue, qui ne peut pas entrer dans l'eau. Elle en veut au roi.	*Cathy Singer ? La reine et l'eau sont des symboles maternels... est-ce la mère d'Emily ? Ou bien Emily elle-même, maman ?*
Cygne, à qui la reine donne la pomme.	*Très probablement Swans Island. Mais attention, le cygne est aussi le symbole de l'amour et de la fidélité. Référence possible au conte du* Vilain Petit Canard *(histoire d'un petit canard que les autres rejettent jusqu'à ce qu'il rencontre des cygnes, qui le reconnaissent comme l'un des leurs) ?*
Les femmes dans la tour tirent des flèches sur la reine.	*S'agit-il toujours des bonnes sœurs ? Si la reine symbolise la mère, pourquoi ces femmes défendent l'entrée dans la tour ?*
La reine donne sa couronne à Emily.	*? La reine/mère abdique ?*
Les méchantes femmes ont soudain toutes le même visage qu'Emily et veulent attraper la reine et le roi.	*Si cela symbolise l'enlèvement des Singer, les femmes ne représentent sans doute plus les bonnes sœurs. Mais qui ? Les ravisseurs ? Et pourquoi ont-elles le même visage qu'Emily ? S'identifie-t-elle aux ravisseurs ?*

Le cavalier *avec une cape noire* *et un masque* *vénitien.*	*L'homme au chapeau,* *comme l'épouvantail ?* *Le masque cache son visage,* *comme un chapeau...* *Emily est à nouveau terrorisée.* *Pourquoi un cavalier ?* *Le cheval est un symbole* *de guerre et de domination* *politique (permet au cavalier* *de s'élever au-dessus* *des fantassins)...* *Voir aussi le mythe* *du centaure : l'alliance* *entre l'homme et le cheval* *est celle de l'intelligence* *avec la force brute.* *Mais aussi : le cavalier fait* *référence aux échecs,* *comme le roi et la reine.* *Tout ceci est une partie* *d'échecs ?*
Le masque qui sourit, *les femmes qui se* *forcent* *à rire elles aussi.*	Belly Laugh Day, *journée* *du sourire, 24 janvier, date de* *l'enlèvement du couple Singer.*
Le cavalier veut enlever *le roi et la reine* *lui aussi.*	*Enlèvement du couple* *Singer ?*
La rivière près *d'un donjon.*	*Clairement* *le barrage de Saville.*

L'eau ensanglantée de la rivière, dressée par le cavalier, comme un rideau rouge pour empêcher Emily de voir ce qu'il se passe.	Rideau de théâtre, Phantom of the Opera utilisé comme un leurre pour tromper la police.
Arène romaine vers laquelle le cavalier entraîne Emily.	Yankee Stadium, lieu du leurre.
Souterrain derrière un « champ de cadavres ».	Le passage souterrain de « Lichfield » au pied du barrage de Saville.
Œil gigantesque qui emplit tout le ciel.	Logo d'Exodus2016. Cela signifie qu'Emily savait qu'il y avait un lien avec John Singer. Or, Singer prétend ne pas la connaître !!
Le cavalier n'est plus sur un cheval, mais sur un zèbre. Ensemble, ils se moquent du rhinocéros.	Tribu des Zèbres de la RLT. Si le cavalier est l'homme au chapeau, a-t-il un lien avec les « Zèbres », la tribu des Mabako ?

Il restait évidemment beaucoup de questions sans réponses, mais il y avait aussi quelques certitudes. Emily, au plus profond de sa mémoire, était au courant de nombre de choses qui allaient se dérouler *après* son amnésie. La manière dont elle avait recueilli ces informations était forcément liée à son meurtre. L'explication la plus simple – et donc la meilleure – était que l'homme au chapeau voulait faire taire Emily. Mais qu'est-ce qui reliait Emily à ce criminel ?

Quand il eut terminé, Draken se concentra sur les éléments qui, dans les différentes visions d'Emily, se rapportaient à la figure du cygne, afin de voir s'il pouvait en déduire quelque chose concernant Swans Island.

Premièrement, le cygne était dans la rivière, donc au milieu de l'eau. Cela pouvait confirmer qu'il symbolisait bien une île : Swans Island.

Deuxièmement, la reine tendait à l'animal une pomme que le roi, lui-même, ne pouvait pas attraper (et elle semblait d'ailleurs lui en vouloir) : dans cette vision-là, le roi et la reine représentaient-ils John et Cathy Singer ? Draken en doutait. Ils n'avaient pas à cet instant le même visage que dans la scène, plus tardive, où ils étaient poursuivis. Dans une vision sous hypnose, comme dans un rêve, la même figure pouvait représenter plusieurs personnes différentes. Mais alors à qui correspondaient les figures royales dans la première scène ? Emily et son compagnon ? Le fameux Mike dont le nom était gravé sur l'alliance ? Peut-être. Quoi qu'il en fût, la reine « offrait » à Swans Island un fruit que le roi ne pouvait attraper. Le fruit, de façon assez évidente, pouvait symboliser un enfant, surtout près de l'eau, qui figurait souvent le ventre de la mère… Cela signifiait-il qu'Emily avait « donné » un enfant à Swans Island ? Draken trouverait-il un fils ou une fille d'Emily en se rendant là-bas ? Le cygne ne mangeait pas la pomme, mais la gardait précieusement dans son bec : on était ici dans l'imagerie de la protection. Swans Island avait « protégé » ce fruit, à savoir, si c'était bien le cas, l'enfant d'Emily.

Ce qui était certain, c'était que la comptine était liée à Swans Island : écrite par une bonne sœur, la chanson liait donc probablement Emily elle-même à l'île. Mais cela signifiait-il qu'Emily connaissait cette bonne sœur ? Et si les autres femmes, qui se ressemblaient toutes, étaient bien des nonnes, dans un couvent représenté ici par une tour noire, Draken trouverait-il effectivement ce couvent sur la petite île ?

C'était, à l'évidence, la première chose qu'il devait vérifier : y avait-il un couvent sur Swans Island ?

Le psychiatre referma son carnet, éteignit le magnétoscope et retourna dans l'atelier du garagiste.

Dave, allongé sous le moteur d'une Plymouth Barracuda, fit glisser le chariot pour sortir au grand jour.

— Qu'est-ce que je peux faire pour vous, Art' ?

— Vous avez une connexion Internet ?

Close your eyes

15

— Vous boitez ? demanda Dana Clark en voyant John Singer arriver à l'arrière du bar où ils s'étaient donné rendez-vous.

Ici, c'était le royaume des costards-cravates. Tout ce dont Singer avait horreur. Pas la même population que dans le quartier des abattoirs…

— Un peu. Je ne me suis pas encore totalement remis de ma détention.

— Vous avez dû en baver...

— Ce n'était pas une partie de plaisir, en effet. Mais je ne suis pas venu ici pour me plaindre, Dana.

— Vous êtes venu pour quoi ? répondit la belle brune avec un sourire amusé.

— Vous remercier à nouveau. Grâce à vous, Cathy et moi avons été libérés, et maintenant nous avons trouvé une audience qui dépasse toutes nos espérances.

La journaliste planta son regard dans le sien, d'un air qui ressemblait à du défi.

— Le fait que le conflit en RLT ait entraîné la mort de plusieurs milliers de personnes n'altère pas votre joie quelque peu ?

— Un dictateur est tombé, Dana. Et il y a eu probablement beaucoup moins de morts qu'il y en aurait eu si l'opinion, là-bas, n'avait pas été mobilisée par nos révélations.

— Peut-être. Il n'empêche que ça me laisse un goût amer. Et je ne suis pas sûre que les Tumbalais y gagnent vraiment au change, avec la tribu des Mabako.

— Au moins, les ressources naturelles du pays ne seront plus pillées par un président véreux. L'exploitation du coltan va à nouveau profiter au peuple africain.

— J'aimerais en être aussi sûre que vous.

Elle fit signe au serveur.

— Vous voulez une bière ? demanda-t-elle à Singer.

Il hocha la tête et elle passa la commande.

— Le commerce du coltan a déjà repris de manière légale, Dana. Plus de pots-de-vin, plus de détournement comme à l'époque du président Tsombé. L'argent revient aux Tumbalais. C'est déjà une injustice de moins.

— D'accord.

— Et puis, de toute façon, vous savez, je me bats pour la liberté d'information. C'est mon credo. C'est une religion. Et pour moi elle n'a pas de prix, parce qu'elle est la condition requise à la véritable liberté des citoyens.

— Alors je suppose que c'est une bonne nouvelle.

— Ce n'est qu'un début. Beaucoup de gens aimeraient que je me taise. Je suppose que c'est même pour ça que j'ai été enlevé, Dana. On veut étouffer Exodus2016. Alors je suis plus déterminé que jamais, maintenant. Notre société doit entrer dans une ère nouvelle où ce ne sera plus aux gouvernements de décider ce que les peuples doivent savoir, mais aux peuples de s'informer eux-mêmes.

— Vous parlez à une journaliste d'information, John. Vous prêchez une convaincue.

— La souveraineté des peuples est pour moi une valeur sacrée. Elle n'a pas de prix.

La journaliste sourit.

— Vous êtes un véritable petit soldat, en somme !

— Je nous vois plutôt comme des résistants.

— Soit. En tout cas, tout le monde parle de vous, et c'est sans doute une bonne chose. Pour ma part, je tiens aussi à vous remercier. Vous avez tenu parole, et en me donnant l'exclusivité, vous m'avez permis d'obtenir une plus grande crédibilité auprès des exécutifs de CBS. C'est une belle avancée dans ma carrière, comme on dit.

— Tant mieux pour vous.

Le serveur apporta les bières et ils trinquèrent.

— Nous n'allons pas passer la matinée à nous auto-congratuler, n'est-ce pas ? lança Dana Clark avec un sourire.

— Que voulez-vous dire ?

— Allons, John… Vous avez encore besoin de moi. Sinon, vous ne seriez pas là.

— Qu'est-ce qui vous fait dire ça ?

— Ne me dites pas que vous êtes simplement venu boire une bière. Je ne suis pas naïve.

— Et pourquoi pas ?

— Vous êtes marié, il me semble…

Singer sourit.

— OK. Je capitule. Oui, il se pourrait qu'Exodus2016 ait un autre dossier à vous proposer, sous peu. Nous n'avons jamais été sous autant de pression. La CIA, le FBI, le monde des affaires, ils sont tous sur notre dos, et ils vont tout faire pour nous museler. Nous devons réagir vite.

— Je suis tout ouïe.

— Je ne peux rien vous dire pour le moment, mais je voudrais m'assurer de votre collaboration.

— Tant que vous nous donnez du solide, John, on sera derrière vous.

— Très bien. Mais cette fois…

Il s'approcha de la journaliste.

— Cette fois, cela ne se passerait pas selon les mêmes modalités.

Dana Clark fronça les sourcils.

— Comment ça ?

— Je veux une interview, Dana. Une interview, en direct, sur CBS.

16

— Vous pouvez rayer le Dr Draken de votre liste de suspects, Powell.

Comme à son habitude, l'agent Sam Loomis, tout de cuir vêtu, s'était négligemment assis sur le bord du bureau du capitaine et mâchait bruyamment un chewing-gum à la chlorophylle.

— Vraiment ?

— Il a été officiellement innocenté par le FBI, et par le procureur, par la même occasion.

— Très bien. De toute façon, depuis l'apparition des photos montrant l'homme au chapeau sautant de sa fenêtre, le jour du meurtre, il ne faisait plus vraiment partie des suspects, agent Loomis. Simplement des témoins ayant bizarrement décidé de se retirer du monde. Pas vraiment l'attitude d'un type qui n'a rien à se reprocher.

— Ça a l'air de vous agacer... Vous avez quelque chose contre le psychiatre, hein ?

Le capitaine du 88e district préféra ne pas répondre.

— Je sais ! ironisa Loomis. Vous êtes amoureux de Lola Gallagher, et vous savez qu'elle finira inéluctablement avec Draken ! Vous êtes jaloux, mon pote !

Le vieux flic ne sembla pas trouver la plaisanterie amusante.

— Ne soyez pas ridicule. J'ai moi aussi une nouvelle

à vous annoncer. Vous pourrez la transmettre à Draken, maintenant que c'est devenu votre meilleur copain.

— Quoi donc ?

Powell tendit un dossier à l'agent fédéral.

— Le cadavre de Ben Mitchell a été retrouvé ce matin dans le réservoir d'Oradell.

Le sourire s'effaça du visage de Loomis. Il sembla analyser l'information pendant un instant, avant de murmurer, comme pour lui-même :

— Eh, merde. On sait maintenant qui a balancé la planque de Draken à ces enfoirés.

— Pardon ?

— Dans quel état était le cadavre ?

— D'après le premier rapport, la mort ne remonte pas à plus de vingt-quatre heures. Ben Mitchell aurait succombé suite à de nombreuses blessures sur les jambes, le torse et la tête. Il a été frappé par un objet contondant. Peut-être une barre de fer. Il a ensuite été jeté au fond du réservoir d'Oradell, avec un poids attaché à sa jambe… Mais celle-ci s'est détachée, sans doute déjà très endommagée par ses blessures. Tout est dans le premier rapport.

— Les enfoirés.

Sans ajouter un seul mot, l'agent Loomis attrapa le dossier et sortit.

The line

17

Lola entra sans frapper dans le bureau de Phillip Detroit. Elle fut aussitôt déçue d'y voir également le jeune Tony Velazquez. Il faudrait remettre à plus tard la conversation qu'elle voulait avoir avec son collègue – et néanmoins amant occasionnel – au sujet de la façon dont il avait obtenu des informations sur Chris.

— Bien rentrée ? demanda Detroit d'un air entendu.

— Oui.

À en croire son attitude à l'aéroport et ici même, Phillip n'avait probablement parlé à personne de ce qu'il avait découvert sur Lola et son frère. Il gardait ça pour lui. Pour l'instant, en tout cas. Et cela lui donnait une sorte de pouvoir sur l'Irlandaise. Ce salopard jubilait sans doute. Elle préféra ne pas y penser et parler de tout autre chose.

— J'ai croisé Loomis en bas, il est sorti comme une flèche. Qu'est-ce qu'il se passe ?

— Il était venu annoncer à Powell que Draken est totalement disculpé du meurtre d'Emily Scott... Et le capitaine lui a appris en retour que Ben Mitchell vient d'être retrouvé mort...

— Quoi ? s'exclama Lola, perplexe.

Abasourdie, la rousse se laissa tomber sur le seul fauteuil disponible dans le bureau de Detroit.

— Il s'est fait défoncer la tête à coups de barre de fer et on l'a jeté au fond du réservoir d'Oradell.

Lola se frotta le front, incrédule.

— Merde... Et... Et Draken est totalement disculpé pour Emily ?

— Apparemment.

Lola peina à maîtriser les sentiments contradictoires que lui inspiraient ces deux informations. Elle était à la fois soulagée pour Draken et triste pour lui. La mort de Ben Mitchell serait certainement un coup dur pour le psychiatre qui, au fond, était probablement son meilleur ami.

Une fois le choc passé, elle se demanda aussi quel secret Mitchell emportait avec lui dans la tombe... Il y avait certainement des détails concernant la mort de ces deux patients et l'internement de Paul Clay qu'elle ignorait encore et au sujet desquels le neurophysiologiste ne pourrait plus jamais parler. Draken lui dirait-il un jour la vérité ?

— Merde, répéta-t-elle tout bas.

Il y eut un silence gêné.

— Tout s'est bien passé à Philadelphie ? demanda finalement Velazquez d'un air innocent.

Gallagher et Detroit échangèrent un regard.

— Oui. Et ici, quoi de neuf ?

— Eh bien, le capitaine Powell nous a mis, Detroit et moi, sur l'enquête du meurtre d'Emily.

— Félicitations. Vous avez trouvé quelque chose ?

— D'abord, j'ai fait des recherches sur l'homme au chapeau, expliqua Velazquez, qui semblait fier de montrer qu'il avait pris les choses en main. On sait qu'il s'est enregistré au *Nu Hotel* sous le nom de Richard Oswald. Mais ça n'a rien donné.

933

— Un nom bidon, à l'évidence, intervint Detroit. Pourquoi pas Lee Harvey Oswald[1], pendant qu'il y était ?

— Ensuite, j'ai fait des recherches sur le cadavre de la femme qui a été retrouvée dans la forêt de Nepaug, près de Collinsville. La mort a été datée entre le 15 et le 20 janvier.

— Soit tout juste après qu'Emily a été agressée dans le parc de Fort Greene, remarqua Lola.

— Oui. Selon le rapport d'autopsie, elle était morte avant qu'on ne lui écrase sauvagement le visage. Sans doute pour empêcher qu'on la reconnaisse, vu qu'elle n'avait pas d'empreintes digitales, elle non plus. Et ce n'était pas son seul point commun avec Emily Scott.

— Comment ça ?

— Elle avait elle aussi entre trente-deux et trente-six ans et elle était très proche en taille et en poids. Je me suis même demandé si les deux femmes n'étaient pas jumelles. Mais la comparaison de leur ADN a donné un résultat négatif.

— Bon boulot, Velazquez.

— Merci. On peut juste se demander si elles ne sont pas toutes les deux les victimes d'un tueur en série qui choisit des proies identiques…

— Des femmes sans empreintes digitales ?

— Ça fait peut-être partie de son mode opératoire.

— Non. Emily n'avait déjà plus d'empreintes *avant* d'être agressée.

Velazquez hocha la tête.

— Mais c'est pas tout, reprit-il. Le rapport d'autopsie constatait aussi que la femme avait subi une

---

1. Assassin présumé du président John F. Kennedy.

opération neurochirurgicale, peu de temps avant de mourir. On lui avait apparemment placé un implant à la surface du cortex.

— Un implant dans le cerveau ? s'étonna Lola.

— Oui. Apparemment, c'est devenu une opération chirurgicale plus fréquente qu'on le croit. Problème : cet implant n'était plus sur le cadavre.

— Vous avez enquêté là-dessus ?

— Pas encore. En revanche, j'ai fait une autre découverte de taille.

Detroit fit un geste moqueur.

— Il a les chevilles qui enflent, le bleu.

Velazquez soupira.

— Ne vous laissez pas impressionner, Tony. Il est jaloux, c'est tout. Alors ?

— J'ai décidé d'analyser scrupuleusement les vidéos du RTCC concernant le premier trajet d'Emily, avant qu'elle n'aille au Brooklyn Museum. Il y a trois images d'Emily qui ont été prises au même endroit, sur St. Johns Place, près de la station de bus, vous vous souvenez ?

— Oui.

— En gros, elle revient sur ses pas, disparaît, puis revient. Sauf que, quand elle revient, j'ai remarqué elle avait sa bague sur le doigt, alors qu'elle ne l'avait pas dans les deux vidéos précédentes.

Lola pencha la tête, intéressée.

— Ma conclusion : elle était en train de s'enfuir et, soudain, elle a fait demi-tour pour aller chercher cette foutue bague. Et, vu le timing, elle n'est pas allée la chercher bien loin.

— Excellent !

— Malheureusement, j'ai fait des recherches dans

tout le quartier, j'ai montré sa photo aux gens… Je n'ai rien trouvé.

Lola réfléchit, puis un sourire se dessina sur ses lèvres.

— Il y a peut-être une solution, dit-elle avec malice.

Velazquez lui adressa un regard interrogateur.

— Tiens, c'est le retour de Madame 90 %, railla Detroit.

— Le bip de parking qu'elle portait sur elle quand elle a été blessée dans Fort Greene. Qui veut parier qu'il ouvre une porte quelque part dans les environs ?

Dear lady

18

Cela faisait près d'une heure qu'elle était dans son bain quand Cathy Singer se décida enfin à en sortir. Le bout de ses doigts était complètement fripé, comme une peau de nouveau-né. Elle attrapa le peignoir de l'hôtel derrière la porte de la salle de bains et se glissa à l'intérieur en frissonnant.

Elle s'approcha du lavabo et regarda sa montre posée sur la petite étagère. John n'avait pas donné de nouvelles depuis plus de deux heures, tout entier acca-paré par ses activités au sein d'Exodus2016. Elle sou-pira. Elle commençait presque à l'envier. On en atten-dait tellement de lui, et si peu d'elle ! Par moments, elle avait l'impression de ne faire que de la figuration. À présent, elle n'était plus tout à fait sûre de pouvoir accepter ce rôle. Mais John avait besoin d'elle pour réussir. Et elle avait appris à ne désirer rien d'autre que la réussite de cet homme.

Elle leva les yeux vers le miroir et observa ce visage fatigué qu'elle ne pouvait plus supporter. Ces cernes. Ces premières rides au bord des yeux. Cette tristesse dans le regard. Et ce nez... Ce nez qu'elle détestait tellement.

Plus elle y songeait, moins elle aimait ce qu'elle était devenue.

Combien de temps pourrait-elle tenir ? Combien de temps pourrait-elle rester auprès de cet homme qui ne l'aimait même pas ? Combien de temps devrait-elle faire bonne figure à ses côtés ? Elle avait espéré que les journées qu'ils avaient passées ensemble, quand ils étaient enfermés, toutes ces épreuves qu'ils avaient sur-montées les rapprocheraient. Que, là-bas, dans l'adver-sité, John tomberait réellement amoureux d'elle. Mais voilà : il ne pensait qu'à une seule chose. John pensait à Exodus2016. Il ne vivait que pour ça : sa mission, son rôle à jouer dans l'Histoire. Il y croyait tellement ! Il s'y était tellement investi, corps et âme, qu'il n'y avait pas de place dans sa vie pour une véritable his-toire d'amour. Une histoire qui, aujourd'hui, aurait sans doute été la seule chose capable de sauver Cathy de la dépression.

Au lieu de ça, John préférait sans doute la légèreté d'un flirt de passage avec une Dana Clark.

La jeune femme attrapa lentement sa large trousse de toilette. Elle en sortit une petite pochette noire dont elle ouvrit doucement la fermeture Éclair. Elle en extirpa une aiguille et une fine seringue, puis elle remplit celle-ci du produit translucide qu'elle s'injectait quotidiennement depuis plus d'un an maintenant. Ce produit qui faisait d'elle une personne qu'elle ne voulait plus être. Mais elle n'avait pas le choix. Elle devait *faire bonne figure*.

Elle remonta délicatement la manche gauche du peignoir et tendit son bras devant elle. Un geste qui était devenu machinal. L'habitude rituelle d'une toxicomane. Et pourtant, au moment de se piquer, sa main droite, qui tenait la seringue, se mit à trembler.

Le cœur battant, elle releva les yeux vers le miroir. Son visage était flou à travers la buée qui s'était maintenant accumulée sur le verre. Les larmes qui coulaient sur ses joues se mêlaient aux gouttes d'eau qui descendaient lentement sur la surface humide. Elle leva la main et essuya nerveusement la glace d'un revers de manche.

Alors ses traits lui apparurent de nouveau plus clairement et, aussitôt, ses pleurs redoublèrent. La seringue glissa entre ses doigts et se brisa sur le carrelage.

Cathy, secouée par des sanglots de plus en plus violents, regarda longuement son reflet devant elle, comme s'il se fût agi de quelqu'un d'autre, quelqu'un qui la jugeait, quelqu'un qui la prenait en pitié.

La fureur la prit d'un coup, comme une vague qui se fût soudain soulevée sur une mer d'huile. Elle pencha la tête en arrière, puis donna un violent coup de front

dans la glace. Le verre se brisa dans un bruit terrifiant, maculé de sang, renvoyant l'image déstructurée
de son visage blessé. Dans un cri de rage, de folie,
elle recommença. Encore, et encore, enfonçant sa face
dans le miroir fendu, jusqu'à ce que son nez se brise
d'un coup dans un craquement sec et que la douleur
l'emporte sur le désespoir.

La figure ensanglantée, Cathy se laissa tomber le
long de la baignoire et pleura encore longtemps sans
même essuyer les rivières rouges qui coulaient abondamment jusque dans son cou.

19

Draken éteignit l'ordinateur avec un sourire satisfait.
Quelque chose lui disait qu'il était bel et bien sur une
piste. Une piste très sérieuse, car il y avait effectivement un couvent sur Swans Island. Un couvent de
carmélites.

Problème : Sam Loomis lui avait formellement interdit de bouger. Mais c'était, après tout, une simple interdiction verbale… Rien de légal là-dedans. Et si Draken
avait envie de voyager, c'était à présent son droit le
plus légitime !

Il ne lui restait plus maintenant qu'à échapper à la
vigilance du garagiste pour prendre l'avion en direction
de la petite île au large du Maine et mener son enquête.

Il n'eut pas même le temps de commencer à élaborer

le moindre plan en ce sens, car à peine était-il sorti du bureau où le garagiste s'occupait des tâches administratives de son établissement que Sam Loomis apparut dans l'atelier.

Quand il vit le visage grave de l'agent du FBI, Draken comprit qu'il s'était passé quelque chose. Sans même le saluer, le psychiatre l'interrogea du regard. Loomis se mordit les lèvres d'un air embarrassé.

— J'ai pas une bonne nouvelle, doc.

— Quoi ?

Loomis lui fit signe de retourner dans le petit bureau.

— Asseyez-vous.

— Vous me faites peur, là…

— Asseyez-vous, Arthur.

C'était la première fois qu'il l'appelait par son prénom, et Draken se douta que c'était fort mauvais signe. Il refusa de s'asseoir.

— Allez, balancez !

— On a retrouvé le corps de Ben Mitchell ce matin.

De fait, le psychiatre, bouche bée, les paupières écarquillées, se laissa cette fois tomber comme une masse sur le fauteuil du garagiste.

Il resta muet, pétrifié, les yeux dans le vague.

— Je suis désolé…

Les images défilèrent dans la tête de Draken, lourdes d'émotion et de culpabilité. Quand il commença à retrouver ses esprits, la première chose à laquelle il pensa fut que son ami avait dû se suicider.

— Comment ? balbutia-t-il.

Loomis grimaça. Malgré ses éternels airs d'indolence et d'indifférence, il n'aimait certainement pas plus que quiconque être le porteur de ce genre de nouvelles.

— Il a été roué de coups. Il était déjà mort quand on l'a jeté dans la flotte.

— Putain, les enfoirés ! s'écria Draken en tapant rageusement sur la table. Les putains d'enfoirés de leur mère ! Pas lui !

— Je suis désolé, répéta l'agent du FBI.

Le psychiatre se leva lentement et vint se placer devant Loomis, les yeux rouges. Le regard d'un homme qui a perdu ses limites, qui est retourné à l'état sauvage. Le regard d'un tueur.

— Je veux voir le connard qui a essayé de me buter hier chez Paul Clay, dit-il d'une voix dont le calme et la détermination faisaient peur.

Le *fed* fronça les sourcils.

— Vous n'êtes pas sérieux…

— Je veux le voir. *Tout de suite.*

— Pour faire quoi, doc ? Lui péter la gueule ?

— Je commencerai d'abord par le faire parler.

— Il ne parlera pas. C'est un pro. On a commencé à le cuisiner à l'hôpital. Sévère. C'est notre métier, vous savez. Mais rien. Il ne veut même pas ouvrir la bouche.

Draken ne sourcilla pas.

— Moi, je vais le faire parler.

Loomis pencha la tête. Lentement, il comprit ce que sous-entendait le psychiatre et une sorte de sourire inattendu se dessina sur ses lèvres. L'agent fédéral sut aussitôt qu'il allait faire une réelle incartade à la déontologie du FBI. Mais, comme souvent, il n'en avait rien à foutre.

— Il faut d'abord qu'on fasse un détour par chez Ben Mitchell, ajouta Draken. J'ai… des choses à récupérer.

— OK, doc. On y va, dit-il sans hésiter.

20

Sans quitter la Chevrolet Impala de service, Lola et Velazquez arpentèrent ensemble le quartier avoisinant la station de bus de St Johns Place. Dès qu'ils passaient devant une porte automatisée, ils ralentissaient et, le bras tendu par la fenêtre, le jeune agent appuyait frénétiquement sur le bouton du bip pour voir si elle ne s'ouvrait pas. Pour l'instant, ça n'avait rien donné.

Lola, tout en conduisant, essaya une nouvelle fois de joindre Draken. Mais, le psychiatre avait coupé son téléphone. *A priori*, il était avec l'agent Loomis, mais elle aurait aimé pouvoir au moins lui parler. Lui dire qu'elle compatissait pour la peine qu'il éprouvait certainement après la mort de Ben Mitchell.

Elle soupira et rangea son téléphone au fond de sa poche. Elle regarda le décor qui défilait au-dehors. C'était ici qu'Emily avait été poursuivie. C'était ici qu'elle s'était enfuie. Elle imaginait presque son fantôme qui courait sur ce trottoir, qui grimpait dans ce bus…

Ils avaient fait toute l'avenue de St Johns Place, aller et retour, sans succès.

Il était temps d'essayer maintenant les voies perpendiculaires. Ainsi, ils remontèrent Utica Avenue, Rochester Avenue, puis Buffalo Avenue. Ils commençaient à ne plus y croire quand soudain, au niveau du 234, le miracle s'accomplit : les deux battants du long portail blanc devant lequel ils venaient de s'arrêter s'ouvrirent lentement, telles les portes de la caverne d'Ali Baba.

Lola et Tony échangèrent un sourire de satisfaction.

— Bingo ! lâcha Velazquez.

— Beau travail d'équipe, jeune homme.

— C'est quoi ce truc ? Ça a l'air abandonné.

— Un ancien supermarché.

Gallagher fit entrer la voiture au pas dans la cour qui venait de s'ouvrir, à l'arrière du bâtiment. Les lieux semblaient vides, inoccupés. Tony, par sécurité, dégaina son arme.

La voiture passa lentement devant une petite guérite, puis s'arrêta le long de l'immense bâtiment en briques rouges. Lola attrapa le micro de la radio sur la console du véhicule.

— Alpha 201 à com ?

La réponse ne tarda pas à venir.

— À vous 201.

— 10-85[1] sur le 234 Buffalo Avenue, besoin de renforts pour fouiller un supermarché désaffecté qui pourrait être lié au dossier Emily Scott.

— 10-4, Alpha 201. On vous envoie Alpha 203. Alpha 203 en route, sur site dans cinq minutes, terminé.

---

1. Code de police pour demander l'assistance d'une unité supplémentaire.

Gallagher prit elle aussi son arme et ils sortirent prudemment de la voiture, inspectant minutieusement tous les endroits depuis lesquels on aurait pu leur tirer dessus. Le silence des lieux était inquiétant, et l'idée qu'ils renfermaient peut-être, enfin, des informations sur le passé d'Emily ne faisait qu'accroître la tension qu'ils pouvaient sentir l'un et l'autre. Il n'y avait peut-être rien ici, pourtant, les instincts de la détective Gallagher étaient en éveil. Quelque chose clochait avec cet endroit.

C'était effectivement un ancien supermarché, qui datait probablement des années 1960 et était fermé depuis plusieurs années maintenant, attendant sagement le débarquement d'un promoteur.

Une partie de l'enseigne, d'époque, pendait de biais sur la façade. On aurait dit un bâtiment à l'abandon au centre d'un village de vieux western.

Ils firent un tour rapide de la cour puis se dirigèrent vers l'entrée principale. Une chaîne cadenassée en bloquait l'ouverture.

Velazquez pointa son revolver vers le cadenas.

Lola lui prit aussitôt le bras.

— Ça va pas, non ?

Elle jeta un coup d'œil alentour et repéra au fond de la cour un vieux bidon en métal qu'elle partit chercher.

Sous le regard perplexe du jeune agent, elle parvint, en deux ou trois coups seulement, à libérer la chaîne en se servant du bidon comme d'une masse, frappant à la verticale.

— Vous avez encore des choses à apprendre, Tony.

Le jeune Hispano sourit.

— Je suis là pour ça, détective…

Lola, l'arme en joue, poussa lentement la vieille porte rouillée.

Un hall immense avec au moins six mètres de hauteur de plafond et un sol en béton brut apparut alors devant eux dans une demi-pénombre. Il n'y avait plus rien ici que la structure de ce qui avait été jadis une grande supérette. Des gaines électriques, des tuyaux et des conduits anciens sortaient du plafond et couraient le long des murs.

— Vous sentez cette odeur ? demanda Lola en entrant prudemment.

— Ça pique.

— Nettoyant industriel. Les lieux ont été entièrement lavés, très récemment on dirait.

Lola repéra un panneau électrique sur sa droite. Elle fit basculer le disjoncteur. Des rangées de néons suspendus s'allumèrent dans une série de claquements, certains à moitié détachés du plafond, et éclairèrent progressivement tout l'espace.

Ils s'aventurèrent doucement vers le centre. Bientôt, sur leur droite, ils découvrirent un étonnant spectacle : l'un des murs était couvert de multiples fresques variées, représentant des personnages, des décors, des natures mortes... comme si un peintre s'était servi de l'espace tel un immense châssis, un atelier de fortune.

— Vous vous souvenez de la peinture sur les doigts d'Emily ? demanda Lola, le regard brillant.

Velazquez hocha la tête.

— On est sur la bonne piste, détective.

Gallagher fit un geste de la tête en direction d'une porte de l'autre côté du supermarché. L'unique porte restante. Il devait y avoir eu plusieurs autres petites pièces jadis, mais les cloisons avaient été abattues. Ils se mirent en marche, tenant toujours fermement leur arme l'un et l'autre.

Quand ils arrivèrent devant la porte, Lola fit signe à son collègue de se mettre en retrait pour la couvrir.

Le canon de son Glock 19 pointé vers le sol, elle se plaqua contre le mur à côté de la porte, puis activa la poignée en tendant le bras. Un petit coup de pied ouvrit le battant. Lola prit son inspiration et jeta un coup d'œil rapide dans la pièce.

Elle fut aussitôt saisie par une odeur pestilentielle de viande froide avariée. Une odeur de cadavre.

— Putain ! lâcha-t-elle en collant une main sur son nez.

Rassemblant son courage, elle entra à l'intérieur.

Elle découvrit alors, perplexe, les cadavres en putréfaction de quatre énormes cochons qui avaient péri dans un enclos.

Taking toll

21

Après un rapide détour par l'appartement de Ben Mitchell – où la police menait déjà l'enquête et où l'agent fédéral avait dû user d'un léger abus de pouvoir pour récupérer ce qu'ils étaient venus chercher –, Draken et Loomis étaient arrivés rapidement à l'hôpital.

— Comme si j'avais besoin de vous pour avoir des emmerdes avec ma hiérarchie, murmura l'agent fédéral alors qu'ils entraient à l'intérieur. Je ne sais pas pourquoi, je sens que vous et moi, ensemble, ça va déboucher sur une catastrophe.

Draken ne réagit pas. Il n'était pas d'humeur à plaisanter. Leur court passage dans l'appartement de Ben lui avait fait prendre conscience de la terrible réalité.

Son meilleur ami était mort.

Et sans doute à cause de lui.

En outre, les hasards administratifs avaient voulu que le tueur soit hospitalisé au Brooklyn Hospital, celui-là même où Emily avait été emmenée après son agression dans le parc de Fort Greene. La chose ne fit que décupler la rage du psychiatre, et, en le guidant vers les étages, Sam Loomis avait l'impression de tenir un fauve en laisse.

— On est bien d'accord qu'on vient ici pour le faire parler, doc ? répéta le *fed* une dernière fois quand ils arrivèrent dans le couloir.

Deux autres agents fédéraux faisaient le guet devant la chambre du tueur.

— Arrêtez de me parler comme à un gosse.

Cette fois, Loomis l'attrapa par les épaules :

— Je plaisante pas, Draken. Jouez au con là-dedans et je vous jure que je vous le ferai regretter jusqu'à la fin de vos jours. J'ai pas l'air, comme ça, mais quand je suis en colère, je deviens très très con.

— Si, si, vous avez l'air.

Loomis secoua la tête et ils se dirigèrent sans plus

traîner vers la chambre. L'agent parlementa tout bas avec ses deux collègues en faction, puis demanda qu'on ne les dérange sous aucun prétexte. Il fit entrer Draken et referma la porte à clef derrière eux.

L'homme, mal en point, avait été menotté sur le lit, bien que, dans son état, il eût probablement eu bien du mal à s'enfuir. La balle, l'ayant atteint à la hanche, s'était logée dans la surface articulaire de la tête fémorale. Un scanner avait incité les médecins à opter pour une opération chirurgicale lourde, qui aurait lieu le soir même. En attendant, le blessé avait été gavé d'antibiotiques et d'analgésiques qui le laissaient totalement groggy. Il ne tourna même pas la tête pour voir qui était entré.

— Restez là, demanda Draken en indiquant le seuil à Loomis.

— Tsss. Je reste à côté de vous, doc.

— Non. Vous allez le déconcentrer. Restez là.

Loomis grimaça. Il regarda l'homme allongé au milieu de la chambre, puis il fit un geste désabusé et s'adossa docilement à la porte, les bras croisés sur la poitrine.

— Je vous ai à l'œil, doc.

Le psychiatre s'approcha du lit d'hôpital. Il dévisagea longuement cet homme aux traits tirés qui respirait péniblement.

Draken se crispa. Son cou se gonfla et ses poings se serrèrent sur la petite barrière métallique qui longeait le sommier. Ce trentenaire au gabarit de garde du corps qui gisait en silence était peut-être l'homme au chapeau. Ou l'un de ses compères. L'un de ceux qui avaient tué Emily. L'un de ceux qui lui avaient tiré dessus dans le parc de Fort Greene.

L'un de ceux qui savaient la vérité.

948

Le psychiatre, lentement, laissa son sac à dos glisser sur son épaule, puis le long de son bras. Il enleva son manteau et se frotta les mains sans quitter le tueur des yeux. Celui-ci – bien plus conscient qu'il ne voulait le faire croire – fronça les sourcils en voyant Draken sortir soudain une petite boîte en bois de son sac.

Et de cette petite boîte, une seringue.

Un flacon de liquide verdâtre.

Le psychiatre effectua, avec une lenteur exagérée, ces gestes mille fois répétés, juste sous les yeux de l'homme blessé, comme s'il savourait l'angoisse que cette vision devait procurer.

Quand l'aiguille s'approcha du cou du patient, celui-ci se raidit et tourna la tête de côté. Mais, attaché comme il l'était, il ne pouvait pas se soustraire à ce qui l'attendait.

— Qu'est-ce que c'est que ces conneries ? grogna-t-il.

— Ah... Maintenant vous parlez ?

La pointe métallique s'enfonça doucement dans la surface de l'épiderme...

Le corps du tueur se tendit. Il s'arc-bouta quelques secondes sur son lit en poussant un râle de douleur. Puis ses yeux s'ouvrirent si grands qu'ils semblaient sur le point de quitter leur orbite.

Les pupilles se dilatèrent.

Devant la porte, l'agent Loomis s'agita, l'air inquiet.

Draken n'y porta pas attention et se pencha au-dessus du lit. Plongeant son regard dans celui de sa victime, il commença sa lente litanie.

— Détendez-vous. Détendez-vous et laissez votre conscience s'ouvrir et vous guider. Le sérum que je viens de vous injecter facilite l'induction hypnotique.

Il ne change rien à qui vous êtes, il n'altère en rien votre personnalité.

Draken leva son poignet et regarda l'heure sur sa montre.

11 h 10.

— *Comme de longs échos qui de loin se confondent, dans une ténébreuse et profonde unité, vaste comme la nuit et comme la clarté, les parfums, les couleurs et les sons se répondent.* Oubliez le monde autour de vous. Ses bruits. Ses nuisances. N'écoutez que l'écho de votre âme. Le plus important, c'est vous. N'ayez crainte. Je suis là, à vos côtés. Il ne peut rien vous arriver. Vous pouvez me parler sans peur. Ici, vous n'avez plus besoin de vous cacher. Vous n'avez plus besoin de mentir. Vous êtes qui vous êtes. Êtes-vous l'homme au chapeau ?

Between good and bad

22

Quand Phillip Detroit entendit la nouvelle selon laquelle Lola avait trouvé à quoi servait le bip d'Emily Scott, il poussa un profond soupir et se laissa tomber dans son fauteuil.

Gallagher avait repris le boulot, avec son brio légendaire, comme si de rien n'était. Sans même venir s'expliquer avec lui. Il ne pouvait s'empêcher d'éprouver un goût amer. Avait-il fait une erreur en laissant Lola et son frère passer à l'aéroport ? Lui avait-elle menti ?

Chris Gallagher, alias Coleman, était « soupçonné » par le MI-5 d'avoir appartenu, au milieu des années 1980, à l'IRA Provisoire. Visiblement, à en croire sa petite escapade irlandaise, il était lié, de près ou de loin, à l'attentat du 8 novembre 1987. Mais ici ? Aux USA ? Avait-il quelque chose à se reprocher ? En d'autres termes, Detroit avait-il, à cause de ses sentiments pour Lola, laissé entrer un criminel sur le territoire américain ? Pire : un terroriste ?

Le mystérieux e-mail expédié depuis le Anna M. Kross Center, établissement pénitentiaire de Rikers Island, lui revint alors en mémoire. À l'époque, il s'était révélé une voie sans issue. Mais fort de ce qu'il savait aujourd'hui, Detroit pourrait peut-être en découvrir un peu plus.

S'assurant que personne ne venait vers son bureau, le détective spécialiste rouvrit la copie qu'il avait faite du courrier électronique.

De : edward-johnson@amkc-facilities.com
A : lola_gallagher88@yahoo.com
Date : lundi 16 janvier 2012 – 09.45
Objet : <re :

Madame,

Je suis au regret de vous informer que nous ne sommes pas en mesure de vous donner de renseignement sur ce détenu et vous invitons à prendre contact avec le juge en charge de son dossier.

Cordialement

E. Johnson
Anna M. Kross Center (AMKC)
18-18 Hazen Street
East Elmhurst, NY 11370

Ce qui avait intrigué Detroit à l'époque était que le mail n'était pas adressé à Lola en tant que détective, mais à son adresse personnelle, ce qui, à présent, pouvait laisser supposer qu'il ne concernait pas une enquête officielle de sa collègue, mais plus probablement son frère. Mais de quel détenu était-il alors question ? Cela ne pouvait pas être Chris Coleman lui-même, puisqu'il était en liberté ! L'un de ses complices, sans doute. Mais pourquoi, dans ce cas, Lola cherchait-elle des informations à son sujet ?

À moins que... À moins que Chris Gallagher n'ait été effectivement emprisonné, et qu'il se soit échappé, prenant ensuite le nom de Chris Coleman !

Peu probable : le nom de Chris Gallagher serait alors rapidement apparu dans les premières recherches que Detroit avait menées à l'époque. Sauf si... Sauf si son dossier avait été réglementé par le State Secrets Privilege[1] ! Il y avait un quartier de haute sécurité au Anna M. Kross Center dans lequel étaient détenus certains prisonniers (essentiellement des terroristes) dont le dossier pouvait en effet être classifié secret, tant qu'il était lié à une instruction en cours.

C'était un peu tiré par les cheveux, mais crédible.

---

1. Équivalent du Secret Défense.

Et cela pouvait aussi expliquer la réponse obtenue par Lola.

Le principal problème résidait dans le fait que Detroit, pour s'en assurer, ne pouvait récupérer le mail original de sa collègue, auquel celui-ci faisait réponse. L'intitulé « re : » prouvait bien que cet employé du centre pénitentiaire répondait directement à un message de Lola, mais celui-ci avait été soigneusement effacé de la boîte d'expédition.

Pour en avoir le cœur net, il n'y avait qu'une seule solution : y aller au culot.

Detroit décrocha son téléphone et composa le numéro de la prison. Il se présenta et demanda à parler avec Edward Johnson. On le fit patienter, puis, enfin, une voix masculine répondit :

— Comment puis-je vous aider, détective ?

— Bonjour, monsieur. J'enquête sur une affaire liée avec les attentats irlandais du 8 novembre 1987, et j'ai besoin d'une petite information.

— À quel sujet ? répondit l'homme d'une voix peu avenante.

C'était le moment d'être convaincant, de jouer sur la fibre confraternelle.

— Écoutez, c'est un peu particulier... Je suis sur un dossier épineux, je suppose que vous savez ce que c'est, la tension, tout ça...

— Je vous écoute, le pressa son interlocuteur.

Detroit réalisa qu'il n'avait pas assez préparé son discours. Il était si pressé de savoir qu'il s'était laissé emporter par son enthousiasme.

— Je sais que nous sortons un peu du cadre de la confidentialité, mais j'ai simplement besoin de savoir si un détenu qui semble être dans votre établissement s'y trouve toujours…

— Il n'y a rien de confidentiel à ça, détective.

— Eh bien, si, car il me semble que son dossier est protégé par le *State Secrets Privilege*.

— Ah… Je vois.

— Mais je ne suis pas sûr.

Soupir à l'autre bout du fil.

— Donnez-moi le nom du détenu, on va bien voir.

— Alors… Là aussi, c'est un peu compliqué. Il a plusieurs noms, et il se peut qu'il ait utilisé un pseudonyme…

Moment de silence.

— Écoutez, détective, vous savez bien sous quel nom il a été incarcéré, tout de même ?

— Eh bien, non, puisque son dossier semble être classé secret.

— Alors je ne pourrai rien vous dire ! Ça ne tient pas debout, votre histoire !

— Chris Gallagher, insista Detroit. Est-ce que Chris Gallagher est détenu chez vous ?

À nouveau, il y eut un moment de silence. Plus long cette fois. Detroit se dit qu'il était tombé juste.

— De quel district m'avez-vous dit que vous m'appeliez, déjà ? demanda l'employé de la prison d'une voix suspicieuse.

Le détective grimaça. Il avait mis les pieds dans le plat : le type avait sûrement reconnu le nom de Lola. Ce coup de fil était une catastrophe totale. Il avait joué le coup comme un débutant.

— Du 88ᵉ, avoua-t-il timidement.

— Attendez… Je ne comprends pas bien… J'ai déjà eu votre collègue, n'est-ce pas ? Lola Gallagher ?

— Euh... oui, balbutia Detroit. C'est-à-dire que...
C'est un peu compliqué, comme elle a des liens...

Il s'emmêlait totalement les pinceaux. Il se demanda
même s'il ne venait pas de faire la plus grosse erreur
de sa vie. Lier Lola à un terroriste... Cela dit, si elle
avait écrit elle-même à ce type, après tout, c'était elle
qui avait pris le risque, pas lui ! C'était d'ailleurs un
peu étrange...

— Bon, écoutez... détective Detroit, c'est ça ?

— Oui...

— Vous pouvez dire à votre collègue, comme je
le lui ai déjà dit par mail, puis ensuite par téléphone
quand elle a essayé d'utiliser son grade de détective,
comme vous, que je n'ai pas le droit de lui donner des
informations sur son ex-mari, et que c'est totalement
ridicule d'essayer de me soutirer des infos en inventant
maintenant cette histoire abracadabrante !

— Son... Son ex-mari ?

Detroit écarquilla les yeux. Soudain, tout s'expliquait. Tout prenait sens. Et il se sentit complètement
stupide. Cette histoire n'avait donc rien à voir avec
Chris Coleman, et il venait de passer pour un imbécile !

— Oui. M. Fischer a été libéré, il ne dépend plus
de notre établissement, et étant divorcé de Mme Gallagher, il n'est pas tenu de lui donner des informations
sur ce qui constitue désormais sa vie privée. Il a été
en outre un détenu exemplaire, il faudrait que vous
fassiez comprendre à votre collègue que son métier de
détective ne lui donne aucun privilège. Et si elle ou
vous me dérangez encore une seule fois, j'en informe
le juge.

Il raccrocha aussi sec.

Detroit resta un long moment perplexe, avec le combiné encore collé à l'oreille.

Anthony Fischer !

Il tombait des nues. L'ex-mari de Lola était en prison ! Pendant tout ce temps, il avait été en prison ! Gallagher lui avait menti ! Elle avait toujours prétendu que son ex était parti sans laisser d'adresse. Pourquoi ? Pourquoi lui avoir menti, à lui ? Avait-elle honte ? Cela ne semblait pas crédible !

Detroit se sentait à la fois trahi et triste pour Lola. À vrai dire, il ne savait plus que penser. D'abord, qu'est-ce que cet enfoiré de Fischer pouvait bien avoir fait pour se retrouver en taule ?

Et surtout, Lola était-elle au courant que son ex-mari venait d'être libéré ?

Reality

23

Les renforts étaient arrivés rapidement, suivis de près par une équipe du CSU qui relevait déjà les indices jusque dans les moindres recoins de l'ancien supermarché. Très vite, ils pourraient notamment confirmer ou non que la peinture présente sur les murs était bien la même que celle trouvée sur les doigts d'Emily.

En revanche, il semblait évident que le nettoyant industriel avait été utilisé pour effacer des preuves, des traces. À part les peintures et les cochons morts, il n'y avait plus rien ici. Pas d'empreintes, pas de documents, pas d'objets abandonnés… L'enquête risquait de se révéler difficile.

Lola, assise sur le rebord d'une fenêtre, à l'intérieur de l'immense bâtiment, essayait de réfléchir.

Les questions fusaient dans sa tête. Qu'est-ce qu'Emily avait bien pu faire ici ? Était-ce bien en ce lieu qu'elle était revenue chercher sa bague ? Que représentaient ces peintures sur les murs ? La plupart figuraient des paysages champêtres. Il y en avait tellement qu'il faudrait beaucoup de temps pour les analyser ! En était-elle l'auteur ?

Draken, sans doute, serait le mieux à même de les étudier. De les comprendre. Et à présent qu'il avait été innocenté, le capitaine Powell le laisserait peut-être venir pour qu'il les étudie… Ou bien il faudrait passer par l'agent Loomis, qui semblait davantage intéressé par l'avis du psychiatre.

Elle sortit son téléphone de sa poche.

Toujours aucune nouvelle d'Arthur. Plus le temps passait, plus elle culpabilisait de ne pas être à ses côtés. Depuis la mort d'Emily, c'était comme s'ils s'éloignaient de plus en plus l'un de l'autre. Draken n'était même pas au courant de ce qu'elle avait vécu en Irlande !

Elle serra la mâchoire. L'idée de ne plus rien partager avec Draken la terrifiait.

Elle devait bien reconnaître, au fond d'elle, qu'elle

aurait eu, elle aussi, besoin de lui parler. Personne ne la comprenait aussi bien que lui. Personne ne la remettait aussi bien à sa place. Au fond, derrière son apparente sévérité, derrière son ironie, sa fausse indifférence, Draken était, de loin, l'homme qui lui témoignait le plus de tendresse. Mais l'esprit du psychiatre, à présent, semblait totalement occupé par Emily. Par son besoin de vengeance. Les choses étaient devenues si compliquées !

Gallagher se leva et fit signe à Tony Velazquez.

— On rentre. Plus rien à faire ici. Laissons-les finir leur boulot tranquillement. On va essayer de savoir à qui appartient ce hangar, et qui l'a occupé dernièrement.

Le jeune flic acquiesça et ils retournèrent dans la Chevrolet, direction le 88e district.

Quand ils entrèrent dans le hall du grand commissariat rouge, Lola s'immobilisa soudain, l'air tétanisé.

— Ça va ? demanda Velazquez.

Gallagher avait les yeux fixés vers le comptoir d'accueil. Le jeune flic suivit son regard et vit l'homme qui attendait, les bras croisés, de l'autre côté de la pièce.

— Oui, oui, bredouilla Lola en se ressaisissant. Ça va. Montez, Tony, je vous rejoins.

— Vous êtes sûre ?

Elle lui adressa un sourire.

— Oui, c'est bon. Montez !

Velazquez hocha la tête, dubitatif, puis il s'exécuta.

Lola traversa le hall et vint se poster devant Anthony Fischer, qui la regardait, la bouche en cœur.

— Qu'est-ce que tu fous là ?

— Tu m'embrasses pas ? demanda-t-il d'un air déçu.

— Adam n'est pas là pour te voir, Anthony. Ce n'est pas la peine de faire ton petit numéro. Qu'est-ce que tu veux ?

— Je suis venu t'apporter ça...

Il lui tendit une grande enveloppe kraft.

Elle vit l'en-tête d'un cabinet d'avocats.

— C'est quoi ces conneries ?

— C'est la copie de la demande de garde partagée que j'ai adressée au juge. Mon avocat a monté le dossier, il pense que j'ai de bonnes chances de l'avoir une semaine sur deux. Ce serait chouette, non ?

Lola sentit comme un coup de poignard dans son ventre. Elle secoua la tête, ébranlée, incapable de croire à ce qu'elle venait d'entendre.

— Tu... Tu ne peux pas faire ça, Anthony.

Son ex-mari conserva son air innocent. On avait l'impression qu'il ne comprenait pas la réaction de son ex-femme.

— Si, si, regarde les papiers, tout est en ordre.

— Ce n'est pas...

Lola ouvrit rageusement l'enveloppe et jeta un coup d'œil au courrier que l'avocat avait en effet adressé au tribunal. L'aspect officiel de la lettre avait quelque chose d'horrible, pour elle. C'était comme si quelqu'un venait de la pousser dans le vide.

— Tu vois ? Le juge devrait t'appeler bientôt, je pense. Allons ! Fais pas cette tête ! C'est plutôt une bonne nouvelle, non ? Ça va te laisser du temps pour travailler, tout ça...

Gallagher releva les yeux vers lui et le foudroya du regard.

— Tu ne peux pas faire ça, Anthony.

— Mais puisque je te dis...

— Anthony, le coupa-t-elle en s'approchant à quelques centimètres à peine de son visage. Tu ne m'as pas bien comprise : tu ne *peux* pas faire ça. Si tu fais ça, je te brise, tu m'entends ? Je te brise.

L'homme attendit un instant, hagard, comme s'il voulait être sûr qu'elle avait bien fini, et puis, d'un air paternaliste, il lui lança :

— Nous devons réapprendre à nous parler calmement. Je suis sûr que tu finiras par entendre raison. J'ai beaucoup changé, en prison, grâce à toi. Tout le monde le dit, tu verras les témoignages dans le dossier. Je suis un homme nouveau.

— Dégage.

Il fit une moue désolée.

— Bon... Dommage que tu le prennes comme ça. Tu embrasseras Adam de ma part, hein ?

— Dégage ! hurla-t-elle.

Les voix se turent aussitôt dans le hall du commissariat. Les visages se tournèrent vers elle, et il y eut un silence gêné.

Anthony hocha lentement la tête et fit volte-face. Il sortit du 88e district sous le regard rouge de son ex-femme.

The world

24

— Êtes-vous l'homme au chapeau ?

Les pupilles de l'homme se mirent à trembler nerveusement. Les globes oculaires bougeaient de haut en bas, comme ils le font lors des phases de sommeil paradoxal, à la différence près que ses paupières étaient grandes ouvertes.

— Non.

— Qui êtes-vous ?

— Je suis… Je suis un sourd-muet.

L'homme parlait tout doucement, avec peine. Draken attrapa son carnet et un stylo dans son sac.

— Pour qui travaillez-vous ?

— Je… Je ne sais pas.

Draken grimaça. Il jeta un coup d'œil à sa montre. 11 h 12.

Il s'y prenait mal. Il devait jouer le jeu. Faire exactement comme avec ses patients.

— Vous êtes un sourd-muet, mais vous n'êtes pas aveugle. Personne ne peut vous empêcher de regarder. Je voudrais que vous regardiez là où il est interdit de regarder. Que voyez-vous ?

L'homme hésita.

— Un… Un long couloir. Un long couloir aux murs si hauts qu'on n'en voit pas la fin.

Le tueur, sous le triple effet des médicaments, du

sérum et de l'hypnose, parlait avec une lenteur exaspérante.

— Entrez dedans. Qu'y a-t-il dans ce couloir ?

— Rien. Il s'allonge. Il s'allonge droit devant moi. Il y a... Il y a des chandeliers en forme de bras qui tiennent des bougies et qui suivent mon passage. Les murs, les hauts murs sont capitonnés. Oui. Comme les murs d'une cellule dans un asile de fous.

— Vous pensez que c'est pour vous ?

— Non. Ce n'est pas pour moi. Je ne fais que passer. Je suis... Je suis un sourd-muet.

— Allez au bout du couloir. Qu'est-ce qu'il y a au bout du couloir ?

— Une femme. Il y a une femme.

— Comment est-elle, cette femme ?

— C'est une vieille femme. Elle est laide. Très laide. Elle est en deuil. Elle est habillée de noir, de la tête au pied. Elle porte même un voile noir sur le visage. Et... Elle tient quelque chose dans ses mains.

Draken regarda sa montre.

11 h 16. Les sept minutes étaient presque passées.

— Qu'est-ce que c'est ?

— Une corbeille. Une corbeille en osier noir.

— Et qu'y a-t-il dans la corbeille ?

— Je ne sais pas.

La mâchoire de Draken se crispa. À cet instant, il aurait voulu le gifler, le secouer, mais il ne pouvait pas faire ça. Évidemment.

— Regardez dans la corbeille ! Qu'y a-t-il à l'intérieur ?

— Des papiers. De petits bouts de papier pliés en quatre.

L'homme se mit à tousser.

Draken fit rapidement un petit croquis sur son carnet.

— Ouvrez-les, ces bouts de papier !

— Je n'ai pas le droit.

— Vous avez tous les droits, ici ! Vous êtes chez vous ! Vous êtes le maître de vos pensées ! Ouvrez les petits bouts de papier !

— Non. Je ne peux en prendre qu'un seul.

— Alors prenez-le, bon sang ! s'emporta Draken.

Il regarda de nouveau sa montre.

11 h 18.

Ils avaient dépassé la limite.

À présent, ils étaient entrés dans une zone que Draken ne connaissait que trop bien. Le tueur devant lui commençait d'ailleurs à avoir des tremblements caractéristiques au niveau des mains.

— C'est un papier de couleur.

— De quelle couleur ?

— Il a six couleurs.

— Quelles couleurs ? insista Draken.

— Eh bien... Blanc, rouge, bleu, orange, vert et violet.

Le psychiatre nota précautionneusement la suite de couleurs sur son carnet.

— Qu'y a-t-il sur ce papier ? demanda-t-il d'une voix grave et aussi calme que possible.

— Il y a quelque chose d'écrit.

— Lisez ce qui est écrit.

— Il est... Il est écrit : *Magnolia*.

Draken fronça les sourcils. Un autre symbole de renaissance.

— *Magnolia* ? dit-il. Pourquoi ? Pourquoi est-il écrit Magnolia sur ce papier ?

— Je ne chais... Je ne sais pas.

— Demandez-le à la femme en deuil ! Demandez-lui ce que veut dire *Magnolia*.

— Qu'est-ce que veut dire, *Magnolia* ? répéta l'homme, qui tremblait de plus en plus.

Il plongea ensuite dans le silence. Des gouttes de sueur coulaient sur son front.

— Elle ne vous répond pas ? le relança Draken.

— Non.

11 h 20.

Draken grimaça. Il sortit la deuxième seringue, celle qui contenait le produit permettant de réveiller le patient.

— La porte..., balbutia soudain le tueur d'un air émerveillé. La porte derrière la femme en noir, elle vient de s'ouvrir !

Draken jeta un coup d'œil vers Loomis. Puis il s'approcha de son « patient ».

— Très bien. Qu'y a-t-il derrière la porte ?

— De la *mulière*. Beaucoup de *mulière*.

L'homme commençait à inverser les lettres. Paraphasie phonémique. L'un des premiers signes, l'une des premières alertes que le psychiatre devait guetter. Il décida néanmoins de continuer.

— Entrez à l'intérieur. Passez la porte. Que voyez-vous ?

— Je ne vois rien, je suis *émloui* par la *mulière*.

— Attendez. Vos yeux vont s'habituer.

Draken se retourna d'un coup vers Loomis et lui fit signe nerveusement d'aller tirer les rideaux. L'agent comprit et traversa la chambre. Il bloqua la lumière qui passait par la fenêtre.

— Vous voyez ? La lumière a baissé maintenant.

Alors regardez ce qu'il y a derrière la porte, reprit Draken d'une voix douce.

— Il y a...

La voix de l'homme semblait de plus en plus faible, de plus en plus confuse.

— Il y a un grand vacalier...

— Un cavalier ?

— Oui.

— Comment est-il, ce *cavalier* ?

— *Minnense.*

— Immense ?

— Oui.

— Mais que fait-il ?

— *A saintin ona minieu dana mulière. Acé a vacalier... a vacalier... bé pégé...*

Sa voix s'éteignit lentement, pour disparaître enfin complètement, comme s'il avait perdu connaissance.

— Qu'est-ce qui lui arrive ? demanda Loomis en s'approchant de Draken, l'air inquiet.

Le psychiatre ne répondit pas. Avec un calme déroutant, il enfonça l'aiguille de sa seconde seringue dans le cou du tueur.

L'injection sembla lui faire un choc terrible. L'homme se redressa brutalement sur son matelas puis, retenu soudain par ses menottes, retomba en arrière, les yeux écarquillés.

L'agent du FBI fit le tour du lit et vint se placer à côté du tueur. Il l'attrapa par l'épaule et le secoua légèrement.

— Monsieur ? Monsieur ? Ça va ?

L'homme ne répondit pas. L'air hagard, il avait les yeux fixés au plafond et la langue qui sortait étrangement de la bouche, serrée entre les dents.

— Il... Il est encore en hypnose ? demanda Loomis en regardant le psychiatre d'un air paniqué.

— Non.

— Qu'est-ce qui lui arrive, bon sang ? On dirait qu'il est devenu complètement débile.

Draken haussa les épaules.

— J'ai peut-être un peu forcé la dose.

— Forcé sur la dose ? Vous plaisantez ? C'est... C'est provisoire, j'espère ? Il va reprendre ses esprits ?

Draken fit une mimique désolée.

— Non.

— Vous... Vous êtes sérieux ?

Draken rangea son matériel dans son sac puis leva les yeux vers l'agent du FBI.

— Woops.

Il remit son sac sur ses épaules.

Sam Loomis perdit totalement son flegme habituel. Ses yeux faisaient des allers et retours entre Draken et le légume qui était à présent allongé sur le lit.

— Draken ! Putain, Draken ! Qu'est-ce que je vais dire aux médecins ?

— J'en sais rien, moi... Vous n'aurez qu'à leur dire qu'il a pété les plombs. Ça arrive, quand on se prend une balle dans la hanche. Tueur à gages, c'est un métier dangereux.

— Mais... Mais... Et s'ils font des tests ? S'ils font des analyses ? Ils vont voir qu'on l'a piqué avec votre putain de sérum !

— Alors là... C'est sûr, s'ils font ça... vous êtes dans la merde.

Loomis écarquilla les yeux, incrédules.

— Comment ça *je* suis dans la merde ?

— Complicité, tout ça... Vos collègues vous ont

vu me laisser entrer. À votre place, je ferais en sorte que les médecins ne viennent pas foutre leur nez dans tout ça.

Le psychiatre se dirigea vers la porte de la chambre, sous le regard perplexe de l'agent du FBI, puis il sortit dans le couloir sans rien ajouter.

The line

25

Lola, la mine grave, traversa l'étage sans saluer quiconque et entra directement dans le bureau de Detroit.

Phillip la dévisagea, perplexe. Il comprit aussitôt à sa tête que quelque chose ne tournait pas rond. Lola était livide. Il se leva et la prit par les épaules.

— Ça va ?

— Je peux rester ici un moment ? demanda-t-elle, le souffle court. J'ai besoin… J'ai besoin de m'isoler un instant.

Detroit ferma la porte à clef derrière elle.

— Qu'est-ce qui se passe, princesse ?

Lola se laissa tomber sur le fauteuil et se prit la tête dans les mains, silencieuse.

Il ne fallut pas longtemps à Detroit pour arriver à la plus évidente conclusion.

— C'est ton ex-mari ? demanda-t-il en s'agenouillant près d'elle.

Gallagher releva la tête.

— T'es au courant ?

Il haussa les épaules.

— Tu me connais... Je me suis laissé dire qu'il était « sorti ».

— T'es vraiment rien qu'un fouille-merde !

— Oui, mais un fouille-merde doué, quand même, plaisanta-t-il. Et toi, t'es vraiment tarte. C'est quoi toutes ces cachotteries ? Ton frère, ton ex... Tu ne me fais pas confiance ?

— Euh... Absolument pas ! Et pour cause.

Detroit sourit.

— Bon, OK, c'est légitime. Qu'est-ce qu'il se passe, alors ? Il te fait des misères ?

Lola secoua la tête d'un air écœuré.

— Il était en bas, là, tout de suite ! Juste en bas ! Ici ! Au commissariat ! Cet enfoiré... Cet enfoiré...

Detroit lui passa la main dans les cheveux.

— Calme-toi, princesse, tu vas rameuter tout l'étage.

Elle baissa le ton de sa voix.

— Cet enfoiré veut prendre Adam.

Phillip fronça les sourcils.

— Comment ça, prendre Adam ? Il peut pas...

— Il a fait une demande de garde partagée au juge.

— Un ancien taulard ? Ça m'étonnerait qu'il ait gain de cause. Tu peux dormir tranquille.

Lola fit une grimace dubitative.

— Apparemment il s'est tenu à carreau en prison. Il a toute la panoplie du détenu modèle en réinsertion. Il doit aller à la messe, aux Alcooliques anonymes, aux kermesses caritatives, tout le toutim…

Elle lui montra l'enveloppe kraft.

— Son avocat a fait un dossier, avec des lettres de recommandation du Anna M. Kross Center et de tout un tas de connards à qui il a dû lécher les pompes. Il va dire qu'avec mon métier, je ne suis pas à même de m'occuper correctement de mon fils. Et le pire, c'est qu'il a raison. Je suis nulle. Je rentre tard, je m'absente… Je n'ai pas les moyens de me payer un appartement digne de ce nom…

— Eh, oh ! la coupa Detroit. Ça suffit l'apitoiement, là. Tu es une excellente mère et tu le sais. Des lettres de recommandation, nous aussi on va t'en faire. Powell est au courant de cette histoire ?

Lola hésita à répondre.

— Oui, avoua-t-elle finalement d'un air embarrassé. C'est le seul à qui j'ai dû dire qu'Anthony allait être incarcéré, à l'époque.

— T'es vraiment une salope ! Tu le dis à Powell, et pas à moi !

— M'emmerde pas, Phillip, c'est pas le moment…

— Allez. T'inquiète pas : Powell va te faire un courrier, et je suis sûr qu'il peut aller sonner à une ou deux portes. On va pas se laisser faire, princesse. Et s'il t'emmerde vraiment, j'irai m'occuper de son cas.

Il jeta un coup d'œil à travers les vitres de son bureau. Il y avait trop de monde autour pour pouvoir la prendre tranquillement dans ses bras, comme il aurait voulu le faire à cet instant. Il se contenta d'attraper sa main discrètement et de la serrer fort au creux des siennes.

— Je vais poser une question idiote, peut-être,

mais… ce serait si grave que ça qu'il récupère Adam de temps en temps ? C'est son père, après tout…

— Évidemment que ce serait grave ! Il s'en fout d'Adam ! Il serait même pas foutu de s'en occuper. Non, tout ce qu'il veut, c'est me faire chier !

— Pourquoi ?

Lola poussa un soupir.

— Pourquoi il veut te faire chier ? insista Detroit.

L'Irlandaise ferma les yeux d'un air piteux.

— C'est moi qui l'ai fait mettre en taule, Phillip.

26

L'agent Loomis rattrapa Draken en bas de l'hôpital. Il le saisit par le bras et l'arrêta sur le trottoir.

— Hé ! Où vous croyez aller, comme ça ? dit-il d'une voix colérique mais contenue.

Draken se dégagea d'un geste brusque.

— Je vous l'ai dit : j'ai un voyage à faire.

— Et moi, je vous ai dit que vous deviez rester chez Dave le temps qu'on y voie plus clair. Vous le faites exprès ou quoi ? Vous croyez pas avoir assez d'emmerdes comme ça ?

— J'aime beaucoup votre garagiste, agent Loomis, mais j'ai un peu autre chose à faire. De quel droit m'empêcheriez-vous de circuler sur le territoire américain, puisque je ne suis plus suspecté du meurtre d'Emily ?

— Article n° 1 du code Loomis : si vous bougez, je vous pète les dents. Ça vous va ?

Draken fit une mimique agacée.

— Vous êtes pitoyable, Loomis.

— Et vous, vous commencez à me les briser menu. Si vous poussez le bouchon trop loin, je balance à ma hiérarchie les détails de ce qu'il vient de se passer dans cette chambre d'hôpital. De toute façon, je ne sais même pas comment je vais me sortir de ce merdier. Vous êtes un véritable malade mental ! C'est vous qui avez besoin d'un psy !

Draken attrapa le *fed* par le col à son tour et haussa le ton.

— Vous m'emmerdez, Loomis ! J'ai quelque chose à aller vérifier, un point c'est tout ! En moins d'un mois, on a tué ma compagne et mon meilleur ami. Vous comprenez, ça ? Les flics et vous, vous n'y comprenez que dalle ! Vous n'avez pas le début de l'ombre d'une putain de piste ! Moi, tout ce que je veux, c'est trouver ces enfoirés. Et s'il faut pour ça que j'aille au bout du monde, j'irai, avec ou sans votre permission.

Les traits de l'agent du FBI s'adoucirent lentement.

— OK. Mais on ira ensemble, doc. Et avant cela, puisque vous êtes meilleur que tout le monde, vous allez me dire ce que vous avez compris là-haut, pendant votre satanée séance d'hypnose. Parce que je veux bien essayer de couvrir vos conneries, mais il faut au moins que ça me rapporte quelque chose !

Draken poussa un soupir.

— Dans ma bagnole ! ordonna aussitôt Loomis en désignant le Dodge Challenger de l'autre côté de la rue.

— Ô, joie ! ironisa le psychiatre.

L'agent le poussa dans le dos. Ils traversèrent

971

rapidement Dekalb Avenue et montèrent dans le long coupé violet.

— Alors ? Qu'est-ce que c'était que ce charabia, là-haut ? demanda Loomis en démarrant la voiture.

— Sous hypnose, c'est l'un des effets du sérum. Activation corticale de la vision et de l'imagination par suggestion. Le patient plonge dans son subconscient et l'interprète sous forme imagée.

La voiture fila vers le nord-est. Il n'était pas encore 17 heures et la nuit allait bientôt tomber sur Brooklyn. Les immeubles commençaient déjà à s'illuminer dans cette pénombre hivernale.

— Tout ce qu'il a dit avait un sens ?

— Oui. Il a donné forme à ses pensées les plus profondes. Avec le sérum, les zones cérébrales liées à la vision et aux sensations se comportent comme si le patient vivait *réellement* les choses qui sont dans son esprit, plutôt que seulement les imaginer.

— Je vois. Et alors, ça voulait dire quoi, son histoire ?

— Décrypter les verbalisations sous hypnose n'est pas une science exacte, agent Loomis.

— Jusqu'à présent, vous avez l'air plutôt doué en la matière. Je croyais que vous étiez le seul à pouvoir comprendre. Allez, ne vous faites pas prier, doc, dites-moi ce que vous avez compris.

— Je ne sais pas. Beaucoup de choses. D'abord, il a dit qu'il était sourd-muet. Je pense que cela veut dire qu'il ne sait pas grand-chose au sujet des gens qui l'emploient, et qu'il n'a pas trop droit à la parole. On ne lui dit rien, et il la ferme. C'est un sous-fifre, en somme. Complexe d'infériorité traduit aussi par la grandeur du décor et du mystérieux cavalier à la fin de sa vision. Lui, il se voit tout petit. Insignifiant.

— Et les murs capitonnés, ça veut dire quoi ? Qu'il a peur de devenir fou ? Ou qu'il est entouré par des fous ?

— Non. Je pense que cela veut dire qu'il ne doit pas faire de bruit. Il y a une notion de secret, de silence, et donc de complot dans cette image. Ce qui est à l'intérieur doit rester à l'intérieur. Le monde profane ne doit pas savoir ce qu'il se passe dans ce « couloir » capitonné.

— Et justement, il représente quoi, ce couloir ?

— En général, c'est un chemin obligé. C'est la route inévitable, celle par laquelle nous devons nécessairement passer avant de pouvoir être libéré. Mais c'est peut-être aussi l'attente. L'attente avant d'arriver à la lumière.

— À la lumière ou à la femme au bout du couloir, celle qui tient la corbeille ?

— Non. Elle, ce n'est qu'une étape. Elle se tient *avant* la porte. Elle est en deuil. On ne sait pas si c'est une veuve, ou une mère qui vient de perdre un enfant. Les deux, peut-être. Elle me fait un peu penser à la reine, dans les visions d'Emily. Une figure maternelle et triste. Dans l'Antiquité, la veuve était le symbole du malheur par excellence. Ensuite, elle a pris un sens plus positif : elle est devenue celle qui donne le savoir, l'initiation. Les francs-maçons et les Compagnons du devoir se désignent souvent entre eux comme « les enfants de la Veuve ». Ici, on dirait qu'elle lui donne un mot de passe. Comme dans un rite initiatique. C'est donc sans doute, en effet, le symbole du secret livré à quelques rares privilégiés.

— Et c'est quoi ce mot de passe ?

— Celui qui ouvre la porte. Celui qui donne accès à la lumière, à la connaissance.

— Mais pourquoi *Magnolia* ? Et pourquoi ces six couleurs ?

Draken haussa les épaules.

— Je n'en ai aucune idée, avoua-t-il. Il s'agit peut-être purement et simplement d'un véritable mot de passe que le tueur utilisait pour contacter ses employeurs. Le magnolia, cela peut vouloir dire beaucoup de choses. C'est un symbole de pureté, mais aussi de renaissance... C'est beaucoup trop vague pour l'instant. Quant aux six couleurs...

Draken attrapa le carnet dans sa poche intérieure.

— Blanc, rouge, bleu, orange, vert et violet... Ça pourrait être les couleurs de l'arc-en-ciel... Cela fait aussi penser aux archanges de lumière, mais je ne pense pas qu'il faille aller chercher si loin. Je pense qu'il s'agit réellement d'un code. Vous n'aurez qu'à donner ça à vos spécialistes de cryptologie.

— Ouais... Et le cavalier ?

— Le cavalier... C'est bien toute la question, agent Loomis. Et c'est ce qui me trouble : cette figure était déjà très présente dans les visions d'Emily. Par moments, je crois qu'il y représentait l'homme au chapeau, mais pas toujours. Il était aussi celui qui trahissait les « Rhinocéros » avec les « Zèbres ».

— Vous croyez que les visions d'Emily avaient vraiment un rapport avec la RLT ?

— J'en suis convaincu. Ce serait une coïncidence trop étonnante, si ce n'était pas le cas. Ce qui est sûr, c'est qu'Emily et cet homme ont le même symbole récurrent dans leurs visions respectives. Ce cavalier, c'est ce qui les relie. J'ai l'impression que c'est l'axe central de toute notre histoire. La vérité qui se cache derrière la porte. Et Emily devait le connaître. Il n'y a pas d'autre solution. Pour elle, il était le grand méchant. Pour lui, il semble être le mystère caché au bout du chemin.

— En somme, on cherche un cavalier ?

Draken hocha lentement la tête.

— Oui. On cherche un cavalier.

Sweet child

27

Lola avait fait en sorte de pouvoir aller chercher Adam elle-même à la sortie de l'école.

En fin d'après-midi, elle était allée voir Powell et, comme le lui avait conseillé Detroit, elle avait tout déballé. À vrai dire, elle avait même dû lutter pour ne pas verser des larmes qu'elle aurait sans doute regrettées par la suite.

Le capitaine – qui était le seul déjà au courant de la situation – s'était évidemment montré compréhensif et avait promis, en outre, de rédiger un courrier pour le juge et de solliciter le soutien de sa hiérarchie. Après tout, c'était l'occasion pour le NYPD de montrer qu'on pouvait parfaitement être flic et mère à la fois. En réalité, Powell avait surtout envie de s'assurer de la sérénité de l'un de ses meilleurs éléments... Il aimait beaucoup Lola, mais il avait surtout besoin d'elle dans son commissariat. Et il avait besoin qu'elle ait l'esprit tranquille.

Ainsi, emmitouflée dans son manteau d'hiver, elle attendait à présent sur le trottoir devant la petite école et, quand la chevelure rousse d'Adam apparut sous le porche, elle sentit son cœur battre à tout rompre. Elle vit toutefois rapidement dans le regard de son fils que ce n'était pas comme d'habitude.

Même s'il était venu l'embrasser hier soir, même s'il s'était blotti contre elle avant d'aller dormir, il gardait visiblement au fond de lui une amertume dont Lola devait bien reconnaître qu'elle avait quelque légitimité. Adam était à la fois étranger au conflit de ses parents et victime la plus directe de celui-ci.

— Ça s'est bien passé ? demanda-t-elle en le prenant dans les bras.

L'étreinte du petit se fit moins enthousiaste qu'à l'accoutumée.

— Oui, oui. Normal. T'es à pied ?

— Oui. Je me suis dit que ça nous ferait du bien de se faire une petite balade.

Adam se renfrogna.

— J'ai pas envie de marcher... Il fait froid en plus !

— Justement ! Ça réchauffe de marcher, allez, viens !

Elle le prit par la main et l'obligea à se mettre en route en essayant d'avoir l'air désinvolte.

— J'aime pas ce que tu fais, maman.

Lola essaya de ne pas se crisper.

— Ce que je fais ? Qu'est-ce que je fais ?

— Tu fais ta toute gentille, toute souriante, tu fais comme si de rien n'était, alors que tu sais très bien que ça va pas.

— Eh bien, précisément, c'est pour ça que j'essaie de nous changer les idées.

— Mais j'ai pas envie qu'on me change les idées, maman. J'ai juste envie de voir mon père !

Lola faillit s'énerver et sortir quelque chose comme : « Oui, mais lui, il s'en fout de toi ! »... mais elle s'en garda bien et, après s'être étirée, comme dans un exercice de relaxation, elle décida de parler à son fils comme à un adulte, sans tricher. Du moins, sans *trop* tricher. Elle s'arrêta et se plaça en face de lui, en le prenant par les épaules.

— Adam...

— Arrête ! la coupa-t-il aussitôt avec une voix et un regard dont la maturité était déroutante. Je te dis jamais rien, maman ! Je me plains jamais ! Toutes ces fois où tu n'es pas là, où tu rentres tard, je ne dis rien. Parce que je comprends. Je comprends que tu as du travail, et que c'est dur, et que tu fais ça pour moi. Alors j'accepte. Mais là, je ne comprends pas. Là, ce n'est pas juste. Là, je n'accepte pas, et tu pourras me dire ce que tu veux, je n'accepterai pas !

Lola avala sa salive. C'était comme si son fils venait de lui administrer une claque.

— Adam, reprit-elle, tu te trompes. Je comprends très bien que tu aies envie de voir ton père. À vrai dire, à ta place, j'aurais certainement envie de le voir aussi.

— Alors pourquoi tu m'en empêches ?

— Je ne t'empêche pas de voir ton père. Je refuse qu'il vienne chez moi sans prévenir. Ce que tu ne peux pas comprendre, Adam — et c'est normal —, c'est que ton père se sert de toi pour me faire du mal. Et moi, je ne veux pas qu'il se serve de toi. S'il a des comptes à régler avec moi, qu'il le fasse directement. Pas en se servant de son fils. Tu comprends ?

— Pas tout. En quoi il se sert de moi ?

Une boule se forma dans la gorge de Lola.

— Il menace de te prendre avec lui. Et moi... Moi je ne veux pas que tu... Je ne veux pas te perdre. Voilà.

— Mais il n'est pas question que tu me perdes, maman ! Je veux juste le voir de temps en temps.

— Ce n'est pas ce qu'il essaie de faire, Adam. Et puis... Allez... Je vais être honnête avec toi. Il m'a fait tellement de mal que oui, tu as raison, c'est sans doute un peu égoïste, mais je n'aime pas l'idée que tu le voies. Je n'aime pas l'idée que tu puisses passer des bons moments avec cet homme qui m'a tant fait souffrir.

— Mais... C'est mon papa !

Lola poussa un soupir.

Au fond, Adam avait raison. Et il n'y avait pas grand-chose à dire pour contrecarrer cette si simple affirmation : Anthony était son père, il avait le droit de le voir.

Mais c'était tellement dur !

— Les choses ne peuvent simplement pas se faire si brutalement, dit-elle finalement. Nous ne pouvons pas passer comme ça d'un extrême à l'autre. Et puis, surtout, il y a des lois, Adam. Ton papa et moi sommes divorcés. Ce n'est pas à lui de décider quand il peut te voir. C'est à un juge...

En disant cela, elle essayait aussi de se convaincre elle-même.

— Nous verrons ce que le juge dira. En attendant, on va essayer de se détendre un peu, OK ?

Le petit garçon hocha la tête sans conviction.

— Ce soir, on se fait des hamburgers maison !

— Maman, répliqua Adam avec un début de sourire. N'essaie pas de m'avoir par le ventre. C'est très petit.

A new day

28

30 janvier 2010, Washington DC.
Un an a passé.
Le conseiller Harry Kleymore et le général Paul Parton ont réussi leur pari : rassembler, dans la plus grande discrétion, des forces vives autour de leur projet.

Ils sont quarante-deux, à présent, et de sept nationalités différentes, même si une grande majorité vient du continent américain.

Leur règle première : le secret absolu. Rien de ce qui se dit ici ne doit sortir de ces murs. Jamais.

Physiquement, trente personnes sont présentes autour de la table. Les douze autres sont reliées en direct par un système de visioconférence.

Quarante-deux personnes finalement très différentes – dont seulement deux femmes – issues des milieux de la politique, de l'industrie et de la finance. Leur dénominateur commun : une perte de foi dans la capacité des gouvernements occidentaux à faire face aux évolutions du monde moderne, et une envie de faire changer le monde.

Beaucoup de ces hommes et femmes auraient pu appartenir à des think tanks *connus, à des formations ultralibérales comme le Brookings Institution, le Council on Foreign Relations, l'IFRI ou le Bilderberg. Certains, d'ailleurs, sont membres de l'un ou plusieurs de ces groupes de pensée. En effet, leurs objectifs se recoupent : contrer les menaces internationales en matière de sécurité et d'économie, permettre la mise en place d'une réelle gouvernance de l'économie mondiale en suppléant le monopole de l'appareil d'État, étant entendu que les architectures gouvernementales ne sont plus adaptées au monde actuel. Mais une chose les sépare : ces* think tanks, *par définition, se contentent de réfléchir, de diffuser des idées, de fournir une expertise.*

Eux, ils veulent agir.

Les quarante-deux personnes réunies ici ne veulent plus simplement penser l'avenir. Elles entendent le changer.

Pour y parvenir, ils n'ont pas seulement un plan, ils ont des moyens. Des moyens qu'ils ont réunis par eux-mêmes, indépendamment des organes gouvernementaux dont ils ne veulent pas être tributaires.

Et aujourd'hui, l'heure est venue de passer à l'acte.

À proprement parler, c'est leur première réunion officielle. Leur réunion fondatrice, leur acte de naissance. Le lancement de leur entrée sur l'échiquier planétaire.

À 18 h 30 GMT, précisément, loin du regard des caméras, Harry Kleymore se lève et regarde ses associés. Ceux qui sont présents dans la salle, et ceux dont le visage apparaît sur de petits écrans vidéo. Une ambiance lourde et grave règne autour de la table. Une pesanteur à la hauteur du secret qui les unit, de la discrétion à laquelle les contraint leur objectif.

Harry Kleymore ouvre un large sourire, et, d'un air solennel, il prononce enfin cette phrase qu'ils attendent tous depuis tant de mois :

— Mesdames, messieurs, je déclare le Bronstein Project Group officiellement créé. Nous commençons dès aujourd'hui la première phase de notre plan.

Devant lui, le discours qu'il doit prononcer a été imprimé sur un papier dont l'en-tête ne comprend aucun nom, aucune adresse, mais seulement un emblème. Celui de leur organisation.

Un homme sur un cheval cabré.

Un cavalier.

29

Après avoir ramené Draken au *Space Truckin'* *Garage*, l'agent Loomis passa la soirée chez lui à relire ses notes, à éplucher les dossiers qu'il avait rapportés du Bureau.

Il manquait un engrenage quelque part, un lien logique. Un pont qui pourrait relier l'assassinat d'Emily Scott, l'enlèvement du couple Singer et ce qu'il s'était passé en République libre du Tumba.

Comment rattacher ces trois événements *a priori* sans rapport ?

Certes, il y avait un lien entre Singer et la RLT : c'était Exodus2016 qui avait – par ses tonitruantes révélations – déclenché le scandale et donc favorisé le coup d'État. Dans ce cas, cela signifiait-il que les gens qui avaient enlevé Singer voulaient en réalité l'empêcher de faire ces révélations ? Mais dans ce cas, pourquoi les ravisseurs avaient-ils demandé de l'argent pour libérer le couple Singer ? S'ils avaient voulu les faire taire, pourquoi les libérer ?

Il y avait quelque chose qui ne collait pas.

Il manquait un pion sur cet échiquier diabolique.

Loomis – pour la millième fois peut-être – essaya malgré tout d'imaginer le scénario le plus logique possible, en l'état de ses connaissances.

D'une façon ou d'une autre, Emily Scott avait été mise au courant de la préparation de l'enlèvement du couple Singer, mais aussi du déroulé exact de leur future libération et du coup d'État en RLT. Cela, on en avait la confirmation dans ses visions sous hypnose. En soi, c'était déjà très étonnant… L'exactitude de ses visions relevait d'une futurologie édifiante.

Ensuite, des tueurs – dont l'homme au chapeau en première ligne – avaient tout fait pour empêcher Emily Scott de révéler ce qu'elle avait découvert. Draken, ayant en partie hérité de son secret, était devenu à son tour la cible de ces tueurs sans nom. On pouvait donc en déduire que ceux-ci étaient, très probablement, responsables de l'enlèvement du couple Singer.

Mais qui étaient-ils ? Étaient-ils le « cavalier » des visions d'Emily et du tueur de l'hôpital ? Et surtout, quel était leur but ? Était-il seulement financier, comme aurait pu le laisser penser la demande de rançon, ou était-il politique, comme pouvait l'indiquer le lien avec le coup d'État de la RLT ? Mais quel bénéfice auraient-ils pu tirer de ce coup d'État, dont la conséquence la plus directe profitait au peuple africain ?

Trouver un meurtrier dont on connaît le mobile peut déjà se révéler une chose ardue... mais quand en plus on ignore ses motifs, les choses se compliquent encore davantage.

Loomis se prit la tête dans les mains, anéanti par la frustration, et jeta ses notes en vrac sur son bureau.

Emily Scott avait, en quelque sorte, prévu l'avenir. L'enlèvement du couple Singer, leur libération, la RLT... Mais ses visions allaient-elles plus loin ? Restait-il, sur les cassettes de ses séances d'hypnose, des informations sur des événements qui ne s'étaient pas encore déroulés ?

Loomis n'avait pas encore eu le loisir de poser la question à Draken. Vu l'heure, il décida d'attendre le lendemain pour aller questionner le psychiatre à ce sujet et partit donc se coucher avec un goût désagréable d'inachevé.

Il passa une nuit agitée, faite de visions étranges qui auraient sans doute trouvé grâce aux seuls yeux du Dr Draken...

À l'aube, l'agent prit sa voiture improbable et partit tout droit pour le garage de son ami, au cœur du

Queens. Quand il entra dans l'atelier, il y trouva Dave Bolin, immobile, le visage livide.

— Qu'est-ce qui se passe ?

— J'allais t'appeler, Sam. Ton poulain, le docteur...

— Eh bien ?

— Il s'est fait la malle.

Reality

30

Draken avait profité de la nuit pour partir.

Le garagiste, trompé par la sympathie et l'apparente résignation du personnage – ou le prenant peut-être pour un adulte –, n'avait pas sérieusement envisagé la possibilité que son hôte s'enfuie comme un voleur. La porte arrière de l'atelier s'ouvrait de l'intérieur ; il n'avait pas pris la peine de la cadenasser.

Grossière erreur.

Le psychiatre, avant la levée du jour, était parti à pied sans faire de bruit pour l'aéroport de La Guardia. Depuis le garage, il n'en avait pas eu pour plus de quarante minutes de marche.

À 8 heures précises, il était monté dans le premier

avion pour Bangor, dans le Maine – l'aéroport le plus proche de sa destination finale.

Depuis Bangor, en début d'après-midi, il pourrait prendre un bus pour Bass Harbor. Ainsi, un peu avant 16 heures, Arthur Draken embarquerait sur *Captain Henry Lee*, un ferry blanc aux allures de bateau de pêche qui l'emmènerait sur Swans Island.

Pendant tout le voyage en avion, le psychiatre ne put s'empêcher de penser, encore et encore, aux obsédantes visions d'Emily. À ces étranges souvenirs enfuis qu'elle avait effleurés.

Quelque part, sur cette île, un couvent de carmélites recelait peut-être des réponses à des questions qu'Emily elle-même s'était posées jusqu'à sa mort. Un voile, enfin, se lèverait sur tout un pan de son passé.

Draken se demanda ce que ces découvertes auraient comme conséquences sur lui. Il se demanda ce qu'il aurait dit à un patient qui s'apprêtait à découvrir soudain la vérité sur son enfance. Ce qu'il aurait dit à Emily. Et ce que cela changeait de savoir.

De savoir enfin.

31

— Les analyses sont positives, princesse : la peinture prélevée dans l'ancien supermarché est bien celle qui était sur les mains d'Emily quand on l'a trouvée dans le parc de Fort Greene.

Le rapport était arrivé juste après le déjeuner. Lola, qui avait encore passé la matinée à essayer, en vain, de joindre Arthur, prit le dossier que lui tendait Detroit et s'assit sur le bord de son bureau.

— Et c'est pas tout, annonça celui-ci, le regard brillant. Il y a... Il y a beaucoup plus drôle.

— Oh, oui, fais-moi rire, cow-boy, fais-moi rire ! lança Lola, désabusée.

— Devine ce qu'on a trouvé dans les intestins des trois petits cochons crevés ?

— Euh... Le grand méchant loup ?

Detroit sourit.

— Non. Mais presque : des restes humains.

— Tu plaisantes ?

— Non. C'est la vérité pure, ma belle. Les trois porcs ont bouffé quelqu'un. Un homme, visiblement. Mais on ne risque pas d'en savoir beaucoup plus à son sujet : il ne reste pas grand-chose. L'équipe technique a lancé une analyse ADN, mais je doute qu'on trouve une correspondance.

Lola regarda le rapport d'un air perplexe.

— Un cochon, ça peut bouffer un homme ?

— Un cochon, ça peut bouffer n'importe quoi, quand ça a faim. Un peu comme le capitaine Powell.

— Merde... Mais dans quoi avons-nous mis les pieds, Phillip ? C'était quoi, ce supermarché de l'enfer ? Qu'est-ce qu'Emily faisait là-dedans ? J'ai du mal à comprendre. Tu m'expliques ce qu'Emily foutait à peindre des décors dans cet endroit surréaliste ?

Le détective spécialiste haussa les épaules.

— Le CSU n'a rien trouvé de probant à part ça. Les lieux ont été méticuleusement lavés au nettoyant industriel, du sol au plafond. On ne fait pas ça quand on n'a rien à cacher. Tout a disparu, à part les peintures. Et encore, elles ont subi les assauts de ce grand ménage, elles aussi.

Lola hocha lentement la tête.

— On a les coordonnées du propriétaire ?

— C'est là que ça se complique.

Il s'installa face à son ordinateur et montra à Gallagher les résultats de ses recherches.

— Le propriétaire est un promoteur immobilier basé dans le New Jersey : A&D Real Estate. *A priori*, rien de suspect à leur sujet. Pas de procès significatif, pas de casseroles...

— Tu connais des promoteurs immobiliers qui n'ont pas de casseroles, toi ?

— Disons que ceux-là ont l'air plutôt normaux. Je les ai contactés, et ils m'ont dit que cet ancien supermarché était destiné à être détruit l'an prochain, dans le cadre d'un projet immobilier regroupant tout le pâté de maisons. En attendant ce grand remaniement, ils me disent avoir loué les lieux, à usage de hangar, à une société dont ils m'ont donné les coordonnées.

— Ça devient intéressant.

— Oui. Sauf que c'est une société bidon, Lola.

Gallagher sourit.

— Encore plus intéressant ! Ça prouve qu'on est sur la bonne piste !

— Gambit Inc., domiciliée à Memphis, à une adresse qui sert de poste restante anonyme pour tout un tas d'escrocs. Autant dire qu'ils n'existent pas.

— Gambit ?

— Oui. C'est un terme d'échecs. C'est comme ça qu'on appelle le sacrifice volontaire d'un pion dans l'ouverture d'une partie.

— Et le pion sacrifié, c'est Emily ?

— Qui sait ? En attendant, c'est une voie sans issue.

— Ne baisse pas les bras si vite, cow-boy. Il faut suivre l'argent. Il faut *toujours* suivre l'argent. Le promoteur immobilier recevait bien un loyer, non ? L'argent venait forcément de quelque part.

Detroit hocha la tête.

— Je vais regarder ça.

The wind blows

32

Arrivé sur l'île, Draken prit une navette jusqu'au petit hôtel qu'il avait réservé depuis l'aéroport : *The Harbour Watch'Inn*, situé face au port. Le trajet lui permit de découvrir le paysage étonnant de la péninsule.

Dans les couleurs monochromes de l'hiver, Swans Island ressemblait à un décor de film des années 1950.

La brume donnait aux bateaux assemblés le long de la côte rocailleuse un petit air de fantasmagorie. Entre les rangées éparses de maisons blanc et rouge, Draken s'attendait à voir surgir à tout moment des personnages en costume, tout droit sortis d'un roman d'Agatha Christie.

L'air était saturé par l'odeur des aiguilles d'épineux, celle de la mer, celle des poissons et des homards que les pêcheurs ramenaient du large. Le bruit lancinant du vent se mêlait au ressac des vagues déferlantes, au roulement des cailloux sur le sable, à l'appel obsédant des mouettes qui tournaient autour du phare pour parfaire cette impression singulière d'être ici loin de tout, hors du monde.

Une femme d'une trentaine d'années, bien en chair, l'accueillit avec un beau sourire à la réception de l'hôtel.

— Voici les clefs de votre chambre, monsieur Draken, avec une belle vue sur le port. Vous êtes ici en vacances ?

— Plus ou moins…

— C'est rare en cette saison ! Mais vous allez voir, vous serez au calme ici. Loin de l'agitation de la ville !

— Je n'en doute pas. Je peux louer une voiture quelque part ?

La patronne de l'hôtel fit de gros yeux ronds.

— Louer une voiture ? Ah, non… Vous ne trouverez pas ça sur l'île, désolée. Il aurait fallu la louer sur le continent et venir avec.

— Ah… C'est embêtant.

— Vous savez, tout est à deux pas, ici…

— Je voudrais aller au couvent. Je peux m'y rendre à pied ?

— Au couvent ? Bon Dieu, non ! C'est sur la troisième partie de l'île, à l'extrême ouest ! À pied ça risque d'être un peu long. Il faudrait compter une bonne heure de marche au moins, et, par ce froid, ce n'est peut-être pas une bonne idée. Je... Je peux peut-être vous prêter ma voiture ?

— Vous feriez ça ?

— Si vous me promettez de conduire sagement...

— Je vous dédommagerai.

— Ne dites pas de bêtises.

De fait, une demi-heure plus tard, Draken traversait Swans Island au volant d'un vieux pick-up Chevrolet à la carrosserie rouillée. Il suivit Jericho Bay Road, au milieu des rochers et des forêts de pins sur lesquels subsistaient encore d'épaisses couches de neige.

Le soir commençait à tomber quand il arriva enfin devant l'entrée du couvent, en plein milieu des bois et à quelques pas de la mer.

Draken gara le pick-up le long de l'enceinte en pierres, descendit et se dirigea, le cœur battant, vers la grille en fer forgé.

Le couvent était perdu au milieu de nulle part, et de nouveau le psychiatre ne put s'empêcher de penser à un vieux film d'épouvante. L'ambiance était glaciale, sinistre, gothique presque. Il avait l'impression d'être entré dans un autre monde. Un monde irréel, qui ressemblait presque aux visions d'Emily.

Il était sur le point d'actionner la poignée quand son téléphone se mit à vibrer dans sa poche. Il grimaça. Depuis la mort de Ben Mitchell, Lola essayait désespérément de le joindre, et il n'avait pas la force de répondre. Peur de perdre ses moyens en évoquant le décès du neurophysiologiste... Pour l'instant, le déni psychologique lui convenait à merveille. Il sortit malgré tout son cellulaire et découvrit avec surprise le numéro de Sam Loomis qui s'affichait sur le petit écran.

Draken serra la mâchoire. Il regarda bêtement son téléphone, incapable de se décider à répondre.

Les sonneries finirent par s'arrêter.

Il soupira.

Était-il en train de faire une nouvelle connerie ? Comment comptait-il faire ? Se planquer à nouveau ? Fuir, toujours ? Non, il n'en avait plus la force ! Mais il ne pouvait pas non plus obéir aux injonctions de Loomis. Une partie de la vérité était ici, quelque part derrière cette grille, et il avait bien l'intention de la découvrir.

Avant qu'il n'ait le temps de remettre le téléphone dans sa poche, il reçut un SMS de l'agent du FBI.

« Pauvre imbécile ! Vous êtes au courant qu'on peut tracer un téléphone portable ? Qu'est-ce que vous foutez dans le Maine ? »

Il ferma les yeux d'un air résigné. À quoi bon lutter ?

Il composa, piteux, le numéro de l'enquiquineur. Loomis lui sauta aussitôt à la gorge.

— C'est une maladie, chez vous, doc ? Vous cherchez les emmerdes ? Ça a un nom, ça, en psychiatrie ?

— Euh… Oui. Masochisme moral.

— Qu'est-ce que vous foutez à Swans Island, bordel ?

— Je vous ai dit que j'avais un voyage à faire, répondit le psychiatre d'une voix neutre.

— Et moi, je vous ai dit que je le ferais avec vous.

— J'ai quelque chose à vérifier ici, Loomis. Tout seul. Laissez-moi vingt-quatre heures. C'est tout ce que je vous demande. Foutez-moi la paix pendant vingt-quatre heures, et je vous promets de tout vous dire.

— Vous êtes le pire casse-pieds de l'histoire de l'humanité, Draken, vous le savez, ça ?

— On me le dit souvent.

Moment de silence.

— Bon, céda finalement l'agent. Vingt-quatre heures. Pas une seconde de plus.

Et il raccrocha.

Draken rangea son téléphone et leva la main vers la grille du couvent.

La serrure était ouverte.

33

Loomis regarda le téléphone dans ses mains en secouant la tête. Décidément, Draken était totalement ingérable. Un véritable cauchemar, dans le cadre d'une enquête aussi complexe ! Mais, paradoxalement, c'était ce qui le lui rendait aussi sympathique. À force de le surveiller, d'enquêter sur lui, il avait fini par apprécier ce curieux personnage. Après tout, ils n'étaient pas si différents l'un de l'autre. Au sein du FBI, Loomis lui-même faisait figure d'électron libre. Le seul problème, c'était que le psychiatre semblait capable du pire comme du meilleur. Il était têtu, imprévisible et capricieux. Un jour ou l'autre, il ferait la connerie de trop.

Vingt-quatre heures. Était-il bien raisonnable de le laisser tout seul pendant vingt-quatre heures ? Si Loomis avait si facilement réussi à le tracer jusqu'à Swans Island, les tueurs à ses trousses ne risquaient-ils pas de le retrouver, eux aussi ? D'un autre côté, Draken s'était bien débrouillé jusque-là. Pour un psy, il ne manquait pas de ressources et il semblait avoir un instinct de survie particulièrement développé. En outre, sa détermination laissait penser que ce voyage était réellement important. Si sa petite escapade insulaire permettait à cet hurluberlu de trouver quelque chose de concret, ça valait peut-être le coup de prendre le risque.

Loomis était prêt à tenter le coup. Si dans vingt-trois heures et cinquante-neuf minutes il n'avait pas de nouvelles, il enverrait l'artillerie lourde.

Après tout, ce petit délai ne tombait pas si mal. Car l'agent avait quelque chose d'urgent à faire : fouiller la maison de Ben Mitchell, dans l'Illinois, avant que les flics ne viennent y mettre leur nez.

Glissant une cigarette sur son oreille, il quitta rapidement le 23e étage du grand immeuble blanc de Federal Plaza qui dominait fièrement tout ce quartier du sud de Manhattan et fonça vers l'aéroport.

Nothing really matters

34

En montant la petite allée qui menait au couvent, Draken fut saisi par une certitude, une évidence qui le frappa soudain et dont la force était si vive qu'elle semblait presque d'origine surnaturelle.

Il frissonna.

Emily avait vécu ici.

Elle n'y était pas seulement passée, elle y avait vécu. Ce paysage lui était familier. Elle avait connu ces arbres, ce chemin, cette chapelle, cette vieille bâtisse en pierres brutes. Toutes ces choses étaient des éléments constitutifs de son mystérieux passé.

Dans l'atmosphère qui régnait ici, le psychiatre avait l'impression de reconnaître des images qu'Emily avait décrites sous hypnose. Une ambiance, une tension, un isolement aussi. Et c'était comme si son fantôme errait quelque part au milieu de ces arbres obscurs que le vent nocturne agitait.

Mais pourquoi Emily aurait-elle vécu ici ? À quel titre ? Se pouvait-il qu'elle ait été elle-même une sœur carmélite ? Non. Draken n'arrivait pas à y croire. Et l'alliance de la jeune femme indiquait en outre qu'elle avait été mariée…

La lumière qui s'alluma automatiquement au-dessus de la porte d'entrée de la vieille bâtisse comme il s'en approchait le sortit brusquement de ses pensées.

Fébrile, il se tint un instant sur le seuil, avec l'appréhension d'un premier rendez-vous galant, puis il sonna.

Après un long moment, une femme d'une cinquantaine d'années vint lui ouvrir, vêtue de l'uniforme sombre des sœurs carmélites, et Draken ne put s'empêcher de penser à ces figures étranges qui apparaissaient dans les visions d'Emily.

— Bonsoir, monsieur, dit-elle d'une voix timide. En quoi puis-je vous aider ?

— Bonsoir...

Il sortit maladroitement sa carte professionnelle de son portefeuille et la tendit à la nonne, qui semblait quelque peu inquiétée par cette visite impromptue.

— Je suis le docteur Draken, expliqua-t-il en prenant un air grave, et je cherche des informations sur... sur l'une de mes patientes.

La femme fronça les sourcils.

— Une patiente ? Ici ?

— Non... Non, pas tout à fait. Je... Je peux entrer ?

— Je ne préfère pas, monsieur. Nous respectons notre vœu de silence, dans ces murs.

— Je comprends.

— J'ai peur de ne pas saisir, pour ma part : quel est le lien de votre patiente avec notre institution ?

Draken ne savait pas par où commencer.

— Il y a l'une de vos sœurs qui... Il y a très longtemps, elle a écrit une chanson... Une chanson qui parle d'un homme avec un bébé dans un train...

La nonne parut étonnée.

— Comment savez-vous ça ?

Draken se sentit revigoré par la surprise de son interlocutrice. Il ne s'était donc pas trompé. C'était comme

995

s'il entendait lui-même la comptine résonner entre les murs du vieux couvent.

— Eh bien, justement, c'est... C'est ma patiente qui m'en a parlé. Et je voudrais... J'aimerais en savoir plus. Je peux la voir, cette sœur ?

La nonne écarquilla les yeux.

— Oh ! Malheureusement, sœur Janet nous a quittées il y a plus de vingt ans !

— Il y a plus de vingt ans ?

Draken pencha la tête, d'un air interdit. Dans sa vision, Emily avait décrit la vieille femme qui chantait cette chanson. Cela signifiait probablement qu'elle l'avait entendue elle-même. Qu'elle l'avait vue. Et donc... Cela signifiait probablement qu'Emily avait été ici au moins vingt ans plus tôt ! Quand elle n'était qu'une adolescente. Peut-être même une petite fille.

— Mais vous... Vous êtes ici depuis combien de temps, ma sœur ?

— Depuis trente ans.

— Alors, peut-être avez-vous connu ma patiente, s'aventura-t-il.

— Comment cela ?

— Eh bien, à l'époque, c'était une petite fille. Une petite fille blonde qui s'appelait Emily. Vous... Ça ne vous dit rien ?

Le visage de la nonne se figea.

Draken sut aussitôt qu'il était sur la bonne piste. Son cœur se mit à battre à toute allure. Devant lui se tenait peut-être enfin la première personne qui eût connu Emily avant son amnésie !

— Vous pouvez rester ici un instant, monsieur ? demanda la nonne d'un air gêné. Je reviens.

Elle referma la porte sans attendre sa réponse.

La tête rentrée dans les épaules, engourdi par le froid, Draken serra la mâchoire, se demandant si la bonne sœur allait vraiment revenir. Quoi qu'il advienne, à présent, il ne partirait pas sans avoir obtenu une réponse. Car il en était sûr, désormais : il venait de pénétrer dans le passé secret d'Emily. Ce passé qu'elle-même avait perdu.

Après une attente qui lui parut interminable, la porte s'ouvrit enfin de nouveau, et ce ne fut plus une mais deux nonnes qui lui firent face, et cette vision était presque comique. La première était allée en chercher une seconde, bien plus âgée – encore qu'il fût difficile de lui donner un âge, car elle pouvait avoir soixante ans comme elle pouvait en avoir quatre-vingts. Elle avait à la fois la peau marquée par le temps et un regard d'une éternelle jeunesse. Vif, intelligent, mais dur. Accusateur, presque.

— Je peux revoir votre carte, monsieur ? demanda-t-elle sans la moindre amabilité.

— Bien sûr.

Draken, impatient, s'empressa de la lui montrer.

La bonne sœur sembla l'analyser comme s'il avait pu s'agir d'une contrefaçon. Puis elle la lui rendit d'un air mitigé.

— Bonsoir, *docteur*, dit-elle, comme si l'appellation restait à prouver. Je suis sœur Paige, la mère supérieure du couvent. En dehors du fait qu'il est un peu tard pour venir nous visiter et qu'il eût été préférable de prévenir, est-ce que vous pouvez m'expliquer ce que vous cherchez, exactement ?

— Oui… Je me doute que ma démarche doit vous sembler étrange. Mais voilà : une de mes patientes vient de décéder. Or, voyez-vous, c'était une femme amnésique, qui avait perdu tout lien avec son entourage. Et... À présent qu'elle est décédée, j'aurais aimé pouvoir prévenir sa famille...

Ce n'était pas tout à fait un mensonge, mais plutôt un raccourci avec quelques omissions. Si Dieu existait, il lui pardonnerait sûrement d'avoir menti à l'une de ses filles...

— La seule chose que je sais de son passé, c'est qu'elle s'appelait Emily, et qu'elle a été, à un moment de sa vie – sans doute quand elle était petite – dans votre couvent.

— Quel âge aurait-elle aujourd'hui, votre patiente ?

— Elle avait trente-cinq ans environ.

— Et elle vous a dit s'appeler Emily ?

— Oui... Enfin... Non. Elle ne se souvenait même pas de son propre prénom. Mais elle portait une alliance sur son doigt. Et sur l'alliance, il y avait deux noms gravés : Mike & Emily.

Les deux bonnes sœurs échangèrent un regard stupéfait. Draken sentit son cœur s'emballer.

— Vous l'avez connue, n'est-ce pas ? les pressa-t-il, en essayant de masquer l'émotion qui le gagnait.

La plus âgée des deux poussa un soupir.

— Et vous dites qu'elle est décédée ?

— Oui. Il y a moins de quinze jours.

Cette fois-ci, en prononçant la dernière phrase, Draken n'était pas parvenu à cacher ce qu'il éprouvait. Les deux femmes semblèrent reconnaître l'authenticité de sa peine dans le son de sa voix. Sans doute cela leur inspira-t-il un peu de pitié.

— Était-elle vraiment une simple patiente, pour vous, docteur ?

Draken soupira. La nonne était perspicace. Inutile de lui mentir davantage.

— Je... Non. Vous avez raison. Je me suis beaucoup attachée à elle. Vous vous doutez bien que je ne serais pas ici aujourd'hui si elle n'avait été qu'une simple patiente. Je vous en supplie... Si vous savez quelque chose... J'aimerais tellement savoir, j'aimerais tellement comprendre !

Sœur Paige le dévisagea un instant, puis, avec une moue de résignation, elle ouvrit la porte en grand.

— Entrez.

The line

35

— Vous savez que je vous aime de tout mon cœur, Dana, je vous aime comme ma propre fille, mais cette fois, vraiment, vous allez trop loin.

Au sommet du CBS building, le producteur de *60 Minutes* ressemblait au rédacteur en chef d'un quotidien des années 1970. Il ne lui manquait plus que le cigare. Et sans l'interdiction de fumer, il en aurait d'ailleurs probablement allumé un.

— On pourrait demander à Nancy ce qu'elle en pense ? suggéra malicieusement la journaliste.

La présidente du network l'ayant soutenue la première fois – et étant plus haut placée dans la hiérarchie de CBS –, Dana avait tout intérêt à la faire entrer de nouveau comme un atout de choix dans cette délicate partie de cartes.

Le producteur, qui n'était pas dupe, secoua la tête d'un air blasé.

— Vous êtes une petite maligne, Dana. Et je vous dirais bien que je suis habilité à prendre ce genre de décisions tout seul... Mais je vous connais par cœur : à peine sortie de mon bureau, vous iriez pleurer dans le sien en lui faisant une tirade sur la solidarité féminine, sur l'émancipation des femmes au sein des networks, et patati et patata. Alors gagnons du temps et allons voir Nancy ensemble. Mais je vous préviens : si elle est du même avis que moi, pour vous faire pardonner d'avoir mis mon autorité en question, vous devrez m'apporter un bagel à l'ail de chez *Ess-a-bagel* tous les midis pendant un mois.

La journaliste le gratifia d'un sourire espiègle.

— Marché conclu.

Ils montèrent d'un étage et se firent annoncer dans le bureau de la présidente, le plus grand de tout le gratte-ciel, depuis lequel on avait une vue imprenable sur Central Park.

–– Ah ! Voilà notre petite star du moment ! lança la blonde sexagénaire en les voyant entrer. Laissez-moi deviner : elle veut une augmentation ?

— Ce n'était pas le sujet, répliqua Dana Clark, mais maintenant que vous le dites... Je risque d'en avoir besoin pour acheter une grosse quantité de bagels.

— Pardon ?

— Votre petite protégée s'est mis en tête de faire une interview de John Singer sur notre antenne, expliqua le producteur.

— Et alors ?

— Et alors, ce monsieur exige qu'elle soit en direct.

La présidente grimaça.

— Hmmm. Je vois…

— En échange, il nous garantit l'exclusivité de ses révélations, précisa la journaliste.

— L'exclusivité ! ironisa Jeff. Ce type se sert de vous, Dana ! Il vous fait croire que c'est lui qui vous rend service, alors que c'est nous qui lui offrons une visibilité qu'il n'aurait jamais ailleurs.

— Nous avons beaucoup à y gagner, rétorqua la brune. Il a tenu ses promesses, la dernière fois. Il nous a refilé le scoop sur la RLT. On a été la première chaîne à pouvoir en parler.

— C'était la moindre des choses de sa part. On a tout de même largement contribué à sa libération, je vous rappelle !

— Justement ! Ce sera l'occasion qu'il nous raconte sa détention. Il n'a donné aucune interview filmée pour l'instant ! Bon sang, c'est le sujet le plus chaud du moment, boss ! Ça fait une semaine qu'il est en tête des buzz sur tous les moteurs de recherche d'Internet. Tout le monde se bat pour l'avoir. Même le FBI !

Le producteur fit un geste de lassitude pendant que Nancy, leur patronne, les regardait en silence, visiblement amusée par leurs joutes verbales.

— Tout ça, c'est très bien, reprit Jeff, mais le direct, on ne fait pas, Dana, un point c'est tout. Pas dans mon émission. Et surtout pas avec un type comme lui. Imaginez qu'il vous pète dans les doigts en plein *live* ?

Dana Clark ouvrit un large sourire.

— Ne dites pas ça, ça m'excite !

— Ne dites pas n'importe quoi. Ce type, c'est juste un agitateur qui se prend pour un grand journaliste.

— C'est vous qui le dites. Personnellement, je ne le vois pas comme ça. Et de toute façon, je ne vois pas le problème à interviewer un agitateur. Au contraire. C'est ce qui fait tout le sel de notre métier, non ? Ne sommes-nous pas nous-mêmes des agitateurs ?

— Mais pour l'amour de Dieu, Dana ! s'emporta le producteur. Vous êtes amoureuse, ou quoi ? Mon émission n'est pas là pour servir de tribune libre à ce genre de fou furieux mégalomane ! S'il veut une interview, OK, on peut y réfléchir, mais montée ! On ne peut pas le laisser dire n'importe quoi sur notre antenne. Je vous signale que la CIA considère ce type et son équipe comme une bande de terroristes…

— Et alors, Jeff ? On a diffusé des interviews de terroristes, par le passé, il me semble !

— Des types d'une autre trempe que lui, oui ! Et de toute façon, encore une fois, c'était des interviews enregistrées. Je vous rappelle que nous avons une armée de juristes qui est obligée de passer tout ça au peigne fin avant diffusion.

— Il n'acceptera pas si ce n'est pas en direct.

— Alors, qu'il aille se faire foutre ! Il se prend pour qui, ce type ?

— Oh ! là ! Du calme ! intervint enfin la directrice de la chaîne. Tous les deux ! On se calme ! Jeff, pas de jurons dans mon bureau.

Elle tapota nerveusement sur le bord de son bureau

en les regardant l'un et l'autre, comme si elle avait besoin de se donner un petit temps de réflexion. Les deux autres étaient suspendus à son regard, impatients qu'elle tranche enfin.

— Dana... Vous avez fait un boulot remarquable, sur la RLT, comme sur l'enlèvement de Singer. Et vous savez que je vous ai ardemment soutenue tout au long de cette affaire. Mais là, je suis désolée, gamine, Jeff a raison. On ne peut pas se laisser dicter un changement dans nos méthodes par M. Singer, ou par qui que ce soit d'autre, d'ailleurs. Ça créerait un antécédent. Et les risques me semblent trop grands.

La journaliste poussa un soupir.

— Nancy... Je vous parle de faire de la grande télévision, là ! Ce type, ce qu'il représente, c'est le sujet de société le plus brûlant du moment ! C'est ce qui est en train de changer le monde. Wikileaks, les Anonymous, les Indignés, Occupy Wall Street, tout ça... C'est dans ces milieux-là que tout se passe ! Et si on ne suit pas le mouvement...

— Dana, Dana ! la coupa la présidente. Par pitié, ne me faites pas la scène des oscars ! Jeff et moi faisions de la télévision quand vous n'étiez encore qu'une lueur lubrique dans l'œil de votre père. Vous parlez de l'émission qui a réuni le plus de téléspectateurs dans l'histoire du petit écran, ma petite, alors croyez-moi, on commence à connaître notre boulot. On a révélé des scandales bien plus grands que celui de la RLT, par le passé. Ce n'est pas une histoire d'échelle, c'est une histoire de méthode, d'éthique.

— Vous avez perdu la foi, Nancy ? lâcha Dana Clark avec une pointe d'amertume.

Cette fois, la remarque sembla réellement agacer sa supérieure.

— Je n'ai jamais eu la foi, gamine. Je suis une pro, pas une fanatique. Le journalisme, c'est un métier, pas une religion. Ne laissez pas votre succès vous monter à la tête. Vous avez fait du très bon boulot, et vous en ferez encore, mais si je peux vous donner un conseil, c'est de ne jamais être le jouet des sujets que vous couvrez. L'indépendance, Dana, ça n'a pas de prix. Ce n'est pas à John Singer de vous imposer ses conditions. S'il veut passer dans *60 Minutes* – ce qui est tout à fait envisageable –, ce sera selon nos termes. Pas les siens.

— Il n'acceptera pas, répéta Dana, dépitée.

— Alors c'est son problème, pas le nôtre.

— Et s'il trouve une autre chaîne prête à lui donner la parole ?

— Eh bien, ce sera leur problème, pas le nôtre.

Les épaules de la journaliste s'affaissèrent dans un signe d'impuissance. La présidente de la chaîne se leva, contourna son bureau et vint lui prendre le bras, d'un geste maternel.

— Dana, vous, vous êtes une jeune, belle, et brillante journaliste. Jeff est un producteur historique de CBS. Un vieux loup de mer. Vous, vous cherchez l'info, lui, il décide s'il la passe ou non. C'est comme ça que ça marche, et c'est pour ça qu'on vous paye l'un et l'autre. Si vous voulez changer les règles, devenez productrice. Vous nous prenez peut-être, Jeff et moi, pour des vieux cons un peu dépassés… Mais peut-être avez-vous encore un ou deux trucs à apprendre de vos aînés. Ne croyez pas que nous ne sommes pas passés par là où vous passez. Ce que vous êtes en train de vivre, pour vous, c'est une première. C'est excitant.

Nous, on l'a déjà vécu une bonne centaine de fois. On a du recul. On sait garder la tête froide. Et ce qu'on est en train de vous dire, c'est que, dans votre intérêt, dans l'intérêt de votre carrière, à long terme, ce serait une très mauvaise idée de laisser penser à John Singer que vous lui bouffez dans les mains.

Dana hocha la tête sans trop y croire.

— Et que vous me devez un mois de bagels, ajouta Jeff.

Face the truth

36

Les deux bonnes sœurs conduisirent Draken à travers ce bâtiment au silence pesant, jusque dans une petite pièce sombre et sans décor où elles l'invitèrent à s'asseoir avec elles autour d'une petite table couverte d'une vieille nappe plastifiée. Un crucifix sur le mur qui lui faisait face semblait s'être penché vers Draken dès son arrivée, et le psychiatre avait l'impression que le Christ en croix au corps blafard le dévisageait d'un regard triste.

La plus jeune des deux nonnes annonça qu'elle allait

préparer du thé afin que le docteur puisse se réchauffer. Elle alluma une bouilloire dans un coin de la pièce.

— La femme dont vous parlez, monsieur, ne s'appelait pas Emily.

Les mains de Draken se crispèrent sur ses genoux.

— Elle s'appelait Anna Perry, et elle a effectivement grandi dans ces murs.

Le psychiatre eut l'impression que son cœur allait s'arrêter.

Anna Perry.

Depuis le jour où il l'avait rencontrée, c'était, enfin, le premier petit bout de passé authentique qu'il découvrait sur cette femme dont il était tombé si rapidement amoureux. Il éprouva à la fois une sorte d'euphorie, celle de découvrir enfin un secret si longtemps cherché, et une accablante tristesse, de n'avoir jamais pu appeler cette femme par son véritable nom.

Anna Perry.

Les yeux brillants, il plongea son regard dans celui de la nonne.

— Vous êtes sûre… Absolument sûre que nous parlons de la même personne ?

La nonne hocha la tête d'un air presque amusé.

Draken sortit son téléphone portable et lui montra une photo de la blonde.

— Mon Dieu ! Comme elle a grandi… Oui. C'est bien elle. C'est bien la petite Anna.

Le psychiatre avala sa salive.

— Mais alors… Son alliance ?

— Ce n'était pas la sienne, expliqua la bonne sœur. Mais celle de sa mère. Emily et Mike étaient les parents d'Anna. Un couple de Swans Island. Un jour, sa mère est venue ici pour la voir, quand Anna avait quatre ans,

1006

et, en partant, elle lui a donné son alliance. La petite l'a gardée sur une chaîne autour du cou tout le temps qu'elle est restée chez nous.

Tout s'expliquait.

Draken pensa aussitôt à cette scène dans les visions d'Emily où la reine lui donnait sa couronne.

— *La reine me regarde. Elle me regarde avec ses yeux si doux. Elle me sourit, mais c'est un sourire triste. Elle prend la couronne sur sa tête et me la tend.*

— *Vous avez envie de la prendre ?*

— *Je ne sais pas. J'ai peur. Oui, je veux la prendre.*

— *Alors prenez la couronne, Emily.*

— *Elle est brûlante ! Je me brûle les doigts !*

— *Alors lâchez-la !*

— *Je ne peux pas. Je dois la garder. La reine me l'a donnée. Et elle s'en va maintenant.*

La reine, c'était donc sa mère, la véritable Emily. Et elle lui avait donné sa bague. La petite fille avait hérité de cet objet qui n'aurait pas dû lui revenir. Ça lui avait fait peur. Ça l'avait « brûlée ». Mais elle l'avait gardée, précieusement, pendant toutes ces années, car cette « couronne » était son seul héritage.

— Que faisait-elle ici ?

Sœur Paige poussa un soupir.

— Je suppose que ses parents ne pouvaient pas la garder. Ils l'ont abandonnée un matin devant la grille du couvent. Nous n'avons jamais su pourquoi.

— Nous n'avons jamais voulu savoir, rectifia la seconde nonne en servant une tasse de thé au psychiatre, et il y avait dans sa voix une sorte de rancœur à l'égard de son aînée.

— Je ne comprends pas... Sa mère l'a abandonnée, et elle est ensuite venue la voir ?

— Une seule fois, expliqua la mère supérieure.

— Sœur Paige lui a interdit de revenir.

Les deux femmes échangèrent un regard plein d'animosité.

— Pourquoi ?

— Elle avait abandonné cet enfant, se justifia la plus âgée. Elle n'avait pas donné la moindre nouvelle pendant quatre ans. Vous croyez en Dieu, monsieur Draken ?

— Mes parents m'ont élevé dans la religion juive. Mais je n'ai pas la foi, si c'est ce que vous me demandez.

— Si vous aviez la foi, vous comprendriez que c'est Dieu qui a conduit cette enfant dans notre couvent, monsieur. C'est Dieu qui a guidé ses parents ici, et pour une bonne raison. Parce qu'elle a été plus heureuse parmi nous qu'elle l'aurait été dans le foyer où elle a vu le jour. Nous l'avons élevée avec amour, dans la tradition de la charité chrétienne. Alors quand, soudain, un jour, au bout de quatre ans, cette femme est revenue... J'ai trouvé cela déplacé. J'ai pensé que ce n'était pas une bonne idée pour Anna. Que cela ne pourrait lui faire que du mal.

— Elles ne se sont jamais revues ?

— Pas à ma connaissance...

— Quand l'avez-vous vue pour la dernière fois ?

— Quand elle a eu vingt ans, Anna est partie vivre sa vie. Elle a trouvé du travail sur le continent. Elle... Elle n'est jamais revenue ici.

Draken hocha lentement la tête. Seule, déjà. Abandonnée, si tôt. L'amnésie de cette femme n'avait probablement pas été le seul fruit de son traumatisme physique. Il avait eu, certainement, des liens avec son histoire. Une longue série d'abandons. Une absence de racines. Pas de passé.

— *Anna Perry*, murmura le psychiatre comme s'il n'arrivait pas à se faire au véritable nom d'Emily.

Puis il releva la tête vers la mère supérieure.

— Et... La véritable Emily... Sa mère ? Et Mike, son père. Vous pensez qu'ils sont toujours en vie ?

Sœur Paige rechigna à répondre.

— Je dois leur parler, insista Draken. Je dois leur dire ce qui est arrivé à leur fille.

— Emily est toujours en vie, répondit finalement la plus jeune des deux nonnes, malgré le regard réprobateur de son aînée. Un jour, elle a quitté son mari, avec qui elle était partie vivre à Bangor, et elle est revenue s'installer toute seule à Swans Island. Il y a un an ou deux. Elle habite près du port.

— Il faut que je la voie ! s'exclama Draken. Comment puis-je la trouver ? Elle est dans l'annuaire ? Elle s'appelle Emily Perry ?

— Non ! répliqua la mère supérieure. Perry n'était pas le véritable nom de famille d'Anna. C'est... C'était le nom de sœur Janet.

— Celle qui a écrit la chanson ?

— Nous ne connaissions pas le nom de cette enfant, quand nous l'avons trouvée devant le couvent, monsieur. Nous ne savions rien d'elle ! Sœur Janet l'a prise en affection. Anna a fini par l'appeler « tante Janet ». Nous lui avons donné son nom quand sœur Janet nous a quittées.

La vieille femme se signa.

— Comment puis-je retrouver sa mère ? insista Draken.

— Elle s'appelle Emily Morris, répondit la jeune nonne d'une voix basse. Un jour, elle est venue nous voir pour savoir si nous avions gardé contact avec sa fille… Nous lui avons dit la vérité. Anna était déjà partie depuis longtemps sans laisser d'adresse. Depuis, elle vit ici et ne sort jamais de chez elle. Je crois qu'elle rêve secrètement qu'un jour sa fille revienne ici. Mon Dieu, pauvre femme…

— Il faut que je la voie.

— Vous la trouverez sur Harbor Road. La dernière maison avant le phare.

The line

37

Lola, assise à son bureau, la tête entre les mains, était plongée dans le même dossier depuis le début de l'après-midi – une sombre histoire de racket dans un collège du nord de Brooklyn – quand elle sentit soudain une main se poser sur son épaule. Prise par ses pensées, elle sursauta puis reconnut le parfum de Detroit derrière elle.

Phillip murmura à son oreille.

— Je crois que je vais te donner un orgasme, princesse.

— Il serait temps.

— Viens dans mon bureau.

— Tu ne peux pas faire ça ici ? ironisa-t-elle.

Detroit fit pivoter la chaise roulante de sa collègue et la regarda droit dans les yeux.

— J'ai trouvé une piste, espèce d'idiote ! Viens, il faut que tu voies ça.

La rousse lui adressa un sourire narquois.

— Dommage. Un instant, j'ai vraiment cru que tu étais enfin devenu un homme.

— Me cherche pas, princesse.

Gallagher se leva et le suivit jusque dans son antre.

— J'ai pu récupérer la trace des virements qui correspondent au loyer du supermarché, expliqua-t-il en montrant fièrement l'écran de son ordinateur.

— Je ne doutais pas un seul instant que tu y arriverais, cow-boy. Ça donne quoi ?

— Eh bien, au premier abord, pas grand-chose.

— Ah bon ? Je croyais que tu allais me donner un orgasme ? Tu ne comprends vraiment rien aux femmes.

— *Votre manque de foi me consterne*, dit-il en prenant une voix ténébreuse. Les virements viennent d'un compte offshore, qui est bel et bien enregistré au nom de Gambit Inc. Inutile de te dire qu'on ne remontera jamais jusqu'à la source réelle de ce compte. Réussir à extorquer des infos sur un compte aux îles Caïmans, c'est à peu près aussi probable que de trouver un distributeur de préservatifs sur la place Saint-Pierre.

— Et donc ?

— Et donc j'ai d'abord pensé qu'on était dans la merde…

— Mais ?

— Mais comme je suis un garçon brillant, en plus d'être irrésistible, j'ai lancé une recherche comparative avec ce numéro de compte offshore sur tout un tas de transactions immobilières du pays...

— On peut faire ça ?

— Moi, je peux. Mais ne le répète pas au capitaine. C'est long et fastidieux, hautement illégal, mais c'est la magie du XXIᵉ siècle. Je te rappelle que je suis une star au FBI.

— À voir comment tu jubiles, j'en déduis que tu as trouvé quelque chose.

— Très perspicace, détective. Écoutez plutôt : la société Gambit Inc. utilise aussi ce compte pour louer un autre bâtiment sur le territoire américain.

— Où ça ?

Detroit se retourna vers Lola avec un immense sourire d'autosatisfaction.

— À Collinsville, ma chère ! À quelques pas de la forêt où a été trouvé le cadavre d'une femme sans empreintes, et pas très loin non plus du barrage de Saville.

Lola tapota doucement sur la joue de son collègue.

— Pas mal, gamin.

— C'est moi qui conduis, dit-il en se levant.

Lola fronça les sourcils.

— Tu as vu l'heure ? Je peux pas... Je dois aller chercher Adam. Je suis déjà en retard. On ira demain.

— Un dimanche ? Ton fils va être ravi...

— C'est quand même mieux que de ne pas rentrer ce soir. Je... Je lui expliquerai. Il comprendra. On ne va quand même pas attendre jusqu'à lundi ou refiler le bébé à quelqu'un d'autre, hein ?

— Non, répliqua Detroit en souriant. Toi et moi, princesse. J'attends ton coup de fil.

38

C'était une petite maison en bois, presque une ruine, qui aurait semblé à l'abandon s'il n'y avait eu cette lumière allumée à l'étage, derrière une fenêtre mansardée qui dépassait du vieux toit rouge. Une maison modeste, qui ressemblait tout juste à une cabane de pêcheur. Le jardin enneigé était jonché de débris : une carcasse de vélo rouillée, une balancelle brinquebalante et un poteau qui avait dû jadis supporter un panier de basket. Tout ce décor vétuste s'illuminait par intermittence sous la lumière filante du phare de Swans Island, à quelques pas de là.

C'était une habitation isolée, abandonnée, à l'image, sans doute, de la femme qui habitait à l'intérieur.

Draken, la gorge nouée, monta les marches du perron, se frotta les mains pour se réchauffer – et se donner un peu de courage – puis frappa à la porte vitrée.

Aucune réponse. Il frappa de nouveau, plus fort.

Des pas retentirent enfin. Des pas qui descendaient un escalier grinçant.

Une ombre apparut derrière le rideau. Les mains de Draken se serrèrent au fond de ses poches.

— Qui est là ? demanda une voix inquiète.

— Madame Morris ? Je suis le docteur Arthur Draken... Je... Je suis venu vous parler de votre fille.

Un silence. Un silence absolu. Le psychiatre imaginait parfaitement le visage pétrifié de la femme derrière la porte.

— Je suis venu vous parler d'Anna, insista-t-il.

Il s'était forcé pour ne pas dire *Emily*.

Toujours ce silence, rompu seulement par le bruit lugubre du vent.

Et puis, enfin, la porte s'entrouvrit.

Le visage d'Emily Morris, qui devait approcher de la soixantaine, apparut dans l'entrebâillement.

Arthur eut aussitôt un choc.

Ce n'était pas dans son imagination : la femme devant lui ressemblait terriblement à... à Anna. Les mêmes yeux. Le même front. La même tristesse et la même profondeur dans le regard.

C'était troublant. C'était bouleversant, même.

Emily Morris le dévisageait avec une intensité embarrassante, un mélange de peur et d'espoir que le psychiatre peinait à affronter.

— Vous... Vous connaissez Anna ? balbutia finalement la femme d'une voix pathétique.

Emmitouflée dans une épaisse robe de chambre, elle avait l'air si vulnérable.

Draken hocha timidement la tête. Les mots ne voulaient pas sortir.

— Comment ? Où... Où est-elle ? Vous dites que vous êtes médecin ? Pourquoi...

— Je peux entrer ? la coupa le psychiatre.

La femme hésita, puis elle ouvrit la porte en grand et regarda cet homme au crâne rasé et aux épais sourcils poivre et sel entrer dans son salon comme un sombre messager tombé du ciel au milieu de la nuit.

Draken s'arrêta au centre de la pièce, puis se retourna vers Emily Morris avec un regard affligé.

La femme s'avança lentement vers lui, puis elle se laissa tomber sur un large fauteuil usé.

— Elle… Elle est… Elle est morte, n'est-ce pas ? bégaya-t-elle, et ce n'était pas vraiment une question.

Elle l'avait lu dans les gestes confus du psychiatre, dans le fuyant de ses yeux.

Il s'assit à son tour, face à la mère de cette femme qui lui manquait tant.

— Je suis désolé, lâcha-t-il d'une voix tremblotante.

Des larmes sans sanglots se mirent à couler sur les joues d'Emily Morris.

— Je ne l'ai jamais revue, dit-elle simplement.

C'était un regret, c'était une excuse, c'était la douleur profonde d'une mère spoliée.

Draken ferma les yeux un instant, comme pour reprendre des forces, puis il se leva, traversa timidement l'espace qui les séparait, s'agenouilla près de la femme et posa une main sur son bras.

Après quelques secondes de silence, il sortit son téléphone portable et lui tendit la photo qu'il avait déjà montrée aux bonnes sœurs. On y voyait Anna, souriante, dans un parc de Brooklyn.

La mère prit le téléphone dans ses mains et cette fois elle éclata véritablement en sanglots.

— Mon Dieu, je la reconnais ! Je la reconnais si bien !

Draken resserra l'étreinte de sa main sur son bras.

Elle le regarda d'un air dévasté.

— Comment ? Comment est-ce arrivé ?

Le psychiatre, cherchant ses mots, lui raconta finalement toute l'histoire, ou du moins tout ce qu'il voulut bien lui en dire.

Taking toll

39

Quand Hatman entra dans la chambre d'hôtel qu'il occupait depuis quelques jours dans la banlieue de Boston, il remarqua immédiatement l'alerte sur son ordinateur portable, posé sous la fenêtre.

Une petite fenêtre rouge clignotait au milieu de l'écran. Cela ne pouvait vouloir dire qu'une seule chose.

L'homme jeta son chapeau de feutre sur le lit et se précipita devant le PC sans même prendre le temps d'enlever son long manteau. Il entra le mot de passe qui donnait accès au logiciel de messagerie crypté et découvrit le courrier qu'il venait de recevoir.

Le message contenait simplement les références de trois titres de transport. Ils avaient été pris le jour même, au nom d'Arthur Draken.

Un sourire se dessina lentement sur les lèvres de Hatman.

Le bon docteur avait donc refait surface. Une imprudence ? Ou bien se croyait-il hors de danger après l'arrestation de l'homme qui avait tenté de l'éliminer ? Hatman peinait à croire que le FBI l'ait laissé circuler ainsi sans la moindre sécurité... À moins que... À moins que cet imbécile n'ait décidé une fois de plus de se soustraire à la surveillance des autorités, et n'ait pas trouvé d'autre solution que d'utiliser sa carte bleue pour payer ce voyage.

Ce qui signifiait probablement que c'était un voyage important. Très important.

Un avion pour Bangor, puis un bus pour Bass Harbor, et un ferry pour Swans Island.

Hatman se frotta le front. Swans Island. Ce nom lui disait quelque chose.

D'un air soucieux, il ouvrit le dossier intitulé BPG-LAC sur son ordinateur, lui aussi protégé par mot de passe et encrypté.

Après un lent décodage, les fiches d'une dizaine de personnes apparurent sous ses yeux. Le curriculum vitae précis d'hommes et de femmes, agrémentés de photos et d'une foule de détails sur leur vie privée. Il sut par laquelle commencer et ouvrit la fiche d'Anna Perry.

En un coup d'œil, il trouva la confirmation qu'il attendait.

La jeune femme avait grandi sur Swans Island.

Mais pourquoi Draken avait-il décidé de s'y rendre ? Selon la fiche, Anna Perry n'avait plus la moindre attache là-bas depuis fort longtemps. Et pour cause.

Draken cherchait-il des informations sur l'enfance de la blonde défunte ? Que risquait-il de découvrir ?

A priori, Anna n'avait plus de lien familial avant de mourir. Officiellement en tout cas. Mais pouvait-il y avoir une faille quelque part ? Quelque chose qui leur avait échappé ?

Selon la notice biographique, elle avait été élevée par des bonnes sœurs dans un couvent qui se trouvait effectivement à Swans Island. Mais elle n'avait plus eu de rapport avec elles après l'âge de vingt ans. Cela vaudrait toutefois sans doute le coup de vérifier de ce côté-là. Draken pouvait très bien éprouver l'envie d'aller leur poser des questions. Qui savait ce qu'il trouverait ?

Hatman chercha ensuite dans la fiche le nom des parents naturels de la jeune femme.

Père inconnu (visiblement, l'enfant était le fruit d'un adultère). Mère : Emily Morris, résidant à Hampden.

Il lança une requête sur un annuaire en ligne pour trouver l'adresse exacte de la mère d'Anna dans la ville mentionnée.

Aucune Emily Morris à Hampden. Soit elle était sur liste rouge, soit elle avait déménagé, soit elle était décédée.

Les informations des fiches dataient toutes de 2010, au moment où il avait été lui-même chargé de les établir. Les choses avaient peut-être changé depuis. Il décida donc d'élargir ses recherches.

Il ne lui fallut pas longtemps pour voir qu'Emily Morris n'habitait en effet plus à Hampden, mais à Swans Island.

Hatman grimaça. Si Draken la rencontrait – ce qui était fort probable étant donné la superficie de l'île –, il y avait un risque. Un vrai risque. Et, de toute façon, le psychiatre courait depuis trop longtemps. L'heure était venue de mettre un terme, une bonne fois pour toutes, à cette fâcheuse bavure qui menaçait de tout faire capoter.

L'homme attrapa son téléphone portable et composa rapidement un numéro qu'il connaissait par cœur.

— Monsieur, je vais devoir quitter Boston. Le Dr Draken a été localisé. Il est sur Swans Island, et il pourrait découvrir des choses… embarrassantes. Je dois y aller au plus vite. Oui… Je ferai de mon mieux pour être de retour demain soir pour la réunion.

Sans prendre même le temps de préparer quoi que ce fût, il reprit son chapeau sur le lit et sortit de la chambre d'hôtel.

Reality

40

— Vous n'avez jamais essayé de la retrouver ?

Emily Morris sembla offensée par la question.

— Bien sûr que si ! J'ai tout essayé ! Le jour où j'ai trouvé la force d'aller la voir dans le couvent, les bonnes sœurs m'ont interdit de revenir. Elle avait quatre ans. Je... Je ne sais pas si elle a compris que j'étais sa mère, ce jour-là. J'en voulais tellement à mon mari que je lui ai donné mon alliance.

— Je pense qu'elle a compris. Elle a gardé votre bague, vous savez, et elle y tenait beaucoup, visiblement.

Un semblant de sourire s'esquissa sur le visage de la femme.

— Et vous avez obéi à ces horribles bonnes sœurs ?

— Elles n'étaient pas horribles ! Je pense qu'elles s'occupaient très bien d'Anna. Et puis c'était seulement la mère supérieure qui en avait après moi. Au fond, je pense qu'elle avait peur que je reprenne ma fille. Quoi qu'il en soit, oui, j'ai obéi. J'ai obéi parce que j'avais très peur que le scandale éclate sur l'île. Vous savez, ici, les nouvelles vont très vite. J'avais caché ma grossesse tellement j'avais honte. Personne n'a jamais su que j'étais tombée enceinte. Alors vous imaginez... Mon mari m'aurait tuée. C'est lui qui m'a obligée à abandonner Anna.

— Pourquoi aviez-vous eu honte de votre grossesse ?

Draken devina la réponse avant même de l'entendre.

— Mon mari n'était pas le père d'Anna.

— Et alors ?

— C'était une autre époque, monsieur. Et c'est une toute petite île. Vous ne pouvez sûrement pas comprendre. Très vite, mon mari a eu peur que je la rencontre un jour par hasard et on a fini par quitter l'île. On s'est installés à Bangor. J'ai essayé d'oublier. Mais c'est impossible, pour une mère, d'oublier ça.

— Évidemment. Et oublier n'est jamais une solution.

— Un jour, mon mari m'a dit qu'il voulait un enfant. J'ai eu envie de le tuer.

— Je comprends.

— Je l'ai quitté et j'ai vécu à Hampden, où j'ai fait plein de petits boulots. J'ai eu beaucoup de mal à m'en sortir toute seule. J'ai vécu les pires années de ma vie, là-bas. Je vous épargne les détails. Régulièrement, j'essayais de retrouver Anna... Je...

Elle semblait troublée. Draken comprit qu'il y avait un nœud à cet endroit de son histoire.

— J'ai essayé de la retrouver, mais les bonnes sœurs ne m'ont jamais dit son nom de famille, alors je n'ai pas réussi. Et puis un jour, quand j'en ai enfin eu les moyens, j'ai décidé de revenir vivre ici, dans l'espoir un peu fou de retrouver ma fille.

Draken serra de nouveau le bras de cette femme. Il éprouvait pour elle une compassion vive, qui n'était pas seulement motivée par la pitié qu'il pouvait avoir pour une femme au si triste parcours, mais aussi, bien sûr, par le sang qui coulait dans ses veines. Le sang d'Anna.

— J'aimerais tellement comprendre ce qui est arrivé à votre fille, madame. J'aimerais tellement trouver les gens qui... les gens qui nous l'ont volée. Vous n'avez rien ? Pas la moindre piste ?

Il repensa à l'hésitation qu'elle avait eue l'instant d'avant dans son discours.

— Quand vous l'avez cherchée, vous n'avez absolument rien trouvé ?

Le regard fixé droit devant elle, la femme avala sa salive et le psychiatre sut aussitôt qu'elle ne lui avait pas tout dit. Les signes ne trompaient pas. Elle se mordait les lèvres comme pour retenir quelque chose.

— Emily… Si vous avez quelque chose, vous devez me le dire. Les gens qui ont fait ça doivent payer ! Nous avons besoin de savoir ce qui lui est arrivé avant de se faire tirer dessus dans un parc de New York. Vous comprenez ?

La femme se tourna lentement vers lui.

— Vous… Vous étiez amoureux de ma fille ?

Draken sentit sa gorge se nouer.

— Éperdument, murmura-t-il d'un air terriblement triste.

— Vous avez l'air d'un chic type. Un type qui a réussi… Ça veut dire… Ça veut dire qu'Anna était quelqu'un de bien ?

— C'était une femme extraordinaire, madame. Elle avait un cœur énorme… Beaucoup… Beaucoup d'amour à donner. Un jour, je vous promets, je reviendrai pour vous raconter. Je vous raconterai par exemple comment elle était avec Adam, ce petit garçon qu'elle gardait de temps en temps pour rendre service à une amie. Il l'adorait.

— Vraiment ? Vous ne dites pas ça pour me faire plaisir ?

— Non. Vraiment. Je n'ai jamais aimé quiconque autant que j'ai aimé votre fille, madame.

La femme resserra le col de sa robe de chambre et se leva péniblement. Elle fit un geste à Draken pour qu'il attende ici. Le psychiatre, perplexe, la regarda traverser le salon puis se mettre à genoux derrière la petite table à manger. Elle se mit étrangement à gratter le sol, et puis, soudain, une latte du plancher se souleva.

Emily Morris adressa un coup d'œil au psychiatre, comme si elle avait peur qu'il voie ce qu'elle faisait.

Draken fit mine de détourner le regard.

Du coin de l'œil, il vit la femme sortir quelque chose de sous le plancher. Puis elle remit la latte de bois en place et revint vers lui avec une enveloppe dans les mains.

Sans rien dire, elle la lui tendit.

Draken, les yeux écarquillés, prit la lettre, l'ouvrit et, incrédule, reconnut aussitôt l'écriture d'Anna.

— Elle... Elle vous a écrit ?

Emily hocha la tête.

— Oui. En 2009. Et regardez : le timbre a été oblitéré à Providence.

— Providence ?

— Oui. Entre ici et New York, en somme. J'ai fait des recherches là-bas, mais, comme je vous le disais, je n'avais pas son nom de famille, alors je n'ai rien trouvé. Je suis allée plusieurs fois errer dans les rues de Providence. Je me disais que j'allais la croiser... Dans tous les bars, les restaurants, je regardais si je ne voyais pas une jeune femme blonde... Mais je ne l'ai jamais trouvée. Je n'avais ni les moyens d'y aller souvent, ni ceux de me payer un détective privé.

Draken trembla.

Lui, il connaissait son nom, à présent : Anna Perry. Retrouver la trace d'une Anna Perry à Providence, une ville de moins de 200 000 habitants, ne semblait pas une tâche insurmontable.

— Je... Je peux garder cette lettre ?

— Je... Je ne préfère pas, dit-elle.

Draken renonça à insister. Il aurait tant aimé pouvoir étudier ce qu'Anna y avait écrit. Mais il ne pouvait pas heurter cette femme. Il lui rendit la lettre à contrecœur.

— Il faut que vous les retrouviez. Que vous retrouviez ces monstres, docteur Draken.

— Je vous promets.

Wonder

41

Vers 23 heures, la présidente du Network était sur le point de sortir enfin de son bureau au sommet du CBS building quand le téléphone se mit à sonner sur son bureau.

Elle laissa sa tête basculer en arrière en roulant des yeux. Déjà deux heures qu'elle essayait désespérément de décoller, mais, comme toujours, le monde semblait se liguer contre elle pour l'empêcher de rentrer chez elle.

Quand est-ce qu'on va me foutre la paix ?

Elle se pencha sur son bureau pour regarder le numéro qui s'affichait sur le téléphone. Quand elle reconnut celui du président du conseil d'administration, elle grimaça. Impossible de ne pas prendre l'appel, même à une heure aussi tardive. Elle resta debout devant son bureau – dans l'espoir que la conversation serait courte – et décrocha.

— Bonsoir, Tim.

— Bonsoir, Nancy. Je ne vous dérange pas ?

— Je partais…

— Ah. Alors j'ai de la chance.

Pas moi, songea la présidente.

— Qu'est-ce que je peux faire pour vous ?

— Nancy… Mon Dieu. Comment puis-je tourner ça ? Vous savez que le conseil n'intervient jamais dans vos choix éditoriaux.

Ça commençait mal.

— *Presque* jamais, corrigea la sexagénaire, qui sentait déjà venir la suite.

— Presque jamais, oui. Disons que quand nous le faisons, c'est que nous avons une bonne raison.

— Et quelle est-elle aujourd'hui ? demanda Nancy d'une voix désabusée.

— Je ne vais pas y aller par quatre chemins. John Singer. Vous allez faire cette interview en direct.

La présidente, stupéfaite, fit le tour du bureau et se laissa finalement tomber sur son fauteuil, comme si rester debout en de pareilles circonstances lui eût demandé trop de force. Elle s'était attendue à tout sauf à ça. Elle se demanda même si elle avait bien compris.

— Pardon ?

— Nous voudrions que vous laissiez Dana Clark interviewer John Singer en direct sur CBS.

Nancy fit une grimace d'incompréhension, leva une main d'un air désemparé et articula en silence : *c'est quoi ce bordel ?*

— Je… Tim ? C'est une plaisanterie ? On ne fait pas de direct dans *60 Minutes* et…

— Nous nous foutons que ce soit dans *60 Minutes* ou dans une émission de cuisine, Nancy. Tout ce qui nous intéresse, c'est que vous puissiez faire cette inter-view en direct.

— Mais… Mais… Pourquoi, bon sang ?

— CBS ne peut pas passer à côté de ça.

Nancy, qui sentait monter la colère, se leva et se mit face à la baie vitrée, le combiné coincé entre sa tête et son épaule. Elle regarda la skyline de Manhattan qui scintillait dans la nuit comme si ce spectacle pouvait la calmer un peu.

— Tim, dites-moi que c'est une farce. Dites-moi que vous plaisantez.

— Pas vraiment.

— Je… Je n'arrive pas à comprendre. D'où ça vient ? C'est Dana Clark ? C'est elle qui vous a demandé ça ? Merde, je savais qu'elle était douée, mais je ne savais pas qu'elle avait le bras si long ! Elle couche avec lequel d'entre vous ?

— Attention à ce que vous dites, Nancy. Dana Clark n'a rien à voir avec ça. C'est une décision… collégiale. CBS ne peut pas se priver d'une telle opportunité, un point, c'est tout. L'audience de la chaîne a beaucoup chuté ces derniers mois. C'est une occasion en or.

— Foutaises ! Ça n'a rien à voir avec l'audience, Tim ! Ne me prenez pas pour une idiote ! Je fais ce métier depuis assez longtemps pour savoir quand une décision du conseil pue la politique à plein nez. C'est une putain de blague !

L'homme au bout du fil poussa un long soupir.

— Ne m'obligez pas à faire ce que je n'ai pas envie de faire, Nancy.

— Quoi ? C'est une menace ? Vous êtes en train de me dire que c'est ça ou la porte ?

— Bon sang, Nancy ! Je ne vous demande pas

grand-chose. Juste de faire une interview ! Vous en faites tous les jours ! C'est quoi, le problème ?

— Non. Vous me demandez de baisser mon froc, Tim.

— Je ne vous savais pas aussi pudique.

— Très élégant !

— Écoutez, ma grande, il est tard, vous avez sûrement envie de rentrer chez vous, tout comme moi. Allez vous coucher, vous verrez ça avec un peu plus de recul demain matin. Je vous ai dit ce que j'avais à vous dire. Le conseil d'administration vous demande de faire cette interview de John Singer en direct. Je n'ai pas la liberté d'en discuter avec vous. Simplement de vous en informer.

La présidente du Network pencha la tête d'un air perplexe.

— Comment ça, vous n'avez pas la liberté d'en discuter ? Vous êtes le président du conseil, oui ou merde ?

Pas de réponse.

Il y avait quelque chose de bizarre dans les dernières phrases de son interlocuteur. La décision ne venait-elle pas de lui ? Une partie du conseil devait le tenir par les couilles et lui avoir imposé ce choix. Mais pourquoi ?

— Tim… Qui est derrière tout ça ?

Nouveau soupir. Mais cette fois, ce n'était plus de l'agacement, c'était de l'abattement.

— J'aimerais bien le savoir moi aussi, Nancy.

La présidente retourna sur son fauteuil.

— Je… Je n'ai pas le choix ? demanda-t-elle d'un ton résigné.

— Vous n'avez… *Nous n'avons* pas le choix. Faites cette satanée interview, et oublions tout ça.

Elle laissa sa tête basculer en arrière et resta un long moment ainsi à fixer le plafond sans rien dire.

— Les temps ont changé, hein, Tim ?

— Ne m'en parlez pas.

Elle sourit.

Elle aurait pu jurer qu'il était en train de penser exactement la même chose qu'elle.

Prends l'oseille et tire-toi.

— Et ces enfoirés vous ont envoyé au casse-pipes, hein ?

— Bonne nuit, Nancy.

— Bonne nuit, Tim.

Elle raccrocha.

Jeff pouvait dire adieu à ses montagnes de bagels.

Reality

42

Le lendemain, Draken avait pris, à l'aube, le premier ferry pour quitter l'île et rejoindre l'aéroport de Bangor. Tout seul sur la dernière rangée du bus à moitié vide, après y avoir longuement réfléchi, il se décida enfin à appeler Lola.

Il devait bien le reconnaître : la détective lui manquait. Et il fallait bien qu'un jour ou l'autre il rompe un silence qui durait depuis trop longtemps.

— Mais bon sang, tu es où ? l'accueillit l'Irlandaise d'une voix à la fois inquiète et furieuse.

Le psychiatre, la tête collée contre la vitre, regarda le paysage enneigé qui défilait au-dehors.

— Eh bien, là, je suis dans un bus, entre Swans Island et Bangor.

— Entre… Entre… Mais, bon Dieu, mais qu'est-ce que tu fous là-bas ?

Draken adressa un vague sourire à son reflet.

— C'est une longue histoire, que je te raconterai bientôt. Et toi ?

Dès le début de la conversation, le psychiatre avait reconnu le bruit d'une voiture dans l'écouteur de son téléphone. Lola était visiblement au volant.

— Je suis avec Detroit. On part à Collinsville.

Draken réfléchit. C'était l'une des villes les plus proches du barrage de Saville. Ça avait forcément un rapport avec la libération de John Singer.

— Qu'est-ce que vous allez faire là-bas ?

— C'est une longue histoire, que je te raconterai bientôt, répondit Gallagher d'une voix ironique.

— Eh bien. Ça va nous en faire, des choses à nous raconter !

Un silence passa.

— Comment tu te sens ? demanda Lola d'une voix plus douce, peut-être simplement parce qu'elle ne voulait pas que Detroit l'entende.

— Euh… Plein d'espoir, répondit Draken d'une voix neutre.

— Vraiment ?

— En fait, vraiment, oui. Je crois qu'on va finir par trouver ces connards, Lola. Emily et Ben seront vengés un jour ou l'autre.

Il devina son sourire.

— Je le crois aussi, dit-elle.

L'aéroport de Bangor se profilait déjà à l'horizon.

— J'ai besoin que tu me rendes un service.

— Je me demandais aussi pourquoi tu m'appelais, rétorqua Lola, feignant d'être vexée.

— J'ai retrouvé la trace d'Emily. Alors… Figure-toi d'ailleurs qu'elle ne s'appelait pas Emily. Elle s'appelait Anna Perry.

— Tu… Tu es sûr ?

— Catégorique. Anna Perry. Emily & Mike, c'était le nom de ses parents. L'alliance appartenait à sa mère.

— Merde !

— Oui. Merde. Mais l'étau se resserre.

— Comment tu as découvert ça ?

— Trop long à t'expliquer. Mais voilà : il se pourrait qu'elle ait vécu à Providence, et je veux essayer de remonter la piste. Est-ce que tu peux me trouver les références de toutes les Anna Perry qui vivaient à Providence en 2009 ?

— Au volant ça va être difficile, mais, je vais demander à Velazquez, répondit Lola d'une voix enthousiaste. Et… Tu y vas ?

— Oui.

— Tout seul ?

— Oui.

— L'agent Loomis te laisse voyager comme ça, sans la moindre sécurité ?

Draken fit une grimace.

— Mince, tu me fais penser que je dois l'appeler lui aussi…

— Arthur !

— Disons qu'il n'est pas ravi. Mais il est au courant.

— Tu es conscient qu'il y a toujours des types qui essaient de te trouver ? Des types qui ont tué Ben ? Tu… Tu prends des précautions, au moins ?

— Qu'est-ce que tu veux dire ?

— Dis-moi que tu n'utilises pas ta carte bleue pour payer tes voyages, par exemple ! Dis-moi que tu t'enregistres sous un faux nom à l'hôtel…

Draken se mordit les lèvres comme un enfant pris en faute.

— Ah. J'aurais dû ?

— Arthur !

— Ça va, ça va… Je vais faire attention maintenant. Bon… Tu me tiens au courant pour Providence ?

Elle soupira.

— Oui ! Je vais mettre mon collègue sur le coup. Quand est-ce qu'on se voit ?

— Dès que je rentre.

Un nouveau silence, empli de non-dits que l'un et l'autre devinaient.

— Tu me manques, Arthur. Et j'ai des choses à te raconter… Ma vie… Ma vie n'est pas simple en ce moment.

— J'ai cru comprendre. Tu me manques aussi. Et Adam. Embrasse-le de ma part.

43

L'agent Loomis avait péniblement obtenu une autorisation pour faire ouvrir les scellés de la police sur la maison de Ben Mitchell dans l'Illinois.

Aux aurores, le shérif local – qui n'aimait pas voir les fédéraux mettre leur nez dans une enquête de police en cours – le laissa entrer à contrecœur dans la petite maison, lui adressant un regard réprobateur assumé.

— Si vous bougez ou prenez quelque chose, il faut le consigner scrupuleusement dans le rapport, lâcha-t-il. La fouille n'a pas encore eu lieu.

L'agent du FBI lui retourna un large sourire.

— J'ai une fulgurante envie de pisser. Vous pensez qu'il faut le mettre dans le rapport, ça aussi ?

Le shérif secoua la tête d'un air dépité.

Loomis lui tapota sur l'épaule.

— Attendez-moi dehors, John Wayne. Ou bien allez coller quelques contraventions de stationnement. J'en ai pour un petit moment, vous risquez de vous endormir.

Et de toute façon, malheureusement, vous n'avez pas le droit d'être là. Affaire fédérale.

Il lui ferma la porte au nez.

La petite maison était plongée dans l'obscurité. Sans doute l'était-elle toujours – un non-voyant n'avait pas besoin de lumière – mais Loomis ne put s'empêcher de penser qu'elle sentait déjà la mort.

Même s'il n'avait pas connu Ben Mitchell, il éprouva une sorte de tristesse à voir les affaires de cet homme atypique, comme les reliques d'une vie solitaire et triste. Le dossier sur le neurophysiologiste le lui avait rendu plutôt sympathique. Cette espèce d'éternel étudiant révolté, ce professeur baba cool et apprenti sorcier dont les recherches semblaient avoir eu, à l'origine, d'humaines intentions, était sans doute né une ou deux décennies trop tard, comme lui. Il n'avait pas su s'adapter à la modernité fulgurante du monde dans lequel il était devenu adulte, au durcissement de sa législation et de sa morale politiquement correcte...

Loomis soupira en se promenant dans les différentes pièces de la maison, inspectant les objets un à un, non pas uniquement avec un regard d'enquêteur, mais avec l'envie de s'imprégner du personnage qui avait vécu ici.

Il ne trouva rien qui éveillât particulièrement son intérêt. La maison n'était pas la résidence principale de Ben Mitchell, et il y avait moins de chances de trouver ici des choses personnelles que dans l'appartement de l'université. Mais on pouvait aussi apprendre bien des choses sur un homme en observant les lieux de ses retraites.

Quand il découvrit que la porte de la cave était fermée à clef, l'agent du FBI se demanda s'il n'allait pas enfin découvrir quelque chose : pourquoi le neurophysiologiste aurait-il fermé une porte à l'intérieur de sa propre maison ?

Après avoir cherché en vain une clef dans les différents tiroirs et placards auxquels il pouvait penser, il se résolut à forcer la porte. Les flics seraient sans doute furieux, mais ce n'était pas le genre de détail dont Sam Loomis se souciait vraiment.

D'un coup de pied, il fit sauter la serrure. Le battant s'ouvrit dans un craquement sec.

Il alluma la lumière et descendit dans la cave.

La première pièce était une sorte de garde-manger.

La seconde une buanderie.

Mais la troisième… La troisième se révéla riche en surprises.

44

C'était un ancien bâtiment, de taille modeste, qui semblait autant à l'abandon que le vieux supermarché de Brooklyn. Une sorte de local technique d'une trentaine de mètres carrés tout au plus. Un cube de béton gris, sans fenêtre, tout au bout d'une impasse déserte sur la périphérie de Collinsville, à la lisière d'un petit bois.

Lola gara la voiture devant la vieille grille rouillée qui encerclait le terrain enneigé de ce triste blockhaus.

— C'est quoi encore ce truc ? soupira Detroit en sortant de la Chevrolet.

— Je ne sais pas. On dirait un ancien poste de distribution électrique ou un truc dans le genre.

De fait, un panneau rouge avec une tête de mort et le mot DANGER pendait de travers sur le portail grillagé. Un cadenas verrouillait celui-ci.

— *Danger, c'est mon deuxième prénom*, murmura Phillip en grimpant par-dessus sans hésiter.

Lola le rejoignit et dégaina son arme.

Ils firent d'abord le tour du bâtiment. Rien. Pas un bruit, pas la moindre trace de vie.

Ils retournèrent devant la lourde porte métallique sur la façade du bâtiment et essayèrent de l'ouvrir. Évidemment, elle était fermée à clef.

Le détective Gallagher tapa trois coups forts contre la paroi.

— Police ! Ouvrez !

Detroit la regarda avec une sorte d'incompréhension.

— Euh… Tu crois vraiment qu'il y a du monde dans un transformateur électrique ?

Lola fit un signe de tête en direction du toit.

— T'as déjà vu ça en haut d'un transformateur, toi ?

Une caméra de surveillance, visiblement très récente, était braquée sur eux.

Lola sortit le mandat de sa poche et agita le document signé du juge en direction de l'objectif. Elle tapa de nouveau contre la porte.

— C'est ridicule. Lola, pousse-toi, ordonna Detroit d'un air désespéré.

Il la fit reculer de quelques pas, sortit son arme à son tour, se mit de biais pour éviter les ricochets et vida trois balles sur la serrure jusqu'à ce qu'elle cède.

Lola secoua la tête.

— Toujours dans la finesse.

— On n'a pas fait 200 bornes pour enfiler des perles, princesse.

Tenant fermement son arme entre les mains, il écarta la porte du bout du pied et passa prudemment le premier.

L'unique pièce qu'abritait le bâtiment apparut partiellement à la lumière du jour. Cela ressemblait effectivement à un ancien local technique abandonné. Quatre murs de béton brut, quelques étagères métalliques entièrement vides, des gaines qui couraient ici et là... Beaucoup de poussière au sol, et rien d'autre.

— Combien ils payent pour ce taudis ? demanda Lola d'un air circonspect.

— Six mille dollars par mois.

— C'est un peu cher... Il y a quelque chose qui cloche.

— Tu crois ? ironisa Phillip en avançant vers le fond de la pièce.

Il s'arrêta près de l'une des étagères, plaqua son épaule dessus et la fit légèrement glisser sur le côté.

— Je pense que j'ai trouvé ce qui cloche, dit-il avec un sourire. Regarde, ça m'étonnerait que ce soit une cave à vin.

Une trappe était apparue à ses pieds.

— Tu me couvres ?

Lola acquiesça et se mit en position.

Detroit ouvrit précautionneusement la trappe.

Le canon de son arme pointé dans l'ouverture, il attrapa une lampe torche dans la poche intérieure de sa veste et éclaira le sous-sol.

Un escalier descendait vers ce qui semblait être un long couloir.

45

L'avion de Draken se posa le long de la baie de Providence peu avant midi.

Au loin, la ville portuaire – où les immeubles modernes faisaient peu à peu oublier qu'elle était l'une des plus anciennes du pays – se découpait sur fond de ciel bleu.

À peine sorti de l'aérogare, le psychiatre reçut un appel dont le préfixe laissait supposer qu'il provenait du 88e district. Il s'empressa de décrocher.

— Docteur Draken ?

— Lui-même.

— C'est Tony Velazquez. Lola m'a demandé de faire des recherches pour vous. Je voulais vous communiquer ce que j'ai trouvé.

Draken monta dans un taxi et demanda au chauffeur de l'emmener vers le centre-ville.

— Je vous écoute, Tony.

— En 2009, il n'y avait que deux Anna Perry résidant à Providence et qui pourraient, niveau âge, correspondre à… à Emily Scott. Mais on peut d'ores et déjà en éliminer une : elle est morte d'une méningite foudroyante il y a plus de deux ans.

— En somme, il n'en reste qu'une ?

— Oui. L'appartement qu'elle occupait est toujours au nom de son compagnon, Edward Reilly. Ce qui est bizarre, c'est que personne n'a signalé sa disparition. Du coup, il y a peu de chances que ce soit elle.

— Envoyez-moi tout de même l'adresse, je vais aller vérifier.

— Entendu. Je vous envoie ça par SMS. Pendant ce temps-là, je vais élargir la recherche aux villes environnantes, on ne sait jamais. Je vous tiens au courant.

Il raccrocha.

Quand Draken reçut l'adresse, une petite rue dans le quartier de Wayland, il la dicta immédiatement au chauffeur.

Sacaramouche

46

Les deux détectives descendirent lentement les marches l'un derrière l'autre. Étonnamment, la

température était ici beaucoup plus douce qu'en surface. À en juger par le profond silence et l'obscurité
totale qui y régnaient, il n'y avait probablement personne dans le souterrain. Ils gardèrent malgré tout leur
arme au poing.

— Ça résonne, s'étonna Detroit.

À la lumière de sa torche, il trouva rapidement, en
bas de l'escalier, un disjoncteur qu'il actionna aussitôt.

Des halogènes s'allumèrent en cascade, révélant d'un
seul coup un environnement bien plus immense qu'ils
n'auraient pu l'imaginer. Saisis par le décor qui venait
d'apparaître devant eux, ils échangèrent un regard stupéfait.

Nul n'aurait pu croire que, sous cette vieille bâtisse
isolée à la périphérie de Collinsville, se cachait un
complexe souterrain si vaste et si moderne. Les lieux
évoquaient aussi bien un grand centre de recherche
clandestin qu'un hôpital ou une prison. Pas le moindre
décor, mais seulement des murs d'un vert pâle, des
successions de couloirs et de pièces séparées par de
grandes baies vitrées dans lesquelles se reflétait la
lumière blafarde des néons. La plupart des meubles,
tables, étagères, dessertes, étaient en aluminium brossé.

De là où ils étaient, Lola et Phillip ne pouvaient probablement voir qu'une partie du sous-sol, mais c'était
déjà une enfilade impressionnante de salles de tailles
diverses. Et ce n'était pas le plus étonnant.

Juste devant eux, les séparant de ce bunker improbable, se dressait une grille aux larges barreaux d'acier.

— On est où, là, bon sang ? Fort Knox ?

— Ça ressemble plus à une prison dorée qu'à un
coffre-fort, si tu veux mon avis.

Lola ne put s'empêcher de se demander si Emily,

ou plutôt *Anna*, était aussi venue ici. Si ces locaux étaient loués par les mêmes personnes que l'ancien supermarché, c'était tout à fait envisageable.

Detroit s'approcha de la grille.

— Ouais... Ou alors, on se croirait dans les sous-sols du Pentagone, ou d'Area 51[1] !

Il tourna la tête et aperçut sur le mur adjacent un petit boîtier électronique qui commandait probablement l'ouverture de la serrure. Il s'approcha pour regarder de plus près.

— Dis-moi que tu vas réussir à ouvrir ce truc sans qu'on soit obligés d'utiliser un explosif ? lui lança Lola en s'agrippant aux barreaux à son tour, les yeux écarquillés.

— Pas si tu me déconcentres. On capte ici ?

Il sortit son téléphone portable, prit une photo du digicode et lança une recherche comparative sur Internet. Quand il eut identifié le modèle précis du boîtier, il alla dénicher son schéma électrique sur un site de pirates ukrainiens qui en avaient fait leur spécialité.

— On a l'impression que tu fais ça tous les jours.

— Ma pauvre amie, je fais des choses bien plus compliquées que ça. Tais-toi et admire.

Il enleva la cartouche dans la chambre de son pistolet, en ôta le chargeur, puis se servit du manche de son Glock 19 comme d'une masse pour briser d'un coup sec le couvercle du boîtier.

— Je m'attendais à quelque chose d'un peu plus élégant, soupira Lola. Tu penses pas qu'il y a aussi une alarme ?

---

1. Base militaire secrète dans le Nevada, objet de nombreuses spéculations de la part des milieux ufologistes et conspirationnistes.

— On s'en fout, on a un mandat, princesse.

Detroit arracha le clavier qui pendait au bout d'une nappe électronique et inspecta le circuit imprimé en dessous. Il le compara avec l'image affichée sur son cellulaire.

— Ça devrait le faire.

Il reprit la lampe torche dans sa poche, la dévissa et en détacha le contacteur des piles. Il positionna la petite pièce de métal entre deux soudures, provoquant un court-circuit, et le boîtier envoya aussitôt une impulsion électrique vers la gâche de la grille, qui s'ouvrit automatiquement.

— Alors ? dit-il fièrement.

— Alors je comprends mieux comment tu es rentré chez mon frère, enfoiré.

— Crois-moi, ça a été beaucoup plus compliqué d'en sortir...

Lola fit un geste désabusé de la main et ils se glissèrent à l'intérieur du complexe.

Hébétés, ils avancèrent dans le couloir central, jetant un coup d'œil à toutes les pièces qu'ils dépassaient. Ici, un bureau, là ce qui ressemblait à un laboratoire, plus loin, un dortoir...

— Merde ! On dirait une caserne militaire...

Tout comme dans l'ancien supermarché, les lieux semblaient avoir été vidés très récemment. Il ne restait presque plus rien à l'intérieur, sinon les meubles, un téléphone par-ci par-là, de la vaisselle dans un évier, des stylos, quelques ustensiles médicaux...

Lola s'arrêta devant un panneau lumineux accroché au milieu d'un mur et qui devait servir à examiner des radiographies.

Il restait un cliché d'un fémur coincé sur le bord.

— Ne touche à rien, lança-t-elle à son collègue qui s'était aventuré dans une autre pièce. J'ai l'impression qu'ils n'ont pas fini leur grand nettoyage, ici. C'est une mine d'or pour le CSU. Il doit y avoir des empreintes partout. Mais ça veut aussi dire qu'ils vont revenir.

— Pas s'ils reçoivent toujours les images des caméras de surveillance, ma belle. Viens voir par ici !

Elle le rejoignit et le trouva planté devant un appareil électronique, posé sur une table, et qui ressemblait vaguement à un scanner de la police. Un micro sur pied flexible y était relié.

— C'est quoi ? demanda-t-elle.

— Un Nagra. Un enregistreur numérique.

— Il marche ?

Detroit haussa les épaules et trouva l'interrupteur sur la face arrière. Une série de diodes s'allumèrent et un menu s'afficha sur le petit écran en façade.

Le détective spécialiste effectua plusieurs opérations, jusqu'à ce qu'un enregistrement se mette à jouer sur un haut-parleur intégré à l'appareil.

La voix d'une femme se mit à résonner dans la pièce. Elle disait, posément, une série de phrases apparemment sans queue ni tête, comme une longue litanie, une obscure incantation, et elle répétait certaines de ces phrases deux ou trois fois sur des tons différents.

Je me détourne de quelques yeux.
Les investigateurs papillonnent.
Les investigateurs papillonnent.
L'avocat du diable dit chômer.
Des procureurs se prosternaient.
Il convient d'examiner la globalité des voies.
Il convient d'examiner la globalité des voies.

Il convient d'examiner la globalité des voies.
Je vais faire une soirée pour sauver mon âme.

— Qu'est-ce que c'est que ce charabia ? murmura Lola, sidérée.

Detroit appuya de nouveau sur l'un des boutons du lecteur.

— On dirait des phrases codées comme on en utilisait pendant la Seconde Guerre mondiale… Ou bien des *phrases sémantiquement imprédictibles*, un truc qu'on utilise pour faire des tests en synthèse vocale.

Un autre enregistrement démarra, et c'était cette fois la voix d'un homme, lequel parlait avec la même lenteur, répétant lui aussi certaines phrases sur des tons différents.

La lumière dorée sur toi me dit d'où tu viens.
Ce que vous me dites n'a jamais été dit.
Ce que vous me dites n'a jamais été dit.
Il connaissait son prix sur le marché.
C'est ainsi que mon martyre commença.
C'est ainsi que mon martyre commença.
C'est ainsi que mon martyre commença.

Detroit, perplexe, passa à l'enregistrement suivant, puis en fit défiler un autre encore, et un autre, et ils purent découvrir ainsi que des heures et des heures de textes étaient stockées sur le Nagra, tantôt dit par un homme, tantôt par une femme…

On eût dit les voix de fantômes hantant encore ces lieux déserts.

Sweet child

47

Melany parut étonnée quand on sonna à la porte de l'appartement. Lola avait prévenu qu'elle rentrerait sans doute assez tard, et puis, surtout, elle avait les clefs… Ça ne pouvait donc pas être elle, et il était très rare que quiconque vienne sonner à la porte un dimanche après-midi.

La baby-sitter fit signe à Adam de rester dans sa chambre – où ils étaient en train de faire ses devoirs – et partit ouvrir. Un homme d'une quarantaine d'années, blond, cheveux courts, l'air sportif, apparut sur le palier.

— Bonjour ? dit Melany en passant la tête dans l'ouverture de la porte.

— Bonjour, dit l'homme d'un air aimable. J'espère que je ne vous dérange pas… Je suis Anthony, le papa d'Adam.

La jeune femme eut un instant de surprise. Lola n'avait jamais vraiment parlé de son ex-mari. À vrai dire, Melany croyait même que l'homme avait totalement disparu de la circulation.

Adam arriva discrètement dans le salon et se glissa derrière elle. Son père l'aperçut et ouvrit un large sourire.

— Salut, fiston !

— Bonjour, papa.

Le petit garçon se mordit les lèvres, entre sourire et gêne.

— Ça fait plaisir de te voir, bonhomme ! Tu vois, je t'avais promis de revenir !

Melany fronça les sourcils.

— Lola ne m'a pas prévenue, intervint-elle.

Anthony Fischer sourit et se glissa à l'intérieur de l'appartement. La baby-sitter n'eut d'autre choix que de s'écarter pour le laisser passer.

— La pauvre, elle est tellement débordée, dit-il en enlevant son manteau. Travailler un dimanche… C'est vraiment pas de veine ! Elle n'a pas une seconde à elle. Tu n'es pas trop triste, Adam ?

Le petit haussa les épaules.

— Ah, tu es vraiment un cœur, tu sais ! Ta maman et moi, on a beaucoup de chance d'avoir un fils aussi sage que toi ! Tiens, dit-il en montrant le sac qu'il avait sur le dos, j'ai amené des choses pour qu'on s'occupe en attendant que maman rentre. Quand tu étais petit, on jouait souvent ensemble, tu te souviens ?

Adam sourit. Oui, il se souvenait. Il se souvenait aussi des heures qu'il passait, jadis, à regarder son père peindre dans son atelier. Un jour, il avait demandé à sa mère où étaient passés tous les tableaux de son père, et pourquoi ils n'en avaient pas un seul à la maison. Lola avait répondu qu'il était parti avec…

— Allez, va dans ta chambre, fiston, je te rejoins tout de suite.

Le garçon, les yeux brillants, hocha la tête et fila dans sa chambre.

— Je... Je suis désolé, dit Anthony en se tournant alors vers la baby-sitter. Je suis désolé de débarquer ainsi sans que Lola ait pu vous prévenir. Mais... Vous êtes au courant, n'est-ce pas ?

Melany écarta les bras, d'un air désemparé.

— Au courant de quoi ?

Les épaules d'Anthony s'affaissèrent.

— Ah, donc non... vous n'êtes pas au courant. Je suppose que Lola n'a pas eu envie de vous en parler...

— Me parler de quoi ?

— Eh bien...

Anthony baissa le ton de sa voix.

— Voilà, c'est un peu délicat... Mon Dieu, j'ai honte... J'ai... J'ai passé deux ans en prison.

La baby-sitter essaya de masquer une surprise qui aurait pu passer pour de l'impolitesse.

— Lola n'a jamais eu le courage de dire la vérité à Adam et, au fond, je la comprends, même si cela rend les choses très compliquées pour moi aujourd'hui. Je ne lui ai jamais rien demandé, d'ailleurs, car elle était seule pour élever notre enfant, et c'était son choix. Je n'aurais certainement pas fait mieux à sa place, et elle élève Adam avec beaucoup de courage, n'est-ce pas ?

— Oui, beaucoup, confirma Melany.

— J'ai été libéré il y a quelques jours seulement, et j'ai... Comment dire ? J'ai tout à reconstruire, vous comprenez ? J'ai raté deux ans de la vie de mon fils. Deux ans... À cet âge-là, il se passe tant de choses, en deux ans ! Je suis presque un étranger pour lui ! Il vous a déjà parlé de moi ?

La jeune femme fit une moue désolée.

— À vrai dire… Non. Jamais. Enfin, pas vraiment.
Anthony accusa le coup.

— Je suis obligé de recommencer tout depuis le
début, dit-il d'un air accablé. D'y aller progressivement. Le psychologue qui aide les anciens détenus à se
réinsérer m'a recommandé de passer d'abord quelques
après-midi avec Adam, par-ci par-là, pour renouer les
liens, en tisser de nouveaux. Regagner sa confiance,
en quelque sorte…

— Je vois.

— Oh, mon Dieu, je vois bien que je vous embête
avec mes histoires, vous devez me trouver pathétique…

— Pas du tout.

— Voyez-vous, je ferais n'importe quoi pour mon
fils, mademoiselle. C'est lui qui m'a fait tenir, en prison. L'idée de le revoir en sortant. Ma… Ma rédemp-
tion passe par là. Et même aux yeux de Lola. J'ai
besoin de prouver quelque chose. Elle… Elle n'a plus
du tout confiance en moi. Ce qui est compréhensible. Je
veux lui prouver que je peux être un bon père, même
après ces deux années d'absence…

Melany hocha lentement la tête, sans savoir que dire.

— Ça ne vous dérange pas de me laisser jouer un
peu avec lui ? Une heure ou deux ?

Elle haussa les épaules. Adam avait eu l'air si
content à l'idée de passer un peu de temps avec son
père ! Mais qu'en dirait Lola ?

— C'est-à-dire… J'espère que Lola ne va pas m'en
vouloir…

Anthony baissa la tête.

— Je… Je comprends. Si cela vous met dans une
situation trop embarrassante, je peux partir, dit-il en

glissant les mains dans les poches de son jean, d'un air triste.

La baby-sitter hésita. Elle jeta un coup d'œil en direction de la chambre d'Adam. Le petit garçon attendait sans doute fébrilement derrière la porte. Elle poussa un soupir.

— Allez-y. Je reste dans le salon.

— Merci. Merci beaucoup.

Anthony partit rejoindre son fils dans sa chambre.

Melany, quelque peu décontenancée, tenta d'appeler Lola pour la prévenir, mais elle tomba sur la boîte vocale. Elle laissa un message et finit par allumer la télévision en espérant que la maman d'Adam ne lui en voudrait pas d'avoir laissé son ex-mari entrer dans l'appartement. Au fond, le pauvre bougre n'avait pas l'air d'être bien méchant. Il avait surtout l'air complètement paumé. Et, de toute évidence, Adam – qui s'était beaucoup plaint de l'absence de Lola en ce dimanche, jour qui, selon lui, était normalement sacré et auquel sa mère ne dérogeait normalement jamais – était heureux de pouvoir retrouver son père.

Après avoir regardé un épisode entier d'une série stupide mais ô combien délicieuse, la baby-sitter décida d'aller jeter un coup d'œil dans la chambre d'Adam. Elle y trouva le petit garçon en train de construire une voiture miniature avec son père, tous deux affairés autour des petites pièces en métal, l'un tenant, l'autre vissant. Le spectacle, pour qui connaissait la solitude de cet enfant, avait quelque chose d'émouvant, et la jeune femme s'empressa de refermer la porte pour laisser père et fils profiter de ce rare moment d'intimité.

48

La troisième pièce était à la fois une sorte de petit bureau de fortune et de laboratoire clandestin. En somme, c'était l'antre du neurophysiologiste.

En découvrant cet espace insolite et surchargé, Sam Loomis ne savait plus où donner de la tête.

Ici, soigneusement classés dans des dossiers, des piles de documents en braille, dont certains semblaient très anciens. Et quelque chose lui disait qu'il ne s'agissait pas de simples factures d'électricité… Là, sur une paillasse carrelée, du matériel de chimie, des tubes à essai, des pipettes, des récipients en verre de toutes tailles, des agitateurs et tout un tas d'appareils électriques divers et variés. Plus haut, sur une étagère, des ingrédients solides et liquides que Loomis était bien incapable de reconnaître et dont les contenants ne portaient, bien sûr, aucune étiquette.

À n'en pas douter, Ben Mitchell avait travaillé ici sur le sérum. Peut-être même l'avait-il inventé dans cette cache souterraine, à l'abri des regards de la faculté ! Une fois décryptés, les centaines de documents ici présents lui en apprendraient sans doute un peu plus. Pourquoi le professeur avait-il vraiment créé le sérum ? Comment ? Quelle était la part de Draken dans cette invention ? Connaissait-il lui-même la formule du sérum, et celle-ci était-elle révélée dans ces documents ?

Excité, Loomis continua son exploration.

Il fouilla les tiroirs du bureau, les petits placards logés sous la paillasse… Puis il essaya d'ouvrir une grande armoire sur sa gauche, mais elle était verrouillée. Sans hésiter, il se servit d'une règle métallique comme d'un petit pied-de-biche et força la porte.

Un sourire se dessina sur son visage.

Les trois étagères du haut étaient occupées par des petites fioles emplies d'un liquide verdâtre que l'agent n'eut aucune peine à reconnaître. Draken l'avait utilisé sous ses yeux sur le tueur, à l'hôpital. Il y avait là une quantité impressionnante de sérum. Potentiellement, des heures et des heures d'hypnose profonde. Un véritable trésor, que Draken aurait probablement aimé récupérer…

Sur l'étagère du milieu, des seringues emballées dans des sachets en plastique, des aiguilles, du coton, de l'alcool… Tout l'équipement nécessaire aux injections.

Et enfin, sur l'étagère du bas, un carton.

Loomis utilisa de nouveau la règle pour découper le ruban adhésif. Puis il écarta impatiemment les rabats. À l'intérieur, il découvrit une cinquantaine de vieilles cassettes vidéo.

Il fronça les sourcils.

À part pour le son, Ben Mitchell, non-voyant, ne pouvait en avoir un usage direct ! Mais alors, pourquoi les entreposer là ? Peut-être les avait-il conservées pour Draken. En somme, c'était comme si le neurophysiologiste avait gardé ici toutes les traces de leurs recherches passées. Des traces qui ne pouvaient pas tomber entre n'importe quelles mains. Leur secret.

D'instinct, l'agent se dit que si ses homologues policiers trouvaient ça, Draken aurait probablement deux ou trois soucis de plus avec les autorités... Il était évident que l'histoire du sérum et de son invention avait été parsemée de francs écarts avec la légalité.

Il souleva les cassettes une à une et reconnut en effet l'écriture du psychiatre sur les étiquettes. Il reconnut aussi le nom de Paul Clay sur certaines des cassettes, tout comme le nom des deux patients de Draken qui s'étaient suicidés en 2010. Si ces vidéos tombaient entre les mains des flics, nul doute que l'enquête qui avait été classée sans suite serait rouverte. Cette fois, Draken ne s'en sortirait pas indemne.

Et puis, soudain, en soulevant une nouvelle cassette, Loomis s'immobilisa, perplexe.

Ce qu'il avait sous les yeux constituait un véritable défi à l'entendement. Une découverte étonnante, qui, toutefois, expliquait peut-être certaines choses...

En effet, sur cette dernière étiquette figurait un nom que l'agent du FBI ne s'était pas attendu à trouver là.

Le nom de Virginia Powell, l'ex-femme du capitaine du 88e district.

Seul le nom de Reilly figurait sur la sonnette.

Draken inspira profondément, rassembla son courage et appuya fébrilement sur le petit bouton.

Son cœur sembla rester à l'arrêt pendant les quelques secondes qui suivirent. Et si l'homme qui vivait ici était *vraiment* l'ex-mari d'Anna ? Quelqu'un qui avait partagé son existence, quelqu'un qui la connaissait mieux que lui, qui connaissait son histoire, son passé ? Que pourraient-ils se dire ? Draken imagina d'emblée la conversation surréaliste : « Bonjour, votre femme est devenue amnésique, elle est tombée amoureuse de moi, et, maintenant, elle est morte. »

Quand la porte s'ouvrit, le psychiatre se dit qu'il devait avoir une mine épouvantable. L'homme dans le petit appartement le regarda d'un air étrange.

— Oui ?

— Edward Reilly ?

— Oui, répéta le trentenaire, de plus en plus intrigué.

— Je… Je suis le docteur Draken, expliqua-t-il maladroitement en exhibant sa carte… Vous…

Il se gratta la tête.

— Par où commencer ? Vous êtes bien le compagnon d'une certaine Anna Perry ?

— Oui… C'est elle que vous voulez voir ?

Draken hésita.

— Euh… Oui…

L'homme se retourna d'un air blasé.

— Chérie ! Il y a un docteur qui veut te voir !

Draken se sentit aussitôt totalement ridicule. Il ferma les yeux et se frotta le front, embarrassé. Puis une femme apparut à son tour dans l'entrée. Elle était brune, petite, et ressemblait si peu à Emily que c'en était presque comique.

— Bonjour, dit-elle d'un air inquiet. Qu'est-ce qu'il se passe ?

Le psychiatre ne sut quoi répondre.

— C'est maman, c'est ça ? dit la brune d'une voix angoissée.

— Non, non… Votre maman va très bien. Enfin, je ne sais pas. Je ne la connais pas. Non… Je cherche une autre Anna Perry… Je suis désolé, je me suis trompé. Au revoir.

Il fit volte-face sous le regard perplexe du jeune couple et repartit dans la rue en grimaçant.

Sacaramouche

Detroit arrêta le Nagra et regarda sa collègue avec consternation.

— Putain... Mais où est-ce qu'on est tombés ? Sérieusement ? C'est quoi ce truc ?

Lola se tenait le menton, aussi perplexe que lui.

— Tu crois que c'est des espèces de codes secrets ?

— Je n'en ai pas la moindre idée ! Ça fait presque peur ! J'ai l'impression d'être dans un épisode de *La Quatrième Dimension* !

— Qu'est-ce qu'on fait ?

Detroit haussa les épaules.

— On finit de visiter...

La rousse acquiesça. Ils abandonnèrent, pour l'heure, l'enregistreur numérique et se dirigèrent vers la pièce suivante.

Il régnait ici une atmosphère étrange de fin du monde. C'était comme s'ils visitaient un vaste abri atomique abandonné après une guerre nucléaire. Lola n'arrivait pas à ranger son arme, tant elle s'attendait, derrière chaque cloison, à tomber nez à nez avec un illuminé en blouse blanche, le visage maculé de sang, ou avec une horde de zombies !

Ils traversèrent encore plusieurs salles, presque entièrement vides, certaines isolées, sans baies vitrées, d'autres directement visibles depuis le couloir principal, puis ils arrivèrent enfin dans ce qui devait être la dernière pièce, ou tout au moins la plus éloignée de l'entrée. Un cul-de-sac.

Lola, debout au milieu de cette salle rectangulaire à la blancheur éclatante, fit une moue qui amusa son collègue.

— Oh… Madame 90 % a trouvé quelque chose, dit-il d'un air moqueur.

Gallagher ne répondit pas et sortit de la pièce, préoccupée. Elle fit un aller-retour dans le couloir, puis elle revint, toujours aussi muette.

— Tu m'expliques, princesse ?

Lola traversa la salle en comptant ses pas, puis elle s'accroupit devant le mur du fond. Elle essuya le sol et regarda le bout de son index.

— Qu'est-ce qu'il y a ? s'impatienta Phillip.

— Du plâtre.

Elle effleura de la paume la paroi devant elle, puis elle cogna trois coups dessus.

— Ça sonne creux, dit-elle en se retournant vers son collègue un sourire aux lèvres.

Elle se releva et désigna un extincteur près de la porte.

— Moi, femme, utiliser cerveau. Toi homme, utiliser biceps.

— Hein ?

— Défonce-nous cette cloison vite fait bien fait. Il y a quelque chose derrière. Il manque au moins deux mètres par rapport au couloir.

— C'est peut-être juste un espace pour les évacuations, la plomberie…

— Bien sûr ! De deux mètres de profondeur ! Et

1055

qui vient tout juste d'être monté ? Allez, au boulot, feignasse !

Detroit secoua la tête et alla docilement chercher l'extincteur, qu'il utilisa en effet comme une masse pour abattre le mur devant lui.

Lola ne s'y était pas trompé. La cloison était fine, et le plâtre encore frais. Elle céda facilement sous les coups de boutoir et des pans entiers s'effondrèrent dans un nuage de poussière blanche. Quand l'ouverture fut assez grande, ils passèrent tous les deux de l'autre côté.

Ce qu'ils découvrirent alors dans la pénombre leur glaça le sang.

Il y avait là, alignés sur le sol, quatre grands sacs en plastique noir dont la taille et la forme ne laissaient aucun doute sur ce qu'ils renfermaient.

— Putain de merde, murmura Detroit.

Il s'agenouilla près du premier sac et l'ouvrit lentement, la mâchoire serrée.

Le visage d'un homme, défiguré, écrabouillé, apparut sous ses doigts. La peau était brune, boursouflée, le nez était totalement aplati, le front enfoncé et une partie de la mâchoire, brisée, pendait sur le côté. L'état de putréfaction du cadavre et la présence de quelques insectes sarcophagiens laissaient penser qu'il était mort depuis un mois tout au plus.

Phillip détourna la tête d'un air incommodé.

— Putain de merde ! répéta-t-il en se bouchant les narines.

Il releva le col de son T-shirt par-dessus ses narines puis ouvrit le sac jusqu'en bas.

— Regarde ses doigts, dit Lola, debout derrière lui.

Detroit hocha la tête.

Comme ils l'avaient l'un et l'autre deviné, la peau

– qui était en train de devenir noire – semblait malgré tout lisse, limée au bout des doigts.

— Comme Emily, murmura Detroit. Et comme la femme dans la forêt de Nepaug…

Lola soupira, puis, ne pouvant laisser son collègue accomplir le sale boulot tout seul, elle entreprit d'ouvrir un deuxième sac. Elle s'accroupit et commença la pénible tâche.

Le cœur retourné, ils ouvrirent un à un les quatre sacs.

Il y avait là les corps atrophiés de trois hommes et d'une femme. Tous les quatre dans le même état de putréfaction, le visage défoncé, les doigts limés. Le même *modus operandi*. La petite pièce, emplie d'une odeur nauséabonde, ressemblait au charnier d'un tueur en série.

51

Il était près de sept heures du soir quand le téléphone de Melany se mit à vibrer. Affalée sur le canapé, les yeux rivés à la télévision, la baby-sitter souleva le bassin pour attraper son cellulaire dans sa poche, espérant que c'était enfin Lola qui annonçait son retour imminent.

Elle grimaça en découvrant le SMS de son petit ami.

« Mel., je t'attends, oui ou merde ? Franchement, elle abuse, ta patronne… »

Lola n'avait toujours pas donné de nouvelles, et son téléphone était encore sur messagerie.

Melany poussa un soupir. Liam n'avait pas tout à fait tort : la mère d'Adam commençait un peu à tirer sur la corde ! Non seulement vis-à-vis de son fils, mais aussi vis-à-vis de la baby-sitter ! La jeune femme répondait toujours présente, se montrait toujours conciliante, et ne comptait jamais ses heures. Par solidarité féminine, en quelque sorte. Mais là, un dimanche... Melany avait beau éprouver de la compassion pour Mme Gallagher, elle commençait à trouver le temps sérieusement long...

Elle se leva et retourna dans la chambre d'Adam.

Le petit garçon était à présent allongé sur son lit, et il écoutait son père qui lui lisait un roman. En écoutant quelques phrases, la jeune femme reconnut aisément *Le Crime de l'Orient-Express*, d'Agatha Christie.

— Tu veux venir t'asseoir, Mel' ?

Un sourire attendri se dessina sur les lèvres de la baby-sitter.

— Malheureusement, je connais déjà la fin... Non, je te laisse avec ton papa. Profite !

— Ça va, mademoiselle ? demanda Anthony en levant les yeux de son livre.

Elle hocha la tête.

— Vous ne vous ennuyez pas trop ? insista le père d'Adam.

— Non, non, ça va, assura-t-elle. C'est juste que j'espère que Lola ne va pas tarder...

— Ah... Ma pauvre. Vous aviez quelque chose de prévu ? Vous pouvez y aller si vous voulez. Je peux garder Adam en attendant sa maman. On s'amuse bien, et puis, de toute façon, je n'ai rien de prévu ce soir.

Melany fit une moue embarrassée.

— Ça m'embête un peu, avoua-t-elle.

— C'est comme vous voulez ! Mais c'est un peu idiot.

La jeune femme retourna dans le salon.

Elle reprit son téléphone portable et composa le numéro de Lola. Mais elle tomba, de nouveau, sur la messagerie vocale…

Bow your head

52

Peut-être parce qu'elle s'attendait déjà à voir le Dr Draken revenir, Emily Morris se montra beaucoup moins méfiante ce soir-là qu'elle ne l'avait été la veille et ouvrit directement la porte à l'homme qui vint y frapper sur les coups de huit heures.

Un homme qui portait un chapeau de feutre.

La nuit était tombée, plongeant la petite île de Swans Island dans une obscurité que seule la lumière du phare venait rompre par intermittence. La pauvre femme n'eut pas le temps de comprendre ce qu'il se passait. Elle ne put donc refermer la porte et se protéger. À la vitesse de l'éclair, l'inconnu s'était glissé à l'intérieur, l'avait attrapée à la gorge d'une main gantée et lui avait collé le canon d'un pistolet sur la tempe.

Quand la mère d'Anna, terrifiée, commença à crier, l'homme resserra son emprise sur son cou, presque jusqu'à l'étrangler, puis il pencha la tête et murmura avec un sourire glacial :

— Si tu cries, je te descends.

Il lui tapota doucement sur le front avec le bout de son arme, comme pour argumenter son affirmation.

La femme serra les dents, et ses hurlements de panique se transformèrent en un gémissement aigu de détresse.

— Maintenant, retourne-toi.

Les yeux d'Emily Morris s'ouvrirent plus grands encore.

— Qu'est-ce… Qu'est-ce que…

— Retourne-toi ! coupa l'homme au chapeau d'une voix autoritaire.

La femme, le corps secoué par les sanglots, obtempéra. Elle se retourna lentement, les épaules affaissées par la peur.

L'intrus lui attrapa les poignets et la força à les réunir derrière son dos comme si elle portait des menottes puis, tenant ceux-ci fermement d'une seule main, il la fit avancer vers le salon, le canon de son pistolet toujours collé sur son crâne.

Il la fit s'arrêter à l'entrée de la pièce.

— Tu es toute seule ? dit-il en inspectant l'intérieur de la maison.

— Oui !

— Tu es sûre ? Si tu me mens, tu es morte.

— Je vous jure ! répliqua-t-elle d'une voix qui était à présent teintée de colère.

L'homme au chapeau la poussa jusqu'à un mur du salon, contre laquelle il plaqua la sexagénaire, s'appuyant de tout son poids contre elle pour l'empêcher de bouger. D'une main, il continuait de lui serrer les poignets dans le dos, les tordant vers le haut jusqu'à lui faire mal, et de l'autre il la maintenait en joue.

Le visage collé contre le vieux papier peint jauni, la mère d'Anna pleurait, son corps tout entier secoué de spasmes. Des larmes coulaient sur ses pommettes, de la bave sur son menton.

Mais l'horreur de l'instant, la frayeur qu'elle éprouvait furent bientôt accrues par une sensation dans le bas de son dos.

L'homme collé contre elle avait une érection. Elle pouvait la deviner sur le haut de son bassin. Ce monstre était excité ! Excité par l'emprise qu'il avait sur cette femme sans défense.

Emily Morris imagina le pire. Car, à ce moment précis, il y avait pire, pour elle, que la mort.

— Il est venu te voir, n'est-ce pas ?

— Qui ?

Le coup fut immédiat.

Un violent coup de coude qui l'atteignit sur le côté droit de la tête. Elle eut l'impression de recevoir un flash blanc en plein visage. Elle poussa un cri de surprise et de douleur. C'était comme si son cerveau avait bougé de quelques millimètres à l'intérieur de son crâne et avait reçu une décharge électrique en se cognant à la paroi.

L'homme rabaissa son coude et colla de nouveau le canon glacé de son arme sur la peau de la sexagénaire.

— Ne me prends pas pour un idiot, petite pute. Draken est venu te voir.

— Oui, murmura Emily dans un soupir qui se révéla presque libérateur. Oui... Il est venu hier. Qui êtes-vous ? Que voulez-vous, bon sang ? C'est vous qui avez tué Anna ?

— Oui. C'est moi. Mais maintenant, la ferme, c'est moi qui pose les questions.

L'homme souriait. Elle pouvait le deviner dans le ton de sa voix. Cet enfoiré souriait ! Comme s'il trouvait la situation amusante. Comme s'il y avait matière à trouver du plaisir dans la torture morale et physique qu'il infligeait à sa proie.

— Qu'est-ce qu'il voulait, le bon docteur ?

— Il... Il voulait simplement me dire qu'Anna était morte.

— C'est tout ?

La femme ne répondit pas. Résignée presque, elle ferma les yeux, prête à recevoir un nouveau coup de coude sur le crâne, comme un enfant qui anticipe une fessée. Au lieu de ça, elle entendit le soupir de son bourreau.

— *Je pense que tu devrais parler au monsieur, maman*, dit-il en imitant la voix d'une petite fille. *Je pense que tu devrais tout lui dire...*

Il promena délicatement le pistolet sur le visage d'Emily Morris, effleurant ses joues, son nez, ses lèvres comme en une morbide caresse.

— Qu'est-ce qu'il voulait d'autre ?

Les pleurs d'Emily redoublèrent. Mais elle ne parla toujours pas. Tout son corps se crispa quand l'homme au chapeau la força à lever un bras et lui plaqua violemment la main contre le mur, doigts écartés. Quand elle comprit ce qu'il faisait, il était déjà trop tard. La crosse du pistolet s'écrasa avec une sauvagerie indicible sur ses doigts, lui brisant plusieurs phalanges d'un seul coup, déchirant la peau, broyant les nerfs.

Le supplice fut si grand que la pauvre femme crut perdre connaissance. La douleur descendit dans son bras comme une vague de feu, puis revint vers les doigts écrasés contre le mur. L'homme plaqua sa paume contre la bouche de sa victime pour étouffer des cris que, de toute façon, personne n'aurait pu entendre dans cette petite maison isolée. Emily s'étouffa contre le gant de cuir.

Le sang commença à couler le long du mur. Elle fit un geste pour baisser son bras, le soutenir, mais l'homme l'obligea à maintenir sa main meurtrie en l'air, bien immobile contre la paroi.

Son souffle s'était accéléré. Elle pouvait le sentir derrière son oreille. Ce taré était de plus en plus excité !

— Tu vois ? Quand tu ne réponds pas à mes questions, ça finit mal pour toi. Allez. Sois sage et réponds-moi. Qu'est-ce qu'il voulait d'autre, notre ami le Dr Draken ?

— Il… Il voulait me demander… Me demander si j'avais eu des nouvelles d'Anna par le passé. Si… Si je savais quelque chose…

— Et alors, qu'est-ce que tu lui as répondu ?

— La vérité ! Je lui ai dit que je n'ai jamais revu Anna ! Que je n'ai jamais su ce qu'elle était devenue. Je ne l'ai jamais revue, jamais…

— C'est tout ?

Emily, la voix étranglée, répondit dans un souffle.

— Oui…

— Ah. Tu mens.

L'homme attrapa la deuxième main d'Emily et la leva à son tour vers le mur, lentement, mais fermement.

— Non... Non, je vous en supplie !

Emily se contorsionna pour adresser un regard misérable à l'homme qui s'apprêtait à lui broyer sa deuxième main.

Les deux paumes plaquées contre le mur, elle avait l'épouvantable sentiment d'être offerte, soumise, de ne plus être qu'un jouet entre les mains d'un enfant psychopathe.

L'homme au chapeau sourit de nouveau.

— Alors dis-moi la vérité.

Emily hocha la tête rapidement.

— Oui. Oui. Je lui ai... Je lui ai donné une lettre. Voilà. C'est tout ce que j'avais. La seule chose... La seule chose que j'avais d'Anna.

Un silence passa. L'homme sembla s'énerver. Visiblement, c'était pour lui une mauvaise nouvelle. Il s'appuya encore plus fort dans le dos de la femme et l'attrapa par les cheveux pour lui faire basculer la tête en arrière.

— Quelle lettre ?

— Une lettre qu'elle m'a envoyée il y a un peu plus de deux ans ! répondit Emily à toute vitesse. C'est tout ce que j'avais sur Anna, je vous jure, je vous jure, bon sang ! J'ai montré à Draken le tampon sur le timbre. Elle... Elle avait été postée à Providence. Alors... Alors il est parti là-bas ! Voilà ! Il est parti à Providence ! Il n'est plus ici. Et je ne sais rien d'autre. Maintenant je vous en supplie, laissez-moi. Je vous en supplie.

L'homme au chapeau relâcha son emprise sur les cheveux de la femme. Nouveau moment de silence. Quelques secondes qui parurent à Emily une éternité.

La peur et l'angoisse ne suffisaient pas à lui faire oublier la douleur qui se propageait dans sa main droite.

— Elle est où cette lettre ?

— Il… Il l'a gardée. Il est parti avec.

Un cliquetis métallique.

La femme ferma les yeux.

La dernière image qu'elle vit fut la photo d'Anna que Draken lui avait montrée sur son téléphone portable. Son sourire. Son regard. Une sorte de sérénité.

La détonation résonna entre les murs de la maison.

L'arrière du crâne d'Emily Morris vola en éclats. L'impact projeta des bouts d'os, de chair et de cervelle sur le vieux papier peint.

Son corps s'effondra lourdement sur le sol.

Cette fois, Hatman ne prit pas même la peine de cacher le cadavre.

Il n'avait pas le temps, et plus urgent à faire.

A new day

53

Pour la première fois depuis la création officielle du Bronstein Project Group, les quarante-deux membres de l'organisation étaient tous présents dans la même salle, sans exception : un salon privé dans un hôtel de Washington DC que le conseiller Harry Kleymore et le général Paul Parton avaient pris l'habitude de réserver. Le fait que l'hôtel fît partie d'une chaîne dirigée par l'un des membres du bureau facilitait grandement les choses et permettait en tout cas d'assurer une certaine discrétion. Le nom du groupe n'était évidemment inscrit nulle part, et le seul signe de reconnaissance présent sur le petit panneau, à l'entrée du salon, était le logo épuré du groupe : le cavalier.

La réunion se tenait en marge d'une convention interprofessionnelle et internationale sur la prospective économique, un prétexte justifiant aisément la présence simultanée dans la capitale de ces quarante-deux acteurs de la politique, de l'industrie et de la finance venus des quatre coins de la planète.

Cela faisait une heure à présent que les débats avaient commencé. La grande majorité des membres du BPG avaient témoigné leur satisfaction quant à la gestion du dossier africain, étape cruciale de leur stratégie à long terme. L'impact économique avait été immédiat, et l'impact politique (le plus important, en réalité) finirait par porter ses fruits, à n'en pas douter.

Deux représentants de l'industrie des télécommunications purent directement témoigner non seulement de la baisse significative des cours du coltan – ce qui n'était un secret pour personne – mais surtout de la plus grande facilité avec laquelle il était désormais possible de se procurer cette matière première vitale pour la fabrication des téléphones portables auprès du gouvernement tumbalais. Le lieutenant Kaboyi, nouveau chef de la tribu des Mabako et président fraîchement proclamé de la République libre du Tumba, tenait sa parole. Il savait à qui il devait sa place, et il le leur rendait bien.

— Profitez-en, conclut Harry Kleymore avec une sorte d'amusement, car quand nous ferons savoir à la presse et au grand public que le lieutenant Kaboyi a trahi et tué son propre chef et ami, et que les documents révélés par Exodus2016 étaient en partie erronés, il y a de fortes chances que le cours du coltan connaisse une nouvelle hausse...

— C'est l'idée, confirma son interlocuteur. Nous faisons des stocks prévisionnels.

— Bien, intervint le général Parton en se saisissant du micro de table devant lui et en s'en approchant pour que sa voix résonne encore plus fort.

Pour lui, le volet économique de leur plan n'avait qu'une importance secondaire, et il n'aimait pas l'habitude qu'avaient les « civils » de laisser leurs échanges traîner inutilement en longueur.

— Il est temps que nous passions au véritable ordre du jour, dit-il d'une voix autoritaire, à savoir le passage au vote sur la troisième phase du Bronstein Project.

Tous les visages se tournèrent vers lui.

Harry Kleymore, qui présidait avec lui en bout de table, acquiesça d'un air satisfait :

— Vous avez raison, général, allons à l'essentiel ! Heureusement que nous avons un militaire parmi nous, plaisanta le conseiller. Comme convenu dans notre accord initial, les décisions majeures de notre groupe doivent être prises avec une majorité des trois quarts de nos voix, arrondis au chiffre supérieur. Il faut donc que trente-deux d'entre nous votent pour ce type de résolution avant qu'elle ne soit adoptée. Nous vous invitons à bien mesurer l'importance de ce vote, chers amis, en particulier aujourd'hui, et à y réfléchir une dernière fois. Les enjeux de la Phase 3 vous ont été clairement exposés au cours des derniers mois. Nous vous avons aussi transmis avec le plus de transparence possible les risques encourus. Vous le savez, la Phase 3 entraînera irrémédiablement un nombre de décès… non négligeable.

Kleymore se tourna vers le général et l'invita à prendre la parole.

— Nous avons fait plusieurs projections, expliqua le militaire en consultant un dossier qu'il tenait devant lui. Nous avons intégré un maximum de données et tenu compte de tous les aléas possibles, du moins de tous ceux auxquels nous avons pu penser. Malheureusement, ce n'est pas une science exacte, vous vous en doutez bien. Bref… Dans le meilleur scénario envisageable, le bilan s'élèvera à cinq ou six mille morts.

Le conseiller hocha la tête d'un air grave, comme s'il entendait ces chiffres pour la première fois.

— Et dans le pire scénario ? demanda-t-il.

Le général fit une moue désolée.

— Dans le pire scénario possible, entre un million et un million deux cent mille morts.

Une ombre passa sur les visages des membres du groupe assemblés autour de la table. Certains échangèrent quelques paroles à voix basse.

— Attention ! reprit le militaire. C'est une estimation haute. Une éventualité qui a très peu de chances de se présenter. Nous voulons seulement être sûrs d'avoir envisagé le pire. Il faudrait vraiment que tout aille de travers pour atteindre de tels chiffres. Je tiens toutefois à vous rassurer : selon les calculs de nos experts, le scénario le plus probable, celui qui a le plus de chances de correspondre à la réalité, entraînerait cent à cent trente mille morts. Pas plus. Si je puis dire.

Un silence passa.

— Il me semble que ce sont des chiffres bien plus réalistes, commenta Kleymore en jetant un coup d'œil aux papiers disposés devant le général. Ce sont évidemment des chiffres effrayants, terribles, qui nous feront porter le poids d'une bien lourde responsabilité, et c'est pour cela que nous vous invitons à bien réfléchir et à prendre conscience de l'importance de votre vote aujourd'hui. Car, après, vous ne pourrez plus revenir en arrière. Toutefois, vous savez aussi quel est le but visé, et à quel point il sera salvateur pour la planète entière. L'assurance d'un avenir meilleur a un prix. Un prix que les gouvernements ne sont pas prêts à payer, et c'est pour cela que nous nous enfonçons chaque année un peu plus dans la crise.

Il y eut quelques murmures d'approbation dans l'assemblée.

— Si nous ne validons pas aujourd'hui la Phase 3, alors tous nos efforts auront été vains. Il serait évidemment catastrophique pour la plupart d'entre nous d'être allés si loin dans la réalisation de notre plan, et de s'arrêter en chemin, alors que notre objectif n'a pas été atteint.

Le conseiller marqua une pause, chuchota quelque chose à l'oreille du général, puis il se tourna de nouveau vers les membres du groupe.

— Bien. Pour vous garantir une totale liberté d'esprit, nous avons décidé que ce vote se ferait cette fois-ci à couvert, et non pas à main levée. Comme vous avez sans doute pu le remarquer, vous disposez chacun d'un boîtier électronique devant vous.

Les yeux se baissèrent vers les petits appareils métalliques noirs disposés sur la table devant chaque convive.

Harry Kleymore reprit d'une voix solennelle :

— Mesdames, messieurs, très chers membres du BPG, chers amis, les choses sont très simples : si vous êtes favorable au lancement opérationnel de la Phase 3, merci d'appuyer sur le bouton vert. Si vous y êtes opposé, il vous revient d'appuyer sur le bouton rouge.

Certaines des quarante-deux personnes présentes – la plupart en vérité – n'hésitèrent pas une seule seconde et appuyèrent fermement sur leur bouton. D'autres prirent davantage de temps. Mais après moins d'une minute, le conseiller Kleymore, les yeux rivés sur l'ordinateur portable posé devant lui, annonça que tous les votes avaient été enregistrés.

Il échangea un regard tendu avec le général Parton à côté de lui, puis il se tourna vers ses associés et leur annonça d'une voix dramatique :

— La Phase 3 est donc adoptée par une majorité de quarante voix pour et deux voix contre. Mesdames, messieurs, *alea jacta est*[1] !

La gravité se lut sur les visages des quarante-deux convives. Certains échanges de regard en disaient long sur l'envie des uns et des autres de deviner qui étaient les deux seules personnes à avoir voté contre la Phase 3.

— Plus rien n'étant à l'ordre du jour, je vous invite à sortir du salon, en vous rappelant à votre devoir de

---

1. *Le sort en est jeté.*

totale discrétion sur ce qui a pu être dit entre ces murs. Vous serez régulièrement informés de l'évolution de la Phase 3 au cours des prochaines semaines, et convoqués à la prochaine réunion par les voies habituelles.

Dans un silence qui en disait long sur l'importance du vote qui venait d'être fait, les hommes et les femmes se levèrent lentement et sortirent un par un du salon privé.

Quand le général Parton et le conseiller Kleymore furent enfin seuls dans cette grande salle moderne de l'hôtel, ils restèrent quelques minutes dans le silence, non seulement parce qu'ils voulaient être sûrs que personne n'allait revenir ici après y avoir oublié quelque chose, mais aussi parce qu'ils prenaient sans doute la mesure de la tâche qui les attendait. Et de ses conséquences humaines.

Après quelques minutes, Kleymore se tourna finalement vers le militaire.

— Qui sont les deux qui ont voté contre ? Les femmes ?

Le général sembla presque amusé par la supposition de son interlocuteur.

— Étonnamment, non !

— Qui, alors ?

— C'était Marquand et le Français, Berger. Depuis le début, je te dis qu'ils ne sont pas fiables. Le genre à te faire des gros sourires en te serrant la main et à te planter un couteau dans le dos dès que tu te retournes.

— C'est très ennuyeux, soupira Kleymore. On ne peut pas garder parmi nous deux types qui auraient préféré ne pas aller jusqu'au bout. C'est un trop grand risque.

Le général acquiesça.

— Je suis bien d'accord. Dès que Hatman rentrera, je lui dirai de s'en charger.

Face the truth

54

Les détectives Gallagher et Detroit, encore ébranlés par ce qu'ils avaient découvert, furent soulagés de retrouver enfin l'air libre en remontant à la surface.

Ils traversèrent le petit terrain jusqu'à l'entrée, comme s'ils avaient besoin de mettre un peu de distance entre eux et ce sinistre bâtiment.

Le visage de Lola était d'une blancheur maladive. Malgré les années, malgré les nombreux cadavres qu'elle avait pu découvrir tout au long de sa carrière, cette vision l'avait bouleversée. Non seulement parce que la façon dont les visages de cette femme et de ces trois hommes avaient été enfoncés était particulièrement sauvage, mais aussi parce que l'absence d'empreintes sur leurs doigts la faisait irrémédiablement penser à celle qu'il convenait désormais d'appeler Anna.

— Il faut qu'on prévienne la police locale et qu'on fasse venir une équipe technique, murmura Phillip en s'asseyant sur la barrière grillagée.

Lola acquiesça d'un air grave et chercha son téléphone portable au fond de sa poche.

Elle découvrit aussitôt qu'elle avait reçu huit appels en absence pendant qu'ils étaient restés dans ce morbide complexe souterrain. Elle pesta. Le dernier appel venait de Draken. Elle appuya aussitôt sur la touche de rappel automatique.

— T'es où ? demanda-t-elle sans masquer son inquiétude.

Un silence passa.

— Je... Tu ne vas jamais me croire, dit finalement le psychiatre d'une voix grave.

Il semblait grave. Terriblement grave. Et cela ne lui ressemblait pas.

— Qu'est-ce qu'il se passe, Arthur ?

— Je... Je suis à Providence. J'ai... J'ai retrouvé Anna.

Lola fit une moue interdite.

— Hein ? Tu as retrouvé sa trace, tu veux dire ?

— Non, Lola. Non. Je l'ai retrouvée, elle. Elle est là. Devant moi.

55

Draken, accroupi devant la tombe, tendit la main vers la petite photo fixée sur la stèle. Il tremblait. Le cimetière autour de lui était plongé dans l'obscurité.

C'était un tombeau modeste, de mauvais goût. Une pierre de piètre qualité, et la gravure, même, avait quelque chose de vulgaire.

— Comment ça, elle est devant toi ? demanda Lola au bout du fil.

Draken secoua la tête. Il comprenait l'hébétude de son amie, et il avait bien du mal à saisir lui-même le sens de ce qu'il venait de découvrir. Ses yeux, humides, brillaient étrangement dans le noir.

— Je... Je ne sais pas comment t'expliquer, Lola. Je suis dans un cimetière de Providence. Et là, je suis devant une tombe. Et sur cette tombe... Putain, Lola, sur cette tombe, il y a marqué : *Anna Perry, 30 janvier 1977 – 15 décembre 2009.*

Nouvel instant de silence.

— Eh bien ? Je ne te suis pas, là... S'il y a marqué ça, c'est que ce n'est pas elle, alors !

Draken avala sa salive.

— Si, Lola. Il y a sa photo sur la tombe. Et je peux te dire une chose : c'est elle. C'est bien elle. Je suis devant la tombe de *notre* Emily. La tombe d'Anna Perry.

— Arthur ! Tu déconnes ou quoi ? Elle ne peut pas être morte il y a deux ans ! Elle était encore en vie il y a deux semaines ! Je ne comprends rien à ce que tu me racontes !

— Je sais… Et pourtant… C'est la vérité. Ton collègue a trouvé la trace de deux Anna Perry. La première, je suis allé la voir. Elle est encore en vie. Ce n'est pas elle. La seconde, ça ne *pouvait* pas être elle, parce qu'elle était morte depuis longtemps. Par acquit de conscience, j'ai quand même eu envie de me renseigner. Et là, j'ai trouvé un article dans la presse locale relatant le décès de la première Anna Perry. Elle serait morte en décembre 2009 d'une méningite foudroyante, Lola. En 2009. Le problème, c'est que c'est elle ! Tout correspond. Le nom, l'âge, les photos dans l'article, et même l'histoire : le journaliste précise que c'était une orpheline qui avait été élevée par les bonnes sœurs de Swans Island ! C'est elle, je te dis ! Là ! Devant moi ! Je suis devant sa putain de tombe !

Il entendit la respiration de Lola de l'autre côté de la ligne.

— Tu… Tu sais ce que ça veut dire, Arthur ?

Il fit un geste désabusé au milieu de la nuit.

— Euh… Non. Pas vraiment !

— Ça veut dire qu'il n'y a personne dans cette tombe, Arthur ! Réfléchis ! Il n'y a pas d'autre solution ! Elle n'avait pas de sœur jumelle, que je sache !

— Non. Mais alors… Je fais quoi, moi ? balbutia Draken qui semblait complètement perturbé.

Lola n'avait jamais entendu une telle détresse dans la voix de son ami.

— Bon. Tu appelles Loomis. Tu lui expliques. Tu

lui demandes de venir. Et en attendant, tu vas te boire un ou deux whiskies dans un bar du coin.

Le psychiatre s'efforça de sourire.

— Ouais. Quatre ou cinq, même. Et toi ?

— Moi... Je vais essayer de venir aussi... Mais pas ce soir, Arthur. Je dois rentrer. J'ai laissé Adam tout seul toute la journée.

— OK. Je... Je comprends.

— Appelle Loomis !

— Oui ! promit Draken. Je te tiens au courant. Tu me manques, Lola. Vraiment. Tu me manques beaucoup, dit-il avant de raccrocher.

Ricochet

56

Lola resta un instant le bras suspendu en l'air... En matière de révélations successives, elle avait l'impression de vivre la journée la plus folle de toute sa carrière. Ce qu'Arthur venait de lui dire n'avait aucune explication logique imaginable. Même s'il s'avérait que cette tombe était effectivement vide, cela n'expliquerait pas pour autant sa simple existence. Ni ce qui était écrit dessus. Comment Anna Perry pouvait-elle avoir été enterrée deux ans avant de mourir ? Si c'était une farce, elle était particulièrement de mauvais goût. Et si ce n'était pas une farce, c'était quoi ?

— Tout va bien ? demanda Detroit en se relevant.

Lola ne répondit pas, encore perdue dans ses pensées.

Et puis, reprenant quelque peu ses esprits, elle fronça les sourcils et regarda de nouveau le téléphone qu'elle tenait toujours fermement dans sa main.

Huit appels en absence. Tous ne pouvaient pas venir de Draken.

Elle fit défiler la liste du bout des doigts. Si les deux derniers appels provenaient effectivement du psychiatre, les six précédents avaient été passés par Melany.

Son cœur se mit à battre à tout rompre. Six appels. Il avait dû se passer quelque chose avec Adam ! Il avait dû se passer quelque chose, et elle n'avait pas été là pour répondre.

Les doigts tremblants, elle appuya sur le bouton de rappel automatique pour tenter de joindre la baby-sitter. Qu'avait-il bien pu se passer ? Adam était malade ? Il s'était blessé ? Les sonneries se succédèrent, et Melany ne répondit pas. Lola serra la mâchoire, de plus en plus inquiète.

Plusieurs messages étaient signalés sur le répondeur. Lola, fébrile, entreprit de les écouter. Elle appuya sur la petite icône correspondante.

« Vous avez quatre nouveaux messages.

Aujourd'hui, à 16 h 37 : *Lola ? Bonjour, c'est Melany... Je vous appelle pour vous dire que... Je* suis un peu gênée... Comment dire ? Le papa d'Adam vient d'arriver chez vous. Je ne savais pas trop quoi faire... Vous ne m'aviez pas mise au courant de toute cette histoire ! Du coup, il est avec Adam dans sa chambre. Essayez de me rappeler pour me dire ce que je dois faire. »

Lola écarquilla les yeux, paniquée.

— Qu'est-ce qu'il se passe ? demanda Detroit en lui attrapant le bras.

Elle lui fit signe de se taire et appuya sur un bouton pour écouter le message suivant.

« Aujourd'hui, à 17 h 15 : *Allô, Lola, c'est encore Melany... Bon, je voulais juste vous rassurer... Je vous avoue que j'étais un peu désemparée par la visite surprise de votre ex-mari, mais tout se passe très bien. Il est en train de jouer avec Adam dans sa chambre. Je pense que ça leur fait du bien à tous les deux... Faites-moi signe quand vous avez une idée de l'heure à laquelle vous pourrez rentrer. »*

— C'est pas possible ! C'est pas possible ! s'exclama Lola en appuyant de nouveau nerveusement sur son portable.

« Aujourd'hui, à 18 h 32 : *Lola... Désolée, c'est encore moi... Je suis embarrassée, mais si vous pouviez juste me dire à quelle heure vous rentrez ! Je... Je suis attendue ce soir, et ça ne m'arrange pas trop de rester au-delà de 19 heures... Bon, en tout cas, tout se passe bien ici, je vous rassure. J'espère que de votre côté ça va. »*

L'angoisse était à présent si forte que Gallagher eut l'impression d'être terrassée par une attaque cardiaque. Elle sentit une compression douloureuse dans la poitrine, comme une main invisible qui lui pressait le cœur, et elle sentit une larme se former au coin de son œil.

Comment avait-elle pu être aussi stupide ? Comment pouvait-elle ainsi faire passer cette satanée enquête avant son fils ? Les kilomètres qui la séparaient maintenant d'Adam étaient un véritable supplice. Une horrible punition.

Car elle connaissait Anthony.

Elle savait de quoi il était capable.

« Aujourd'hui à 19 h 23 : *Lola, je suis vraiment, vraiment, vraiment désolée, mais je vais devoir y aller. Je n'aurais pas fait ça en temps normal, mais là, Adam n'est pas seul. Anthony s'occupe de lui, ils s'amusent comme des fous, et ils vont vous attendre gentiment ensemble. Alors prenez votre temps. On s'appelle demain. Pas de souci ! Je file.* »

— Non ! hurla Lola en regardant son téléphone comme s'il se fût agi d'une bombe sur le point d'exploser. Non !

— Qu'est-ce qu'il se passe bon sang ? lança Detroit en lui prenant affectueusement la nuque.

— C'est cette conne de baby-sitter ! Elle a laissé Adam tout seul avec son père ! Ce… Ce n'est pas possible.

Lola se mit à sangloter. Detroit la serra contre lui et essaya de la rassurer.

— Hé ! Du calme, princesse ! Ce n'est pas bien grave ! Que veux-tu qu'il se passe ? On va se dépêcher de rentrer, et ça va aller. Allez, viens !

— Mais tu ne comprends pas ? s'emporta Lola. Ce type est un malade !

Elle repoussa Phillip, repoussa ses cheveux roux collés sur ses joues pleines de larmes, et composa le numéro de son propre téléphone fixe, celui de son appartement.

Elle éprouva des palpitations grandissantes à mesure que les sonneries s'enchaînaient dans l'écouteur. Mais rien. Pas de réponse.

Lola laissa tomber le téléphone sur le sol.

Elle sut aussitôt que l'enfer venait de s'ouvrir sous ses pieds.

FIN DE LA SAISON 1

Now you're gone

Remerciements

Nous tenons à remercier ici les personnes qui, à un moment ou un autre, nous ont aidés à mener ce projet jusqu'à son terme.

Pour les questions scientifiques, Patrick Jean-Baptiste, le professeur Bettina Debû, de l'Institut des neurosciences de Grenoble, le docteur Jean Becchio, président fondateur de l'Association française d'hypnose médicale, et le docteur Philippe Pichon.

Pour les questions musicales, Sébastien Drouin, Stéphane Berla, Hugues Barbet, Christophe Alary, Luis Arlette, Cyril « reptile » Noton et Erik Wietzel.

Pour les questions éditoriales, Marc Emery, Caroline Lamoulie, François Durkheim, Vanessa Corlay, Anna Pavlowitch, Pierre-Jean Doriel et Gilles Haéri, qui ont cru à ce projet et s'y sont beaucoup investis.

Un grand merci, enfin, à Diane Luttway et Tiphaine Scheuer, qui supportent deux incurables *workaholics*, ainsi qu'à une ribambelle d'adorables petits monstres, Elio, Elliott, Mattéo, Noé et Zoé.

Photocomposition Nord Compo
7, rue de Fives, 59650 Villeneuve-d'Ascq

Achevé d'imprimer par GGP Media GmbH, Pößneck
en novembre 2013
pour le compte de France Loisirs,
Paris

N° d'éditeur : 75013
Dépôt légal : septembre 2013
Imprimé en Allemagne